吱吱 —著

九重紫

完结篇

中

重庆出版集团 重庆出版社

第一百一十八章	端倪·评理·中馈	/1
第一百一十九章	匡超·春节·娘家	/10
第一百二十章	大闹·女儿·牵挂	/19
第一百二十一章	堂会·春色·搬家	/27
第一百二十二章	底气·姊妹·女婢	/35
第一百二十三章	过关·喜酒·喝醉	/45
第一百二十四章	抱怨·静观·不满	/54
第一百二十五章	遣散·寻找·寻根	/64
第一百二十六章	假设·交心·结盟	/73
第一百二十七章	登门·问由·张目	/82
第一百二十八章	失心·愠色·差事	/90
第一百二十九章	责难·人选·旧人	/99
第一百三十章	旧事·旧闻·女色	/107
第一百三十一章	起意·端午·大殿	/117
第一百三十二章	黎家·送嫁·找寻	/125
第一百三十三章	惊讶·反抗·去来	/134
第一百三十四章	遗贵·见到·怒火	/144
第一百三十五章	当年·瞪目·安置	/153
第一百三十六章	理由·不认·三雕	/162

目 录 CONTENTS

第一百三十七章　走动·韦贺·一锅　/172

第一百三十八章　端倪·养猫·鸿雁　/181

第一百三十九章　追源·交代·真相　/190

第一百四十章　东西·针线·临盆　/200

第一百四十一章　生子·献计·取名　/209

第一百四十二章　洗三·孩子·月　/218

第一百四十三章　做媒·定亲·苗家　/227

第一百四十四章　各异·谢恩·冷汗　/236

第一百四十五章　小定·讨聘·嫁妆　/245

第一百四十六章　好笑·弟媳·贺红　/255

第一百一十八章　端倪·评理·中馈

虽说朝廷是放了年假，但宋墨在金吾卫当差，还是一样得去当值，所以第二天用了早膳，宋墨就去了衙门。

窦德昌和窦俊启联袂而来，两人没去见窦昭，而是直奔槲香院。

宋宜春小年夜被窦昭气得到现在还心口抽疼，病歪歪地倚在临窗大炕的迎枕上，正为英国公府今年的收成伤脑筋——相比去年，今年的收益少了三分之一，可他左看右看，就是没有看出哪里有不对劲的。

蒋夫人在的时候，他虽然不管庶务，可每年府里的收益却是知道的。受天气影响，每年的收益虽不一样，可也不会一下子相差这么远，而且是年年下滑，比蒋夫人当家的那会儿少了快一半。

就是傻瓜也知道其中有蹊跷。

偏偏他找不出缘由，那些庄头掌柜又个个理由充分。

他喊了陶器重过来商量。

陶器重是读书人，不事稼穑，出谋划策在行，这庶务还不如宋宜春。

他拿着账册看了半天也没有看出个所以然来，只好给宋宜春出主意："要不，找个谷粮师爷帮着看看？"

宋宜春叹气。

反正已经如此了，就算是此时把师爷请了来，他也没办法把已经回了田庄和铺子的庄头、大掌柜叫来，明年就明年吧！只要能查出原因就行啊。

陶器重想了想，推荐了几个做谷粮师爷的同乡。

宋宜春不免有些悻悻然，听说窦家的舅爷带了个侄儿求见，他一愣，想到那天窦昭说的话，心里隐隐生出几分不妙之感来，踌躇了好一会儿才道："知道窦家舅爷来干什么吗？"

"不知道！"小厮摇头，想到那赏钱，忍不住道，"窦家舅爷和窦家侄儿都不过二十出头，文质彬彬的，一看就是读书人。"

窦家的人，当然是文质彬彬的了。

儿媳妇刚娶进门的时候，不也是看上去贤良淑德的吗？谁知道却是一个那样的泼辣货！

宋宜春腹诽着，犹豫半晌，吩咐小厮请窦家舅爷和侄儿到花厅里奉茶，自己换了件衣裳，拉着陶器重一起去了花厅。

陶器重很想提醒宋宜春一句：您是长辈，窦家人如果来意不善，又何必屈尊去花厅见窦家的人？大可把人叫到书房来，还可以在气势上压过窦家的人一筹。可他见宋宜春一副忧心忡忡的样子，知道宋宜春从小就长在富贵圈里，来来去去打过交道的人少有高声说话的，遇到了世子夫人，就像秀才遇到了兵，有理也说不清，被世子夫人闹怕了，但凡听说与世子夫人有关的，气势先就弱了三分，这样的话反而说不出口来，只好默默地跟着宋宜春去了花厅。

窦家男丁多，宋宜春又是长辈，哪里认得全！窦启俊乃少年举人，这几年又四处游历，性子沉稳了不少，不像窦德昌，终日关在家里读书，又是一副典型的窦家人相貌，看上去细皮嫩肉的，不过十五六岁的面相。宋宜春见着两个窦家人一个沉稳，一个稚嫩，直接就把窦启俊认做了窦家的舅爷，把窦德昌当成了侄儿，进了花厅就朝窦启俊笑道："这大过年的，窦家舅爷有什么要紧的事找我？"

窦启俊今天穿了件竹节纹的宝蓝色团花杭绸锦袍，拿了把大红漆金的川扇，肤色虽不如窦德昌那样的白皙，却也剑眉星目，一副名门贵公子的潇洒派头。

他闻言唰地一声甩开了扇子，冷笑道："果真把是有眼无珠的，竟然把晚辈当成长辈，把长辈不放在眼里！若是没有祖上余荫，就是到我们家积芬阁里当个跑腿的小厮只怕也不行！"

劈头盖脸的一番话，锋利得像刀似的，直直地劈在宋宜春的头上，要不是跟在后面的陶器重眼疾手快地扶住了他，他差点就一个趔趄栽倒在了门口。

窦德昌见状，步履悠闲地上前给宋宜春行了个礼，笑眯眯地道："亲家老爷，我才是贵府世子夫人的兄弟，那个是我侄儿。因是少年举子，心高气傲，说话难免会有些轻狂，您宰相肚里好撑船，就原谅他吧！"

他轻描淡写地就把这件事给揭了过去，说起了来意。

"这大过年的，老祖宗还在京都五伯父家里，我们家四姑奶奶的贴身嬷嬷却哭求到槐树胡同，说什么宋家要休妻！我们老祖宗一听，气得当场就昏了过去，醒过来就拍着炕沿把五伯父和五伯母大骂了一通，问是谁说的这门亲事，我们窦家五代无犯事之男、再嫁之女，更从来没有被夫家休弃的姑奶奶。"

窦德昌很是委屈地道："我们窦家的人多在真定，在京都的几房，都是长辈，年事已高，都是做祖父的人了，晚辈又像我这样，年纪太小，还在国子监读书，正好我这侄儿来京都赶考，就被老祖宗叫来陪我到贵府走一趟，想问问到底是怎么一回事，若是宋家实在是瞧不上我们窦家，我们窦家也没有上赶着巴着不放的道理，这就清点了四姑奶奶的嫁妆，把四姑奶奶接回去，老祖宗膝下又多了个承欢之人，老祖宗也可以安安心心地过个年了！"话说到最后，他语气犀利，神色冷峻，看上去倒有了几分肃穆凛然，"我五伯父还跪在老祖宗跟前，要等着我回了话老祖宗才肯发落他呢！"

宋宜春气得全身发抖，血全都涌到了脑袋里。

难怪那窦氏如此蛮横，原来是家学渊源啊！

他早就不想要这个儿媳妇了，他们窦家愿意接回去，难道还指望着他劝留不成？

宋宜春大声叫着"曾五"，毫不示弱地道："领了窦家舅爷和侄少爷去清点世子夫人的嫁妆！"

陶器重却上前两步挡在了宋宜春的面前，客气地给窦德昌和鼻孔都要朝天了的窦启俊行了个礼，介绍了自己的身份，并笑道："百年修得同船渡。世子和世子夫人是有缘之人，要不然两家隔得这么远，怎么就成了姻亲的呢？俗话说得好，宁拆一座庙，也不破一门婚。两位都还年轻，不知道这大户人家过日子，舌头牙齿难免有个磕磕绊绊的，怎么能有点小口角就嚷着要接回家呢？我看窦家舅爷和侄少爷含怒而来，不如先消消火，去见了我们世子夫人再说。"

然后笑着做了个"请"的动作，却飞快地对着宋宜春耳语："这孀居了几十年的老太太们没一个讲道理的，我看窦阁老也是母命难违，要不然，窦家也不会派了这两个人出来。您就不要和他们一般见识了。"

难道就这样算了不成？

宋宜春双手握成了拳，脸色气得雪白雪白的。

谁知道人家根本不买陶器重的账。

窦德昌笑着摇头，道："不用了。我七叔父没儿子，为了女儿能在夫家站得住脚，可是把西窦一半的财产都给了四姑奶奶。我们家老祖宗吩咐过了，让我们今天无论如何也要把四姑奶奶接回去，连拉嫁妆的马车都跟着一道过来了。还请国公爷唤了世子爷出来，让世子爷写封休书，我们也好早点回家去喝口热茶。"

西窦的一半财产？原来如此！

宋宜春和陶器重不约而同地露出恍然大悟的表情，互相看了对方一眼。

敢情人家还真不是做做样子！

他兴奋起来。

凭什么到了我们家的银子要让我们吐出来？

可接着，他想到这银子如今可全都落在了宋墨的手里……顿时泄了气，恨恨地想，如果放了窦氏大归，宋墨拿什么和他争？如果能斩了宋墨的双翼，名声又算什么？

他大喝一声"来人"，道："带窦家舅爷和侄少爷去颐志堂清点夫人的陪嫁！"

没有一点挽留的意思。

窦德昌和窦启俊心中一凛。

不管是谁，听说儿媳妇有这么一大笔陪嫁都会暂时先把儿媳妇留下来，宋宜春却背道而驰。

这宋家，有问题！

两人小的时候不知道干过多少这样的事，早就默契十足，不需要眼神的交流，已一个唱起了红脸，另一个唱起了白脸。

"我去见四姑奶奶。"窦德昌神色平静地吩咐窦启俊，"你在这里拿休书。"说着，大步流星地和曾五出了花厅。

窦启俊大大咧咧地坐在了太师椅上，阴阳怪气地道："还请国公爷把世子爷叫回来，写封休书与我——我们家四姑奶奶既然要大归，也不能就这样不明不白地跟着我们回去。"

宋墨肯定是不会同意休妻的！

宋宜春道："世子爷到宫里当差去了，等他回来，我就让他写了休书送到贵府去。"

窦启俊冷哼了一声："您当我是傻瓜啊！不写休书，却让四姑奶奶跟着我们回去，把陪嫁留下来……你们宋家，也欺人太甚！今天世子爷写了休书犹还罢了，若是不写，我这就上顺天府去，看看本朝自开国到现在，有这样的例子没有！"

反正是给宋墨捅马蜂窝，宋宜春非常愿意。

"你放心，这样的儿媳妇送给我我都不要！你们只管接回去，休书随后我就让人送过去。"

"也好！"窦启俊爽快道，却一点也不相信他，"这商家都讲究银货两讫，我这边把人接回去了，你那边不放四姑奶奶的嫁妆怎么办？我看不如这样好了，国公爷您先写个凭证给我，就说从此以后两家再不相干，然后盖了您的私章，我拿回去给老祖宗保管着，日后我们再来搬东西也就名正言顺了。"

让自己给写个东西窦家拿捏着？

宋宜春本能地感觉到了危险，他不愿写："哪有儿子休妻，要让公公写文书的？"

宋宜春的话，正中窦启俊的下怀。

但他却丝毫不露声色，只将面色一冷，讥讽道："原来国公爷也知道这休书得儿子来写啊！"

宋宜春老脸一红。

窦启俊已道："钱帛动人心。几十万两银子的嫁妆就这样放在贵府里，就算国公爷和世子爷不稀罕，可也架不住有稀罕的。顺天府又封了印，我看不如请了贵府的舅老爷或是姑老爷出面做个见证，把嫁妆当场交割清楚了，也免得以后扯皮。"

这，岂不是要惊动陆府？

宋宜春有些犹豫。

窦启俊火上浇油，不屑道："莫非国公爷是想贪图儿媳妇的陪嫁银子？"又道，"我们家的姑奶奶可不是谁都能指指点点的，先前在敞厅里说的话我们家就不追究了，可单凭着您刚才那句'这样的儿媳妇送给我我都不要'，我们也不能把四姑奶奶留在贵府里，无论如何我们都是要把人给接走的！今天您要么亲手写个凭证让我们带回去，要么就请了长辈来主持公道。不然可就别怪我们窦家不客气，和国公爷到御前去打官司！"

几十万两银子！难怪仅账目就交割核对了好几天！

宋宜春心里像猫抓似的，又是心疼那银子，又是想休了窦昭，断了宋墨的助力，过了半晌才勉强把心情平复下来，细细地思忖起这件事来。

窦家觊觎窦氏的陪嫁，瞅着这样的机会，把窦氏带回去事小，把窦氏的陪嫁从英国公府拿走才是真的。如果去御前打官司，不说别的，把宋墨叫去一问，这事就得黄，肯定是不行的。到时候说不定窦氏没有休成，自己反成了全京都的笑柄！

凭证他肯定是不会写的。

宋墨认不认账且待两说，就怕窦家把责任全推给他，说是他非要休的窦氏，他背了黑锅，窦世枢却得了实惠。这种损己利人的事，除非他脑子被驴踢了，不然可是绝对不会答应的。

把二舅父请来主持公道⋯⋯好像也不妥当。

二舅父可是出了名的古板，只怕把前因后果一听，就会立刻命人把宋墨叫回来，宋墨一回来，这事肯定还是成不了。

左也不是，右也不是，真是让人为难！

可过了这个村，就没了这个店，再想绕过宋墨休了窦氏，经过此次的打草惊蛇，恐怕是难上加难！

宋宜春不由咒骂起窦昭来。

什么时候闹不好？非要大过年的时候闹！现在好了，衙门里封了印，只能请了家中的长辈做见证，宋家的亲戚又少，除了陆家，还真没有其他合适的人选。

宋宜春朝陶器重望去，陶器重也没有了主意。

这是釜底抽薪的好机会，问题是让谁来做这个见证才好？

他低头沉思。

窦启俊也不催促他，悠闲地坐在那里等他们做决定。

突然有小厮进来禀道："陆家的两位舅老爷和陆老夫人、宁德长公主都过来了。"

宋宜春大吃一惊。

窦启俊已笑道："国公爷，不好意思。是我借着您的名义把陆家的两位老爷和老夫人请过来的。我知道，让您下这决心有点难，我索性就代劳了⋯⋯"

如当头一棒，砸得宋宜春脑子嗡嗡作响，窦启俊之后又说了些什么，他完全没有听到，待他好不容易平静下来，还没有来得及想明白，陆晨和陆时各自扶着自家的老太太走了进来。

窦启俊忙上前行礼，自我介绍之后，面带愧色道："小辈的事，劳动两位老夫人挪步,实在是不该!可国公爷一心一意要休了我们家四姑奶奶,我们家不出面,也不是个事儿。"说着,满脸苦笑,一副无可奈何的样子。

陆老夫人和宁德长公主都已是年过六旬的人,窦家是姻亲,休妻又是大事,也顾不上什么男女大防了。

听了窦启俊的话,陆家的人都朝宋宜春望去。

宋宜春支支吾吾的,想承认是自己要休了窦氏,大义上又说不过去;不说吧,就这样让机会白白溜走,他又不甘心。

他这副神态落在陆家人的眼里,就是窦启俊所言不虚了。

陆老夫人气得指着宋宜春就训开了:"我还以为是捕风捉影,窦家的人来请我的时候,我在你舅舅面前一点口风也没有透露,没想到竟然是真的!我问你,你要休了天赐媳妇,凭些什么?七出里,她又犯了哪一条?"

宋宜春涨红了脸,梗着脖子道:"她搬弄口舌!"

"就因为她说了句敞厅太冷,就搬弄口舌了?"陆老太太咄咄逼人道,"锦姐儿以下犯上,你怎么不惩戒?反而抓住天赐媳妇的一句话不放。照你这道理,那岂不是丫鬟婆子们上了冷茶也不能教训?那还要那么多仆妇干什么?难道是怕别人没饭吃,自己拼死拼活地赚了钱回来,就是为了养那些不相干的?"

宋宜春不服气地小声道:"锦姐儿又不是旁人……"

陆老夫人被他气得笑了起来,道:"看来你眼里众生一相,既然如此,你怎么不把英国公府的财产拿出来均分给其他三兄弟?按本朝律令,承爵的应该是长子长房,英国公府的爵位,应由宋茂春来继承吗?"

宋宜春喃喃地说不出话来。

宁德长公主身份不同一般,向来不参与这种家长里短之事,但当她听到宋宜春逼着宋墨休妻的时候,她非常气愤,再三考虑,还是跟着来了。

此时见宋宜春还满面的倔强,她看了一眼垂手恭立在旁边的窦启俊,忍不住道:"你跟我来!"

宋宜春愕然。

宁德长公主已往后面的暖阁去了。

宋宜春只得跟上。

暖阁里没有旁人,宁德长公主语重心长地道:"家和万事兴。你想想从前,蒋氏在的时候,家里的事哪一样不是顺顺当当的?你当你的大老爷,从不知稼穑的辛苦,缺了银钱,只管向蒋氏要,两个儿子也养得好,天赐自不必说,天恩也是天真烂漫,机敏活泼。可你再看你现在,家不像个家、府不像个府似的。说到底,还是因为你内宅没个正经的人管,上上下下都没有了规矩。你不趁着新媳妇进了门赶紧把家给她管起来,反而关起门来像个女人似的婆婆妈妈地和儿媳妇计较得失来,你这是当国公爷的样子吗?

"我可听说了,长兴侯一心一意盯着五军都督府掌印都督的位置呢!

"东平伯向来受圣眷不断,这次又兼了五城兵马司的都指挥使,皇上肯定是不会动他的;广恩伯向来乖觉,身段又软,放得下架子哄皇上开心,他在东边走私,锦衣卫查得一清二楚,可皇上依旧睁只眼闭只眼地庇他,你自问可能做到像他那样卑躬屈膝?

"安陆侯这几年没少往太后娘娘跟前凑,又娶了太后最喜欢的娘家侄孙女做长孙媳妇,皇上就是看在太后娘娘的分上,他这掌印都督的位置也坐得稳稳的。

"兴国公低调沉稳,刚毅果敢,从不参与朝廷是非。当年元蒙人进犯,若不是他力挽狂澜,怎会有西北这十几年来的太平?要说皇上最相信谁,非兴国公莫属,皇上要换谁,也绝不会换了他!

"你倒说说看,你除了祖上的余荫,在皇上面前还有什么能拿得出手来的?

"如今皇上宠信天赐,正是宋家崛起之机,你不帮衬儿子不说,还拖他的后腿,京都的功勋贵戚,哪一个不在背后看你的笑话?你却犹不自知,还在家里闹腾。难道非要把掌印都督的差事给闹没了,你才甘心不成?"

宋宜春站在那里,脸上红一阵白一阵的。

宁德长公主想到他自小就是个拎不清的,又想到自己的儿子也比他强不到哪里去,如今都已经是做公公抱孙子的人了,还这样肩挑不起,手提不得,不由得心中一软,话说得更温和了:"你就听我一句话,把管家的权力交给窦氏,安安心心地做你的老太爷,把精力全放在庙堂之上。你再这样漫不经心,只怕要被长兴侯乘虚而入了!

"何况窦氏已经有了身孕,你这个时候把她休了,孩子怎么办?

"如果窦氏生下的是儿子,是嫡还是庶?

"嫡庶不分,英国公府还能安稳吗?"

然后又怕他听不进去,拿了话激他:"我也知道,陆家今日不同往昔,我们都不被你放在眼里了,说的话你也未必听得进去。就当是我们多管闲事好了,今天我和你二舅母一起来,也算是尽了心。至于该怎么办,还是由你自己决定,毕竟这日子得你自个儿过,谁也代替不了你。"

一面说,一面失望地朝暖阁外走去。

宋宜春看着那已然远去的背影,心里堵得慌。知道宁德长公主这一走,只怕两家从此就生分了。想到自己没有兄弟姐妹,定国公还在的时候,有什么事都靠着陆家的两位表兄帮衬,宁德长公主虽然出身皇家,待他却如亲子侄一般……他忍不住就高声地喊了声"长公主",道:"宋墨自他舅舅出事,就和我生分起来,我这么做,也是没有办法了!您教教我该怎么办吧!"

宁德长公主想了想才转过身来。

宋宜春诚心诚意地给宁德长公主作揖。

宁德长公主想了想,道:"那好!你就先去给窦家舅爷和侄少爷赔个不是,然后把主持英国公府中馈的权力交给窦氏,以后不要再管内宅的事了,把眼光放在庙堂之上,想办法重获圣眷。"

把主持内宅的权力交给窦氏……她会不会从中做手脚,把自己孤立起来呢?

宋宜春有些迟疑。

宁德长公主微愠,道:"你到底是天赐的父亲,难道天赐还会弑父不成?你怕什么?"

话传到窦昭耳朵里,她一时间不知道心里是什么滋味。

在她的预知梦中,宋墨就杀了宋宜春!

今生,她无论如何也要保宋墨一个平安才是。

窦德昌哪里猜得到窦昭的心思,只当她刚刚拿到了主持中馈的权力,还不适应,因而逗她道:"我和伯彦出了这么大的气力,你好歹也要谢我们一声,就这样端着茶盅发愣,莫非是嫌弃我们多事不成?"

窦昭抿着嘴笑,打趣他:"国公爷给你和伯彦赔不是,很有意思吧?"

想起当时的情景,窦德昌拿过窦启俊用来装腔作势的扇子摇着,嘿嘿地傻笑,窦启俊却正色道:"四姑姑,您跟我说实话,宋家是不是很复杂?"

窦家和米家不过是走得疏远、走近了，凭窦德昌和窦启俊的机敏，是瞒不过他们的。

她微微点头，含蓄道："哪家又不复杂呢？"

窦启俊不再问，笑道："那陆老舅爷，果真是正直端方之人，要不然，今日之事只怕难得这样圆满解决。"

窦昭毕竟是做人儿媳妇的，就算是宋宜春待她苛刻，她也只能受着，若是当着外人抱怨，就要背上那不孝的名声了。照原来的计划，她不过是想请了陆家的人过来做个见证，借此机会让陆家的人知道不是她不孝顺宋宜春，而是宋宜春行事没有章法，竟然因为儿媳妇的一句话不合心意就逼着儿子休妻，以后若是再传出她和宋宜春之间有什么矛盾，世人自然会把责任归到宋宜春的头上，为她下一步拿到主持英国公府中馈的权力做准备。可她万万没有想到，两位老夫人远比她想象的更通透，不仅训斥了宋宜春一顿，还让宋宜春现在就把管家的权力交给了她。

她摸着那不知道被多少代人拿在手中摩挲过而变得光滑如玉的竹制对牌，不由得浮想联翩。

倒是窦德昌，有些担心地道："我们拿了二太夫人和五伯父说事，不会东窗事发吧？"

所谓的二太夫人发脾气、窦世枢还跪着，不过是他们糊弄宋宜春的话而已。

窦启俊笑道："你放心好了，如今宋宜春见着窦家只怕都会绕道走，他又怎么会去和五伯父对质？就算是去对质，五伯父难道还偏向着英国公府不成？"

窦德昌这才松了口气。

窦启俊起身告辞："出来一整天，我也要回去了。等过了年，我再来看望四姑姑。"

窦昭留他们吃饭："外面寒风呼啸的，这肚子里没有点热汤水，走出去可就难受了。我已经让厨房里做了火锅子，你们用了晚膳再回去。"

窦德昌却想留下来用晚膳："我跟娘说了去了玉桥胡同，回去怎么再用晚膳？这大过年的，街上的馆子全都关了门，你让我去哪里找东西吃？"

窦启俊正犹豫着，小厮进来禀道："世子爷回来了！"

窦昭趁机留他："你还没有见过你四姑父吧？既然碰到了，怎么也要打个照面了再走。"

窦昭是直接从静安寺胡同出的嫁，在真定的窦家人还不认识宋墨，包括祖母在内。

也就这说话的工夫，宋墨已撩帘而入。

在路上，武夷已经将今天发生的事告诉了他，窦德昌他熟悉，另一个陌生的青年想必就是窦启俊了。

他笑着和窦德昌行了礼，然后和窦启俊打招呼："你四姑姑常夸你是启字辈的第一人，小时候也得了你不少照顾，今日一见，果真是气宇轩昂，潇洒俊朗。"十分客气。

窦启俊是读书人，学的是魏晋之风，不要说这几年走南闯北，增长了不少见识，就算是退后十年，窦启俊见了宋墨也不会含糊，此时见宋墨待他有礼，自然也不会端着，和宋墨寒暄起来。

不一会儿，若朱来问火锅子摆在哪里。

"就摆在小花厅吧？"窦昭征求宋墨的意思，"小花厅里烧了地龙，几盆腊梅开得正好。"

三个人就去了小花厅。

酒过三巡，宋墨、窦德昌和窦启俊都松懈下来，说话越来越随意，也越来越投机。

窦启俊就指了猛灌他酒的窦德昌对宋墨道："看我这个傻叔叔，要灌酒也得灌您啊，却灌起我来。"

宋墨嘿嘿笑，觉得窦德昌对他没有见外，心里有点小小的得意，喝得更开了。

窦启俊还好，窦德昌开始舌头打颤，有些管不住自己了，和窦启俊说起匡卓然的事来："他那个什么父辈的关系到底牢靠不牢靠啊？你们说的人，我找了老半天也没有找到。不会是被人哄了吧？"

宋墨也不管什么非礼勿听之类的了，问窦启俊："你要找谁？要不要我帮忙？"

窦启俊正为这事烦心。

动用了窦德昌却一无所获，但总不能为了这么件小事就去找五伯祖吧？

想到宋墨是金吾卫同知，又管着五城兵马司，"哎呀"一声，心里多了些许期盼。

他把事情的经过告诉了宋墨："……指使番禺县令的就是这个叫范士畴的人，说在前门大街开了家茶叶铺子，可我去了几次也没有找到这个姓范的。"

"这件事你就交给我好了。"宋墨给窦启俊续了杯酒，"这两天就给你消息。"

"那敢情好！"窦启俊没有和他见外，两人碰了个杯，气氛越来越好，结果这酒一直喝到了一更鼓响，若不是窦昭怕六伯母在家里担心，只怕他们还舍不得散。

宋墨又安排人送窦德昌和窦启俊回去，自己却抱着窦昭耍起了酒疯。

"寿姑，你可真行！你若是个男子，定是那大将军，兵不血刃，就把那主持中馈的对牌拿到了手里。

"我们哪天抽空去陆家给两位老夫人磕个头吧？要不是两位老夫人，只怕这件事还要有扯头。

"春节的时候，我们也在家里筵请宾客吧？到时候把几位舅兄和几位侄儿都请来，我们好好热闹一番。

"我从小在舅舅家里长大的，以后我们的孩子出生了，我们也常带他们去静安寺胡同，让岳父大人给孩子们启蒙。"

他啰啰嗦嗦地说了大半宿的话，句句都透着对未来生活的向往。

窦昭坐在床边，看着喝了醒酒汤沉沉睡去的宋墨，不由嘴角含笑，轻轻地亲了亲他的面颊，这才吹灯上床歇下。

第二天早上起来，宋墨把自己说过些什么忘了个一干二净，只隐约记得自己好像答应了窦启俊什么的。

他不由拍着脑袋喊"糟糕"，早膳也没用，就急匆匆地出了门。

窦昭莞尔，觉得这样的宋墨才像个未及弱冠的少年，生气勃勃，让人看了就觉得精神。

她坐在镜台前由若彤帮着梳头，甘露却来禀她："府里的管事嬷嬷们立在颐志堂的门前等，寒风瑟瑟的，一个个吹得直发抖。"

这些管事嬷嬷也应该得到消息了。

窦昭吩咐甘露："你跟她们说，婆婆在时是什么规矩，我这里依旧是什么规矩。让她们该干什么就干什么去。"

话传出来，几个管事嬷嬷面面相觑。

也有在蒋氏手下当过差的，眼珠子一转，往上院去了。

有好心的告诉其他管事嬷嬷："婆婆在的时候，每天早上辰正在上院东跨院的抱厦里示下。"

众人恍然大悟，纷纷往上院去，心里却不约而同地感慨：这一朝天子一朝臣，他们这些内宅大院的管事何尝不是如此？也不知道这里面有几个人能继续做下去？有几个人却要被打发出府？甚至是寻了个理由把人往死里整的？

一时间大家心里都有些忐忑不安。

窦昭按着自己平时的生活习惯慢条斯理地梳妆打扮，吃饭喝茶。

甘露不由替她着急："那么多的管事嬷嬷都等在抱厦里，您还是快点过去吧？"

"婆婆每天辰正才开始处理家务，她们来早了，难道还让我去将就她们不成？"

也是啊！

甘露讪讪地笑。

窦昭吃了茶，这才往上院的抱厦去。

不过是重复从前的一些老规矩，她闭着眼睛都不会错，不过一个时辰，抱厦里的人就散了。

窦昭回了屋，窝在临窗的大炕上和素娟一起给未出世的孩儿做小衣裳，心里却不停地琢磨着宋翰屋里的事。

翻过年，宋翰屋里就有一个二等的丫鬟、两个三等的丫鬟到了配人的年纪，得派两个靠得住的人去那边服侍才行。还有从田庄上选来的那些小丫鬟，已经托了杜唯去查她们祖上都是干什么的，过完年之后，应该就会有信来，婆婆的事，恐怕得从这些小丫鬟嘴里打听了。

她准备把甘露和素娟嫁给府里的管事为妻，这种事她们还是少知道为好。

几个新进的丫鬟里，若朱和若彤都很伶俐，能堪大用。

还有英国公府的账册，得好好地看看，红白喜事既能随礼，也能看出各府之间的远近亲疏。

……

窦昭正想着，就看见有个面生的小丫鬟在门口探头探脑的。

她不由得笑了笑，问那小丫鬟："你是哪个屋里的？找我可有什么事？"

小丫鬟胆儿挺大，笑盈盈地站了出来，声音清楚，条理分明道："我叫拂柳，是从天津卫的田庄上来的，段护卫让我来看看夫人忙不忙。"

那批从田庄里来的小丫鬟进了府之后，窦昭给她们的名字之前全缀了个拂字。

"你去跟段护卫说，我正闲着，让他进来吧！"

拂柳笑着转身跑了。

不一会儿，段公义过来了，笑道："夫人，那个陈嘉陈大人要见您。"

窦昭有些意外，笑道："你们怎么跟陈嘉走到了一起？"

段公义道："素心出嫁，他也随了礼，我们总不能让人家就这么走了吧？就请他留下来喝了喜酒，一来二去的，也就熟悉了。"

窦昭怎么也得给段公义一个面子。

"让他进来吧！"她笑着吩咐小丫鬟，"带了陈大人到外院的小花厅里奉茶。"

第一百一十九章　匡超·春节·娘家

冬日的阳光虽然和煦，但风吹在身上却依旧刺骨般寒冷。

窦昭走进小花厅，就看见穿着件靛蓝色五蝠捧寿团花锦袍的陈嘉端端正正地在小花厅的太师椅上，或者是因为仕途的顺利，相比上次，他显得更加内敛从容。

他上前恭敬地给窦昭行礼。

不知道为什么，窦昭突然就想起梦中的前世，自己第一次见到他的时候，他穿着正三品大红蟒袍给宋墨行礼的情景，此时看他，倒和那时候有几分相似。

"陈大人不必客气。"她笑着和陈嘉打招呼。

陈嘉却恭谨道："夫人的大恩，下官没齿难忘，说夫人是我的再造父母也不为过，下官只能肝脑涂地，才能表达心中的感激。"

还下官，自己又不是他的上峰，这种溜须拍马的话他倒也敢张口就来。

窦昭莞尔，怕自己再和他寒暄下去，会有更多恭维的话在后面等着她。

两人分宾主坐下，丫鬟们奉了茶，她就开门见山地问起了他的来意。

陈嘉笑道："前几天来喝别姑娘的喜酒，听说夫人身边的几个大丫鬟都到了放出去的年纪，因而想找几个和别姑娘一样能干的姐姐贴身服侍。我不是锦衣卫吗？正好前几天有同僚去南边公干，遇到对姐妹花，虽说不过十三四岁的年纪，等闲三五个大汉也休想近身。我就想到了夫人。若是夫人想瞧瞧，我这就带着她们进来给夫人磕个头；若是夫人不满意，我再帮夫人留意。天下无难事，总能找到能让夫人称心如意的人选。"

窦昭非常意外，更多的，却是感慨。

前世，她为了找个能支撑济宁侯府日常嚼用的生意，不也曾这样殚精竭虑，才和郭夫人搭上话的吗？

她顿时起了同情心，温声道："多谢陈大人。毕竟是贴身服侍的，这件事，还得和世子爷商量之后再做打算。"

"这是自然。"陈嘉见窦昭接受了他的提议，兴奋不已，忙道，"是下官考虑不周，还请夫人原谅。"

两人寒暄了几句，窦昭就端茶送客。

当天宋墨比平常回来得晚一些。

窦昭上前帮他更衣。

他不准，笑道："你只要管好你自己就行了。"

窦昭笑道："舅母走的时候嘱咐过多次，让我别仗着现在不害喜了就暴饮暴食，要多动、多走。不过是拿件衣裳，怎的就不行了？"

宋墨失笑，觉得自己的确是太过小心了。

他由着窦昭领着小丫鬟服侍他更了衣，然后扶着窦昭在临窗的大炕上坐下，问起她今天都干了些什么，吃得好不好，午觉睡得好不好之类的话。

窦昭就把陈嘉的来意告诉了宋墨，并道："你觉得这种事能信任他吗？"

宋墨沉吟道："那两个小姑娘的长辈多半是被锦衣卫缉拿了，得看看她们家长辈到底是犯了什么事，家里的女眷是充了公还是被流放或是被发卖……你如今怀着身孕，就当是为孩子积福，只要不是什么作奸犯科的大事，我们就伸把手好了，就算是不适合服侍你，把她们送还给她们家的长辈，也算是救了两条性命。"

窦昭点头，吩咐小丫鬟端了晚膳进来。

宋墨看着竟然比平时丰富很多，笑道："夫人莫非是要和我庆祝从今日起，我们这些人的衣食住行都得看夫人的眼色行事了？"

窦昭笑道："你知道就好！若是胆敢惹了我生气，立刻减菜！"

宋墨哈哈大笑。

两人又开了几句玩笑，这才静下来用晚膳。

饭后，两人移到内室临窗的大炕上喝茶。

窦昭就问起昨天的事来："你记起来答应伯彦什么事了吗？要不要我去问问十二哥？"

"不用了。"宋墨笑道，"还好昨天是陈核当值，不然还真得请你去问问舅兄了。"然后他眉头微蹙，道，"你知道那个匡卓然和伯彦到底是什么关系吗？"

窦昭听着他的语气不妙，忙道："出了什么事？"

"也没什么大事。"宋墨表情轻松，可她还是从他的语气里听出了几分凝重，"听伯彦的口气，那匡卓然要找的范士畴是家茶叶铺子的东家；可我查到的范士畴，却是酒醋局的管事太监。不仅如此，此人还是汪格的干儿子，汪渊的干孙子。"

只要是扯上了宫里的太监，事情就会变得错综复杂，特别是汪渊这个在前世做了十几年秉笔太监的人，在皇上宾天之后还能做到慈宁宫的大总管，这就足以让窦昭打起十二分精神来。

她道："我明天一早就把伯彦叫来问问。"

宋墨道："我已经派人去请了。看样子，他等会儿就应该过来了。"

窦昭吩咐丫鬟准备了窦启俊最爱喝的大红袍，窦启俊却是和窦德昌一起来的。

三个人进了小书房，窦昭有些担心，想了想，也跟了过去。

宋墨倒没有避她，一面扶她在身边的太师椅上坐下，一面继续和窦启俊说着话："……照你这么说，有经验的好船工难寻，那些人实际上是看中了匡家的船队。可太监虽然爱财，却不能随意离宫，大多宁可敲上一大笔，却不会做出这种夺人产业的事来——他又不能自己经营，要了何用？只怕其中大有蹊跷，最怕就是涉及宫闱之事。宫里如今颇为受宠的静嫔，就是广东人。那犄角旮旯的番禺，除了他们广东本地人，外地人有谁知道？你若是信得过我，不如让那匡卓然来找我，你不要管这件事，好好准备明年二月的春闱就行了。"

知道了那个范士畴的身份，窦启俊也感觉到事情棘手，他想了想，道："我看这件事还找五伯祖吧？免得把您也给牵连进来……"

宋墨不悦道："一家人不说两家话。要说和宫里的人打交道，五伯父还真就不如我。"

窦启俊想到刚才宋墨扶着窦昭时的表情，哑然失笑。

枉自己自称是个伶俐人，也有看不清楚的时候。

宋砚堂分明是看在四姑姑的面子上，才不遗余力地插手这件事，自己反倒误会他是个热心快肠之人……

"那就多谢四姑父了！"一旦想清楚了，窦启俊比谁都果断干脆，朝着宋墨抱拳，毫不客气地道，"事不宜迟，不如我现在就去把匡卓然叫过来好了，我也想知道其中还有什么内情。"

宋墨颔首。

窦启俊和窦德昌去了圆恩寺胡同的客栈。

宋墨吩咐人竖了座屏风在小书房里，并对窦昭笑道："等会儿我们说话，你就在屏风后面听。"随后叹气道，"本应该带着你到处走走的，可我现在当着差，实在是走不开，你在家里肯定很无聊，听听这些事，权当是在解闷了。"

窦昭心情复杂。

和宋墨成亲，她从来没有想到有一天，她得到的竟然远比付出的多得多！

她环着宋墨的腰，把头倚在了他的肩头。

宋墨微微一愣，嘴角忍不住地翘了起来。

他回抱着窦昭，感受着妻子对他的柔情，仿佛像喝了梨花白似的，让人沉醉不愿醒。

只可惜这种无声胜有声的缱绻总是让人觉得短暂，窦启俊和窦德昌带着脸色发白的匡卓然进来的时候，窦昭已坐在了屏风后面。

有些茫然地给宋墨行过礼之后，匡卓然的面色更苍白了。

他喃喃地对窦启俊道着："原来英国公府是你们家的姻亲啊！没想到你们家还有这样显赫的姻亲！"又道："怎么会这样？我们家不过是在番禺能数得着数的人家，京都的贵人怎么会知道我们家的？"仿佛受了惊吓，到现在还没有回过神来似的。

这也是大家想知道的。

窦启俊开始语气温和地问着匡卓然事情的前因后果。

匡卓然自然知道其中的利害，喝了口茶，定了定心神，仔细地回答着窦启俊的每一个问题。

事情变得很简单，匡家是番禺数一数二的大地主，新任的番禺县令重新审定了缴纳税赋的黄册，匡家成为纳税大户，匡家不服，找到了和自家颇有渊源的知府，由知府出面，把匡家的税赋由一等变成了二等，没多久，他们家的生意就被人惦记上了。

宋墨和窦启俊听后，两人不由得互相看了对方一眼。

这次说话的，是宋墨了。

"新任的父母官上任，匡家没有去拜访吗？"

"去了。"匡卓然有些不自在，但还是很诚实地道，"不过态度有些倨傲。"

"那改了黄册之后，你们有没有借这个机会和父母官重新修好呢？"

匡卓然脸涨得通红，低声道："家祖有些脾气，我姐姐又和知府的次子定了亲，所以……"

所以人家下决心给你们小鞋穿了。

宋墨和窦启俊低头喝了口茶。

窦德昌听着忍不住道："我们窦家不知道出了多少个举人进士，如今连内阁也占了一席之地，父母官上任，却从来不敢怠慢，县里有什么事，从来都是第一个捐钱捐物。破家的县令，灭门的府尹，难道你们家连这个道理也不懂？你们家怎么就成了番禺首富的？真是弄不明白！"

匡卓然却骇然于"我们窦家不知道出了多少个举人进士，如今连内阁也占了一席之地"的话，他望着窦启俊失声道："难道伯彦兄是北楼窦氏的子弟不成？"

窦启俊望着窦德昌，只能在心里暗暗叹气，道："我正是窦氏子弟。"

匡卓然扑通一声就跪在了窦启俊的面前："窦兄，请你救救我们匡家！"

窦启俊忙去拉匡卓然："你我兄弟一场，这样就没意思了。"

匡卓然又羞又愧地站了起来。

宋墨却在旁边摸着下巴："我觉得，你们弄错人了！"

宋墨的话，让匡卓然等人傻了眼。

"世子爷，"匡卓然吞吞吐吐地道，"您是说我父亲上当受骗了吗？"

窦德昌和窦启俊也有这种想法，他们目光灼灼地望着宋墨，想听宋墨怎么说。

那种洗耳恭听的模样，让宋墨笑了起来。

"那倒不是。"他道，"我只觉得，他们的目的分明就是想接手匡家的产业，而照我对那些内侍的了解，他们通常都没有这样的耐性去经营这样的产业，你们应该查查这个新上任的父母官蒋捷是谁的门生或是谁的师兄弟才是，只有这样的关系，才可能和内侍搭得上话。与其去求那范士畴，还不如把蒋捷的幕后靠山给扒拉出来，凭着窦家在士林中的关系，化险为夷的把握更大。"

匡卓然等人听着眼睛一亮。匡卓然更是朝着窦德昌揖礼："十二叔，伯彦马上就要参加春闱了，这件事，只怕还得劳烦您帮着打听一二。"

他和宋墨虽然是头次照面，可宋墨所表现出来的敏锐，让他极为佩服，可他和宋墨之间不管是身份地位还是交情都隔得太远，他实在是开不了这个口。

在他们找不到人的情况下，窦启俊第一个想到的就是窦德昌，而窦德昌在什么也不知道的情况下，只因是窦启俊的请托，二话没说就开始帮着找人，可见窦启俊和窦德昌不仅私交很好，而且窦德昌是个值得相托之人，他只好求助于窦德昌了。

而宋墨和窦昭见匡卓然在自家还深陷困境的时候还能为窦启俊着想，对匡卓然不由得高看几分。宋墨更是对窦德昌和窦启俊道："我看这件事你们两个人都不要插手，交给我好了。"又道，"匡卓然，你有什么事，就直接找我吧！"

匡卓然自然喜出望外，谢了宋墨又去谢窦德昌和窦启俊。

宋墨插手，肯定比他们这样没头苍蝇似的乱闯要强得多。

窦启俊也乐得有宋墨插手，高兴地向宋墨道谢，心情愉快地起身告辞。

匡卓然和他一起回了客栈，窦德昌却留了下来。

匡家的事扯出了汪渊这样的大太监，这让他的八卦之心如熊熊烈火燃烧不止。

他和宋墨嘀咕道："听说金吾卫还没有放假，你总不能事事都亲力亲为吧？要不，我帮你跑跑腿？"

宋墨知道自己的岳父曾有意把窦德昌过继到西窦，虽说后来这件事没了影，可岳父到如今也不愿意纳妾，更是一门心思地要休了王氏。而王家虽然把王氏接了回去，可每当岳父郑重其事地上门说这件事的时候，王家就左支右调地不接话，这件事只怕还要闹几年。岳父已经年近不惑了，再过几年，就算是想添丁也有些吃力了，最后恐怕还是要过继。

论近论亲，窦德昌都是不二人选，何况窦昭是在纪氏膝下长大的，他乐得和窦德昌亲近："若是不耽搁你的功课，你就帮我跑跑腿吧！"

现在宋墨手下三教九流，什么样的人没有，哪里需要窦德昌动手。不过，既然窦德昌好奇，他就分派几件事让窦德昌做做，就当是带着窦德昌玩好了。

窦德昌听了喜出望外，忙道："学堂里早就放了假，要等过了元宵节才开课，不耽搁功课，不耽搁功课！"

"那就好！"宋墨笑着约了他明天早上辰正在宫门口见。

窦德昌高高兴兴地走了。

窦昭问宋墨："你真的觉得这件事是有人扯了范士畴的虎皮作大旗吗？"

"现在还不知道。"宋墨非常冷静理智地道，"要查过之后才能确定。"

窦昭不由撇了撇嘴。

宋墨笑着拧了拧窦昭的面颊，去了净房。

窦昭就从汪格想到了汪渊。

要说梦中的前世汪渊没有参加宫变，她是无论如何也不相信的。可汪渊凭什么觉得辽王就一定会成功呢？他又是什么时候投靠辽王的呢？辽王是用什么条件打动汪渊的呢？

窦昭想到了顾玉从辽王库房里顺来的那些东西，想到了日盛银楼的张之琪……

谋逆，是需要钱的。

而且是大量的钱。

在没有成功之前，就像个无底洞，多少银子都填不满。

而匡家每年三万两银子的进项，而且是那种早已做出来了、只赚不赔的买卖，正是辽王所需要的。

窦昭一直想提醒宋墨防备辽王的野心，却一直没有合适的时机。

她隐隐觉得，如果这件事真的和汪渊扯上了关系，也许对她和宋墨来说，都是一次机会。

窦昭在密切注意着匡家那边的动向的同时，开始安排着英国公府过年的事宜。

大年三十的祭祀，除夕夜宫里的年夜饭，初一的大朝拜，初二、初三要走亲戚，初四、初五的家宴，初六至元宵节的春宴，从客人的名单到喝茶的器皿，样样都要随景而变。像英国公府这样既要参与皇家的庆典，又要应酬同僚的勋贵之家，事情非常多，比起一州一府过年时的繁忙毫不逊色，更远非普通的官宦人家可比。

好在窦昭对此驾轻就熟，不管是哪件事都难不倒她。

管事的嬷嬷们先是见识了窦昭的手段，又见识了窦昭管家的能力，个个自凛，不敢大意。窦昭又放出风来，说自己无意大动干戈，只要是能胜任的，就继续留着；不能胜任的，不管是谁的人，也给我照走不误。管事的嬷嬷们谁也不愿意成为那只吓唬猴子的鸡，铆足了劲，要把差事保住。一时间窦昭的话比那圣旨还灵，不过两天的工夫，她就把事情都安排妥当了。

窦昭拿出体己银子，给当差得力的管事嬷嬷每人赏了十两银子，办事没有出错的，每人赏了二两银子。

一时间，英国公府阖府上下把窦昭夸得像菩萨似的。

宋宜春就像被人打了一耳光似的。

他之所这么容易地就答应把主持英国公府中馈的权力交给窦昭，除了形势所逼之外，更重要的是想看看从来没有管理国公府经验的窦昭焦头烂额，吃力不讨好。

可没想到，他反而成全了窦昭。

宋宜春又气又恼，在去保和殿吃年夜饭的路上，一直板着脸，眼角也没有瞥窦昭两口子一下。

宋墨只当没有看见，窦昭就更不会放在心上了。这就好比那手下败将，已经全然没有招架之力了，谁还会在乎他是高兴还是生气。

保和殿的正殿坐着皇上器重的文武大臣和皇亲国戚，后殿则以太后娘娘为尊，坐着皇后娘娘和众内外命妇。

窦昭无意和太后、皇后或是太子妃扯上关系，老老实实地坐在席间，偶尔和邻座的长兴侯世子夫人、兴国公夫人低声说上两句话，表现得中规中矩，没有任何显眼的地方。

可有些事，并不是你想躲就躲得了的。

太子妃身边的宫女奉太子妃之命送了个大迎枕给窦昭，并低声道："太子妃说，让您垫着，免得腰疼。"

窦昭悄声道谢，一抬头却发现自己已经成了全场的焦点。

她忙低下了头。

但太后娘娘还是指了她问道："这不是天赐的媳妇吗？"

皇后娘娘笑道："您老的眼睛还是那么好使——她正是英国公府世子夫人大窦氏。"

太后娘娘笑道："我记得。"然后又感兴趣地道："既然有大窦氏，那就有小窦氏。那小窦氏是谁？"

"是济宁侯府的侯夫人。"皇后娘娘笑道，"和英国公世子夫人是同父异母的姐妹，英国公世子夫人是翰林院窦万元窦大人的长女，济宁侯夫人是次女。"

魏家还没有资格参加这样的宴请，所以窦明并不在殿中。

"还有这种事？"太后娘娘更感兴趣了，"大窦氏是谁做的媒？小窦氏又是谁做的媒？"

"小窦氏是从小定的亲，大窦氏是英国公亲自瞧中的。"皇后娘娘看了窦昭一眼，笑道。

太后娘娘就仔细地又打量了窦昭几眼，笑道："这孩子长得不错。下次大朝会，你把那小窦氏指给我瞧瞧。"

皇后娘娘笑着称"是"，道："还有桩事，老祖宗您肯定不知道——大窦氏已经有了身孕，还和太子妃的产期一前一后，不过相隔几天而已。"

"这敢情好！"太后娘娘这个年纪，就喜欢听见添丁进口的喜讯，赐给了窦昭一串檀香木的佛珠、一对平安扣、几匹小孩子做衣服的素绸和一块用来做小孩子包被的大红色百子戏春的缂丝。

窦昭上前谢恩。

太后娘娘笑着挥了挥手，示意她退下，低头和皇后娘娘商量着点哪出戏。而刚才只顾着和太后娘娘、皇后娘娘说笑，对旁人等闲不理睬的长兴侯夫人对窦昭明显地热情了起来，就是显得有些木讷的兴国公夫人，也多看了她两眼。

窦昭善意地朝兴国公夫人点了点头。

前世，济宁侯府就算是在她手里重新振作起来，和兴国公府这样的勋贵相比，还是有很大差距的，她和兴国公夫人根本没有什么交情。可她却知道，兴国公在英国公府被褫爵之后，以其低调隐忍的姿态，等到了长兴侯府的败落，成为了京都勋贵中的第一人。

因为得了太后的赏赐，初一大朝会之后，窦昭先向皇后娘娘道了谢，然后去慈宁宫谢恩，等出了内宫，已是未正时分。

杜鸣正焦急地在小书房里等着宋墨。

见窦昭和宋墨一起过来，他恭谨地行了礼，开门见山道："世子爷，夫人，我查出那蒋捷竟然是戴建戴阁老的夫人的表妹的侄儿，乃工部侍郎兼中极殿大学士沐川沐阁老的门生。"

戴建和汪渊过从甚密，而沐川却是皇后娘娘的人，这两个人，都指使得动汪格。

到底是谁呢？

宋墨想了想，道："我直接去问问汪格，先把匡家择出来再说。"

不过一年两三万两银子的事，汪格这点面子还是会卖给他的。

窦昭想的却不一样。

前世，辽王登基后，戴建曾领了一段时间的内阁首辅。不同于皇上在位时的太平盛世，辽王登基后的朝局有些复杂，他能力有限，最终被迫致仕，后又牵扯到了军饷贪墨案中，被抄家流放，死在了半路上。

这两个人，都和辽王有着千丝万缕的联系。

她叮嘱宋墨："内侍们多是睚眦必报之人，你小心点，可别因为这件事把汪内侍给得罪了。"

"我知道。"宋墨笑着亲了亲她的面颊，叮嘱她，"快点梳妆打扮，我和你去给陆老夫人和宁德长公主拜年。"

今天是初二，走舅舅家。

宋墨的舅舅们都不在京都，就走老舅爷陆家了。

窦昭嘻嘻地笑，穿了身应景的大红色灯笼纹缂丝通袖袄，戴着攒珠累丝的头面，又因为怀孕的关系，原本就吹弹欲破的皮肤更加欺霜赛雪不说，还红润可人，整个人显得光彩熠熠，明艳照人，让人看着就精神一振。

宁德长公主看见她就觉得喜庆，拉了她的手对满屋子来给她拜年的亲眷们笑道："这孩子，难怪太后娘娘都要夸一声'长得好'了。"

大家都哈哈地笑。

宁德长公主的外孙女，也就是景国公府的三太太冯氏则在旁边凑趣："外祖母什么时候看表弟妹不是欢欢喜喜的？倒衬得我们都如同瓦砾似的。"

陆家三奶奶素来怕自家姑奶奶这张嘴，忙拉了她："太后娘娘赏了两筐福建的贡橘过来，你帮着我给长辈们剥几个橘子。"

宁德长公主喜欢干净爽利的人，身边服侍的也不能有一丝的拖拉，这剥橘子之类的事，等闲的人向来是插不上手的。

张三太太知道自己家外祖母的性子，一面起身和陆家三奶奶往茶房去，一面佯作委屈地抱怨："就会支使我干活，也不想想，我可是做姑奶奶的人，有姑奶奶回娘家是这样待遇的吗？"

陆二奶奶就反驳道："今天本是你哥哥嫂嫂的日子，你非要跟着过来，我们有什么法子？"

逗得大家又是一阵笑。

陆家的几个晚辈趁机上前给宁德长公主和陆老夫人拜年，讨红包。

张三太太的嫂嫂，也就是冯绍的妻子就低声和窦昭说着闲话："听说你妹妹小产，是因为济宁侯府的太夫人让她立规矩，是不是真的？"

窦明小产的事，窦昭还是第一次听说。

她大吃一惊。

好在她两世为人，经历得多，这惊讶也不过是从她脸上一掠而过就恢复了常态。

"我这段时间都窝在家里保胎，"窦昭笑道，"外面的事，也没有人跟我多说，我也不知道是真是假。"

冯家的这位十一奶奶就有些不高兴，觉得窦昭这话说得太客套疏离，没有把她当自家人。

她就转头和坐在身边的陆二奶奶说起皇家的八卦来："……福圆公主都已经出嫁了，不知道景宜公主和景泰公主会嫁到谁家？景宜公主好歹是皇后娘娘养的，可这景泰公主却不过是个没生出皇子的淑妃娘娘养的，她怎么就那么大的底气，也跟着挑三摘四的不嫁人？"

陆二奶奶笑道："这皇帝的女儿不愁嫁，我怎么知道？"

窦昭却知道。

这位淑妃娘娘虽然没生下皇子，可架不住人家八面玲珑，长袖善舞啊！那"淑"字，可是从前万皇后的封号，不仅给了她，而且在辽王登基后，她是唯一一个陪着万皇后住在慈宁宫的太妃。

她微笑着坐在那里听着屋里的人说话，心里却想着窦明的事。

按理说，窦明小产，就算她和窦明的关系再差，也应该告诉她一声才是，可不管是静安寺胡同还是槐树胡同都没有知会她一声，难道冯十一奶奶说的是真的？她怀着孩子，大家怕她知道了糟心，所以才不告诉她的？

回到家里，她问宋墨。

宋墨显然早就知道了，他道："六太太和舅母都叮嘱我不要告诉你，而且送年节礼的时候济宁侯府也没有作声，我也就没跟你说。"

实际上，他也不希望窦昭过多地关注济宁侯府的事。

窦昭问他："这么说来，窦明被她婆婆立规矩而小产的事，是真的了？"

宋墨点头："六太太和舅母都是这么说的。"

窦昭不由唏嘘感慨。

在梦中的前世，她嫁到魏家，第一个孩子也小产了。

可她小产，却是自己的责任。

说起来，田氏就是个没有主见、没有头脑的人，能让田氏想起来用这种办法折腾窦明的，除了魏廷珍，没有第二个人。

以窦昭的眼光来看，田氏是个很好相处的人，只要你哄着她点、把姿态放低点，她就会心疼你，把你当成需要她保护的人。前世，她就是想办法得到了田氏的认可，然后通过田氏拿捏魏廷珍的。

窦明这才嫁过去不到半年，就和婆婆、姑姐都站到了对立面上，以后恐怕还有"好"日子等着她。

这算不算是她处心积虑嫁过去得到的"福利"呢？

窦昭讥讽地笑了笑。

既然六伯母和舅母都不想她为窦明的事烦心，她也就装作不知道。第二天换了件宝蓝色十样锦的妆花褙子，宝蓝素面绣玫红色莲花纹的马面襕裙，换了点翠缠丝的头面，珠光宝气地由宋墨陪着回了娘家。

窦世英看到窦昭非常的高兴，提也没提窦明的事，只是对她道："你十一哥带着你十一嫂回岳家给岳家的长辈拜年去了，你六伯父和你六伯母等会儿会带了你十二哥过来吃饭。"

窦昭自然是喜出望外，由高升家的带着去了内院给舅母和表姐拜年，宋墨则和窦世英去了书房。

丫鬟奉了茶盅上来。

望着汤色鲜亮、香味醇厚的茶水，宋墨不禁为自己叹了口气。

茶盅里是上好的铁观音。

偏偏窦世英一无所察，还在那里一个劲地劝宋墨："我特意让人从福建安溪弄的，你尝尝味道如何。如果觉得好，等会我给你包点带回去。"

望着岳父满脸期待着赞扬的表情，宋墨除了受宠若惊地表示感激，还能说什么？

窦世英满意地笑了，和宋墨说起他的差事来："金吾卫是皇上的亲卫，只要对皇上负责就成了。五城兵马司可不一样，他们和平头百姓打交道多，怎样主持公道，为民伸冤，就成了主要的职责。你要注意把握两家之间的不同，既不能失了帝心，也不能失了民心……"

宋墨认真地听着，比在皇上面前还要恭谨，心里却嘀咕着：我又不要做皇帝，要民心做什么？事情差不多就行了，矫枉过正，说不定连帝心也没了。

窦世英哪里知道宋墨心里在想什么，见宋墨一副乖乖受教的模样，不由想起了另一个女婿魏廷瑜。

女儿和婆婆有矛盾，作为女婿，肯定是左右为难的，就算是要偏袒母亲，也是情有可原。可魏廷瑜却把过错全推给了窦明，还要收了窦明的陪嫁，让窦明跟着田氏学规矩！也不想想窦明怀的可是他们魏家的骨血，全然没有一点夫妻情分……这让他想想就觉得心疼。

窦世英眉宇间就不由流露出几分不悦来。

宋墨暗暗吃惊，一面和窦世英说着话，一面反省自己刚才的言行。

没有什么地方回答得不妥的啊！

宋墨想了半天，也没有找到窦世英皱眉的缘由。

窦世英却已把这件事抛到了脑后——这是他对那些让他头痛之事的一贯态度。

他问宋墨："听说寿姑现在在主持英国公府的中馈，她忙得过来吗？要不要我再买几个丫鬟媳妇去服侍她？"

"不用了！"宋墨也不是那多愁善感的人，此时不知道，过后查查不就知道了。他也把心中的那些忐忑丢到了一旁，道，"寿姑说家里的事都有定例，她照着做就成了，轻松得很。若是我们忙不过来，肯定会请岳父帮忙的。"

这话说得，让窦世英心里像大冷天里喝了杯热茶一般妥帖得不行。

他想了想，从书案下的藏格里摸出个巴掌大的匣子递给宋墨："看看喜欢不喜欢？"

宋墨打开，是块像老树根似的黑漆漆、脏乎乎的东西。

他微微有些变色，道："这不会就是传说中的陨石砚吧？"

"正是！"见宋墨认货，窦世英得意地道，"这块就是那名为'天外飞仙'的陨石砚了。送给你了！回去自己用也好，留给我外孙用也好，也算是个稀罕玩意了。"

何止是稀罕，简直是珍贵！寻常人家有这样一块砚台，都要当传家之宝的。

宋墨想着岳父是读书人，就如同宝剑之于名士，红粉之于佳人，在岳父的眼里，这块砚台的价值更大。他本能地就想拒绝，可眼角的余光看见了窦世英那隐含着期盼的表情，他不由得心中一颤。

岳父，很寂寞吧？这么多年，他一直活在自己画出的圈子里，别人走不进去，他也不愿意走了出来，时间长了，别人不知道怎么走进去，他也不知道怎么走出来了。

他想起了岳父对他毫不设防的好，顿时眼眶有些湿润。

"岳父！"宋墨笑嘻嘻地道，"您既然留了这么多好砚台，肯定也留了好墨吧？有砚无墨，有什么用？您不如也赏我几块好墨吧？您外孙以后下场，没有好墨，怎么写得出好字来？"

窦世英哈哈大笑，心情十分愉悦。

他朝着宋墨招手："你随我来——我这里还真就有几块好墨，是寿姑的祖父收藏的，也一并给了你吧！"

宋墨马上屁颠屁颠地随着他去了库房。

正在此时，六伯父窦世横一家到了。

第一百二十章　大闹·女儿·牵挂

科举考试，文章能不能得了主考官的青睐，字写得好不好，是重要的原因之一，而想写出一手好字，就少不了要有好墨好砚。

窦世横望着紫檀木匣子里的龙凤墨锭，气得直吹胡子瞪眼的："好你个万元，这么好的墨，竟然藏而不露，你是不是怕我向你讨要？"

他可有两个儿子今年要下场！

窦世英嘿嘿地笑，道："这不是一时没想到吗？我到时候再给你想办法寻几锭好墨就是了。"

窦世横这才神色稍霁。

窦德昌低声和宋墨说着话："那件事到底怎样了？"

"这不是大过年的，还没有遇到汪格吗？"宋墨道，"过了元宵节我就进宫去找汪格，反正这段时间封印，那范士畴想干点什么也不行。"

窦德昌点头。

窦世横喝过来："男子汉大丈夫，有什么事不能光明正大地说，要这样交头接耳的？哪里像个读书人！"

窦德昌是幺儿子，天性又活泼，向来不怕窦世横，又仗着在静安寺胡同做客，窦世英对孩子一向纵容，插科打诨道："我想和四妹夫去逛千佛寺胡同，这话也能大声地说出来吗？"

"嘴上没把门儿的东西！"窦世横眼睛瞪得像铜铃，"你是不是想被禁足啊？！"

窦世英和宋墨都忍不住笑起来。

书房的氛围却被窦德昌这么一闹腾，变得轻松起来。

宋墨心中一动，先问起戴建："……听说他出身寒微，所以对黄白之物特别看重，有这回事吗？"

女婿不是读书人，自然对这圈子的事知道得少。难得他好奇，又闲坐着无事，就当是给小辈们提个醒。

窦世英自是知无不言，言无不尽："谁说戴建对黄白之物特别看重？真正看重钱财的是出身世家的姚相——他精通术数，在户部做了六年的尚书，连皇上都悄悄地向户部借银子使。据说他们家就连扫地的丫鬟也会算术，家里日常的开销一律上账，若是后世要修食货志，我看也不用找什么资料，直接拿了姚相家的账册就知道当时的物价是多少了！"

他说着，哈哈大笑起来。

窦世横生怕他们误会，忙道："你们别听他胡说！姚相那是当堪者当用，省的全是国库的银子，对亲戚朋友、同僚故旧却多有救济，为人很大方。记账，不过是他的习惯而已。至于说到出身，戴相家里倒是稍有几亩良田，供他读书出仕都没什么问题。反而是梁首辅，父亲早丧，靠着寡母帮人洗衣攒下几个钱才能交了束脩，所以他虽然天资聪慧，但举业却一直不顺，断断续续，年过三十才中举。之后又做了几年清贵的翰林，好不容易入了阁，先是被曾贻芬压着，后又被叶世培压着，像个傀儡似的没声没息。掌权之后，从前欠的人情要还，亲戚家人要养，百年之后儿孙的出路要铺，由不得他不重视金银之物。"

像梁继芬这样的读书人很多。

窦世横说着，颇有些唏嘘。

窦世英却不以为然，道："他爱金银之物，也是人之常情。可我就是看不惯他又要银子又装清高的样子，每次见到姚相都像姚相差他几百两银子似的，甚至看到那些新晋的士子里家境优越些的就觉得人家要么是用银子拼出来的，要么是靠了祖上的余荫，没有几个是真才实学，不免有些过了。"

这一点，显然窦世横也没有办法否认。

他沉默不语。

宋墨却在心里摇头。

这话题偏得，都快找不着北了。

"看样子这内阁大臣也一样是个普通人。"他只得笑着把话题又重新拉了回来，"几位内阁大臣中，沐相的家境也算是比较富裕的吧？"

"嗯！"窦世横点头，"不仅沐相，就是何相，也都出身名门望族。戴建虽然差一点，但也不是个缺银子的……"

窦世英插言道："所以每次内阁大臣齐聚，我们的梁首辅都会觉得很难受！"

窦德昌"扑哧"一声笑，又换来窦世横的一顿训斥。

宋墨却在心里琢磨着。

这样看来，戴建和沐川都不可能为了钱财跟匡家过不去。

他抬手摸了摸下巴。

事情变得更加复杂有趣了！到底谁才是幕后的那只手呢？

魏廷瑜直到快午膳时候才出现在静安寺胡同。

窦明因为还在小月里，是污秽之身，不能走亲访友，而他则借口窦明需要人照顾，在厅堂里喝了杯茶就走了。

窦世英对魏廷瑜也很冷淡，吩咐高兴送客，自己回了书房。

想起魏家的糟心事，窦世横的脸色也有些不好看，书房里的气氛也随之低落起来。

窦德昌就嚷着肚子饿了："七叔父，我们什么时候用午膳啊？我早上只喝了半碗粥。"又把气氛炒热了起来。

窦世英失笑，吩咐仆妇们摆膳。

吃到一半的时候，槐树胡同的窦博昌和窦济昌两口子带着孩子过来了。

窦世英自然是喜形于色，道："你们怎么来了？"

窦博昌和窦济昌的岳父岳母都在京都。

窦博昌笑道："我们昨天就去给岳父岳母拜过年了，惦记着四妹夫和四妹妹这是第一次回娘家拜年，我们就过来凑个热闹，也免得四妹夫想打马吊都凑不齐角。"

窦世英笑得见牙不见眼，忙命丫鬟去吩咐厨房的重新做桌酒宴上来。

窦博昌和窦济昌却说自己已经在家里用过午膳了："……早知道如此，就应该来七叔父家蹭饭吃的。"

可窦世英怎么会让他们在一旁干坐着，少不得你推我让一番，重新整了桌酒菜。

而内宅因有了几个孩子的嬉笑吵闹，平添了几分年节特有的喜庆和热闹。

六伯母和舅母几个围坐在炕边说着家长里短，蔡氏却把窦昭拉到了一旁，悄声道："还好那天你没有去！我见过不要脸的，却没有看见比魏家更不要脸的！想占媳妇的陪嫁，竟然说得那样的理直气壮。那魏廷珍好歹也是功勋世家的宗妇，怎么说话做事那么没谱？也难怪她的婆婆瞧不起她，一直抬举石氏和冯氏两个儿媳妇了。"

窦家之所以没有把窦明小产的事告诉窦昭，是因为窦昭正怀着身孕，她们两姐妹的关系又很紧张，既担心窦明受刺激，又怕窦昭烦心。但在郭氏和蔡氏代表窦家的女眷去看望窦明的时候，六伯母还是以窦昭的名义让她们代送了一份补身的药材给窦明，窦昭还是刚才遇到六伯母的时候才听她提起，郭氏和蔡氏去魏家发生了什么事，她根本就一无所知。

前世，她的嫁妆也不多，魏家却从来没有打过她嫁妆的主意，怎么重生一世，田氏和魏家都变得让她有些不认识了？

窦昭不由蹙眉，道："这到底是怎么一回事？"

蔡氏就把田氏怎么对窦明不满，魏廷瑜又怎么和魏廷珍一条心，逼窦明把嫁妆交出来，王家又是怎么对窦明不理不睬的……像说书似的，把事情的经过说了一遍。

窦昭非常意外，道："王家怎么会对窦明的事不理不睬的？"

蔡氏见六伯母等人正说得高兴，没有谁注意到这边来，她这才悄声道："听说王家二太太对七婶婶常年住在王家很是不满，怂恿着王家二爷和老太太闹了几场，偏生王家大太太也不作声，王家老太太一气之下，就带着七婶婶住到了王家位于京郊的别院里。这件事京都的人多不知道。五姑奶奶派人给柳叶儿胡同送的信，落到了王家二太太的手里，王家二太太把信给压了下来，王家老太太带着七婶婶回京都过年的时候，派人去看望五姑奶奶，这件事才被捅穿。不过，已经晚了，魏家见柳叶儿胡同那边没有动静，魏廷珍把五姑奶奶狠狠地羞辱了一番，还把五姑奶奶身边两个最贴心的一等丫鬟给卖了，五姑奶奶的人托王家找了这大半个月也没有踪影。魏府的人如今都知道他们的夫人和大姑奶奶正在斗法，都不敢到五姑奶奶屋里去服侍呢！"

"那现在怎么样了？"窦明的嫁妆比窦昭当年要多得多，如果落到了魏家人的手里……窦昭颇觉得像吞了个苍蝇似的恶心，"五伯母就没有和魏家理论几句？"

"谁说没有去？"蔡氏生怕窦昭误会了槐树胡同，急急地道，"那魏廷瑜借口窦明小产，把七叔父请去了济宁侯府，谁知却是让七叔父去商量五姑奶奶嫁妆的事。七叔父气得咬牙切齿的，要不是我婆婆及时赶到，只怕两家就要扯破了脸，大吵起来……现在这件事就这样搁着了，说是春节过后再说。可听魏家的口气，要么让五姑奶奶把陪嫁交出来给窦家托管，要不就休妻。七叔父为这事，气得好几天都没有上衙……"

听说父亲被气病了，窦昭原以为自己会很平静，可实际上她心口像插了把刀似的，痛得几乎说不出话来了。

"你们也是的，"她不禁嗔怒道，"这么重要的事，你们怎么能不告诉我？父亲身边本就没人服侍，我们要不回来侍疾，他不更是形单影只！"

"四姑奶奶可别动怒！"蔡氏慌张地解释道，"是七叔父特意嘱咐的，让我们都不要告诉您，怕您知道了生气，动了胎气……"

还好父亲、六伯母和舅母等人对自己爱护有加，没有把窦明的事告诉自己，要不然，要她听着窦明和魏廷瑜狗咬狗似的互相攻讦，肯定会恶心得吃不下饭去的。

窦昭决定等会儿好好安慰安慰父亲。

蔡氏却道："四姑奶奶，我听婆婆的意思，初五那天会请了魏廷珍过来说话，您要不要也去听听？再好好教训魏家的人一顿，也算是您这个做姐姐的对妹妹的维护了。"

窦家的人都知道窦明和窦昭的关系不好，窦昭也说了，不准备和窦明走动，但看在同为窦氏女的分上，会维系大面上的客气。可蔡氏家学渊源，觉得窦昭这么说不过是因为自矜身份，故作大方罢了，如果有机会，谁不希望捅对手一刀？她这才帮着窦昭出主意，趁着窦明连自己的陪嫁都快要保不住的狼狈时候，让窦昭做出以德报怨的姿态，出面维护窦明，在大义上站住脚，窦昭有恩于窦明，让窦明对窦昭有气了也只能忍着。

窦昭何尝不明白，可她一点也不想和窦明沾上关系。

既不会在窦明落魄的时候落井下石，也不会在她得意的时候打压陷害，她有自己的好日子要过，犯不着为她着急上火，劳心劳力。

"家里有五伯母和六伯母，哪里就轮得到我一个出了嫁的姑娘出面？"窦昭很明确地拒绝蔡氏的提议，"让别人看见了，还以为我们窦家没有人了呢！"

马屁拍到了马腿上，蔡氏有些讪讪然。

窦昭懒得理她，坐到了炕边听六伯母和舅母说话："……届时东大街、西大街和长安门都有灯市，非常的热闹。我小时候曾和父亲来过一次京都，印象最深的就是京都的灯市，到如今也念念不忘。到时候舅太太不如带了璋如去看看，那样的盛况，可不是时时都有的。"

原来正在说元宵节的灯市。

赵璋如睁大了眼睛望着母亲，满脸的期盼。

舅母听了笑了笑，带着几分遗憾道："那天的人多，我一个妇道人家带着她一个大姑娘家的，毕竟不方便，如果她父亲在就好了……"

窦昭忙道："舅母，这件事您就交给我好了——颐志堂有很多护卫！"

舅母有些犹豫，却在赵璋如殷切的目光中败下阵来，笑道："那好吧！到时候就麻烦世子爷了。"

"不麻烦，不麻烦。"窦昭笑道，索性做人情，"还有谁要去的？到时候一起去。"

"我要去！"蔡氏知道婆婆是希望她们能和窦昭走得近些，因而立刻笑道，"到时候我和你十哥带着仁哥儿和复哥儿一起去。"

两个小家伙听到母亲说自己的名字，不由支了耳朵听，知道元宵节可以去看花灯，立刻欢呼起来。

窦品媛不乐意了，她抱着母亲的大腿，软糯糯地喊着郭氏："娘，我也要去，我也要去！"

郭氏欲言又止，可望着女儿的眼中不由闪烁着水光。

就在年前，窦博昌的妾室白姨娘，为窦博昌生下了庶长子窦蕴。

窦品媛的声音小了。

窦昭很是同情郭氏，却又怒其不争。

女儿怎么了？难道女儿身上流的就不是窦家的血了？女儿就一定不如儿子孝顺懂事了？

窦昭摸了摸窦品媛的头，对郭氏道："十嫂也带品媛一起去吧！我多派几个护卫和老成的嬷嬷，肯定能把品媛照顾好的。"

"去嘛，去嘛！"窦品媛见四姑姑为她说话，撒娇得更厉害了。

郭氏处境艰难，就更舍不得女儿失望。

她感激地望了窦昭一眼，笑着对窦品媛道："那你要听嬷嬷们的话，不可以到处乱跑……"

"我听话，我听话！"窦品媛的小脑袋点得像小鸡啄米，却让窦昭看着心酸。

回家的路上，她依在宋墨的肩头问宋墨："如果我一直生女儿，你会对女儿们好吗？"

宋墨敏感地道："出了什么事？是不是你嫂嫂看什么花树之类的，说你会生女儿？我们家子嗣单薄，就是女儿，一样也金贵着，你别胡思乱想的。"说着，搂了窦昭，道，"更何况是我们的女儿，身上流着我的血，也流着你的血，肯定是最聪明、最漂亮的，谁也比不上！女儿多了，我们还可以挑女婿，把别人家的好儿子都挑到我们家来，逢年过节就往我们家送酒送茶，稀罕死那些生儿子的！"

窦昭扑哧一声笑，道："你少哄我开心！"

"我真是这么想的。"宋墨笑道，"要是一屋子的姑娘，天天像看花儿似的，想想就觉得赏心悦目。可要是一屋子的小子，你想想，个顶个五大三粗地往那里一站，那有什么意思？"

窦昭想想，还真像他说的，如果多生几个女儿，好好打扮打扮，岂不是像看花儿似的？

"你就使劲地吓唬我吧！"她抿了嘴笑，"凭我的样子，怎么也不可能生出五大三粗的儿子来，要真生出五大三粗的儿子来，肯定是随了你们宋家的祖辈！"

"那不可能！"宋墨道，"英国公府是有名的出美男子，当初太祖皇帝收养我们家老祖宗，就是看着他乖巧听话，长相俊美。"

"真的吗？"窦昭笑着扳了他的脸，"给我看看，到底哪里漂亮？"

宋墨不屑地轻哼，摆出副清高的模样。

窦昭哈哈大笑。

夫妻一路说笑着回了颐志堂。

窦昭这才记起元宵节的事，忙跟宋墨打招呼，又怕夏瑸等人到时候有事，道："我让段公义和陈晓风他们跟着就行了。"

宋墨想了想，道："护卫就用段公义他们，他们毕竟和窦家的人熟悉些，用起来也顺手，其他的，就交给廖碧峰好了，你不用管。"然后奇道，"元宵节的时候你不准备出去吗？"

窦昭知道宋墨那天要在宫里当值，京都的花灯再好看，一个人看却没意思，她不想出门。

"我这个样子，还是别和他们挤了。"

宋墨没有说话。

过了两天，廖碧峰来见窦昭，道："我在聚德庄二楼订了间雅座，夫人觉得如何？要不要换一间？"

聚德庄二楼的雅座，推开窗，正好可以看见东大街，不用和路上的行人挤，就可以欣赏东大街的灯市了。如果想看西大街的灯市，就得到文馨轩订雅座。而长安街因为对着承天门，怕有人窥伺内庭，整个长安街没有二楼的宅子，如果想去长安街看灯，就只能把马车停在玉河桥一带，自己走了。

毕竟前世在京都住了十几年，窦昭对此很清楚。她没等廖碧峰介绍完几处的不同，当即向廖碧峰道谢："辛苦廖先生了！聚德庄二楼的雅座，每逢有灯市，都是有价无市，这么短的时间，又是临时说起来的，廖先生应该费了很多心吧？"

廖碧峰连称"不敢"，问了几句要求，起身告辞了。

窦昭差了人把当天的安排告诉了舅母等人。

知道还能坐在雅座里观灯，大家都很期待元宵节的到来。

郭氏带着女儿来给窦昭拜年。窦昭大吃一惊，抓了果子给窦品媛吃，又让丫鬟领了窦品媛去后花园看花，这才和郭氏到炕上坐下。

没等她开口，郭氏已道："四姑奶奶别担心，家里没什么事，我就是不想在家里待着，出来走走。说去别人家，娘心里肯定会不痛快，只好借了四姑奶奶的名头，说是您让我带了品媛过来串门。"

窦昭明白郭氏的心情。

她沉默片刻，问郭氏："你有什么打算？"

郭氏苦笑："我还能有什么打算，过一天算两个半天呗！"

窦昭道："你应该想想品媛！女孩子，通常都跟着母亲学。不管怎么说，她也是窦家的嫡小姐，祖父贵为内阁大学士，嫁到哪家做宗妇都是轻而易举的事。可就算是这样，她嫁过去，还要能在夫家站得住脚才是。你能这样过一天算两个半天，品媛却不能！"

郭氏抿着嘴，突然捂着脸无声地哭了起来。

窦昭下了炕，沉声道："六嫂嫂，我的话，你仔细想想是不是这个道理？"说着，出了内室。

若朱几个立刻围了上来。

"没事！"窦昭长长地透了口气，道，"你们在外面听着点动静，要是舅奶奶有什么吩咐，你们好生服侍就是。"自己跑去了后花园，和窦品媛一起看花，吃点心，晒太阳，玩得了个不亦乐乎。

宋墨回到家，就看到她红红的脸庞。

"今天很高兴啊！"他像往常一样，抱着窦昭亲了两口，却被听到响声出来准备和宋墨打个招呼的郭氏碰了个正着。

她"哎哟"一声退回了内室。

窦昭盈盈地笑。

宋墨比她想象的更厚脸皮，神色从容地和眉宇间透着几分慌张的郭氏见礼，好像郭氏才是那个失礼之人。

郭氏哪里还坐得住，带着窦品媛就要告辞回去。

窦品媛还记得这个对自己和颜悦色的四姑父，笑嘻嘻地喊着宋墨"四姑父"。

宋墨高兴得不得了，直夸窦品媛乖巧伶俐，抱着她吃了两块水果，赏了她一荷包金豆子，这才把她交给乳娘。

郭氏看着若有所思，朝着窦昭和宋墨福了福身，带着窦品媛回了槐树胡同。

宋墨笑道："明天我会连着休息五天，家里的事，交给我好了。"

明天是初六。初四、初五的家宴，在沉闷却没有任何意外的情况下结束了，从初六开始，英国公府将开始摆春宴。

英国公府是百年勋贵，多年下来，和京都各豪门大户的关系早已是剪不断理还乱，错综复杂。而春宴又正是各府加深感情、修补裂痕、重新建立人际关系的好时机。若你觉得英国公府的春宴有多难，那也不见得——宴会的标准和礼数都有例可依，主持中馈的人只需要照章行事就行了；可你若是以为办春宴就这么容易，那就错了——去年某人来英国公府做客，也许需要安排到上等的宴席，可今年，也许就只能安排到三等的宴席了。

宋宜春觉得自己想把握好这个度都很困难，更不要说刚嫁进来的窦昭了。

他乐得把英国公府的春宴交给窦昭去办。

窦昭的确对这些不了解，可她能随时、任意地调动宋墨的人，严朝卿、廖碧峰都能为她所用，更何况，她还有宋墨。

"今年的春宴，我来主持。"他拍了拍窦昭的手，安抚着她，并对她道，"我已经跟皇上说过了，我们英国公府的子嗣单薄，你又怀着身孕，不宜操劳。皇上很赞同，所以才连放了我五天的假。"

可到现在，她也没有拿到这几天英国公府需要宴请的客人的名单。

窦昭咯咯地笑。

她越发觉得宋宜春像个女人。

宋墨弄不清楚宋宜春在想什么，而她以女人的角度，却很容易猜出宋宜春要干什么。

这一次她要让宋宜春刮目相看。

吩咐了身边的人不允许透露只言片语，她好整以暇地待在家里吃补品。

所以当曾五奉宋宜春之命将今天需要宴请的客人名单拿过来给窦昭过目时，窦昭放下手中喝了一半的燕窝羹，脆生生地喊了声"砚堂"，道："国公爷将今日需要宴请的名单拿了过来，你还是快点去上院吧，管事的嬷嬷都等在那里听候示下呢！"又道，"眼看就要到用午膳的时候，那些受到邀请的客人应该都快到了，万一客人到了饭菜还没有熟，那可就糟了。"

那口吻，像在吩咐身边的管事似的。

曾五骇然，夫人怎么敢这样使唤世子爷？

偏生宋墨答得理所当然："知道了。我这就过去。外面太冷了，你在家里别到处乱跑，小心受了凉。"

曾五只觉得额头冒汗，背心里冷飕飕的。

自己怎么就听信了国公爷的话，跟着国公爷在这里面瞎搅和？国公爷得罪了世子爷，世子爷还能把自己的父亲怎么样不成？可自己若是得罪世子爷，吕正就是他的榜样！

曾五蹑手蹑脚地跟着宋墨出了颐志堂，绕了一圈，又折了回来，扑通一声就跪在了窦昭的面前："夫人，不是小的不想把名单早点拿过来，而是小的也才刚刚拿到手，小的可是一刻也不敢耽搁啊！您要是不相信，可以问小的身边的小厮！小的骗谁也不敢骗您啊！小的心里，可是一直向着夫人的，就拿上次的事来说，国公爷屋里的银霜炭快要用完了，照国公爷的意思，让小的直接到外面去买，小的怕坏了夫人的名声，不是立刻就让小丫鬟给您身边的若朱姐姐送了个信吗？"

那是因为你怕把自己牵扯进来好不好？

窦昭不以为意地挥了挥手，她还不至于和曾五这样的人计较。

不过，她还是大为感慨了一番。

宋墨这张虎皮可真是好用啊！要不然，就算是曾五怕被牵扯进来，也不会表现得如此卑躬屈膝。

她看着曾五耷拉着脑袋朝门外走去，突然心中一动，喊住了曾五，道："二爷屋里有三个丫鬟年后就要放出去了，国公爷可有什么打算？"

曾五闻言精神一振，忙道："夫人放心，这件事小的立刻就去帮您打听。"

窦昭冷笑，道："不用了。你既然还要打听，那我不如让若朱直接去问问国公爷好了,只怕比你还要快一点。"

曾五立刻蔫了,他讪讪然道:"国公爷想把自己身边一个叫钏儿的拨给二爷,至于三等的丫鬟,还真没有说什么。"

恐怕是瞧不上眼吧!

窦昭似笑非笑地问他:"那你呢?就没有谁求到你这里来?到二爷屋里当差,就是三等的丫鬟,也能穿金戴银,使唤婆子,算得上一份好差事了。"

曾五的脸涨得通红,急急地道:"这些都是主子们的事,哪里轮得到小的置喙。"

"你知道就好!"窦昭没等他说完就打断了他的话,道,"你先下去吧,我有事自会吩咐你的。"

曾五惴惴不安地退了下去。

素兰嘟了嘴道:"夫人,您和他说这些做什么?我看,那二等的丫鬟既然国公爷已有了安排,我们也犯不着和他争,落在了二爷的眼里,反而是我们的不是。不如请了二爷过来,把二爷中意的升了二等或是三等,我们的人添进去做粗使丫鬟好了。通常那些主子最不防备的,就是粗使的丫鬟和婆子了。"

当然,还能给国公爷和二爷之间添添堵,制造点不愉快。

只是这句话不好对夫人说,国公爷也是夫人的公公,把话说明了,只会让夫人为难。

窦昭"咦"了一声,道:"士别三日,当刮目相看。我们素兰和陈核定了亲之后,这人就像通了窍似的,连这些事都知道了!你老实告诉我,是不是陈核跟你说的?"

素兰闹了个大红脸。好在她素来大方,虽然羞赧,但还是落落大方地应了声"是",道:"是他看我不高兴,问我怎么一回事,这才跟我说了那番话的。"

宋宜春想把自己屋里的二等丫鬟钏儿拨给宋翰使唤,窦昭早已打听到了,不过是看着曾五怕宋墨怕得厉害,索性再给曾五一闷棍,让他长长记性,说不定以后有用得着的地方。

窦昭闻言不由得莞尔,但想到素兰的婚期在即,又觉得有些伤感,就像女儿大了要嫁人似的,有些舍不得。

窦昭想让自己对颐志堂更有归属感,想从自己喜欢的大丫鬟里挑一个嫁给陈核。陈核忠义,她很喜欢。但成亲的人是素兰,得素兰看得中才行。她怕素兰碍于自己对她的恩情糊里糊涂地就答应了这门亲事,一直以来都有些犹豫。没想到素兰知道后,竟然跑到外院,指名道姓地要见陈核,和陈核噼里啪啦地说了一大通什么"你若是对世子和夫人忠心,我就嫁给你,不然,我们就是成了夫妻,也长久不了"之类的话。

窦昭急得两眼发花,只怪自己平日太宠着素兰了,见到宋墨后还情绪低落地和他商量着换人。谁知道素兰的这番话却得了陈核和陈母的认同,又打听到了别氏姐妹为何会投靠窦昭的,觉得素心和素兰都是忠烈之人,立刻就答应了这门亲事。

现在看来,陈核对素兰还是挺不错的,知道教导素兰怎样为人处世,只有这样,素兰才会成长。

这是窦昭和素心都对素兰欠缺的一环,前者把素兰当女儿似的,后者因为家变由己而起,对素兰始终有份愧疚之心。

如果嫁给陈核,能弥补素兰的不足,那这就是顶好的一桩姻缘了!

窦昭双手合十,暗暗求菩萨保佑别氏两姐妹都能夫妻和美,白头到老。

拜完了菩萨,她又想到了甘露和素娟。

她又开始头痛。

这两个人可怎么办?

窦昭把颐志堂所有适龄男子的名字都写在纸上，琢磨起来。

宋墨进门就看见妻子在灯下托腮沉思，雪白的面孔温润如玉，乌黑的眼眸明亮润泽，入鬓的长眉又为她平添了几分英气，而且有种岁月沉静的端庄之美。

他示意屋里服侍的丫鬟不要作声，就那么站在那里欣赏了半晌，这才悄然地走了过去。

摊在炕桌上的笺纸上写满了各式各样的名字。

宋墨哑然失笑，道："你这是在练书法吗？"

倒把窦昭吓了一大跳，捂胸长透了口气，忍不住娇嗔道："你怎么进来也不出个声？"

宋墨也没有想到，忙搂了她赔不是："都是我不好，下次再也不这样了。"

窦昭却皱了皱眉，道："你今天喝了很多酒吗？"

宋墨闻了闻自己身上，道："酒味还很浓吗？我刚刚洗漱了一番才进来的。我再去漱个口。"

窦昭自己也是能喝两杯的，而且宋墨身上除了酒味还夹杂着些许的草木香，并不让人觉得生厌。

她搂了宋墨的腰，笑道："不用，就是味道比平时要大一些。今天的春宴怎样？我听说中午的菜做得很一般，好在是酒水不错，又请了戏班来唱堂会，总算没有惹来什么非议！"

宋墨就咬着她的耳朵暧昧道："你不早就知道了——那些人的眼睛都盯在名伶身上，哪里知道自己到底吃了些什么！"

窦昭呵呵地笑。

她这也是防患未然啊！总之，能让宋宜春栽跟头，她很高兴。

宋墨却真诚地向她道谢："辛苦你了！想了这个好法子。"

窦昭笑道："那今天你当着曾五抬举我，又算是什么呢？"

宋墨没有作声，眼眸如晨星般闪光着璀璨的光芒，静静地望着她。

窦昭的心怦怦乱跳，觉得自己仿佛掉进了一池星光中，载沉载浮。

宋墨低声地笑，亲昵地吻着她的唇："寿姑，你这个小傻瓜！"

窦昭回过神来，脸上火辣辣的，狠狠地瞪他。

却不知道自己眸中含情，斜睇过去的目光，更多的却是妩媚。

屋里灯光猝然而灭。

黑暗中响起窸窸窣窣的声音，还有窦昭低低的惊呼……

第一百二十一章　堂会·春色·搬家

颐志堂里风月无边，樨香院却像被大风刮过了似的，连草木都瑟瑟发抖，更不要说那些当值的丫鬟、小厮了。

宋宜春背着手，神色焦虑地在书房走来走去。

八角宫灯莹莹的灯光时而洒落在他的脸上，时而洒落在他的身上，让他的神色显得有些阴晴不定。

"我早就应该想到，那小畜生看在窦氏有几十万两银子陪嫁的分上，也不会让窦氏受委屈的。"他停下脚步，望着宫灯的目光显得有些阴森森的，"他今天代那窦氏出面主持中馈，鹿肉没有烤熟，大虾还带着腥味，芙蓉羹里发现了蛋壳，因为那小畜生站在那里笑盈盈地敬酒，那些人竟然没有一个人敢吭声，还不停地赞着今天的堂会唱得好……"说到这里，他突然想起来了，问道："颐志堂那边，我们不是一直有人盯着吗？怎么宋墨请了广联社的曾楚生来唱堂会你也不知道？这是谁的主意？"

上个月八皇子开府，请曾楚生去唱堂会，曾楚生不敢拒绝，拖着病体去了，唱到中途的时候却失了声，大家都知道他身体抱恙，春节期间就没有人家去请他唱堂会。没想到他竟然会出现在了英国公府，来客惊喜之余，谁还会在意英国公府酒宴的好坏？

宋宜春作为主人，也在场。他气得脸色铁青，但不仅发作不得，还要强压着心头的怒火听着众人的喝彩，强笑着和众人点评曾楚生唱的戏文。

陶器重闻言不由苦笑，道："我也不知道是怎么一回事，事前那边的的确确没有一点动静。"

宋宜春已懒得听陶器重的话，道："事先不知道，难道事后就不会去查？"并阴冷地道，"今天他能拿了曾楚生救场，我看明天他怎么办。"

陶器重沉默了片刻，低声应"是"，趁机退了出去。

站在廊庑上，他不禁长长地透了口气。

国公爷像是被气糊涂了似的，现在心思全放在这些小事上，就算是压制住了夫人又有什么用？只要世子爷在皇上面前还得宠，只要世子爷的仕途还顺利，那些人就会对夫人礼让三分。不要说夫人精明能干，等闲寻不到她的错，就算是寻到她的错，那些人难道会为了看热闹而去指责夫人，和世子爷结怨不成？

陶器重摇着头往外走。

路过茶房的时候，他看见曾五正嬉皮笑脸地和个穿着绯色褙子的丫鬟在抄手游廊的拐角处纠缠。

陶器重颇有些无奈地叹了口气。

国公爷新提上来的这个曾五，和吕正相比可差得远了！

念头闪过，他神色微滞。

那个穿绯色褙子的丫鬟，好像是国公爷屋里的落雁……

他忙又折了回去。

曾五和落雁都不见了，茶房里只有个小丫鬟在看着炉火。

他在周围转了一遍，没有看见曾五，却看见落雁端着只空的霁红小碗从宋宜春的屋里出来。

看见陶器重，她吓了一大跳，声音紧绷地喊了声"陶先生"，神色有些慌张地道："国公爷还没有歇下，我这就去帮先生通禀一声。"

"不用了。"陶器重不动声色地道，"我刚从国公爷屋里出来。你忙你的去吧！"

说着，朝外走去。

落雁松了口气。

看着陶器重的身影消失在了夜色中，拔腿就朝茶房后的桂树林跑去。

曾五正翘首以盼地在那里等着。

看见落雁,忙道:"怎么样了?"

落雁捂着胸口,气喘吁吁道:"差点被陶先生发现……你快记下来,我只记得这么多……一共有二十八个人,全是三公主那边的,除了三公主,还有十二个女眷……"

把明天宋宜春要宴请的人说了个七七八八。

曾五虽然能写几个狗爬式的字,可这黑灯瞎火的,没纸没墨,他拿什么写。

但他记性好,落雁说的人他也记了个七七八八。

塞了支鎏金簪子、两朵珠花并几块碎银子给落雁,曾五一溜烟地跑了。

落雁不想要什么簪子和珠花,被人发现了,还以为她和曾五有私情,可曾五跑得快,她还没来得及说什么人就不见了。

她只好悻悻然地出了桂树林,在茶房门前却看见陶器重正朝里张望,她一时有些错愕,陶器重却笑了笑,道:"我刚才好像看见曾五……"

落雁就觉得衣袖里的那些首饰有点滚烫,道:"我没有看见曾五……"

陶器重一面往外走,一面笑道:"或许是我花了眼。"出了樨香院,心里却暗暗纳闷,难道自己想偏了?

他去了曾楚生位于千佛寺旁的宅子。

曾楚生亲自迎了出来,非常客气地对他道:"国公爷已赏了重帛,怎好劳动陶先生亲自走一趟?您有什么事,只管派个人来说一声就是了。"又拿了上等的碧螺春待客。

陶器重暗暗惊愕。

听曾楚生这口吻,是国公爷请他去唱的堂会!

这怎么可能?难道是有人假借国公爷之名行的事?

他试探道:"也不是什么大事,就是国公爷来让问问,接下来曾先生有什么安排?"

曾楚生笑着吩咐徒弟拿了份大红洒金的戏单递给了陶器重,道:"这是接下来我要唱的戏,若是国公爷觉得不好,随时都可以照着国公爷的意思改动。"

陶器重就收了戏单,道:"我临来时才得了吩咐,也不知道因前后果……"

曾楚生惯在豪门大户里走动,以为陶器重是和哪位管事争风头,忙道:"是贵府回事处崔十三崔爷请的我,这戏单也是崔爷的意思。"

英国公府回事处哪有个姓崔的?

陶器重有几息的茫然,很快就意识到,这姓崔的,十之八九是夫人娘家老姨奶奶崔氏那边的亲戚……曾楚生已经去唱过一堂了,英国公府也接待了,他难道能说那姓崔的是假的不成?

陶器重气短胸闷地和曾楚生应酬了几句,就起身告辞,回了英国公府。

宋宜春已经睡下,知道陶器重过来,又爬了起来。

陶器重把事情的经过告诉了宋宜春。

宋宜春当场就踢翻了个脚凳。

脚凳翻了,他的脚尖也痛得要命。

他捂着脚尖冲着陶器重喊道:"明天就把那个戏子给我赶出去!他还想在我们家连唱几场?门都没有!"

"千万不可!"陶器重急道,"那戏子常在各府走动,特别是和那些老夫人、太夫人打交道的多,难保他不像个女人似的嘴碎。我们若是贸然地把人给赶了,那些老夫人、太夫人肯定会问起的,万一那曾楚生答得不好,有什么风声传出去,英国公府岂不成了笑柄?广联社号称是京都第一戏班,过年过节的,不如就让他把这几天唱完,也凑个热闹！"

宋宜春跳了起来："我奈何不了那对孽障，难道我连个戏子都奈何不了？让他明天就给我滚蛋！"

陶器重知道他正在气头上，怎么劝也没有用，只得黯然退下。

宋宜春在屋里骂骂咧咧了良久，吓得值夜的丫鬟小厮个个战战兢兢了半宿。

窦昭恨不得一脚把宋墨给踹下床去。

"这种事也是能随便和别人说的？"她腾地坐起来，杏目圆瞪着宋墨，"我们夫妻间的事岂不是都被人知道了？"说着，顿时委屈得落下泪来。

"没有，没有！"宋墨笨手笨脚地用小衣帮她擦着泪，"只有皇后娘娘知道，皇后娘娘不是那说长道短之人，她是看着我长大的，就像我姨母似的，她找我去问，也是怕我们少年夫妻不懂事，伤了子嗣。不是你想象的那样。"

窦昭脸色一红，抓了件中衣就披在了身上。

那更麻烦！

她可是辽王的生母！在自己的继子被射杀之后，在自己的丈夫被气死之后，她还能精神抖擞地过日子，那得多硬的心肠啊！

莫名地，窦昭哭了起来。

那些藏在心里的前世过往，无处可宣泄的负面情绪，随着这泪水，像破闸而出的河水，全奔腾着涌了出来。

在宋墨的心里，窦昭是聪慧的，是机敏的，是坚韧的，所以当她哭的时候，宋墨震惊之余，还有种锥心之痛。

他慌慌张张地抱住了窦昭，不停地道歉："是我不好，是我不好！以后不管是谁，我也不说你的事了！你别哭了，这次全是我的错，我以后一定会注意的！"急急地用被子裹了窦昭，继续哄着她，"不哭，不哭！都是我的错！我给你赔不是！"

或者是因为知道宋墨喜欢自己，知道眼前的这个人会心疼自己的伤心，窦昭哭得更厉害了。

宋墨只好一直哄着窦昭，直到他变了个小戏法，这才让窦昭破涕为笑。

他不由得松了口气，拧了拧她哭红的鼻子，佯作出副恶声恶气的样子，道："以后再也不准这样了，有什么话好好说！"

窦昭不好意思地点了点头，一改往日的飒爽，反而有几分娇憨，像个小姑娘似的。

宋墨突然明白过来。

窦昭，这是在向他撒娇呢！

他不由抿了嘴笑，不仅不觉得讨厌，反而觉有种被需要的满足和喜悦。

第二天早上，窦昭犯困得不行，抬手都觉得累，只想睡觉。

宋墨亲昵地吻了下她的面颊，叫了掌管对牌的甘露进来，问内院还有什么事。

甘露错愕。

宋墨已道："夫人有了身孕，要多休息，今天有什么琐事，你们就来回我吧！"

甘露默然低头，喃喃地应"是"。

宋墨神清气爽地去了外院。

今天英国公府宴请的是宋宜春的老友三驸马石崇兰一家和几位与石崇兰身份地位相当的朋友。

三公主临时决定留在家里："英国公府由窦氏主持中馈，她正怀着身孕，我去了，她就要执礼服侍我。我虽然不喜欢蒋氏，可没有和窦氏过不去的道理。你自己去吧！"

她可不想卷到宋宜春父子的矛盾中去。

宋宜春每年初六都会请石崇兰过府吃春酒，他倒没想那么多，又觉得带了孩子麻烦，一个人去了英国公府。

宋宜春没有看见三公主，很是惊讶。

石崇兰只好借口家里有客，走不开。

宋宜春总不能勉强三公主来做客吧？

他只能强忍着心中的失望，陪石崇兰去了书房。

不一会儿，众人断断续续地到了。

都没有带女眷。

借口几乎都是家中有客。

宋宜春气结。

宋墨亲自来请众人去花厅喝茶喝酒。

众人笑着和宋墨寒暄着，一起去了花厅。

初春的天气还很冷，风吹在身上依旧刺骨。花厅槅扇紧闭，烧了地龙，温暖如春。大家几杯酒下肚，话不由多了起来。

这个问宋墨近日都在做些什么。

那个问宋墨和东平伯的关系如何，他表姐家的三小子在五城兵马司当差，让他有空和东平伯打个招呼，提携提携。

还有人问宋墨："东平伯不过是暂兼五城兵马司的都指挥使，还兼着五军都督府掌印都督之职，过了年，他应该回五军都督府了吧？你有没有可能进一步，到五城兵马司去？"

宋墨态度恭敬谦逊："我年纪还小，还要跟着诸位大人好好历练才是，现在说起五城兵马司都指挥使之类的，还言之过早了。"

答得滴水不漏，既没有一味谦虚地否认自己的野心，也点出了自己的不足，让几个年长的宾客不由捻须点头，觉得他诚实稳重，赞不绝口，纷纷恭喜宋宜春后继有人。

宋宜春笑容僵硬，还好那戏要开锣了，大家移到了挂了暖帘的廊庑里听戏。

石崇兰落后几步，和宋宜春走在了一起，悄声道："你和你们家大小子到底是怎么一回事？男人哪有不犯错的？就算是他偷了你屋里的人，也过去这几年了，你也别总揪着不放了。女人哪有家业重要？"

宋宜春唯有苦笑。

石崇兰看着心中一动，声音更低了几分，道："怎么？难道还有什么内情不成？"

宋宜春欲言又止。

石崇兰耐心地等着。

最后宋宜春还是叹了口气，拉着石崇兰去了廊庑。

内院的窦昭听说众人都没有带女眷，颇为意外。晚上宋墨回来，她问宋墨到底是怎么一回事，宋墨笑道："你如今不便待客，难道让她们和那些管事嬷嬷坐在一起说话啊！"

窦昭咯咯地笑，不由抚了抚肚子："这孩子架子可真大！"

宋墨吻了吻窦昭的面颊，又摸了摸她肚子，这才去了净房洗漱。

接下来的几天窦昭都过得很惬意，只在初十那天宴请窦家长辈的时候，窦昭出面应酬了一下，到了元宵节，宋墨又以灯市喧嚣为由，请旨特准窦昭在家待着。

窦昭原来担心皇上会不悦，谁知道太子也以同样的理由为太子妃请旨，皇上突然觉得皇室人丁兴旺，是个好兆头，不仅准了宋墨和太子之请，还赏下了元宵、花灯等物给窦昭和太子妃过节。

消息由护送舅母、赵璋如和窦家女眷去看花灯的段公义、陈晓风等人传到窦家众人的耳朵里，大家不由得都为窦昭高兴。特别是舅母，和纪氏感慨："寿姑能嫁了这样一个好女婿，也算是苦尽甘来了。"

纪氏没有搭腔。

她想到了纪咏。

前些日子，纪老太爷为纪咏相了门亲事，还没等到两家相看，女方就变了卦，还让人带信给纪老太爷，说什么我们家的姑娘又不是嫁不出去，犯不着上赶着倒贴，任纪家的人怎么寻问、解释，对方也不搭理，实在是被问急了，丢了句"有什么事，问你们家纪探花去"，亲事没成，反成了仇家。

纪老太爷气不打一处来，喊了纪咏过去质问。

纪咏供认不讳，并道："我要找个合自己心意的妻子，你们若是再这样乱点鸳鸯，我还有手段等着，到时候别弄得朋友都变了仇人就好！"

一席话气得纪老太爷倒仰。

纪父则是好话说了一箩筐。

纪咏依旧不改初衷。

纪母没有办法，趁纪氏回娘家拜年的时候拉着她抱怨，让她去劝劝纪咏。

纪咏在纪氏面前收敛了几分，可说出来的话一样让人跳脚："这件事你们谁也别管，我想成亲的时候自然会成亲。曾祖父曾经答应过我，只要我考上了进士，他就不管我的事。现在我不仅考上了进士，还老老实实地在翰林院供职，他若是想食言，我也不会遵守承诺。我母亲既然请了姑母出面说项，还请姑母把我的话一字不差地告诉老太爷。"

纪老太爷闻言黯然，和纪氏说着体己话："你说，见明是不是还惦记着你们家四姑娘？"

一边是婆家，一边是娘家，这种话叫纪氏怎么好回答？

"应该不会吧！"她和着稀泥，"见明的性子您还不了解，若他心里还有寿姑，只怕早就想着怎样拆散别人了，怎么会这么安静？"

纪老太爷想了想，叹道："你说得有道理，他还真就是这个性子。"

纪氏就劝道："有些男人知事得早，有些男人知事得晚，见明如今已是两榜进士，您还怕他找不到好妻子，这件事我看您也不用担心，也许翻过年他的红鸾星就动了呢！"

纪老太爷点头，道："他是个按着不喝水的，这件事先放一放也好。"遂不再管纪咏的婚事。

可纪氏有件事没敢跟任何人说。

她回家的时候，纪咏来送她，曾问她："宋墨待寿姑可好？"

纪氏当时觉得自己魂飞魄散，立刻就上前捂了纪咏的嘴，匆匆说了句"他们过得很好，寿姑马上要做母亲了，你要是不相信，尽可去打听"，就急急地上了马车。

难道纪咏真的惦记上寿姑了？如果真是这样，可就难办了！

要不要跟窦昭说一声呢？可若是跟窦昭说了，窦昭心里会不会有负担呢？

纪氏觉得左右为难，整个晚上恍恍惚惚的，看了什么灯，吃了些什么小食，都记得不太清楚了，倒是回到家里，看到韩氏从衣袖里拿出个小油包来，打开拈了什么吃食往大儿子嘴里塞。小两口那甜甜蜜蜜的样子，羡煞了旁人。

她不由又想起小儿子来。

纪令则现在已经不接受儿子送去的任何东西了……希望小儿子能迷途知返就好。

说起来，小儿子身上也有纪家的一半血脉。

怎么纪家的人世代循规蹈矩，到了这一代，出了个纪咏不说，还出了个窦德昌？

纪氏无奈地摇头。

到了正月十八，她去送赵太太母女——过了正月十七，收了花灯，年就过完了，舅母和赵璋如也要搬去玉桥胡同了，她素来和赵太太交好，于情于理都要去送送赵太太。何况纪家就在玉桥胡同住，她正好把赵太太引见给自己的大嫂。远亲不如近邻，赵氏母女住在那里，有什么事，也可以让纪家搭把手。

没想到还有比她更早的。

她到的时候，五太太婆媳和窦昭都已经到了。

纪氏见窦昭穿着件大红色镶着玄色貂毛的皮袄，映衬着她肤光胜雪，雍容明艳，不禁上前拉了她的手，笑道："你这怀了孩子，倒更漂亮了。"

窦昭就笑着对赵璋如道："做长辈的都喜欢看女人面如满月，显得富态、有福气，六伯母这是说我长胖了。"

众人大笑。

纪氏道："长胖了有什么不好？心宽体胖，万事顺心顺意才能长得胖。"又拧了拧窦昭的面颊，嗔道："竟然敢编派起六伯母来！"

窦昭躲到赵璋如身边，揽了她的肩直笑。

那笑容，爽朗大方，明媚照人，如五月的好天气。

纪氏从来没有看到过这样开朗的窦昭。

她心情有些复杂，决定改天再引荐大嫂和赵太太认识。

宋墨在玉桥胡同的宅子虽然不大，但贵在精致。

门前是棵百年的香樟树，进门石青色的福字影壁，墙角的一丛竹子比屋檐还高，清一色的黑漆家具，因岁月的流逝显得润泽光洁，中堂上挂的更是一幅价值千金的前朝水墨大师赵炎的《风雪夜归人》。

就连讲究吃穿用度的六伯母也忍不住赞了一声好。

舅母则有些不安，道："没想到这宅子这么齐整，给我们办酒宴，就怕把这宅子给糟蹋了。"

赵璋如将在这里举行婚礼。

窦昭笑道："宅子再好，若是没人欣赏，如同锦衣夜行。您就只管放心地用好了，正好让宅子通通风，沾沾喜气。"

众人听了又一阵笑。

看守宅子的管家嬷嬷忙带了丫鬟、婆子上前拜见。

舅母见宋墨连宅子巡夜的粗使婆子都配齐了，不由得十分感激。

而那管事的嬷嬷先前就得了嘱咐，说在这里暂住的是夫人的舅舅舅母，让她好生服侍，此时又见窦昭亲自送了赵家太太过来，知道是至亲，并不是那上门打秋风的亲戚，越发小心谨慎，不敢马虎，亲自下厨做了两个拿手好菜招待窦昭等人。而窦昭等把舅母送到玉桥胡同，已到了快晌午的时候，既然管事的嬷嬷准备了饭菜，也不客气，就留在宅子里用了午膳。

不过是几道寻常的家常菜，却做得十分可口。

纪氏和五太太都不住地夸宋墨细心。

窦昭抿了嘴笑，决定回去后好好地奖赏奖赏宋墨。

因舅母还在收拾箱笼，她们略坐了一会儿就准备起身告辞，却有小厮跑了进来，道："锦衣卫镇抚司的陈大人听说夫人在这里，想进来给夫人请个安。"

窦昭这才想起来，陈嘉就住在这里，还有纪咏，也住玉桥胡同。

这熟人都扎了堆了。

不知道纪咏现在怎样了？有没有规规矩矩地在翰林院当差？他可不是那种随着年纪增长就会变得沉稳起来的人！

窦昭笑着对那小厮道："我这就回府了。你去跟陈大人说一声，我还陪着几位长辈，不方便见他。我舅母住在这里，他若有心，还请帮着照拂一二。"

小厮应声而去。

蔡氏啧啧道："四姑爷可真是厉害！连锦衣卫镇抚司的人听说四姑奶奶在这里，都要进来问个安！"

五太太皱眉，不喜蔡氏这样直白的势利。

郭氏忙出来打圆场，笑道："这下四姑奶奶该放心了吧？连舅太太的护卫都找好了。"

五太太呵呵地笑。

郭氏道："表小姐马上就要成亲了，明天我过来帮舅太太跑跑腿吧？"

五太太和蔡氏俱是一愣。

郭氏从来都是悄无声息的，怎么突然间变得喜欢应酬起来？

舅母自然乐得身边有个对京都熟悉的人帮忙，迭声应"好"。

窦昭则若有所思地看了郭氏一眼，随着众人一起由舅母送至了垂花门，回了英国公府胡同。

宋墨正和严先生在书房里说话。

窦昭奇道："今天世子怎么这么早就回来了？"

甘露摇头。

正巧素心过府来看她，她把这件事抛到了脑后，欢欢喜喜地迎了素心进来。

"让我看看，你有没有什么变化？"窦昭拉着素心的手仔细地打量着她。

乌黑的青丝绾成了妇人的圆髻，戴了一朵鹅黄丁香花和一朵紫色的紫荆花绢花，穿了件靓蓝色的素面妆花褙子，耳朵上坠了灯笼样的金耳环，清丽中透着几分端庄。

窦昭不住地点头，道："像个管家娘子的样子了！"

素心红了脸。

素娟带了若朱进来，看见素心，惊喜之余少不得又是一番说笑，之后才请窦昭示下："绸缎铺子的掌柜把今年夏裳的料子带了过来，是依了往年的规矩每人一套靓蓝色焦布的褙子，还是换成其他的颜色？"

府里有二三百仆妇，都是春天做夏裳，夏天做冬裳。

窦昭笑道："依往年的惯例好了。"

素娟笑着屈膝要退下去。

素心却对窦昭道："夫人，我记得您嫁过来的时候，有十几匹上好的素绫。这衣料不比其他，经不得久放，我看您不如拿几匹出来赏人，也免得这些素绫都坏在了库房里。"

她话音一落，就深深地后悔起来。

自己如今已不是夫人贴身的大丫鬟了，这些事也轮不到自己插手，自己却积习难改，又当起夫人的家来。

窦昭一直把素心当成自己的人，倒没有想那么多，感慨道："还是你细心，我都不记得我库里有些什么了！"

那我依旧回来服侍您吧！

话到了嘴边，素心又忙咽了下去。

各府有各府的规矩，嫁出去的婢女有自己的小家要顾，不可能全天服侍东家，断然没有再回来当差的道理。

她想了想，道："夫人，您贴身的婢女找好了没有？要不让素兰晚些日子再出嫁好了？您身边没个得力的人，我想就算是素兰嫁了人，也会不安生的。"

第一百二十二章　　底气・姊妹・女婢

要想找到合心意的贴身婢女，哪有那么容易！

素心和素兰已经服侍了自己四五年，自己不能再耽搁她们了。

窦昭笑道："这不正好遇到了过年吗？婢女的事，等过了二月二龙抬头，天气暖和些了再说也不迟，哪能让素兰为这个就推迟婚期？"

年前窦昭就和宋墨商量过，二月初四给素兰和陈核办喜事。

素心知道窦昭这边还没有找到会拳脚的丫鬟，想到窦昭正和宋宜春打擂台，而宋宜春这个人只为了查清楚窦昭名下到底有多少产业，就能动用死士绑架她们，什么手段都使得出来，心里就更为着急。

她和妹妹虽不如段公义等男子的身手好，可若是有人进犯，出其不意，对那些不怀好意者也能抵挡一阵，给夫人争取一个逃生的机会。如果她和妹妹都走了，夫人的安危怎么办？段公义等人毕竟是男子，总不能一天十二个时辰都跟着夫人吧？

素心犹豫良久，道："要不，我回来陪陪您吧？反正赵良璧这些日子要到各个铺子里去巡视，也不在家……"

"不用这么麻烦。"窦昭笑道，"我又不出英国公府，不会有什么事的。"

素心肃然道："这事不怕一万，就怕万一。您要是不答应，我就跟世子爷说去……"

她的话音还没有落，屋里突然传来宋墨的声音："有什么事要跟我说？"

两人循声望去，就看见宋墨笑着走了进来。

"世子爷！"素心忙上前屈膝行礼，把事情的经过说了一遍，"还请世子爷准我像从前那样在夫人屋里当差。"

"这怎么好？"窦昭没等宋墨说话已阻拦道，"你若是无聊，进来陪陪我，那自然是好。可在我屋里当差，你怎么说也是管事娘子了，哪有还服侍人的道理！"

"她是你屋里出去的，服侍你也是应该的。"宋墨略一沉思，笑着对窦昭道，"这件事你就不要争辩了，就让素心进府服侍你好了。月例照以前的涨一倍，从我那边开销。"他见窦昭还要说什么，又道，"如果赵良璧回来了，素心就回家去。若是有了身子，就在家里养胎好了，不用再来了。"

素心毕竟是新娘子，宋墨最后一句话让她不由脸红，低下头，轻声应着"是"。

窦昭不是那拘泥的人，想着到时候自己注意些，别让素心像自己前世似的，怀了身孕都不知道，酿成大错来就行。

"那你就进府来陪我吧！"她笑着点头，吩咐甘露等人给素心准备住的地方。

素心知道宋墨只要回正屋来就会和窦昭腻在一起，从前总觉得宋墨有些英雄气短，现在自己成了亲，才知道其中的甜蜜，屈了屈膝，抿着嘴笑着把甘露拉了出去。

宋墨笑道："还是用这些媳妇子更好。"

"好你个头！"窦昭横他一眼，眼波如春水般媚丽。

宋墨笑着俯身亲了亲窦昭的面颊，这才去更衣。

窦昭把丫鬟奉的茶递给宋墨，正色道："是不是匡家的事不顺利？"

宋墨一愣，道："何出此言？"

"我看你这么早就下了衙，又和严先生在书房里说了半天话，回来就打趣我，"窦昭道，"我想来想去，这些日子除了匡家的事，就没有其他的事让你操心的了……"

宋墨笑道："你可真是我肚子里的蛔虫！"

窦昭神色却是一紧，道："到底出了什么事？"

宋墨素来觉得窦明聪慧过人，与其瞒着她让她乱猜，还不如把实情告诉她，以她的聪明，危急关头，她至少能想办法自保。因而他坦言道："我让严先生去找汪格，汪格拒绝让匡家置身事外！"

窦昭非常意外，她不由挑眉："他哪里来的这么大胆子，竟然敢拒绝你？就算是汪渊，也不会为了每年两三万两银子的进项得罪你，他难道自认为比汪渊更有面子不成？"

窦昭说着，感觉到了其中的怪异之处。

汪格凭什么拒绝宋墨？前世他可是被清算了的人。

难道说，前世他不是被当成不相干的人清算，而是因为做得太多，知道得太多，被杀人灭口了？

她心神俱震，问宋墨："可查出蒋捷怎么把匡家的事捅到汪格那里的吗？"

"查出来了。"宋墨也觉得这事让人有点啼笑皆非，哭笑不得地道，"蒋捷不满匡家的倨傲，想给匡家一点颜色瞧瞧，偏偏匡家在番禺等地是百年的望族，根深蒂固，等闲之事动它不得。中秋节，蒋捷的师爷奉命来给戴建送礼，正巧遇到了汪格从戴阁老家里出来，回去之后，那师爷说起戴建之事时，把汪格曾亲自来上门给戴建送节礼之事告诉了蒋捷，蒋捷听了，就起了心，冬至节送年节礼的时候，他的师爷借了戴建之名去拜访汪格，在汪格面前诉了半天的苦，求汪格看在戴建的分上，帮蒋捷教训教训匡家……"

窦昭沉吟道："那也不对啊！那蒋捷不过是个七品县令，就算是蒋捷的姻亲，汪格也不可能为了他和两三万两银子得罪你……"她说着，端容道，"砚堂，这件事你只怕要放在心上，好好地查个清楚才是！我倒不是为了给匡家出这个头，而是觉得这件事太不合理了。汪格平时看上去对你挺恭敬的，他突然翻脸，我怕问题出在你的身上。你看你要不要去见见汪渊？皇上那边的事，可马虎不得。至于匡家，由我出面跟匡卓然说好了,既然汪格下了决心给蒋捷出头,就不要再抱着侥幸之心找这个打点,找那个说项了,趁早拿定主意到底该怎么做。"

宋墨和窦昭想到一块去了。

他笑道:"也没你说的那么严重。如果皇上待我有罅隙,过年的时候就不会准了你在家里养胎,还赏赐下东西来。不管汪格是怎么一回事,汪渊那边都得去坐坐了。至于说匡家,既然问题出在了戴阁老的身上,那就让戴阁老帮个蒋捷去收拾烂摊子好了。我就不相信,他会喜欢人背着他拉了他的大旗狐假虎威!"话说到最后,他扯着嘴角,冷冷地笑了笑。

一看宋墨这表情,窦昭就知道,戴建要头痛了。

不过,戴建头不头痛,与她无关,她现在能肯定这件事与辽王有关了。

只有靠上了辽王这座大山,他才会有如此的底气。

自己是重生的,所以知道辽王最终会登了大宝,所以才会忌惮于他。可现在太子并没有犯错,皇上也无意换储君,而且在自己前世的记忆里,太子一直到被射杀,都没有犯过什么错,皇上也没有重立太子之意,太子登基是天下共识,汪格是内侍,就算是辽王像现在这样发展下去,成为辽东之王,对他也没有任何好处,他如果犯了事,更不会为他出头,他凭什么敢把宝全押在辽王身上呢?

她想到了辽王的生母,皇后娘娘万氏。

难道他倚仗的是皇后娘娘?

也不对啊!

像汪格这样的太监,在内宫里一抓一大把,如果他不是汪渊的干儿子,恐怕连宋墨都不会拿正眼瞧他,何况是皇后娘娘?

他的底气到底从哪里来呢?

窦昭有些烦躁地喝了口茶,陡然心中一动。

"砚堂,我想起一件事来。"她急急地对宋墨道,"我好像听谁说过,汪格和崔俊义是冤家,你说,这件事会不会与太监之间的纷争有关系?"

宋墨听着眼睛一亮,道:"我怎么没有想到从这方面下手查证!"他说着,朝窦昭倾了倾身子,道,"你说说看,你有什么想法?"

"想法啊!"窦昭转了转手上镶红宝石的戒指,歉意地望着宋墨,道,"我现在脑子里乱糟糟的,也没有个主意,就是这么一想,也不知道对不对。"

她前世只是个不起眼的末流侯夫人,每次进宫都跟在那些门庭显赫的贵夫人身后。有一次,她落后了几步,无意间听到两个内侍在小声地抱怨,具体说了些什么她没有听见,只听见一句"崔俊义死了都要拉了汪格垫背,我死了,也要拉他垫背"之类的话。她那时候不知道汪格,但对崔俊义有印象,因都是些内宫的旧事,她听听也就忘了,现在突然想起来,就说给了宋墨听。但话说出了口,才知道自己这话有多荒唐。

不要说崔俊义是太子的人,汪格贪图匡家的产业,也只可能和辽王有关系,怎么就扯到了太监之类的纷争上去了呢?

窦昭有些不自在。

宋墨是多敏感的人,怎么会看不出来窦昭的窘然?他搂了搂窦昭,笑道:"没事!那话本上不都说无巧不成书吗?我们有时候遇到想不通的事,就得这样天马行空,说不定就找出条路来。你说的事,我让人去好好查一查,说不定还真就有所发现呢!"

窦昭悻悻地笑。

匡家的事好像越来越复杂,而可用的线索又那么少……她想得自己的头都大了起来。

算了，丢给宋墨去想好！

她把这件事抛到脑后，舒舒服服地喝着燕窝粥。

宋墨则去忙这件事了。

窦昭一碗粥喝完，抬头看见对面被宋墨靠过的还带着凹痕的大迎枕，她顿时有些愣怔。

自从她嫁给宋墨之后，就习惯了有什么事都丢给宋墨，已经很少像从前那样殚精竭虑了。

可是宋墨对未来一无所知！而她却是熟知历史走向的人。

她怎么能放任宋墨如盲人摸象，自己却坐享其成？

难道说，女人一旦依赖了谁，就再也懒得去动脑子？

窦昭不禁打了个寒战。

不行，她不能再这样了。

她得帮宋墨把当年的真相找出来，她得让宋墨避免前世的悲惨，她应该和宋墨一起奋斗才是，怎么能就这样窝在他的羽翼之下？

他可是两世以来，对她最好的人！

窦昭不由深深地吸了口气，挺直了胸膛，高声喊着甘露："帮我拿文房四宝来！"

甘露应声而去，很快拿了笔墨纸砚来。

辽王
皇后
汪渊
汪格
皇上
太子
崔俊义
匡卓然
蒋捷
戴建

窦昭把这几个名字都写了在宣纸上，然后陷入了沉思。

可几天过去了，她还是没有琢磨透这几个人之间的关联，倒是宋墨那边先有了消息过来。

汪格和崔俊义是同时进宫的，两人都能说会道，很会讨顶头太监的喜欢，但汪格比崔俊义更灵活些，常会弄些银子孝敬顶头的太监，所以给太子选内侍的时候，他们的顶头太监推荐的是汪格，但因为汪格当时只认得几个简单的字，太子不满意，被退了回去。崔俊义知道汪格使了银子才得到的这次机会，后悔得直跳脚，知道汪格被退了回来，他借了些银子，去了顶头太监那里。没多久，崔俊义被推荐去了东宫。后来崔俊义就因能识文断字被太子赏识，很快在太子的书房伺候笔墨，渐渐地，崔俊义成了太子的心腹，正四品的内侍。而汪格却还在七品的衔上奋斗，如果他不是抓住机会成了汪渊的干儿子，恐怕此时还不知道在哪个角落里洗马桶呢！

两人的梁子，也就这么结了下来。

素心觉得不可思议："难道就为这个？两人你来我往地斗了快二十年？"

"这还不严重？"窦昭笑道，"官大一级压死人！内侍之间的等级更森严，一个不小心，甚至可以要了性命。不说别的，那崔俊义如今可是能跟汪渊说得上话的人，而汪格见了汪渊却得口称'爹爹'下跪磕头，单凭这个，汪格想起来肯定就得坐不安席，食不甘味！"

"不过，这与匡家的事有什么关系呢？"素心困惑道。

窦昭不禁喃喃地道："如果我知道，还苦恼什么啊？"

素心迟疑道："要不，您去和陈先生商量商量？"

窦昭闻言精神一振，可转念她又黯然了下来。

事关重大，陈曲水已是快知天命的人了，若是在宫变之前形势还不明朗，她还准备把陈曲水和段公义等人都托付给窦启俊，她可不想把陈曲水拖进来担惊受怕。

"我先自己想想。"窦昭敷衍素心。

甘露走了进来，禀道："夫人，那个锦衣卫镇抚司的陈大人又来了，说是要见夫人！"

这些小丫头们都对陈嘉颇有些怨念。

陈嘉前几次来，说了几句话，就得了世子爷的一幢宅子，这次上门，不知道又会骗些什么去？！

窦昭倒觉得这个人无事不登三宝殿，多半是为了之前提到的两个婢女之事。

若他真能解决此事，可谓是雪中送炭了。

窦昭有些佩服起陈嘉来。

她吩咐甘露把陈嘉请到小花厅里喝茶，换了件衣裳，带着素心去了小花厅。

陈嘉依旧是那样恭敬地站在小花厅的中央，听到动静，飞快地睃了一眼，然后垂下了眼睑，给窦昭行了礼。

窦昭温声请他坐下。

陈嘉也没有客气，离着窦昭远远地坐在了靠近门边的太师椅上。

待丫鬟上了茶，他方开言道："上次跟夫人提起的那对姐妹，如今已经进了京，若是夫人想看看，我这就把人叫过来。"

只怕早就在门外候着了吧！正好素心在这里，让她帮着掌掌眼。

窦昭笑道："有劳陈大人费心了，把人带给素心瞧瞧吧。"

陈嘉闻言起身。

素心跟着他去了外院。

半炷香后，她来给窦昭回话："两个小姑娘姓李，武夷人，姐姐叫金桂，刚刚及笄；妹妹叫银桂，今年十三。长得只能算是端正，但身手却很好，比我们两姐妹强多了，人看着也很老实，若是仔细地调教，在夫人身边服侍个茶水什么的，倒也合适……"她说到这里，神色间露出几分犹豫，道，"锦衣卫专窥百官，犯到他们手上的，都不是什么小事。我就怕陈嘉为了给您找两个合适的婢女，或是把人家的父母给牵扯进去了，或是打着世子爷的名头把人给要了来。我就单独问了问两个小姑娘的来历。

"据两个小姑娘说，她们家祖上是南少林的俗家弟子，靠耕种为生，家里也有三百多亩良田。家里的人都习武，叔伯兄弟成年后，都要在外历练一番，却从不在乡亲面前显露身手。但她们的祖父年轻的时候曾在福州最大的镖局里做过总镖师，在南边颇有些名气，也因此收了几个弟子。

"其中有一个弟子后来落草为寇了。

"去年夏天，那个弟子突然悄悄跑到她们家找到她们的父亲，说寨子被官府给剿了，他拼死才逃了出来，如今正被官府通缉，求她们的父亲给几两银子好跑路。她们的父亲怕给家里人惹上麻烦，就给了那人十两银子，谁知道那人还没有走出他们家的大门，就被官衙给缉拿了。她们家因此受了牵连，被当成同党，全都下了大狱，田产也被充了公。

"是陈大人把她们姐妹俩从大狱里提了出来的。

"陈大人还对她们姐妹说了，若是她们姐妹俩能得了夫人的青睐，全家就都没事；若是不能讨夫人欢心，那就只能把她们姐妹俩都再送回大狱去，她们的家人也都该怎么着，就怎么着了。

"我问过两姐妹话后，那两姐妹把我当成了夫人，抱着我的腿就喊'救命'，说让干什么都行，只求能救她们的祖父祖母、爹娘叔伯和兄弟姊妹一命。"

说到这里，素心不由有些恼火，皱了皱眉头，道："您说这是个什么事？他这哪里是给夫人找婢女，这简直是在给夫人惹麻烦！您说，她们家出了这样的事，如若那两个小姑娘说的是实情，我们要是不把人留下来，岂不是害了她们全家？"

窦昭倒没想那么深，笑道："若真是如此，肯定是要留下的，就算两个小姑娘不合适在我屋里当差，这府里总能找到安置她们的地方。可这事却要先和世子爷商量商量，要查证一下两个小姑娘说的是不是实情，如果真的把人给救出来，合不合规矩？我只是怕给世子爷惹麻烦。"说到这里，她不由得苦笑。

这个陈嘉，倒是好手段，简单的几句话，就能唬得两个小姑娘为了父母兄弟的性命，再也不敢生出二心来。

素心道："那我就让陈嘉先把人给带回去吧？就说因是近身服侍，这件事还得世子爷点头。"

窦昭颔首，等宋墨回来，和宋墨说了这件事。

宋墨颇为意外，沉吟道："我嫌那些武林人士之间的牵扯多，怕到时候给你惹了麻烦，准备在镖局里给你找两个信得过之人……若那两个丫头所说的属实，倒也可以用用。别的暂且不说，至少不会生出别样的心思来。"

窦昭道："我们要不要再去查查？"

"这件事我会跟杜唯说一声的，你就别操心了。"宋墨神色有些懒洋洋的。

窦昭以为他累了，笑着应"好"，帮他拿了件家常穿的衣裳，叫小丫鬟进来服侍他洗洗漱。

宋墨从耳房出来，在炕几上找了本书，上了床，靠在床头看书。

窦昭也不打扰他，坐在一旁做针线。

屋子里静悄悄的，显得很安宁。

窦昭暗暗奇怪，往日这个时候，宋墨都会和她聊上几句，今天却一直沉默不语。

她抬起头来，这才发现宋墨的眼睛盯在书上，半晌也没有翻一页，很显然在思考着什么，心思全不在书上。

每个人都有需要独处的时候。

窦昭做着自己的针线，偶尔抬头望一眼宋墨。

窗外响起了更鼓声，宋墨仿佛被惊醒似的回过神来。

他放下书，这才发现窦昭一直在做针线，他微愠，道："怎么晚上又做起针线来了？太伤眼睛。你有什么东西，交给针线房做就是了。我养了她们，是要她们伺候人的，可不是白养着她们捉蚊子的。要是这些人你用着不称手，你只管换人就是。"

窦昭感觉宋墨的情绪有些浮躁。

她不由握了宋墨的手，看着他的眼睛道："你想不想跟我说说话？"

窦昭的目光真诚，表情认真，宋墨能感受到她发自心底的担忧和关切。

他想了想，低声道："我今天派人去查了汪格名下的产业，发现他除了在裟衣寺胡同有幢二进的小宅子之外，别无恒产。而他这几年索要的钱财，足以在玉鸣坊买下一幢五进三路的大宅院都绰绰有余。你说，他的钱都去了哪里呢？"
　　窦昭一下子坐直了身子。
　　辽王！
　　他的钱，肯定去了辽王那里！
　　正是因为他是为辽王敛财，所以他才有这么大的胆子敢拒绝宋墨。
　　宋墨的五舅舅蒋柏荪还在辽东辽王的治下流放。
　　所以他算准了宋墨不敢得罪辽王。
　　而且他若是帮辽王揽钱，皇后娘娘自然要帮衬他。
　　是不是因为他是个干脏活的人，所以辽王登基之后，不仅没有用他，还把他顺手给清理了？
　　不过，他凭什么成了辽王的走狗呢？
　　辽王谋逆，他又扮演了什么样的角色呢？
　　窦昭脑海里有什么东西闪过，她想抓住，却又飞逝无踪。
　　她只好提示宋墨："砚堂，你说，汪格会不会只是个傀儡？"
　　宋墨脸色微变，沉默了良久，低声道："我也这么想。可他到底是谁的傀儡呢？又有谁缺银子缺成这样？竟然要与民夺利！"
　　能让汪格拒绝宋墨的，有几个人呢？
　　或者，他心里也有怀疑，只是不敢深想。
　　窦昭望着宋墨微微有些发白的面孔，猜测着。
　　"那就慢慢查好了。"她轻轻地摩挲着宋墨的手，柔声道，"既然做了，就会留下蛛丝马迹，不过是发现的早晚而已。但你要小心，千万别把自己给绕进去。"
　　宋墨没有作声，目光却显得极其幽远。
　　窦昭道："我们睡吧！明天早上醒来，说不定就能有新发现了。"
　　宋墨亲了亲窦昭的面孔，吹了灯。
　　黑暗中，他隐约地翻了个身。
　　窦昭把他抱在了怀里，安慰似的轻轻抚着他的背。
　　宋墨喃喃地喊着"寿姑"。
　　窦昭的动作越发地轻柔。
　　没多久，宋墨的呼吸就变得绵长起来。
　　昭却睡不着，睁着眼睛一直到了天亮。
　　宋墨见她精神不好，以为是自己夜里吵到了她，笑道："要不，明天要人在床前支张榻，我就在榻上睡吧？"
　　怎么也舍不得分室而居。
　　窦昭笑道："那我还得半夜起来给你披被子，更麻烦。你就好生地在床上歇着吧，别想一出是一出了。"
　　得了她的话，宋墨不由得扬眉而笑，那笑容温暖而和煦，让清晨的空气都变得明快起来。

　　几天以后，杜唯过来禀告窦昭："那李氏姐妹所言俱属实。她们父亲的那个师兄，不仅仅是落草为寇，还绑了福州镇抚司金事的外室，偷了他们家的银子，这才被锦衣卫给紧盯不放的。"

窦昭不由失笑。

杜唯见她感兴趣，就道："李家也是倒霉。武夷一个姓殷的举人，早就瞧中了李家的那三百亩良田，一直苦于没有机会下手，这次李家的徒弟犯事，那殷举人趁机给福州镇抚司佥事送了一百两银子，福州镇抚司佥事就给李家安了个'通寇'的罪名，还把李家的家产充了公。好在那福州镇抚司佥事和陈大人关系不错，由陈大人说项，把人给保了出来，还将那三百亩良田还给了李家的人。"

窦昭暗暗点头，带信给陈嘉，让他把金桂和银桂送过来。

陈嘉听了自然是喜出望外。

他反复地叮嘱李氏两姐妹要忠心不贰，听话乖巧，手勤眼快："夫人若问起你们，不能像上次见着赵管事的媳妇似的，抱着人家的大腿就唤救命，贵人们都只喜欢听高兴的事……"他把能想到的都说了个遍，最后还不忘记威吓两个小姑娘，"只要你们有半点差池，我怎么样把你们家给捞出来的，就能怎么样再把你们家给送进去。"以至于两个小姑娘拜见窦昭的时候还有些惊魂未定，面色发青。

素心不由瞥了陈嘉一眼。

两个小姑娘虽然不是那活泼的性子，可也应对得体，怎么几天的工夫，就像苦菜花似的，全然没有了精神？也不知道这个陈嘉跟两个小姑娘说了些什么？

瞧她们那畏畏缩缩的样子，惊恐的眼神，和上次相比，简直换了个人似的，比英国公府田庄上送来的粗使丫鬟都不如，怎么能近身服侍夫人？

她在心里嘀咕着，思忖着万一夫人瞧不中这两个小姑娘，把这两个小姑娘安置到哪里好。

窦昭却觉得这两个小姑娘不错，皮肤虽然晒得有些黑，手指也比较粗糙，但眉目间显露出几分正气，一看就是那种自幼受庭训的孩子，好好指导一番，相信很快就能适应颐志堂的生活了。

她笑着问起两姐妹家里的情景。

妹妹银桂怯生生地不敢说话，躲在姐姐金桂的身后。

金桂虽然也腿肚子打战，可不敢不说话，硬着头皮磕磕巴巴地道："我们家兄弟多，姊妹少，两个堂姐都已经出嫁了，只有我和妹妹在家。除了每天早上帮母亲做一家人的饭菜之外，还要打扫院子、浆洗、缝补衣裳……"

她怕惹了陈嘉不高兴，真的把她家里的人都送到大狱里去，一句家里的事都没敢提，更不敢在窦昭面前喊冤。

窦昭哪里知道，只是对金桂这种以武传家出身的孩子很感兴趣，笑道："你是浆洗、缝补全家人的衣裳吗？"

金桂点头，战战兢兢地道："我们家世居武夷，没有分家，一共有四十几口人，都住在一起，洗衣做饭这样的事，都是由大伯母领着我们一起做的。"

窦昭沉吟道："你们家出事，你大伯母她们也都被抓了吗？"

金桂的眼泪唰地一下落了下来，哽咽道："除了我七叔带着几个堂兄在外面历练之外，其他的都被抓了……"

她说到这里，很想求眼前这位看起来很和善的贵妇人把她的家人救出来，可想到陈嘉的话，她又不敢开口，只好可怜兮兮地望着窦昭，希望窦昭能突然间发现她的不对劲，主动问起她家里的事来。

窦昭看着不由在心里暗暗叹了口气，柔声道："你家里的事，你不用担心。我已经让人去打听过了，不是什么大事，陈大人已经出面帮你们家洗清了冤情，你们家里的人也已经都出了狱，被充公的田亩也都还给了你们家。你们且安心地在我这里当差，等大些了，自会放了你们出去和家里人团聚。"

金桂和银桂喜极而泣，咚咚咚地给窦昭磕头。

窦昭让甘露将两姐妹搀了起来，把人交给了素心调教，并对两姐妹道："你们若是惦记着家里的人，可以给他们写封信，到时候交给赵娘子帮你们托人带回武夷就是了。"

两个小姑娘愣了半晌才回过神来，扑通跪下又要给窦昭磕头，被素心眼明手快地拉住。两个小姑娘自家知道自家的力量，不禁朝素心望去，却见素心温柔娟秀，哪里像是练家子，不由得大为惊讶。

素心趁机带着两个小姑娘退了下去，告诉她们怎样才能做到迥乎不同而让人放松戒心，又告诉她们怎样才算得上是个合适的大丫鬟……

金桂和银桂虚心受教。

窦昭放下心来，和陈核的母亲商量着陈核和素兰的婚事，却突然得到消息，舅舅赵思进京述职，人已到了通州。

她喜不自禁。

仔细算算，她已经有十四年没有见过舅舅了，也不知道舅舅现在怎样了？

是像上一世那样两鬓斑白清瘦憔悴，还是因为改变了命运又仕途顺利而神采奕奕精神抖擞？

窦昭迫不及待换了件衣裳就去了玉桥胡同。

舅母和表姐正指使着丫鬟婆子打扫庭院，陈列摆饰，采买鸡鸭鱼肉，忙得团团转。

窦昭看这样子就知道舅母已得了信，她问舅母："舅舅到底什么时候能到京都？他贴身的随从怎么说？"

为了保证旅途的顺利，都会有贴身的随从在前面安排食宿、报信等。

"说是后天的下午进城。"舅母抑制不住喜悦拉着窦昭去了内室，吩咐丫鬟们端些新鲜的果子过来，道，"你也别急，你舅舅一回到京都，我就把你来过的消息告诉他！"

窦昭连连点头，道："那我后天一早也去城外迎接舅舅吧？舅舅去任上的时候，我才三岁，舅舅肯定已经不认得我了……"她显得很激动。

舅母笑着拍了拍她的手，道："好，到时候我们一起去。"

窦昭笑眯眯地点头。

宋墨过来了。

"就知道你会来玉桥胡同探望舅母。"他笑道，"我也到舅母这里来蹭顿饭吃。"

舅母非常高兴，连声说着"求之不得"，亲自下厨做了几道拿手的好菜招待他们用晚膳。

赵璋如就凑在窦昭的耳边哼道："看，都追来了！他这样天天黏着你，你也不腻？"

窦昭可不愿意让别人说宋墨的不是，道："我不觉得腻啊！我觉得挺好的，我很喜欢。"

把赵璋如说得目瞪口呆，哑口无言。

却让耳尖的宋墨的嘴角都要翘到天上了。

用过晚膳，窦昭和宋墨打道回府。

宋墨突然变戏法似的从怀里掏出个紫檀木的匣子递给了窦昭。

窦昭奇道："是什么？"一边说，一面打开了匣子。

猩红的漳绒内衬上，放着枚通体无瑕的羊脂玉臂钏。

臂钏上的莲花纹拙朴大方，古雅自然，却又不失雍容华贵，十分漂亮。

"这是？"窦昭不解地望着宋墨。

宋墨嘴角含笑，道："这是奖励你的。"

"奖励我？奖励我什么？"

宋墨不告诉她："你收着就是了。"

窦昭一头雾水，可任她怎么问，宋墨就是不说。她只好将臂钏收下了，道："这臂钏是哪里来的？你怎么突然带了件首饰在身上？"语气中颇有怀疑。

宋墨笑容飞扬，道："今天戴建约了我吃饭，我路过玉宝轩，看着这臂钏挺不错的，就买了回来。"

窦昭的生辰，因家里有客，又有宋宜春在堂，不好大操大办，只是下了碗寿面。但宋墨一直惦记着，送了根羊脂玉的莲花簪子给窦昭，见这臂钏和那簪子十分相配，就买了回来。原本准备过几天找个理由送给窦昭的，今天听了她的话，心中得意，忍不住在马车上就将臂钏拿出来献宝。

"真的吗？"窦昭斜睨着宋墨。

"骗你干什么？"宋墨倒坦荡荡的。

只要不是收的贿赂就好。

窦昭安心地收下，问宋墨："匡家的事办好了？"

"那是自然。"宋墨语气中带着几分傲然，"伯彦马上要参加春闱了，我要是没把这件事办好，他分了心，岂不是我的过错？"

窦昭笑盈盈地望着他，突然亲了他一口，悠悠地道："这是给你的奖励！"

宋墨正色道："明天我要请伯彦和十二舅兄他们喝酒，像我这样帮了忙还倒贴的，是不是还能要个奖励？"

窦昭笑得直不起身来。

两人一路说笑着回了英国公府。

他们的马车路过英国公府的大门口时，和喝得醉醺醺刚回来的宋宜春擦肩而过。

宋宜春听到马车中传来的那如银铃般的欢快笑声时，他的脸色顿时如乌云盖顶般的阴沉。

窦昭根本不知道宋宜春的郁闷，她在家里翻箱倒柜，找了两方从父亲那里顺来的翕砚、两匣子胡定墨、两匣子狼毫笔、两块和田玉的章料和一个掐丝珐琅银制的暖墨炉，用礼盒包好了，第二天去了玉桥胡同。

第一百二十三章　过关·喜酒·喝醉

阜成梅花报春早。

可现在到底还只是正月底，一阵风吹过，还是让站在京都西侧的阜成门外的人冷得有些瑟瑟发抖。

赵思站在茶楼前，望着眼前这个梳着堕马髻的陌生少妇，眼眶忍不住就湿润起来。

一晃十几年过去了，当年还只是牙牙学语的小姑娘，现在已经是为人妻为人母了，这期间，他又错过了些什么呢？

"寿姑！"他有些颤抖地伸手虚扶着窦昭，示意她快些起来。

窦昭站起身来，喊了声"舅舅"，眼泪已簌簌落下。

前世，她错识了舅舅的隐忍痛惜；今生，又是舅舅帮她争取到了西窦一半的财产，她才能过得如此逍遥……两世为人，舅舅都从未亏待过她，反观她，前世的误会，今生的无力相助，她欠舅舅的，都太多太多……可今天，她既生活得幸福美满，又能和舅舅见面团聚，最喜庆的事也不过如此，她不应该哭，应该笑才是。

窦昭仰起脸，从心底绽放出一个灿烂的笑容："舅舅，您这次要调任，应该会在京都多待些日子吧？"

她礼貌地寒暄着，但泪水还是模糊了她的视线。

赵思"嗯"了一声，眼角也不由水光闪动："我会在京都多待十天，等办完了你表姐的婚事，我们就要启程前往湖广……"

他有很多话想问问自己这个唯一的外甥女，可男女有别，分离得太久，话到嘴边，却不知道从何问起，只有这样循规蹈矩的客套应答，好像才是最适合的。

舅舅和外甥女站在茶楼外黑漆描金的大字招牌下，身边是熙熙攘攘的人群，却静默伫立，显得有些不知所措。

舅母眼中原本含着泪，看到相顾无言的舅甥俩却忍不住扑哧一声笑了出来，打破了两人之间的沉默。

"看你们这舅甥俩，不见的时候彼此挂念，如今见着面了，倒没话说了。"她携了窦昭的手，对舅舅道，"这里不是说话的地方，寿姑在这里等了你大半天了，寿姑的夫婿给我们在玉桥胡同租了个宅子，有什么话，我们回家说去。"

听说那个英国公世子给自己租了个院子，赵思不由眉头微蹙，但想到今天是家人重逢的好日子，他立刻舒展了眉头，笑着朝妻子点了点头，上了马车，跟着窦昭的马车，回了玉桥胡同。

路上，窦昭还沉浸在见到舅舅的复杂心情里，赵璋如已低声和窦昭道："你有没有失望？我爹竟然是这样一个不苟言笑的老古板。"她说着，长叹口气，全身放松地瘫靠在了大迎枕上，悠悠道，"不过，对我也有点好处。他今天看都没有看我一眼，以后肯定会盯着你的，这样我就轻松了。也不知道宋炎见了父亲会不会胆怯？你都不知道，上次别人给我说的一个秀才，就是因为见到父亲竟然磕磕巴巴地说不出话来，就被父亲给否定了……"

窦昭就是有再多的心思也被赵璋如的话逗得笑了起来。

她打趣着赵璋如："怎么？想反悔了不成？你现在已经定了亲，就算是舅舅把宋炎问得哑口无言，你们也只能按日子成亲，或者是你担心宋炎会被舅舅为难？"

宋炎毕竟是那个要和赵璋如共度一生的人，她又怎能无动于衷？

赵璋如的脸红得像朝霞，伸手就要拧窦昭的脸："让你胡说八道！"

窦昭偏头躲过，笑道："我现在可是双身子，你要是欺负我，我立刻告诉舅舅舅母去！"

"你除了会告状，还会干什么？"赵璋如气鼓鼓地望着窦昭，杏眼圆睁。

窦昭呵呵地笑，低声道："我还会给我的表姐攒私房钱。"

"去你的！"赵璋如的脸再次红了起来。她的婚期正式定在了二月初二，前几天窦昭给她送添箱礼，竟然是一座四进三间的宅子和一个田庄。舅母觉得太贵重，不愿意收，窦昭不悦，道："舅母难道和我也要算得清清楚楚？"

舅母想了想，大方地道谢，收下了窦昭的添妆。

但在舅舅趁着换衣裳的间隙问起窦昭的近况时，她把这件事告诉了丈夫。

赵思勃然大怒，道："你怎么能收寿姑的东西？"

舅母最清楚自己丈夫的性格，她知道，如果窦昭给女儿添妆的事他是从别人嘴里听说的，肯定更会气得半死，不如自己趁早和丈夫说清楚，才能顾全寿姑的一片心意。

她不悦道："寿姑是谁？你这样和她泾渭分明，生怕沾了她一点点的光，难道你就不怕她寒心？你怎么不将心比心地想一想？你什么时候心胸变得如此狭窄了？我们住的这宅子是寿姑她夫婿的，你是不是也要即时搬出去？朋友之间尚有通财之义，难道寿姑连你的那些朋友都不如？我当她是我的亲闺女，亲闺女孝敬我的东西，一丝一缕我都喜欢，我都高高兴兴地收了。更不要说这是寿姑心疼她姐姐成亲后的不易，送给她姐姐做面子的私房钱了！"

赵思默然。

舅母走了出去，吩咐丫鬟们摆膳，然后站在廊庑上等丈夫气消。

不一会儿，赵思就面带几分愧色地走了出来，和妻子并肩站在了廊庑上，佯作无事地道："什么时候开饭？我肚子饿死了！这些日子不是吃干粮就是吃驿站的那些鬼东西，就没有一天吃饱过！"

舅母抿了嘴笑，吩咐丫鬟："去请了小姐和表小姐出来吃饭。"

小丫鬟应声而去。

舅母帮舅舅整了整衣襟，转身进了厅堂。

赵思忙跟了进去。

等到窦昭和赵璋如进来的时候，舅舅和舅母两人正和和气气地坐在桌前说话，哪里看得出来刚才曾经置过气。

舅舅真诚地向窦昭道谢，并道："你母亲只有你一个，我也只有璋如她们三姐妹，这世上，你们最亲不过，你们以后要互相帮衬才是。"又后悔道，"你大姐本想跟着一起来，可你大姐夫去年九月的会试落第，心里正不舒服，我就没让她来。"

窦昭知道，三年后她的这个大表姐夫会接连顺利地闯过乡试、会试成为庶吉士，在工部观政。

她安慰舅舅："大表姐夫一定会金榜题名的，您莫要着急。这人的一生哪能都是顺风顺水的时候，他现在还年轻，多些历练，对他只有好处没有坏处。"

舅舅听了失笑，道："你小小年纪，说话却像大人，竟然还知道人的一生不可能都平安顺遂！"有些小瞧她。

窦昭不由嘟了嘴。

难得看到她这样的小女儿态，舅母和赵璋如都笑了起来。

气氛顿时变得轻松起来，窦昭感觉到自己和舅舅的关系也亲近了不少。

大家随意地说着闲话，直到小丫鬟摆箸，大家才安静下来。

却有小厮来禀："英国公世子爷过来了。"

窦昭大吃一惊。

今天宋墨应该在宫里当值。

赵璋如却朝着窦昭挤眉弄眼。

舅母已喜上眉梢地站了起来，对舅舅道："怕是砚堂知道你进京，特意请了假来给你接风的！"

因为这门亲事是窦世英的主意，虽然妻子在信中说窦昭的婚姻幸福，可他还是抱着怀疑的态度，又有宋墨两桃杀三士般轻而易举地挑动打压各地武林人士的消息传到西北军中，连带着他对宋墨也生出几分不满来。听说宋墨登门，他沉思片刻，这对小厮道："也不是外人，就请了来厅堂一起用晚膳。"

那小厮本就是颐志堂的人，闻言立刻飞奔而去，很快就请了宋墨进来。

宋墨恭敬地给赵思行礼。

赵思心里就更纠结了。

姿容昳丽，手段狠毒，寿姑怎是他的对手？

他微微颔首，顾不得丫鬟就要上茶，对宋墨道："你随我来书房。"

宋墨恭谨地去了书房。

赵璋如立刻凑到了窦昭的面前："完了，完了！父亲肯定是去考核世子的功课去了！我大姐夫在我父亲面前都兵败如山倒，更不要说世子了！"

窦昭瞪她："你对世子有点信心好不好？"

她不怕舅舅考宋墨的学问，就怕舅舅因为父亲的原因，对宋墨有先入为主的偏见，让宋墨受委屈。

不过，舅舅怎么变成这个样子的呢？

窦昭思忖着。

赵璋如则道："我有信心有什么用？他得过了关才是！"

听着她们嘀咕的舅母呵斥赵璋如："一天到晚只会大惊小怪的，你父亲是那种没有分寸的人吗？"

可她到底还是担心宋墨肚里的货太少，被丈夫削了颜面，不由朝书房望去。

但愿世子如寿姑所说的还有两分真才实学！

赵璋如朝着窦昭使眼色，正襟坐好，不再说话。

一时间，厅堂里静谧无声。

直到茶盅里的茶渐渐冷了下去，赵思和宋墨才一前一后地出了书房。

窦昭看着神色肃然的舅舅，长长地松了口气。

没有变化就是最好的情况。

她朝宋墨望去，果然看到了宋墨眼底的笑意。

窦昭这才彻底地放心了。

舅母也放下心来，她知道丈夫对窦世英的心结，既然丈夫没有厌恶宋墨，可见两人刚才在书房谈得不错。

"吃饭，吃饭，"她忙笑道，"有什么话，吃了饭再说。"

宋墨笑盈盈地坐在了赵思的下首，帮赵思斟酒。

赵思脸上露出浅浅的笑意来。

一顿饭吃得大家都喜笑颜开。

晚后，大家移到西间的宴息室里喝茶，赵思甚至和宋墨点评起了西北军中的各个将领。

回程的路上，宋墨佯装擦汗，长叹道："舅舅可比岳父难对付多了！"

窦昭咯咯地笑。

宋墨突然道："我决定了，以后生了个女儿，就像岳父待你一样；如果生了个儿子，就像舅舅待我一样。"

窦昭笑得眼泪都快出来了，心里却一片酸楚。

宋墨，想做个好父亲，却只能拿了自己的父亲和舅舅做参考。

宋宜春，全然帮不上忙。

既然舅舅到了京都，静安寺胡同和槐树胡同都少不得要给舅舅接风洗尘。

舅舅却以还没有到吏部述职为由，把两边都推了。

五太太就登门拜会窦昭，道："冤家宜解不宜结。那王氏也没有个好下场，我们两家总不能就这样断了几辈子的交情吧？你还是劝劝你舅舅吧，你五伯父现在好歹在内阁，有什么事，跟你五伯父打声招呼，岂不便宜，何必看那沐川的脸色？"

窦昭这才知道原来舅舅搭上了沐川的关系。

难怪前世大表姐夫能在工部观政。

她不由感慨，舅舅在那么偏僻的地方都能和京都的大佬搭上关系，真不简单。

如果不是因为母亲的死，舅舅进了翰林院，只怕仕途上会更顺利一些。

而舅舅之所以舍近求远，恐怕也是因为她和母亲吧？

窦昭不以为然，笑道："有的时候形势所逼，不得已而为之。您总不能让舅舅去得罪那沐川吧？"

五伯母觉得她不懂事，道："你舅舅毕竟和我们家是姻亲，就算是亲近沐川，沐川也不会把他当成心腹，反而会事事提防他，你别把事情想得那么简单。"

可见前世舅舅有多艰难！

窦昭的眼泪都快要落下来，顿时对五太太心生厌恶，索性恶心她，佯作不在意地道："有什么了不起的！大不了走汪渊的路子，人家戴建走汪渊的路子还当上了阁老呢！我舅舅若走了汪渊的路子，也不算丢脸！何况世子和汪渊的交情还不错，我想这个面子汪渊还是要卖给世子的。"

五伯母气得额头青筋直冒，却不能发脾气，只得忍气吞声地走了。

窦昭立刻跳了起来，去了玉桥胡同。

舅舅去了吏部。因为舅舅的到来，赵璋如的婚事已经开始紧锣密鼓地准备起来，她是要做新娘子的人了，自然不好像从前那样随意走动。

窦昭到的时候，舅母和过来帮忙的郭氏正拿着两匹料子在那里犹豫不决。

见到她，立刻朝她招手道："你快来帮我看看，哪匹料子用来做双朝贺红的礼服好？"

郭氏也笑道："我和舅太太都犹豫半天了，还好你来了。"

窦昭见两匹料子都是一样的，不过一个是宝瓶牡丹纹，一个是四季如意纹，笑道："那就一样做一件好了，表姐想穿哪件穿哪件，反正第三天她还要去见婆婆。"

宋炎出宋为民的妻子和长子陪着，昨天住进了离玉桥胡同不远的步步高客栈，宋墨还抽空去拜访了宋家的人。

舅母听着就啐了窦昭一口，对郭氏道："你别听她的，她现在是暴发户，做起衣裳来都讲究成双成对的，我们不能和她比。"

郭氏捂了嘴笑。

窦昭就问她："怎么没有看见静姐儿？你应该常带她出来走动走动才是。小孩子就是要多认识人，多经历事，才会不怕生，才会不卑不亢，落落大方。"

郭氏温顺地道："我记下了。明天就带静姐儿过来玩。"

两人说着，六伯母纪氏带着媳妇韩氏和七斤过来了。

郭氏想想刚才窦昭的话，不由感激地望了窦昭一眼，跟在窦昭的身后去了垂花门。

七斤活泼好动，看见窦昭戴了对掐丝灯笼样子的金耳环，就盯着不放。

窦昭和韩氏开着玩笑："七斤长大以后肯定是个小财迷，现在就知道金子好看了。"

韩氏莞尔。

窦昭就挽了六伯母，道："您今天怎么过来了？"

纪氏笑道："你十一哥和十二哥都在家里闲着，我怕舅太太这边有什么事要人跑腿，就特意过来跟舅太太说一声，让他们兄弟俩明天就过来，没有什么跑腿的事，在这里帮着舅老爷招待客人，也能让他们历练一番，是他们的造化！"

舅母连声道谢。

窦昭不由心中感慨，这家里的子弟多，就是好办事。

宋家的子弟也很单薄，以至于宋墨想矮子里面拔高个找个能帮衬他的人都没有，以后不管是男是女，还是多生几个孩子吧！

窦昭笑着跟纪氏等人坐到了宴息室的大炕上。

女人在一起，叽叽喳喳地话很多，眨眼就到了晌午。

赵思回来了。

知道窦家的几位太太奶奶在这边做客，派人来问了个安，在外面摆了午膳。

窦昭却悄悄地跑了过去，开门见山地问舅舅："您是不是走了沐川的路子？"

舅舅错愕，随后以为是窦家要窦昭来做说客，很是气愤，强忍着心中的怒意对窦昭道："这些朝中的大事，你别管，我自有分寸。就是不靠着窦家，我们赵家也不会怵了谁。你只管好好生儿育女就是。"

窦昭知道舅舅误会了，笑道："五伯母是去了我那里，不过，我倒不是为了五伯母的缘故才来和您说这些的。太子毕竟不是万皇后的亲生儿子，辽王在辽东一言而蔽大下，那沐川又是皇后娘娘一手抬举起来的，自从皇上偶尔犯病之后，皇后娘娘甚至可以指使禁卫军，人心不足蛇吞象，世子如今都对这些事避而远之，舅舅也要小心才是！"

赵思骇然，道："这些话是谁跟你说的？是世子吗？他怎么会跟你说这些？"

窦昭扯着宋墨的虎皮大放厥词："世子说，后宫就是庙堂的缩影，让我多和后宫的贵人走动。"

赵思大惊失色。

窦昭趁机告退。

赵思把自己关在了书房一个下午。

窦昭听说后，不由暗暗点头。

很快，舅舅的任免就出来了。

像之前他们听到的小道消息一样，他去了湖广，但并没有升擢湖广布政司参议，而是任了武昌知府。

同样是知府,相比武昌,庆阳不仅地理位置、繁华程度都比不上武昌重要,这对舅舅来说,也是个不小的进步。

大家都很高兴,特别是舅母,之前虽然有人承诺过,可到底也只是口头承诺,如今落实下来,她也可以着手准备去湖广的事了。

窦昭因在湖广有田庄,对那边略有了解,她叮嘱舅母:"如今湖广已取代江浙,成为朝廷的粮库,又不像江浙人多地少,舅母若是过去,不妨多置些田产。"

舅母连连点头,并问她:"你要不要也置些产业?"

窦昭想了想,笑道:"行啊!那这件事就拜托舅母了。"

她和舅母在玉桥胡同说着体己话,却不知道舅舅悄悄去了颐志堂,拜访了宋墨。

两人关在书房里说了半天的话,宋墨才神色凝重地送同样神色凝重的舅舅出了门。

晚上窦昭回到家里,宋墨把舅舅来过的事告诉了她,并困惑地问她:"你真的觉得辽王有问题吗?"

窦昭道:"你若是相信辽王,又为何让人去查他这些年来到底给京都的那些大小官员送了多少礼?"

宋墨就有些烦躁地在屋子里来回踱着步。

窦昭从背后抱了宋墨的腰,幽幽地道:"我们别管这些事了。只要我们不贪心那拥立之功,无论谁登基做皇上也不敢短了你的,你又何必去费那心思?"

宋墨抚着腰间细嫩修长的手,长叹口气,答应她:"我们就不管这事,置身事外好了。"

他心里却明白,有时候树欲静而风不止,他现在所处的这个位置,太敏感了。

如果换个地方就好了!

念头一闪而过,他突然想到了姜仪。

他虽然只见过姜仪几面,可姜仪给他的感觉却是个颇有些见识又很有进取心的青年人,进入神机营,一直是他的梦想甚至是骄傲,而他也从不掩饰能进入神机营的自豪,怎么他会像突然变了个人似的,嫌弃起神机营的差事辛苦来?

宋墨决定找个机会和姜仪谈谈,却因为赵璋如出嫁在即,作为窦昭的夫婿,他希望给赵思留下个好印象,不当值的时候都在赵家帮忙,一时间找不到比较合适的机会和姜仪说这件事。

而赵璋如的婚礼因为有了六太太和郭氏、窦昭等人的帮忙,进行得非常顺利。

尽管如此,她的婚礼上还是出现了一点小小的意外。

马友明到五军都督府来办事,路过玉桥胡同,知道宋墨的表姨姐招赘,不请自来,送了二十两银子的礼金,吵着要喝喜酒。

这等给面子的事,舅母自然要好生招待他。

她专为马友明在花厅里开了一桌,请了宋墨和窦政昌、窦德昌等人作陪。

酒喝到了一半,纪咏来了。

他还穿着上朝的官服,朝窦德昌嚷道:"这么大的事,你怎么也不请我?我要不是今天提早回家,还不知道寿姑的表姐出嫁呢!"

窦德昌恨不得把纪咏的嘴给捂上。

窦政昌则有些不安地望了宋墨一眼,拉着纪咏就要往外走。

纪咏皱眉,不屑地瞥了眼安安稳稳地坐在那里喝酒的宋墨,道:"发生过的事你们难道能当没发生过吗?还学什么老庄之道,我看你们也就只能当个乱典的儒生。"

马友明茫然不知所以然。

寿姑显然是个女子的闺名，可这与宋墨和这位纪大人有什么关系啊？

宋墨在心里冷笑。

窦昭现在可是他的妻子，他有什么好怕的！

他想破坏自己和窦昭的感情，门都没有！

一家有女百家求，他不过是和自己一样看出了窦昭的美好罢了。自己可不是那种小肚鸡肠、毫无自信心的男子，只因妻子过于美好就会生出愤然之心，觉得妻子夺了自己的风头。

"十一舅兄，"他笑着邀请纪咏入席，"来的都是客，纪大人既然给了礼金，我们也不能怠慢他不是？我看，就让他和我们坐一个桌吧？正好我和马大人准备划拳，人多，热闹些。"

纪咏嘴角掠过一丝讥讽。

以为我是文人就不擅长喝酒？

划拳？

看我不灌死你！

他甩开窦政昌的手坐到了宋墨的对面，微微地笑道："划拳，我也会！"

"八匹马啊，五魁首……"

在布置最雅致的花厅里，却响起了走卒贩夫才会吆喝的划拳声。

纪咏却神色如常地伸出衣袖被高高挽起的手臂，指了指宋墨面前的酒盅。

宋墨一言不发，笑着举杯而尽。

花厅再次响起"七星照"的划拳声。

然后喝酒的变成了纪咏。

马友明望着自己眼前滴酒未动的酒盅，又望了望堆在花厅一角的空酒坛，悄声问窦政昌："这是个什么情况？我到现在可是滴酒未沾。"

窦政昌满脸窘然，忙举了杯："我陪马大人喝一盅。"

马友明却摇了摇头，用手覆住了酒盅，道："莫要坏了规矩，那就没意思了。"

窦政昌面红如布，尴尬道："我不会划拳。要不，我们行酒令吧？"

马友明眼底闪过一丝笑意，然后摇了摇头，道："可我不会行酒令，我只会划拳啊！"

"这，这可怎么办？"窦政昌为难地道。

真是读书读迂了！

马友明暗暗摇头。

怎么办？自然是想办法把这两个人给分开了。

不然大喜的日子，若是喝醉了，岂不是给赵家添麻烦？

他腹诽着。

一巴掌就拍在了宋墨的肩膀上，笑道："世子爷，我来和纪大人划两拳吧？看着你们喝得豪爽，我这心里可是痒痒的。"

素来大方的宋墨却笑吟吟地推开了他，道："来的可是客，今天纪大人为贵，你且忍让忍让。"

难道你不是客？

纪咏在心里嘟囔着，笑道："一个也是喝，两个也是喝，我素来不怕人多，我们不如来划三人拳好了。世子又何必拒马大人于千里之外？"

言下之意，宋墨请个帮手来他也不怕，就怕宋墨为了面子不答应。

不可沽名学霸王。

宋墨可不上这当，笑道："可见纪大人不太会划拳，三人拳，自然是各算各的，纪大人的疑心也太重了些。"

暗指纪咏没有胆量。

纪咏不屑地朝着马友明挑了挑眉。

马友明的确有和宋墨联手的意思，但他性格爽直，以强为尊，自不会逞那口舌之快，当然也不会把纪咏的冷嘲热讽放在心上，他笑着举起了酒盅，说了句"这一杯，我先干为敬"，算是正式加入了他们的行列。

花厅里又响起了划拳声，只是这一次喝酒的变成了马友明。

宋墨和纪咏都瞪着马友明。

马友明只好尴尬地道："要不，我们行酒令吧？"

纪咏撇着嘴角，道："就怕世子不答应！"

宋墨微微地笑，笑得矜持而又温煦："陪客嘛，只要纪大人觉得好，我有什么不答应的？不过，用酒盅不过瘾，我看，拿碗来好了。"

纪咏冷笑，抬眼看见旁边的茶几上放着副牙牌，他目光微转，高声喊了丫鬟进来，吩咐她拿几个海碗进来，然后起身随手抓了几张牌放在了黑漆描金的海棠花茶盘里，道："那我们就以这几张牙牌为令，各作一首七言，世子以为如何？"

一直坐在旁边没有吭声的窦德昌嚷了起来。

行酒令，那可是文人的强项。

而且当世之人多苦读"四书"，很少有人会在诗词上下功夫，连七叔父都不忍心考校宋墨，可见宋墨诗文平庸。不管怎么说，宋墨都是自己的妹夫，纪咏的妖孽是尽人皆知的，谁知道他打的什么主意？自己总不能眼睁睁地看着宋墨吃暗亏吧！

"行酒令倒是人越多越好。"他装作看不清楚形势，笑道，"我也来参加一个吧？"

宋墨看出窦德昌是想帮他出头，就更不愿意窦德昌被牵连进去。

他拿过茶盘把牙牌一一翻成背面朝上，笑道："那我来做行令官吧。"

窦德昌只好把茶盘推到了窦政昌的面前，道："还是我哥哥做行令官吧！我和表哥、四……四姑爷一起喝酒好了！"

宋墨口口声声称他为"舅兄"，他也习惯了称宋墨为"四妹夫"，可看着纪咏冷峻的面孔，他临时机变地改口尊称了宋墨一声"四姑爷"。

纪咏听着脸色果然有些不好看，却也没有过多纠缠，示意窦政昌摸牌。

窦政昌摸了牌一看，是张一枝春。

这令有些麻烦，好在不算生僻，也不知道这位马大人能不能接得上来？

他担心地看了自称不会行酒令的马友明一眼，道了句"雪壑苍苍粉黛绿"，喝了碗酒。

中规中矩，和他这个人一样。

马友明见状有些不好意思，笑着对窦政昌说了句"草堂玉阶暗香生"，喝了酒。

倒出乎窦政昌的意料。

纪咏接着吟了句"碧池杏雨铺素锦"，然后望向了宋墨。

宋墨不紧不慢地喝了酒，含笑道："杨柳末叶花飞舞。"

全句不带冬物，却以春物咏冬景。

纪咏目光微凛，窦政昌和窦德昌松了口气。

窦德昌尽饮面前的酒，笑道："日暖桐花袖满风。"

竟是庄家输了。

窦政昌陪饮了一海碗酒，接着摸了张一索。

马友明的嘴角几不可见地翘了翘。

世子爷最擅长这种文绉绉的酒令了，反倒是对划拳不太在行。

这纪大人挑了世子最擅长的和世子比试，不输才有鬼！

屋里响起了吟诗声。

很快，窦政昌就被灌了七八海碗酒下肚，脸红得仿佛能滴下血来。

马友明有些不忍，接过茶盘，做起了庄家。

然后喝酒的变成了马友明。

马友明不由暗暗在心中咆哮。

窦家的这些亲戚怎么都这么强悍？敢情谁做庄家谁倒霉！

好在他的酒量好，一时半会难不倒他。

纪咏开始引经据典，每翻一张牙牌，就增添一条规矩，最后把作诗的范围划在了四书五经里。

宋墨依旧面色不改，优雅地喝着酒，行着酒令，只可怜了窦德昌，半晌才得一句，窦政昌更是喝得糊里糊涂，文不对题，马友明索性直接认罚。

半个时辰之后，花厅里只剩下宋墨和纪咏两人是清醒的了。

马友明心头还剩一点清醒，他一把抓住了个进来给他们换酒碗的丫鬟，低声道："快去跟你们家太太说一声。"把那丫鬟的惊叫声吓得关在了喉咙里，丫鬟慌慌张张地跑了出去。

不一会儿，知宾先生过来了，笑着对他们道："那边送亲的人就要到了，几位爷且先到茶房里喝几杯茶，也好商量着等会儿怎么陪新郎官喝酒。"

纪咏凝视着宋墨，不动如山。

"纪大人，今天新郎官为大，我们不如改天到千佛寺赵紫妹那里好好喝两盅。"宋墨却站起身来，若有所指地朝着他颔首，转身离开了花厅。

纪咏脸色铁青。

马友明迷迷糊糊地看着宋墨要离开，趔趄着起身跟了过去，道："世子爷，您去哪儿？"

宋墨扶住了马友明，吩咐陈核："马大人喝得有点多了，你去跟管事的说一声，给马大人安排一个地方歇一歇。"

陈核恭声应是，过去扶马友明。

马友明却突然急了起来，他挥舞着手臂，差点打在了陈核的脸上。

"我没事，我没事！"他想抓住宋墨的胳膊，却有点看不清楚眼前的人，抓了几次都错过了，"世子爷，我实际上是来找您的……却一直没有机会，您不知道，我这些天过的可真不是人过的日子……世子爷，我知道您是聪明人，您出入宫闱就像出入您自个儿的家里一样，我就想讨您一句话……我不聪明，可我会跟着聪明人走啊……上刀山下火海，我都跟着您……"

他拍着胸脯，"砰砰"作响。

宋墨却在他说出那句"您出入宫闱就像出入您自个儿的家一样"的时候看见纪咏和知宾先生走了出来，他顾不得细想马友明的话，低声呵斥陈核"还不快给马大人安置个合适的地方"，甩手走了。

陈核连拉带拽地把马友明给弄走了。

纪咏目光微寒，那知宾先生却不知死活地羡慕道："这人啊，做到了英国公世子爷的分上，就算是没枉活一生了。您瞧那个马大人，从三品的武官，可在世子爷面前还得拍胸脯表忠心……世子爷据说今年才十七岁，您再看和他同龄的那些人，还不知道在哪里悬梁刺股地苦读，想博个功名呢？可就算是他们能少年中举，可若是想像世子爷这样，只怕是努力一辈子也未必能如愿以偿！"话说到最后，语气已带着几分唏嘘。

纪咏没有说话，望着宋墨远去的方向目光却越发的冰冷。

《文华大训》得到了皇上的赞誉，余励也没有居功，在皇上面前把几个和他一起编书的人都称赞了一番，特别是年纪最轻的纪咏，既有探花的名头，又有机敏的眼神，让余励觉得他前途无量，想和他结了这善缘，对他尤为嘉奖。

皇上心悦，特宣了纪咏进殿，闲聊了几句。

纪咏以为这件事就这样完了，谁知道前几天皇上下旨让翰林院整理《周礼合训》，特命他也参与修正。

曾祖父闻言大悦，提醒他："这是个机会，一个让你名留青史的机会，你一定要好好把握！"

伯父和父亲也喜不自胜，一个恨不得把家里的好东西都摆到他面前求他挑选；另一个则走路都怕脚步重了会打扰到他，让他不胜其烦，很想找个人说说话。偏偏身边的人都异口同声地夸赞他："你年纪轻轻的，不仅得了探花的名衔，还有两次机会参与有皇上作序的文集整理，本朝文坛，注定会留下你浓墨重彩的一笔。"

言下之意，他就是在翰林院做一辈子的编修也是值得骄傲的。

今天余励把他叫去，又是如此这般地老生常谈了一番，让他心里烦闷透顶，思忖着自己要是真的就这样被困在翰林院里日复一日、年复一年地修书，还不如死了算了。

第一百二十四章　抱怨·静观·不满

纪咏不想干了。

可若是他不干了，别看曾祖父处处维护着他，只怕会第一个不饶他。公中的月例，纪家的资源，绝不会再向他倾斜。就凭他探花的名头，凭他修了《文华大训》的资历，又能干些什么呢？

他在翰林院里琢磨了半天。

首先这吃穿用度不能少，不然这日子过得还有什么意思？

其次是小厮仆妇得养着，难道还要他自己去端茶倒水不成？

再就是四处游历的银子要充足，他可不想靠着什么润笔费之类的微薄进项看人眼色过日子。

说来说去，都是银子作怪。

怎样才能弄到银子呢？

纪咏有些心不在焉地回了玉桥胡同。

路上看到有人家在办喜事。

他原准备绕道而行。

却听见看热闹的人说着什么"是个西北来的地方官，借了英国公府的宅子招女婿"之类的话，他想起前几天母亲含糊其词地说着什么"这么巧，可千万别碰个正着"的话。

他驻足沉思。

应该是窦昭的舅舅赵思嫁女儿。

以窦昭和她舅舅的感情，她肯定会去帮忙的。这件事要不要和窦昭说说呢？

念头闪过，他的脚已自有主张地迈进了张灯结彩的如意门。

没想到窦昭没见着，却先见着了宋墨。

真是倒霉啊！纪咏摸了摸有些发沉的额头，问知宾先生："赵大人在哪里？我有话跟他说。"

知宾先生知道纪咏就是宜兴纪家的子弟，少年探花，前途无限的清贵翰林，哪里敢怠慢，忙领着纪咏去了赵思那里。

赵思正和几个同科说着话，见纪咏进来，颇有些意外。

好在赵思那几个同科不是在翰林院供职，就是在六部任给事中任职，同是读书人，都认识纪咏这个年少得意的两榜进士，自有人向赵思介绍纪咏，也有人和纪咏打着招呼。

纪咏笑容温和，举止谦逊地一一还礼，风度翩翩，俨然受过良好教育的世家子弟。

赵思对他心生好感。

纪咏大方地求见窦昭："原是表兄妹，只是年岁渐长，表妹又嫁为人妇，不免瓜田李下，要避些嫌，还请舅舅派人领了我去和表妹说上几句话。"

君子不欺暗室，他这样坦坦荡荡地求见，让在座的诸位都不由暗暗点头。

赵思也流露出几分欣赏，但还是道："你有什么话，也可由我转述！"

纪咏道："皇上命我跟着余大人修正《周礼合训》，我小时候在表妹的案头上看见过一本《礼仪注疏》，我曾去向七叔父借阅，但七叔父说他没有这本藏书，我想问问表妹，是我记错了还是这本书是表妹的私藏？若是私藏，能否借阅？古者加冠礼必在庙中，天子四次加冠，礼却只有一次，我一次也没有找到出处，想问问表妹，有没有这方面的印象？"

屋里的人都闻言大惊，赵思更是惊诧地道："寿姑懂周礼？"

"是啊！"纪咏面不改色心不跳地道，"不仅懂，而且很是精通。我这几天找书都找得分不清东南西北了，偏生余大人又催得急，我没办法了，只好偷个懒，"他说着，朝着众人团团行礼，道，"还请诸位大人行个方便，不要声张。"

谁愿意向个女子请教这些学问上的事？众人皆露出心领神会之色，齐齐称"知道，定不会说出去的"，看纪咏的目光，也多了几分亲切，更有人劝赵思："这是正经事，你派个老成的人陪纪大人去见过你外甥女就是了。"

赵思也觉得这件事的确是不宜声张，也不便阻拦，他叫了家中一个年过六旬的忠仆，把纪咏带去了东厢房，又让人去请了窦昭过来说话。

窦昭一头雾水，见到纪咏的时候更是诧异。

那忠仆忙笑着将前因后果说了一遍。

窦昭气结，因顾忌站在两人中间的忠仆，只能狠狠地瞪了云淡风轻的纪咏一眼，小声质问："你是不是想让我得个女才子的名声？"甚至不好否认自己对周礼并不十分精通。

纪咏不以为意，皱着眉道："我难得见你一次，有要紧的话跟你说，你别像那些庸俗妇人，只知道一味地嗔怒，分不清重点主次……"

窦昭竖眉，纪咏已抱怨道："你都不知道我现在成什么样儿了！"他喋喋不休地将自己在翰林院的处境夸张地说了一遍，然后道，"我知道你名下有很多的产业，大掌柜云集，我现在有大约五千两银子的私房钱，你能不能找个人帮我打理这笔钱，维持我以后的衣食无忧？"

窦昭立刻就明白他想干什么。

她仔细地考虑道："这编书不像其他的事，别看那些翰林金榜题名，可若非饱读诗书之人，还就真不能胜任。怕就怕你的名声在外，皇上想起编修什么书籍就想到了你，你恐怕就会陷入其中无法脱身，休想跳出翰林院。若是如此，的确是蹉跎人生……"

纪咏闻言大喜，兴奋地道："我就知道四妹妹不同其他人！那你觉得哪位大掌柜能帮我打理财产？"

窦昭冷着脸，道："哪个也不合适！"

纪咏愕然。

窦昭道："你以为做生意很容易吗？它也像你读书似的，要投入全副身心，雨天想着卖伞，晴天想着修伞，一年四时都要盘算着北货南调、南货北卖……"

纪咏烦起来："说来说去，你就是对我虚与委蛇而已！"

"你又想自立门户，又听不得别人不同的声音，你让我说什么好？"窦昭冷言道，"我倒觉得，你不应该以己之长比他人之短——你既然擅长读书，就应该好好走仕途才是。纪老太爷说得有道理，现在对你，是个机会，你既然可以帮着皇上编书，未尝不能由此亲近皇上，就看你是把自己定位在一个只能编书的文人，还是定位成一个精通法典、能为皇上排忧解难的能吏了！"

纪咏欲言又止。

赵家的那位忠仆却早已是听得目瞪口呆，不知所措了。

窦昭觉得自己该说的话都说完了，至于该怎么做，端看纪咏怎么选择了。

"你若是执意要拿了私房钱去做生意，再给我带个信也不迟。"窦昭说着，转身离开厢房。

纪咏坐在太师椅上陷入了沉思。

有小厮在帘子外面探头探脑的，朝着那忠仆使眼色，忠仆半晌才反应过来，蹑手蹑脚地走了过去，低声道："什么事？"

小厮声音更低："老爷问，纪大人和表小姐说得怎样了？纪大人怎么还没有回书房？"

忠仆忙道："你去回了老爷，就说表小姐早回了内宅，纪大人正坐在椅上发呆，我怕纪大人不知道去书房的路，所以在这里候着呢！"

实际上是监视纪咏不乱跑。

小厮明白忠仆言下之意，笑着去回了赵思。

赵思又听到自己派去内宅打探窦昭的媳妇子说窦昭已经回了内宅，正陪着窦家六太太和五太太在说话，他放下心来，吩咐那小厮："你去跟老罗说，让他好生服侍纪大人！"

小厮笑着去了厢房。

赵思的几位同科七嘴八舌地恭维他有个好外甥女，又问她这外甥女嫁到了何家，夫婿是哪家的子弟。

赵思一一答了。

那些人都露出可惜之色。

有人甚至道："当初赵大人怎么就没有给令外甥女选个读书人？"

赵思想到了窦世英，心里就一阵烦躁，连说话的语气都变得有些生硬起来："我在西北为官，外甥女的婚事，是她父亲窦万元定的。"

这些人自然也是认识窦世英的。

有人"咦"道："那窦万元怎么是你家的姑爷？不是说他是王又省的女婿吗？"

赵思没好气地道："我妹妹是原配嫡妻，病逝后，他扶了王又省的女儿做继室。"

屋子里的气氛一时间冷了下来，还好有小厮进来禀告，说新郎官的轿子到了。

大家俱是笑呵呵地催着赵思去迎新女婿，有说有笑地去了拜堂的正厅。

行过礼，新人入了新房，喝过交杯酒，新郎官又出来给大家敬酒。

一时间厅堂里欢声笑语，倒也喜庆热闹。

宋墨摸到了站在廊庑上看热闹的窦昭身边，帮她紧了紧风帽，笑道："怎么不到新房里去？要不要我护着你挤进去？"

窦昭手抚着小腹，笑道："我怕挤着孩子。"

宋墨想想，不敢勉强，又见廊庑上有风，虚扶着她往旁边的茶房去："到那边坐坐，我倒杯热茶给你，等他们闹过洞房，我们就回去，明天一早再来。"

窦昭点头，随着宋墨去了茶房，坐在锦机上，端着宋墨沏的茶小口小口地喝着，和他说起纪咏的事来，并感慨道："人要是太聪明了，做什么事都事半功倍，也就不懂得珍惜，他又如此绝才惊艳，只怕纪家的人为他都要多掉几根头发。"

宋墨却觉得汗毛都竖了起来。

但他神态间却一片风轻云淡："你也别总把他当个没长大的孩子似的，他都及冠了，你总不能一辈子在他身后帮他收拾烂摊子吧？你得试着放手，让他长大才是。"

窦昭失笑，道："你说得也有道理。他若是真的想做什么生意，我就介绍个好点的大掌柜给他好了，至于其他的事，我们也管不着。"

宋墨不由在心里嘀咕。

什么"我们"，是"你自己"好不好？

我可从来没准备帮他！他若是辞官回江南，那就再好不过了！

且不说宋墨如何在窦昭面前故作大方，只说马友明一觉醒来，发现自己睡在间陌生的厢房里，顿时大吃一惊，顾不得头沉如石，一跃而起，喊着贴身小厮的名字。

他的小厮应声而入，手里还端着盆洗脸水笑着说道："爷醒了！昨天您和英国公世子爷还有世子爷的几个舅兄喝酒喝醉了，陈核大哥就把您安置在了这客房里休息。我昨天守了您一夜，结果您连新郎新娘拜天地入洞房都错过了。如今赵家新招的女婿正在厅堂里认亲——世子爷和夫人也在。您是洗漱一番之后立刻过去，还是等用了午膳再去和赵大人打声招呼，到时候再和世子爷一起回去？"又啧啧道，"世子爷的几位舅兄小小年纪，竟然能和爷拼一拼酒，真是厉害！"

亲卫军中谁不知道神机营的马友明马参将是海量！

马友明闻言面色发白，道："我昨天喝醉了？"

小厮点头，拧了热帕子过来。

马友明接过帕子，胡乱地擦了擦脸，神色有些阴晴不定地道："那我昨天喝醉了酒，可曾说过什么胡话没有?"

小厮仔细地想了想,道:"是陈核大哥扶您过来的,您当时嘴里嚷着什么'世子爷,您别走,我说的句句属实,我这可是把身家性命都押在您的身上了'之类的话,小的见事关重大,没敢让其他人服侍,就守在门外,倒也没有其他人过来。没多久您就睡着了,一直到天亮,都没有再说话。"

完了,完了!果然是心里有事喝不得酒,酒量比平日浅不说,竟然还胡言乱语起来。

他心里拔凉拔凉的,却明白自己这是把心事藏得太深,没有个说话的人,人醉了,就有些管不住自己地乱嚷起来。

酒能乱事,古人诚不我欺!

马友明苦笑。

偏偏自己一点也记不起来跟宋砚堂说过些什么了。

他在屋里打了几个转,对那小厮道:"我们暂且在这厢房里歇了,如果是其他人问起,就说我宿醉还没有醒;如果是英国公世子问起来,就说我在厢房里等他。"

如果自己真的对宋砚堂和盘托出心底话,宋砚堂应该会来找他才是。

小厮应诺,服侍着马友明梳洗。

宋墨却正笑吟吟地和他的新晋连襟行着礼。

宋炎面红如赤,赧然地喊了声"世子爷"。

宋墨笑道:"可不敢当表姐夫如此称呼,表姐夫喊我'砚堂'或是'妹夫'就可以。"

和宋炎并肩而立的赵璋如面色一红,抬头看了眼宋墨。

赵思眼底却浮现出一丝笑意。

宋炎却不好意思喊他"妹夫",低声喊了声"砚堂",和宋墨行过礼,被人引了去厅堂的西边,和赵太太及众女眷见礼。

大家的目光都随着宋炎朝西边望去。

宋墨却垂睑想着马友明的话。

亲卫三营二十二卫,神机营排第一。马友明二十出头就能坐上神机营参将的位置,除了出身好之外,个人能力也是数一数二的。谁能有本事给他穿小鞋?又是为了何事要和他结怨?

他想到了姜仪。

当初是马友明引见姜仪给自己认识的,又是马友明求自己将姜仪调到了五城兵马司的,可见两人的私交不错,在神机营里,十之八九是被当成一伙的。现在姜仪和马友明在神机营里都待得不痛快,可见是涉及了派系之争,自己若是再在马友明的身上搭把手,多半会被卷入神机营里的派系之争里。

可马友明是他的朋友,这个忙他一定是要帮的。

只是他是金吾卫的人,捞过界可是军中大忌。

宋墨知道这些日子自己风头正盛,很多人都嫉妒羡慕恨地等着想把他拉下马或是看他倒霉,但他既然要用绝对的实力压制自己的父亲,就必须让自己有着能抵挡并摧毁一切的力量,必须高调再高调,直到让人提起来他就害怕到不敢轻易得罪,才能让自己立于不败之地。

此时他若旗帜鲜明地插手神机营的事务,只会让神机营的那些大佬反感,如果是他自己,他倒不怕,可涉及自己的朋友,就不能不慎重了!

昨天晚上只顾着和窦昭说话了,也没有仔细考虑这件事。

宋墨悄声吩咐陈核："你去跟杜唯说一声，让他查查神机营现在都有几座山头。"

有备无患，多了解一些总归不会有错。

陈核不动声色地出了厅堂。

宋墨笑着和众人一起望向厅堂的西边。

马友明一直等到和宋墨一起出了玉桥胡同，宋墨也没有提起昨天的事。

他不禁脸色发白。

自己怎么忘了这一茬？

他昨天是醉酒，除了他并没有把事情和盘托出之外，还有种可能——那就是宋砚堂会当他所说的话都是醉话，佯装不知道，就这样水过无痕地揭过去了。

马友明自认为没有看错宋砚堂。

他觉得如果是其他的事，宋砚堂也许不会如此，可涉及……宋砚堂除了是金吾卫的同知，还是英国公府的世子，他就算不为自己，也得为自己的宗族打算……

想到这些，马友明像被霜打了的茄子似的，蔫了下来。

窦昭却是心情愉快的。

解决了舅舅的后顾之忧，又提醒了舅舅，和前世相比，想必舅舅能过得更轻松些。

她和宋墨商量："舅舅说他们二月十二就启程，我想送两千两银子的程仪，然后请舅舅他们吃顿饭，你看如何？"

宋墨想了想，道："不如就在家里设宴吧？也让舅舅知道我们过得怎样。"

窦昭点头，笑道："正好，送走了舅舅，就给素兰办喜事。"

宋墨就温声叮嘱她："你月份越来越重，小心别辛苦自己。"

窦昭笑盈盈地点头，回到家就兴致勃勃地开始准备宴请舅舅的事。

宋翰屋里的管事嬷嬷吕正家的来请她示下："二爷屋里的一个二等的丫鬟、两个三等的丫鬟到了要放出去的日子，夫人看奴婢什么时候叫了三家的娘老子来接人好？"

窦昭让若朱拿了黄历进来，笑道："那就定在三月初三吧，那天是个黄道吉日。"

把时间放宽松些，正好给府里那些蠢蠢欲动之人时间折腾。

吕正家的恭声应是，屈膝福了福，就要退下去。

窦昭叫住了她，笑道："你们家那口子现在怎样了？孩子们可都好？家里有没有什么为难之事？"

吕正家的一愣，忙道："多谢夫人关心，奴婢家的那口子如今在庄子上当差，孩子们也都很听话，一切安好。没有什么为难之事！"

话音刚落，她就惴惴不安起来。

她原本以为自己夫妻俩原是国公爷的人，夫人不打脸就算是好的了，怎么会抬举自己？夫人如此问，不过是客气话而已，自己怎么敢蹬鼻子上脸地说家里有什么为难之处，这才说一切安好的。

可转念一想，这样的回答，不免让夫人觉得自己夫妻俩如今还受着国公爷的照顾，自然要和与国公爷事事处处都不对的世子夫妻划清楚界线。

丈夫的遭遇，让她早就明白，自己一家子不过是蝼蚁，世子爷和夫人若是想让他们死，英国公绝不会为他们说句话的。

她想向窦昭解释，又不知道怎样开口，一时间又悔又恨。

谁知道窦昭却没有追究她这些，而是和风细雨地道："世子爷最看重的就是一母同胞的二爷了。二爷眼看着年岁渐长，我又只是他的嫂嫂，有些事，多有不便。他屋里的事，还要你多操心。你把二爷照看好了，世子爷和我都不会忘了你的功劳。"

长嫂如母，窦昭现在又主持着英国公府的中馈，什么事管不到宋翰的屋里去？

吕正家的想到英国公和世子爷之间的罅隙，却对窦昭的话没丝毫的怀疑。

她非常意外，面对窦昭散发出来的善意，差点喜极而泣。

世子爷的确像夫人所说的那样，最看重二爷了。自己既然是二爷屋里的管事嬷嬷，以后一心一意地照看好二爷，也未尝不是一条出路。

吕正家的恭敬地给窦昭磕头，赌咒发誓地表示会好好照看宋翰。

窦昭莞尔，道："我对二爷屋里的事不熟，二爷屋里丫鬟的人选，你就多费费心了。"

吕正家的有片刻的犹豫。

窦昭已道："既然是二爷身边服侍的，最好是以二爷的意愿为主。"

吕正家的松了口气，低头告退。

窦昭微微笑，吩咐若朱："把宴请舅老爷的菜单拿过来，我还要仔细看看，琢磨琢磨。"

若朱笑着去拿了菜单，却向她禀道："夫人，老大人过来了，说有要紧的事要见您。"

老大人，是指窦昭的父亲窦世英。

窦昭忙去了小花厅。

窦世英正烦躁地在小花厅里来回踱着步子，看见她进来，没等她行礼，就愤然不平道："你说你舅舅到底要怎样才愿意消气？这么多年了，我对他一直是热脸贴着他的冷屁股，他还是一点也不领情。难道非要我以死谢罪，他才会原谅我不成？"

窦昭默然。

很想告诉他，我是赵谷秋的女儿，您对我说这些有些不合适吧？

可望着沮丧地瘫坐在太师椅上的父亲，她又说不出口。

不仅如此，她心底还泛起淡淡的酸楚。

若朱见状，一溜烟地跑去了外院的书房。

等宋墨赶过来的时候，就看见窦世英父女俩大眼瞪小眼，神色木然地面对面枯坐着。

他朝着窦昭使了个眼色，佯作责怪窦昭的样子道："岳父大人来了你怎么也不跟我说一声？"然后笑着上前给窦世英行了个礼，道："岳父，您难得到府上来一趟，我书房里正巧还有瓶御赐的葡萄酒，让寿姑给我们整桌酒席，我们去小酌几盅？"

女儿竟然还没有女婿贴心！窦世英气呼呼地"哼"了一声，随宋墨去了前院的小花厅。

窦昭有些哭笑不得，她对素兰道："你说，这算是怎么一回事啊？"

素兰抿了嘴笑，道："夫人应该高兴才是，老大人和世子爷关系这么好。"

"是啊！"窦昭叹道，"我不是个好女儿，幸亏还有世子。"

她的心情重新又愉悦起来，亲自去厨房指点灶上的婆子做了桌酒席让人去了外院。

窦世英和宋墨絮叨了一番，心情大好，在颐志堂待到了华灯初上之时才打道回府，等到赵思一家离京的时候，他已不把赵思对他的冷漠放在心上了。

如果是自己的妹妹遇到了这样的事，他恐怕也很难释怀。

这世上没有谁能让所有的人满意，何不坦坦荡荡地做人？只要对得起自己的良心就行了！

砚堂说得太对了。

只要问心无愧，至于旁人怎么看、怎么想，那都是别人的事。

他只觉得神清气爽，一扫积郁了这么多年的心结，给赵思准备了程仪和送别礼，亲自送到了玉桥胡同，在舅母略带几分歉意的神色中气定神闲地喝了杯茶，和舅母闲聊了几句，起身告辞。

舅母去了书房，见丈夫正心浮气躁地在那里练字，不由轻轻地叹了口气，转身去了赵璋如那里，问她行李可都收拾妥当："……可别丢三落四的。"

赵璋如却满不在乎，道："这是寿姑的宅子，就算有什么东西落下了，自有寿姑帮我们收着，她在湖广有田庄，到时候让人带到湖广就是了。"

舅母怒目而视。

正巧宋炎进来，知道后笑道："娘您别担心，有我帮着看着，不会落了东西在这里的。"

赵璋如红着脸朝丈夫笑了笑。

舅母不禁笑着摇头。

还好有宋炎。他自幼吃百家饭长大，为人细心谨慎，正好弥补了女儿的粗心大意。可也正因为如此，女儿的活泼开朗又弥补了宋炎的敏感细腻，这桩婚事，倒是极好。

不痴不聋，不做阿翁。

她笑着去了厅堂。

窦昭送走了舅舅一家，开始筹备素兰出嫁之事。

她给素兰准备了和素心一样的嫁妆。

陈核非常的不安，要素兰将这份嫁妆推辞掉："姐夫是因为家底微薄，又为夫人当差，我却是世子爷的乳兄，有世子爷照顾，倒不必如此。"

素兰却摇头，道："长者赐，不敢辞，东家赐下的东西也是一样。你我就应该欢欢喜喜地接了，只是以后待人接物的时候想想东家是怎么对待我们的，就知道自己该怎么做人做事，该怎么选择有所为有所不为，就算是对东家的报答了。"

陈核没想到平日里大大咧咧的素兰竟然会讲出这样一番朴素的大道理来，不由得对她另眼相看，再也不敢像从前那样只是把她当个不谙世事的女孩子哄着，待她从此多了一份尊重。

陈母见陈核真心喜欢媳妇，想到死去的陈桃，觉得这世上祸福无常，待素兰就多了一份包容，素兰嫁过去之后，出乎窦昭意料地过得很幸福，这倒是让窦昭没有料到的。

不过这些都是后话了。

就在素兰出嫁的前两天，吕正家的带了两个小丫鬟到上院东厢房来领宋翰院里的夏裳，听说窦昭在后院看仆妇们整理后院的花草，她想了想，去了后院，给窦昭请了个安。

窦昭已经微微有些显怀，她站了会儿，觉得有些累，坐到一旁铺着毛皮垫子的美人靠上，顺手从茶几上的青花瓷高脚盘中拿了两个福建进贡的蜜橘赏给吕正家的："拿回去给孩子们吃！"

吕正家的谢了又谢，低声道："奴婢听樨香院的人说，国公爷有意把樨香院的钏儿拨给二爷使，可那钏儿是近身服侍过国公爷的人，怎好塞到二爷的屋子里来！这件事，还请夫人帮着拿上主意。"

近身服侍过宋宜春的？怎样个近身法？

说实话，她还真没打听出来。

窦昭沉吟道："我说过了，二爷屋里的事，二爷拿主意就行了。若是这是二爷的意思，我自然要拦上一拦的。"

言下之意，若只是吕正家的意思，哪怕这钏儿是曾经近身服侍宋宜春的，她也会睁只眼闭只眼的。

　　吕正家的脸涨得通红，半晌才道："夫人有所不知，那钏儿长得像妖精似的，是个男子看到她都眼发直，二爷年纪还小，如果知道国公爷把钏儿拨到了自己屋里，怎么会拒绝？而且那钏儿原本是惹了国公爷屋里的白芷姑娘，被白芷姑娘上了眼药，惹了国公爷，国公爷这才一怒之下把钏儿拨到二爷屋里使唤的。这样的人进了二爷屋里，还不得把二爷屋里给闹得乌烟瘴气啊！"

　　她说着，跪在了窦昭的面前："还请夫人成全奴婢的一片拳拳之心。"

　　白芷？她不是宋宜春屋里的二等丫鬟吗？

　　自己上次去榭香院侍疾的时候，只见到了落雁和沉鱼两个大丫鬟并几个还在总角的小丫鬟，她当时就奇怪，怎么宋宜春身边只有这几个丫鬟？后来看了英国公府的仆妇名册才发现，宋宜春屋里有四个大丫鬟、八个二等丫鬟、十二个三等的丫鬟，还有若干不上等的丫鬟、媳妇子，共计四十四人。

　　她还没有机会认识，没想到因为一个二等丫鬟钏儿，让她提前和榭香院的丫鬟有了接触。

　　窦昭道："这件事，我会斟酌的。"

　　吕正家的失望而去。

　　窦昭高声喊着"素心"。

　　甘露进来笑着应道："夫人怎么把这件事也给忘了——素心姐姐领着素娟姐姐给侄少爷送果子去了。"

　　窦昭失笑。

　　今天是第三场乡试，像前两次一样，她准备了新鲜的果子让素心送去考场。

　　平时总有什么事喊素心喊顺了口。

　　等到夏天赵良璧回了京，素心也要回家了，自己好像连个说心里话的婢女都没有了。

　　自己得慢慢地习惯身边这些心腹丫鬟一个个地离开才是。

　　窦昭想起了陈曲水。

　　难怪那些男子都喜欢用幕僚。

　　除了见多识广，宾主能长久地相处下去，习惯了彼此的生活习惯和思维方法而变得越来越有默契，也是一个重要原因。

　　她在屋里转悠了良久，最后还是下定决心让甘露去请了陈曲水过来。

　　陈曲水在窦昭的对面坐下，开门见山地笑道："素心出嫁了，夫人肯定觉得很不习惯，没有个能商量内院之事的人，这才找了我来吧？"

　　窦昭脸色顿时有点红。

　　陈曲水却笑道："实际上，夫人不找我，我也会来找夫人。"他说着，神色渐端，"我至今还记得我第一次见到夫人的时候，别馆主病得快不行了，夫人穿着件大红色素面褙子，淡定从容地走了进来，光鲜的颜色，一下子让屋子里都变得明亮起来。别馆主让我求您收留别氏姐妹，你面露不忍，却依旧冷静地衡量得失，那种胸有成竹的自信，让您如丢在瓦砾中的宝石一般，只要有一丝一缕的阳光，就能闪烁出璀璨耀眼的光芒。我当时就在想，这个小姑娘一定是聚千万宠爱于一身，才会有这样的气派和坚韧。

　　"等我知道了夫人的处境之后，就只有佩服了。

　　"所以当夫人请我去做西席的时候，我心动了。

　　"我这辈子再也不可能给哪位封疆大吏做幕僚了，我却可以协助眼前的这个小姑娘成为一个家族的主宰。

"夫人果然没有让我失望。审时度势，理智地放弃了独身的打算，和世子爷成为了一对恩爱夫妻。

"可现在，在您名正言顺地掌握了英国公府主持中馈的权力之后，您反而开始犹豫、踌躇、迟疑，把段师傅他们当成了普通的护卫养着，把我当成风烛残年之人护着，和当初您进府时的决定背道而驰。

"但我了解您。您既然决定了为世子爷解开父子恩怨之谜，您肯定会做到的。

"我就不知道其中到底又有了什么变故。可不管是什么变故，我只想告诉夫人，我们真定来的这些人和夫人是一荣俱荣，一损俱损。如果夫人有个万一，我就是想做程婴，以我和夫人的密切程度，恐怕也是不行的。"

窦昭微微一震。

不行吗？

陈曲水心里却如掀起了千层浪似的。

果然，夫人遇到了攸关生死之事。

他又道："就算是夫人此刻把我们这些人全都打发回了真定，我们这些无根的浮萍，夫人觉得有谁会维护我们？"

一语点醒梦中人。

在她让陈曲水带着段公义等人进京的时候，真定这些人的命运就和她绑在了一起。

不是她想撇清就能撇清的。

她的确做了个错误的决定。

窦昭目光变得坚毅如山。

陈曲水笑了起来。

窦昭起身，道："先生，我们去后院的凉亭说话吧。"

那里视野开阔，虽然大家都能看见她和陈曲水，可谁靠近他们，也能被看得一清二楚。

陈曲水颔首，和窦昭去了凉亭。

春风料峭，窦昭和陈曲水却在凉亭里坐了快一个时辰，之后他们返回了小花厅，继续谈话。

"这么说来，你怀疑辽王？"陈曲水面色灰败，望着窦昭的目光显得有些晦涩。

窦昭微微点头。

陈曲水低下头，半晌未语。

初春的风吹过，玻璃窗外刚刚冒出绿意的枝叶微微颤抖，已有了春的柔顺。

第一百二十五章　遣散・寻找・寻根

陈曲水温声问窦昭："那您有什么打算？"

窦昭很坚定地道："我要保住我们这个家！"

陈曲水沉思。

不论是谁，都会如此想。

可大势之下，又有几个人能得偿所愿呢?

他想到了满院痛苦呻吟的男子和至今无法站立行走的庞昆白，想到了滂沱大雨中窦昭和宋墨的对峙，想到宋墨扶着窦昭时流露出的那外人罕见的温暖表情，他的心突然怦怦乱跳，有种跃跃欲试的兴奋。

陈曲水知道，那是希望投身于改变历史洪流的欲望，一如多年前，当他知道自己仕途无望时，对一展抱负的渴望。

他微微地笑，柔声道："我走过很多的地方，看过很多的风景，人生在世，不过如此。夫人不必替我担心，您有什么需要，只管吩咐我就是了。我虽不才，却也会鞠躬尽瘁，死而后已。"

最后一句话，出自诸葛亮的《出师表》。

窦昭懂了陈曲水的意思。

是啊，她有什么好怕的?

成王败寇！如果她失败了，定国公府就是她的前车之鉴。

所以，她只能往前冲。

辽王又怎样？太子又怎样？

与她有什么关系？

在她身陷困境的时候，是素兰和素心护着她，是段公义等人救了她；在她痛苦地纠结着前世和今生之时，是宋墨的执着和热情让她的心重新温暖了起来。

这些人，才是她应该珍惜的，才是她应该守护的，才是她应该拼尽全力保护的！

她要向前走！

古往今来，多少豪杰就死在了犹豫不决上。

她要向前走！

就如她一直所做的一样。

坚忍不拔地向前走！

和身边这些爱护自己、尊重自己、怜惜自己的人一起。

窦昭扶着自己微凸的腹部，朝着陈曲水淡淡地笑，眼眸却像晨星般快乐地闪烁起来。

明亮璀璨，熠熠耀眼。

那个真定的窦昭，又回来了。

陈曲水起身，退后两步，徐徐地朝窦昭行礼："夫人，敬请吩咐。"

窦昭笑了起来。

孤单的人生路上，多一个人陪伴，就会多一份勇气。

她朝着陈曲水做了个"请坐"的手势，道："我这些日子接手了英国公府的中馈，发现了一件很奇怪的事。照理说,英国公府是百年显贵,像这样世代传承的家族,传承的不仅仅是爵位和财产,还应该有帝王的恩宠和深厚的人脉以及支撑这个家族繁荣昌盛的忠仆。

"百余年来,英国公圣眷不断,所以才有了京都尽人皆知的英国公府胡同。

"深厚的人脉,过年的时候我已经见识过了——不仅京都的缨簪之家,就是朝中的大臣、驻各地的卫所,都有人给英国公府送年节礼,有些皇亲贵戚的礼还送得不轻。

"可忠仆,说实话,我却一个都没有看见。

"世子身边,多是定国公府的人。英国公身边,多是蒋夫人死后提拔的。

"我也知道,蒋夫人死后,英国公府的仆妇都受到了清洗,颐志堂和英国公府决裂,又让很多仆妇受到了牵连。可瘦死的骆驼比马大,英国公府怎么也不可能像现在这样粉墙新画,没有一个老成的管事压得住阵啊!

"不说别的,您看刚刚到英国公身边当差的曾五。不过是机缘巧合,因他父亲会养马才跟着他父亲一起投靠到英国公府的一个粗使小厮,却走了前院大管事黄清的路子,做了英国公贴身的小厮。这要是放在我们窦家,是想都不敢想的事,不往上查三代,至少也要先仔细观察两三年,才敢把人拨到身边,从三等的做起。"

这也是为什么前世王映雪气焰嚣张,今生她掌握了西窦的一半产业,可高升始终只忠于父亲。

陈曲水毕竟只是个寒门儒生,并没有仔细思考过这些事。如今听窦昭这么一说,他也有些感触。

"我记得我第一次来英国公府的时候,二百多人的英国公府,却静悄悄没有一点嘈杂声。"陈曲水回忆道,"仆妇们都昂首挺胸,脸上带着既傲慢又谦卑的笑容,看我的眼神,大多数都透着几分不屑。

"当时带我进府的是严朝卿。我们迎面遇到个两鬓花白的姓厉的管事。严朝卿不仅恭敬地向他行礼,而且在厉管事问起我的时候,还编了个说辞很耐心地向他解释了一番。

"事后,严朝卿跟我说,这位厉管事曾经服侍过老国公爷,现在专司新进府小厮的礼仪,在英国公府颇有威望。最后还开玩笑地对我说,英国公府这样的老仆还很多,让我以后眼睛放亮一点,别惹了这些老头子。

"我当时就想,不知道英国公会不会觉得这些曾经服侍过老国公爷的老仆碍眼?

"您再看现在的英国公府,不管是世子爷和英国公,都有些肆无忌惮,想干什么就干什么……连曾经贴身服侍过自己的丫鬟都能塞到儿子的屋里,就算那丫鬟是清清白白的,可这种事怎么说得清楚?若是传出去了英国公府成什么地方了?"

陈曲水说着,心中一动,望向了窦昭,就看见窦昭正眼睛亮晶晶地望着他。

两人都不由得神色微变。

陈曲水迟疑道:"您怀疑英国公趁机将那些碍他眼的人都除掉了。"

"这不是怀疑,是肯定。"窦昭道,"但我曾经听世子说过,蒋夫人在世的时候,家中不管是中馈还是庶务,都是由蒋夫人在打理,蒋夫人走得急,肯定有很多话没来得及和英国公交代,英国公未必就对这府里的事情知道得很清楚,肯定有漏网之鱼。我觉得我们应该双管齐下,您想办法查查外院管事的来历,我来查内院仆妇的来历,加上还有从田庄里调来的这些丫鬟,抽丝剥茧,总能找到一两条有用的线索。至于辽王那里,世子也有了戒备,正在查他。等有了什么消息,我们再做打算。当务之急是要把英国公府掌握在我们手里,经营得像铁桶似的,任谁也打不进来,等到辽王起事的时候,我们才能安安心心地应付朝中大事。"

陈曲水郑重地道："夫人，您只管放心，这件事交给我就成了。"

窦昭亲自送陈曲水出了书房，然后叫了若朱进来。

四个"若"字辈的小丫鬟中，她是最机敏的一个。

窦昭招她到身边，低声吩咐她："你不是和二爷屋里的大丫鬟栖霞有走动吗？国公爷想把樨香院的钏儿拨到二爷屋里使唤，你给栖霞透个消息，看看栖霞有什么反应。再就是想办法和樨香院的丫鬟们搭上话。"

若朱的祖母姓崔，和祖母是没出五服的堂姐妹。

她能跟着窦昭到真定，与她祖母有关。

若朱灿然地微笑，屈膝行礼退了下去。

宋墨这边却没有什么进展。照他所得到的消息，神机营虽然个个出身不凡，山头林立，可在都指挥使王旭的统领下，却个个都像小老鼠似的，敢怒而不敢言，整个神机营只有王旭说话才算数。不仅如此，马友明、姜仪和王旭的关系都非常好，特别是姜仪，因为精通文墨，曾经做过一段时间王旭的文书，王旭想提拔他，才放他出来做了名小旗。

那问题到底出在哪里呢？

宋墨回到内室的时候，看见窦昭坐在灯下翻着本厚厚的账册。

他从不把外面的糟心事带回家里，洗梳更衣之后，心情已变得愉悦起来。

他问窦昭："在看什么呢？"

"看看家里这些来来去去的都换了哪些丫鬟。"窦昭笑着给他斟了杯茶，问他，"你知道家里的仆妇里有谁服侍过你祖父吗？"

宋墨一愣，想了想，道："我还真没有印象。"

窦昭嗔道："你自己家的事你怎么都不清楚？"

宋墨歉意道："男子十五束发。母亲觉得等我过了十五岁，就不太方便再这样频繁地跟着大舅跑了，因此她希望我在十五岁之前多了解一些定国公府的事，十五岁之后，再开始熟悉家中事务。这样，就可以同时掌握两府的人脉。"他说着，声音低了下去，表情也显得有些苦涩，"只是不承想筹划赶不上变化……"

所以宋墨还不如自己了解英国公府。

窦昭几乎要倒仰。

从这里也可以看出蒋夫人对自己这个长子的期许。

窦昭道："定国公府的人毕竟是定国公府的人，若是蒋家的那些表兄遇到大赦，能回到濠州，这些人怎么办？有多少会留下来又有多少会回去？"

宋墨也考虑过这个问题。

施安就是个例子。

蒋家落得如此的下场，施安宁愿守着蒋家的那些孤儿寡母，也不愿意跟着他到京都奔个前程。

不过因为正和宋宜春对峙着，人手缺得厉害，也就顾不得这许多了。

现在宋宜春被他压制得使不出力来，正好窦昭又提起，他觉得也是要招些人手的时候了。

他笑道："要不，你把陈先生借给我使使？我身边不是缺人吗？"

窦昭笑道："我的人难道不是你的人？说什么借不借的！你有事只管吩咐就是了，我相信他们也愿意为你办事。"

宋墨笑道："我也正好想借段公义使使，让他帮我招些人手。"

段公义和谭家庄有关系，借段公义招人手，那就是从江湖中找了。

窦昭道："护卫什么的倒好说。就算是蒋家表兄们回来了，也可以借来使使，倒是这种能够安心托付后背的忠仆却不好找，我觉得你也应该从田庄里抽些人手充实颐志堂了。"

宋墨听了皱眉，道："英国公府现在还是父亲的，从田庄里找人手充实颐志堂，牵扯太多，未必是件好事。"

甚至是那些所谓的忠仆，忠于的永远是英国公这个名头，而不是某个人。

当宋宜春是英国公的时候，他们自然忠于宋宜春；可当宋墨是英国公的时候，他们则会忠于宋墨，而宋墨现在需要的，是绝对忠于他的人。

窦昭理解宋墨的顾忌，笑道："什么事都有正反两面。你只想到国公爷是英国公府的主人，他们只会忠于国公爷，你却没有想到你自己是英国公世子，是英国公府名正言顺的继承人。那些人既然效忠的是英国公府，只要你没有做出损害英国公府利益和名誉之事，他们就不会因为国公爷和你之间的私怨对付你，只要他们能保持中立，你就能用。何况，让这些人看看国公爷到底做过些什么事，说不定反而对你更有利！总比你继续用定国公府的人，让英国公府的那些人看着英国公府的继承人亲近别人冷落他们要好得多！"

宋墨闻言心头一震。

他想到了母亲在世时，英国公府的那些老人们对母亲的质疑。

或者，这也是宋宜春会那么容易就成功设局陷害他的原因之一。

在英国公府很多人的心目中，母亲和他是亲近定国公府的。

所以父亲在处置那些老人的时候，他保持了沉默。

仿佛有什么东西在宋墨的心头掠过，让他想抓却抓不到。

他端着茶盅，陷入了沉思。

窦昭就拿了针线出来做。

直到他放下手里的茶盅，她这才道："砚堂，如果你同意，这件事交给我怎样？"

由她出面，既表达了未来的英国公夫人对这些世仆的善意，又可以理解为宋墨对当初的举动隐隐有后悔之意，更能安抚大清洗之后那些世仆的恐慌，进可攻，退可守。

宋墨立刻明白了窦昭的用意，只是没等他反对，窦昭又道："夫妻之间相处，有些女子喜欢躲在丈夫的羽翼之下，有些则希望和丈夫并肩共同面对生活中的波折。大多数女子都喜欢前者，可当丈夫有困难的时候，也有些女子会选择后者。我觉得，不管是前者还是后者，只要他们夫妻之间觉得好就行了，若只是一味地拘泥于形式，反而让夫妻生分。"

她眨着眼睛望着宋墨，神色颇有些俏皮。

宋墨"扑哧"一声笑了，道："你就说你想帮我有什么打紧的？想当初，我可是你手下的败将！"

窦昭笑道："我这不是怕伤了你的自尊心吗？"

"自尊心？"宋墨佯作左顾右盼的样子，"那是什么东西？我怎么从没见过？我只知道，要不是我死皮赖脸的，你是无论如何也不会嫁给我的！"

这下轮到窦昭笑不可支了。

"那你想怎么样嘛？"她娇嗔地斜睨着他。

宋墨装模作样地思忖道："我想要干的事太多了，一时间还真不好选择。要不，这次记下，下次我想到了，你还给我？"

"这种事还能欠账的吗?"窦昭和他贫嘴,"过了这个村就没这个店了,你快想!"

宋墨就嬉皮笑脸地凑在她耳边小声说了几句。

窦昭红着脸啐了他一声,道:"你自己个儿做梦去吧!"转身下了炕,高声问着丫鬟晚膳好了没有。

宋墨哈哈地笑,和窦昭一起去了宴息室。

第二天,却拨了杜鸣手下一个叫刘章的小厮过来给窦昭使唤。

窦昭让他暂时服侍陈曲水。

陈曲水如虎添翼,很快就把外院管事查了个一清二楚。

他神色凝重地来见窦昭,苦笑道:"真的被夫人料中了,现在英国公府的管事除了京都以外的田庄庄头和大掌柜,原来在京都的大管事都被换了,或是从前管事的徒弟,或是亲戚。那位厉管事,据说是病逝了。"

窦昭的神色亦不轻松,叹道:"我这边也一样,新换上的管事嬷嬷,多是从前在外院服侍的人中比较出挑的,或是从外面新进府的,从前的老人,一个不见了。"

陈曲水道:"那现在我们从哪里下手好?"

他们都明白,这些人恐怕大都已经不在人世了。

窦昭交给了他一份名单,道:"这是我从内宅历年来当差的丫鬟媳妇子的名册上抄下来的,你看看,能不能从那些早前嫁出府的丫鬟里找到一鳞半爪来——人的天性是要交朋结友的,那些出了府的丫鬟不可能因为出了府就和从前的关系都断得干干净净。"

陈曲水应声而去。

窦昭有些烦躁地站在廊庑下看丫鬟、婆子剪枝翻土,整理院子里的花树。

随着进入三月,天气变得暖和起来,风吹在脸上暖融融的,让人想睡。

那些粗使婆子还好,和窦昭相处了这大半年,觉得她为人和善,脾气再好不过,笑吟吟地上前和她打了招呼,手脚麻利地干着活;拂风几个才从田庄里进府的刚刚跟着素心学完了规矩的小丫鬟,却不由个个战战兢兢,抬水浇花之余不住地用眼角睃着窦昭。

窦昭就发现其中一个小丫鬟做事非常伶俐,别人都是粗使的婆子让干什么才干什么,她却在能听到婆子们吩咐"拿剪刀过来"的时候随手把扫帚扫在旁边扫着剪下来的枝叶。

她就指了那小丫鬟问身边服侍的甘露:"叫什么名字?"

甘露也注意到了,笑道:"叫拂叶,是天津那边的田庄送过来的。她的曾祖父那一辈曾经在英国公府当过差,祖父曾在外面做过大掌柜,因家中子嗣单薄,到了她这一辈,只有她这一个女儿,父亲又只是田庄里的一个庄户,想让女儿嫁个好人家,这才托了大兴田庄庄头家的将她送进府来。"

窦昭道:"她原来叫什么名字?"

甘露想了想,道:"好像叫什么'美仪'。"

"是美贻吧?"窦昭道,"匪汝之为美,美人如贻。"

甘露满脸的困惑。

窦昭道:"她是母亲只生了她一个,还是家里的兄弟姐妹出了意外?"

甘露赧然道:"这个,我还真不知道。"

窦昭笑道:"那就去打听打听。"

甘露出了廊庑。

窦昭进了内室。

不一会儿,甘露进来禀道:"夫人,打听清楚了。原来她还有个叔父、一个同胞哥哥、一个堂弟,叔父因醉酒掉进河塘里淹死了,哥哥十五岁的时候病逝了,堂弟从娘胎里出来就带着哮喘,三岁的时候夭折了。"

窦昭颔首,让甘露退了下去。

第二天,她让几个"拂"字辈的小丫鬟们和金桂、银桂一起打络子。

拂叶和另一个叫拂风的小姑娘打得最好,特别是拂风,不仅会打寻常的梅花络子,就连那非常复杂的蝙蝠络子、蝴蝶络子都打得十分精巧美观,让已经十三岁却一直认为自己针线不错的银桂很是佩服。

窦昭笑着问拂风:"我看你的手很巧,除了会打络子,你还会些什么针线?"

拂风很是激动,满脸通红地道:"我还会盘扣子,盘很多种扣子,双飞蝶、海棠花,都难不倒我。"

"哦!"窦昭笑盈盈地望着她,道,"你是跟谁学的?"

"跟我祖母学的。"拂风骄傲地道,"我祖母曾经在府上当过差,什么都懂,还知道给人接生,我们家,都是我祖母说了算。这次进府,也是祖母的意思,说有机会服侍夫人,是我的福气,让我要听夫人的话,好好当差,以后自有我的好日子过。"

窦昭笑着点头,目光从几个小丫鬟脸上扫过,声音徐缓道:"你祖母说的不错,你们好生当差,主家自不会亏待你们的。"

金桂银桂几个不好意思地笑,拂叶、拂风和一个叫拂雪的小丫鬟却朝着窦昭福了福,恭敬地应着"定不负夫人教诲"。金桂银桂看了,这才慌慌张张地起身,七嘴八舌地跟着拂叶几个说着"不负夫人教诲"之类的话。

窦昭笑着称"好",坐了一会儿,就出了宴息室去了书房。

她让甘露请陈曲水过来,把写着拂风、拂叶和拂雪名字的笺纸递给陈曲水:"您好好帮我查查这三家人的根底。"

陈曲水把笺纸折成小方块放进了衣袖里,神色有些兴奋地道:"夫人,我发现那个厉管事还有个弟弟,因从小患有腿疾,不良于行,求老国公爷开恩放了籍,跟人学了裁缝,在宛平县开了一家裁缝铺子。蒋夫人去世之前,英国公府还常照顾他的铺子,给些小活让他做。可自从蒋夫人去世之后,这间裁缝铺子就再也没有接到过英国公府的活了。"

窦昭非常意外。

她以为蒋夫人做了英国公夫人之后,只会用蒋家的人……没想到,蒋夫人也用宋家的人。

窦昭低声道:"你可与那厉裁缝说上话了?"

"说上话了。"陈曲水道,"厉管事只有一个儿子,曾在英国公府外院的回事处当差,儿媳妇是夫人屋子里的一个二等丫鬟,两个孙子里,长孙在英国公书房里当差,次孙在京都的点心铺子里当学徒。英国公府出事那天,除了在点心铺子里当学徒的次孙,儿子、媳妇和长孙都染病而亡。我找去的时候,厉裁缝莫名地被吓得脸色发白,我一诈,这才发现,原来厉管事的次孙,在祖父和父母兄长相继出事之后,以为自己的祖父和父母兄长是犯了什么事,吓得连夜逃到厉裁缝那里,由厉裁缝帮忙安排,跟着别人南下出海去了……"

英国公府所有的仆妇都是签过卖身契的,如果逃走,就成了黑户,一旦被逮住,就算被打死,也不过是罚几两银子就可以了结的事。

厉管事的次孙逃走了,却从来没有人说起过。

是有人为厉管事隐瞒,还是当年死的人太多,根本无从查起?

窦昭脸色微变。

她主持中馈之后,内院的账册就交给了她,她可以通过府里历年的开支查到英国公府的一些陈年旧事。但外院的账册却是掌管在宋宜春的手上，他们对外院的情况就显得相对无力，只能想办法慢慢地查证。

"如果能拿到外院仆妇的名册就好了！"陈曲水也觉得很头痛，"至少可以知道到底哪些人没了踪影，拔出萝卜带着泥，说不定能查出更多的事来。"

窦昭想了想，道："这件事我来想办法。倒是厉裁缝那边，他还说了些什么？以他一个小小的裁缝，找谁做的担保，竟然能让一个没有户籍的逃奴南下跑船去了？"

陈曲水不由朝着窦昭伸出了大拇指，道："夫人的思路还是那么犀利！"

窦昭失笑，道："这里又没有旁人，你这样抬举我，也不过是锦衣夜行罢了。还是说正事要紧！"

陈曲水呵呵地笑了数声，这才敛容道："夫人猜得不错。和厉管事的次孙一起去跑船的，还有两个人——一个是英国公府回事处的一位三等管事，姓何，名源。他的父亲曾是英国公府的一位账房先生，奉蒋夫人之命，多次去广东巡查世子爷的产业，他正式在回事处当差之前，曾多次跟着父亲去广东那边玩耍，在那边有几个朋友。

"另一个姓李，名小栗，他父亲早逝，祖父是门房的管事，他子承祖业，也在门房里当差，和何管事是一起长大的，关系非常好，英国公府出事的那天，他们因为喝多了酒，悄悄地歇在门房里，这才逃过了一劫。

"厉管事和何安源的父亲关系很好，厉裁缝到府里结账，也是经的何源之手。两人非常熟悉。

"何源逃出去之后，第一个找的，也是厉裁缝。

"后来南下跑船，也是何源提议的。

"厉裁缝自己因为出府得早，厉管事的事，知道得不多，直到侄孙逃到他那里，他才知道英国公府出了事，也曾经进城打听过，但什么也没有打听到，只听说从前认识的很多人都暴毙了，他这才感觉到害怕，为了保住哥哥的一点血脉，这才同意侄孙跟着何源南下的。

"他原还担心有人找来，谁知道却根本没有人理睬他们。

"他这几年一直关注着英国公府，也曾偷偷地打听过当年的事，却还是一无所获。

"何源南下之后，曾辗转让人给他带了两次口信，都是问京都的局势，英国公府如何的境况。

"厉裁缝说，何源他们实际上是很想回府的，只是不知道现在英国公府的情况如何，又回府无门，这才只能一直在外面漂泊的。他还说，知道夫人屋里需要人手，没有继续用真定的人，而是在各田庄里选婢女，他很高兴，就盼这些人能得了夫人的重用，他们也能有个盼头。"

窦昭非常意外，朝窗外望去。

窗外风和日丽，几个还在总角的小丫鬟在院子里踢毽子。

"大兴田庄的事，竟然能传到一个因跛了脚而早年出府的在宛平做裁缝的人的耳朵里。他可能真的对英国公府的事不太清楚，可若说他和英国公府的这些人一点联系也没有，我可不相信。"她笑着扭过头来看着陈曲水，道，"我原只想从她们身上找到一两个能用得上的线索，没想到我竟然一叶障目，到底还是小瞧了她们。现在看来，我身边的这几位'拂'字辈的小姑娘，恐怕您都要帮我查查了。我可是给了她们快两个月的时间选人。"

陈曲水笑着应是。

待宋墨回来，窦昭把厉管事的事告诉了他。

宋墨闻言并没有太多的惊讶，在沉默了片刻之后，他道："当年虽然乱，但也不至于死了那么多的人，有人逃走，也不稀奇。"

原来宋墨知道。

可他为什么没有追究呢？

窦昭突然明白过来。

宋宜春要陷害宋墨，就算那些仆妇之前不知道，之后肯定是知道的。但他们却没有一个人维护他，没有一个人代他向外界救援，甚至没有一个人为他鸣不平。所以宋宜春对这些人大开杀戒的时候，他选择了袖手旁观，冷漠以待。

那时候，他一定感觉到自己受到了背叛吧？

因而他才会一门心思地只用定国公府的人。

窦昭心中酸楚，心疼地搂了搂他，道："他们不过是些仆妇，见识有限，只知道听国公爷的就不会错，大祸临头的时候，也只知道像鸟兽般本能地逃跑，哪里还顾得上许多。现在人冷静下来了，不就后悔了吗？要不然，陈先生去了，一没有威逼，二没有利诱，他就把当年的事如竹筒倒豆子似的，全都告诉了陈先生。"

"我犯了错，你都原谅我了。

"他们这些人，就更不值得你计较了。

"从前的事别想了。

"如果有能用的，我们就暂且先用用。如果不能用，我们就当不知道这件事。他们那些逃走的人没有了户籍，一辈子不能见光，还能有什么好日子过？也算是老天爷代替你惩罚那些人了。"

宋墨失笑："你别为了安慰我，什么乱七八糟的理由都胡扯一通。"他扳了窦昭的肩膀，凝视着她的眼睛，"你什么时候犯过错？我怎么不知道？那些人能和你比吗？他们给你提鞋都不配！我长这么大只为你一个人妥协过，他们凭什么有这面子啊？"

得，越说让宋墨越记恨了。

窦昭只得胡搅蛮缠："反正你说过，这件事交给我来办的，我说什么，你只能应什么！"

宋墨还就真没把这些人放在心上。

老虎会把兔子放在心上吗？就算是这群兔子里偶尔冒出个披着兔皮的狼，也不过是多费些功夫罢了。

如果不是因为他的办法没能查出母亲的死因，他甚至不会同意让窦昭管这件事。

不过，如果他们这些人能乖乖地配合窦昭，他也会不计前嫌装作不知道，任这些人自生自灭！

依附英国公府生存的人，没有了英国公府，他们什么也不是。可英国公府没有了他们，就算是元气大伤，也可以慢慢地恢复。

宋墨不想因为这些人让窦昭心情大坏，笑道："那你说，让我干什么？"

"你想办法把前院历年当差的仆妇的名册给我弄来瞧瞧。"窦昭眨着眼睛望着他。

宋墨肃然道："这东西我当年见过，好像有几箱子，你确定你要从中找线索？"

窦昭埋汰他："好像有人查了几年都没有查到，可见是不得章法了！"

"好啊！竟然敢编派我！"宋墨去挠窦昭。

"不带这样欺负人的！"窦昭笑着躲开。

宋墨不依不饶。

· 71 ·

两人笑作了一团。

路过东厢房抄手游廊的拂风红着脸笑着对拂叶道:"世子和夫人可真好!"

拂叶的小脸却绷得紧紧的,道:"好不好,要等他们过了二十年再说。"

拂风不由咂舌,道:"姐姐说话好厉害啊!"

拂叶瞥她一眼,转身朝她们歇息的后罩房走去。

拂风皱了皱鼻子,快步跟上。

身后却传来一阵急促的脚步声。

拂风回首,就看见若朱急匆匆地进了正屋。

"世子爷在内室,"她不禁喃喃地道,"不知道出了什么急事?"

这种情况下,若不是急事仆妇们是不会轻易去打扰宋墨夫妻的。

她站在抄手游廊上,一副想知道又不敢上前打听的样子,半晌,才幽幽地叹了口气,颇有些可惜地回首,猛然间发现对面有一个人影,正静静地看着她。

拂风吓了一大跳,尖声就要叫出来,那人影却三步并作两步地上前,捂了她的嘴。

"你要干什么?"耳边传来一个气急败坏的声音,"要是惊动了世子爷和夫人,仔细你的皮!"

拂风听见那人影说话,心中一松,这才发现捂着她的人是拂叶。

做婢女的,最忌讳大惊小怪。

她讪讪然地笑,奇怪道:"你不是已经过了耳房吗?怎么又折了回来?"

拂叶没好气地道:"你跟着我走都走不见了,我能不回来找吗?"然后道,"你还傻傻地站在那里做什么?还不跟我回去!"

拂风讨好地朝着拂叶笑了笑,跟着拂叶出了正院。

她没有注意到就在她们即将离开正院的时候,拂叶若有所思地回头瞥了一眼正院。

内室,窦昭和宋墨的脸色都有些不好看。

"在白芷的屋里发现了写着钏儿名字、钉着银针的小人?"窦昭沉声问若朱,"国公爷屋里的管事嬷嬷是黄清的姐姐唐黄氏,她怎么说?"

若朱道:"唐嬷嬷吓得半死,只嚷着让人去找国公爷,闹得府里尽人皆知,偏偏国公爷又去了三公主府,不知道什么时候才能回来……"

她说着,看了窦昭一眼。

看样子,其中还有内幕!

虽然这是个好机会,可以利用这件事一扫宋宜春的后院,可这件事也容易惹火上身,还是让宋宜春自己去伤脑筋吧!

她可只是个儿媳妇哦!

窦昭怕宋墨管闲事,拉了宋墨的手,笑道:"不是还有大总管吗?国公爷不在府里,这种事应该由他出面才是啊!你快去帮我问问大总管,樨香院到底出了什么事?"

第一百二十六章　假设·交心·结盟

若朱应声而去。

宋墨笑着拧了拧窦昭的鼻子，只当没有看见刚才若朱瞥向窦昭的目光——有些事，既然在窦昭的权力范围内，他就应该学会视而不见。

很快，黄清哭丧着脸过来了。

"夫人，这是内宅的事，我一个外院的管事，怎好出面？"他一进门就跪在了窦昭的面前，"还请夫人出面帮忙平息事态。"

窦昭正拿着湿帕子在给一盆一人高的金钱树清洗叶子，这盆金钱树是她准备过两天送给宁德长公主的贺寿礼。

黄清跪在她面前，她看也没看黄清一眼，一面继续擦拭着叶子，一面有些心不在焉地道："黄大总管这话说得有些急了。我一个做儿媳妇的，怎么能管到鳏居的公公屋里去？更何况国公爷素来不管颐志堂的事，颐志堂也素来不干涉国公爷的事，"她说到这里，回身凝视着黄清，"黄总管可想清楚了，一定要我出面平息事态吗？"

自己怎么忘了这一茬？！

黄清身上直冒冷汗，窦昭就笑道："我看大总管还是快点把国公爷找回来才是正理。"然后把湿帕子交给了一旁服侍的若彤，由着小丫鬟服侍她净手。

黄清唯唯应是，连滚带爬地出了暖阁。

若彤撇了撇嘴，不满道："出了事就知道来找夫人了？早干什么去了？夫人，您可千万别插手樨香院的事啊！"

窦昭笑了笑，回了内室。

宋墨在书房还没有回来。

窦昭就问若丹："世子爷在干什么呢？"

若丹笑着将刚刚沏好的茶放在了她的面前，笑道："世子爷正和严先生说话呢！"

窦昭就在内室裁了几件小衣裳。

一更鼓的时候，宋墨回来了。

窦昭拿了衣裳为他更衣，随口问他："在说什么呢？和严先生说到这个时候才回来？"

宋墨没有瞒他，等小丫鬟都退了下去，他这才把马友明醉酒的事告诉了她，并道："我总觉得这其中有什么蹊跷，让人看着马友明，结果今天发现马友明把妻儿都悄悄送回了老家，一些珍贵的器皿都没有带走，像是匆匆避祸似的。偏偏我又没有发现什么异样。正想着明天下了衙要不要约马友明喝顿酒，和他说说话。"

窦昭听着心中一动，呆呆地坐在那里，半天也没有回过神来。

宋墨不由笑着"哎"了两声，伸出手指在她的眼前晃来晃去的。

窦昭好笑地打掉了他的手。

宋墨道："别担心，我会帮你弄到外院历任仆妇的名册的。"

窦昭失笑，想了想，道："我不是在想这件事，我是在想辽王的事。"

宋墨诧异，窦昭望着他不语。

宋墨踌躇半晌，最后才低声道："你发现了什么？"

窦昭不答反问："砚堂，如果你是辽王，想要篡权夺位，会做些什么？"

宋墨眉头微蹙，随后脸色大变。

窦昭忙问："你想到了什么？"

宋墨表情有些异样。

窦昭忍不住道："你想到了什么？好歹也跟我说一声才是！"

宋墨叹气，捧着窦昭的脸亲了一口，道："我也不知道是该说你聪明呢，还是该说你胆大包天呢？或者是你既不聪明也不胆大，但运气特别好？"

这是窦昭第一次在宋墨面前明目张胆地假设辽王会谋逆……

她不免有些着急，道："你别和我兜圈子了，快跟我说说！"

宋墨小声道："如果天下太平，辽王若是真存了这样的心思，只能通过宫变。若想宫变成功，行动就得犹如风驰电掣般迅速，等到大家知道事情有变的时候，已掌控了局势。

"但若想掌控局势，首要的是在亲卫军和内侍里有心腹。

"前者可兵箭交加，让皇上没有反抗之力；后者可及时传递消息，让辽王掌握内宫的动态，关键的时候，还可以暂时对皇上封锁消息，麻痹皇上。

"万皇后如今主持内宫事务，内侍之事，有万皇后操持，自是万无一失；至于亲卫军，锦衣卫暂且不论，金吾卫守护宫禁大门，五城兵马司防守内城，神机营驻扎于外城外，还有五军营遥相呼应，不管哪一卫闹腾起来，这件事也成不了。"

他说着，表情变得冷峻起来。

"而其中又以金吾卫为重中之重。若是金吾卫能不动声色地把内宫的消息封锁起来，事情就已经成功了一半。

"其次是神机营。内宫一旦变天，神机营配有火枪，擅长短途急行军，天下间没有比他们更强悍的卫所了，而且他们离京城最近，只要有皇上或是太子的手书，他们就会毫不犹豫地出兵，金吾卫根本不是他们的对手，不仅形势有可能发生逆转，辽王也有可能被瓮中捉鳖，再无反抗之力。

"再就是五城兵马司和五军营。

"如果神机营攻城，金吾卫和五城兵马司是支持辽王的，凭着金吾卫和五城兵马司，虽然有风险，但鹿死谁手，无法定论；在这种情况之下，若驻扎在宛平的五军营也支持辽王，和城内的五城兵马司、金吾卫联手，则大势定矣。

"反之，如果神机营和金吾卫联手，五城兵马司和五军营就算是接到了皇上或是太子的手谕前来勤王，且不说五军营实力不如神机营，五军营的军营离这里有半天的路程，等他们赶到，只怕局势已定。"

皇上的亲卫，岂是那么容易策反的？只要有一个环节出了错，就可能满门抄斩。

窦昭听听都觉得头皮发麻。

这个辽王可真是个人才！竟然能宫变成功！可惜前世自己对辽王宫变之事讳莫如深，济宁侯府又如风烛残灯，经不起折腾，她哪里敢打听宫变之事，不然知道了辽王的布置，也可以少走些弯路。

但最厉害的是宋墨。

这么快就想到了应对之策，不仅有大局观，而且头脑清楚明了，难怪前世辽王要带了他进宫。

她道："如果宫变成功了，接下来应该是文臣们的事了吧？"

宋墨点头，道："让行人司当值的人或是翰林院当值的人拟圣旨，由当值的内阁大臣出面证实圣旨属实，再找个封疆大吏带上贺表，这件事就算是成了。至于大家心里怎么想，新帝登基后是否能坐稳大宝，那就是另一回事了。"

窦昭的思维渐渐清晰起来。

前世，那个正巧当值的内阁大臣应该就是戴建了，封疆大吏则十之八九是郭颜。

她思忖着，宋墨已揉着她的头发感慨道："你这脑瓜子是怎么长的？怎么就能想到这上面去？"

窦昭偏过头去，避开了宋墨的手，捋了捋头发，道："我这不是没事就胡思乱想着'如果我是辽王，会怎么办'吗？"她说着，拉了宋墨的手胡诌道："说起来也奇怪，先有日盛银楼的事，后有匡卓然的事，这么巧就让我们都碰见了，想不深想也不行。你说，这会不会是上天庇佑我们，事事都让我们给遇到了呢？"

宋墨想了想，觉得窦昭说的还真有几分道理。

他沉吟道："有件事，你可能还不知道。"他把姜仪和马友明的异样告诉了窦昭，"若辽王准备如我们猜测的那样行事，此时也应该在神机营里下功夫了！"

窦昭愕然，愣了半天，才道："那你准备怎么办？"

宋墨苦笑，道："我能怎么办？只能静观其变呗！从龙之功不是那么好得的。现在先把马友明给捞出来了再说。"

"就算你把马友明捞出来了，把他放在哪里？"窦昭道，"他可是神机营的参将！若是打草惊蛇了怎么办？"

宋墨见窦昭话里有话，笑道："你有什么主意？"

窦昭道："一个好汉三个帮。你们都面临同样的窘境，何不商量着共同进退？彼此间也好有个照应。"

宋墨从来没有想过要有人相助。

他有些犹豫。

窦昭又怕自己的决定是错的，宋墨听了自己的，反而行差踏错。

她又忙道："这件事你自己决定好了，我又不是当事人，只能胡乱提些建议。"

宋墨点头，笑着又揉了揉她的头发，道："我有你这个狗头军师足矣，其他的人不足为惧！"

"真是自大！"窦昭顺着头发，瞪了宋墨一眼。

宋墨哈哈地笑，神色非常轻松。

窦昭大为佩服。宋墨虽然比她小一岁，却比她这个两世为人的人都要冷静理智，不怪前世在大家的一片唾骂声中，他依旧圣眷日隆。

两人梳洗了准备歇息。

若彤跑了进来。

"世子爷，夫人，"她额头上有薄薄的汗，"樨香院那边又是哭又是闹的，连前院都惊动了，如今大家都窃窃私语地猜测发生了什么事……"

窦昭有些意外，道："国公爷回来了吗？"

"回来了！"若彤道，"刚刚回来没多久。"

窦昭望着宋墨。

宋墨神色寡淡，道："既然是父亲屋里的事，还是交给父亲处置吧！你我都不方便插手。"

窦昭就吩咐若彤："天色已晚，大家早点睡，明天还要服侍世子爷进宫。"

若彤退了下去。

窦昭和宋墨歇下。

她以为宋墨会睡不着,谁知道宋墨很快就发出了绵长而又均匀的呼吸声。

窦昭不由笑了笑。

宋墨能漠视宋宜春的事,再好不过了。

她亲了亲宋墨的面颊,吹了灯。

黑暗中,亮起了一双如晨星般的眸子。

他凝视身边的女子良久,温柔地把女子搂在了怀里,贴着她的面颊轻轻地道着"你可知道,我只有你一个人了",然后调整了个舒适的姿势,慢慢地陷入了甜蜜的梦乡。

第二天早上宋墨去上朝,窦昭这才听说樨香院昨天晚上闹腾了一宿。钏儿被白芷抓花了脸,虽然连夜请了大夫来,但因伤口太深,就算是伤好了也破了相,上院不可能用个破了相的女子为婢;而白芷则被宋宜春绑了起来,发下话来,只等叫了人牙子就发卖出去。

窦昭不由得皱眉,问若朱:"这件事可与栖霞有关?"

"不知道是否与她有关。"若朱的脸色有些苍白,道,"不过,钏儿知道自己破相之后,曾大骂栖霞蛇蝎心肠,还诅咒她不得好死……我想,就算这件事不是她做的,肯定也与她有关。"

她没想到事情会变成这样。钏儿被毁了不说,连白芷也落得个被撵出府的结果,她心中有些不安。

窦昭则心生惧意,都只是些十五六岁的小姑娘,争斗起来却动辄要人性命。而这些小姑娘全都是由宋宜春亲自挑选的近身服侍他的人,从此也可以看出宋宜春的为人与心性。

她开导若朱:"我们虽然给她递了把刀,可她是拿着刀去威胁别人,还是趁人不备的时候捅别人一刀,却由她自己决定。但栖霞这个人,你与她打交道,要多留个心眼。"

"谢谢夫人教诲,我记下了。"若朱感激地给窦昭行礼,若有所思地退了下去。

宋翰来拜访窦昭。

"樨香院的事,想必嫂嫂已经听说了。"他神色尴尬,道,"如今父亲哪里还有心情管我屋里的事,可我屋里的三个丫鬟早已订下了婚约,却是等不得了,还请嫂嫂帮我在父亲面前美言几句,先将这几个丫鬟放出去。"

挺有意思的。

窦昭微微地笑。

他身边的栖霞手段毒辣,他却对服侍过他的人体恤有加。

她笑道:"这些事,府里都是有惯例的,不过是因你屋里补充的人还没有选好,耽搁了。这本是嫂嫂的错,嫂嫂这就差人去办这件事。"

可能没想到窦昭会向他道歉,他脸上闪过一丝讶然,道:"嫂嫂言重了,是我心太急。好在我屋里事少,暂时缺了她们也不打紧,所以才来向嫂嫂讨个人情。"

两人又说了会闲话,宋翰才起身告辞。

窦昭吩咐若朱:"你去打听打听,二爷为何要急着把这三个人放出府去。"

若朱应诺,却没有立刻就走,而是迟疑道:"夫人,您就这样把她们给放了出去,合适吗?"

窦昭笑道:"他们可有人给我提前打过一声招呼,让我不放人吗?我只要照着老祖宗的规矩行事,就没有错。"

不要说把府里适龄的丫鬟放出去了，就算是她不通过宋宜春就给宋翰安排丫鬟，也是她的职责，她不过是想看看宋宜春和宋翰对此会有什么反应，这才顺势而行的。

让她惊讶的是宋宜春屋里的人这么经不起事，略施小计就乱了套。

她下午就将三个丫鬟放了出去。

等到宋宜春知道，事情已经过去了一天。

他勃然大怒，让唐嬷嬷给窦昭传话，问为什么没有经过他的同意，她就擅自将三个丫鬟放了出去。

窦昭淡淡地道："国公爷不是让我主持英国公府的中馈吗？怎么，这内院放出几个丫鬟还得禀了国公爷不成？莫非英国公府的规矩与众不同？我说呢，怎么榉香院闹腾起来外院的大总管竟然来求我出面平息事端？可见这府里的人是得要好好约束约束才行了！"

唐嬷嬷怎么敢提黄清，挑拣着能说的给宋宜春回了话。

宋宜春一口气堵在胸口，半响都没有说话。

而窦昭既然打定主意不让他舒服，唐嬷嬷前脚一走，她后脚就派了高兴家的去给宋宜春递话："二爷年纪还轻，正是血气方刚的时候，世子爷像二爷这么大的时候，屋里只有几个粗使的丫鬟，日常起居都是由小厮们服侍。夫人的意思，二爷屋里的几个丫鬟都正值妙龄，既然放了出去，也不要再添丫鬟了，不如就添几个小厮好了。以后二爷出去行走，身边也好有跑腿的人，也免得让榉香院的几个姑娘惴惴不安。夫人问国公爷意下如何？"

宋宜春气得嘴角直抽。

高兴家的吓得匆匆行了个礼，转身就跑了。

宋宜春在屋里大骂窦昭不孝。

宋墨知道后，脸色铁青地低声说了句"为老不尊"，去了醉仙楼。

他约了马友明喝酒。

马友明见小小的一间雅室，只摆了两副杯筷，知道宋墨可能是要问他那天醉酒的事，他心里隐隐有些期待，又有些害怕，直到酒过三巡，两人谈得投机，他才有勇气问宋墨："您是如何看辽王和太子的？"

宋墨默然。

屋里一片安静，落针可闻，气氛却陡然间变得紧张起来。

宋墨慢慢地给自己斟了杯酒，徐徐道："那你又是为什么把妻儿老小都送回老家呢？"

马友明脸上的颜色骤然间褪得干干净净，端着酒杯的手也有些发颤。

宋墨在此时幽幽地低声道："立嫡长还是立贤能，从古至今都争论不休。辽王性情豪爽，与我相投。可君就是君，臣就是臣。又何须我们看待？"

马友明精神一振。宋墨，这是在和自己交底啊！

他忙道："不瞒世子爷说，辽王这几年与众臣交好，对神机营又特别地优待，前些日子，有人也像刚才您那样问我，我虽如世子爷一般的想法，却是拿人的手短，吃人的嘴软，不敢如此回答，原准备含糊其词地敷衍了事，谁知道对方却非让我说个清楚明白不可。您也知道，我们神机营向来以王大人马首是瞻，我想探探他的口气，几次话题都绕到这个问题上，又被王大人四两拨千斤地给绕了回去，我心急如焚，只好出此下策，把家中的妻儿老小都送回老家去……"他说着，丢开精致小巧的青花瓷酒盅，顺手就将身边的酒坛子提了起来，拍开封泥，咕噜噜喝了一大口，道，"世子爷，我没看错您，您是个爽直之人，别的我也不说了，我跟着您走。"

至少，不会被同伴算计。

他一改这些日子的阴霾，眉宇间显得精神了几分。

宋墨笑道："你跟我走？若是我走错了呢？"

马友明豪爽地笑道："是我自己选的。成王败寇，愿赌服输，我老马这点胸襟还是有的。"

昨天晚上和窦昭的一席话，让宋墨茅塞顿开。

他不应该一味地只纠结于怎样把自己从这个泥沼中择出来，而是应该主动出击，站在辽王的立场上思考辽东的部署，从而避免掺和到夺嫡之中去。

神机营既然是辽王一个绕不过去的地方，何不就从神机营开始？

宋墨微笑着举起了手中的酒盅，道："我干杯，你随意！"一饮而尽。

马友明一愣，随后哈哈大笑起来，抓起酒坛，往嘴里倒着酒。

宋墨笑望着他把那一坛酒喝完了，这才悠悠道："你过些日子，还是把妻小都接回来吧，你的反应太直接，小心打草惊蛇，他们重新布置。"

既然大家都没有证据证明辽王的野心，就只能谋定而后动。马友明的举动，只会让对方提高警惕，说不定还会为了神机营参将这个职务，陷马友明于不利。

马友明爽快地应了，讪然笑道："我也知道这样不妥——如果对方要对付我，肯定不会放过我的家里人，可就是止不住抱了几分侥幸。"

"这本是人之常情。"宋墨笑容温和地和马友明感叹了几句，然后说起姜仪来，"你不觉得他离开神机营，有些违背常理吗？"

马友明眉头紧锁。

宋墨沉声道："据我所知，他曾经给王旭做过文书，王旭又一路提携他做了总旗，按理说，他们的私交应该很好，姜仪应该常去拜访王旭才是。你说，会不会是姜仪知道了些什么，为了避嫌，所以宁愿放弃了大好的前途，也要请你出面找我，调到五城兵马司的？"

马友明闻言拍着大腿，又气又悔地道："这个小兔崽子，枉我待他那么好，他听到这么重要的消息，竟然一声不吭地先把自己给择干净了！"

宋墨笑道："又有几个人能像你似的敢把话说开呢？"

"也是啊！"马友明想了想，叹道，"还好我胆子大，不然还在那里自己折腾自己呢！"

宋墨笑道："我觉得我们应该找姜仪好好谈谈才是。"

马友明迟疑，道："人不为己，天诛地灭。我们是没有办法，避不过去了，他人小位卑，我看，就别把他拖进来了。"

宋墨不由暗暗点头，笑道："这只怕由不得我们——我们总得知道王旭到底是个什么样的态度吧？"

马友明赧然，道："我这就去把姜仪叫来。"

"不用。"宋墨却若有所指地笑道："我派人去叫他就是了。"

马友明不解。

姜仪很快被陈核带了进来。

马友明见他来得这么快，不由道："今晚你不当值吗？就这样走开，要不要紧？"

姜仪有些尴尬，他笑着给宋墨和马友明斟了酒，恭谨道："我们五城兵马司五天一轮，今天正好轮到我休息。"

马友明见他不当值，周身又透着寒气，不由奇道："你既不当值，刚才在哪里？怎么头发湿漉漉的？"

虽说已是仲春，但京都早晚的温差还是很大。像醉仙楼这样的高档酒楼，地龙还没有停，在外面待久了的人，进来后身上的寒气就会化为水渍。

姜仪神色有些慌张，但却没有申辩，只是紧抿着嘴，瞥了眼宋墨，面带几分凄苦地站在那里，一言不发。

宋墨叹了口气。

他和宋宜春有隙，难免会对自身的安危特别注意，这才发现姜仪跟踪他的事。

他指了指下首的圈椅，示意他坐下来说话。

姜仪犹豫片刻，恭谨地坐了下来。

宋墨这才温声道："你在神机营做得好好的，怎么突然要调到五城兵马司？你也不要跟我打马虎眼，说什么神机营里辛苦，我问过你在五城兵马司的顶头上司了，他说你到现在还是每天寅时就起，围着护城河跑两圈才去衙门。这可不是一个怕苦的人能干出来的事。"

姜仪垂着眼睑，半晌都没有作声，手却紧紧地握成了拳。

马友明气他吞吞吐吐的，自己把他当成过命的朋友，他却把自己当成路人，愤然地一脚踢在了他的椅脚上，不悦道："别以为你在秋围上拿了个第三的好名次，就能和世子爷平起平坐，那是世子爷为人谦和，不和你计较这些，你可别把好心当成了驴肝肺，给脸不要脸！"

姜仪苦笑："马大哥，我若是想瞒着世子爷，这些日子也不会跟踪世子爷了，总想找个机会和世子爷巧遇了。我是不知道怎么开口……"

马友明这才恍然大悟。

原来宋墨早就知道姜仪跟着他，所以才让陈核去把姜仪叫了进来的。

宋墨微微地笑。

马友明沉声道："这里没有别人，世子爷和我都没有把你当成外人，你有什么话说不得？"

姜仪的表情更为苦涩。

他突然拿起刚才给宋墨倒酒的酒壶，对着壶嘴就咕噜噜大口地喝起酒来。

马友明不禁朝宋墨望去。

却看见宋墨正笑容宽和地望着姜仪。

马友明心中一动。

宋砚堂的心智可真是坚韧！这么大的危机当前，他都能不动如山。

若真到了那一天，他也能慷慨赴义吧！

马友明想到这里，热血沸腾。

人生谁无一死，端看是重于泰山还是轻于鸿毛。能跟随宋砚堂这样的人物走一遭，也算是没辱没了自己的名姓！

仿佛拨开了满天的乌云，这些日子以来一直压在他心头的惊恐不安顿时在阳光下烟消云散，让他的心也跟着亮堂起来。

宋砚堂自不必说，自己好歹也是朝中最年轻的将领之一，加上姜仪这个能在秋围上勇夺第三的家伙，他就不相信，还闯不出条生路来！

若真是走了麦城，那也是命，是运，谁也不怨。

他豪情满怀，不知不觉中坐直了身子。

而那边姜仪在灌了大半壶入口绵柔后劲却霸道的陈酿之后，终于有了开口说话的勇气:"去年的六月六,我去帮王大人晒书,无意间发现一本武穆王的兵书,一时间爱不释手,又怕被王大人家中的人看见失了礼仪,就躲在书房的屋梁上翻阅。结果才看到一半,王大人和一个中年青衣文士走了进来,我就更加不敢动弹了。谁知道他们喝退了身边的小厮,还让人守在书房四周,悄悄地说起话来。

"书房高大轩朗,我在东边藏书室的屋梁上,他们在西边的宴息室,相隔得有些远。王大人和那文士具体说了些什么,我听不清楚。不过,王大人显得有些激动,面色阴沉地在屋里子打了好几个转,高声问了那文士一句'以何为凭'。

"那文士就呈上了一块玉佩,并道:'这是王爷十五岁那年秋围射死一只老虎,皇帝亲手赏的,天下间只有这一块,绝无仅有。'

"王大人踌躇了片刻,才接过了玉佩。

"那文士又道:'只要事成,入阁拜相,不在话下。'

"王大人没有作声,那文士就起身告辞了。

"我吓得身子都僵了。

"王大人一离开书房,我就迫不及待地从后门溜了出去,又从前门走了进去,装作刚刚从外面进来的样子。

"后来我发现,辽王送给王大人的礼,远厚于给其他卫所的都指挥使的礼,不仅如此,我还无意间听王家的仆妇暗中讥讽王大人新收的一位姿容绝美的通房,吃块五花肉就说好,还喜欢用泡的辣白菜拌饭吃……

"王大人待我有知遇之恩,我理应和王大人共进退才是。可我还有祖父祖母、叔伯兄弟,一大家子人,怎么能连累他们?"

他说着,歉意地瞥了眼马友明:"我实在是不知道该怎么办好,思来想去,只好求了马大哥……没想到世子爷待我如此照顾,不仅立刻把我调去了五城兵马司,还在五城兵马司里给我安了个总旗的位置,我……"他面露愧疚,"我见世子爷和顾玉那么好,顾玉又频繁出入禁宫和辽东,我有心给世子爷提个醒,又怕世子爷嫌弃我多事,这才犹豫不决,只好有事没事的时候就跟在世子爷的身后,看有没有机会跟世子爷说上两句话……"

高丽,靠近辽东。喜欢吃五花肉、辣白菜,也就是说,王旭新收的那个通房,是个高丽女人。难道辽王和高丽牵上了什么关系?

马友明的神色微变,朝宋墨望去。

宋墨正慢条斯理地用茶盖拂着茶盅里的浮叶。

他神色怡然,面色如常,和煦地对姜仪道:"多谢你这么关心,我也是刚刚知道这件事,原想和你私底下说上两句话,派人去找了你几次,可惜都没有找到人,这才发现你的异样。话已至此,我们本应该心照不宣,不过,我还是要借着马大人问我的话问你一句——你对辽王和太子怎么看?"

姜仪霍地起身,差点带翻了身后的圈椅。

"世子爷,"他朝着宋墨抱拳作揖,"我们姜家满门忠烈,断然没有谋逆之人!"

宋墨含笑颔首,重新请他坐下,又亲手给他和马友明斟了盅酒,然后端着酒盅站了起来,凝声道:"马大人,姜仪,请饮了此杯酒,以后祸福与共,生死相托!"

马友明和姜仪都很激动地站了起来,举起酒盅和宋墨轻轻地碰了碰,很干脆地一饮而尽。

宋墨欣慰地笑了笑。

三个人重新落座。

宋墨把对窦昭说过的关于神机营的重要性对马友明和姜仪说了一遍。

不再像盲人摸象，两人眼睛一亮。

马友明索性道："世子爷，您既然事事心中都有数，肯定也有了对策。"他说着，朝姜仪望去，姜仪朝着他点头，示意自己愿意跟随左右，他心中大定，继续道，"我们都是粗人，您有什么吩咐，只管说就是了，别的我们不敢说，世子爷指哪打哪，绝无二心，我们却是能做到的。"

如果想避开这场风波，宋墨还的确需要马友明和姜仪帮忙。

"既能坐在这里说话，就不是旁人。"他没有客气，干净利索道，"刚才我也说了，辽王若想成事，内侍、金吾卫、神机营、行人司、内阁大臣、封疆大吏，缺一不可。行人司、内阁大臣、封疆大吏还好说，那是夺宫之后的事了；当务之急，是内侍、金吾卫和神机营。内侍和金吾卫由我负责；马大人在神机营，负责盯着王旭，通过王旭的动向，我们就可以了解辽王的动向，没有比这更方便快捷的办法了；姜仪你负责观察五城兵马司的动静，然后趁机多多接触五军营的人，五城兵马司和五军营，他们必定会收服其中一个。我们在暗，他们在明，发现蹊跷的机会很大，到时候对方怎么用兵，就会全暴露在我们眼前。"

马友明和姜仪不住地点头。马友明道："如果对方再逼问我，我怎么回答好？"

"你就说神机营向来以王大人马首是瞻即可。"宋墨沉吟道，"但你千万要记住了，收些薄礼可以，切不可写什么白纸黑字的东西，辽王若能成事还好说，如果辽王败露，你就算躲过了这一关，依旧有可能万劫不复！"

"世子爷放心。"马友明忙道，"我一定会小心的。"

姜仪欲言又止。

宋墨却像看出了他的心思似的，笑着对他道："我们三个人在醉仙楼喝酒，瞒不过有心人。如果有人问起，你就说你求马大人请我喝酒，答谢我把你调到五城兵马司之恩。等过些日子，我会渐渐把你升至南城指挥使甚至是五城兵马司的金事或是同知，方便你行事！"

这样一来，姜仪才有身份地位和五军营的人交际应酬，而且会给别人一种错觉，觉得姜仪是通过马友明的路子巴结上了宋墨，才步步高升的，还可以让宋墨和马友明、姜仪的交往变得正常。

姜仪惊愕得嘴巴可以塞下一枚鸡蛋，马友明则在短暂的错愕之后笑着拍着他的肩膀："还不快谢谢世子爷！"

姜仪脸涨得通红，忙起身向宋墨道谢。

宋墨笑道："也不知道你这指挥使能做几天，不过能做几天总比从没做过好。"

姜仪说出王旭之事时还有些顾虑，现在却只有心悦诚服。他肃然起身，恭敬地给宋墨行礼，正色道："在下定不辜负世子爷的苦心，把五城兵马司和五军营的事打听得清楚。"

宋墨笑着点头。

三个人又商量了些细节，直到华灯初上，才各自回府。

宋墨先去了书房，和严朝卿说了半天的话才回了内室。

窦昭正在灯下翻着厚厚的册子，宋墨瞥了一眼，却是外院历来当值的仆妇名册。

他有些意外，笑道："陆鸣这么快就把东西给弄好了？"

"嗯！"窦昭笑着起身去帮宋墨拿了件家常的道袍，笑道，"还很细心地把册子掸了灰，弄干净了才送过来。"

宋墨由小丫鬟服侍更了衣，在炕上坐了，惬意地喝了口热茶，笑道："记他一功！"

窦昭抿了嘴笑，让甘露把册子收好，准备明天再看。

宋墨就把醉仙楼的事告诉了窦昭。

第一百二十七章　登门·问由·张目

前世，王旭掌管了一段时间的锦衣卫，之后被宋墨给踢了下去，没多久就致了仕，没有了消息，可见王旭也是个关键人物。

窦昭不由抚掌："如此甚好。这样一来，我们就可以掌握先机了。"

宋墨却沉吟道："也不知道翰林院和内阁那边，他找的是谁？"

窦昭笑道："你忘了日盛银楼的事吗？"

当初张之琪邀了窦世英入股，其中窦世英、张之琪各占三分之一，郭颜、赵培杰、陈宋明共占三分之一。

郭颜是前内阁首辅曾贻芬的女婿，从前在翰林院任侍讲学士，曾贻芬去世之前，他外放陕西按察使。

陈宋明是行人司的司正，天子近臣。

赵培杰是翰林院学士兼詹事府少詹事，东宫属臣。

前世辽王登基，郭颜以陕西巡抚衔升至兵部尚书、武英殿大学士，入主内阁；陈宋明升国子监祭酒；赵培杰在宫变之后，自缢于家中；窦世英则没什么事。可今生窦世枢提前入阁，窦世英也因此进入了他们的视线，又因窦昭发现得早，逼着窦世英退了日盛银楼的股本，让窦世枢出了局，事情重新回到了原来的轨道上，辽王最终还是搭上了戴建。

宋墨自然不知道窦昭的"未卜先知"，却能通过这件看到事情的本质。

他眉头紧锁。

现在郭颜不过是个参议，自己既能提拔姜仪做到五城兵马司指挥使或是佥事、同知之职，辽王也能抬举郭颜做个布政使、按察使之类的封疆大吏。

宋墨喃喃道："郭颜和赵培杰都好说，前者不升到正三品，不可能影响政局；后者是东宫属臣，崔便宜手下几个徒弟和我都很熟悉，找个人盯着他不难；倒是陈宋明那里，没有什么合适的人选……"

他出身勋贵，五军都督府这边好说，翰林院那边恐怕插不上手……窦家有没有可能助宋墨一臂之力呢？

窦昭差点脱口将窦启俊给供了出来。

今年春闱，他会金榜题名，然后考中庶吉士，在行人司观政。他头脑清晰冷静，处事稳健有谋略，是个最好不过的人选了。

问题是现在春闱的结果还没有下来。

窦昭苦笑，道："要不，这件事你交给我来办吧？父亲和六伯父都在翰林院任职，认识的人多，我找他们商量商量去。"

"岳父学的是老庄之术，你还是别去打扰他老人家的清静了。"宋墨想着岳父的性格，委婉地拒绝了，"我来想办法好了。"

他还有点顾忌。

如果窦昭找不到合适的人选，会不会求了纪咏帮忙？纪咏待窦昭如何，他不好说，可窦昭却把纪咏当成亲人似的，而且纪咏又是出了名的桀骜不驯，这等谋逆夺宫之事，别人听了可能会吓得瑟瑟发抖，他听了肯定会精神一振，唯恐天下不乱。

自己又不是要争那从龙之功，只盼着能避开这场风波，全身而退就好，何必把事情闹得沸沸扬扬，尽人皆知？

"这件事你别管了，我来想办法。"宋墨再次叮嘱窦昭。

窦昭笑着点头，却在心里盘算着还有几天才会放榜。

就在这时，郭氏身边得力的嬷嬷来给窦昭递话，说魏家逼着窦明将陪嫁交给窦家的人打理，王家的人气得不得了，高氏亲自登门问窦家这是什么道理。五伯母被冤枉得差点说不出话来，指天发誓，窦家绝没有要托管窦明陪嫁的事，并约了王家一起，择日去魏家说清楚，为窦明张目。听五伯母的意思，窦家这边除了她和窦氏，还准备邀六伯母纪氏和窦昭出面。

窦昭听了冷笑，赏了那媳妇子一个封红，问了问静姐儿的事，这才端茶送客。

等到五伯母派人来请她的时候，她毫不犹豫地拒绝了："我和窦明向来不和，与其去看她的白眼，还不如两相干净，各过各的。她有窦家的叔伯婶婶帮着出面就行了。"

那婆子没办法，只得照着原话回了五伯母。

五伯母叹气，蔡氏就道："既然四姑奶奶都不管这事，您看我们……"

五伯母就狠狠地瞪了自己的这个儿媳一眼："这关系到窦家的名誉，我们怎么能不出面？"心里不免遗憾。

长媳温柔敦厚，可惜没生下儿子，在家里没有底气，镇不住二儿媳。二儿媳能说会道，长袖善舞，又诞下了嫡长孙，但太过势利，目光短浅，不是当家理事的人。

看样子五房只能指望着孙子辈了。

她起了这念头，和窦世枢商量过之后，把蔡氏生的两个儿子都抱到了自己屋里教养，因此和蔡氏生出罅隙来，这都是后话了。

到了和王家约好的日子，五伯母和六伯母按品大妆，蔡氏和郭氏也都打扮得雍容华贵、大方得体，和高氏、庞玉楼，还有高氏的儿媳高明珠一起，去了济宁侯府。

魏廷珍簪着翠牡丹叶，穿着云霞翟文褙子，神色倨傲地站在二门口迎客。

五伯母看着心里就有气，要不是这个大姑姐，魏家能有这么多事吗？

她一改往日的谦和，笑着上前就刺了魏廷珍一下："没想到大姑奶奶这么早就回了娘家。瞧这阵势，我刚才眼花，还以为是明姐儿呢！"

言下之意，讥讽她一个出嫁的姑奶奶，却插手娘家的事，多管闲事。

魏廷珍眼睛微眯，毫不示弱地笑道："我也是刚踏进垂花门，远远地看着三品、四品的霞帔都有，还以为是大朝会，不由在这门口多停留了片刻，倒惹得亲家太太看花了眼，真是不应该。"她说着，捂了嘴笑，一双眼睛却鄙夷地在窦、王两家的女眷身上打了个转。

蔡氏见婆婆态度强硬，自然不会让魏廷珍说过去，笑道："我窦王两家都做官的多，除了夫人，还有淑人、孺人，并不稀奇，不像夫人的娘家和婆家，除了超品的夫人，就没有其他的品阶，让人远远地望过去，哪位是夫人，哪位是太太，一目了然。也难怪大姑奶奶会看错。好在大姑奶奶娘家的弟弟娶的是我们窦氏女，以后打交道的机会多，时间长了，大姑奶奶自然也就会习惯了满屋命妇的场面。"窦家和王家不是第一次打交道，王家的二太太庞玉楼那张嘴，也不是只长着好看的。蔡氏说着，目光就落在了庞玉楼的身上，"王家二太太，您说，我说的可是这个理？"

庞玉楼对王映雪住在家里吃公中的、用公中的，还挑三拣四地只用好东西，本来就不高兴，要不是王许氏发了话，她根本不想来。但窦家的接力棒已经传到了她的手里，她若不出头，岂不要被窦家给笑死？

闻言她笑吟吟地上前了几步，站在了蔡氏的身边，温柔地道："我刚才也把大姑奶奶认成了我们家五姑奶奶。谁让这府里除了我们家五姑奶奶，别人都没资格穿着一品外命妇服饰呢？还请大姑奶奶不要放在心上。"

田氏虽也是一品命妇，但因是孀居，按品大妆的时候，所有的金银翠玉都只戴半副，以示区别。

魏廷珍面如寒霜。

窦家六太太纪氏可不想就站在这里和魏家的大姑奶奶吵起来，让魏家仆妇看笑话。

她笑着上前打圆场："我们既然来了，是不是应该去看看太夫人？"

高氏和纪氏想到一块去了，接了她的话笑道："要不我们先去看看太夫人了再到花厅里说话？"

窦王两家的女眷纷纷笑着应"是"，看那架势，就算是魏廷珍不答应，也会径直去见田氏。

魏廷珍望着这浩浩荡荡的两家人，想到自己孤身作战，不由脸色铁青，和五太太等人往田氏的院子去，心里却暗暗思忖，还是多生几个孩子好。像她和魏廷瑜就只有姐弟俩，有什么事只能互相照顾，张家除了一同母胞的三兄弟还有五个姐妹，所以她婆婆的寿辰才能过得那么热闹，当初父亲把她嫁到张家，也与张家兄弟多有关系。

田氏早和女儿商量好了，今天无论如何也要教训一下窦明，她自己知道自己不是个会说话的人，打定主意不出面，五太太等人来拜访她，她就在头上系个额帕装病，拉着五太太的手诉苦："哪里有这样做人儿媳妇的？婆婆病了，也不来服侍，我的命真苦啊！"

五太太笑着不作声，蔡氏就在旁边道："听说我们家五姑奶奶小产至今，还每天在用药，是不是太操劳了？我看贵府没几个仆妇，要不要从窦家拨几个懂养生的嬷嬷过来，服侍我们家五姑奶奶把身子养好了？要不然这子嗣上艰难起来，可就麻烦了！"

田氏不由得畏缩了一下，魏廷珍却心头大恨。

难道以后窦明生不出儿子，你们窦家都想算到这次小产上不成？

她正要出言反击，紧跟着蔡氏的庞玉楼接着蔡氏的话道："还有这样的事？我们怎么没有听说？我们五姑奶奶这性子就是太绵柔了些，这子嗣可是一等一的大事，"她说着，嗔怒地望着魏廷珍，"我们五姑奶奶年轻，刚嫁过来不懂事，大姑奶奶可是生养过好几个的，怎么也不提醒我们五姑奶奶几句？这嫡就是嫡，庶就是庶，大姑奶奶可不能让姑爷乱了门庭。"

魏廷珍听得火冒三丈，正要回庞玉楼几句，窦明的乳娘周嬷嬷扶着窦明过来了。

"为了我的事，诸位伯母舅母嫂嫂们添麻烦了。"她屈膝给窦王两家的女眷行礼，一袭大红绛丝的袍子，挂在她骨瘦如柴的身上，空荡荡的，让人看着不由平添几分心酸。

那庞玉楼就惯是会做表面文章，立刻上前拉了窦明的手，一面擦着眼角，一面哽咽道："我的好姑奶奶，不过一个年关没见，你怎么就变成了这个样子？我们都是过来人。谁家的儿媳妇坐小月子不是鸡鸭鱼肉地伺候着，出了月子就胖几斤，怎么到了你这里，反倒是瘦得不成人样子了？这样子要是让我们家老祖宗知道了，还不得心疼死你，急急地催着你舅舅们给你外祖父写信，让你外祖父把那云南上好的药材寻些来给你补身子！"她说完，望着魏廷珍，诚恳地道，"府上也是百年世家了，怎么连上好的药材都没有？"她又望向蔡氏，"她嫂嫂，我那里还有两包上好的天麻、一斤血燕，只是那百年的人参前些日子婆婆身体不适，给婆婆用了，只剩下了小半截，也不知道够用不够用？"

言下之意，这百年的人参就由窦家出了。

蔡氏在心里把庞玉楼骂了个狗血淋头。百年的人参是什么价钱，是一点点天麻和血燕能比的吗？

可当着魏廷珍的面，她却不好拒绝，要不然就惯常的规矩，没体面的就是窦家了。

果然是些狼子贼心，做不得同伴。

她笑道："五姑奶奶婆家没有，也就只能指望我们这些娘家人了。我等会就吩咐嬷嬷送几支人参过来给五姑奶奶补身子，她舅母你放心好了。"

却没有说是多少年份的人参。

庞玉楼在心里撇嘴。

天天标榜自己是读书人家，关键时候就露出了商贾的本来面目，还处处瞧不起他们庞家！

两人一番明争暗斗，五太太暗自不悦，转头和蔼可亲地对魏廷珍道："既然亲家夫人身体不适，我们就去明姐儿屋里坐坐吧？"

这是要演正戏了。

在场的人自然是笑着纷纷应好。

一群人去了窦明上房的宴息室。

丫鬟们上了茶点，轻手轻脚地全都退了下去。

坐在上座的五太太笑道："娘家人给出嫁的姑娘置办陪嫁，为的是让出了嫁的姑娘有个依靠，大姑奶奶也是出嫁的姑娘，却提出让窦家掌握明姐儿的陪嫁，实在是于礼不合，不要说明姐儿了，就是我们窦家，也不会答应的。

"原本这话我们不理睬就是了，哪怕是大姑奶奶这官司打到御前，也是通不过的。可大姑奶奶一而再再而三地提及这件事，一副不要我们家五姑奶奶陪嫁的样子，我们家的几位老爷就奇怪了，魏家怎么就想出这样一个点子来？所以才让我和王家的两位太太一起，来问问五姑爷。

"常言说得好，长嫂如母。济宁侯没有兄弟，只有你这一个姐姐，你多多照应也是应该的。不过这件事却涉及明姐儿陪嫁的归属，我想，大姑奶奶不通过济宁侯就擅自做决定，恐怕有些不合适。这里也没有旁人，不如把济宁侯请过来，问问济宁侯的意思，我们再做打算也不迟。"

窦王两家人多势众，魏廷珍也无意和窦王两家做那口舌之争，闻言立刻打发人去请魏廷瑜，并道："谁家不希望做媳妇的陪嫁多些，不仅体面，子嗣也能得些余荫。可我这弟妹的脾气也太大了些，动不动就把娘家抬出来，我们只想清泰平安地过些安安稳稳的日子，实在是经不起我这弟妹的折腾，只好出此下策，请了两家的长辈们来商量这件事。"

她的话音刚落，早已等在书房的魏廷瑜就神色匆忙地赶了过来。

窦明一见他，眼泪立刻止不住地落下来。

她小产了，魏廷瑜不疼不痒地安慰了她几句，就和他娘、他姐姐沆瀣一气，开始算计着怎样给她穿小鞋。

这样的魏廷瑜，太让她失望了，她的心都凉了一半。

他难道不知道，她若是把陪嫁交出去，以后他们夫妻就得看魏廷珍的脸色过日子？人生在世，不就图个快活吗？看人的脸色，能快活得起来吗？

他怎么什么也不想想，只是一味地听他母亲和他姐姐的。

她哭倒在周嬷嬷的肩头，周嬷嬷心疼地搂着窦明，小声地安慰着她。

魏廷瑜已有大半个月没有和窦明说上一句话，如今见她哭得像雨打的海棠似的。他不由心中一软，脸上露出几分踌躇来。

五太太看着暗暗点头，待魏廷瑜行过礼即道："你们魏家提出来的要求太过匪夷所思，我们家几位老爷就差了我来问一声，侯爷到底对明姐儿哪里不满，要这样磋磨她？令她小产了不说，你还要让我们窦家托管明姐儿的嫁妆——侯爷总得给我们一个理由吧？"

魏廷珍看见魏廷瑜的样子就知道要糟，没等魏廷瑜开口已插言道："亲家太太，您这话可说得不对了。我们怎么就磋磨窦明了……"

五太太做了个手势，示意魏廷珍不要再说，温声道："大姑奶奶，这鞋合不合适，只有脚知道。我们虽然都是外人，可到底盼着他们夫妻能过好。我们还是听侯爷怎么说吧？"

窦明那边也抽抽泣泣地抬起头来，双眼含泪地望着魏廷瑜，如芍药般楚楚动人。

魏廷瑜顿时脸涨得通红，不敢再看窦明一眼，喃喃地道："我，我对明姐儿没什么不满……"一句话没说完，就感觉到了姐姐那刀子似的眼神，想到卧病在床的母亲，脑子里嗡嗡作响，又喃喃地道，"就是岳母，人品太差了，近朱者赤，近墨者黑，明姐儿总跑去见她娘，我们劝也劝不住，这才出此下策……是明姐儿不听话，不是我们要磋磨她……"

满屋的错愕。

五太太不由和高氏交换了一个眼色。

如果是这个理由，还就真说得过去。但这次他们来是为窦明出头的，怎么能让魏廷瑜说过去？

五太太只得昧着良心道："侯爷这话说得太不应该了！子尚不言父过，你一个做女婿的，怎能随意妄议岳母？而且你所谓的人品太差，也说不过去。我和你岳母做了十几年的妯娌，她除了不太爱交际应酬之外，实在是挑不出其他的什么错……"

"五伯母！"窦明突然打断了五太太的话，腾地一下站了起来，眼睛红红地望着魏廷瑜，声音尖锐道，"侯爷心里不就是嫌弃我生母是妾室扶正的？正好，我娘婆两家的人都在这里，把这件事给说清楚了。"她说着，泪水汪汪地看了五太太一眼，"我娘虽是妾室，却是在嫡母过世一年之后才扶正的，当时也拿了赵大舅的同意书，并按着赵大舅的意思，将西窦一半的财产赠与姐姐做了嫁妆，这都是在官衙里立了文书的，有证可查。"她身子挺得笔直，目不转睛地望着魏廷瑜，"你说我母亲人品差，你倒说说看，我母亲到底做错了什么，要让你这个做晚辈的这样非议？"

魏廷珍一口就啐在了窦明的脸上："你还好意思说？你是怎么嫁到我们家来的？你忘了，我们魏家的人可没有忘！"

窦明脸上的颜色立刻褪得干净，只剩下苍白。

她哽咽着问魏廷瑜:"侯爷也是这么想的吗?"到底还顾念着那点夫妻情分,没有把魏廷瑜婚前就答应和她在大相国寺里见面的事说出来,不愿意把事给做绝。

魏廷瑜尴尬得要命,狠狠地瞪了魏廷珍一眼,扭头把目光落在了窦明的身上,柔声安抚她道:"没有这样的事,这门亲事,本是我心甘情愿的!"

魏廷珍恨得咬牙切齿,站起来道:"你既嫁到我们魏家,就是我们魏家的人了。若你生母只是妾室扶正,有窦家诸位长辈承认,我们魏家就算是吃了这哑巴亏,认了!可你生母算个什么东西?腊月才进窦家的门,五月里就生下了你……什么东西?"她呸一口,道,"要不然你姐姐怎么平白得了西窦一半的财产,你出嫁却只有二万两银子的陪嫁呢?你不明白,我就明明白白地告诉你,你连个妾生子都不算,就是个奸生子!"她指着窦王两家的女眷,"你娘家的人都在这里,你要是不相信,可以问你娘家的人啊!看我有没有说一句谎话!是我弟弟老实憨厚,才捏着鼻子和你这样过下去,你还不知好歹,让你给婆婆立个规矩,你还故意把我们魏家的血脉给流掉,你明明知道我弟弟是两代单传,你这不是要我们魏家绝后吗?"

她的话,像把利刃直捅进了窦王两家人的心里,让宴息室里一时没有了声音,让窦明像风中的叶子般地颤抖起来。

"你胡说八道!"她尖叫了起来,"我母亲不是这样的人!你就是看不得我和侯爷过得好,在这里造谣中伤!你到底安的是什么心?为什么总是看我不顺眼?我有什么地方对不起你们魏家的?侯爷赋闲在家,是我去求的我外祖父,为侯爷谋了个差事;娘卧病在床,是我拿了陪嫁的药材给她补身子;你婆婆生辰,是我花重金帮你做面子,给你婆婆送了份厚礼,你还要我怎样?!"

她嘶声问着魏廷瑜,瘦弱的身子摇摇欲坠。

魏廷瑜满脸愧疚,讷讷不语,眼角却瞥向了魏廷珍。

刚才被魏廷珍戳心窝子的高氏瞧着怒不可遏。

别人都是宁拆十座庙,不毁一桩婚。这个魏廷珍倒好,生生一根搅屎棍,非把娘家搅得不得安宁,把明姐儿的婚事搅黄了不可。

她强压着心中的怒火,徐徐地对魏廷瑜道:"长辈的事哪里容得你们这些做小辈的置喙?侯爷是和明姐儿过日子,你只说明姐儿有哪里对不起你的地方?是不孝顺公婆,还是不尊敬大姑姐?或者是吃酸拈醋,没有给你怀上子嗣?你怎么能把明姐儿还没有出生之前的事都算到明姐儿的头上呢?这样待明姐儿也太不公平了!要知道,这门亲事,可是你自己选的!"

五太太听着大急。

王家的这位大太太,可真是端直有余,急智不足,这么一说,岂不就是承认了窦明是奸生子!

她急急地朝着蔡氏使眼色,蔡氏却愣愣地望着窦明,一副惊讶的样子。

她从前只是隐隐听说王氏仗势欺人,逼得七叔父不得不把她扶正,没有想到王氏被扶正之前还有这桩公案!

难怪窦昭那么有钱!

七叔父家的一半财产啊!那是多少钱?

她在心里暗自琢磨,哪里还注意得到婆婆递了眼色给她。

五太太无奈地暗暗叹气。

也不怪蔡氏这副模样,当年的事说出来不管是窦家还是王家,都脸上无光,他们都不愿意提及,谁还会主动跟晚辈说道这些?

纪氏从头到尾都站在赵谷秋那边的，高明珠只怕连王映雪是扶正的都不知道，现在能出面和魏廷珍打擂台的也就只能指望庞氏了。

她朝庞玉楼望去，庞玉楼却一副口渴的样子，小口小口地喝着茶，半晌也不抬头。

五太太是应酬场上的常客，她那点小伎俩，怎么逃得过五太太的眼睛？可五太太就算知道庞玉楼要置身事外，又能怎样？只得亲自上阵，见高氏唱了红脸，她少不得要唱唱白脸，故而态度强硬地道："我们家嫁姑娘，陪嫁了大笔的银钱，出嫁的姑奶奶吃的是自己的，穿的是自己的，难道还错了不成？若你们只是因为我们家七弟妹的事就要窦家出面管理明姐儿的陪嫁，我们窦家是绝对不会答应的！你们若是觉得不满，上有顺天府，下有大理寺，一个在你们隔壁坊，一个在刑部大街上，衙门八字朝南开，谁都可以走得进去，你们只管去告我们窦家好了！"

"正好我们窦家也是一肚子委屈，要找个地方说道说道。"

"济宁侯府和我们家的四姑奶奶从小定的娃娃亲，真定谁人不知谁人不晓？到如今，真定的人还以为我们家四姑奶奶嫁的是济宁侯府。济宁侯和我们家四姑奶奶好好的一桩姻缘，你上蹿下跳的，硬生生地把这桩婚事给拆散了！"

五太太不提还好，提起来魏廷珍就是一肚子的火。

要不是王氏设了圈套让她弟弟钻，窦昭名下西窦一半的产业，早就是他们魏家的了！她弟弟又怎会守着窦明这个破落户过日子？

魏廷珍面色阴沉地站了起来，张口就要和五太太理论。

五太太冷笑一声，把她要说的话给压了下去："魏家的大姑奶奶，你可别把这屎盆子扣到我们窦家的头上来！是谁为了退亲，约了我们家七太太去大相国寺听佛法？是谁明明即将娶姐姐过门却私下和妹妹相约同游禅院？又是谁在我们窦家赶过来要把明姐儿接走的时候跳出来挡在了明姐儿的前面？魏家的大姑奶奶，你可别以为上嘴皮子碰碰下嘴皮子，就能把黑的变成白的，把白的变成黑的！要不要我把兵部武选司郑郎中的太太请过来做个证？要不要我把从前近身服侍侯爷，却在侯爷成亲之前被你们撵到了田庄的随从叫过来说说当时到底发生了什么事？要不要我把顺天府户房的婚书找出来给景国公府的国公夫人瞧一瞧？"

她连珠炮似的一大通话，让魏廷珍额头的青筋直冒。

这个老虔婆，什么都知道，却阴恻恻地不作声。

难怪别人都说读书人没有一个是好东西！

"说说说！难道我还怕了你们不成？"她不甘示弱地讥笑，"男人浪子回头金不换，女人一旦沾着个淫字，就等着沉塘吧！"

"是吗？"五太太看魏廷珍如看白痴一样，不屑道，"难怪你如此嚣张，原来是个无知妇人！我朝的大律你恐怕从来没有见过吧？竟然说出这种田间妇人之语！也不怪魏家这几年落魄得厉害，你在婆婆面前也一直抬不起头直不起腰来。"

她的话，正好点中了魏廷珍的死穴，魏廷珍跳起来就要和五太太理论，却被魏廷瑜给拦住。

"姐姐，"他又羞又愧，低声道，"你少说两句——若是官司打到顺天府或是大理寺，我也没办法脱了干系，别的不说，一百的杖责是要领的。"

魏廷珍错愕，立刻想到了辱没良家子，是可以杖责一百的。

"姐姐，如今窦大人掌管着刑部，打官司，我们打不赢他们的。"魏廷瑜再次小声地提醒魏廷珍，"要不，这件事就这样算了？"他从小就怕女人吵架，五太太那副要吃人的样子，让他实在是怵得慌，"让窦家帮着管理明姐儿的陪嫁，也的确说不过去。我们不如和窦家商量商量，以后不让明姐儿回娘家见岳母就行了！"

他软语相求，却让魏廷珍差点倒仰。

事到如今，他竟然求起情来！那之前的种种岂不都白做了？还平白得罪了窦王两家！

她怎么有这么个弟弟？

魏廷珍忍无可忍，一巴掌就打在了魏廷瑜的肩膀上，低声嗔道："你到底是不是个男人？有你这样行事的吗？先前答应得好好的，现在又改变主意了？你把姐姐当什么人了？你还让不让姐姐做人了？"

魏廷瑜真是左也难，右也难。

他捂着肩膀低声道："那，那怎么办？如果是别人，那一百杖罚银就是了。可我们是和窦家打官司，他们肯定会想办法让我受了那一百杖的。而且这件事还可以说成是诱奸甚至是苟合……到时候丢脸的只可能是我们。打官司，我们赢不了窦家的……"

魏廷珍都要疯了。

这是她弟弟吗？不帮着她，还拖她的后腿？

可惜此时的宴息室里除了窦王两家的女眷，就是魏廷珍姐弟和窦明了，大家的注意力都集中在他们姐弟身上，两人说话的声音虽然小，其他的人还是听了个一清二楚。

高氏不由得心中一喜。

只要魏家服软，这件事就好办了。

她忙对五太太道："亲家夫人，进了一家门，就是一家人，有些事，也不必分得如此清楚。我看这件事不如就这样算了。以后明姐儿和五姑爷关起门来，和和美美地过日子就行了。我们这些人，毕竟只是旁人，只要他们好，有什么好计较的？"她又问纪氏，"您说，是不是这个道理！"

纪氏笑着点头。

她们原来就是来吓唬魏廷瑜的，目的达到了，自然要息事宁人了。

她笑着对魏廷瑜道："侯爷，你还不快给五姑奶奶赔个不是？她刚刚小产，伤了身子还没有恢复，就这样跟着受了场罪，心里不知道有多难受呢，你大人有大量，就不要和明姐儿计较那么多了！"说着，朝拉了拉坐在她下首的蔡氏的衣袖，示意她打圆场。

蔡氏此刻也回过神来，她忙笑吟吟地站了起来，把还在那里抽泣的明姐儿半扶半推地送到了魏廷瑜的身边："还不给侯爷赔个不是！你这样闹腾侯爷都没有和你计较，可见是把你放在心上的。你以后可不能如此惹侯爷生气了！"

窦明红肿着眼睛悄悄地朝魏廷瑜望去，那怯生生的样子，立刻击中了魏廷瑜的心房。

魏廷瑜满脸通红，赧然地小声道："是，是我的不是……"

魏廷珍气得牙齿咬得吱吱直响，一把就将弟弟拨拉到了旁边，大声喝道"慢着"，冷若冰霜地道："这件事要想这样算了，你们得答应我们几个条件才行！"

眼看着就要把魏家的气焰打下去了，五太太怎会善罢甘休？

"这件事没有什么条件好讲！"她立刻道，"这大半年，我们看在侯爷待明姐儿好的分上，能包容的就包容，能马虎的就马虎，却不承想看在别人眼里却是心虚胆小，怯懦可欺。这事闹到现在，要么我们看在侯爷面子上下不为例，要么就照世子夫人的意思，我们衙门里见！"

魏廷珍色厉内荏，依旧不松口："衙门里见就衙门里见！"

魏廷瑜忙道："五伯母，我姐姐也没有别的意思，就是希望明姐儿以后不要回娘家了。"他说着，目光温柔地望向了窦明，"每次明姐儿去了娘家回来，都要好一阵子不高兴……我只想好好地过日子，不想天天这样吵闹不休……"

窦家几代经营，到如今正是声势鼎盛，鲜花着锦之时，魏家竟然让窦明从此以后不要再回娘家？那窦明在婆家受了委屈找谁伸冤？找谁张目？

这济宁侯之前看来一表人才，行事磊落，遇到事才知道，原来是个全然没有主张和见识的。还好窦昭没有嫁他，不然窦家就失了宋砚堂这样的强援了。

五太太几乎要露出嘲讽之色来，却听见窦明幽幽地道："如果我不见我娘，这件事是不是可以就此略过不提？"

第一百二十八章　　失心·愠色·差事

这是什么话？

五太太听着大吃一惊，就听见魏廷瑜语带几分欢喜地道："那是自然！我们魏家怎么会觊觎媳妇的陪嫁？不过是不喜欢你仗着自己陪嫁丰厚就不听劝阻，有事没事都要往娘家跑罢了。你不再见岳母，一心一意地做魏家的媳妇，我们又何必要把你的陪嫁委托给窦家的人打理？"又道，"你嫁到我们家也有小半年了，你扪心自问，你刚嫁过来的时候，我母亲待你如何？如今又待你如何？我母亲性情温和，待人最是慈爱不过，为何像突然变了一个人似的？你怎么不想想其中的缘由？却只知道一味地指责我娘的不是。你再看你自己，又变成了一个怎样的人？哪里还有我刚认识你时的半点影子！"

窦明默然。

五太太看着不由急了起来。

这个窦明，怎么这样糊涂？哪对夫妻不是从蜜里调油到渐渐生出罅隙甚至是相看两厌的？说到底，都是这些看起来不起眼的小摩擦日积月累造成的。

她却听信了魏廷瑜的话，觉得只要顺着魏廷瑜，他们的关系就会恢复成刚成亲那样的好。

可人心却是欲壑难填的。

今天他哄你为了夫妻和美不认自己的亲娘，明天就能哄你为了个贤惠的名声给他纳妾，后天就能哄你为了家族兴旺变卖陪嫁……

这本是姑娘在出嫁之前，做母亲的要叮嘱女儿的。

可看窦明这样子，分明那王映雪什么也没有说过。

王映雪真是成事不足败事有余！该说的一句话也没说，不该说的却一句不落，硬生生把窦明教唆成了这个样子——抢了姐姐的未婚夫还能理直气壮地走在大街上。

真是不要脸！

五太太不由在心里把王映雪骂了个狗血淋头。

但当着魏家众人的面，她又不能把其中的利害关系分析给窦明听，只能等事后再跟窦明说了。

五太太的语气顿时变得有些焦灼起来："明姐儿，你身子骨不好，小心站的时候长了发晕，快让周嬷嬷扶着你去歇会儿！这里有我和你舅母，不用你操心！"
　　窦明轻轻地摇头。
　　她为了嫁给魏廷瑜，不仅得罪了父亲和窦昭，而且让窦王两家的人都瞧不起。
　　窦家和王家早已没有了她的立足之地。
　　她如果离开魏家，重新回到窦家或是王家，岂不要让那些人笑掉了大牙？
　　实际上从她代窦昭嫁给魏廷瑜的那一天起，她就没有了退路。
　　她只能过好，不能破落。
　　魏家已成了她唯一的避风港，她怎么能和魏家撕破脸？到时候她又何去何从呢？
　　窦明心中苦涩，黯然道："多谢五伯母关心。只是常言说得好，在家从父，出嫁从夫。如今我已是魏家的媳妇，自然要尊夫如天。"她屈膝给五太太行礼，低声道，"母亲那里，恕女儿不孝，还请五伯母多多照应。"
　　"明姐儿！"纪氏脸色大变，腾地站了起来，厉声道，"你可知道你在说什么？"
　　"六伯母，"窦明神色平静，淡淡地道，"我如今忠孝难两全，总要选一样，您也别怪我狠心。"
　　纪氏肃然望着窦明，嘴角微颤。
　　半晌，她颓然地坐下，长叹了口气。
　　魏廷珍看着，满面红光，眉宇间满是掩不住的得意。
　　窦家厉害又如何？只要窦明还想做魏家的媳妇，窦家就得低头！
　　但她向来有点小聪明，知道这个时候不宜再惹怒窦王两家的人，否则窦王两家破罐子破摔，最后吃亏的，还是窦明和魏廷瑜——窦明不过是五太太的堂侄女，可魏廷瑜却是她的胞弟。窦家可以不心疼窦明，她却不能不心疼魏廷瑜。
　　她撩了暖帘，高声地喊着丫鬟："还不吩咐灶上的婆子做几个拿手的好菜，今天夫人娘家的亲戚要留在这里用膳！"
　　窦王两家的女眷哪还有颜面留在魏家用午膳，本已把魏家压得透不过气来，马上就能打个翻身仗了，谁知道窦明却跑出来自己拖自己的后腿，让形势逆转不说，这失了先机，窦明以后再想要拿捏魏家，恐怕是不能了。好在这次窦王两家也没有给魏家好脸色看，魏家想再欺负窦明，也要想想窦王两家的势力，勉强算是斗了个旗鼓相当。
　　五太太脸色铁青地道："我们不比世子夫人，没事就能耗在娘家——我屋里还有一大堆事等着我回去示下，这午膳就不用了，改天再来打扰明姐儿。"她说完，看也不看窦明一眼，和纪氏转身就朝外面走去。
　　高氏深深地看了窦明一眼，尾随五太太和纪氏出了宴息室。
　　魏廷珍咯咯笑着送客。
　　五太太只觉得一口浊气堵在胸口出不来。
　　上了马车，她不禁低声道了句"我们真是狗拿耗子，多管闲事"。
　　蔡氏也满肚子气。见过傻的，没见过像窦明这么傻的。天时地利人和，竟然自己求了饶，白白便宜了那个没把她放在眼里的魏廷珍。
　　她很想问奸生子到底是怎么一回事，可看见婆婆和六婶婶的脸色都非常难看，她只好把满腹的狐疑压在了心底，帮五太太和纪氏各倒了杯茶，应酬似的安抚着两位长辈："五姑奶奶年纪还小，不免会做错事，娘和六婶就不要放在心上了，等五姑奶奶大些了也就好了。"
　　"她年纪是还小。"和五太太对面而坐的纪氏却冷冷地道，"可越是年纪小，却越能看出本性来。狗尚不嫌弃家贫,她活生生一个读过《孝经》《女诫》的人,竟然能说出'如果我不见我娘,这件事是不是可以就此略过不提'的话来,可见她的本性有多么冷酷无情!"又道,"你们再看寿姑,小小年纪就知好坏。那妥娘,不过是奉了赵氏之命照顾过她两年,她就又是给添妆,又是抬举她的男人,把她照顾得衣食无忧。可再看看我们这位五姑奶奶,身边的丫鬟婆子有几个能长久的?更不要说受她恩惠愿为她卖命的了!可见平时不是我偏心,实在是她这个人让人喜欢不起来!"

还说自己不偏心!明姐儿身边不是还有个周嬷嬷吗?

蔡氏听了暗暗好笑,觉得纪氏还真不是一般地偏心窦昭。

五太太闻言却是一愣,越想越觉得纪氏的话有道理,对窦明竟然生出几分忌惮来。

觉得窦明的心肠真硬,对生她养她的亲生母亲尚且如此,对自己就更没有什么感情了,自己就算是对她再好,只怕也难以捂热她那颗冰冷的心。

她一路沉默地回了槐树胡同。

窦世枢去了衙门,却怕窦家的女眷在魏家受辱,派了个小厮在家里等消息。

五太太想想今天的事就觉得沮丧,提不起兴致来,让那小厮给窦世枢带了句"事情已经顺利解决了"的话,自己则悻悻然地躺下了。

蔡氏服侍母亲歇下,立刻差了贴心的嬷嬷回娘家。

那嬷嬷悄声对蔡太太道:"我们家十奶奶说,窦家出大事了,让您得空就去看看她。"

窦家是当朝阁老,他们和窦家又是姻亲,窦家出大事了,说不定就会连累到蔡家。

蔡太太哪里还坐得住,立刻让人准备了些糕点,待那嬷嬷前脚刚走,她后脚就去了窦家。

知道亲家太太只是来看看外孙,被窦明之事闹得心情不佳的五太太和蔡太太寒暄了几句,就让贴身的嬷嬷带着蔡太太去了蔡氏的宅子。

蔡氏关上门,和蔡太太说了一下午的话。

王家那边,高氏却和高明珠感慨:"这做人父母的,有时候还真得自省其身,不然连自己的子女都要受连累,这人活着还有什么意思?"

高明珠亭亭玉立,明眸皓齿,当得起"明珠"二字。

她正亲自服侍着高氏梳洗,闻言拿着梳子的手不由得一顿,犹豫道:"虽说姑母不像话,可被做女儿的这样嫌弃,总归是不太好……"

高明珠很想说,以后窦明的事,我们还是不要插手了。窦明横竖姓窦,有事自有窦家出面,他们王家夹在中间,算是怎么一回事?

可她知道,王家上上下下待这个表妹不同一般,当初还差点把窦明嫁给了王楠。这话别人说得,她却说不得。

高氏对自己的这个侄女兼儿媳妇很是了解,自然明白她言下之意。而且她和自己想到一块儿去了,就转身冲着她笑了笑,道:"以后再有这种事,你避着就是了。我那里,自会对你祖母说。"

高明珠松了口气。

高氏头疼着怎么去给婆婆回话。

庞玉楼却没有这么多的顾忌。

她夸张地做了个拉人的举动,高声道:"……拦都拦不住,明姐儿的话就那么说出来。不要说是我了,就是窦家的五太太霍氏,都脸色大变。您说,姑奶奶是她的亲生母亲,她怎么就说得出这样绝情的话来?难道真是有了男人就忘了娘不成?"

"胡说！"王许氏拍着榻沿，生怕庞玉楼还说出什么让人脸红的乡间俚语来，"你说事就说事，嘴里乱七八糟胡诌些什么？"

庞玉楼听着在心里冷笑。

你不是把你那个被夫家撵回来的女儿当宝贝吗？吃我的喝我的，还对我指手画脚的，我就要恶心死你们！

她立刻做出副瑟缩的样子，喃喃地道："窦家也太小气了，不过是要他们拿两支百年的人参给明姐儿补补身子，他们……就像要了他们的命似的……"

"你给我住嘴！"王许氏气得面如锅底，终于放过了庞玉楼，厉声问高氏，"你来说说，到底是怎么一回事？"

庞氏已经把该说的都说了，自己还能说些什么？不过是不相信窦明会连母亲都不认罢了。

高氏在心里嘀咕着，恭谨地把经过向王许氏讲了一遍。

王许氏当场就昏了过去。

王家乱成了一团。

高氏、庞玉楼和一群丫鬟婆子冲着王许氏又是掐人中，又是用冷帕子敷脸，王许氏总算是醒了过来。

她幽幽地吩咐身边的人："这件事不许告诉姑奶奶！"

众人自然是恭声应是。

她犹不死心地问两个儿媳妇："明姐儿真的说出那样的话来？"

高氏和庞玉楼微微颔首。

王许氏大哭起来："我这是造的什么孽啊！我辛辛苦苦地养了个白眼狼出来，竟然会连自己的娘亲都不认了！世上有这样做子女的吗？窦家怎么也不管一管？难道就任她这样作践自己的母亲不成？他们窦家不是号称礼仪传家的吗？我事事处处想着明姐儿，把她排在我的孙子孙女前面，我为的是什么？还不是为了弥补对映雪的愧疚！不然她一个姓窦的，凭什么在我们王家颐指气使，耀武扬威的？"她骂着，喊高氏，"你亲自再去问明姐儿一声，她是不是铁了心不认映雪？如果她不认映雪，她也休想我们王家再管她的事。我就当映雪是死了丈夫，孩子夭折了，她与我们王家，再无瓜葛！"

高氏真心不想再去看魏家人的脸色，可婆婆的吩咐，她又不得不从，只能硬着头皮应了下来。

庞玉楼却是唯恐天下不乱，劝着王许氏："娘，您让大嫂去问明姐儿，还不是自取其辱！明姐儿说这话的时候，可不止有我和大嫂、大侄儿媳妇在跟前，窦家的人也在跟前。那五太太当时就傻了眼，连问了她几声'你难道就不顾念你娘十月怀胎生下了你'，明姐儿都没有一丝后悔或是犹豫，您让大嫂去问什么啊？我们难道还会骗您不成？您要是不相信，大可派人去问窦家的人，又何必急巴巴地跑到济宁侯府去丢脸呢？"

王许氏呆住，半晌才颓然地倒在了大迎枕上。

可这样的事到底没能瞒住关心女儿陪嫁的王映雪，她眼睛瞪得大大的，愣愣地望着胡嬷嬷，脸色雪白："不可能，我的明姐儿不可能说出这样的话来！这定是庞氏在我母亲面前诽谤明姐儿，我要去问个清楚！"

王映雪拔腿就要往门外闯。

胡嬷嬷一把抓住了她，劝道："我的好太太，二舅太太骗您，难道大舅太太也会跟着二舅太太扯谎不成？五姑奶奶这么做，定是无可奈何的权宜之策，您只管安心等着，等过几天事情平息了，五姑奶奶就会来看您了。"

是吗？王映雪问自己。

心里却如万箭穿过般地痛起来。

而事情也远比她们想象的复杂多了。

没多久，京城里就有小道消息隐隐地传出窦明是奸生子的事，甚至把当年王又省的升迁、赵谷秋的死和窦昭的嫁妆都联系在了一起。

可谣言这种事通常当事人都是最后一个才知道的。

窦昭也不知道自己坐在家里，也有祸事上门。

她和陈曲水研究着外院那些管事的出身来历，研究着"拂"字辈的这群小姑娘身后的祖父祖母们或是外祖父外祖母。

"真是不查不知道，一查吓一跳。"窦昭不禁感慨，"从表面上，这些人都没有什么联系，可若是从外祖父和外祖母这边查起来，却发现他们都是拐弯抹角的亲戚，像老树盘根似的，支持着英国公府的日常运作，国公爷怎么就敢贸然把那些管事和小厮给收拾了的？"

陈曲水也有些傻眼，他看着上面一个个名字，头皮有些发麻地道："拂风的祖母，竟然服侍过两代国公夫人，直到陆太夫人去世，她才由蒋夫人做主，放回了自己儿子身边荣养。而拂叶的祖母，却和拂风的祖母曾经一起在上院服侍过陆太夫人。还有这个拂雪，家里兄弟姐妹众多，看上去像养不活了才送进来求条出路的，可他的祖父却曾经做过老国公爷的随从，还曾救过老国公爷的命，因为瘸了脚，做不得重活，这才跟着了自己的儿子在田庄上生活……"

"都是蒋夫人之前，陆太夫人和老国公爷重用的老人。"窦昭神色凝重地道，"那蒋夫人主持中馈之后呢？是全都换上了她自己的人，还是留在府里的那些人都遭到了宋宜春的清算？"

想起这些人的遭遇，两人都不约而同地沉默了良久。

陈曲水叹道："若是想问老国公爷的事，找他们定是一问一个准；可想知道蒋夫人的事，这些人恐怕是没有什么用处。"

窦昭却不这么想。

她笑道："什么事都有因才有果，从老国公爷身上，未必就查不出蒋夫人的事来。"

"哦？"陈曲水知道窦昭素来有主意，闻言顿时来了精神。

窦昭道："按道理，英国公就算不懂庶务，也应该找个信得过的男子帮自己打理才是，怎么英国公府的庶务从前却是蒋夫人在打理？"

陈曲水眼睛一亮，道："我怎么就没有想到！"

窦昭不由抿了嘴笑。

陈曲水不是没有想到，而是和自己在一起久了，见惯了她的强势，早已不把女子当家视为稀奇，才没有往这方面想。

她道："我一直就很奇怪，为什么蒋夫人去世后，英国公的变化如此之大。是他本性如此，一直在蒋夫人面前伪装，还是有什么事刺激了他？如果是前者，他为什么会畏惧蒋夫人？如果是后者，在他身上又发生了些什么事？"

陈曲水道："我觉得还是前者的可能性大一些。蒋夫人主持中馈的时候，老国公爷还在世。如果蒋夫人是以势压人，老国公爷不会如此平静地把家里的事交给蒋夫人……"

窦昭笑道："您看，这就涉及了老国公爷。拂叶拂风的祖父祖母，多多少少都应该会知道些什么。"

陈曲水点头。

两人商量着怎么去拜访这些人。

宋墨回到家，第一句话就问"夫人在哪里"，知道窦昭早上忙了一上午家中的琐事，下午和陈曲水在小书房里说话，到现在还没有出来，并没有谁来拜访她时，他莫名地就松了口气。

魏廷瑜真是烂泥扶不上墙。当初是他选择了窦明，毁了和窦昭的婚约，现在又以窦明是奸生子为由，找窦明的麻烦。

他到底要干什么？

成了亲之后才知道怀里的美人在画上的时候最漂亮，所以后悔放弃了窦昭，还是知道窦昭名下有西窦的一半产业见财起意想重提当年的旧事？他怎么也不想想自己到底有没有这个能力翻得起这层浪来！

宋墨闷闷不乐地换了日常惯穿的靛蓝色杭绸袍，面如冠玉般的脸上显得有些阴郁。

甘露吓了一大跳，忙道："世子爷，我这就去请夫人过来。"

以为他是恼了窦昭和陈曲水在小书房里密谈。

"不用了。"宋墨皱了皱眉头道，"夫人在和陈先生说话，你不要去打扰。"

真的不用吗？

甘露恭声应是，心里却犹豫不决。

宋墨朝着她挥了挥手，示意她退下，一个人坐在炕桌边，摸着下巴沉思起来。

甘露决定还是跟夫人说一声。

陈曲水听说宋墨已经回来了，自然不好再在小书房里待下去。

他和窦昭一起去见了宋墨，笑着告辞，宋墨很客气地把他送到了门前。

窦昭已从甘露那里说宋墨的心情不好，见宋墨折了回来，就笑着挽他手臂，歪着头打量着他道："今天发生了什么事？怎么脸有点阴，像要下雨的样子。"

宋墨失笑，道："你别听那些丫鬟说风就是雨的，我只是有点累，不想说话而已。"又去摸她的肚子，柔声道，"孩子今天乖不乖？"

"孩子乖得很！"怀孕最初的三个月过去之后，窦昭能吃能睡，还长胖了，"高兴家的得了舅母的话，每天盯着我在院子里走三圈，我现在连我们家后院里有几棵树都知道得清清楚楚了。"

宋墨就笑道："高兴家的差事当得好，得赏！"

窦昭咯咯地笑，问他："你今天又干了些什么？"

"什么事也没有干。"宋墨道，"顾玉进宫去给皇后娘娘请安，我、他，还有高远华三个，喝了一下午的茶。后来董其来了，请我们去醉仙楼用晚膳，高远华觉得醉仙楼碰到的尽是些熟人，不想去，董其就建议去千佛寺胡同小李记家吃私房菜，顾玉又不干了，说什么去小李记家不如去朝阳门外新开的一家万春楼，高远华又觉得太远，大家站在那里半天也没拿定主意，结果皇上传高远华去问话，我和顾玉都懒得和董其应酬，就散了。"

窦昭奇道："顾玉怎么没有跟着你一道回来？"

宋墨笑道："他坐着我的马车到了大门，却被家中的小厮给拦住了，说是他四弟不太好，云阳伯让他快回家去瞧瞧。"

顾玉下面还有三个同父异母的弟弟，行四的那个今年才三岁，自打落地就病病歪歪的。

窦昭道："要不要派个人去看看？"

"我已经让人跟过去了，若是不好，会来回信的。"

窦昭就问起顾玉的婚事来："还没有定下是谁吗？"

宋墨道："今天顾玉进宫，就是去探皇后娘娘的口风。谁知道娘娘却说，只要顾玉喜欢，不拘是什么出身都行。顾玉刚才在马车上，就是和我说这件事。听他的口气，好像云阳伯有意为他订永恩伯家的十一小姐，他不太满意。"他说着，摇头道，"他原想借借皇后娘娘的势，不承想皇后娘娘却是这样的口吻。"

难道顾玉今生和前世一样，会娶了永恩伯家的十一小姐为发妻？

窦昭有片刻的沉默。

顾玉何止是对冯氏不满意，简直可以说是憎恶。

冯氏是永恩伯弟弟的孙女，窦昭前世没有见过，只听人说冯氏相貌平常，性格怯懦，为人木讷。

顾玉在辽王登基后的第二年，以无子为由，休了冯氏。

冯氏在冯家的家庙里自缢身亡，冯家的人给她装殓的时候，才发现冯氏还是女儿身。

冯家为此和顾家闹到了殿前。

辽王自然是维护顾玉的，说什么冯氏平庸，不足以担当云阳伯夫人等等。冯家不仅没讨了好，永恩伯还被罚了两年的俸禄。没过几天，老永恩伯就病逝了，冯家也因此而失了圣心，一蹶不振，从一等的勋贵很快沦落成三等。

而顾玉却得了万皇后赐婚，很快迎娶了安陆侯周朝的嫡长女。

这位周氏窦昭却见过，人长得漂亮不说，还擅长书画，云阳伯去世后，顾玉的父亲被爆出孝期宣淫的丑闻，顾玉因此越过父亲，直接承袭了云阳伯的爵位，顾家因此很是乱了一阵子，周氏却依旧把顾家的内宅打理得井井有条，京都勋贵圈子里都说云阳伯娶了个贤淑的妻子。

可奇怪的是，顾玉和这位周氏的关系也非常冷淡。

他从云阳伯府搬出来，和宋墨毗邻而居。宋墨的内宅美女如云，他的内宅则是姬妾成群；宋墨没有子嗣，他却隔三岔五地就弄出个庶子或是庶女来，然后让人送回云阳伯府给周氏抚养，据说因为孩子太多，他过年回云阳伯府祭祖，甚至都没有认出自己的庶长子来。

一时间，他和宋墨都成了京都的风景。

这一世，他难道还要走前一世的老路不成？

窦昭想了想，道："既然顾玉不太满意，你就帮帮他吧？别让他太为难。"

宋墨"咦"了一声，笑道："你不是说再也不做媒了吗？怎么管起顾玉的事来？"

窦昭赧然地辩道："他姥姥不疼，舅舅不爱的，我这不是可怜他没人管吗？这夫妻可是一辈子的事，勉强在一起，总归是不好……"

宋墨却来了精神，凑到她面前问她："你觉得这夫妻是一辈子的事？"一面说，一面还轻轻地抚着她的脸，在屋里服侍的甘露立刻红着脸退了下去。

窦昭拨开他的手，嗔道："乱闹些什么？在宫里过了一夜，也不嫌腰酸背痛了？还不快去梳洗了，我帮你按按肩膀！"

宋墨灿然地微笑，高声地应了一声，去了洗漱的耳房。

窦昭忍不住笑着摇头。

宋墨有时候比她这个两世为人的还要稳重，有时候却像个孩子一样幼稚。

自从他有次在宫里值了夜回家后向她抱怨值房的床太硬，挺得他不舒服，她明明知道他在撒娇，却依旧心疼他，帮他按摩解乏之后，他每次值夜之后就要说自己腰酸背痛。

宋墨很快只穿着件中衣进来，趴在炕上，由窦昭给他按着背。

和前几次一样，她才按了几下，宋墨就不让她按了："这个要力气，等你生了孩子，再好好帮我按按。我们都两天没见了，还是说说话吧？"

　　窦昭想到他回来的时候心情不好，笑道："我自己知道自己的事，若是累了，歇手就是了。"继续给他按着背。

　　宋墨却有些不安心地翻过身，拉着窦昭要她陪自己躺下。

　　窦昭见他实在没有心情，依言偎在了他的怀里。

　　宋墨却没有说话，有一下没一下地用手指绕着她的头发玩，把她好好的一个纂儿弄得乱七八糟。

　　看来是真的遇到事了！

　　窦昭越发地温柔小意起来，旁敲侧击地问他这两天在宫里都遇到了什么事。

　　宋墨虽然怕窦昭担心，但想了想，还是把窦明的事告诉了窦昭。

　　"奸生子？"窦昭有些意外，道，"她们去魏家之后，六嫂带着静姐儿来家里串门，把事情的经过都告诉了我。不过，没有说这件事，可能是怕我难堪。这件事虽然于窦明的名声有损，可父亲也一样难逃责难，"她有些担心道，"不知道父亲现在如何了？你明天去瞧瞧父亲吧？他和你能说得到一块去，如果是我去，只怕又会不欢而散。"

　　宋墨笑道："你放心吧，这件事你和岳父大人都成了受害人，倒是五伯父，被翰林院的那些翰林攻讦，说他利欲熏心，连自己的族兄都要算计。又有人传出来，说这件事是二伯祖母做的主，五伯父当时在京都，根本不知情；又有人说二伯祖母太糊涂，怎么会同意将这样一个妇人扶正？现在最丢脸的是王家了，甚至有人把王又省年轻的时候曾在青楼买醉，没钱付资，得同年相助才得以脱身的事给翻了出来，说王又省此人伪善好色，人品不端，所以女儿才会宁愿给人做妾云云，把火烧到了王又省的身上。"

　　窦昭听了怎么觉得这么高兴呢？

　　她的嘴角翘了起来，宋墨就稀罕地道："哎哟，原来你讨厌王又省！"

　　"你这不是废话吗？"窦昭嗔道，"我母亲自缢，固然与她的性子有关，可若那王映雪不是王又省的女儿，我母亲会如此吗？他们家倒霉，我自然高兴。"

　　宋墨立刻有了主意，道："你说，我们给王又省穿穿小鞋如何？"

　　窦昭心中一惊，忙道："他如今好歹也是屈指可数的封疆大吏，你还有更要紧的事，可别为了个王又省，把自己给搭进去了！"

　　"你放心好了。"宋墨比窦昭还高兴地道，"我还要和你白头偕老呢，可不想把时光都浪费在他的身上。"

　　窦昭想到他上一世的跋扈，心里就不踏实，非要宋墨承诺她。

　　宋墨笑着钩了窦昭的指头，道："我们拉钩，成不成？"

　　窦昭就真的和他拉钩。

　　宋墨笑得不行，紧紧地把她抱在怀里："我怎么就娶了个这么有趣的媳妇！"

　　窦昭忙提醒他："孩子，你小心孩子！"又和他调侃道，"你现在才知道你媳妇不错啊！"

　　宋墨突然安静下来，笑容渐褪，小心翼翼地捧了她的脸，端容凝视着她的眼睛，正色地道："我早就知道我娶了个好媳妇……"

　　所以才会千方百计地娶了她进门。

　　他悄悄地在心里对自己说。

　　同时决定把自己曾经做过什么，永远不对窦昭提起。

　　窦昭却被宋墨认真的表情吓了一跳，忙道："出了什么事？"

"什么事也没有出。"宋墨扑哧一笑,翻身仰面躺在了她的身边,半是玩笑半是感慨地道,"我只是觉得这世上的事很奇妙,你我一个在真定,一个在京都,天各一方的人,却能结为夫妻……"

而且还这么要好。

难道是上天为了补偿他所受的苦难?

他在心里暗暗地道。

窦昭也觉得很奇妙。

前世她只是后宅中一个默默无闻的妇人,他却是让整个朝野都噤若寒蝉的焦点,今生却机缘巧合地成了夫妻,而且他待自己还如此的好,真像做梦似的。

念头闪过,她不由得一愣。

自己不会真的在做梦吧?

她就掐了宋墨一下,宋墨哎哟一声,落在她身上的目光却满是关切:"怎么了?是不是哪里不舒服?"

窦昭笑了起来。

就算这是梦又如何?她愿意长醉梦中不愿醒。

窦昭扑进了宋墨的怀里,抱着他不说话。

温暖的怀抱,清冽的味道。

这是宋墨。

怎么会是梦?

窦昭轻轻地吻了吻宋墨的下巴。

宋墨搞怪地低声惊呼,凶巴巴地道:"你也挑逗我?后果是要自负的!"

窦昭甜蜜地笑,带着几分纵容。

第二天,宋墨休沐,去了东平伯府。

他穿了件竹叶青的杭绸直裰,春风中,他如玉的面孔静谧而从容,如暖暖的春日般让人微醺。

东平伯不由感叹道:"世子爷真不愧是京都的第一美男子!"

宋墨不由皱了皱眉。

东平伯这才惊觉自己失言,忙笑着请宋墨去了书房。

宋墨就说起姜仪的事来:"他和我有些香火缘,又是马大人推荐的,人也机敏,总得给他个机会。正好五军营那边有个同知的位置,我想推荐南城指挥使过去,调姜仪为南城指挥使,您看如何?"

五军营里的人轻易不能离营,就算升了一品,也不及五城兵马司自由、有油水啊!

这简直是硬生生地让南城指挥使给姜仪挪位置嘛!

东平伯自然不会在这种小事上让宋墨不高兴,他很爽快地答应了,反正他只是代理五城兵马司,这种顺水推舟的人情不送白不送。

但他还是忍不住问起魏廷瑜来:"……在副指挥使上待了两年,是不是要调整调整?"

宋墨在心里冷笑,面上却和煦地道:"济宁侯虽然是妹夫,却比我年长,又有王家操心,有些事我倒不好插手!"

东平伯想到魏廷瑜是走的王又省的路子才来的五城兵马司,又想到这些日子京城里对王又省的流言蜚语,自认找到了原因,露出恍然大悟的表情,连声道:"原来如此!世子爷的顾忌不无道理。"他笑着请宋墨品茶,揭过了这一段。

但姜仪巴结上了英国公世子宋墨擢了南城指挥使的小道消息还是像野火般地在五城兵马司里蔓延开了。

第一百二十九章　责难・人选・旧人

五城兵马司的人看魏廷瑜，目光中就带着几分好奇。

魏廷瑜后知后觉，直到姜仪正式走马上任之后才明白其中的原委。

他想起同僚们看他的目光，在衙门里一刻钟也待不下去了。

魏廷瑜回去对窦明道："你哪天抽空去趟英国公府看看寿姑，宋砚堂近日提了一个和他没有任何亲戚关系的人做了南城指挥使，你去问到底是怎么一回事。"

不管是论亲缘还是论交情，宋墨都应该提拔他才是。姜仪的事让他突然惊觉，自他成亲之后，他和宋墨就从未曾在一起喝过小酒、说过体己话。

自己这些日子的确是太疏忽宋墨了。

窦明听着大怒，可想到两人刚刚和好，又只得将那怒意强压在心底，脸上的笑容就不免有些勉强，道："寿姑也是你能喊的？你小心在宋砚堂面前说漏了嘴，到时候大家脸上都不好看。你也知道，自从我嫁给你之后，窦昭就再也没有给我一个好脸色，我去找她，还不如你直接去找宋砚堂。你不常说宋砚堂从前和你关系有多好吗？你自己去和他说说，这点小事应该不难吧？"

魏廷瑜自己知道自己的事。

就算当初宋墨待他最好的时候，提携他做生意，送他骏马，介绍朋友给他认识，他对宋墨知道的越多，对他的畏惧就越深，到了最后，在宋墨面前已有些唯唯诺诺了，生怕喝多了酒、说错了话被宋墨厌弃。因而英国公府出事的时候，他想趁机和宋墨撇清，这才对姐姐说出那番话来的。现在宋墨待他既冷淡又疏离，他哪里还敢往宋墨跟前凑。

可当着窦明的面，他又不好说什么，只得硬了头皮，请宋墨喝酒。

宋墨听说魏廷瑜登门心里就觉得硌硬得慌，吩咐陈核："跟下面的人说一声，以后济宁侯来家里，请到外院的小花厅里奉茶就行了，用不着兴师动众地到处找我或者是夫人。"又道，"我今天还要给皇上写陈条，你去问问济宁侯有什么事——如果不要紧，就帮他办了；如果要紧，就跟着他说一声，我还有事，让他留话给你，我自会斟酌一二的。"

说来说去，就是从此以后不见济宁侯，也不帮他办什么事。

陈核在心里嘀咕，这济宁侯可真是脑子里少一根筋，他怎么还敢踏进颐志堂？

陈核去了花厅。

魏廷瑜想求宋墨提拔自己升官，这种事怎么能跟一个小厮说？

他嗫嚅了半晌，连自己都不知道自己到底说了些什么，失望地起身告辞。

陈核忙把宋墨的话吩咐下去。

魏廷瑜去了景国公府。

魏廷珍听说了，顿时气得直跳脚。

"你难道还没有看出来？那宋砚堂因为窦明的原因才不待见你的！"她抱怨道，"我早就跟你说过了，那窦明是个坏事的种子，让你别娶她，你不听，现在好了，眼睁睁到手的南城指挥使飞了！你要是不听我的，以后还有你受的，你等着好了……"

魏廷瑜烦得要命，道："这都是从前的事了，你反反复复地这样唠叨来唠叨去的有什么意思？难道我还能休了窦明不成？"说到这里，他看到姐姐眉眼一动，吓了一大跳，忙道，"就算我把窦明休了，难道宋砚堂就能待我像从前一样？说不定到时候得罪了窦家和王家，更麻烦！"想打消姐姐的念头。

魏廷珍听着果然眼神一黯，沉默片刻，道："这件事我问问你姐夫有没有什么主意。"

魏廷瑜不想回去，一面陪着外甥和外甥女玩耍，一面等张原明回来。

张原明也没有什么好主意，只好道："要不你去求求东平伯？他不是汪大河的岳父吗？这也是层关系。"

魏廷瑜又去找汪清海。事关魏廷瑜的前途，汪清海自然是义不容辞，亲自陪魏廷瑜去了东平伯府。

结果是可想而知的。

魏廷瑜就这样到处折腾了大半个月，也没有个着落，反倒是把原东城指挥使郝大勇给惊动了。

多亏英国公府的走水案，郝大勇在英国公府世子爷面前露了脸，也跟着沾了光，英国公府走水案结案之后，他被擢为五城兵马司金事，又因东平伯是兼任五城兵马司的都指挥使，平时并不管五城兵马司的事，因为他和英国公府世子有这段香火缘，东平伯就把五城兵马司的事都交给了他协理，他现在俨然是五城兵马司的都指挥使，前呼后拥，威风凛凛，好不得意。他正绞尽脑汁地想着怎么能和宋墨、东平伯的关系更进一层，能得了他们的推荐，坐上五城兵马司都指挥使的位子。

他就问身边的人："英国公府世子爷最近没有什么值得庆贺的事吗？"

身边的人想了想，道："英国公府世子夫人的娘家堂侄金榜题名中了进士，这算不算是件值得庆贺的事？"

他一巴掌就拍在了那人的肩膀上，把那人差点拍倒在地："你这蠢货，这么好的事，怎么不早说？这种事不值得庆贺，还有什么事值得庆贺？"

郝大勇立刻备了二百两银子的贺礼去了槐树胡同。

听说是宋墨的朋友来贺，槐树胡同的大总管面色有些怪异地打量了他两眼：四姑爷都交的是些什么朋友啊？怎么一个两个的都不请自来啊？

他忙叫了个管事把郝大勇请到了花厅里奉茶。

郝大勇就看见了几个五城兵马司的熟面孔。

他毫不拘束地和那些人打着招呼。

窦世枢听了不由得头痛，想了想，吩咐大总管："你去跟世子爷知会一声——人来了就是客，可总得让世子爷知道，不还礼也要道声谢。"

大总管应声而去。

宋墨正陪着窦世英听翰林院的一帮人在那里吹牛，闻言笑着跟窦世英解释了几句，就要出去待客。

窦世英却一把拽住了宋墨，道："我和你一起去。他们既然给你面子，我们也不能太怠慢别人。"

宋墨只好摸了摸鼻子，跟在窦世英后面和郝大勇等人寒暄。

都是有眼色的人，郝大勇等见宋墨虚扶着自己的岳父亲自出面招待他们，又对窦世英毕恭毕敬的，自然知道这马屁该往哪里拍，一个个口若悬河、舌灿莲花，赤裸裸地奉承着窦世英，把个窦世英弄得落荒而逃，心里却说不出来的舒坦，找到窦世枢道："砚堂朋友的礼金你只管收下，把名单给我就成了，我来还这份情。"

人家奉承的哪里是你？人家奉承的是宋砚堂！你去还情，那些人能和宋砚堂扯上关系了，还不得高兴得倒屦迎接？

窦世枢话到嘴边，看着窦世英那副完全不懂其中蹊跷的样子，又咽了下去。

他现在有个好女婿了，自有女婿帮他打点这些，自己这是替他操的哪门子的心？

"行啊！"他爽快地吩咐大总管等会儿给窦世英抄份礼单过去。

窦世英就对宋墨道："你放心，这些礼金我来回！"

或者是因为窦世英觉得对自己的生活有办法做主了，他有意无意地，选择了用金钱来弥补这种缺憾。

宋墨隐隐感觉到了一点窦世英微妙的心态，并没有推辞，而是投其所好地笑道："寿姑前两天还责怪我乱收礼，您也看到了，人根本不是我请的，又是窦家的好事，我总不能把人给撵走吧？您能出面，就再好不过了。"

窦世英就叮嘱他："你不要和寿姑吵。她怀着身孕，脾气是有点古怪的。想当初，她娘怀她的时候，寒冬腊月的，眼看着要生了，却嚷着要吃香椿，我到哪里去给她弄啊？"

突然间回忆起从前的事，他的神色有些恍然。

宋墨却不敢让窦世英沉浸在往事中，他忙道："岳父，伯彦马上要考庶吉士了，他和我们家一向很亲，我们在京都也有好几处房产，您看我们要不要收拾间宅子给他读书？若是他考中了庶吉士，还要在京都待三年，到时候身边也得有人照顾，自己有落脚的地方岂不更好？"

窦世英喜欢宋墨用"我们"这个词。

他满脸是笑不住地点头，道："我们去和伯彦说说，看他是什么意思。"

宋墨拉了个丫鬟问窦启俊在哪里。

丫鬟笑道："五少爷被太太们拉进去问话还没有出来呢！"

宋墨就笑吟吟地望着窦世英："您说，我们要不要救救他？"

窦世英也来了兴趣，道："自然是要想个法子把伯彦给拎出来了！"然后对那丫鬟道，"你就跟他说，我有朋友过来了，让五少爷出来见见。"

丫鬟屈膝行礼，快步去了内院。

窦世英却和宋墨相视而笑，就像两个一起做了什么趣事的同道中人，颇有些遇到了知音的味道。

窦启俊此时正和窦昭站在正屋院子里的石榴树旁说话。

"这些日子忙着下场，匡家的事我还没有谢谢四姑姑和四姑夫，"他歉意地笑着，眉宇间尽是蟾宫折桂的兴奋和喜悦，"等我忙过了这一阵子，再登门拜访，好好地和四姑父喝上两盅。"

匡家在知道了是谁在打他们家主意之后，觉得自家的船队既然被有心人入了眼，就如同一块肥肉，就算这个不来咬两口，那个也会来，最终决定把船队低价卖给了汪格。

匡卓然则决定悬梁刺股地考进士。

窦昭觉得这样也好。没有官身保护的商家始终摆脱不了被宰割的命运，等匡卓然举业有成，匡家也可以重振旗鼓了。

而在离此不远的小茶房里，蔡氏却拉着母亲蔡太太不停地抱怨道："娘，我只是说给您听听，您倒好，传得到处都是，连我公公一块儿都给编派上了！这要是让窦家的人知道了，不休了我，也要把我送到家庙里去。您这么大的年纪了，什么事没有经历过，怎么就弄出了这样的乱子来……"

正说着，门窗大开的茶房外面传来动静，蔡氏忙低下头来，一面沏着茶，一面佯装出副和母亲聊天的样子："既然供了痘娘娘，如今侄儿大好，应该让嫂嫂去庙里还个愿才是。"

看着是两个小丫鬟进来提热水，她松了口气。

窦明的事越传越玄乎，越传越没有谱，已不是普通的内宅八卦了，偏偏这些日子窦启俊下场，家里的人都很紧张，婆婆甚至吩咐她和郭氏分别给窦启俊做了两件应景的新衣裳，她一时也没有功夫回娘家和母亲说这件事。今天好不容易见到了母亲，母亲却只在几位来道贺的夫人跟前打转，让她没有机会说，好容易才抽个空把母亲拉到了茶房，没说上两句话她就噼里啪啦地嗔怪开来。

蔡氏讪讪然地笑，等两个小丫鬟出去了，听了听四周的动静，确定没人，她这才窘然地低声道："我只对你姨母说过，谁知道你姨母会告诉她小姑子……"

她姨母的小姑嫁到了景国公府，和景国公府的二太石氏私交最好。

窦氏不由瞪眼："您难道不知道景国公府的三个媳妇各自为政打擂台，恨不得要分出个生死来？您还敢跟姨母说这件事？！现在可怎么收场啊？"

已经上升到了爷们儿讨论的范围了，她能怎么办？难道还跳出来说是自己说的不成？

就算是她想认错，到时候账算到她的身上去，他们家老爷只怕都要受责难……

蔡太太被女儿逼得没有了退路，只好虎了脸道："你说怎么办就怎么办好了！反正被窦家知道了，我这张老脸也得舍了。"

是啊！被窦家知道了，母亲没脸不必说，她这个做媳妇的也会跟着倒霉，况且这件事已经不是窦家能左右的了，与其被唾沫星子淹死，还不如就这样站在旁边看热闹好了。

反正她又没有造谣。

窦明的确是奸生子，王家的确是仗势欺人逼死了赵氏。

这么一想，她顿时心安理得起来，口气也变得绵软："我也没别的意思。就是让您以后凡是遇到涉及窦家的事，都多个心眼儿，别像这件事似的闹出笑话来，让外面的人看窦家的热闹。您可别忘了，您是窦家十爷的岳母，窦家丢脸，您也一样跟着没面子……"

见女儿柔和下来，蔡太太的腰杆立刻直了起来。

"好了，好了！"她颇为不耐烦地打断了女儿的话，"这些道理我还要你教？你只管好生服侍你婆婆，照顾好我的两个宝贝外孙就行了，说这么多做什么？让别人听去了，反而麻烦。"说完，抬脚就往茶房外走，"姚阁老和戴阁老的夫人都过来了，娘还要去说几句话，你沏了茶，也快点过来。"又小声嘀咕道，"这么好的机会，你不要白白放过了。"

蔡氏翻了翻眼睛，端着大红海棠花的托盘跟着出了茶房。

窦启俊则被请到了书房，窦世英问他有什么打算："……照我说，你五叔祖这边到底住着三家人，不如我那里宽敞，又离你六叔祖近，去我那里住最好。可砚堂的话也有道理，你刚到京都，不免要结朋交友，跟我们这些叔祖们住在一起，不仅不自在，你的那些同科们也不好登门，不如单门小户地住着。正好砚堂在玉桥胡同有个小宅子——赵家就是在那里办的喜事，你也是知道的，那里离翰林院只隔着一条街，你不如暂时在那里落脚，以后寻到了更好的地方再说。"

窦启俊大喜。他这几年四处游历，五湖四海、三教九流的朋友很多，有些朋友长辈们未必就看得上眼。能单独住，当然是最好不过。不过，他的长辈们多在京都有宅子，他却在外面赁房子住，不管是五叔祖还是六叔祖只怕都不会答应，这个念头也不过是在他脑海里一闪而过，现在窦世英提出来，他有些迟疑道："只是五叔祖和六叔祖那里……"

窦世英道："自有我去说，你只管安心考上庶吉士就行了。"

窦启俊素来喜欢这个待人亲切随和的七叔祖，闻言忙笑呵呵地道谢，问起宋墨来："怎么不见四姑夫？住他的宅子，总得跟他道声谢吧？"

窦世英眉头微蹙："他被他那些朋友给拉去说话了。"又不满地道，"这些人也不知道是怎么一回事？一个个不请自来，来了之后又一个个急巴巴地要和他私下说话，有什么事不能到家里去说，非要借着这个时候、这个地方？好好的一场喜宴，被弄得四不像了！"

"可能是有事求四姑夫。"窦启俊解释道，"衙门里不好说，英国公府的门槛太高又迈不进去，只好寻了这个机会。"

今天窦启俊是主角，他都不介意，窦世英还有什么不悦的。

两人说说笑笑地去了坐满翰林院学士的书房。

拉宋墨说话的，是郝大勇。

他神神叨叨地道："……济宁侯什么都好，就是耳根子太软，常常好心办了坏事。别的不说，就前几天，有个姓王的家伙，说和景国公府是什么亲戚，要在东大街开个绸缎铺子，为了铺子的佣金，和牙人闹了起来。这关我们五城兵马司什么事？那家伙却把不知怎的把济宁侯给说动了，济宁侯带着东城兵马司的人过去，把那牙人吓得落荒而逃。

"照我说，既然是景国公府的亲戚，怎么景国公府不出面，却要济宁侯出面？

"就算是因为济宁侯在五城兵马司里任职，这事后，不要说景国公府的大总管了，就是普通的管事，也应该派一个来打声招呼才是。

"可景国公府倒好，像没这事一样。

"后来我一打听才知道。原来这个姓王的人的姑母曾经奶过景国公府世子爷，只是他姑母早就去世了，景国公世子爷根本不知道有这号人。可济宁侯不仅认了他，还接受了他二成的干股，如今姓王的打着济宁侯的幌子，在东城做起了买卖，弄得东城的绸缎铺子都要礼让他三分，生意好得不得了。"他偷偷地打量着宋墨的神色，"您说这事办的——那姓王的如此狡猾，只怕济宁侯要吃亏了！"

郝大勇想干什么？

宋墨微微笑，摆明了立场："济宁侯虽和我是连襟，可我也不好管到他府上去，这种事，只怕还得靠他自己警醒。"

也就是说，世子爷是不管的！

郝大勇得了信，立刻精神百倍。他笑着朝宋墨拱手作揖，道："您说得对，有些事只能自己靠自己，谁也帮不上。"

宋墨笑了笑。

郝大勇起身告辞："放了榜，几家欢喜几家愁，金榜题名的固然喝得酩酊大醉，那落榜的，就更喝得糊里糊涂的，甚至有人趁着酒意跳湖的，我们得回衙门里看着点，酒席我就不坐了，改天再单独为窦进士庆贺。"

一个进士老爷，在其他地方自然是万人传颂，稀罕得不得了。可在京都，三年一放榜，密密麻麻一堆名字，不与自己相干，谁记得哪几个士子中了进士？像郝大勇这样自认为一辈子都不会和那些翰林院的酸儒打交道的，就更不记得了，只得顺着窦世枢的名头称了窦启俊做"窦进士"。

宋墨失笑，亲自送郝大勇出了侧门。

郝大勇十分兴奋。

他贴身的随从困惑道："我瞧着世子爷刚才什么也没有说，收拾济宁侯，合适吗？"

"你这笨蛋，如果世子要保济宁侯，我刚才说出那番话，世子爷只要应我一句'济宁侯刚到五城兵马司不久，还不懂这些，只有请你多多指点他就是了'，我不仅不能踩济宁侯，还得制造个机会让他升迁。"他颇有些得意洋洋地道，"这件事办好了，世子爷不谢我都不行！"

一时间，他竟然有些急着回衙门。

宋墨不动声色地回了书房。

窦世英、窦世横正和余厉等人说得高兴，见宋墨进来，年轻些的笑着和他打招呼，像余厉这样的老资格则矜持地坐在那里等着宋墨去打招呼。

大家毕竟不同圈子。

宋墨随窦世英的辈分大方地和这些人应酬，余厉几个老儒看了不由微微颔首。

就有人问窦世英："怎么没有看见你们家二姑爷？"

窦家世代耕读，像窦世英这样把两个女儿都嫁入了勋贵之家的，到目前为止还是独一家，大家对他的家事因此比较了解。

窦世英闻言脸色就有些黑。

早就让人给济宁侯府送过信了，魏廷瑜到现在也没来。

宋墨给窦世英解围，笑道："刚才还在这里的，被太夫人叫进去问话了，只怕一时半会回不来。"

众人就哄笑起来，拿了窦启俊开玩笑："你是怎么脱的身？也给你五姑夫支支招！"

"我有什么办法？"窦启俊笑着，若有所思地瞥了宋墨一眼，"我还是我七叔祖和四姑夫捞出来的，这要是再进去，恐怕连我七叔祖和四姑夫都出不来了。"

大家又是一阵笑。

窦启俊从此对宋墨多了几分亲近，等到贺宴结束，主动上门拿了钥匙，搬去了玉桥胡同的宅子。

窦昭月份重起来，肚大如箩，宋墨颇为担心，倒是太子妃介绍来的稳婆看着满脸堆笑，道着："没事！夫人的屁股大，是个好生养的。"窦昭记得自己前世的第一胎就生得很顺利，对稳婆的话颇为赞同，安慰宋墨："你去忙你的，有什么事，我让武夷去叫你。"

这阵子英国公府的应酬特别多。

宁德长公主的寿辰之后，接着就是三公主、万皇后、太后娘娘的寿辰，待到六月十六，又是万寿节，到了下半年，还有辽王和太子的寿辰，这还没有算上各位皇子公主、王公大臣……窦昭觉得不在黄历上注上一笔，回事处若是忘了提醒内院，准得出错。

今天宋墨正和顾玉、严朝卿几个商量着进献给太后娘娘的贺寿礼，稳婆过来了，宋墨丢下顾玉等人也跟着进来了，送什么寿礼给太后娘娘，还没有定下来。

"不要紧。"宋墨有些胆战心惊地望着窦昭的肚子,柔声道,"我不在,正好让他们各抒己见好了。"说着,回头望向稳婆,"万一夫人生不下来怎么办?"

稳婆不由瞪大了眼睛。

万一生不下来,那就只有闯鬼门关了!

可这话那稳婆怎么敢说?

她嗫了嗫,道:"生产的时候还会有太医院的御医在场,我也略懂些金针之术,不会有事的。"

宋墨就问太医院的哪位御医擅长看妇科,哪位御医擅长看儿科,初生的孩子吃什么补药好……林林总总,问了一大堆。

稳婆笑吟吟地耐心帮他解释,心里却不由暗暗嘀咕。

这不是女人应该关心的事吗?怎么到了英国公府世子爷这里,全颠倒了?

外面的人都传言英国公世子爷杀人不眨眼,要不是太子妃发了话,她无论如何也不敢来的。就这样,一路上她的腿还一直打着颤儿。没想到英国公世子爷根本不是传说中青面獠牙的凶恶彪汉,而是长得面如冠玉,目如点漆,丰神俊朗,仪度雍容。她活了三十几年,高门大户也进得不少,却从来没有看见过比英国公世子爷更漂亮的男子了。最最重要的是,世子爷待世子夫人的体贴和关心,一看就发自内心。

世子夫人真是好福气啊!她不禁在心里长长地叹了口气。

可见这谣言真是能杀死人!

窦昭却娇嗔着拉了拉宋墨衣袖,小声道:"新生的婴儿吃什么补品?舅母去湖广之前,事无巨细都曾叮嘱过我了,六伯母又把王嬷嬷派过来服侍我。我们都不懂这些,听长辈们的就是了,别想当然地乱来,辜负了长辈们的一片好意。"

言下之意让他别添乱了。

宋墨讪讪地笑,嘱咐了她几句"要是累就躺着别动",去了外院。

窦昭望着他的背影,微笑着摇头。

真是关心则乱,没想到宋墨也有这一天。

真是有趣。

可她心里也甜甜的,像含了块糖似的。

她吩咐甘露给稳婆打赏。

三月底,在窦昭打听过这个人的底细之后,由宋墨做主,把素娟许配给了外院回事处一个叫徐良的管事,甘露的婚事却还没有着落。

甘露笑着拿了个沉沉的钱袋子给稳婆。

稳婆又惊又喜。早就听说英国公世子夫人陪嫁丰厚,没想到出手也这样大方,她说了几句吉利话,笑着和甘露退出了内室。

窦昭就由若朱扶着下了炕,在正房的院子里溜达。

这是她上一世的经验,生产前越是动得多,越容易生。

送了稳婆回来的甘露就端了个小茶几指挥着几个小丫鬟摆着瓜果、糕点。

宋大太太带着儿媳妇谭氏过来了。

窦昭想到她曾经要介绍稳婆给自己,以为她是关心自己生产而来,见风和日丽的,吩咐小丫鬟端了锦杌放在葡萄架下,请宋大太太和谭氏喝茶,吃果子。

宋大太太笑着问了她几句关于生产的事,话题突然间就转到了姜仪的身上去了:"……听说那小伙子长得十分精神……你这怀孕,生产,静养,怎么也得个小半年,有些事,你自己心里要做个打算才是。"

窦昭茫然了片刻才明白宋大太太在说什么。

她不禁失笑，道："让大伯母费心了，我想这些事世子爷自有安排，我一个妇道人家，不应该操这些心。"

宋大太太闹了个大红脸，和她支支吾吾了半天，才隐晦地道明了来意。

原来谭氏的父亲也在五城兵马司里任职，如今已升为北城兵马司的指挥使，宋墨到任后，他曾多次拜访宋墨，宋墨待他也很热情。可到了升擢的时候，却变成了郝大勇！

而郝大勇掌管了五城兵马司之后，对宋墨越来越不尊敬，竟然以怨报德，打起了济宁侯的主意，处处给济宁侯穿小鞋不说，前些日子还公然查起济宁侯的事来，把济宁侯和一个姓王的一起在东大街开绸缎铺的事闹得沸沸扬扬，尽人皆知。

大太太道："虽说朝廷命官不允许行商贾之事，可这满朝文武，谁家不做点买卖？单靠那份微薄的俸禄，还不都得饿死啊！得饶人处且饶人，郝大勇这么做，五城兵马司的上上下下都颇有怨言，我那亲家翁怕世子爷受了牵连，特意让我来跟夫人说一声，让世子爷别被那姓郝的蒙骗了！"

窦昭笑而不语，瞥了谭氏一眼。

别人不知道，谭氏心里却明白，她父亲这是眼红郝大勇和姜仪得了宋墨的器重，想在宋墨面前给两人上眼药呢！

谭氏的脸涨得通红。

窦昭这才慢条斯理地喝了口茶，徐徐道："既是如此，我让人领了大太太去前面书房吧——世子爷正在书房里和顾公子说话。"说着，高声喊了若彤，一副摆明了不管的样子。

宋大太太吓了一大跳，失声道："夫人，济宁侯可是你的妹夫！"

窦昭冷笑，半是告诫半是警示地道："济宁侯虽是我的妹夫，可世子爷却是我的丈夫！"

宋大太太骤然变色，带着谭氏仓皇告辞。

甘露知道窦昭在外人面前素来维护宋墨，见宋大太太婆媳走了，这才低声道："这件事，您真的不问问世子爷吗？"

窦昭道："世子爷做事，自然有他的道理。如果每个人到我面前来胡诌一通我都要和世子爷对质一番，这日子还过不过了？"

甘露赧然。

窦昭很快把这件事抛到了脑后。

因为陈曲水回来了。

他不仅回来了，还带了个六旬老者同行。

老者姓宋，名延，字世泽，他就是原名叫美贻的拂叶的祖父。

宋世泽虽然年过六旬，身材不高，腰身却挺得笔直，花白的头发梳得整整齐齐，粗布袍子洗得干干净净，一双眼睛精光四射，显得非常硬朗。

他跪在窦昭的面前，老泪纵横："老奴自家祖一辈就被赐姓宋，到了老奴这一辈，更是得国公府的恩典，在老国爷的书房里服侍，及长，又放老奴出去做了大掌柜。孙太夫人去世之后，蒋夫人掌家，老国公爷又重病缠身，老奴主动提出来去天津卫的庄子里和儿子媳妇一起过活。老国公爷去世，老奴曾帮着送三……老奴万万没有想到，国公府会变成如今的模样！熟识的人都不见了不说，连个缘由也打听不出来。原想请世子爷拿个主意，可世子爷身边护卫如林，等闲人根本不能近身，老奴又是在世子爷出生的时候就出了府，就算是自报家门，世子爷也未必认得老奴。老奴火急火燎的，直到听说夫人吩咐大兴田庄的庄头送几个丫鬟到颐志堂服侍，这才觉得有了盼头，把唯一的孙女送了进来……夫人，我们盼这一天，可盼了三年了！"

他咚咚地给窦昭磕着头。

窦昭不由扬眉。

能给家主送三，可见是贴心体己、极有体面的管事。他离开英国公府去天津卫的田庄荣养，应该是新旧交替，为蒋夫人的人挪地方。而蒋夫人之后重用蒋家的人，他们这些人的后代也因此失去了继续进府当差的机会，只能流落在了各个田庄，成了普通的农户。

她示意陈曲水把人扶起来，让人给宋世泽端了张了小杌子坐下，徐徐地道："按理说，英国公府如今当家的是国公爷，你却说你想找世子爷拿个主意，可见你心里明白，你熟识的人是为什么不见了的；至于说缘由也打听不出来，那就更是无稽之谈。你既来见我，可见心里早就有了盘算，我们不妨打开天窗说亮话，反落得个坦诚相待。像你这样虚虚实实地试探我，我可没这时间，也没这兴趣。要知道，我这里除了你孙女，有个小丫鬟的祖母曾经服侍过两任国公夫人的，还有一个小丫鬟的祖母曾经在老国公夫人屋里当过差的。我虽不知道名字，但宋总管是府里的老人了，应该很清楚才是。我既然能找了你来，也能把她们找来。不过是多费些时间罢了！"

宋世泽表情一僵，随后露出窘然之色。

世子夫人能找到他，固然是因为他有心留下了线索，可也看得出其人的精明能干。第一次见面，怎么能既想保全国公爷的面子又想着给世子夫人留下好印象？他自从知道英国公府要在田庄的世仆里选丫鬟的时候就琢磨到今天，谁知道却是这样一个结果……而事情已到了生死攸关的时候，容不得他再审时度势，犹豫不决了，就算是说错了，也不外乎如此。

他咬了咬牙，扑通一声又重新跪在了窦昭的面前。

第一百三十章　旧事·旧闻·女色

"求夫人给我们这些人一条出路。"宋世泽咚咚咚地给窦昭连磕了三个头，对从前的事也不再讳莫如深，"蒋夫人当家的时候，喜欢用定国公府的人；国公爷当家，我等更是如同他老人家的眼中钉、肉中刺；世子爷如今又走了蒋夫人的老路，我等枉有拳拳之心，却报效无门，求夫人成全我等的一片忠心，重新将我等的后人归于门下效力。"

他的反应，在窦昭的预料之中。

如果不是有这样的心思，他们又何必在自己放出话去要重用宋家世仆的时候留下那么明显的线索，让陈曲水找了去？

不过，有些话却先得说清楚。

她笑道："宋掌柜是明白人，那你可知道世子爷为何走了蒋夫人的老路？"

宋世泽犹豫片刻，低声道："世子爷和国公爷罅隙时，我等这些留在府里的老人袖手旁观，眼睁睁看着世子爷受难却不出手相助，世子爷心中有气，不想再用我等之人……"他说着，猛地抬起头来，高声道，"夫人，世子爷可曾留意过，侍卫处的胡护卫、回事处的李管事、账房的陈管事和王管事等人，在蒋夫人的丧礼之前就已不知道了去向？"

窦昭心中微愕。

她还真没有留意过。

那个时候她一心只想着怎样让宋墨从宋宜春手中逃脱，光明正大地回到英国公府去，哪里会留意英国公府这些管事的变故？而且在那种情况之下，就算她想留意，也顾不上，更缺乏人手。

她沉吟道："这几个人是老国公爷留给蒋夫人的还是留给世子的？"

宋世泽闻言顿时对窦昭更加敬畏起来。

世子夫人虽然出身于官宦世家，却对勋贵之家的规矩做派十分熟悉了解，而她和世子爷的婚事是临时起意定下来的，她嫁到英国公府没多久，直到年前才开始主持英国公府的中馈，却能一语着眼关键，可见是个极不寻常的女子。

他再看窦昭时，目光就显得有些凝重："这几个人是老国公爷留给世子的。"

这个答案，让窦昭心中一震。

老国公爷已去世多年，那时候宋墨还只是个牙牙学语的孩童，英国公府的中馈和庶务都已交给蒋夫人打理，而老国公爷还特意留下了几个人给宋墨使唤，可见老国公爷对蒋夫人还是有所保留的。

石火电光中，一个念头闪进了窦昭的脑海。

她不禁失声道："这些人蒋夫人并不知道，而是在老国公爷临终的时候交到了国公爷手里的……可是如此？"

宋世泽再也无法掩饰对窦昭的钦服，深深地望着窦昭，徐徐地点了点头。

窦昭就倒吸了一口冷气。

所以宋墨出事的时候，英国公府才会没有一个人出手相助。

培养一个忠心耿耿的下属，是多么不容易，宋宜春就这样像收拾白菜萝卜似的把胡护卫、李管事等人给收拾了。

她想想都觉得可惜，心痛。

是不是因为这样，所以前世宋墨才会独身一人狼狈地逃出京都的？宋宜春，得有多恨宋墨，才做得出这样的事来啊！

窦昭神色渐肃，道："当年是出了什么事才让老国公爷不得不把英国公府交给蒋夫人打理的？"

宋世泽神色晦涩难明，半晌，他才看了陈曲水一眼，示意事关重大，请窦昭让陈曲水回避。

"陈先生负责打理我所有的事务，"窦昭却淡淡地道，"没有什么事他不能知道的，你有什么话只管说就是了。"

陈曲水听着，微微欠身，朝着窦昭感激地揖了揖。

宋世泽错愕。

他原以为陈曲水是世子爷宋砚堂的人，不过是拨给了窦昭差遣的，没想他竟然是世子夫人窦氏的人！

宋世泽想到这一路上陈曲水所表现出来的能力、手段……能把这样一个人收于麾下，窦夫人，又是个怎样的女子呢？

他的神色比起刚才，恭敬中又多了几分郑重。

宋世泽说起了旧事："……陆老夫人自第一胎小产之后，就坐不住胎，等到怀上国公爷的时候，已年近四旬，在床上足足躺了七个月，才有惊无险地生下了国公爷。老国公爷和陆老夫人都非常高兴，对其爱若珍宝。待到启蒙的年纪，国公爷又是个读书的种子，老国公爷不知道有多宽慰。也许正因为如此，国公爷的性子有些散漫，对待人接物之事都不怎么上心。

"当时的广恩伯世子爷——现在的广恩伯和国公爷从小一起长大，两人的关系非常好。

"广恩伯府和英国公府不同，自从怀淑公主的驸马董麟被贬为庶民之后，董家每代人都为世子之位争得头破血流，广恩伯府也因此渐渐落魄下去。

"定国公被授职为福建总兵之后，广恩伯就起了心思，想和福建那边的大户人家联手做海上生意。国公爷向来对这些事情不感兴趣，广恩伯找来的时候，国公爷就给定国公写了封信，请定国公对广恩伯的事多多照应。

"本来福建的那些大户人家做海上生意是尽人皆知、心照不宣的事。多广恩伯一个不多，少广恩伯一个不少。定国公收了信函，只说让广恩伯自己小心行事，别站在风口浪尖上，让他不好做人就是了。

"广恩伯为此还曾写了封信来感谢国公爷。

"可正是应了那句老话，人心不足蛇吞象。过了两三年，有人举报福建有大户和倭寇做生意，还为上岸的倭寇提供庇护。

"定国公当时已升至福建巡抚，正在整顿福建的吏治，怎能容得下这种事？自然是当成大案要案重点地查。

"谁知道查来查去，却查出了广恩伯。

"定国公想到广恩伯和国公爷的关系，心中甚是不安，连夜派了心腹的幕僚来见老国公爷，并带话给老国公爷，这件事他最多能拖一个月，一个月之后，不管查出什么事来，都只能上报朝廷，请圣意裁决。

"老国公爷震怒，亲自带人抄了国公爷书房的内室，不仅查出了广恩伯写给国公爷的信，还查出了广恩伯夹在信中的巨额银票。

"老国公爷气得当场就给了国公爷一耳光。国公爷却跪在老国公爷面前赌咒发誓，说自己绝对没有染指福建那边的生意，广恩伯送给他的银票，他也不知情。

"蒋夫人也为国公爷求情。说国公爷不是那样的人。还说，等闲人得了这么多的银票，怎么也要找个地方藏起来，怎么会这样大大咧咧地夹在书信里？可见这全是广恩伯的主意。

"老国公爷连声骂国公爷孽障，找了幕僚和大总管为国公爷善后。

"蒋夫人扶着国公爷回了屋。

"谁知道走到半路，国公爷突然挣脱了蒋夫人的手跑到外院，带着几个护卫去找广恩伯对质。

"广恩伯自然不会承认。不仅如此，国公爷的质问算是给广恩伯报了个信，让广恩伯把自己的首尾给收拾干净了。等到定国公那边正式上报朝廷的时候，受牵连的只有福建那边的几家大户，京都这边，却是清清白白的没有一点关系。

"从此广恩伯和国公爷就再也没有了往来。

"老国公爷则开始手把手地教国公爷庶务。只是国公爷当时一心只想读圣贤书，对这些琐事实在是提不起兴趣来，进展缓慢，反倒是蒋夫人，帮着国公爷出主意，崭露头角，让老国公爷感叹不已。

"本来这种事也稀松平常。谁年轻的时候不贪玩？等年纪渐长，也就好了。

"可老国公爷却因年事已高，精力不济，染了风寒之后就卧病不起。老国公爷眼看着时日不多，国公爷却还是一副吊儿郎当的样子，老国公爷没有办法，这才把家业托付给蒋夫人的。"

他说着，声音渐渐低了下去。

"老国公爷见定国公府如日中天，怕蒋夫人一心只向着娘家，国公爷又是个耳根子软的，担心到时候英国公府会沦为定国公府的附庸，这才留了一手，指望着世子爷长大以后能支应门庭，和定国公府分庭抗礼。"

宋世泽说到这里，声音开始哽咽。

"那几个人，都是老国公爷看了又看，试了又试，是当时府里最拔尖的人物，这么好的托孤之人，就这样没了……"

也就是说，老国公爷从来不曾看好宋宜春，早早就打算好了跳过宋宜春把家业交给宋墨？

窦昭道："国公爷应该不止做了一件这样的事吧？"

毕竟是自己的儿子，老国公爷不可能如此轻易就死心。

宋世泽的哭声噎在了喉咙里，窦昭静静地喝着茶，耐心地等他开口。

宋世泽长叹了口气，显得颇为无奈，轻声道："国公爷被惯坏了，蒋夫人又是个十分有手腕的女子，国公爷根本不是蒋夫人的对手，老国公爷这样，也是没有办法的办法……"

算是间接地承认了窦昭的猜想。

她不禁奇道："老国公爷难道就不担心世子爷会受蒋夫人的影响，更亲近蒋家的人吗？"

"怎么没有想到？"宋世泽苦笑道，"可国公爷没有能力挑起英国公府的重任，总不能让国公爷把世子爷也给教得不懂稼穑吧？只要世子爷被教导成了个能支撑起家业的男子，英国公府就不可能事事以定国公府为尊，与其留下什么话柄让定国公忌讳，还不如就这样让世子爷接受定国公的教导。不管怎么说，世子爷也是蒋夫人十月怀胎，辛辛苦苦生下来的，女人可能会因为男人不争气而向着娘家，却更可能会为了儿子的前程宁可和娘家翻脸。自古以来，这个道理就是颠扑不破的！"

所以老国公爷算准了儿子还是自己的儿子，孙子还是自己的孙子，不管定国公待宋墨怎样好，最终宋墨还是会一心一意维护英国公府。

窦昭不由在心里冷笑。

前世，宋墨就亲手斩断了英国公府的传承！如果老国公爷地下有知，不知道会不会后悔当日的决定？

宋世泽见窦昭脸上闪过的冷意，想到窦昭同样是做人媳妇的，心中一凛，不由自主地为老国公爷辩护："老国公爷这么做，实际上是有原因的……"他犹豫道，"国公爷年轻的时候，曾经养过一个外室……"

外室？

窦昭大吃一惊，差点跳了起来。

在宋墨的描述中，她觉得宋宜春和蒋夫人虽然算不上琴瑟和鸣，却也相敬如宾，怎么突然冒出个外室来？

而且自从宋宜春和宋墨反目之后，宋宜春的事全都被宋墨扒拉出来，宋宜春如果曾经养过外室，宋墨不可能一无所知。蒋夫人的死，最有可能是和宋宜春感情有了纠葛，可宋墨在分析蒋夫人的死因时却从来没有朝这方面想，可见宋墨也不曾听说过这件事。

事情如此隐秘，定然不简单。

她脸色一凝。

宋世泽忙道："那都是从前的事了，自从老国公爷亲手杀了那女子之后，国公爷就没有再犯。定国公家的人性情刚烈，老国公爷防着蒋夫人，也是怕蒋夫人掌权之后坐大，和国公爷秋后算账，坏了英国公府的前程，并没有其他的意思……"

窦昭哪里还听得下他的解释，沉声打断了他的话："你仔细跟我说说这到底是怎么一回事！怎么家里却从来无人谈起？知道这件事的，还有哪些人？"

宋世泽踌躇道："这件事除了老国公爷、陆老夫人、国公爷、蒋夫人、我和两个已经去世的老管事，就是当年的蒋家也不十分清楚。

"这件事要说，还得从国公爷和蒋夫人的婚事说起。

"当初老国公爷瞧中了蒋夫人，主要是因为蒋家的女人善生养，其次是因为蒋夫人小小年纪，已帮着梅夫人主持中馈，处理起定国公府的事来井井有条，游刃有余，在京都的勋贵圈里称得上是数一数二的贤淑。可国公爷却不怎么满意，他一心想娶个读书人家的女子为妻，觉得蒋夫人出身将门之家，肯定没有读过多少书。还是陆老夫人想办法让国公爷见了蒋夫人一面，国公爷这才欣然同意了婚事。

"国公爷和蒋夫人成亲之后，一开始两人的感情还很好，但蒋夫人常常把兄长怎样怎样挂在嘴边，国公爷看夫人就越来越不顺眼，有一次甚至发生了口角，国公爷将一盏热茶朝蒋夫人泼过去，气得蒋夫人脸色发白，小半年都没有理睬国公爷，要不是陆老夫人从中劝和，两人恐怕还会接着闹腾下去。

"就是在这期间，国公爷去万明寺散心，遇到了一位小娘子，父亲早逝，和寡母哥哥过活，不知怎么，国公爷就和这女子走到一块去了，还在万明寺后置下了个小小的宅院，不时和这小娘子幽会。

"这件事被国公爷身边的小厮悄悄地报给了老国公爷知晓。

"本来蒋家素来有广纳姬妾的习惯，老国公爷并不担心蒋家。只是觉得这小娘子未出阁就跟国公爷勾勾搭搭的，只怕品行有些不端，就派了已经去世的陈管事去打听。

"陈管事打听出那小娘子早年曾定下一门亲事，因传出与自己表哥有些首尾，被退了亲。国公爷哪能让这种女子进门，便让陈管事去了结此事。

"谁知道陈管事回来说，那女子怀了身孕，已经有三个月了，是国公爷的骨肉。

"老国公爷一听就傻了眼。英国公府子嗣单薄，老国公爷不免有些舍不得。

"正在此时，又传出蒋夫人诊出了喜脉。

"老国公爷患得患失，既担心外面的那位生下庶长子，蒋夫人生下嫡长子，两个孩子隔得太近，对国公府不利；又怕外面那个生下的是庶长女，蒋夫人诞下嫡长子，白白惹得蒋夫人心里硌硬；最担心的还是外面那位生下庶长子，家里生下的却是嫡长女，给英国公府留下后患。

"这件事被陆老夫人知道了。

"还是陆老夫人的主意正，说不管外面那位生下的是哥儿还是姐儿，都是庶孽，都留不得。孙子以后有的是，就算将来蒋夫人没有儿子，也可以正经地纳了良家女进门，为英国公府开枝散叶。

"老国公爷听了，派李总管带着陆老夫人身边的一个嬷嬷去给那小娘子灌药。

"那小娘子却是个心里有城府的，陈管事走后，她就躲了起来。

"老国公爷大怒，更加觉得这小娘子心术不正，把老奴从保定叫回来，和李总管一起把人找了出来。

"老奴刚领了命，国公爷就跑过来向老国公爷求情，还说，是他把那小娘子藏起来的，老国公爷要责罚他，就责罚他。还说，他不过是一时糊涂，看在那小娘子有了他的骨血的分上，这才继续养着她的，并不是要把她纳进门。并向老国公爷保证，只等那小娘子生下了孩子，他就会和那小娘子断得一干二净，再无瓜葛。不管那孩子是男是女，都会抱给个好人家收养，以后男婚女嫁，与宋家绝对没有关系。自己的女人可以不认，自己的孩子却绝对没有不认的道理。

"老国公爷怎会答应？

"国公爷就去求蒋夫人。

"蒋夫人是个明理的，说若是国公爷喜欢，把这女子纳进门也无妨，可这孩子却留不得，两个孩子的岁数太近了。如果那小娘子同意，只要她打了孩子，蒋夫人就立刻做主，让她进宋家的门。

"老国公爷的脸色有些不好。

"陆老夫人却觉得这样极好。"

说到这里，宋世泽不由长长地叹了口气，表情显得有些黯然。

"国公爷听了，高兴得直打转，拉着蒋夫人的手谢了又谢，揽着陆老夫人的肩膀亲亲热热地喊着'娘亲'，兴高采烈地出了门。

"老国公爷随后就知道那小娘子原来就躲在万明寺。而且小娘子愿意打下孩子，只求能进宋家的门。

"老国公爷当场就踹了国公爷一脚，红着眼睛瞪着国公爷道：这样的女子，你还要纳进门？你是不是嫌日子过得太清闲，想找点事做？

"国公爷傻傻地捂着被老国公爷踹过的地方，不解地问老国公爷：'不是你们说的吗？只要她愿意打了孩子，就让她进门。怎么她愿意打了孩子，你们又反悔了？'

"说着，国公爷像想到什么似的，拔腿就往外跑。一面跑，还一面嚷着：'我就知道，你们是骗我的！把窕娘的藏身之处骗出来之后，就要对付我们，你们根本就没准备让她进门……'

"老国公爷气得半死，让身边的小厮按住了国公爷，把国公爷交给了我看管，带着李管事，亲自去了万明寺。

"没多久，老国公爷就回来了，满脸疲惫地说事情已经处理好了。

"一直在屋里像困兽般狂躁的国公爷突然推开了老国公爷就跑了出去。

"我很担心，在得到老国公爷的默许之后，跟了过去。

"炕上的被褥上全是血，那小娘子脸上没有一丝血色地瘫在炕上，脸上还带着惊恐的表情。

"国公爷抱着那小娘子号啕大哭。

"我上前试了试鼻息，好像已经没有气了，就退了出去。

"没多久，那小娘子身边的一个丫鬟领着那小娘子的兄长来了。

"他呆呆地推开了门，进了屋，不一会儿，就传来悲恸的哭声。

"再后来，小娘子的兄长和国公爷打了起来。

"我看着国公爷毫不抵抗地挨打，就把国公爷给拉了出来，陪着国公爷在万明寺旁边的一个小酒馆里喝了两盅酒，看他迷迷糊糊地醉了过去，这才把他带回府。

"老国公爷又派了我去处理后事。

"那小娘子的兄长倒是个硬朗的人，把老国公爷赏的银子全都给丢了出来，他那寡母却是个有意思的，等小娘子的兄长一转身，她就出来把老国公爷赏的银子全都捡了起来，还和我讨价还价，多要了二千两银票。

"事后我回了保定，李管事被派在了国公爷身边当差。

"我听李管事说，国公爷从此以后就再也没有乱来过。

"又因为是老国公爷看不上那小娘子的人品，不让那小娘子进府的，蒋夫人从此更加理直气壮，反倒是国公爷，好像对这件事有些心虚，在蒋夫人面前做小伏低，特别是生下世子爷之后，国公爷被广恩伯拖累的时候，蒋夫人当时正怀着二爷，挺着大肚子给国公爷求情，国公爷对蒋夫人就更是百依百顺了。

"老国公爷看着直摇头。

"可劝了几次都没用，没有办法，这才只好把英国公府托给了蒋夫人，又留了几个人给世子爷。"

窦昭听得目瞪口呆。

没想到宋宜春年轻的时候还曾做过这种事？可这又与宋宜春和宋墨之间的罅隙有什么关系呢？宋宜春总不会为了一桩陈年旧事就把和自己同床共枕十几年的发妻和传承家业的嫡长子都杀了吧？

他有这样深情吗？

这也太不合常理了！

就算如此，前世的宋墨也不可能因为宋宜春害死了蒋夫人就弑父杀弟，断了英国公府的传承吧？

窦昭想到了樨香院里的那几个丫鬟。

难道说宋宜春本质就是个好色淫徒？因为蒋夫人的原因，一直苦苦地压抑，时间长了，心理发生了变化？

也不对啊！

正如老国公爷判断的那样，蒋家素来有广纳姬妾的习惯，蒋夫人对这种事应该不会太在意才是，宋宜春想纳个把美人为妾，蒋夫人不会阻拦才是，宋宜春有什么要装模作样的？

或者是蒋夫人与众不同，因为看多了妻妾之争，所以特别反感别人纳妾？

窦昭有些头痛。

不知道这件事还好，知道了，反而在往事中陷得更深了，变得更迷茫了。

窦昭把宋世泽安顿在了陈曲水的小院，并对宋世泽道："若是有谁问起，就说是陈先生的朋友，来探望陈先生的。"

宋世泽迟疑道："如果有人认出我来呢？"

"那也没什么关系。"窦昭笑道，"你是府里的老人了，又做过英国公府的大掌柜，走南闯北，见识不凡，你看着对方的来意随机应变就行了。我相信凭宋掌柜的能力应该能应付得来。"

宋世泽不由在心里嘀咕，敢情自己急巴巴地跑到英国公府来，还有个功能是做诱饵啊！

可事已至此，他已在英国公和世子爷之间做了选择，容不得他再三心二意，如今只有一心一意地跟着颐志堂走下去了，如果能因此解了世子爷的心结，纵然要当个诱饵，他也认了。

拿定了主意，宋世泽也就没有了怨气。

他恭敬地给窦昭行礼，随陈曲水退了下去。

窦昭立刻出门去找宋墨。

金吾卫的衙门设在五军都督府里，但在内宫有个值房。宋墨今天当值，在值房坐营。她就在五军都督府旁的一个小茶馆里等。

或许是因为周围都是六部衙门，这个小茶馆门脸不大，进去却曲径通幽，别有洞天。要不是廖碧峰跟着，她根本不可能找到这样一个地界。

督促茶馆里的茶博士给窦昭上了茶点之后，廖碧峰就带着武夷几个退到了外面的廊庑下。

窦昭坐在幽静的雅间里，这才感觉到自己来得有些冒失。

宋墨和宋宜春反目之前，宋墨从来没有怀疑过自己的父亲，自然对宋宜春的了解只停留在表面；可父子对立之后，宋墨没有少挖宋宜春的底，宋宜春也没有少探查宋墨，如果宋宜春在那位窕娘之后还有首尾，不可能没有留下任何痕迹，可见宋宜春真如宋世泽所说，从此以后没有再犯。

十几年前的事，而且是宋墨出生之前的事了，自己这样急巴巴地抓着不放干什么？

窦昭失笑。

可也不能否定，她很好奇那位窕娘究竟是个怎样的女子，竟然能勾得宋宜春做出这样伤风败俗之事来。

她吩咐若朱给自己续了杯茶。

宋墨匆匆地赶了过来。

"出了什么事？"宋世泽悄悄进府，他是知道的，窦昭这样突然找来，他很是担心，甚至连他是和董其一起当值也顾不上了，托董其帮忙看着点，自己急急地出了宫，"有什么事你让人带信给我就是，怎么自己跑来了？你现在这个样子，可经不起车马的颠簸。"

窦昭笑着摸了摸肚子，道："你别担心，我是坐轿子来的。"又见他额头上冒着细细的汗，知道他赶得急，吩咐若彤打了水进来给宋墨梳洗，扭头道，"我和宋世泽见了面，他说了些陈年往事，我听说后十分感慨，就来找你了。"

她坐到了宋墨的身边，把她和宋世泽之间的对话一五一十地全告诉了宋墨。

宋墨的眼睛越瞪越大，窦昭讲完之后，他半晌才道："你说的可是真的？"神色有些呆愣。

任谁听到自己的父亲当年曾经做过这样的事心情都不可能很好。

窦昭轻轻地叹了口气，点了点头："本来事情已经过去那么多年了，那小娘子也去世了，与我们没有了关系，只是觉得当时婆婆正怀着你，却发生了这样的事，婆婆的心情肯定很复杂，所以还是想告诉你，至少让你知道婆婆曾经的难处……"

也许在她的潜意识里，宋墨对宋宜春的感情越淡薄，日后父子交锋之时，宋墨就会越安全，所以她才会选择把这些告诉他吧？

宋墨听了，情绪果然有些低落，道："也就是说，父亲把祖父留给我的人全都清除了？"

他跳过了外室的事，说起了那几个管事。

"嗯！"话传到即可，再多说，不亚于在宋墨的伤口上撒盐，窦昭道，"听宋世泽话里的意思，正是因为如此，国公爷欲对你不利的时候，才没有人给你通风报信。"

宋墨沉默了一会儿，道："这件事，我会查清楚的。"恢复了一贯的冷静从容。

窦昭既放心又心疼，岔开话题笑道："这茶馆是谁开的？心思倒巧。把店堂全布置成一个个小小院落不说，除了供应茶点，还供应酒菜，我难得出来一趟，不如我们今天就在这里用晚膳吧？"

她进门的时候看见影壁上挂着写了菜名的木牌，知道这家茶馆还供应酒菜。

宋墨偶尔也借这里应酬朋友、和属下说事，知道这茶馆里茶水还可以，吃食却不敢恭维，但见窦昭兴致勃勃，也就凑着趣儿让廖碧峰去茶博士那里取了菜单来，点了几个这里做得比较好的菜肴。

等上菜的时候，窦昭就和宋墨说起她在真定和窦启俊几个去法源寺吃斋菜的事来。

宋墨听得津津有味。

窦昭却想起了邬善。

好久都没有听到他的消息了，也不知道他现在过得好不好？

可这念头一闪而过，她很快被宋墨那少有的爽朗笑容所吸引，把邬善抛在了脑后。

邬善站在石榴树前，看着那个气质高雅的男子笑意温柔地扶着那个熟悉的身影上了马车，呆滞了半晌。

窦启俊轻轻地摇了摇头。

邬善回过神来，他朝着窦政昌、窦德昌尴尬地笑了笑，道："我们快进去吧！免得又遇到什么熟人，又得打半天招呼。"

邬善听说窦启俊中了进士，特意请了窦启俊吃饭，选来选去，没想到竟然和窦昭选中了同一家茶馆，见到了他以为今生再也不会见到的人。

窦家叔侄也没有想到窦昭会出现在这里。

大家相视一笑，也就把这茬给揭了过去。

窦德昌就提起邬善的亲事来："你和你表妹都定亲三年了，什么时候请我们喝喜酒？"

邬善赧然，道："订在了今年九月。"

"如此甚好。"窦政昌道，"到时候我们一起去你家喝喜酒！"

邬善笑着应"好"。

前几年他读书有些不用心，去年乡试落了第，这次自己用心功课，又听母亲的话娶了表妹，母亲应该不会再反对自己和窦家的人来往了吧？

他笑着请窦家叔侄进了雅间，不知道为什么，心里却充满了莫名的悲伤。

倒是窦昭，回到颐志堂后有些睡不着，她找了若朱说话："你想办法查查樨香院的丫鬟们为什么互相倾轧得那么厉害。"

从前她以为是为了争风吃醋，有些硌硬，听都不想听，现在却很想知道缘由。

若朱恭声应"是"，窦昭这才安心歇下。

过了两天，若朱来给她回话。

"夫人，听说国公爷耳根子软，谁服侍得好，就抬举谁，可没两天，又会因为一点点小事就责罚那些身边服侍的。"她的表情显得有些怪异，"樨香院的丫鬟为了能在国公爷面前出头，就千方百计地讨好国公爷，诬告陷害，无所不用其极，偏偏国公爷一味地只听得进好话，听不进歹话，时间一长，你踩我一脚，我捅你一刀的，樨香院的丫鬟们也就个个变得像仇人似的了。据说当初白芷就是踩着钏儿上的位，没想到钏儿能拨到二爷院里去，结果钏儿临走前还给白芷下绊子，白芷差点儿被国公爷给撵到田庄里去，白芷这才不服气，要给钏儿一个教训的……"

窦昭听着心中一动，道，"白芷和钏儿都是国公爷身边近身服侍的，她俩可曾被国公爷收在房里？"

若朱的脸涨得通红，低声道："没有！樨香院里的人都知道，国公爷从来不沾染丫鬟的，白芷和钏儿最多也不过是人长得漂亮些，嘴甜些，讨国公爷喜欢些，可说到收房，自蒋夫人去世之后，也就收了一个叫杜若的在屋里。"她说着，压低了声音，"我听落雁的口气，那个叫杜若的丫鬟好像有些不简单，除了服侍国公爷，她平时哪里也不走，一个人待在厢房里做针线，一做就是一整天，头都不抬一下，也从不到国公爷面前去凑热闹，丫鬟们的冷言冷语也都不放在心上……"

窦昭让人带信给杜唯查杜若的来历。

原来杜若是犯官之后，被贬为奴籍。

她又让杜唯去查宋宜春从前的通房。

不是清白人家的女儿入府为奴的，就是父兄是府上有体面的管事……没有一个出身卑贱的，而他对这些丫鬟都很不错，在府里的时候温柔体贴不说，放出去的时候，都给了大笔的妆奁，走得心无怨怼。

真是有意思！

窦昭捧着茶盅望着窗外郁郁葱葱的藤萝轻轻地呷了一口。

据宋世泽说，那窕娘姓黎，祖上也曾出过翰林，到了她父亲那辈虽然败落，可家中一年也有三百两银子的出息，不仅能供得起一个哥哥读书，还能给她攒下一笔嫁妆。

看来，宋宜春很看重一个人的出身，并不是那种看到美色就昏头的人，他对服侍自己的女人还是有个基本要求的。

这样有好也有坏。

好处是这些女子通常都受过比较好的教养，坏处是这样的女子比较容易抬姨娘。

可这么多年来，宋宜春都没有妾室。

是他觉得这些女孩子都不足以给他当妾室呢，还是蒋夫人不同意呢？

窦昭想了想，直接去问宋墨。

"你在想些什么呢？"宋墨这些日子有些忙，没顾得上窦昭，不知道她这些日子都在干些什么，失笑地拧了拧窦昭的鼻子，道，"母亲生下天恩之后，身体不好，也曾提出给父亲纳个妾室，父亲挑来挑去，不是不满意人家的出身，就是人家不愿意做妾，这件事就这样耽搁下来了。"

第一百三十一章　起意·端午·大殿

窦昭笑道："婆婆出身将门，身体应该很好才是，怎么生了二爷之后会身体变得很差呢？"

宋墨的神色黯淡了下去，他低声道："我娘和我二舅的关系最好，含珠表姐是二舅的遗腹女，我娘怀天恩的时候，含珠表姐突然出水痘，高热不退，我娘急得不得了，曾专程进宫向太后娘娘求药，又连着几天和二舅母衣不解带地照顾含珠表姐，后来就动了胎气，在床上躺了大半个月才好。

"之后又遇到祖父去世，虽然宫中派了太监和女官出来帮着操办葬礼，但母亲也不能完全撒手不管，结果又动了一次胎气。

"等到生天恩的时候母亲大出血，差点就丢了性命。天恩也因此生下来就十分孱弱，落地三天还吸不动奶水，外祖母当时全副心思都放在母亲身上，也顾不上天恩，就把天恩交给父亲，父亲哪里会带孩子，只好把大伯母请来照顾了天恩两三个月。

"母亲也因为觉得亏欠天恩良多，对天恩特别纵容，只求他能身体健壮、平安清泰地长大，不敢奢求别的，"他说着，苦笑，"可惜矫枉过正，天恩就变成了如今这个样子！"

开国立朝百余年，功勋之家的大多数子弟都像宋翰这样。

如果没有前世的经历，窦昭倒觉得有宋翰这样的一个小叔子也不错，可她深信宋墨不会无缘无故地弑父杀弟，宋宜春和宋翰肯定有问题。

但她现在没有任何证据。

窦昭言不由衷地安慰着宋墨："十个指头还各有长短，你总不能要求二爷和你一样能干吧？他从小的底子就没有你好，能平平安安长到这么大，已经是老天眷顾了，你不能得陇望蜀。"

宋墨揽了她的肩膀笑，亲了亲她的面颊。

窦昭就转移了话题，道："你说，翰林院的事，交给伯彦如何？"

"伯彦？"宋墨非常意外，迟疑道，"这样好吗？"

"我觉得他比较合适。"窦昭道，"一来是他这些年游历了不少地方，为人沉稳持重不失正直侠义又机敏多变，由他这个新科进士出面和赵培杰、陈宋明打交道，不那么起眼，也不至于会引起赵、陈两人的警觉。"她说着，帮宋墨整了整衣襟，笑道，"二来我也有点私心——如果事情真如我们猜测的那样，以他的身份地位和口才，比较容易打动五伯父做出正确的选择，免得把窦家也给拖了下去。"

窦启俊不管怎么说都是自己人，宋墨自然更愿意用自己人。

他思忖道："那我找个机会和伯彦说说，探探他的口风再说。"

离辽王宫变只有三年了，时间越来越紧迫。

窦昭不由催宋墨："那你早点跟他说。"

宋墨心中一动，道："也不知道辽王到底有什么打算，这样遥遥无期地等下去，真是让人心焦。"

窦昭提醒他："他想成事，总得有个机会吧？皇上只要一日身体康健，他就一日没有借口进京。"

宋墨听着眼睛一亮。

第二天就邀了窦启俊在醉仙楼用晚膳，随后宋墨进宫当值，窦启俊脸色苍白地跑来见窦昭，却坐在她的花厅里欲言又止，满脸不安。

窦昭叹气，索性和他开门见山："这也不过是我们的猜测，却怕万一是事实，两边都是一大家子人，防患于未然，总是好一点。"

窦启俊点头，神色还有点恍惚。

窦昭让陈曲水送窦启俊回玉桥胡同。

马车走了一半，窦启俊才回过神来，抬头却看见晃动的灯光下陈曲水沉静如水的面容，他不由一愣，撩了车帘，马车外是段公义和陈晓风矫健的身姿。

他陡然间意识到，他的这个四姑姑，很是不平凡，好像很早以前，就为今天的一切做好了准备。

念头闪过，他不禁失笑。

那时候四姑姑才多大？辽王都还没有开府，事情怎会像自己想象的那样？自己今天真是被吓着了，有些胡思乱想起来。

他笑着向陈曲水道了谢，跳下了马车，洒脱地朝陈曲水挥了挥手，大步进了家门。

陈曲水望着他的背影微微地笑了起来，吩咐车夫打道回府。

窦昭却对蒋夫人和宋宜春从前的事越来越感兴趣。

过了佛诞日，窦启俊考中了庶吉士，宫中又赏下了五毒香囊和锭子药，窦昭趁着窦世英休沐，回了趟静安寺胡同，除了给父亲送端午节的节礼，还把宫中赏的锭子药给父亲带了两瓶。

闺女回来看他，窦世英自然是喜出望外，留了她在家里用了午膳，又在书房里检查了一下窦昭的字，赏了她两块上好的寿山石印料。

窦昭笑道："爹爹倒记得清楚，每次都送我同样的东西。"

窦世英得意洋洋地道："你从小就喜欢这个，我怎会不记得？"

窦昭望着窦世英鬓角的银丝，想了想，道："父亲和七太太难道就准备这样拖一辈子不成？您就没有想过再找个人在身边照顾您的饮食起居？"

被女儿问及自己的私事，窦世英显得有些狼狈。

他猛咳了几声，顾左右而言他道："砚堂去做什么了？怎么也不来接你？"

窦昭也不好往深里说，笑道："他被马友明拉到神机营去了，要到掌灯时分才回来，我跟他说会早点回去，让他别来接我。"

窦世英就想起窦明来，他在心里暗暗叹了口气，和窦昭说话的兴致锐减。

窦昭以为父亲是累了，陪着说了几句话，就起身告辞了。

窦世英没有多留她，道："既然砚堂不来接你，你早点回去也好。"把她的轿子送到了大门口。

因快到端午节了，静安寺里香客如织，英国公府的轿夫怕冲撞了窦昭，因而拐了个弯，从静安寺后面的石碑胡同走。谁知道石碑胡同有人家娶媳妇，爆竹声不绝于耳，轿夫只得绕过石碑胡同，从阜城街走宣武街穿玉桥街。

轿子晃晃悠悠地往前走。

窦昭无聊中撩了帘子朝外望，却一眼看见了万明寺高高的塔尖。

她心中一动，对轿旁的段公义道："我想去万明寺上炷香。"

"这可不行！"段公义笑呵呵地道，"今天到处都是上香的人，您现在可挤不得。您要是实在想去看看，等我晚上回去先和严先生商量好，派人跟万明寺的住持打过招呼了，再陪您过来上香。"又道，"不是我现在到了京都进了英国公府人就变得讲究了，而是您今时不同往日，受不得这累。"

窦昭微微地笑，道："要不，我们就在万明寺旁边找个清静的地方坐坐吧！我正好有事让你去打听。"

段公义就吩咐轿夫把轿子停在了路边，派了个人去打前站，寻了个离万明寺还有两条街的小茶馆，把窦昭安置在了小茶馆的雅间里。

窦昭道："有户姓黎的人家，一个寡母带着一儿一女住在这附近的二条胡同，十七年前搬走了，你去帮我打听打听，看有没有老邻居知道他们搬到什么地方去了，若是有人问起，你就说是远亲前来投靠，切莫引起别人的注意。"

黎家自前朝就在这里居住，就算是搬走了，那些老邻居也不可能断得那么干净。当初风声紧，他们可能不好联系老邻居，可如今事情已经过去十几年了，说不定有些老邻居知道他们的去向也不一定。

段公义满腹狐疑，但什么也没有问，应声而去。

窦昭就坐在茶馆二楼雅间里的竹帘后面打量着外面街上的人群。

难怪当年宋宜春会把金屋设在这万明寺附近，这里有条专卖胭脂花粉的夹街，人来人往，而且以女人居多，加上万明寺常有女香客来拜佛，离黎家也近，不管是宋宜春还是黎窕娘在这里进出都不太会惹人注意。

她坐下来喝了两盅茶，段公义折了回来。

他的表情有些讪然，道："邻居说自从黎家的女儿暴病身亡之后，黎家就卖了祖屋搬走了。我问搬到了哪里，谁也不知道。倒是现在住在黎家祖屋的那户人家，对黎家好像很了解似的，问了我很多话，我眼看着要露馅了，只好落荒而逃。"他红着脸道，"夫人，对不住，没把您交代的事办好。"

窦昭有些惊讶，道："你可打听清楚现在住在黎家祖屋的是什么人？"

"问了。"段公义道，"说是黎家多年的老邻居，见他们家卖得便宜，就买了下来。还说，头两年也有人上门打听黎家来着，没想到过了十几年，又有人上门打听黎家。"

窦昭一愣，道："那你可曾问清楚是什么人上门打听黎家？"

"我问了。"段公义不好意思地道，"可那户人家对我起了疑心，说黎母就是京城人士，哪里有远在河北的亲戚……我没敢继续往下问。"

看样子这种事还得专业人士来干！

窦昭笑着安抚了他两句，有些失望地打道回府。

只是刚踏进门，就有小厮来禀："锦衣卫的陈大人派了媳妇子来给您送端午节礼，那媳妇子正等着门外，想进来给您问个安，您看是见还是不见？"

人家好歹给自己找了两个身手不俗的丫鬟，这点面子还是要给的。

窦昭笑道："那就让她进来吧！"

小厮笑着称是，转身领了人进来。

也不过是代陈嘉给她磕两个头，说几句喜庆的话。

窦昭见那媳妇子相貌周正，举止进退有度，说话有礼有节，是个十分稳妥之人，心中生出几分好感来，让人打赏了那媳妇子两个上等的封红。

陈嘉新买进来的这个媳妇子，当家的叫陶二，夫妻俩都是南边人，原是一个大户人家的世仆，后来那大户人家犯了事，这些仆妇受了牵连被发卖，正巧陈嘉托了锦衣卫的同僚帮着寻几个可靠的仆妇，那边的锦衣卫为了巴结他，就买了这一家子孝敬他。他见这妇人办事很有章法又稳当，就让她管了自己内院的事，陶二则在大门当值，两个儿子一个跟着父亲做事，一个在外院扫院子，最小的女儿跟着母亲在内院做了个管花草的小丫鬟。

陶二家的是第一次到英国公府走动，临来之前陈嘉曾反复地叮嘱过她，让她知道了英国公府对陈嘉的重要性，一路上她心里都很忐忑不安，待见了英国公府门前一溜送节礼的黑漆平头马车，心里就更是打鼓了。可她没想到的是陈嘉在英国公府竟然有这样的体面！英国公世子夫人不仅亲自见了她，还赏了她上等的封红，她的一颗心终于落了地。

回去之后跟陈嘉说起，不由得就带了三分喜色。

陈嘉也有些意外。

英国公府可不是你想来送礼就会放你进去的，没有三品的官身，门房看都不看你一眼，他如今不过才是个正四品，要不是走了世子夫人这条路子，哪有他站的地方。派去的仆妇怎么可能见得到窦夫人？

他想着这走动还要再密切些才好。

第二天就提了两缸上好的雄黄酒去拜访段公义。

段公义心里跟明镜似的。可没有陈嘉还有王嘉，何况陈嘉还算对他的脾气，他有什么好介怀的？

他当即整了几个下酒菜留陈嘉在家里喝酒。

陈嘉本就是为了这个来的，自然是欣然应允，还建议把陈先生也请过来一起小酌两杯。

段公义摆了摆手，道："陈先生这两天有事，抽不出空来，等下次你来，我们再请陈先生过来喝两盅。"

陈嘉忙问是什么事。

段公义笑着看了他一眼。

他脸色一红，道："我能有今天，全仰仗窦夫人，一直想报答夫人，偏偏夫人什么都不缺，我就是想送个东西，也送不到点子上去，就想着能不能给夫人出把力，所以才有此一问。"

陈嘉说者有意，段公义听者有心。送走陈嘉后，他立刻去见了窦昭。

窦昭正在应酬陆家两位来送节礼的少奶奶，段公义等了半个时辰才见到窦昭。

"夫人，上次您让我打听的事，我不是没打听出个子丑寅卯来吗？"他给窦昭出主意，"您看能不能让陈嘉陈大人帮着打听打听？他手下是专干这个的，我们可比不了！"

窦昭心里一直好奇黎家搬走后的最初两年是谁在打听黎家的事，闻言也有些动心，但还是道："毕竟是府里从前的旧事，让人知道了总是不好。"

段公义嘿嘿笑道："我看那陈嘉通透得很，我们随便找个理由就是了，就算他知道是为什么，也会装聋作哑的。"

窦昭思忖道："这件事我先和世子爷商量了再说。"

毕竟关系到宋宜春的名誉，当年的事被人捅了出来，宋墨这个做儿子的脸上也无光。

谁知道宋墨根本不在乎宋宜春的名声会不会影响到自己，笑道："那个陈嘉巴不得能给你办两件事，你有什么事只管交给他去办好了！"

窦昭道："万一他知道的太多了怎么办？"

宋墨失笑道："他靠着我上位，就算什么也不知道，也贴上了我的标签，想改弦易辙，他也别想在官场上混了。"

窦昭想想，还就真是这个道理。

宋墨笑着摇头，道："你们这些女子，就是喜欢琢磨这些家长里短的事，这都过了多久，还想知道黎家怎样了？"

窦昭嘻嘻笑，道："这不是闲着无事吗？"

宋墨想到窦昭有事操心的时候特精神，没事闲着的时候就像蔫了似的，不由微微一笑。

她要是觉得这些事有意思，就随她去吧！

宋墨就和她说起这段时间他的打算来："……太医院那边，得让人盯着才行。不过太医院的那些御医大多是几代人都在太医院里当值，想讨个口讯不容易。前些日子皇上不是总嚷着头痛吗？我让严朝卿这几天想办法和几位进京送节礼的封疆大吏的幕僚搭上话，到时候他们肯定会纷纷推荐擅长医治头痛的名医入值太医院的。事情会好办很多。"

太医院关系到皇上的安危，因而管束最为严格。

窦昭叮嘱他："你要小心，别把自己给牵扯进去了。"

"嗯！"宋墨笑着握了握窦昭的手，这才叫了小丫鬟进来更衣。

段公义则去了陈嘉位于玉桥胡同的宅子。

两人在上房内室的炕上喝酒，段公义半真半假地向陈嘉抱怨："……我去了二条胡同好几趟，也没问出个东南西北来。倒是去的次数多了，竟然被人给认出来了。可见这密探之事，也不是人人都能干的。"

陈嘉听着来了精神，笑吟吟地道："若是事情没有什么忌讳，我派几个人帮你打听打听如何？"

"那敢情好。"段公义笑道，"你是世子爷的人，就算有什么忌讳，那也不对你。"

陈嘉就把事情的经过细细地问了一遍。

段公义的话还没有说完，他心里已经有数了。

多半是当年英国公留下来的风流债，现在世子爷和国公爷斗法，要重提旧事。

他只要把黎家的人找到，这件事就算是全活了。

这可不就是他最擅长的？

但不管怎么说，这毕竟是英国公府的旧事，段公义能把这件事交给他，不是世子爷点了头，就是窦夫人点了头，而这两位能点头，多半是段公义给他说项了的。

陈嘉笑眯眯地给段公义斟酒，喝完酒，塞了个荷包给段公义，亲自送他到了大门口。

打听黎家的事，就算是交给了陈嘉。

窦昭松了口气，在家里等消息。

结果湖广那边来了信，说赵璋如诊出了喜脉。窦昭自然是喜出望外，吃食药材金银饰物绫罗绸缎，张罗了整整一车，派人送去了湖广，她则和宋墨开始准备端午节进宫给皇太后、皇后等贵人贺节之事。

在慈宁宫外，窦昭遇到了窦明。

她比出嫁前瘦了很多，显得下巴尖尖的，眼睛大大的，更显楚楚动人。

窦明也看见了窦昭，她的目光顿时变成了刀子。

窦昭穿了件大红色的朝服，和长兴侯夫人、兴国公夫人、东平伯夫人等朝中一等一的功勋之家的当家主母一起低声说笑着从外面走了进来。

她年轻的面庞在一群三四十岁的妇人中间特别显眼。

而她们刚一踏进慈宁宫的宫门，皇太后身边最体面的苗姑姑就带着一群宫女迎了上来，笑盈盈地和窦昭等人打着招呼，态度恭谦地领着她们往皇太后的寝宫走去，不像她们这些因为早就没有了实权而渐渐没落的二等、三等功勋之家的夫人，得站在影壁前等候皇太后的宣召，才能觐见……

看着窦昭目不斜视地跟着那群夫人绕过影壁，窦明的手紧紧地攥成了拳。

还有人在她的耳边抱怨："真是同人不同命。三十年前我随着我婆婆进宫的时候，不过通禀一声就能见到宫里的贵人了，哪像现在，还要外面等着……"

窦明只觉得脸上火辣辣的。

有人低声道："那个年轻的，是英国公世子夫人吧？听说她和太子妃的产期就是前后几天？可真是好命！若是生下了一个和皇孙同一天生辰的孩子，不管是男是女，恐怕太子妃心里都记得，那才是真正的福气呢！"

又有人道："你以为人家英国公府和你一样眼皮子浅？那英国公世子生下来没几天就封了个世袭的四品金事，还没有学会走路就开始参加秋围，满朝谁家有这样的体面？他们家的嫡长孙，就算是七月半出生的，也一样前程似锦，你帮着操个什么心？"

窦昭的预产期是六月中旬。

被反驳的人不悦，有些幸灾乐祸地道："说不定英国公府的嫡长孙还真就等到七月半出生呢？"

"胡说些什么！"就有人喝道，"这可是在宫里，小心隔墙有耳。"

那位夫人还想说什么，两个宫女从影壁后面绕了出来。

所有的声音戛然而止。

其中就有一个宫女笑着问道："不知道哪位是济宁侯夫人？"

窦明一愣，旁边有人推了推她，她忙上前回答。

宫女笑道："老祖宗听说您是英国公世子夫人的妹妹，想见见您呢！"

那宫女话音刚落，窦明仿佛听到了一片艳羡的感叹。

她的拳头握得更紧了。

可当着宫人的面，她不敢流露半分。

窦明笑盈盈地向两位宫女道谢，跟着她们往太后的寝宫去，在绕过了影壁之后，她还塞了两个红包给两位宫女。

两个宫女很大方地笑着收下了，还道："人人都说窦大人把家财都给了两个女儿做陪嫁，窦夫人进宫也是这样大方，可见传言不假，我们就不客气了。"

窦明气得咬牙。

窦昭得了便宜还卖乖，自己什么时候得了父亲一半的财产？

想到这里，她的胸口就像被油蒙住了似的，透不过气来。

等给皇太后磕过头请过安后，她差点倒仰——皇太后把她招到面前仔细地打量了她半晌，竟然抬头对身边的皇后娘娘和一群内外命妇道："还是砚堂的媳妇长得好看些，济宁侯的夫人，太单薄了些！"

面相单薄，在相术里通常是指一个人没有福气。

皇太后在众人之前把窦明召了去，却让窦明得了这样一个名声，那还不如不召见她。

窦明怨念丛生，可说她面相单薄的是皇太后，就算是皇太后这样说皇上，皇上也只能笑吟吟地听着，她难道还敢露出不耐烦不成？

她只好恭顺地低下头。

偏偏皇太后在内宫纵横惯了，什么话都敢说，小小的一个外命妇，在她老人家看来，说你，那是抬举你。

所以在见过窦明之后，她开始和皇后说起这面相来："……历代美人图为何都是瓜子脸？那是因为真正的大家闺秀都养在深阁里，那些乱七八糟的文人看不见，只好拿了那些下作的女子做样子。瓜子脸有什么好的？"皇太后说着，摸了摸自己的腮帮子，"这天圆地方，额头主了福禄寿禧，从上至下越来越尖，没个能托住的地方，也就留不住这好运道。可你再看奉先殿里供着的历代皇后太后像，哪一个不到了这里是圆的，整个脸像满月似的？看着就有福气，福禄寿禧都跑不了。所以这女子还是养得圆润些好。"

这都是些什么理论！

窦明强忍着才没有摸自己尖尖的下巴。

皇太后叫她来，难道就为了这样作践她不成？

窦明心里像塞了团棉花似的。

可这大殿里有谁敢说皇太后不对吗？

没人！

不仅如此，长兴侯夫人立刻把脸凑了过去，满脸堆笑地道："没想到太后娘娘懂这些，您看看臣妾，算不算得上是面如满月？"

年过四旬的人了，就算从前是张瓜子脸、桃心脸如今也松垮成圆脸了。

皇太后笑着一指就点在了长兴侯夫人的额间，道："你少在这里给我撒泼了，你刚嫁进长兴侯府来给我请安的时候，我可没少和石太妃说起你，都觉得你长得好，特别是一双眼睛，亮晶晶的，看着就透着股精神。你别以为我老了，就不记得从前的事了。"

石太妃进宫后就没生育过，因而和皇太后的关系特别好。

和外命妇在一起时常一声不吭的兴国公夫人此时却像换了个人似的，笑盈盈地接了腔道："这宫里宫外的，谁不知道您记忆好！上次臣妾进宫来给您请安的时候，您还问怎么没把腾哥儿带来，还说要是臣妾觉得孩子沉，就把乳娘也一起带着。臣妾回去后说给臣妾家国公爷听，臣妾家国公爷还笑话了臣妾一顿。说您当年主持六宫的时候，他领旨跟着老英国公出征的时候，您还曾顺手赏过他两匣子锭药，他打开一看，竟然还有两锭紫金丸。说我们这些进府晚的，根本不知道您有多贤明。"

腾哥儿，是兴国公世子的嫡长子，今年才三岁，生下来的时候有九斤九两，能吃能睡，是个大胖小子。

兴国公因有容易上火的老毛病，紫金丸是败火的良药，兴国公身边因此一年四季都备着。

皇太后呵呵地笑，招了窦昭过去，让宫女端了个小机子放在了自己的榻前，拉了窦昭的手和众人说着话："你们是不知道啊，先帝爷一心要学那汉武帝，扬我汉人威名，对西边的贼子可一点也不手软，在位十二年，就打了九年的仗，打得国库空虚不说，就是内库的私房银子，也全都贴了进去。有时候要赏大臣们的东西，也拿不出来。我也是没办法，只得东拼西凑地给先帝爷解难。要不怎么先帝爷和皇上都念着老英国公的好呢？先帝爷前脚把东西赐了下去，老英国公后脚就把东西给孝敬进来，这孝敬的东西比赐的东西还要丰厚，最后把英国公府也给拖下了水。"说到这里，皇太后的神色显得端凝起来，"等皇上登基，天下太平，把英国公府的东西还了回去，竟然还有人唯恐天下不乱，说皇上待老英国公圣眷太隆。他也不想想，英国公府是什么地界？先英国公那可是太祖皇帝的养子，是皇上的族弟！"

突然说起这么严肃的事来，大殿里的气氛突然就变得有些微妙起来。

窦昭觉得事态照着这么发展下去，好好的一个端午节朝贺说不定就会变成了秋后算账，英国公府这样无端端地被推到了风口浪尖，还不知道会得罪多少人。

"还有这样的事？"窦昭笑道，"臣妾还是第一次听说！平时世子爷在家里从不曾说起过这些。臣妾还是在娘家时曾听臣妾的祖父感叹，说那几年朝廷虽然艰难，可君臣一心，不知道多了多少忠臣义士，若是要修史，可称得上是'中兴之治'， 臣妾的祖父还后悔，说不应该那么早致仕的。"

兴国公夫人不由暗暗赞许，英国公是个糊涂的，他选的这个儿媳妇倒是个心里有数的。

聪明人都喜欢和聪明人打交道，她也不例外。听窦昭这么说，就起了帮窦昭一把的念头，笑着接话道："可不是，臣妾的公公还在世的时候，也常和小辈们说起先帝爷的文治武功，不然臣妾家的那小子怎么年纪轻轻的却非要去西北大营不可？"

兴国公世子，在西北大营，如今已是坐营官。

皇后娘娘也回过神来。

这殿上的功勋之家，有几家忠君保国子弟战死沙场的，就有几家贪生怕死不要兵权的，战死沙场的固然得了厚赏，可那些贪生怕死的却也不是全都被抄家流放了，皇太后想起来就有气，趁机要磋磨那几家一番心里才痛快，再说下去，只怕又变成了秋后算账了。

她笑着对皇太后道："说来说去，还是您最英明——要不是您下了旨，让平氏去侍疾，如今哪里有腾哥儿？"

兴国公世子因常年守边，妻子留在京都，成亲十年都没有诞下嫡子，有次兴国公夫人进宫给皇太后请安，说起儿子得了风寒，皇太后就笑着下旨让平氏去西北侍疾，兴国公府长房这才诞下了嫡子。

兴国公夫人立刻接过话茬，感慨道："要不怎么说太后娘娘贤明呢？不管是大事小事，都能比臣妾们想得周到，要不是臣妾怕扰了太后娘娘的清修，就每天都进宫陪太后娘娘说说话了。"

长兴侯夫人怎么能让兴国公夫人出这个风头？提到了陪太后娘娘说话，她笑道："前几日太妃还带信给臣妾，让臣妾去大相国寺瞧瞧，看他们寺后的那株千年的银杏怎样了，等到结果子的时候，别忘了向大相国寺讨一份。"

长兴侯府每年都会派人去大相国寺摘些银杏果孝敬皇太后。

皇太后听长兴侯夫人说起这些，就想起石太妃来。

本来这个场合，她一个太妃不应该出现的，可皇太后若开了口，不应该的事也就变成了恩宠。

她吩咐宫女："把石太妃也叫过来热闹热闹。平时里都是她和我做伴，没有这个时候把她一个人落下的。"

长兴侯夫人听了忙磕头谢恩。

皇太后笑道："你磕哪门子头，快起来！"

长兴侯夫人彩衣娱亲似的笑道："臣妾这不是替太妃高兴吗？"

说说笑笑间，宁德长公主和三公主过来了。

皇太后和宁德长公主的关系也很好，忙让宫女宣了进来，契阔起来。

不一会儿，石太妃过来了。她本是凑趣的好手，身份又摆在那里，大殿的气氛很快翻起了个小小的高潮。

接着太子妃和几个皇子妃也过来了，大殿上就更热闹了。

窦昭把话题岔开了，自然也就安安静静地由皇太后拉着手听几位老人家寒暄。

和窦昭一样的，还有兴国公夫人。

两人就不由得对视着笑了笑。

窦明早被人遗忘了。她先前回话的时候站在大殿的中间；待到长兴侯夫人凑过去的时候，挡在了她的面前；等宁德长公主和二公主进来，她忙让到了一旁；随着长兴侯夫人、东平伯夫人纷纷上前和宁德长公主、三公主见礼时，她被挤到了一旁的帷幕边。

但她还得身姿笔直、低眉顺目地保持着恭谦的姿态。

皇太后、皇后看不到，这大殿上还有数不清的内侍宫女，自己一个疏忽，谁知道会变成什么样子？

她不禁朝窦昭望去。

宁德长公主正把要起身给她行礼的窦昭按回了锦杌上，低声和皇太后说着什么。

皇太后的目光就落在了窦昭的肚子上，满脸含笑地点着头，又招了太子妃过去，赐了座，和两人说着话。

那些平日里眼睛都长在头顶上的夫人此时却个个小心翼翼、满面恭谨地簇拥在窦昭和太子妃身边。

太子妃背对着窦明，她看不清楚太子妃的表情。

可窦昭正对着她。

窦昭红润的面庞，灿烂的笑容，在那些名声赫赫的贵人、夫人之间如鱼得水、潇洒自如，像夏日正午的阳光，几乎刺痛了她的双眼。

凭什么？！

窦明面如寒霜。

凭什么自己孤零零地一个人被丢在这里没人理会，她却备受关注地站在暌暌众目之下，接受众人那艳羡的目光。

她窦昭不是常常自夸是个好姐姐吗？好姐姐就是这样待亲妹妹的吗？

自己享受着众人抬举的时候却忘了还有个站在无人的角落里连靠着歇口气都不行的妹妹！

窦明狠狠地瞪着窦昭。

站在窦明身边的小内侍看着不由打了个寒战。

难怪汪爷爷常说，越是好看的花越毒，越是长得漂亮的女人心肠越狠，济宁侯夫人和英国公世子夫人可是两姐妹啊！

难怪别人都说这济宁侯夫人人品不好……自己等会儿要不要跟汪爷爷说一声呢？

第一百三十二章　　黎家·送嫁·找寻

窦昭自然不知道窦明的这么多小心思，但窦明对她的态度在那里，她不想热脸贴冷脸，自己给自己找不自在；当然，就算她知道窦明的小心思，一样也不会太在意，她还有大把的人要应酬，哪有时候去管窦明的春夏秋冬。

从宫里出来，已过酉时，夕阳照得满世界一片金灿灿的。

宋墨陪窦昭坐着轿子，两人说说笑笑地回了府。

严朝卿正在书房里等宋墨。

窦昭和宋墨都有些惊讶。

严朝卿笑道："是濠州的大舅太太来信，说十二表小姐的婚期就定在这个月二十二，到时候四舅太太、十三表小姐和十四表小姐会陪着十二表小姐一起到京都来，让您帮忙安排个宅子给十二表小姐出阁。"说着，将一封书信交给了宋墨。

窦昭完全不明所以。

宋墨没有立刻看信，而是对她解释道："十二表妹是三舅的长女，在我大舅出事之前就许配给了旗手卫同知吴良的长子吴子介为妻，大舅出事后，蒋家很快被贬回了濠州，一时半会也没顾得上几位表妹的婚事。没想十二表妹的孝期过后，吴家就派了人去商量婚事。这次应该是来送嫁的。"

窦昭不由得对吴家肃然起敬："那这件事你是得好好帮衬一把。"

蒋家虽然落魄了，但毕竟还有英国公府这门强有力的亲戚，出嫁的时候蒋家十二小姐也能体面点。

严朝卿笑道："只怕要让夫人失望了——大舅太太说了，吴家有义，他们不能无情，所以这次十二表小姐出阁，不管是蒋家还是吴家，都不会张扬，让世子爷帮忙找个清静点的宅子就行了，免得引起不必要的麻烦。大舅太太还说，她也给国公爷送了封信，只是说四舅太太进京的事，一切都仰仗世子爷，让国公爷不必操心。"

宋墨和宋宜春闹翻的时候，梅夫人还在世，宋墨就一直瞒着濠州那边，后来梅夫人去世了，宋墨虽然没有对濠州那边的人说什么，但他们多多少少也听说了点，有什么事都是直接联系宋墨之后，再给宋宜春打个招呼，冷淡而不失礼数。

宋墨也道："还是依大舅母的意思，给四舅母和几位表妹安排个清静的宅子好了。"他吩咐严朝卿，"这件事就交给廖碧峰吧！"

这段时间严朝卿正帮宋墨忙着太医院的事，他笑着应是，退了下去。

宋墨就道："明天你叫了银楼的人来，打几套赤金头面给十二表妹添箱。"

蒋家如今这样，吴良不嫌弃，吴家的人未必全都一样，有些明晃晃的东西做陪嫁，直接又干脆，有急事的时候还可以兑成银子。

窦昭知道宋墨对蒋家的感情，除了在银楼帮着蒋家十二小姐打了四套赤金的头面之外，还添了一对翡翠镯子、一对和田玉的禁步、一套南珠头面和二十匹各色的绫罗绸缎。

金桂和银桂看着直咂舌，甘露却嫌她们眼皮子浅，问窦昭："要不要准备些古玩字画？看起来也高雅一些。"

窦昭笑道："蒋家既然年年翻修濠州的老宅，老宅肯定还留了些好东西，与其给十二小姐准备古玩字画，不如准备些实惠的东西。"

甘露不好意思地笑了笑。

陈嘉求见。

他这么快就有了消息！窦昭很是高兴，在小花厅里见了陈嘉。

"黎家不管怎么搬，也不可能不要籍贯。"陈嘉细细地向窦昭说着经过，"我先去顺天府查了黎家的籍贯，发现黎家的籍贯还在顺天府，赋税之类的均由现在买下他们祖宅的老邻居帮着代缴，可见两家是有来往的。依我们锦衣卫的习惯，把人抓来拷问一番，自然能问出黎家的下落，但因夫人只是想知道黎家现在的情况，这手段反而使不得，就派了我贴身的随从盯着他们家。"

窦昭听着不由莞尔。

可见这件事交给陈嘉来办父对了，普通的人就是想得到这招，也没办法去顺天府查证。

"因之前段师傅说，那黎宛娘的哥哥黎亮是个读书人，我就去顺天府学查了黎亮的学籍，他自戊申年开始下场，连考四场，都没有通过院试，直到五年前，才放弃了科考。顺天府学的教谕对他印象颇深，知道我是他的远房亲戚，就叫了个曾和黎亮一起下过场的秀才过来。"陈嘉道，"听那秀才说，黎亮为人郁沉，话很少，不太与人交际，手面又小，黎亮的情况，他并不太熟悉，只知道他虽然是京都人，但并不住在京都，而是住在京都附近，具体在哪里，谁也不知道。

"我就去顺天府查了当年黎家的田产地亩。黎家的田产在廊坊，由黎家的一个老仆打理，每到腊月初六，黎亮就会来收租子，其他时候，连那老仆也找不到人。

"只是黎家这几年情况不太好，二百亩良田，渐渐变卖得只剩下十来亩了，而且黎亮这两年都没有来收租。"

窦昭不由眉头微蹙。

黎家，好像在躲什么似的。

她想起段公义说的"头两年还有人来打听黎家去了哪里"的话，越发想知道黎家现在的情况了。

"也就是说，所有的线索都断了？"窦昭思忖道，"我们唯有等黎亮自己出现了？"

陈嘉闻言就笑了起来，平凡的五官顿时变得生动起来，显得神采奕奕，容光焕发："正如夫人所言。我当时心里也打着鼓，觉得这样太被动，就想了个法子，"他显得有些小心翼翼地打量了窦昭一眼，轻声道，"我让人假扮英国公府的管事，去田庄问黎家的下落，那老仆当时表现得很镇定，口口声声称不知道，等我的人走后的第三天，我们潜藏在他家附近三天两夜没动弹的人才发现那老仆骑着个毛驴出了门。

"我派了七八拨人跟着他。

"他左弯右拐的，到第五天，上了去京都的驿路，直奔京都而来。

"到了京都，那还不是我们锦衣卫的地盘？

"我的人跟着他，很快就发现了黎亮。"

窦昭精神一振，忙道："黎家现在住在哪里？"

陈嘉笑道："原来黎家现在就住在离万明寺不远的梳子胡同。"

窦昭挑了挑眉。

那个地方她知道。

因一条街都是卖梳子的，它背面的那条胡同就叫了梳子胡同，赵璋如在京都的时候，她还曾和赵璋如一起去买了很多梳子。

"我也没有想到。"陈嘉对这样的结果并不意外，可他见窦昭有些错愕，为了顾及窦昭的情绪，他也就对此表现出些许讶然来，"梳子胡同离黎家的老宅二条胡同虽然一个在南一个在北，却只隔了两条大街，黎亮竟然会住在那里。"

"可能是因为那个地方对他来说最有感情。"窦昭道，"要不怎么人老了都想'落叶归根'呢！"

"正是夫人说的这个理儿。"陈嘉笑道，"黎家这几年搬迁了好几个地方，可能是举业无望，五年前黎家才搬回京都。"

窦昭微微颔首，道："如今黎家是怎样一个状况？黎母可还活着？黎家的田地都卖得差不多了，黎家现在靠什么过活？"

陈嘉道："黎母四年前已经去世了，黎亮如今靠给一个南北货行做账房过活，改名叫黎旬,每年过了正月就随货行的二掌柜南下,到了腊月才回来。妻儿跟着他在南边生活,家里只有个早年间投靠他,死了丈夫无处可去的表妹带着个女儿在梳子胡同给他看家。"

死了丈夫的表妹?

窦昭心中一跳,道:"你可查过这表妹的来历?"

陈嘉闻言表情显得有些不自然地轻轻咳了一声,道:"据邻居们说,他和那孀居的表妹,首尾有些不干净……邻居们都猜测,在黎亮家住的这个所谓的表妹,不是黎亮的妾室,就是和黎亮有私情——自黎母去世之后,黎亮的妻儿就随着黎亮去了江南再也没有露面,黎亮平时根本不在家,那孀居的小娘子开始还有些忌惮,这两年胆子却越来越大,曾留了个西北的行商在家里住过一些日子。今年开春,那行商又来了。可能黎亮听说了什么,那行商前脚进门,黎亮后脚就回来了,要不是那行商跑得快,就被黎亮逮了个正着。

"尽管如此,两人还是大吵了一架,黎亮好像还动了手,把那寡妇打得不轻,曾买了跌打药酒回来。

"我派的人在他们家屋顶上趴了一夜,发现两人虽然没有同房,但黎亮进出那寡妇的屋子却没有什么忌讳,随意得很,不像是正常孀居的表妹和表哥。"

窦昭直皱眉,道:"黎亮的表妹难道就不顾忌自己有一个女儿?"

陈嘉道:"黎亮表妹的女儿去年秋天的时候就远嫁到了保定。据说是从小就定下的亲事,夫家是黎家的一个远房侄儿,黎亮亲自去送的嫁。黎亮的表妹之所以越来越肆无忌惮,也与女儿已经出嫁了有关。"

听上去一切都很正常,可窦昭心里隐隐却有些不安。

她问道:"黎亮的这个表妹有多大的年纪?她表妹带过来的女儿有多大?"

陈嘉道:"黎亮的表妹长得倒是十分艳丽,看上去不过二十五六岁的样子,可她的女儿出嫁的时候已经十四岁了,我想她怎么也应该有二十八九岁了……"

窦昭闻言心中一跳。

黎亮的表妹最少也应该有二十七八岁了,十年前,她不过十来岁,不可能与宋家的事扯上什么关系;可黎亮表妹的女儿,却和宋翰同年……

她想到上一世宋墨提到过的妹妹。

那这个妹妹又是从哪里冒出来的呢?要劳烦他兴师动众悄悄祭拜!

她心里顿时像含了颗盐津杏子,酸酸的。

窦昭托付陈嘉:"一事不烦二主,还请陈大人帮我查查黎亮这表妹。"

陈嘉笑着应是。

窦昭客气地说了几句"你辛苦了"之类的话,端了茶。

陈嘉从英国公府出来,长长地松了口气。

知道了黎家和宋家有旧,他考虑良久,才决定亲自来给窦昭回报。走进英国公府的那一瞬间,他真怕自己有命进去没命出来。看样子窦夫人还是巾帼不让须眉的大气女子,自己帮她做事,倒也舒服。

陈嘉没有回家,直接去了锦衣卫镇抚司衙门。

窦昭却琢磨着蒋家的几位表小姐。

定国公在揣摩上意这块不行,看人却很准。蒋家出事后,蒋家几位已经定了亲的小姐没有一个被退亲的,目前还没有定亲的除了这次来送嫁的十三表小姐和十四表小姐,还有十五表小姐、十六表小姐和十七表小姐。

十二表小姐今年十七，比宋墨小月份，叫骊珠；十三表小姐今年十六，叫撷秀；十四表小姐今年十五，叫撷英。其她的几位表小姐都比宋墨小十来岁，蒋家出事的时候，还是牙牙学语的幼童，窦昭没有多问。所以见到蒋家四太太的时候，窦昭忍不住打量了三位表小姐一眼。

三位蒋小姐都长得皮肤雪白，中等身材，蒋骊珠婉约，蒋撷秀英气，蒋撷英温和，但三姐妹眉宇间都带着淡淡的忧伤，不像普通人家的姑娘那样活泼，有朝气。

经过抄家丧父的大难，任谁也不可能再像从前那样天真无邪。

窦昭心中不由暗暗地替她们可惜。

蒋家四太太对她却很热情，见她怀着身孕，没等她行礼就上前几步携了她的手："你身子要紧，这些虚礼就罢了。"又夸宋墨这院子找得好，"在外城，靠近夕照寺，清静。"

宋墨特意请了一天假，在朝阳门外迎了蒋家女眷，窦昭则提前在这临时租来的宅子里等候。

听蒋家四太太这么说，宋墨的表情显得有些愧疚，对蒋骊珠道："委屈十二妹妹了，既然嫁到了京都，以后没事就到家里来坐坐，陪你表嫂说说话。若是有什么为难的事，也可以让妹夫来找我。"

蒋骊珠笑着说"好"，回答得十分干脆，却让窦昭觉得，她不过是不想和宋墨多啰嗦，敷衍他罢了，有什么事，她绝不会找来的。

窦昭就瞥了一眼蒋撷秀。

从进门到现在，蒋撷秀的目光不时地落在宋墨身上，宋墨有时候和她的目光碰到一起，会很大方地朝着她笑笑。蒋撷英则一直扶着蒋家四太太，沉默而体贴地帮蒋家四太太调整着座椅的迎枕，悄声吩咐随行的丫鬟婆子，照顾着堂屋里的众人。

大家也没有避嫌，一起用了午膳。

午膳后，宋墨和窦昭告辞。

吴子介陪着母亲来拜访蒋家四太太。

已经走到门口的宋墨和窦昭只得又折了回来。

蒋家的三位小姐回避了。

宋墨陪吴子介在堂屋里喝茶，窦昭则陪着蒋家四太太招待吴太太。

吴太太体态微丰，看上去为人和气，说起话来也率直，看得出来，是个颇好相处的人。

窦昭不由暗暗点头。

抬头却看见蒋四太太望着她欣慰地微笑。

窦昭一愣。

送走了吴氏母子，蒋四太太才道："大姑奶奶生前曾说你有侠义之心，如今一见，果真如此。宋墨有你在身边，真是他的福气。"

窦昭愕然。

蒋四太太笑道："你给蒋家示警的事，大姑奶奶都告诉我们了，一直想跟你说声谢谢，可惜当年走得急，没有机会。如今成了一家人，再说谢谢，倒显得矫情……我们蒋家上上下下几十口人都感激你当年的大义。"她说着，朝着窦昭微微屈膝，吓了窦昭一跳，忙上前去扶蒋家四太太，蒋家四太太也不坚持，顺势站了起来，笑道，"只此一次，以后再不会为难你了"。

原本满是笑容的脸上已是泪如雨下。

窦昭想到死去的蒋氏兄弟，想到如今乱糟糟的沿海局势，情绪激动，也跟着泪盈于睫。

宋墨忙掏了帕子给窦昭擦脸，低声道："快别哭了，仔细眼睛。"又对蒋四太太道，"您也真是的，从前的事，过去了就过去了，平白说起从前的事来，让人伤心。"

毕竟是当着宋墨的长辈，窦昭有些不好意思，拿过帕子自己擦着眼泪。

"是我的错！"蒋四太太却是一边抹着眼角一边对着两人笑，"天赐长大了，也知道心疼人了，你舅舅和外祖母若是知道，不知道有多高兴呢！"

宋墨赧然。

辞了蒋家的女眷，宋墨扶着窦昭上了马车，小两口一起回了英国公府。

隔天，窦昭早上处理了府里的琐事，下午去了蒋四太太那里给蒋骊珠添箱。

看见她的大手笔，蒋四太太显得有些意外，但没有多说什么，让人送到蒋骊珠的屋里。

出来答谢的蒋骊珠欲言又止。

蒋四太太笑道："我们家自出事，受到的恩惠何其多，岂是言语能表述的？我们只要记在心里，有能力的时候不要忘记了报恩就是最好的答谢。"

蒋骊珠恭敬地给蒋四太太行礼，正色地道："四婶婶，我记下了。"

蒋四太太点头。

蒋骊珠再坐下来和窦昭说话的时候，已没有了最初的拘谨，温柔大方中又带着几分亲昵。

窦昭不由暗赞蒋家的好家教。

之后又断断续续有人来给蒋骊珠添箱，都是些中低品阶的武官家眷，蒋四太太就吩咐蒋撷秀和蒋撷英陪着窦昭去两人居住的西厢房稍坐。

英气的蒋撷秀话不多，反倒是温和的蒋撷英问窦昭孩子什么时候生，平时都做些什么，很得体地应酬着她。

窦昭也乐得有个人和自己说说话，两个人倒是越说越投机，想到宋墨今天要在宫里值夜，不会回来，她索性留在蒋四太太那用了晚膳才回府。

留在家里的若彤带着小丫鬟服侍她更衣，告诉她："您刚走，陈大人就来了，一直在小花厅里等您等到现在。"

窦昭对镜梳理头发的手一顿，随即站了起来，道："去小花厅。"

若彤忙吩咐小丫鬟掌灯，扶着窦昭去了小花厅。

陈嘉正神色焦急地在花厅来回踱着步，听到动静，他急急地迎了上来，拱手道："夫人，您回来了！"

窦昭的心不由怦怦乱跳。

她吩咐若彤："你们都退到小花厅的院子里，我有话和陈大人说。"

若彤应诺，吩咐粗使的婆子点了灯笼挂在小花厅的四周，又领了小花厅服侍的人退到了院子的中央。

窦昭这才道："你查出了什么？"

大红灯笼下，陈嘉的面孔显得有些阴郁。

他压低了嗓子道："黎亮的表妹今年有三十六岁了！"

窦昭心中一紧。

也就是说，十七年前，她有十九岁。

她朝陈嘉望去。

陈嘉朝着她无声地点头，低声道："我们没有查到黎亮表妹的户籍，她的女儿，是记在黎亮的名下，闺名叫遗贵。我们派去盯梢的人说，那黎亮有好几次都喊她的表妹做'窕娘'。"

去你的！

窦昭忍不住抚额。

老国公爷是什么眼神？宋宜春在搞什么鬼？

她叫了宋世泽过来。

"当时跟着老国公爷去处理黎家之事的，到底是些什么人？"

宋世泽望了眼陈嘉。

窦昭忍不住提高了声音，道："你不用望着他，我既然当着他问你，他就是能信得过的人。你只管回答我的话就是了。"

陈嘉听着，朝窦昭弯腰拱手。

窦昭却懒得和宋世泽绕圈子，道："我们刚刚发现黎窕娘还活着，还生了个女儿，你却告诉我她早就死了！"

"这不可能！"宋世泽的眼睛瞪得像铜铃，"我试过黎窕娘的鼻息……"他说到这里，身子一震，眼睛瞪得更大了，"当时国公爷很激动，一下子就把我拨到了一边，我怕继续试探下去，会引起国公爷的反感……"

窦昭冷笑。

宋世泽低下了头，喃喃地辩道："不管怎么说，国公爷也是我们的主子，那女子就算是活过来，国公爷也不可能再和她有什么关系，国公爷怎么也得顾着蒋家的面子……"

所以你们就一个个掉以轻心，看着差不多了，就想当然地以为人死了？

窦昭忍不住腹诽。

那遗贵又是黎窕娘和谁生的呢？

念头闪过，窦昭不由得神色大变。

遗贵？

黎亮怎么会给黎窕娘的女儿取这样一个名字？难道遗贵是宋宜春的女儿？

她望向陈嘉，陈嘉也正向她望过来，脸上是掩饰不住的震惊。

他急迫地道："夫人，据我潜伏在黎家的人说，黎亮打黎窕娘，好像就是因为遗贵出了什么事……"

所以前世宋墨用了"祭拜"这个词。

窦昭一下子跳了起来："陈大人快去趟保定！"觉得这样也不保险，又强调，"你亲自去趟保定府，找到遗贵。"

陈嘉匆匆地给窦昭行礼，抬脚就朝外走："我这就启程。"

窦昭心头一松，又生起股怪异之感来。

就算遗贵是宋宜春的女儿，宋墨对她的感情也应该很淡薄才是，怎么提起来时会那么伤感？

或者前世曾经发生过什么自己不知道的事，所以那个小姑娘和宋墨的关系变得亲近起来？

可她一个外室养大的孩子，生母又是那样的德行，宋墨的处境很是艰难，是什么事能让她和宋墨的关系有所改善呢？

窦昭觉得这件事处处透着蹊跷。

她向陈曲水说了这事，陈曲水骇然，随后责怪她："夫人怎么不早点告诉我？不管是那孩子是不是英国公的，我们都可以谋划一二，让那英国公哑巴吃黄连，有苦难言。如果能趁机逼着英国公把英国公府的事交给世子爷，那就更好了。"

窦昭还就真没有往这方面想。

她委婉地道："用个女孩子去要挟英国公，未免有失磊落，能不用还是不用的好。"

陈曲水不由欣慰地点了点头，道："就算那孩子是英国公的，英国公要把她接回来，她已经出了嫁，不过是多给副嫁奁罢了。难道还要让世子爷和您把她当亲妹妹似的对待不成？何况英国公到底会不会认下那孩子还是两说，您有什么好担心的？"

是啊！自己有什么好担心的？

以宋宜春找个通房都要出身清白的性子，就算这个孩子是他的，他也未必会认下来。而且这个孩子是不是宋宜春的现在还不能肯定，说什么都还早，还是等陈嘉那边有了消息再说吧！

窦昭悬着的心稍稍松了松，把精力放在了蒋骊珠的婚礼上。

她每天下午都去蒋家四太太那里坐坐，看有没有什么事自己能帮得上忙。

蒋家四太太和窦昭慢慢地熟悉起来，又见她性情随和大方，偶尔会将上门给蒋骊珠添箱的那些女眷介绍给窦昭。

那些妇人都恭谨地和窦昭打招呼，纷纷赞扬宋墨品行高洁仁义，没有嫌弃蒋家败落，依旧来给蒋家做面子。

窦昭每天不知道要客气多少句"本是应当的，太太谬赞了"之类的话，可同时，也让她深深地吸了口气。

难怪前世皇上会将蒋家满门抄斩。蒋家在中下层将士中如此得人心，定国公受冤的时候，蒋夫人让亲朋故旧给他喊冤，声势浩大，怎会不落得个家破人亡的下场？

她也不由得暗呼侥幸。

如果她不是两世为人，恐怕做梦也想不到皇上会因此而杀了定国公。

可见这一啄一饮，都是有定数的。

思忖中，窦昭福至心灵。

前世，难道辽王就是因为这个原因，所以才收留了宋墨的？

他想策反神机营、金吾卫的人，怎么少得了这样手掌实权的中层将领？而没有了蒋家，在定国公身边长大的宋墨，在某种程度上代表了蒋家，代表着蒋家的意愿。皇上病重，辽王作为成年的藩王进宫探视皇上，在随从的身份和人数上，是有很多限制的，而他却冒着大不韪将因为不孝被英国公府除名而变得人人喊打的宋墨给带进宫去，不可能仅仅因为宋墨身手高超或是机智过人，毕竟宋墨的身份太敏感，宋墨又从小在禁宫出入，认识他的人应该很多，被人识破的可能性很大，一不小心，就有可能影响辽王的大业，宋墨在这其中的作用，现在看来，也就不言而喻了。

认识到了这一点，窦昭对让宋墨远离辽王的决定也就更坚定了。

她开始留心这些人的身份。

来庆贺的都是女眷，越是身份地位高的，临走的时候都会向蒋家四太太道歉，说蒋骊珠出嫁的那天有事，不能喝喜酒，请蒋家四太太原谅；而越是身份地位低的，真没有什么顾忌，有的还带了女儿和媳妇来给蒋骊珠添箱。

蒋家四太太不免叹气。

窦昭安慰她："他们还有自己的小日子要过，能来给十二表妹添箱，已是仁至义尽。等到大舅沉冤昭雪，我们再好好地为十二表妹庆贺也不迟！"

"难为你想得周到。"蒋家四太太欣慰地拍了拍窦昭的手，道，"我倒不是为这个叹气。蒋家现在这个样子，想重回朝廷短期内已经是不可能的事了。这次骊珠出嫁，他们来道贺，也算是给蒋家一个交代。以后蒋家若再有难，事大了，他们无能为力；事小了，他们在京都，也找不到他们的头上来。我看着人来得这么齐，想着以后恐怕再也没有这样热闹了，心里不免有些感慨。"

她是在怜惜蒋家几个还没有出嫁的小姐吧？她们不仅婚事没有着落，以后出嫁，也不可能有蒋骊珠这样的场面了！

窦昭正寻思着，蒋撷秀和蒋撷英捧着一对给蒋骊珠陪嫁的梅瓶进来。

闻言，那蒋撷英笑道："这也是十二姐的福气。您不常说一根草一滴露水吗？说不定我们的福气不在这里呢！"

蒋家四太太听了不住地点头，神色舒缓了很多。

窦昭也暗暗点头。

没想到蒋撷英倒是个爽快的！

她看了蒋撷秀一眼。

蒋撷秀正抿了嘴笑，可眉宇间的那抹轻愁，却更浓郁了。

窦昭低了头喝茶。

外面传来一阵喧哗声，众人一愣，就听见一个声音欢快地一路喊着"四舅母"，进了堂屋。

窦昭定睛一看，竟然是宋翰。

他穿着件银红色竹节纹的锦衣，乌黑的头发用白玉簪绾着，因为走得急，白皙的面孔微微有些发红，一双眼睛却亮晶晶的，闪烁着喜悦的光芒。

"天恩！"蒋家四舅母惊喜地喊了一声，刚刚站起来，宋翰就扑到了她的怀里。

"四舅母，您怎么不去府上看我？"他撒着娇抱怨道，"哥哥也不告诉我，我还是无意间路过账房听了一耳朵，才知道您和骊珠表姐、撷秀表姐、撷英表妹都来了京都。"他说着，气鼓鼓地瞪着窦昭，"嫂嫂也是，和哥哥一条心，就瞒着我一个人！"

宋翰虽然已是志学之年，可漂亮的长相占尽了天时地利，不仅不显得娇情，反而带着几分孩子气的天真烂漫，让蒋家四太太不由得笑了起来。

她帮着窦昭说话："这是爷们儿的事，关你嫂嫂什么事？若是你有了媳妇儿，你嫂嫂一个人来，没有约你媳妇儿一起来，不用你说，我也要责怪你嫂嫂不懂事。你一个做小叔子的，这样说你嫂嫂，算是怎么一回事？还不快去给你嫂嫂赔个不是！"

宋翰现在归宋宜春教养，他没有第一时间来给自己问安，蒋家四太太把这笔账记到了宋宜春的头上。

宋墨去接蒋家四太太的时候就曾亲自向宋宜春禀告，把人接回来之后，又去了趟樨香院，宋宜春装作不知道也就罢了，宋翰屋里的丫鬟天天在樨香院里进出，她不相信宋翰没有听说蒋家四太太已到了京都。

他这个时候才出现，谁知道是真的听了一耳朵还是宋宜春的安排，或者是他自己的主意？

窦昭但笑不语。

宋翰就朝着蒋家四太太吐了吐舌头，赧然地上前给窦昭赔不是。

窦昭温柔地笑着点了点头，宋翰顿时又活跃起来。

他给蒋撷秀、蒋撷英行礼问好之后，拉了蒋家四太太的手去看他带过来的礼物："这个是十二表姐的添箱，这个是我送给舅母的，这个是送给十三表姐的，这个是给十四表妹的……"

宋翰眼角眉梢间尽是兴奋，逗得蒋撷秀和蒋撷英都笑了起来。

他就更来劲了，拆了其中一个盒子，拿了个西洋钟出来，凑到蒋撷秀的面前道："十三表姐，这个给十二表姐添箱，应该可以让吴家的人大吃一惊，对十二表姐另眼相看吧？"

蒋撷秀一指点在了宋翰的额头上，嗔道："你这小屁孩，以为蒋家是暴发户不成？什么大吃一惊，另眼相看？人家吴家是正经人家，若是想怠慢十二姐，只怕早就退了亲，还用等到今天？快把你那些乱七八糟的心思收起来，好生生地给十二姐准备一份添箱！"

她这时才有了蒋家小姐的傲然。

蒋家四太太等人都笑了起来，就是宋翰自己，也涎着脸笑，颇有些讨蒋撷秀欢心的味道。

蒋撷秀在定国公府肯定很讨喜，不然大家也不会是这样一个反应了。

窦昭看在眼里。

宋墨来接她的时候，她和宋墨说起来。

"她脾气有些急躁，待人却很好，虽然聪明，却没有太多算计。"宋墨笑道，"我在舅舅家的时候，最喜欢和她玩。"

"难道家里的长辈就没有想过把她嫁给你？"窦昭脱口而出。

说罢，又有几分尴尬。

蒋撷秀毕竟还是个没出阁的姑娘家，自己这话要是传了出去，对蒋撷秀的伤害就太大了。

可说出去的话就像泼出去的水……窦昭懊恼不已，宋墨的眼睛却陡然亮了起来。

"家里的长辈好像觉得我配不上十三表妹，"他目不转睛地盯着窦昭，眼底的笑意一层层地溢了出来，最后不可抑制地在他的脸上绽放，"还是觉得给我找个心眼小一点，喜欢掂酸吃醋的，厉害一点，管得我喘不过气来的……"

窦昭脸上火辣辣的，抓起身后的迎枕就朝宋墨扔了过去。

"哎哟！"宋墨接过迎枕丢在了一旁，佯捂着头，笑不可遏地道，"你还敢打你当家的，不想吃饭了？今天晚上就给我睡地铺去！没有我点头，不准上床！"

窦昭望着宋墨的样子，忍不住也笑了起来。

第一百三十三章　　惊讶·反抗·去来

窦昭再去蒋家四太太那里，就常常会遇到宋翰。

他或和蒋撷秀说话，或帮蒋撷英做事，和蒋氏姐妹相处得很好，就是蒋家四太太，也不由得感叹："几年不见，天恩长大了，也懂事了很多。"

窦昭微微地笑。

宋宜春派黄清来给蒋骊珠送添箱，宋翰站在堂屋后面的退步里喝茶，没有出来。

蒋家四太太想到蒋氏去世后宋宜春待宋墨的态度，没有吱声。

窦昭更不会去管这个闲事。

黄清客套了一番，起身告辞，蒋家四太太吩咐管事送客。

蒋撷秀却拿起放在方桌上的礼单看了一眼，然后抬眼冷冷地笑了一声。

蒋家四太太眉头微蹙，语带告诫地喊了一声"撷秀"。

蒋撷秀咬了咬唇，低头给蒋家四太太福了福，退了下去。

窦昭不明所以。

蒋家四太太想了想，把礼单递给了窦昭。

赤裸裸地送了一千两银票过来。

蒋家就算是落魄到了要靠宋家送银子才能嫁女儿的地步，你也应该送两件东西帮忙掩饰一下。

宋宜春这是踩着蒋家给自己脸上贴金。

窦昭挑了挑眉，笑道："您也知道，自我婆婆去世，国公爷屋里就没有个主事的人。我看多半是国公爷吩咐了使多少银子，结果下面的管事误会了，直接拿了银子过来。四舅母也不用往心上去。这银子说多不多，说少不少的，拿在手里还真有点不方便，我看不如兑了金子让十二表妹带过去，既不打眼，又可以撑撑门面。"

蒋家四太太自然知道窦昭这是在安慰自己，但还是心有戚戚，笑着应了几句，派人将银票送给蒋骊珠过目。

宋翰却突然蹿了出来，他一把抓住了银票，面色苍白地大声道："四舅母，我找爹爹去！"

蒋家四太太忙让人拦着他，道："你父亲也是好心，有了他这一千两银子，我也不用给你十二表姐准备压箱银了，倒解了我的燃眉之急。你不要听风就是雨地乱来！"

宋翰捏着银票不说话，泪珠子却在眼眶里乱转。

蒋家四太太忙叫了蒋撷秀出来，让她陪着宋翰去后面的退步里继续吃茶。

窦昭见蒋家四太太这都准备得差不多了，又问了催嫁酒宴的细节，放下心来，看着快到了晚膳的时候，吩咐人去给宋墨报信，让他不用过来接自己了，准备和宋翰一起打道回府。

蒋家四太太留他们用晚膳，窦昭婉言拒绝："您这里也忙，我那里也还有几件事要嘱咐管事的嬷嬷们，等您忙过了这一阵子，我再下帖子请您和两位表妹去家里好好玩玩。"

她这么说，蒋家四太太想着她主持着英国公府的中馈，不好强留，笑着起身送她。

宋翰给窦昭揖礼："好嫂嫂，我是个没事的，我想留在这里陪陪四舅母。"

窦昭自不会拦着，笑着嘱咐了他几声"不要顽皮"之类的话，带着丫鬟婆子先回了英国公府。

宋翰直到亥时才回来。

第二天，窦昭就听说宋翰因为逃学，被宋宜春打了二十大板，躺在床上不能动弹。

窦昭大吃一惊，去找宋墨。

宋墨听了直皱眉，想了想，去了榭香院。

父子俩一番唇枪舌剑，宋宜春免了宋翰十天的功课。

窦昭和宋墨一起去看宋翰。

宋翰没等宋墨开口，已扁着嘴求饶："哥哥，我不是有意逃学的，我想和四舅母多说说话，可父亲不让。"他屁股上挨了板子，俯趴在床上，小心翼翼地拉着宋墨的衣袖，"哥哥，你别再责怪我了。四舅母说，十二表姐三天回门之后，她们就要回濠州了，以后还不知道什么时候能再见。从前我想什么时候去舅舅家就什么时候去舅舅家，不管外祖母如何宠爱撷秀表姐，我只要喊她，她就会陪我玩。不像现在，撷秀表姐闲着的时候还要打络子，陪我说会儿话就哄我自己玩……"

"那也不能逃学啊！"宋墨道，语气却柔软了很多，"你可以事先跟我说。就算一时找不到我，也可以跟你嫂嫂说啊！"

宋翰赧然地偷睒窦昭，喃喃地道着"对不起"："嫂嫂怀着侄儿，我怕打扰了嫂嫂……"

宋墨叹一口气，道："以后再不可如此了！"

宋翰点头，腼腆地冲着窦昭笑。

这件事，就这样算是揭过去了。

隔天，被打得下不了床的宋翰由小厮悄悄地背着，又去了蒋家四太太那里。

若朱来告诉窦昭时，窦昭笑道："既然是悄悄去的，那我们就装作不知道好了。"

高兴家的匆匆走了进来，道："夫人，静安寺胡同那边的人告诉奴婢一件事，奴婢想来想去，觉得还是告诉您一声的好。"

窦昭很是意外，她知道父亲常常打发人来向高兴家的打听她的情况，高兴一家也常去静安寺胡同看望高升一家，静安寺胡同那边有什么事，高兴家的准是第一个知道。

她不由坐直了身子，紧张地道："是七老爷出了什么事吗？"

如果是官场上的事，宋墨肯定早就知道了，他也会帮父亲处理的，就怕父亲在生活上闹笑话。

"不是，不是！"高兴家的忙摆了摆手，道，"不是七老爷的事，是五姑爷的事——我听小三说，五姑爷被人告了，要吃官司，因为看在世子爷的分上，别人只要五姑爷赔了笔银子了事。可五姑爷因为这样，不好意思再去衙门，便辞了官。五姑奶奶前几天跑回静安寺胡同大闹了一场，逼着七老爷帮五姑爷在世子爷面前说项。七老爷没有答应，还把五姑奶奶训斥了一通，五姑奶奶哭着去了柳叶巷胡同。我怕到时候王家的人来找您，觉得还是先跟您说一声的好。"

小三是高升的第三个儿子。

王家素来认为自己有办法，恐怕宁愿多花银子和路子找东平伯打招呼，也不会跑来找她。

窦昭笑道："我知道了。"又道，"父亲现在怎样？有没有在家里生闷气？"

高兴家的笑道："我大伯把六老爷请到家里来和七老爷喝了顿酒，七老爷就好了。"

那就好。

窦昭笑着让人打赏了高兴家的二两银子，心里却琢磨着不知道魏廷瑜惹上了什么样的官司，竟然臊得连差事也不要了。上一世他甩着手玩了一辈子，没想到今生竟然还是个连自己差事也保不住的人。

晚上宋墨回来，她和宋墨说起这件事。

"我早已知道了。"宋墨道，"也不是什么大事——打着他旗号做生意的那个铺子以次充好，谁知道对方搭的是七皇子的路子，自然不怵他，直接把济宁侯给告了。原也不是什么大事，跟七皇子说一声也就完了。可有些事你也知道，济宁侯做事有些散漫，我又要在五城兵马司布局，与其让他顶着我连襟的名头在五城兵马司里不知所谓，还不如就这样让他暂时在家里歇着，等到事情稳定下来了，再给他找个差事就行了。"

他说得肃然，可不知道为什么，窦昭隐隐感觉到这件事有些不对劲，可若说是哪里不对劲，又说不上来。

宋墨见她没有作声，对魏廷瑜的忌讳又深了一层。

窦昭和窦明不和，按理说，魏廷瑜倒霉，窦昭就算不拍手称快，也不应该这样面色凝重才是。

他不由在心里暗暗思忖，若是窦昭让他给魏廷瑜找个差事，哪里的差事既能把魏廷瑜支得远远的，又听上去很体面尊贵。

谁知道窦昭根本没有给魏廷瑜求情的意思，而是道："他们家的事，你还是别管了，全是些吃力不讨好的事，平白讨人厌。魏家有什么事，窦明自会去求王家出面。要不然爹爹也不会直接拒绝窦明的。"

宋墨有片刻的沉默。

"我知道了。"他点了点头，眼睛里却像有团小火苗似的闪了闪。

窦昭一愣，后知后觉地想到，自己和魏廷瑜在别人眼里也算是自幼定亲，如果不是窦明抢婚，她和魏廷瑜才应该是一对夫妻才是。

难道宋墨因为这个所以对魏廷瑜的事一直以来都有些不冷不热？

可宋墨向来表现得睥睨天下人……

窦昭为自己的这个想法有些汗颜。

宋墨已上前轻轻地抱了抱她，道："我明天请半天假，我们下午去东大街逛逛。十二表妹要出嫁了，你去喝喜酒，怎么也要添几件像样的首饰才是。"

这算什么？奖励自己不帮着魏廷瑜说话？

窦昭觉得有些啼笑皆非。

她匣子里有很多首饰都没有戴过好不好？

可窦昭还是很聪明地什么也没有说，高高兴兴地和宋墨去银楼选了几件贵重的首饰，让宋墨也跟着开心起来。

而王家不仅没有像窦昭预料的那样帮着为魏廷瑜出头，据说王许氏还把窦明呵斥了一顿，说魏廷瑜连个差事都保不住，这样的人窦明还好意思来求王家帮着说项，王家怎么开口云云。

窦明哭着跑了回去。

这话却被跟着窦明去王家的婆子说了出去，传到了魏廷珍的耳朵里。

魏家又是一番争吵。

窦昭听了，也不过是笑笑。

前世窦明占尽天时地利人和，依旧过得天怒人怨；今世她没有了王家的庇护，能把自己的小日子过得红红火火才怪！

窦昭吩咐若朱："明天我去蒋家吃喜酒，就戴世子前几日送的那支点翠攒珠的步摇。"

若朱笑盈盈地应是。

若赤却进来禀道："夫人，蒋家四舅太太过来了。"

窦昭望了望暮霭四笼的天空，讶然道："这个时候？"

明天就是蒋骊珠出阁的正期，今天吴家来催嫁，蒋家四太太忙了一整天，不在家里休息，不和蒋骊珠说些体己的话，怎么突然跑来找自己？

窦昭压下心中的惊讶，在正房的宴息室里见了蒋家四太太。

蒋家四太太的表情显得有些尴尬，一杯茶在她手里端了半晌，有些突兀地道："夫人没有见过梅家的人吧？"然后不待窦昭回答，她已自顾自地道，"我婆婆的祖父，曾做过云南总兵，因为兵败，被抄家流放。那时候我婆婆已经嫁到了定国公府，才免于被没籍。可娘家女眷的凄惨遭遇，她老人家却亲眼见过。

"所以大伯获罪的时候，我婆婆立刻让人准备了砒霜，并对我们说，与其活着受辱，不如清清白白地死去，至少能留个好名声在世上。

"如今我婆婆去世了，我们这些做媳妇的却对她老人家更加敬佩了。

"如果不是定国公府有忠君爱国的名声，不是有忠贞刚烈的门风，蒋家没落至此，又怎能得到他人的庇护，守住最后的歇息之地？"她说着，从衣袖里掏出一个小小的紫檀木匣子递给了窦昭，"还请夫人把这个物件还给二爷，顺带着也给二爷传个话，我们蒋家的女孩子就是再不成器，也绝不会给人做妾的！"说完，她站起身来，朝着窦昭微微福身，起身朝外走去。

那背影，挺得笔直。

窦昭张口结舌，半晌才意识到蒋家四太太说了些什么。

"四舅母，您等等。"她拿着那紫檀木的匣子就追了过去，"我也不知道说什么，可世子是您看着长大的，人品如何，待蒋家如何，您心里应该是很清楚的。不管是世子还是我，都断然没有辱没蒋家两位表妹之意，还请四舅母息怒，等我和世子查清楚了再登门道歉。"

"我没有责怪你们的意思。"蒋家四太太听着，神色黯然地长叹了口气，道，"如果我对你们有怨怼，就不会在这个时候走这一趟了。也许二爷是好意，只是我们蒋家有我们蒋家的尊严，我们蒋家有我们蒋家的活法，有所为而有所不为。还请夫人把我的意思传达给二爷，让二爷以后不要再过去了，横竖我们过几天就要回濠州了，也免得耽搁了二爷的功课，惹得国公爷不高兴！"

窦昭还能说什么？

她只能连连应诺，恭恭敬敬地把蒋家四太太送出了门。

可等蒋家四太太一出门，她的眉毛就挑了起来，问守二门的婆子："二爷回来了吗？"

那婆子满脸是笑地上前给窦昭请安，恭谨地道："二爷是半个时辰之前回来的，这会儿恐怕才刚刚开始用晚膳。"

窦昭冷笑，去了宋墨的书房。

因明天蒋骊珠出阁，他请了一天的假，早早就回了家，和陈曲水、宋世泽在书房里说话。

见窦昭冷着脸闯了进来，陈曲水和宋世泽很有眼色地退了下去。

窦昭就把蒋家四太太来过的事告诉了宋墨。

宋墨一听，气得鬓角的青筋都暴了出来。

他打开紫檀木的匣子，里面装着一对莲子米大小的南珠耳珰。

宋墨的脸色更难看了，拿着紫檀木匣子就去了宋翰那里。

窦昭想了想，朝着若朱使了个眼色，回了房。

宋翰正趴在床上，由贴身的大丫鬟彩云在喂饭。

他面色红润，眉眼带笑，看上去心情很好的样子。

宋墨进去，他高高兴兴地喊了声"哥哥"，道："我已经准备好了明天去喝喜酒的衣裳，你快帮我看看好不好！"

高声叫着栖霞把衣裳拿过来。

宋墨被哽了一下，顿了顿才道："不用了，我找你有事，你让屋里服侍的都退下去吧！"

宋翰欢欢喜喜地应是，遣了丫鬟下去，笑嘻嘻地道："哥哥找我有什么要紧的事？"

宋墨把紫檀木匣子丢在了宋翰的枕头前。

宋翰的笑容一点点地褪了下去，眼眶一点点地湿润起来。

"是撷秀表姐让你还给我的吗？"他委屈地道，"哥哥你也知道，我从小就很喜欢撷秀表姐。从前有你在前头，这话我不敢说，可现在你已经有了嫂嫂，为什么撷秀表姐有事还是找我？"他抬起头来，赤红着眼睛瞪着宋墨，"我就想把撷秀表姐留在身边！你们谁拦着也不行！"

"你还敢胡说八道！"宋墨大怒，"舅舅家的表姐妹，哪个和我玩得不好？你竟然有这样龌龊的心思！我看你这书是越读越回去了，是非曲直都分不清楚了！这些话你是跟谁学的？"他大声喊着"栖霞"，"把上院的丫鬟婆子小厮都给我叫到院子里，我今天倒要看看，是谁在教唆你？"

宋翰听着就哭了起来，他一边抹着眼泪一边道："你别以为我不知道，娘在的时候，就准备把撷秀表姐许配给你，可舅舅出了事，所以就改成了含珠表姐，结果含珠表姐为了尹哥哥自缢了……撷秀表姐好可怜，要不是你，她肯定早就许了人，也不会沦落到现在没有人要的地步。我是真心喜欢撷秀表姐，你凭什么拦着我？你要是看不顺眼，大不了我和表姐成亲之后搬出英国公府去住！我有母亲留下来的陪嫁，撷秀表姐又是个会持家的，我们粗茶淡饭节俭度日，一定可以过得很好！"

宋墨气得抬手就朝宋翰挥去。

宋翰赌气般地闭着眼睛，把脸朝宋墨扬着。

宋墨看着那张还带着几分稚气的脸，想到母亲在世时是如何地疼爱他，那一巴掌就怎么也打不下去了。

宋翰却趁机闹开了："我要娶撷秀表姐为妻，你为什么不答应？！"

他哭得泪如雨下。

宋墨冷冷地道："因为父亲不会答应！"

"你去跟爹爹说。"宋翰拿了宋墨的手，"爹爹肯定会听你的。"

宋墨强忍着才没有立刻甩开宋翰的手。

"你知不知道你在干什么？"他的声音仿佛暴风雨前的空气般压抑，"父亲对你期望甚深，怎么会允许你娶蒋家的女儿？你这样乱嚷嚷，只会让人误会撷秀表妹和四舅母，你这不是喜欢，你这是在害她们，你知不知道？"

或者是宋墨的声音太阴郁，宋翰的叫嚷声凝在了喉咙里。

他呆呆地望着宋墨，好像不知道宋墨为什么这么说似的。

宋墨突然间感觉到疲惫不堪，他该拿这个弟弟怎么办？

宋墨想到了窦昭。

她在面对窦明的时候，是不是也有这种无力感？

但窦昭能不理会窦明，他又怎么可以不理会宋翰呢？

在颐志堂的窦昭听到了若朱的耳语，难掩心中的惊讶。

原来蒋母曾经想过把蒋撷秀许配给宋墨，这就能解释蒋撷秀看到宋墨的时候为什么表情复杂了。

可她并没有多心。

她不仅相信宋墨，而且还相信蒋家的家教。

前世，柔美的蒋骊珠，骄傲的蒋撷秀，体贴的蒋撷英，都自缢了。

宋墨心中，该有多痛！

窦昭想了想，去了上院。

若朱能听见宋翰说了些什么，自然还有其他的人听见。

但不管听见还是没听见，她进去的时候，上院的丫鬟婆子小厮们都垂手恭立在院子中间，鸦雀无声，因而隐约能听到宋翰的抽泣声。

栖霞帮窦昭撩了帘子，又很快退到了人群中。

宋墨看见窦昭，很明显地松了一口气。

也许是因为前世的记忆，窦昭始终没办法喜欢宋翰。

她望着两眼哭得红彤彤的宋翰，低声道："这件事不是你哥哥和我不为你争取，而是因为那匣子是四舅母送过来的。什么事都讲究个你情我愿，你不能因为自己喜欢，就强求四舅母成全你。你说是不是这个道理？"

宋翰不服气，道："四舅母若是知道我要娶撷秀表姐为妻怎么会不同意？母亲在的时候，四舅母最喜欢我了……"

窦昭想到蒋家四太太说的话，她有意误会他，道："这么说来，四舅母以为你是要纳撷秀表妹为妾啰？蒋家虽然式微，风骨却在，你到底做了什么，让四舅母有这样的误会？"

宋墨看宋翰的目光立刻寒冷如冰。

宋翰忍不住打了一个寒战，嚷道："我什么也没有做，不过是问了句撷秀表姐，喜不喜欢留在京都？撷秀表姐说，京都虽好，却已不是她的家。我这才知道自己的心意。嫂嫂，"他真诚地望着窦昭，"我是真心想娶撷秀表姐，求您帮我向四舅母说说吧！"

"我不会向四舅母开这个口的。"窦昭直接回绝了宋翰，"你的婚事，自有国公爷做主，你就不要胡思乱想了。"

宋翰听着，跳了起来。

他质问宋墨："哥哥也和嫂嫂想的一样吗？"

宋墨略一犹豫，点了点头："没有父亲同意，撷秀就是嫁进来，也不会有好日子过。你还是死了这条心吧！"

宋翰眼睛一红，一瘸一拐地朝外便走："你不管我，我去跟父亲说去！大不了他把我给打死好了，反正我也不想活了。你们一个不管我，一个什么都要管我，我就是夹你们中间受气的人，我去找娘去，只有娘疼我。要是娘还活着，怎么会拦着我？"

窦昭高声喊着"若朱"，道："你们还不拦住二爷！二爷发热，烧得有些糊涂了，你们还不快给二爷去请个大夫来瞧瞧！"

若朱二话没说，指挥着金桂和银桂把宋翰按在了地上，自己则拿了块帕子塞住了宋翰的嘴。

金桂和银桂吓得脸色发白，不由得偷偷打量宋墨，却发现宋墨沉着脸，却一言不发，两姐妹这才心中微定，把宋翰架到了床上。

现在的英国公府，就像是个筛子，越是所谓的"秘密"，流传得越快。

宋翰嚷着娶蒋撷秀的事自然是瞒不过宋宜春的，可宋宜春却很诡异地保持了沉默。

宋墨很是困惑："难道父亲并不反对天恩娶撷秀表妹为妻？"

于他来说，表妹们能有个安稳的归宿，不管是嫁到国公府还是别人家，他都是乐见其成的。

他就怕父亲和宋翰想的一样，到时候反倒害了撷秀表妹。

窦昭却不相信。宋宜春现在的态度已经很明显了,他绝不会让宋墨好过,可他也不想英国公府断了传承,两个儿子中他总要抓一个在手里,给宋翰找个强有力的妻族,也就成了必然之事。

她道:"二爷想娶撷秀表妹,那也得看蒋家答不答应,国公爷何必跳出来做恶人?而且这件事若是传了出去,别人只会说国公爷敬重亡妻,为了妻族,宁愿为次子求娶罪臣之女。面子、里子全有了,何乐而不为?"

宋墨不由点头。

他了解蒋家。

如果蒋家还在全盛之时,父亲为宋翰求亲,蒋家纵然不十分满意宋翰,也会勉强答应这门亲事。可如今蒋家落魄了,再应答这门亲事,不免有攀龙附凤之嫌,蒋家是绝对不会应的。

窦昭还有一个担心。

前世辽王之所以用宋墨,很大一个原因就是宋墨是定国公的亲外甥,可以利用定国公府几代经营下来的人脉,指使得动定国公豢养的死士。今生,宋墨注定不可能竭尽全力地帮辽王谋逆,辽王会不会转而利用同为定国公外甥的宋翰呢?

如果宋翰娶了蒋撷秀,在那些曾经受过定国公恩惠的人眼里,宋翰说不定比宋墨更能让他们觉得亲近。

当然,如果蒋撷秀真的嫁过来,日日相对,她心里肯定也会觉得有个疙瘩。

所以第二天她一大早就催着宋墨早点过去蒋四太太那边:"我们这一夜是睡得安稳,四舅母这一夜却还不知道怎么过的,今天事又多,我们早点过去,一来能帮帮忙,二来也可以给四舅母递个话,让她老人家安安心心地把骊珠表妹送出阁。"

宋墨觉得窦昭说的话有道理,虽然婚礼定在晚上的巳时,但他们不到卯时就去了蒋家四太太那里。

窦昭把宋宜春的态度告诉了蒋家四太太,并委婉地试探蒋家四太太:"宋翰年纪小,这几年跟在国公爷身边读书写字,待您又是一片赤诚,有些事想得不周全,还请您不要责怪。好在他的一片心是好的,四舅母也当欣慰才是。"

蒋家四太太思忖片刻,笑道:"你们的好意我心领了,越是这样,我们越是得早点回濠州才是。早几年柳州卫指挥使刘大人就曾为长子求娶撷秀,只因我们家二老爷待他有恩,老祖宗怕别人说我们家挟恩图报,就没有应这桩婚事。后来又遇到老祖宗病逝,几个孩子的婚事都拖了下来。我来京都之前曾听你大舅母说,如今柳州卫指挥使刘大人再次为长子求娶撷秀,她觉得刘家离我们太远,怕撷秀嫁过去了不习惯,和我商量这件事。我当时全副心思都放在骊珠身上,也没顾得上。现在骊珠出了嫁,我也有空和大嫂好好商量几个孩子的婚事了。只怕要辜负国公爷的一番好意了。"说完,好像怕窦昭吃亏一样,若有所指地对她道,"我知道做人媳妇的既要顾及阿翁,还要照顾丈夫。可你公公是个鳏夫,以他的年纪,现在不续弦,以后也会续弦,你只要照顾好砚堂就行了,国公爷那边的事,你大面上过得去就行了。"

窦昭有些啼笑皆非。

蒋家四太太肯定以为她是奉了宋宜春之命来试探婚事的!

她啼笑皆非之余,对蒋家四太太不由产生了感激之情。

但凡对她有一点点的见外,都不会对她这样推心置腹。

由此可见,宋宜春对宋墨的态度让蒋家的人也很不舒服。

她笑盈盈地点头,提醒蒋家四太太:"二爷那边,我已经派人看着他了。只是英国公府毕竟还是国公爷当家，有些事不好说。我现在就怕这件事给传了出去，国公爷成了有情有义的人，蒋家反被说成是目下无尘，给国公爷做了垫脚石。"

蒋家四太太略一思考就明白了窦昭的意思，她笑道："我明白了，有些事我会防患于未然的。"

蒋家既然能派了四太太来送嫁，可见四太太是个能独当一面的。窦昭放下心来，笑着和窦家四太太说了会话，去了堂屋。

通往退步的帘子一撩，蒋撷秀走了进来。

她大胆地望着蒋家四太太，直言道："母亲要把我嫁到柳州去吗？"

"怎么可能？！"蒋家四太太轻笑，拉了蒋撷秀的手，感叹道，"蒋家不知道有多少姑娘嫁给行伍之人，年纪轻轻就成了寡妇，难道这样的例子还少吗？只是我们受定国公府供养，为定国公府出力，本是应该，也就没有理由抱怨责怪。现在蒋家已经是历劫余生，祖宗的遗愿，我们已尽力了，以后，我们得为自己活着。先前定下婚事的孩子就不说了，你们几个，你大伯母和我的意思是一样的，想把你们都留在身边。"

蒋撷秀眼圈一红，接着眼泪就簌簌地落了下来，不知道是委屈还是欣慰地喊了声"母亲"。

"傻孩子！"蒋家四太太上前揽了蒋撷秀的肩膀，低声道，"你把东西交给我的时候，我就知道了你的心意，我们家虽然落魄了，可有你大伯母在，就不会让你们吃了亏去。"

蒋撷秀点头，泪眼婆娑地笑道："还有母亲！"

蒋家四太太呵呵地笑，道着"我可比不得你大伯母有勇有谋"，掏了帕子出来让蒋撷秀擦眼泪，"今天客人不少，可别让人看出什么端倪来。"

蒋撷秀颔首，等到觉得脸上没有什么痕迹了，这才出了宴息室。

蒋撷英靠在退步屋檐下的柱子前，正望蔚蓝的天空发呆，听到动静，她抬起头来对蒋撷秀点了点头。

蒋撷秀顿了顿，走了过去，和蒋撷英肩并着肩靠在了柱子前，学着她刚才的样子仰望着天空，轻声道："你在看什么呢？"

天空里有一群鸽子飞过，鸽哨尖锐的声音打破满院的宁静。

蒋撷英望着天空，喃喃地道："我在想，以后不知道还有没有机会再看看京都的天空……"

还有人。

她在心里默默地道。

手指轻轻地拨了拨戴在手腕上的一串沉香木手珠。

蒋撷秀回过头来，目光在她的手珠间停留了片刻。

她还记得，那是四年前的元宵节，他们还是定国公府的小姐，英国公府世子爷宋砚堂来给她们的祖母祝贺，除了敬献给长辈的礼物，她们姐妹每人都得了一串沉香木的手珠。

含珠姐姐转手就把它丢在了镜奁里，她则喜滋滋地放在了枕头下，十四妹却戴在了手腕上，日日夜夜不离身。

所以抄家的时候，她们的手珠都丢了，只有十四妹的手珠保留了下来。

可尽管如此，又能怎样？

她抬头望向了天空，低声道："表嫂长得漂亮，人也很好……看表哥的样子，对表嫂也疼爱有加……他从前是抬脚就走的人，能打发个小厮过来问问已是好的……现在却每天下了衙来接表嫂……他过得很好……"

可眼中到底浮现出一层雾霭，心里也泛起一股酸意。

蒋撷英却想起姐妹们一起藏在冬青树后面偷偷看哥哥们射箭被发现，她和姐妹们一起哄笑着躲进了假山，十三姐跑得最慢，被逮住了，却不慌不忙地站定，一双大眼睛转也不转地盯着宋家表哥，嘴里却道："我看哥哥们的箭都射得好，特意来给哥哥们喝彩的。"

她不由抿着嘴笑了笑。

从前的种种，都如绮美的梦境，现在，还计较这些做什么？

"是啊！"她衷心地道，"知道表哥他们过得都很好，我也就没有什么牵挂了。"

有说笑声隐隐传来。

蒋撷英笑着站直了身子，轻轻地掸了掸衣襟，道："十三姐，应该是有客人来了，我们出去招待客人吧？"

蒋撷秀笑着应"好"，姐妹俩亲亲热热地去了堂屋。

蒋骊珠第三天回门，蒋家女眷第四天离京。

离京的时候曾经去参加蒋骊珠婚礼的人家都知道了蒋家四太太决定把其他的几个女孩子都留在濠州，让还在总角之年的几个弟弟也有个依靠。

尽管如此，宋翰并没有罢休。

他跪在英国公府的正院里，求宋宜春做主，为他求娶蒋家的女儿。

用他的话来说，能够和外家亲上加亲，母亲地下有知，想必也会觉得欣慰，点头同意。

一时间，宋翰孝顺的名声不胫而走。

宋宜春把宋墨两口子叫到了书房，似笑非笑地对宋翰道："可惜撷秀和撷英都已经许配人家了，你想娶你表妹，只怕还要等几年。"

蒋家的其他几个女儿，都还小。

宋翰却道："只要父亲答应让我娶蒋家的女儿，我宁愿等几年。"

他斩钉截铁的语气，让窦昭不由心生疑惑。

宋翰爱慕蒋撷秀，想娶蒋撷秀为妻，情有可原。可蒋家已经很明确地拒绝了他，他也因此而博了个"孝顺"的美名，为什么还坚持要娶蒋家的女儿为妻？而且听他这口气，好像只要是蒋家的女儿就行了，那他到底是真的爱慕蒋撷秀还只是因为蒋夫人曾经想把蒋撷秀许配给宋墨呢？

第一百三十四章　遗贵·见到·怒火

两世为人，让窦昭明白，有些事只有时间能证明。

她把这件事交给了若朱盯着。

因为陈嘉回来了。

他虽然衣饰整洁，眉宇间却难掩疲惫。

给窦昭行过礼之后，他低声道："遗贵姑娘嫁的那人姓韦，名全，字百瑞，比遗贵姑娘大八岁。江西人士，父亲曾在清苑县做过县丞，早丧，家无恒产，靠着嫁了个坐馆秀才的胞姐过活。十五岁的时候，姐姐去世，他又因与姐夫口角，被姐夫赶出了家门。他举业无望，又身无长物，就投在了清苑县的乡绅贺清远门下做了门客。

"贺清远有个儿子叫贺昊，两年前来京都参加院试，韦全和贺家的一位管事奉命一路打点。贺昊当时租住的院子就在离梳子胡同不远的鞋帽胡同，那韦全不知怎的就和黎氏认识了，又哄了黎亮把遗贵嫁给了他。"

窦昭愕然，道："这么说来，那韦全和黎家根本没有任何关系，不过是个靠人赏饭吃的闲帮喽？"

"他虽和黎家没有什么关系，但这人还有几分手腕。"陈嘉委婉地道，"当初黎亮也曾亲自去清苑县打听过他，他这几年跟着贺清远，不仅挣下了一间半亩的小宅子，还在乡下置了十几亩田，而且人长得十分周正，行事也大方，韦父在清苑县做县丞的时候，结了不少善缘，他在清苑的名声还是不错的。"

窦昭皱眉道："既是如此，黎亮和黎氏又是为何争吵？"

陈嘉轻轻地咳了一声，才压低了声音道："遗贵姑娘嫁给韦全之后，和韦全也称得上琴瑟和鸣。只是今年正月十五那天灯市，韦全带着遗贵姑娘出门赏灯，遗贵姑娘突然就走失了……"

窦昭骇然，道："人怎么会走失的？韦家可报了官？官府怎么说？"

陈嘉没有想到窦昭会这么激动，忙道："夫人少安毋躁，我已把遗贵姑娘安置在了离这里不远的隆福寺，您要是想见她，我随时可以把她悄悄送进府来。"

窦昭听着他话里有话，面色一肃，凝容问道："这到底是怎么一回事？你不要隐瞒，仔细地跟我说说。"

陈嘉揖手应了声是，道："那韦全既是贺家的门客，少不得要讨贺昊的欢心，一来二去，就和那贺昊有了首尾。他成亲之后，贺昊还和从前一样在韦家进进出出。遗贵姑娘容颜出色，被贺昊看在心里，就生出别样的心思来。

"他先是拿出手段去哄遗贵姑娘，被拒后，就打起了韦全的主意。

"韦全虽是个荤素不忌的，但叫他平白让出妻子，他还是不愿意的。

"贺昊就许了他很多好处，不仅把自己名下一百亩的良田记在了韦全的名下，还把韦全从前的一个相好赎了出来送给了韦全，有了那相好在韦全耳边吹枕头风，韦全很快就改变了主意。

"元宵节那天，他借口带遗贵姑娘去保定府观灯，把遗贵姑娘带到和贺昊约好的地方，把遗贵姑娘送给了贺昊，对外谎称遗贵姑娘走失了，还在保定和清苑都报了官……"

窦昭忍不住骂了声"畜生"。

毕竟男女有别，和窦昭说这些，陈嘉还是有点尴尬的。

他低下头喝了口茶，这才又道："贺昊娶的是自己姑母的女儿，姑母家又陪送了大笔的嫁妆，贺昊的妻子还给贺昊生下了两个儿子，贺昊根本不敢把人带回家，就把遗贵姑娘养在贺家在保定府的宅子里。

"遗贵姑娘开始宁死不从，后来知道是韦全把她送给贺昊的，又被贺昊用了强，就开始不吃不喝。

"那贺昊就住在了保定府，天天伺候着。

"时间一长，贺清远起了疑心。

"他一开始还以为儿子在外面养了个狐狸精，瞒了家里的人来捉奸。待看到遗贵姑娘，就起了歪心，从自己儿子手里夺了遗贵姑娘。

"贺昊不服，把事情捅到了自己的母亲那里。

"贺太太就趁着贺清远出门，让韦全写下了卖妻书，悄悄带人将遗贵姑娘绑了，卖给了一个路过保定的行商。

"遗贵姑娘不从，在客栈里自缢不成，正好遇到我找了过去，我连吓带哄，给了那行商三十两银子，将遗贵姑娘买了下来，悄悄地带回了京都。"

陈嘉说着，打量着窦昭的神色："因不知道夫人打算怎样安置遗贵姑娘，就没敢贸然地把遗贵姑娘带过来……"

窦昭气得脸色通红，但也不知道怎么安置这个叫遗贵的小姑娘好。

不收留她吧，她没有个去处；收留她吧，她的生母和亲舅舅都在世。

窦昭道："那小姑娘长得很漂亮吗？"

"很漂亮。"陈嘉说着，脑海里浮现出那张如雨打梨花般苍白却凄婉动人的面孔，忍不住道，"我看着，和世子爷倒长得有几分相似。"

窦昭心中猛地一跳，不禁沉声道："你可看清楚了？"

陈嘉表情凝重地点了点头，道："若是夫人不相信，哪天我可以把人带出来，夫人悄悄地看上一眼。"

窦昭自然相信陈嘉的眼光。

她突然觉得这件事已经不是她一个人能扛得下来的了。

窦昭想了想，对陈嘉道："你先回去。小姑娘那里，派人好生看着，不要有什么闪失。这件事，待我和世子爷商量过之后，再做打算。"

陈嘉猜到遗贵是宋墨同父异母的妹妹，他怎敢多问，恭声应是，退了下去。

等在门口的虎子立刻迎了上来，他低声道："夫人怎么说？"

陈嘉狠狠地瞪了虎子一眼，沉声警告他："这也是你该问的话？"又道，"你亲自带几个人去隆福寺那边，好吃好喝地把那小娘子伺候着，千万不要让那小娘子有什么闪失……至于其他的几个人，每个人给笔封口费，我把他们介绍到南边的同僚那边当差，让他们再也不要回京都，如果再遇到我，小心刀剑无眼。"

虎子吓得缩了缩头，但还是忍不住道："您不是说夫人也许要用这小娘子对付英国公吗？知道的人岂不是越多越好？他们都是跟了我们好几年的人……"

没等他说完，陈嘉抬手就给了他一耳光，瞪着他的眼神也有些吓人，声音更是阴恻恻的："想活命，就不要乱说话！"

虎子跟了陈嘉这么多年，陈嘉就是最落魄的时候，也没有这样打过他，他吓出了一身的冷汗，连声应诺，飞快地跑进了人群里。

陈嘉望着他远去的背影，不由长长地叹了口气。

看窦夫人的样子，不像是要用遗孀对付英国公的样子，这件事显然比自己想象的要复杂得多。自己这样一头扎了进去，到底是祸还是福呢？

不知为什么，他脑海里浮现起他初次见到遗孀时的样子。

她双肘抱胸，瑟瑟发抖地躲在客房阴暗的角落里，那惊恐的目光，就像一只被围攻的幼兽，可裸露在外的雪白肌肤，青一块紫一块的，就像一块美玉被人为损坏了一样，让人不由生出几分心疼来。

陈嘉不禁又叹了一口气。

贵女又如何？

越是长得伶俐，越是难以在这样的环境里生存下去。

他叹了今天的第三口长气，转身牵了马，慢慢地离开了巍然显赫的英国公府。

窦昭在宋墨的书房外面徘徊良久，都不知道该怎么对宋墨说这件事。

瞒着他，又不甘心让他这样被蒙骗；告诉他，又怕他知道了伤心。

倒是宋墨，等了半天也不见窦昭进来，就好比一双鞋子只脱了一只，另一只鞋子却一直没有落地的声音，让他心焦不已，手中的公文也看不下去了，索性自己撩帘出了书房，站在书房的台阶上笑着问她："你是不是要等我来请你你才肯进来？"又打趣她，"今天的天气虽然不错，可风吹在身上却有点热，你就是想等我出来请你，也要换个阴凉些的地方才是，也不用站在院子中间受罪啊！"

窦昭失笑，不由横了他一眼，心情却舒缓了不少。

她和宋墨在书房坐下，斟酌着将这件事告诉了宋墨。

宋墨知道窦昭在查黎家的事，窦昭向来有自己的行事风格，他对窦昭非常信任，并没有过问。此刻听了窦昭的话，他非常惊讶："你是说，那小姑娘和我长得有几分相似？不可能吧？就算是父亲在外面养的，他要抱回来，又是个女孩子，不过是多几口饭，多几件首饰衣裳，出嫁的时候给她准备一份陪嫁，说不定还能嫁个对英国公府有帮助的人家，母亲不可能拦着，父亲也不可能不闻不问，任由黎家这样胡乱养着。"

"所以我觉得这件事有蹊跷啊！"窦昭道，"若是个别的什么物件倒好说，这可是个活生生的人，瞧黎家的行事做派，说不定那小姑娘什么也不知道……你说这件事该怎么办好？"

宋墨沉默了片刻，道："等我先见见那小姑娘了再说吧。"

窦昭松了口气，踌躇道："如果真是英国公爷留在外面的孩子，你准备认下她吗？"

宋墨显得有些烦躁，道："到时候再说吧！"

也的确不好办。

黎家这么养着她，肯定有所图，遗孀又嫁了人，嫁的还是个无赖，不管认不认下她，只要有风声传出去，都是个麻烦。

窦昭有些头痛。

此时轮到宋墨安慰她了："船到桥头自然直。我们两人同心协力，什么坎过不去？就算是有风声传出去了，这英国公府不还是父亲的吗？与我们何干？"

也是哦。

窦昭不由朝着宋墨笑了笑。

上一世，因纪咏做了隆福寺的住持，隆福寺有了和大相国寺分庭抗礼的能力，才名震京都的。

窦昭并不记得隆福寺的名声是从什么时候开始响亮的，她听说隆福寺的时候，隆福寺已是一香难求。

可这一世的隆福寺，虽然香火旺盛，却名声不显，来上香的都是些小门小户的妇人，很难看到装饰华丽的马车或是轿子。

窦昭站在隆福寺的大门口时，不由抬头望了一眼隆福寺的山门。

不知道这一世纪咏还会不会和隆福寺结缘？

她转回头望了一眼宋墨。

为了不引人注目，宋墨和她都换了身朴素的净面杭绸衣裳，她发间插了两根银簪，轻车简从，只带了陈核、金桂姐妹和段公义等几个护卫随行。

隆福寺里香烟袅袅，宋墨和窦昭在大雄宝殿上了香。

不时有来进香的妇人盯着他们看。

陈嘉苦笑。他把遗贵安置在这里，就是看中了这里香火鼎盛，进出的人多，可以鱼目混珠。可他却忘了宋墨和窦昭的样貌是如何出众，就算他们穿着最普通的衣饰，可那举手投足间流露出来的雍容华贵却是怎么也无法掩饰的。

早知道这样，还不如把遗贵安置在大相国寺呢！

他在心里嘀咕，想到遗贵那怯生生的脸庞，不由得朝着虎子使了个眼色，示意他去提点遗贵一声，免得她等会儿看到宋墨和窦昭又会像小兽似的躲在墙角发抖。

虎子会意，匆匆去了东边的群房。

宋墨和窦昭捐了香油钱，和陈嘉往群房去。

仲夏的早晨，太阳一升起来空气就变得有些燥热，隆福寺院子里合抱粗的大树带来了一丝凉意，却依旧难消宋墨心中的烦躁。

昨天晚上，他几乎一夜都没有睡。

他说不清楚自己是个什么心情。

同情？那女孩子是他父亲外室的女儿，是他父亲背叛母亲的证据，这情绪好像有点不合时宜。

憎恨？如果他不知道那女孩子的遭遇，他也许会憎恨她，可当他想到正是因为父亲的不负责任才让那女孩子落得如此下场时，他心里却无论如何也憎恨不起来。

喜欢？那就更谈不上了。他一向以强为尊，就算是个女子，把自己弄到这步田地，可见她自身的性格也有不是之处，让他怎么喜欢得起来？

直到踏进隆福寺的那一瞬间，他也没有想好该怎样处置这个女孩子。

宋墨从小到大，从来不曾这样纠结过。

他不由握紧了窦昭的手。

窦昭也紧紧地回握住了宋墨。

她的心情和宋墨一样复杂。

同为女子，她很同情这小姑娘的遭遇，可想到这小姑娘有可能是宋墨同父异母的妹妹，她偏向宋墨的心就没办法对这小姑娘抱有更多的怜悯。

两人不紧不慢地进了厢房。

大热天的，厢房的门窗紧闭，只有从屋顶明瓦射进来的一束阳光，屋里显得非常幽暗。

虎子正细声地和坐在中堂里的太师椅上的一个女子说着话，听到动静，见他们走了进来，他忙退到了一旁，那女子则慢慢地站了起来。

虽然看不清那女孩子的相貌，可她纤细的身材显得非常瘦弱。

宋墨显然有些意外，他在门口站定，沉声道："你就是黎遗贵？"

女孩子没有作声。

陈嘉有些着急。

这丫头怎么油盐不进？枉他昨天跟她说了那么多！

英国公府世子爷权高位重，他一句话就能让她生、让她死，见了英国公世子爷，语气一定要恭敬，身段一定要柔和，切不可摆架子，只要能讨了世子爷的欢喜，她以后吃香的喝辣的，就能过上好日子了，再也不用怕会被韦全抓回去或是被贺昊欺负了。

他不禁轻轻地咳了一声，小声提醒遗贵："英国公世子爷和夫人来看你了，你还不快些上前给英国公世子爷和夫人请安！"

小姑娘却杵在那里没有动。

陈嘉只好上前，轻轻地推了那小姑娘一把，低声道："还不快跪下！"

小姑娘却犯了犟，垂着脑袋，一动不动地站在那里。

陈嘉没有办法，只好又推了那小姑娘一把。

这次劲用得有点大，小姑娘一个趔趄，差点摔倒，跌跌撞撞地向前走了几步才站定。

透过明瓦射进来的那束阳光就照在了小姑娘的脸上。

那精致的五官，明秀的脸庞，让窦昭和宋墨都看得一清二楚。

窦昭顿生明珠染尘的心疼。

宋墨却是一愣，骤然变色，失口喊了声"母亲"。

屋里没有旁人，本来就静悄悄的，窦昭这下子自然听了个清楚。

她惊愕地朝宋墨望去，宋墨也正好朝她望过来。

她看见了他眼底如惊涛骇浪般汹涌的惊骇。

"怎么了？"窦昭脑子里乱糟糟的，一片茫然，但她还是紧紧地抱住了宋墨的胳膊。

宋墨脸上已没有了半点血色。

"她，她长得和我母亲像一个模子里印出来的……"他喃喃地道，"比含珠表姐还要像……"

黎窕娘的女儿怎么会像蒋夫人？就算是像，也应该像宋宜春才是！

那府里的宋翰又是怎么一回事？

窦昭指尖发凉，脑子里一片空白。

陈嘉却如遭雷击。

不是说遗贵是英国公的外室生的女儿吗？怎么又扯上了蒋夫人？

他只觉得额头汗淋淋的，不禁目光晦涩地看了一眼遗贵，拉着虎子就朝外走："世子爷，您有什么话直接问遗贵姑娘就是了，我和虎子守在门外。"

遗贵却一把抓住了陈嘉的衣袖，满脸惊恐地急道："你不是说你认识我舅舅吗？你带我回京都来找我舅舅……你骗人！我舅舅呢？我要见我舅舅！"她说着，眼眶一红，眼泪扑簌簌地落了下来，"求求你，带我去见我舅舅，我舅舅定会重重酬谢你的……"

她不说还好，她这么一说，一股怒火就从宋墨的胸口蹿了出来。

一个长得极似他母亲的少女口口声声地嚷着要找黎亮那个卑鄙无耻的小人相救，让他鬓角冒起了青筋。

"什么舅舅？那贱民也配？！"他阴着脸，眉宇间的戾气仿佛要破茧出来噬人般骇人，"陈嘉，你去把黎亮给我找来！我倒要问问，这到底是怎么一回事！"

宋墨冷笑着，寒气四溢。

陈嘉不由自主地打了个寒战，哪里还敢多看宋墨，低头应是，转身就朝外走。

遗贵拽着陈嘉的衣袖不放，陈嘉只好小声地哄她："你也听见了，我要去找黎亮过来。"

他不敢称黎亮为"舅舅"，怕宋墨再次发飙。

遗贵已吓得瑟瑟发抖，她哭着求陈嘉："你带我一起去找我舅舅吧！"

陈嘉苦笑，她和宋家有着千丝万缕的关系，自己和宋家可是打屁沾不到大腿，她就是再闹腾，自有宋砚堂给她做主；自己要是眼头不亮，只怕会死在这里。

他求助般地望向窦昭。

窦昭忙上前去抚遗贵的肩膀，遗贵却吓得直往陈嘉身后躲。

宋墨看着，脸色更阴沉了。

窦昭只好温声劝遗贵："你母亲知道了你的遭遇还不知道会怎样，不如先把你舅舅请过来再说。你孤零零的一个人，我们若是想对你不利，何需如此费劲？"

她依旧抓着陈嘉的衣袖不放。

宋墨表情骇人，举步就朝他们走过来。窦昭忙朝着宋墨使了个眼色。

宋墨犹豫几息，朝后退了几步。

窦昭再劝遗贵的时候，遗贵就咬着嘴唇松开了陈嘉的衣袖。

陈嘉松了口气，拔腿就大步朝外走。

而虎子早已吓得两腿发软，呆滞了片刻才小跑着跟上了陈嘉。

窦昭就示意宋墨先出去。

宋墨想了想，出了厢房。

窦昭就扶着遗贵坐了下来，柔声地问她："你什么时候回的京都？住在这里，是谁服侍你？"又安慰她，"你别害怕，既然回了京都，那韦全也好，贺家也好，都别想只手遮天！"

遗贵就哭了起来。

开始只是小声地抽泣，然后声音渐渐大了起来，最后扑在桌子上号啕大哭起来。

窦昭的眼睛也不由得跟着发起涩来，她的手轻轻地抚着遗贵的青丝。

她这才发现，遗贵长了一把好头发，不仅乌黑发亮，而且浓密如云，顺滑如丝。

宋墨也长了一把这样的好头发。

窦昭心中顿时酸楚难忍，眼泪泉涌而出。

当年，到底发生了什么事呢？这一世，如果自己没有一时兴起让陈嘉找遗贵，她的命运又会是怎样的呢？

她想到上一世宋墨曾说过他去祭拜妹妹的话。

他说的妹妹，应该就是遗贵吧？

上一世，遗贵死了……这一世，还好及时把人给救了出来……

门外的宋墨听着屋里的哭声，他的胸口像压了一块大石头似的。

他吩咐陈核："把杜唯叫来！"

陈核战战兢兢地应声而去。

宋墨在廊庑里来来回回地踱着步。

段公义等人大气也不敢出，静静地守在四周。

屋内的哭声渐渐小了，杜唯满头大汗地赶了过来。

宋墨吩咐他："我母亲生二爷的时候，屋里都是哪些人在服侍？这些人现在都在哪里？你给我查个一清二楚，立刻来回了我！"

杜唯揖手退下。

陈嘉领着黎亮匆匆赶了过来。

看见站在廊庑下居高临下地望着他的宋墨和院子四周沉默却散发着杀气的护卫，黎亮的脚步慢了下来，神色也变得凝重起来。

"你是谁？遗贵在哪里？"

他回头望向陈嘉，这个骗他到此地的男子，目光不善。

陈嘉却微微一笑，朝着宋墨揖礼，低头退到了一旁。

高高升起的太阳火辣辣照在小院的青石板上，反射出刺目的白光，却不及廊庑下那清贵少年的目光让人不敢直视。

黎亮独自站在院子中间，望着有序散落在四周的护卫，心不断往下沉，脑子却前所未有地清明起来。

"你，你是宋家的人？"大热天的，他脸色却如雪般白，"是英国公府的世子爷？还是……二爷？"

宋翰？他怎么会觉得自己是宋翰呢？

宋墨的心更冷了。

"这有什么区别？"他问黎亮，背着手，慢慢地走到了台阶上，俯视着院子中间那个因为恐惧而浑身发抖的男子，"难道宋翰来了，又有什么不同？"

黎亮抬起头来，看见宋墨眼底的不屑。

多年前的事，又一一浮现在他的脑海里，埋在心底十几年的屈辱顿时像火山似的爆发出来。

"遗贵呢？是不是你们把她从灯市掳走了？"他握着拳头瞪着宋墨，眼睛血红，"当初是你们像甩破烂一样地把她甩给了我们……怎么？现在突然想起宋家还有个流落在外的女儿，找个教养嬷嬷告诉她几年规矩，就可以给你们宋家联姻了？我呸！她姓黎，与你们宋家没有关系，你们休想再害她！现在可不是十五年前！宋宜春那个畜生当家，连宋家连任的太子太傅之职都没有保住，不过过了个五军都督府掌印都督的职位；我们黎家也不是从前的黎家了！光脚的不怕穿鞋的，你们要不把遗贵交出来，我就到长安大街去喊冤，让全天下的人都知道你们宋家当年都干了些什么！"他说着，就朝厢房冲了过去，"遗贵，遗贵，你是不是在里面？舅舅来了，你别害怕，我这就救你出去……"

段公义几个怎么会让他靠近宋墨，三下两下就把他给按到了地上。

屋里的遗贵听了却像小牛犊似的朝外跑："舅舅，舅舅，我在这里！"

窦昭不敢拦她，还好金桂和银桂守在门外，大门吱呀一声打开，两姐妹就把遗贵架在了门口。

"舅舅，舅舅！"看见黎亮被人按在地上，遗贵哭得像泪人似的，挣扎着要去黎亮那里。

黎亮也梗着脖子喊着"遗贵"，问她："他们有没有把你怎样？"

遗贵哭着摇头。

好像宋墨他们是土匪，而他们是被土匪打劫的良民似的。

这都是个什么事啊！跟过来的窦昭直摇头，不禁朝宋墨望去。

宋墨的脸果然黑得像锅底似的。

窦昭只好轻轻地抚着遗贵的肩膀，柔声道："你不要吵闹，乖乖地听话，我让他们放了你舅舅，可好？"

遗贵不住地点头，还要跪下去给窦昭磕头："我听话，你们让我做什么我就做什么，你们别伤害我舅舅！"

窦昭刚要点头，就听见院子里"咔嚓"一声响。

大家不由循声望去。

就看见宋墨一脚把廊庑下的美人靠给踢断了。

窦昭几个不由得苦笑。

遗贵却吓得直哆嗦，连哭都不敢哭了。

窦昭叹气，又怕遗贵突然挣扎起来伤了自己肚子里的孩子，示意金桂银桂扶着遗贵回厢房坐下，又亲自斟了杯茶给遗贵，小声地安慰她："世子爷的脾气平时挺好的，你这样哭，他心里烦躁，你快别哭了，他问你舅舅几句话，就会放了你舅舅的。"

"我不哭，我不哭！"遗贵连忙向窦昭保证，眼泪却比刚才落得更凶了。

怎么是个泪美人？窦昭无奈，轻轻地帮她擦着眼泪。

黎亮本就是色厉内荏，宋墨的那一脚，把他最后的一点勇气也给踢没了。

他趴在地上，无声地流起眼泪来："世子爷，我求您了，从前都是我妹妹的错，不关遗贵什么事，您大人有大量，就放过遗贵吧！她什么也不知道，我们什么也没给她说，她是个姑娘家，又已嫁人，虽然说不上锦衣玉食，却也比上不足比下有余，您就高抬贵手，放她一条活路吧……"

黎亮不提遗贵嫁人的事还好，他这么一提，宋墨的脸都青了。

他沉着脸走了过去，脚尖看似轻巧地碾在黎亮的肩膀上。

黎亮只觉得肩膀钻心地痛，"哎哟"了一声，肩膀就没有了感觉，却听到一阵"咔嚓"的骨折声。

他脸色煞白。

宋墨踩的正是他的右肩膀，他只怕一时半会都不能提笔写字了。伤筋动骨一百天，他是账房，要是这么久都不能提笔写字了，还怎么做工？

"世子爷，世子爷！"他低声求饶，眼泪不住地往下流，心里像刀剜似的。

陈嘉手里不知道审过多少犯人，别人不知道，他一看宋墨踩的那个姿势和黎亮的伤就知道黎亮这半边肩膀算是废了，而且看看宋墨这个样子，恐怕不仅仅是把他给弄废了完事。当然，就算宋墨真的把这姓黎的怎么样了，有他这个锦衣卫抚镇司的人在这里，自然会给宋墨善后。可他刚才却瞧得清楚，遗贵和她这个舅舅倒是情真意重，若是黎亮就这么死了，遗贵又什么都不知道，到时候恐怕很要费一番口舌来劝遗贵。

他上前就抱住了宋墨的脚，低声道："世子爷，遗贵姑娘要紧。您有什么不舒服的，也等这姓黎的把话说完了再说，免得遗贵姑娘误会。"

宋墨狠狠地又碾了黎亮两下，这才抬了脚。

陈嘉松了口气。

黎亮这时才感觉到痛，豆大的汗珠瞬时就布满了他的额头。

陈嘉忙塞了颗药丸子到他的嘴里，并道："止痛的，你先忍忍，我这就去给你请大夫，等回了世子爷的话，我就让大夫来给你诊脉。"

黎亮痛得浑身直哆嗦，不由自主地低声地呻吟着。

陈嘉就朝段公义递了个眼色。

段公义点了点头，和夏璁一左一右，把黎亮架到了旁边的茶房里。

没有宋墨点头，陈嘉怎么敢去给黎亮叫大夫？刚刚的话也不过是哄着黎亮好生地回答宋墨的话罢了。

他无意让自己陷得更深，忙朝着宋墨揖礼，恭谨地道："我去看看夫人那边有何吩咐……"想借此脱身。

谁知道宋墨见他行事颇有章法，却道："夫人那边有什么事，自然会吩咐金桂银桂，你随我来。"说着，朝茶房走去。

陈嘉无奈，只得上前几步走在了宋墨的前头，帮宋墨撩了帘子。

这茶房是给来上香的女眷们用来烧热水蒸点心的，不过半丈见方，除了个小小的炭炉子，临窗还放了个闷户橱、两张春凳，几个大男人挤在里面，转身都觉得有些困难。

宋墨就吩咐段公义和夏璇："你们去外面看着。"

段公义和夏璇恭声退了下去，陈嘉不得已只好独自架了黎亮。

宋墨就坐在了一旁的春凳上。

止疼药开始发挥效果，黎亮的半边身子虽然没有知觉，还不能动弹，却不疼了。

陈嘉用脚钩了炉子旁用来看火的小板凳给黎亮坐下，退到门口。

宋墨就问黎亮："当年发生了些什么事？"语气一如从前地冷静从容。

陈嘉不由看了宋墨一眼。

黎亮却奇道："不是国公爷让您来的吗？"

从见到遗贵的那一刻起，事情就变得匪夷所思起来，宋墨知道自己的认知出现了偏差。

他含含糊糊地道："每个人说的都不一样，我就想知道当年到底发生了什么事。"

黎亮闻言，立刻像被激怒的公牛似的赤红了眼睛。

陈嘉怕他又像刚才似的，不顾一切地把宋家痛骂一顿，结果是他心情舒畅了，却把宋墨给惹火了，白白丢了性命都有可能。

陈嘉忙提醒他："当年的事，世子爷也不过是听长辈提起。要是世子爷全然相信，怎么会让下属去查遗贵姑娘？如果不是去查遗贵姑娘，又怎么会救了遗贵姑娘……"想到遗贵的遭遇宋墨无论如何也不会对其他人提起，可若是黎亮不知道遗贵到底遇到了些什么事，多半还会像之前那样觉得自己抚养遗贵有功，对宋墨说话肯定会居功自傲不客气，与其到时候让宋墨发火，还不如让黎亮心疼心虚。

陈嘉语气微顿，索性悄声把遗贵的事告诉了黎亮。

宋墨并没有阻止。

让这个姓黎的知道他到底做了什么事也好，免得他厚颜无耻地自称是什么"舅舅"地恶心人。

黎亮瞪大了眼睛。

他望了望面沉如水的宋墨，又望了望神色凝重的陈嘉，嘶叫了一声"不可能"："你们骗我的！你们定是瞧不上韦家，所以骗我让遗贵和韦百瑞和离的……"

嘴里这么说，他心里却明白这个事十之八九是真的，要不然以宋家的显赫，宋墨怎么会保持沉默，遗贵为什么看上去那么消瘦羸弱。

他捂着脸，哭了起来："都是我的错……我当时要是坚持不把遗贵嫁给韦百瑞就好了……我明明觉得那姓韦的目光不正，心里打鼓，却被屋里的婆娘蒙了眼，把遗贵就这样嫁了出去……最多一年，我要是再多留遗贵一年，你们找了来，遗贵说不定还能嫁个好人家……"

怎么又牵扯出黎亮的老婆来？

陈嘉在心里嘀咕着，想着宋墨肯定也很困惑，道："遗贵嫁给那姓韦的，和你老婆有什么关系？"

有些人，总是喜欢把责任推到别人的身上去。

黎亮道："当初我娶妻的时候就说清楚了的，家里有个寡母、一个大归的妹妹和一个小外甥女，哪家的姑娘能容得下我这妹妹和外甥女，我就娶。那婆娘一开始都答应得好好的，可没想到时间一长，那婆娘就变了嘴脸，不只嫌弃我妹妹不说，还怂恿着我早点把遗贵嫁出去。遗贵年纪还小，我本来想多留她两年的，可家境日益艰难，我那婆娘就拿遗贵的陪嫁说事，说这个时候把遗贵嫁出去，还能给遗贵置办一副体面的嫁妆，再过几年，遗贵就只能嫁个破落户了，正巧韦全又来求亲，我这才把遗贵给嫁出去的……"他恨恨地道，"都是这婆娘，坏了遗贵的前程！"

第一百三十五章　当年·瞪目·安置

陈嘉不知道说什么好。

什么事都喜欢把过错算到别人头上，也难怪这个黎亮年近四旬却一事无成。

他默默地瞥了黎亮一眼。

宋墨却懒得听黎亮说这些家长里短的，径直问道："遗贵是谁的孩子？"

黎亮闻言猛地抬起头来，满脸不可置信地瞪着宋墨，道："当然是你们宋家的孩子！"他说着，露出恍然大悟的表情，急急地道："宋宜春那个卑鄙无耻的小人肯定跟你们家里的人说窕娘死了吧？当初老国公爷亲自带人来给窕娘灌落胎药，窕娘大出血，的确是昏死过去了。不过老天爷开眼，老国公爷带来的是几个大男人，见窕娘服侍过宋宜春那畜生，没敢多看，试着没了鼻息，就退了出去。可怜我母亲不休不眠地照顾了窕娘大半个月，人参燕窝像不要银子似的往窕娘嘴里送，把我外祖父给我娘的陪嫁全掏空了，这才保住了窕娘的一条性命，我们又怕你们找来，发现窕娘还活着，立刻贱卖了祖宅，谎称我妹妹得了急病，道士说京都阳气太盛，恐她性命不保，搬到了苑平乡下我舅舅家暂住，又将养了两年，窕娘才能下地。

"谁知道你父亲又找了来。

"可怜我妹妹，对你父亲一片痴情，一心一意想服侍你父亲，被你父亲哄着又得了手。"

他说着，又咬牙切齿起来。

"你父亲却是个狼心狗肺的。

"第二天把我妹妹送回来就不见了踪影。

"偏偏我妹妹又怀了身孕。

"大夫说她之前亏了身子，打不得胎，只好把胎儿养了下来。

"我只好悄悄去找你父亲。

"你父亲先是避而不见，见到我之后却只问我要多少银子。

· 153 ·

"我气得差点打了你父亲一耳光，回去就带着妹妹和母亲搬到了城外的柿子胡同，免得我妹妹生产的时候找不到稳婆。

　　"没想到孩子七个月大的时候，你父亲又找了来。说什么你祖父病了，不像从前那样强硬了，窀娘怀的是宋家的子嗣，让窀娘跟他回去，说不定你祖父看在子嗣的分上，会让窀娘进门也不一定。

　　"我觉得不如等窀娘生下了孩子再说。如果是男孩，你们宋家肯定会认下窀娘和孩子的；如果是女孩子，宋家要个姑娘有什么用？

　　"我母亲和窀娘却都认为这是个好机会，不顾我的阻拦，窀娘跟着你父亲去了英国公府。我一气之下，去了我舅舅家。

　　"没过几天，我母亲就派人送信给我，说宋家的人不仅不认窀娘和孩子，还给窀娘下了药，孩子早产不说，窀娘也命在旦夕。

　　"我连夜从舅舅家往京都赶。

　　"半路上遇到了从京都城里逃出来的母亲和窀娘。

　　"窀娘已是奄奄一息，那孩子却健康活泼，虽然刚生出来，脐带都没落，却生得娇嫩白皙，十分漂亮，不像别的孩子，皱巴巴的，像个红皮猴子似的。

　　"我一看就十分喜欢。

　　"所以母亲主张把她送人的时候，我把这孩子留了下来。

　　"还给这孩子取了个名字叫'遗贵'。

　　"盼着她能沾沾宋家的富贵，以后能嫁个好人家。

　　"窀娘身子虚，没有奶水，是我每天熬米糊喂遗贵吃。

　　"窀娘恨宋宜春，不想看见这遗贵，是我省了笔墨纸砚的银子给遗贵请了个乳娘。

　　"我成亲后，遗贵就跟着我妻子。

　　"我把她当亲生女儿一样，我的儿女有什么，她就有什么；我儿女没有的，也要先尽着她。

　　"我把她如珠似宝地养到了十几岁，谁知道关键的时候却害了她……"

　　黎亮用没有受伤的左手捂着脸又哭了起来。

　　陈嘉不由暗暗叹气。

　　他相信黎亮说的都是真话，要不然遗贵也不会一听说他和黎亮是熟人，就急巴巴地跟着他走，刚才遗贵也不可能为了黎亮低头了。

　　可就算是真的有什么用？

　　如果遗贵真是蒋夫人的女儿，就算他当年舍身割肉喂了遗贵，遗贵如今这样，以世子爷的脾气，一样不会放过他。

　　他还不如想办法去求遗贵帮他在世子爷面前求情……不，世子爷现在恨死黎家的人了，说不定遗贵越是帮黎家的人求情，世子爷对黎家人的仇恨就越深。自己一路上眼角的余光都没有离开过世子爷，每当世子爷心里不舒服的时候，就会去拉窦夫人的手，可见窦夫人在世子爷心目中的地位。

　　遗贵与其求世子爷，不如去求窦夫人。

　　而且窦夫人又是局外人，在这件事上定比世子爷冷静。

　　但这屋里只有他自己、黎亮和世子爷三个人，怎么给窦夫人送信呢？

　　陈嘉有些着急，就听见宋墨对他道："你去跟夏珫说一声，让他把黎窀娘带过来！"

　　陈嘉忙出去传话，趁着说话的工夫看着段公义朝着厢房噘了噘嘴。

　　段公义会意地点了点头。

陈嘉松了口气，接着就听见屋里"啪嗒"一声响。

他赶紧撩帘进了茶房。

不知道什么时候宋墨站了起来，一脚踢翻了黎亮坐着的小板凳，黎亮摔倒在地，因半边身子动弹不得，身子像是虾米似的蜷缩在地上起不来，低声地呻吟着。

黎亮又是怎么惹恼了世子爷？

英国公世子是出了名的不动声色，今日想来是气得狠了，竟然如此情绪外露。

陈嘉一面在心里嘀咕着，一面俯身想去扶黎亮起来。

宋墨却一脚就踩在了黎亮的右手大拇指上，问陈嘉："我听人说，要是大拇指废了，就终身不能拿笔了，是这样吗？"

陈嘉吓了一大跳。

黎亮却骇得大叫起来："你要做什么？你要做什么？"

宋墨露出浅浅的笑意，像三月的春风，明朗而温煦，声音清越地道："你还没有告诉我，如果是宋翰来会有什么不同呢？"

黎亮和陈嘉都愣住了。

宋墨的脚尖就踩了下去。

黎亮一声惨叫，陈嘉看都不用看，知道黎亮的手算是废了。

宋墨却面不改色地踩着黎亮的食指，声音轻柔地问黎亮："如果是宋翰来，会有什么不同？"

陈嘉先前给的药虽能舒缓疼痛，可十指连心，宋墨这一踩，让黎亮喘着粗气，疼得满头大汗。

宋墨又踩了下去。

陈嘉耳边再次响起黎亮的惨叫。

他不由在心里把黎亮骂了个狗血淋头。

这黎亮的眼色也太差了，照这样下去，非得把这条命交待在这里不可。

陈嘉忙蹲下去劝他："事情已到了这个地步，你还有什么话不能说的？就算是你不说，世子爷一样可以问你妹妹，问二爷，甚至是去问国公爷，可你自己却废了。你不为自己着想，也要为家里的老婆孩子想想……"

他却忘记了宋墨为何早不踩晚不踩，偏偏等到他办完了事才开始收拾黎亮。

在黎亮看来，这些人没有一个是好相与的，说起来也就是陈嘉好说话些，自己几次遇险，都亏了他从中说项，闻言表情就显得有些迟疑。

陈嘉忙道："你刚才也听到了，世子爷手下最得力的护卫去请令妹了，你又何苦眼睁睁地看着令妹受难呢？世子爷也没有别的意思，不过是想把遗贵姑娘的事弄清楚了。遗贵姑娘从小跟着你长大，你就不想她能认祖归宗，过上好日子？"

黎亮眼神黯淡了下去。

他疼得呻吟了两声，这才喃喃地道："我妹妹这个人……从小就不安分……英国公把她给甩了，照理说，她不会这么轻易就认输的，可她这些年却乖乖地跟着我在一起生活……她对遗贵的事，也很不上心。遗贵小的时候，稍有些不如她的意，她抓起鸡毛掸子就能把那孩子往死里打，那孩子一边哭着求饶，一边喊'娘亲'，她却不为所动，连一向主张把这孩子送人的母亲都看不下去了，这才同意把孩子交给拙荆照看的……"

陈嘉听着，吓得脸都变了色，忙睃了眼宋墨。

宋墨面色温和地站在那里，好像在听别人的故事似的。

陈嘉的心却怦怦乱跳，不住地骂着黎亮。

你就是说也要挑拣着能说的说啊，你这样，不是嫌命太长了吗？

他恨不得上前去捂了黎亮的嘴。

偏偏黎亮却一无所觉，继续低声道："拙荆当时就说，见过狠心的娘，可没见过像这样狠心的。还道，遗贵虽是早产，幸亏底子好，要不然像这样折腾，早就没命了……我当时就觉得有点奇怪，宋家既然知道有子嗣流落在外，又把我妹妹接去待产，怎会突然连大人和孩子都不要了？就算是嫌弃我妹妹，也应该是把我妹妹送回来，把孩子留下才是，难道这孩子是我妹妹一时起意，从什么地方抱回来的？

"我追问了她一回，她说我胡思乱想。

"那些日子，她待遗贵好了很多。

"我想可能真是我多心了，她只是不待见这个孩子罢了。

"五年前我下场时受了风寒，吃了大半年的药还没有好，眼看着家里没米开锅了，母亲和拙荆商量着把最后十几亩祖田卖了，她却突然拿了几张银票出来，说是她从前攒下的私房钱。

"家里的东西我都是有数的。

"早年间为了给她调养身子，母亲的体己已经一分不剩了。后来她被宋家送回来的时候，除了身上的衣裳，只有遗贵的褓褓里塞了张二百两的银票。这些年家里困难，我一年最多也就给个五六两银子她买胭脂水粉，她还要用最好的，还要做衣裳，还要买零嘴，那二百两银子怎么可能不动？

"我问她银子是从哪里来的，她一口咬定说是宋家给的不松口。

"后来我就发现她每年的花销比我赚的还多，不仅如此，而且还出手大方，好像一点也不担心以后没银子使似的。

"我就怀疑她和宋宜春还没有断。"

"可我常年不在家，突然回来了几趟，也没有发现一点蛛丝马迹，我就想，是不是当初她曾经收了宋家一大笔钱藏了起来。

"宋宜春把她害成了这样，拿些银子补偿给她，她不愿意拿出来，也是常情，我没有追究。可我家里的那位不乐意了，常常指桑骂槐，有一次把她给说恼火了，她冲着我家那位就嚷了起来，说什么让我们狗眼看人低，小心以后后悔什么的，可拙荆板了脸和她对骂的时候，她却只是冷笑。

"等到遗贵出嫁的时候，她却一样陪嫁的物件都没有给孩子，我说她，她还和我嚷嚷。

"拙荆气愤不过，带着丫鬟在她屋里搜了一通。

"两人还为此打了一架。

"可除了她平时穿戴的，也不过搜出了十几两碎银子和三百两银票。

"最后她拿了几件鎏金的首饰给遗贵做了陪嫁。

"其他的东西都是我给置办的，花了我一年的工钱。

"为了这件事，直到今天拙荆还埋怨我事事都维护她。

"我自己的妹妹，我自己知道。她定是有所倚仗才会这样。"

黎亮说着，目光晦涩地望了宋墨一眼，垂头道："我听说英国公府的二爷和遗贵是同年的，当时我妹妹的肚子大得吓人，我就想，难道我妹妹生的是龙凤胎？英国公府留了儿子没要女儿……可英国公府的二爷是嫡子，英国公夫人生子时身边服侍的人里三层外三层的，怎么也不可能……要不就是英国公夫人生的孩子夭折了，英国公府的太夫人做主，把孩子养在了英国公夫人的名下……

"可这念头我也不过是想不通的时候偶尔一闪而过，哪里敢往深里想……所以见到世子爷的时候才会脱口问是二爷还是世子爷……"

他显得很是懊恼。

宋墨却深深地吸了几口气，才强压住心里的怒火，没有一脚把这个畜生给踢死。

说来说去，心里还是暗暗地盘算着自己妹妹生的孩子在宋家站住了脚，还说什么对遗贵好！如果遗贵不是宋家的孩子，他会对遗贵这么好吗？

想到遗贵的遭遇，他觉得锥心地疼，目光不由得沉了下来。

陈嘉看着心中一紧，他忙将黎亮扶了起来，道："世子爷，您要不要喝杯热茶歇口气？遗贵姑娘那里还什么也不知道呢，等会儿那黎窕娘来了，要不要让遗贵姑娘也听听？免得遗贵姑娘认仇为亲，让那黎窕娘钻了空子。"

宋墨正觉得胸闷气短，闻言点了点头，高声喊"段公义"，道："你让刘章去跟杜唯说一声，看看当年是谁给黎窕娘接的生。"

隐隐有种感觉，当年母亲生产时的人十之八九恐怕都不在了，反而去找出当年是谁给黎窕娘接生的更靠谱一些。

段公义应声而去。

陈嘉陪着宋墨出了茶房，抬头却看见夏璇匆匆忙忙地走进了院子。

"黎窕娘呢？"宋墨的神色陡然间变得十分冷峻，让陈嘉心头一凛。

夏璇已急促地道："世子爷，不好了！那黎窕娘死了……黎家隔壁的婆子把梯子架在墙上摘茄瓜，发现黎家东厢房的屋梁上吊着个人，吓得差点从梯子上摔下来，匆匆报了官。我们去的时候，仵作正在验尸。"

陈嘉骇然，连声道："是顺天府的哪位捕头接的案？左邻右舍的人都是如何议论的？顺天府那边可曾发现了什么？"

宋墨冷笑。

或者是在衙门里待久了，他本着问罪先问男子的习惯，没想到竟然有人盯着黎家，钻了这个空子。

这样也好，只要有动静，就会留下痕迹，怕就怕死水一潭。

夏璇匀了口气，道："是顺天府的秦捕头接的手，正在验尸，结果还没有出来，我已派了人在那里等消息。左邻右舍的人都觉得是情杀，说那黎窕娘平日里招蜂引蝶的，多半是谁出于忌恨失手把黎窕娘给杀了，然后把人挂在屋梁上，伪装成自缢的样子。"

他的话刚刚说完，就有个小厮跑了进来。

他匆匆地给宋墨和夏璇行了个礼，道："顺天府那边有结果了，说黎家小娘子是自杀的。"

夏璇听着眉头微蹙，想要说什么，宋墨已冷冷地道："这还不容易，找个人把她挂在屋梁上，看着她断气就行了。"说完，朝茶房去了。

陈嘉觉得如果是自己，也会这么干，自然没有什么异议，跟着宋墨去了茶房。

宋墨下巴微抬，倨傲地看着黎亮，道："你妹妹在我们的人找到她之前就已经被人杀了，你还有什么话对我说没有？"

"你说什么？！"黎亮睁大了眼睛，声音尖锐，"我妹妹死了？不，这不可能！她昨天还在锦绣轩订了两件秋裳……"

宋墨看也懒得看他一眼，喊声了"陈嘉"，转身走了出去。

陈嘉叹气，蹲在了黎亮的面前……

屋外，夏珫问宋墨："世子爷，您看这件事该怎么办？"

宋墨笑道："不会连英国公也都死了吧？"

他说得轻描淡写，夏珫听着却觉得像有阵阴风从身边刮过似的。

他低头垂目地拱手告退。

宋墨去了厢房，窦昭正和遗贵低声说着话。

相比刚才，遗贵显得镇定了很多。可看见宋墨，她还是很紧张地站了起来，躲到了窦昭的身后。

宋墨暗暗叹气，还好有窦昭，不然这个妹妹还真是麻烦。

窦昭安慰般地朝着宋墨笑了笑。

自己的妹妹这样，他心里肯定既难过又无奈吧！

窦昭转身拉了遗贵的手，柔声道："他是你哥哥，你别害怕，你们以后打交道的时候还多着呢！他只是看上去有些冷淡，待人却是极好的。我们坐下来说话。"

遗贵想了想，挨着窦昭坐了下来。

宋墨见状，犹豫了片刻，才把黎寇娘的死讯告诉了窦昭和遗贵。

消息来得这么突然，不要说是遗贵了，就是窦昭，也有片刻的茫然。

可茫然过后，窦昭立刻紧张地拉了遗贵的手。遗贵却没有像窦昭预料的那样伤心地大哭或是吵着要去找黎寇娘，而是低下头，小声地抽泣起来。

这里面有文章！

窦昭不禁朝宋墨望去。

宋墨的眉头锁成了"川"字，漂亮的嘴唇抿得紧紧的，暴戾中带着几分阴森。

窦昭忍不住上前轻抚着他的眉头，好像这样，就能抹去他心间的那些阴霾似的。

宋墨握了她的手，温柔地道着"没事"，悄声把黎亮说过的话告诉了窦昭。

窦昭的眉头也跟着皱了起来。

难怪遗贵的胆子这么小，可见是从小被黎寇娘给打怕了。

她轻声对宋墨道："你先出去，我来劝劝遗贵。"

宋墨捏了捏她的手，出了厢房。

窦昭掏了帕子给遗贵擦眼泪。

遗贵这才注意到宋墨已经不在厢房里了。

她问窦昭："他说的是真的吗？"

窦昭点头。

遗贵默默地流了一会儿眼泪，低声道："我是不是很狠心……她走了，我虽然伤心……可更是松了口气……"

窦昭温声地道："我们就是养只小猫小狗的突然死了，也会觉得伤心，你却松了口气，可见她定是做过些什么让你难过的事，这又不是你的错。"

遗贵眼底闪过一丝感激，垂下头又低声地抽泣起来。

窦昭像哄孩子似的搂着她，她忙道："我没事……你小心肚子里的孩子……"声音柔得像三月的春风，竟有七分像宋墨。

窦昭的心顿时软了下来。

她松开遗贵，轻轻地拍着她的手，道："你想不想和我说说黎寇娘？"

遗贵没有吭声。

屋子静悄悄的，一下子变得压抑起来。

窦昭觉得自己有点急切，正想找个别的话题，遗贵却低着头道："她不喜欢我，也不喜欢让别人知道我是她的女儿。小的时候，每次家里来了客人，她就把我塞到衣柜里；大一些了，就把我关在耳房里，从来都不曾带我在别人面前露面。那天却突然要带我去庙里上香，还给我换了身漂亮的衣裳。可到了庙里，她让我站在大殿里等她，自己却不知道去了哪里。有人拿了糖哄我和他回家，还有人拉着我说我是她走散的侄女，要不是我骗了寺里的一个小沙弥，那天就被人强行带走了……"

"后来她又做了点心给我吃。

"从小到大，她从来都没给我做过吃食，我假装打碎了碟子，小黄跑过叼了一块点心就跑了，我赶出去，却看见小黄歪歪扭扭地倒在了地上……她说是卖肉的卖了坏肉给她……"

窦昭气得连喝了两口茶。

还好黎窕娘死了，不然她肯定会怂恿宋墨好好地收拾她。

"她要把我嫁给韦百瑞的时候，说韦百瑞如何如何好，我嫁给他就能如何如何地享福。我见韦百瑞每日都打扮得整整齐齐的，明明身上穿着件茧绸的道袍，却出手就是十两银子给她买东西，巴结她，我就知道他是个空架子，但我还是松了口气，高高兴兴地嫁了过去……"

窦昭突然就想到前世，自己也是这样高高兴兴地嫁给了魏廷瑜，只是遗贵比她的命运更坎坷，她的眼睛立刻变得湿润起来。

"没事了，没事了。"窦昭情不自禁地揽了遗贵的肩膀，低声地安慰她，"砚堂是你的亲哥哥，以后有事，他会保护你的。"又道，"我是你的嫂嫂，若是有什么事你不想跟他说，也可以跟我说，我们肯定会给你做主的。"

遗贵踌躇道："我，我真的是宋家的女儿吗？"

"当然！"窦昭斩钉截铁地道，"你难道不觉得你和世子爷长得很像吗？"

她摇着头："世子爷比我长得好看多了！"然后喃喃道，"我有时候会悄悄地躲在被子里哭，盼着我是别人家的孩子，被人拐跑了，被她捡着了，等我一睁开眼睛，我的亲生父母就找来了……"

窦昭听着，眼前一片模糊。

"你哥哥这不就找来了吗？"她忙擦了擦眼角，笑道，"你不仅是宋家的女儿，而且还是英国公府的嫡长女，是世子一母同胞的亲妹妹，并不是黎窕娘生的，只是你亲生的母亲已经病逝了，要是她知道你哥哥找到了你，不知道会有多高兴呢！"

现在虽然没有确凿的证据，但前世宋墨的种种言行让窦昭相信遗贵肯定就是蒋夫人的亲生女儿。

她又道："英国公府应该有蒋夫人的画像，到时候我让你哥哥找出来你对着镜子看看就明白了。"

遗贵就像所有被父母委屈的孩子一样，偶尔会幻想着自己不是父母亲生的，可当别人告诉她，她的亲生父母真的另有其人的时候，还是会非常震惊。

她低着头，良久才迟疑道："那他们为什么不早点来找我？我的亲生母亲是什么时候去世的？是她吩咐哥哥来找我的吗？"

遗贵说着，声音里渐渐带着哽咽。

窦昭的眼泪再也忍不住地落下来。

"当然是真的！"她拉着遗贵的手道，"你生母就是我婆婆，难道我会骗你不成？只是这件事很复杂，一时半会也说不清楚，等回到英国公府，我再仔细地和你说，你看行吗？"

遗贵乖顺地点着头。

窦昭松了口气，她最怕女孩子像受气包似的，动不动就哭；其次是怕女孩子倔强，不分场合地固执。遗贵眼泪虽多，好在还可以商量，要是真摊上了个受气包或是倔强的小姑子，真就让人头痛了。

遗贵低下头去绞着手指头，不安地道："不管怎么说，她总是养了我一场，我想去祭拜她……还有舅舅，能不能放了舅舅？我刚才看见哥哥把他打得都趴在地上了……"

这样的遗贵，可以说是个烂好人。

认贼作母。

可如果她要是真的有棱有角，恐怕早就被黎窕娘给打死了吧？

有些事，只能慢慢地来。

窦昭轻轻地拍了拍她的手，道："你先在这里坐会儿，我去问问你哥哥，看外面的事办得怎样了，黎窕娘自缢，邻居报了官，你总不能去衙门里祭拜她吧。"

实际上，她是怕宋墨听了愤然，连黎亮一块杀了。

而宋墨听到遗贵的请求，果然黑了脸。

窦昭忙道："她从小被黎家养大的，黎窕娘又动辄无缘无故地找由头把她打一顿，她只有顺从才能活下来，你不要对她太苛刻了。"说到这里，她问宋墨，"你准备怎么安置遗贵？"

现在黎窕娘死了，遗贵的身份就成了问题。

回英国公府，总得有个冠冕堂皇的理由，总不能让她继续跟着黎亮吧？

宋墨道："你以为找到了黎窕娘，遗贵就能名正言顺地回到英国公府了？你可别忘了，黎窕娘不过是个水性杨花的妇人，就算是官司打到御前，只要父亲咬着牙不承认，难道皇上还会相信黎窕娘不成？说不定遗贵反而会被安上个'冒认官亲'的罪名，害了她的性命。要知道，这天下间容貌相似却毫无血缘关系的人可多的是！我只恨那黎窕娘死得这么轻易，太便宜她了！"

窦昭不由道："是谁杀了黎窕娘呢？"

她怀疑不是宋宜春就是宋翰。

宋墨却冷冷地道："不管是谁，总和当年的事脱不了干系。之前我还不敢肯定遗贵是我妹妹，黎窕娘一死，反而给我指了一条明路。"

窦昭颔首，道："那宋翰……"

宋墨闻言神情一黯，道："不管怎么说，他也做了我十四年的兄弟，母亲在世的时候，把他含在嘴里怕化了，捧在手里怕摔了，我不能因为长辈的过错，就把账都算到他的头上。这件事，暂时就先瞒着他吧，等他再大一些了，再把事情一五一十地告诉他，他怎样选择，那就是他的事了。"话虽如此，但他的语气里还是带了几分萧瑟之意，对宋翰也不复从前的热络，"至于遗贵，父亲是无论如何也不会承认她的，要不然当年也不会把她丢给黎窕娘不闻不问了，就让遗贵以蒋家远亲的身份住进颐志堂吧！"说到这里，他挑了挑眉，流露出些许冷意，"还有她那名字，也得改改，遗贵遗贵的，我听着就恶心……就让她从了我的名字，"他低头沉思，"笔墨纸砚，取个砚的谐音，叫'琰'好了，也盼她从今以后能脱胎换骨，不要再想从前的事。"

"蒋琰！"窦昭小声地念着，赞道，"好名字！崇琬琰于怀抱之内，吐琳琅于笔墨之端。我跟她说说，以后就改名叫蒋琰好了！"

"姓蒋？"宋墨微愣。

窦昭觉得宋墨都有些糊涂了，可这样的宋墨，又让她觉得非常亲切和真实。

"你不是说她以蒋家远亲的身份住进颐志堂吗？"窦昭笑道，"不姓蒋，难道还姓宋吗？"

宋墨听着叹了口气，道："姓蒋也好，姓宋没有什么了不起的。跟着母亲姓，母亲泉下有知，也会高兴的，也不用看他的眼色了。"

他，是指宋宜春。

窦昭想到前世父亲待自己那样冷淡，自己还一心盼着能讨好父亲，就将自己听到遗贵说要去祭拜黎窕娘时的想法告诉了宋墨："……不如把当年的事一五一十地告诉她，也免得她对国公爷起了孺慕之心。若只是成了个愚孝之人还好说，怕就怕国公爷对她没有半分感情，反而利用她做些伤害她自己和你的事。"

宋墨想到娇娇柔柔的妹妹，不由抚额道："那就等回了府慢慢地告诉她吧！"

"还是现在告诉她吧！"窦昭道，"做戏就要做足，我们暂时将蒋琰安置在别院里，等我给她好好地做几件像样的衣裳，打几件像样的首饰，给她找几个靠得住的丫鬟婆子，你再派人堂堂正正地把她给接回英国公府去，叫那些人找不到可以嚼舌的地方，她也可以趁着这机会好好地想想这件事，而我们也可以趁机查查当年的事，看看是谁对黎窕娘下的手。"

宋墨点头，两人分头行事，到了傍晚的时候才不动声色地回了英国公府。

宋翰迎了上来，笑嘻嘻地拉着宋墨道："哥哥你怎么这个时候才回来？顾玉等了你一上午，听说你陪着嫂嫂回了静安寺胡同，他也跟着赶了过去。"他说着，朝他们身后伸了伸脖子，奇道，"顾玉呢？怎么没有陪着哥哥和嫂嫂一道过来？"

宋墨看着宋翰笑道："我和你嫂嫂没有回静安寺胡同，而是去了庙里烧香……"

窦昭感觉到宋墨看宋翰的目光有点冷，不再像从前那带着几分宠溺的欢欣。

而宋翰显然没有感觉到，他略带兴奋地打断了宋墨的话，笑道："我知道了，哥哥和嫂嫂定是去求菩萨保佑能顺利地生下麟儿！"

宋墨就笑了笑，扶了窦昭往颐志堂去。

宋翰就嘟着嘴，有些委屈地跟在他们的身后。

宋墨笑道："你嫂嫂累了，你也回去歇了吧！等会用了晚膳做完了功课，你再过来玩。"

宋翰笑吟吟地高声应"好"，由丫鬟婆子簇拥着回了上房。

宋墨就悄声和窦昭道："你有没有发现，宋翰长得像父亲，一点也不像母亲？"

心境不一样了，看事情的结果就不一样了。

以后，宋墨肯定还会发现宋翰身上有更多的不同。

窦昭笑道："我刚嫁进来的时候就觉得宋翰和国公爷特别像，和你倒不是特别的像。"

"是吗？"宋墨若有所思，扶窦昭回内室洗漱之后，在书房里折腾了半天，找了张蒋夫人的画像给窦昭看，"你看，宋翰哪点像母亲？"

五官的确没有相似之处，倒是神态有点像——或许是他从小跟着蒋夫人长大的缘故。可现在宋墨正用审视的目光打量着宋翰，窦昭自然不会把这些告诉宋墨而让他难过。

"是不太像，"她仔细地看了看画卷，认真道，"反而是琰妹妹的五官和婆婆的像是一个模子里印出来似的。"

宋墨凝视着画像沉默半响，才收起来交给了窦昭："你明天就派人把画像送到琰妹妹那里去吧！"

他把遗贵……不，现在要称蒋琰了，安排在了原来蒋四太太进京时住的宅子里，把夏璇留在了那里，而窦昭则留下了金桂。

窦昭把画像接在了手里，刘章就匆匆地跑了过来："世子爷，陆鸣和杜唯都到了，正在书房里等您。"

宋墨对窦昭道："我去去就来。"和刘章去了书房。

窦昭问陈核是什么事。

陈核笑道："我上茶的时候只听见世子爷说什么贺家、韦家的，其他的却没有听清楚。"

窦昭不禁打趣他："你成了亲倒变得滑头了！"

陈核赧然地笑。

窦昭挥手让他退了下去，想到蒋家经历了这么大的变故，现在又只是庶民，让甘露开了箱笼，打发了丫鬟婆子，亲自挑了几匹不太名贵却又花色时新的尺头和几件鎏金镶珠的首饰来。想着蒋琰既然是以蒋家女儿的身份进府，蒋家又是百年世家，又从陪嫁中寻了几件有传承的老饰物放在了镜奁里，隔天一大早，把素兰叫了进来，细细地嘱咐了她一番，和那幅画像一起，送到了蒋琰的手里。

素兰回来告诉窦昭，蒋琰看着那画像大哭了一场，然后拉着她的手问了很多府里的事："……我照着夫人的吩咐，事无巨细地都告诉了琰姑娘。"

"辛苦你了。"窦昭赏了饭，悄声吩咐她给蒋琰买两个年纪大些的丫鬟和婆子，"等进了府，在眼前晃一晃，我就把人放出去，用府里的丫鬟婆子。"

第一百三十六章　理由・不认・三雕

素兰会意，第二天就去了牙行。

窦昭又把嫁在了京都的蒋骊珠请进了府，遣退了丫鬟婆子单独在屋里说了半天的话。蒋骊珠出来的时候，腿都有些打抖，对自己陪嫁过来的乳娘道："我让大爷的护卫护送你回趟濠州给大伯母送封信。你要记住了，信在人在，信丢人亡。"

她所说的大爷，是指自己的丈夫吴子介。

那乳娘是经过蒋家家变的，闻言并不惊慌，想着她是从窦昭屋里出来后说的这话，肯定是关系到蒋家安危的事，发誓道："少奶奶放心，奴婢就是死，也要把信送到大太太手里。"

蒋骊珠点点头，魂不守舍地回去写了封信。

窦昭见事情都准备得差不多了，一面和宋墨在家里翻黄历，一面将蒋琰向素兰打听府里的事告诉了宋墨，并道："我想把宋世泽派过去服侍琰妹妹一些日子，琰妹妹若是再问起府里的旧事来，也有个回答的人。"

而且他是宋家的老人，忠诚方面不用担心，还可以证明窦昭和宋墨并没有骗她。

"你安排就行了。"宋墨觉得这是内院的事，理应听窦昭的安排。

他说着，把黄历翻到了六月初一，道，"你觉得这个日子怎样？"

不是最好，但最近。

窦昭笑道："那就定在六月初一好了。"

两人正说着话，顾玉跑了过来。

他抱怨道："天赐哥这些日子都在忙些什么呢？怎么我总是找不到人？"

顾玉一天不知道要找宋墨几遍，而且每次都找得急，正经说事的时候又全是些鸡毛蒜皮的事，宋墨想着他若真有急事，自然还会找来，并没有把这件事放在心上，闻言不由笑道："我这几天是挺忙的，你有什么事快说，我等会儿还要和你嫂子去后面的碧水轩看看。"

碧水轩离颐志堂的正房隔着两个院子，有点偏僻，但旁边就是英国公府的后湖，还有座太湖石堆成的小山，景致却是一等一地好。

顾玉看了窦昭一眼，道："难道嫂嫂准备搬到那里去过夏天？"

窦昭见宋墨无意说蒋琰的事，笑道："不是我，是你哥哥的一个表妹，从小就很得你蒋伯母的喜欢。你也知道，你哥哥只有兄弟两个，你蒋伯母原本想将她收了干女儿养在膝下的，后来因二爷身体不好，怕照顾不过来，还是放回家里去了。蒋家出事后，大家也顾不得她。她去年丈夫病故了，膝下又没有个一男半女，蒋家就把她接了回来。蒋家十二小姐出阁的时候我们才知道。你哥哥想着蒋家如今也是老的老、小的小，我们就跟四舅母商量了，准备把蒋家表妹接到府里来住些日子，一来散散心，二来也可以和我做做伴，如果有那缘分，能再找个妥当的人家那就更好了。过不了两天人就要到了，你哥哥就特意抽空和我去看看给她住的地方布置得怎样了。"

既然是宋墨的表妹，想来年纪不大。

顾玉来了兴致，道："今年春上五军营东营指挥使的老婆死了，你觉得怎样？"

这种事就得跟顾玉这样知交满京都的人说，张口就是人选。

窦昭忙道："那人姓什么？多大年纪？家里还有些什么人？脾气好不好？"

宋墨冷冷地瞪了他们一眼，没好气地道："他的长子只比我小两岁，你们少在这里给我乱点鸳鸯谱了！"然后问顾玉，"你找我有什么事？"

窦昭和顾玉不由讪然，顾玉更是小声和窦昭道："嫂嫂，不会当初蒋伯母要把这个表妹许配给哥哥，所以哥哥才这么上心吧？人心隔肚皮，你当心引狼入室！我看还是把蒋家的这位表妹安置在外面的别院好了。蒋家的十二小姐不是嫁到了京都吗？她们可是堂姐妹，我看你把她安置到蒋家十二小姐那里去也成啊，大不了我们出银子好了！"

这都是什么跟什么啊？

窦昭忍俊不禁，只觉得这顾玉真是有趣，不怪宋墨这样冷清的人都很喜欢他。

不过，顾玉的话也提醒了窦昭，蒋琰进府后，得带着她四处走走才行，不然别人还以为蒋琰是蒋家送给宋墨做妾的。

宋墨却是气得脸都黑了，对顾玉道："你到底有没有事？有事就说事，没事就给我回去蹲马步去！"

顾玉忙道："有事，有事！"他说着，像打了霜的茄子一样蔫了下去，"过两天我家就要和冯家交换庚帖了，你快给我想想办法吧，我不想娶他们家的十一小姐！"

宋墨道："那你想娶哪样的？人家十一小姐不仅人长得漂亮，而且性格温顺，事孝至纯，配你这顽劣的性子，我看还委屈了人家。"

窦昭愣住，道："不是说冯家小姐相貌平常，性格十分怯懦，为人很是木讷吗？你到底打听清楚了没有？"

顾玉一听，忙道："是啊，是啊！我和嫂嫂听说的是一样的，那冯氏没有一点主张，除了乖顺，无一可取之处，她要是到了我们家，准得拉我的后腿，我可不想天天给她收拾乱摊子。"

宋墨对窦昭道："你别听他乱说，人我亲眼见过，哪有他说得那么不堪！他不过是不同意这门亲事而已！"

窦昭却知道这门亲事最终害死了冯氏，因而坚决站在顾玉这边，道："不管那家小姐如何好，顾玉自己不喜欢，她就是千好万好也没一处好的，你要是没有办法也就罢了，你要是有办法，还是帮帮顾玉吧！"

顾玉这下子把窦昭当菩萨似的，在窦昭面前献殷勤："嫂嫂，你帮了我这一回，我保证帮你们把蒋家的表妹给嫁出去！"

"真真是胡闹！"宋墨板了脸道，"你舅舅也说这是门好亲事，你怎么可以随意就驳了长辈的意思……"

顾玉听着就烦了起来，道："你们一个两个都这样！我舅舅更干脆，说要是娶进门不满意，过两年休了再娶就是，让我不要吵闹，无中生有，说得冯家姑娘好像是大白菜似的，不喜欢扔了就是。那我呢？结发，结发，结百年之好，我想找个能干点的姑娘好生生地过日子，难道就不行？"

你前世倒是找了个厉害的周氏，可还不是一样过不到一块去啊！

窦昭听着不由摇头。

想必这个时候万皇后全副心思都放在辽王的身上，对勋贵以安抚为主，怕顾玉为自己的婚事闹出什么风波来影响到辽王的大计，所以才在这件事上对顾玉妥协的吧？

想想顾玉前世的放荡不羁，窦昭觉得顾玉也是个可怜人。

宋墨头痛道："那我去跟你祖父说说看。"

顾玉高兴地跳了起来，道："哥哥，我帮着嫂嫂给蒋家表妹布置院子好了，保证不让嫂嫂伸一根手指头。"

宋墨冷哼，道："你不帮着你嫂嫂，颐志堂也没人敢让你嫂嫂伸根手指头。"

顾玉嘻嘻笑着，推着宋墨："你快去云阳伯府吧，晚了我祖父该去什刹海的别院钓鱼去了。"

宋墨嘱咐了窦昭几句，换了身衣裳，出了门。

顾玉就陪着窦昭往碧水轩去。

路上，窦昭问他："你怎么和你继母闹得这么僵？她虽是超品的外命妇，可皇后娘娘不喜欢她，随便给她双小鞋穿，也够她受的了。"

"她要有这脑子，我早被她整死了！"顾玉不屑地道，"她不就仗着巴结上了沈家，觉得我姨母不好动她吗？要是哪天把我给弄烦了，我怂恿着沈青收拾她，我看她还嘚瑟个什么！"

沈家是当今太子的母族。

窦昭看着他一脸的凶相，不由得道："瞧你这样子，手段还没使出来，口里倒先嚷出来了，别人怎么也要多留个心眼，你还能收拾谁啊？难怪你一个男孩子，还有皇后娘娘撑腰都没有斗赢过你继母！"

顾玉很是不服气。

窦昭道："那你跟我说说，你哪次赢了你继母的？"

顾玉嘴角翕动，半晌没有说出话来，窦昭就劝他："对什么人使什么手段。像你继母这样的人，你要么不作声，视而不见；要么先做了再说，让她没个地方伸冤。"

顾玉若有所思地低下了头。

等宋墨傍晚时分回来，碧水轩已换上了新的湘妃竹帘，中堂上挂着月下美人图，百花炉里点着艾草香，炕上也换了芙蓉凉簟，丫鬟婆子也都准备好了，他不由满意地点点头，留了顾玉在家里用晚膳。

顾玉却只顾着自己的事，拉着他的衣袖直问："我祖父怎么说？你快告诉我！"

"如果不成，我敢回来见你吗？"宋墨笑着，从顾玉手中抽了自己的衣袖，"你小心把我的衣裳给拉坏了，这件衣裳可是你嫂嫂亲手做给我的。"

顾玉兴奋地跳了起来，揽着宋墨对窦昭直嚷："嫂嫂，快拿整坛的酒来！"

宋墨被他的心情所感染，难得地也露出了轻快的笑容，道："这整坛的酒应该由你请吧？我不能既出力又请客啊？"

"今天你请，明天我请！"顾玉嬉笑着在炕上坐下，对窦昭道，"嫂嫂，到时候你也去，免得天天闷在家里。"

窦昭抿了嘴笑。

宋翰提着坛酒走了进来，看见顾玉，他并不意外，而是举了举手中的酒坛笑道："你运气倒好。我好不容易从宁德长公主府讨了坛梨花白来准备孝敬哥哥，没想到你也在。"

顾玉不以为意地道："不就是坛梨花白吗？赶明儿我给你送一车来。"

宋翰也不在意，笑吟吟地挨着宋墨坐了，对顾玉道："你说话可要算话，我明天就等你的酒了。"

顾玉直拍胸。

窦昭笑着去吩咐丫鬟上菜，心里却想着宋翰。

他这些日子都快赶上顾玉了，天天过来……

晚上，送走了顾玉和宋翰，窦昭问宋墨："你怎么说服云阳伯的？"

宋墨笑道："你别以为云阳伯老糊涂了，他只是谁都不想得罪。可若是为云阳伯府着想，自然是要娶个能干的孙媳妇才是正道。"说完，问窦昭："你有没有发现宋翰喝酒的样子和父亲很像？"

回过神来的宋墨，果然疑心很重。

如果自己不是在他青葱年少的时候就遇到了他，想得到他的信任，恐怕比登天还难吧？

窦昭叹气，道："我没有注意。"

到了六月初一，蒋骊珠扶着窦昭去了蒋琰暂居的宅子。

蒋琰穿了件湖色的杭绸褶子，底下是雪白的挑线裙子，乌黑的青丝用根梅花银簪绾着，清爽素雅，像朵儿小小的水仙花，让窦昭看着不由暗暗点头。

蒋骊珠却是半晌才回过神来，喃喃道："像，真像！和家里姑母那张及笄时的画像一模一样！要不是这青天白日的，我还以为姑母回来看我了。"

窦昭闻言心中一动，对蒋琰道："毕竟是去见长辈，你这身也太素净了些。不如换上那件石青色绣粉色梅花的，更郑重些。等见过长辈了，回屋再换上这件。"

大热天的穿身石青色？

蒋骊珠讶然。

蒋琰却乖乖地"哦"了一声，由丫鬟服侍着进屋换衣裳。

窦昭对蒋骊珠道："我记得家里的那幅画像里婆婆就穿着件石青色绣银白梅花的

褶子。"

蒋骊珠恍然，道："原来表嫂早有准备！"

"那倒不是。"窦昭道，"因对外人说琰妹妹是丧夫大归，我就寻了同那件衣裳颜色深些的尺头准备应景，正好有匹这样的料子罢了。"

蒋骊珠叹道："这也许就是天意吧！"

说话间，蒋琰由丫鬟扶着走了出来。

窦昭想到画上蒋夫人领口还戴了朵酒盅大小的赤金牡丹花，想了想，从首饰匣子里找了朵黄水玉的桂花扣饰给蒋琰戴上，上下打量了一通，这才和蒋琰上了轿。

蒋琰一路上紧紧地攥着帕子，窦昭温声细语地和她说着话。

蒋琰慢慢地放松下来，待轿子进了英国公府的大门，她的神情又紧张起来。

窦昭只好轻轻地拍了拍她的手，牵着她下了轿。

宋墨特意让人开了英国公府的大门迎接蒋琰，家里有头有脸的管事、嬷嬷们也都林立在垂花门内外恭迎蒋琰。

蒋琰吓得瑟瑟发抖，眼睛像小鹿似的乱转，却强忍着害怕和窦昭昂首挺胸地进了垂花门。

窦昭暗赞，给了她一个鼓励的眼神。

蒋琰勉强地笑了笑，跟着窦昭去了樨香院。

今天宋宜春和宋墨都休沐。宋宜春一大早就被宋墨堵在了屋里，说是要和他商量英国公府在大兴的田庄，他心不在焉地听着，直到宋翰来给他请安，宋墨的话题还在那田庄每年有多少收益的话题上打转。

他顿时有些不耐烦起来，道："你到底要说什么？"

宋墨笑道："我看那田庄离皇上御赐给我的田庄不过两三里路，父亲不如把那田庄送给我算了，也免得统共不过二千多亩的田庄，还要安排两个管事打理。"

宋宜春顿时气恨得直跺脚。

宋墨御赐的那个田庄才五十亩，英国公府的田庄却有二千二百亩，而且还是太祖皇上在的时候御赐的，就算是要并在一处管，也应该是把宋墨的田庄并到英国公府的田庄里才是，怎么是他的田庄并到宋墨的田庄里去？宋墨这分明是要霸占他的产业！

他脸一沉，喊宋翰："天恩，你哥哥要我把大兴那二千二百亩的田庄白白地送给他，你怎么说？"

宋翰一脸茫然，道："这英国公府以后不全都是哥哥的吗？大兴的田庄给哥哥有什么不对吗？"

宋宜春气得差点倒仰。

见过蠢的，还没有见过比这个东西还蠢的。

他没好气地道："朝廷律令，爵位不分，家产却是可以均分的。"

宋翰"哦"了一声，傻傻地道："那爹爹是要把大兴的田庄均分给我和哥哥吗？"

宋宜春捂着胸口，半天都没有说话。

宋墨冷眼旁观，坐在那里悠闲地喝着茶。

宋翰就像小狗似的凑了过来："哥哥，这茶很好喝吗？你也给我尝尝？"

"这是父亲屋里的茶。"宋墨淡淡地道，吩咐屋里服侍的丫鬟给宋翰也沏了一杯，"你要是觉得好喝，就向父亲讨要吧。"

宋翰高高兴兴地应是。宋宜春就低声地骂了一句"蠢货"，起身要去书房。

宋墨却逼着他表态："田庄的事，您怎么说？要不，我直接吩咐下去？"

宋宜春心中暗暗纳闷。

自己的这个儿子虽然厉害，但钱财上却向来不太在意，今天这是怎么了？难道又在打什么鬼主意不成？

他心里不踏实，重新回厅堂坐下，道："你在大兴的田庄，皇上曾有言在先，是给你的私产；英国公府的田庄，却是公中的，还是不要混为一谈的好。"

宋墨咄咄逼人，道："我记得母亲曾经说过，祖父去世的时候，也曾将公中的一部分产业分割给了父亲做私产，可见公中的产业并不是动不得的。"

一口浊气在宋宜春胸口翻滚："我还没死呢！等我死了，你再贪墨公中的产业也不迟！"

"父亲这话说得我不喜欢听。"宋墨寡淡地道，"我自己家的产业，怎么就用上'贪墨'一词了？父亲原来喜欢给人扣大帽子啊！上次是说我'不孝'，这次是说我'贪墨'，敢情在父亲眼里，我就是这样一个人……"

他和宋宜春唇枪舌剑，宋翰也只好站在旁边干晾着。

有小厮跑了进来，道："国公爷，世子爷，二爷，夫人和蒋家十二姑奶奶带着蒋家的表小姐过来给你们磕头了。"

宋宜春一惊，道："蒋家的哪位表小姐来了京都？"

宋墨也不多说，只道："你见了就知道了。"

宋宜春直皱眉，宋翰的脸色却有些发白。

宋墨但笑不语，站到门口迎接。

宋宜春总不能推开宋墨扬长而去吧？

他只好坐在太师椅上等。

很快，窦昭和蒋骊珠就陪着蒋琰到了门口。

宋墨见蒋琰一副虚弱得快要倒下去的样子，虚扶着她进了厅堂。

正要喝茶的宋宜春一见，立刻傻了，手里的茶盅"哐当"一声掉在了地上。

"蕙茭，"他目光直直地盯着蒋琰，额头上冒出豆大的汗珠，"你，你怎么来了？你不是死了吗？"他喃喃地道，突然跳了起来，身子朝后直退，"阴阳相隔，你是鬼，我是人，你可别乱来，小心魂飞魄散……"

他身后是中堂的香案，退无可退，却撞得香案上陈设的茶具鼎器哗啦啦地摔了一地。

窦昭和宋墨不由对视了一眼。

宋宜春和蒋夫人是夫妻，就算是阴阳相隔，他用得着这样害怕吗？

蒋琰却嘴唇发白。

嫂嫂虽然没有明说，话里话外的意思却透露出她之所以有今天，全是父亲的错。她之前还有些不敢相信，可现在父亲却避她如鬼……嫂嫂并没有骗她！

虽然明白，但她还是伤心得眼角微红，垂下了头。

一直注意着她的蒋骊珠忙上前握了蒋琰的手，在心里悄悄地叹了口气。

姑父果如表嫂所说，对蒋家不过是表面上的亲热，心里却并不待见蒋家。

这样也好。英国公府继续走他的阳关道，做他的勋贵第一家；蒋家走蒋家的独木桥，做个与世无争的乡绅好了。

她低声安慰蒋琰："没事，你长得和姑母太像了，国公爷估计是吓着了。"

蒋琰有些木然地点了点头。

宋翰却跳了出来，他一把抓住了宋宜春，高声喊着"爹爹"，急急地道："您这是怎么了？蒋家表妹还等着给您磕头，你可别把蒋家表妹给吓坏了！"

宋宜春一愣，回过神来。

他的目光扫过面无表情的宋墨，慢慢地落在了蒋琰的脸上。

蒋氏从来都是自信高傲的，何曾像眼前这样的畏畏缩缩？

而且年纪也不对。

她画那幅像的时候，是在生下宋墨不久，而眼前的这个小姑娘顶多也就是刚刚及笄。

宋宜春长长地松了口气。

他擦了擦额头的汗，在太师椅上坐定，摆出一副倨傲的表情，俨然一个威风凛凛的国公爷，呵斥着宋墨："既然是女眷，交给窦氏接待就是了，带到我面前来，成何体统？还不快点退下去！"

宋墨就朝着陈核使了个眼色。

陈核忙带着蒋骊珠和蒋琰退了下去。

屋里服侍的见状，一个个忙不迭地跟着他们退了下去，偌大一个厅堂，只剩下宋宜春、宋墨、窦昭和宋翰。

宋墨就笑道："好叫父亲知道，这位姑娘并不姓蒋，原来是姓黎，闺名叫遗贵，是黎寔娘的女儿……"

他的话音还没有落，宋宜春已是满脸的惊骇。

"前些日子黎亮来找我，说遗贵是我妹妹，让我把她接回家来。我知道那黎寔娘曾经做过您的外室，可您和她早在十七年前就断了，怎么我又冒出个妹妹来？待我见到遗贵，就更纳闷了：黎寔娘生的孩子，为何却和我母亲长得像一个模子里印出来的……"

"那黎亮是个什么东西？"宋宜春暴跳如雷地打断了宋墨的话，"他随便找个和你母亲长得有几分相像的人你就当作妹妹，你还有没有一点脑子？还把那姑娘给带回来家来，你不怕被人笑话，我还怕被人笑话呢！你还不快把那姑娘给送走！"又道，"黎亮呢？你把他交给我，'冒认官亲'这条罪名他是跑不了的！当年他敲诈我，我看在黎寔娘的面子上放过他一马，没想到他贼心不死，竟然找到你面前！你不用理他，只管乱棍打死，官府那里，自有我去说项！"

明知道会这样，当窦昭听到宋宜春的话时，还是忍不住生出几分伤感来。

还好她事先嘱咐蒋骊珠把蒋琰带了下去，不然让蒋琰听到宋宜春的这番话，恐怕宁愿跟着黎亮也不愿意踏进宋家的大门一步。

宋墨嘴角一勾，流露出几分冷峻来。

他淡淡地道："可我看那黎亮说话条理清楚，有根有据，不像是说谎的样子；问从前的世仆，也都说有这回事。所以给这姑娘取了个名字叫蒋琰，带了回来，倒不好像父亲说的那样把人交给官衙——事情弄大了，就只能翻出当年的事了。据说当年给我母亲接生的稳婆是大伯母介绍的，恐怕大伯母他们也会被牵扯进来，到时候宋家岂不成了京都的一大笑柄？我看这件事父亲还是要慎重为好。"

"你想混淆宋氏的血脉不成？"宋宜春睁大了眼睛瞪着宋墨，一副恨不得吃了他的模样。

"是不是混淆宋氏血脉，您心里最清楚不过了，又何必来质问我？"宋墨气定神闲地道，"要不，我们还是和黎家打官司？世事无常，有官府插手，说不定一些当年被黎家疏忽的人和事会突然间冒出来证明父亲的清白也不一定，您说，可是这个理？"

他目光如霜地盯着宋宜春。

窦昭的脑子却"嗡"地一声。

混淆血脉！

寻常百姓自然不怕，只要宗族认了，这事也就成了。

可勋贵之家不同，它涉及爵位的传承。

英国公府更不同。

英国公府的祖上曾经做过太祖皇帝的养子，向来被皇家视为"自家兄弟"。

她一时间好像有点明白过来，目光就不由得转向了宋翰。

宋翰面无血色，正盯着宋墨看，眼角的余光就和与宋墨并肩而立的窦昭撞了个正着。

他眼帘一垂，避开了窦昭的视线。

窦昭若有所思，却被宋宜春一声暴喝打断了思路。

"你这是在威胁我？"他面色铁青地指着宋墨，"你这孽子！"

宋墨并不把宋宜春的话放在心上，依旧是一副从容淡定的样子，温声道："子不言父过，我怎么会威胁父亲呢？父亲误会了。我只是觉得既然我已经把人给带了回来，就断然没有再送回去的道理，何况她还被黎家称为宋氏女！我只是想请父亲答应我将这姑娘认下而已。父亲不必如此震怒，显得您好像心虚似的。"

宋宜春脸涨得通红，瞪着宋墨刚说了声"你"，宋墨又道："对了，前几天，天津那边有个叫宋世泽的，说是曾经服侍过祖父的老仆找了过来，您正好不在家，我就帮您见了宋世泽，您要不要也见见这个人？据他说，当年英国公府遭了贼，很多人都逃了出去，想回来，家里的管事仆妇都换了，没有门路，就纷纷找上了他们这些老人，父亲见了宋世泽，正好可以向宋世泽解释一下这到底是怎么一回事。虽说英国公府不怕事，可家里那么多世仆失踪，闹到皇上那里，也不好看。"说完，他端起茶盅，低头轻轻地吹了吹水面上的浮叶，呷了一口。

宋宜春又惊又恐地望着宋墨。

宋世泽！要不是自己当时已经处置了很多人，没有正当的理由，怕再动其他人会引起其他世仆的惊慌反弹，又怎么会放过这老货？！

没想到这老货竟然自己找上门来，还投靠了宋墨！

他难道不知道自己才是英国公吗？

他们这些老东西想干什么？还想反了天不成？

早知道这些老货这么大的胆子，自己就应该痛下杀手，把他们全都除了才是！

宋宜春气极而笑，道："那你就把那个宋世泽叫进来好了，我倒要看看，仆役告东家，是谁给他的这个胆？"

宋墨微微地笑，让人去叫宋世泽。

这孽子还真敢去叫！

宋宜春一杯茶就朝宋墨扔了过来。

宋墨侧身，很轻松地就避开了。

宋宜春怒道："孽子，你还敢顶撞父亲！"

窦昭看着，心里真是腻烦透了。

她在一旁小声嘀咕："这兔子急了还要咬人呢？何况是人！不过是看着那小姑娘可怜，想把人救下来而已，国公爷这样发脾气，莫非是此地无银三百两？世子爷好心给您善后，您倒好，还嫌世子爷多事，早知道这样，我们就不应该管这件事，让那些没有出路的世仆去投奔广恩伯府好了……"

宋宜春闻言汗毛都竖了起来。

原来宋墨这么大的胆子，是因为和广恩伯勾搭到了一起。

自己可不怕宋墨，他难道还敢弑父不成？

可广恩伯不同，他有多狠心，自己可是亲眼见过的。

宋宜春心里一阵慌乱，脸上红一阵白一阵的，非常精彩。

真是敬酒不吃吃罚酒的东西！窦昭真心不待见这个公公。

宋世泽被武夷领了进来，他恭谨地给宋宜春行了大礼。

宋宜春见到他那张老于世故的脸，想到广恩伯，一时间只觉得兴味索然。

他大声喝着护卫："还不来人把这个老东西拉下去给我重打三十大板！"

二十大板就能要人的命，何况是三十大板！

宋世泽这下子真的死心了。

他们这些人，所求的不过是条活路而已。

忠心侍主，出人头地，是一种活法。

以死殉主，为后人留片余荫，也是一种活法。

像宋宜春这样自毁长堤，就算是他们想忠心，想殉主，也不过是个笑话罢了。

别人根本不稀罕。

他端肃地给宋宜春磕头，表情显得有些奇怪，就好像是在向宋宜春作别一样。

愤怒之下的宋宜春感觉不到，心细如发的窦昭却感觉到了。

她不禁大为佩服地看了宋墨一眼。

宋墨则慢慢地喊了一声"父亲"，道："斩草不除根，春风吹又生。父亲要处置世仆，皇上这几天心情不好，我就不在这里惹父亲的眼，请您允许我们告退。"

他置身事外地起身，朝着窦昭点头，示意她跟自己走。

窦昭落后宋墨两步的距离，跟着宋墨朝外走。

宋宜春和宋翰都有些傻眼。

他们都以为宋墨会护着这个宋世泽。

涌进来的护卫忙纷纷避让，站到了一旁。

宋世泽却明白过来，这是世子爷在警告他，让他交投名状呢！

他想活命，就得照着世子爷指的路走。而且，这到底是条什么样的路，还得他自己琢磨出来，否则没有这个机敏性，世子爷也不会用他。

他扑过去抱住了宋墨的大腿，哀求道："世子爷，求您救救老奴的性命。老奴什么都愿意。"

宋墨轻蔑地瞥了宋世泽一眼，这才寡淡地对宋宜春道："您也看见了，我不救他都不行！"

夏雉几个冲了进来，和宋宜春的护卫对峙而立。

宋宜春气得嘴唇直哆嗦。

宋墨看了夏雉一眼，带着窦昭退出了厅堂，悠闲地走到了院子中间。

厅堂里传来噼里啪啦的声响，还有宋宜春暴怒的呵斥。

可没有谁把这当一回事。

樨香院的仆妇早就不知道躲到了哪里，宋墨美玉般的面孔顿时蒙上一层阴影，显得黯淡无光。

窦昭还以为他是在为父子情分荡然无存而伤感，不禁安慰他："人和人都要讲缘分的。你看，我和我父亲在一起就没有什么好话，可你和我父亲在一起的时候却像亲生父子似的。我要是吃你的味，那可得被醋给淹死。"

宋墨的神色却一点也不见好转，而是喃喃地道："不是父亲！"

窦昭没明白。

宋墨看了她一眼，那深沉的目光，像子夜无星无月的天空，让人瘆得慌。

"杀窭娘的，不是父亲。"他低声道，"如果是他，他就不会如此诧异了……"

难道是宋翰？可他才十四岁！

想到今生她初次遇到宋墨的时候，宋墨才十三岁，比现在的宋翰还要小一岁，窦昭望了厅堂一眼，隐隐有点明白宋墨的意思。

沉默中，气氛变得压抑起来。

宋墨叹了口气，安抚般地轻轻地拍了拍窦昭的肩膀，柔声道："我们回去吧！免得等会把人抢到手了，还要面对父亲虚伪的质问！"

窦昭也没有这个心情。

她抿着嘴朝着宋墨笑了笑，和宋墨离开了樨香院，轻声地问他："你有什么打算？"

"查他身边的人。"宋墨道，"他不可能亲手做这种事，他也做不来。"

至于查出来怎么处置，他却没有说。

窦昭能理解他的心情。

溺爱容忍了十几年的弟弟，突然变成了陌路，甚至欺骗了他，他需要时间整理。但他没有回避，还能这样冷静地判断处理事情，还是让她心生敬佩。

她想帮他调节一下心情，温声道："还是你冷静，一眼就看出了问题的症结所在，比我可冷静多了。若是我，只怕心思全放在和国公爷吵架上面了，你这样，既强迫国公爷答应让琰妹妹进府，还逼着宋世泽等人表了态，又查出了黎窭娘的死与国公爷有没有关系，可谓是一箭三雕了……"

被窦昭安慰，宋墨的心情好了不止一点。

他笑着摇了摇头，嘱咐窦昭："你等会儿回去，当着阿琰的面，可别露出什么马脚来。"

窦昭点头。

在颐志堂的门口碰见了蒋骊珠。

蒋骊珠松了口气，道："琰妹妹正急得团团转，说不可因为她的事让表哥和姑父反目，非要我去樨香院看看不可。"

"我和父亲反目，又不是一天两天的事，与她何干？"宋墨第一次当着蒋家的人承认自己和父亲有隙，"让她不必担心！"

蒋骊珠不由叹了口气，望向了窦昭。

窦昭朝着她微笑着点头。

蒋骊珠心中稍安。

窦昭道："我和你去看看琰妹妹，也免得她胡思乱想。"

第一百三十七章　走动·韦贺·一锅

蒋骊珠陪着窦昭去了安置蒋琰的碧水轩，宋墨则去了书房——等会儿夏琏带人把宋世泽"抢"了回来，想必宋世泽还有很多话要和他说。

蒋琰正坐在内室临窗大炕的炕沿上望着一盆葡萄松鼠的玉石盆景发呆，听到动静，她立马就站了起来，上前给窦昭行礼。

窦昭携了她的手，没等她开口，就三言两语地把在樨香院发生的事告诉了她，当然，宋宜春的有些言语就略过了。

蒋琰闻言愣了半晌，神色微微有些不自然地低声道："国公爷，不喜欢蒋夫人吗？"

她心里虽然相信宋墨的话，但现在能证实她身份的两个人一个已经身亡，另一个却矢口否认，她还是很谨慎地称蒋氏为蒋夫人。

"我也不太清楚。"窦昭真诚地道，"我嫁过来的时候，婆婆已经去世好几年了。"她说到这里，灵机一动，问蒋琰，"你愿不愿意帮我一起调查婆婆的事？"

蒋琰激动地点头，墨玉般的眸子终于有了点光彩。

蒋骊珠一颗悬着的心这才落下来。

她对窦昭处事的方法很是佩服，写信回蒋家的时候，不免推崇备至，让蒋家的大太太感慨不已，对着蒋家的女眷道："世子到底是个有福气的。我原以为大姑奶奶去后，没有个给他当家作主的长辈，谁知他却误打误撞地娶了窦氏，可见这姻缘是上天注定了的。"

蒋撷秀闻言沉默良久，第二天就答应了蒋家为她定下来的婚事。

当然，这都是后话了。

此时蒋骊珠见没有自己什么事了，笑着起身告辞，把时间留给窦昭姑嫂俩说悄悄话。

窦昭就和蒋琰去了碧水轩旁的水榭里坐下，并道："现在已经过了明路，你以后就安心在英国公府住下来，需要什么，尽管跟我说。"

蒋琰轻轻地点了点头，有心想问黎亮，但知道自己亲生的哥哥嫂嫂恐怕会不高兴，到底把这话给咽了下去。

窦昭就问起给她做的衣裳首饰来："我和你哥哥商量过了，明天我就带你去陆家给陆老夫人和宁德长公主磕个头。"

在外面住的那几天，窦昭派过去的一个嬷嬷已经详细地跟她讲了一遍宋家和各府的关系，她知道陆家是老英国公夫人的娘家，自己去陆家，是要认亲，她心里不由得忐忑不安起来。

既担心自己出错丢丑，又怕落到实处，自己最终不是宋家的女儿，此时有多欢喜雀跃，到时候就有多失望丢脸。

但想到窦昭挺着个大肚子还为了她的事奔波，她就满心的愧疚，"不去"的话无论如何也说不出口，只好低声地应是，第二天梳妆打扮一番，跟着窦昭去了陆家。

陆老夫人和宁德长公主正在奇怪："蒋家的小姐虽多，可让蒋氏心疼得要收为干女儿的好像还没有。砚堂这是搞什么鬼呢？难道是被下面的仆妇给糊弄了？蒋氏走得突然，有人假传蒋氏的遗嘱也有可能！"

宁德长公主这几年的养气功夫越发好了，笑着劝自己的这个嫂子："人马上就要到了，见到面了不就知道了？"

两人正说着，窦昭和蒋琰过来了。

陆家大奶奶亲自到垂花门口迎接，见到蒋琰之后，就一直没有回过神来，直到进了陆老夫人的内院，她还频频地抬头打量蒋琰。

蒋琰十分不自在，陆老夫人和宁德长公主却惊呆了，特别是宁德长公主，宫里的腌臜事见多了，想得也就远了。

蒋琰给她们磕了头之后，宁德长公主立刻找了个借口让陆大奶奶带着蒋琰去了后花园，自己则打发了身边服侍的，只留了窦昭一个人说话。

窦昭来这里，一来是陆家对他们两口子一直充满了善意，蒋琰需要陆家的承认和支持；二来也是为了把蒋琰的身份挑明之后，看陆家对当年的事有没有一点印象，能不能找到一点线索。宁德长公主问起，她就竹筒倒豆子似的，把前因后果都告诉了两位老夫人。

陆老夫人气得说不出话来，宁德长公主则不停叹气，道："我当年就觉得不对劲。明明是足月生的孩子，怎么虚弱成那个样子？可你婆婆一时被迷了心窍，全然没有发现，我们这些做叔伯婶娘的还能说什么？宋翰从小到大不知道用了多少珍贵的药材调理身子，银子像水似的往外泼，可底子还是没有砚堂牢靠，可见这孩子当年不是早产就是被药催下来的。"又道，"如果是早产的还好说，怕就怕是被药催生下来的。可见英国公铁了心要把这儿子接进府，当年的蛛丝马迹十之八九早已被收拾得干干净净了，你们也不用查了。如果能肯定，就让这孩子以蒋家表小姐的身份认下来；如果不能肯定，也没有什么了不起的，不过是多双筷子，多陪送副嫁衣，总比万一错过要好。"

"我们世子爷在这上面倒和您想到一块儿去了。"窦昭笑道，"就算这姑娘和世子没有血脉关系，可和我婆婆长得这么像，就是缘分，就当多了个妹妹的，好生照顾就是。"心里却早就认定了蒋琰和宋墨是亲兄妹。

陆老夫人和宁德长公主颔首，问起韦家和贺家来："砚堂有什么打算？"

窦昭笑道："世子爷说，今年春上起河南就不太平，有人流窜到清苑县做了流寇，和本地的乡绅勾结，打家劫舍，要让官衙仔细地查查才好，不可让这些人扰乱了地方的清静。听世子爷的意思，这几天就会有结果了。"

陆老夫人和宁德长公主不住地点头，道："如此甚好！"又道，"不必和那样的人家一般见识。"

想当初，金桂银桂家不过是给了昔日的师兄弟十两银子，就落得个家破人亡妻离子散，如今韦全和贺清远勾结流寇，还能有个什么好？

陆老夫人和宁德长公主就让人请了蒋琰过来，从身上褪了两件饰物作了见面礼，细细地问了蒋琰一番。

蒋琰虽答得滴水不漏，可也难掩神色间的局促。

陆老夫人和宁德长公主不无可惜地摇头，觉得这么漂亮的一个小姑娘却从小跟着黎家在街衢小巷里长大，畏畏缩缩的，到底难脱小家子气。

窦昭也知道，如果时间允许，能把蒋琰再养些日子再带出来最好，可她过些日子就要生了，等她能脱开身带着蒋琰露面，时间太长，就怕蒋琰被传出是蒋家送过来服侍宋墨的，坏了蒋琰的名声。

她不停地给蒋琰打气，带着蒋琰回了趟窦家。

宋墨心疼得不得了，不让她再出去："对付父亲我有的是办法，你不能不顾着自己到处乱跑。"

如果窦昭有个三长两短的,他觉得现在做的这些事都没有了意义。

窦昭笑道:"稳婆本就要我多走动,我正好没事,带着琰妹妹出去透透气也好。"

宋墨的脸色却不见好转。

窦昭只好道:"如果我觉得不舒服,我就立刻待在家里。"

宋墨这才神色微松。

蒋琰也跟着松了口气。

她知道窦昭和宋墨这是为她好,可她实在是不喜欢这种交际应酬,特别是大家的眼睛盯在她的身上,像要把她看穿似的,她就担心那些人会知道她曾除丈夫之外,还和别人不清白,觉得自己好像随了养母黎寔娘似的,自以为自己的那点丑事别人都不知道,实际上满街坊没有一个不对她指指点点的,就是自己,也因此受到了不少非议……能躲到英国公府来,特别住进了僻静的碧水轩,不愁吃喝,每日只要做些针线打发时间,她觉得这样很好。

京都的人很快就知道了宋墨有个表妹住在英国公府,窦昭心疼这表妹文君新寡,正寻思着她再找个好人家嫁了。

不免就有人看在英国公府的分上打蒋琰的主意。

蒋琰吓得面色如雪,去求窦昭:"我不想再嫁人,您把我送到庙里去吧!"又想着自己早应该是死了的人,可几次求死不成,反而胆子越来越小,受了宋墨和窦昭的庇护之后,就更加不敢死了,不禁小声地哭了起来。

窦昭知道她受了伤害,没有那么快恢复过来,忙安抚她道:"这是为了防止别人说你的闲话,并不是要把你马上嫁出去。"

可能是从认识窦昭以后,窦昭就显得特别镇定自若又细心周到,蒋琰非常信任窦昭,她不好意思地擦了眼泪,道:"那我以后就在家里做针线吧?嫂嫂要添小侄儿了,我也想为小侄儿尽尽心,只求嫂嫂不要嫌弃我是个没有福气的人就好。"

"你能被你哥哥找到,就是个有福气的人!"窦昭能体会蒋琰的不安,就像她自己前世在静安寺胡同始终无法找到自己的位置一般地彷徨,因此不仅温柔地安慰她,还派了一堆绣活给她做。

蒋琰反而安定下来,每天和新拨给她的贴身大丫鬟映红高高兴兴地做针线,人精神了很多,到了六月初六,见窦昭指挥着家里的丫鬟婆子晒书,她非常羡慕,道:"原来嫂嫂还认得字。"

窦昭一愣,笑道:"你不识字吗?"

蒋琰红着脸道:"小时候跟着舅舅学了几天的《三字经》,她说女孩子学这些没用,舅舅后来忙着进学,就没学了,现在都已经忘得差不多了。"

窦昭想了想,笑道:"那你想不想学?如果你想学,我跟你哥哥说一声,让他给你请个老翰林回来教你读书写字。"

蒋琰眼睛一亮,道:"能行吗?"

"怎么不行?"窦昭笑道,"又不是去考状元,不过是学几个字明明理罢了,还分早晚不成?"又嘱咐她,"你当着你哥哥的面,可不能再称黎亮做'舅舅'了,他正因为黎家拐了你去,又不曾好好待你,恨死黎家了。"

蒋琰想到那天宋墨打黎亮时的表情,知道窦昭所言不虚,骇得脸色发白,不要说当着宋墨,就是当着窦昭,也再不敢提黎亮一句。

窦昭不免有些后悔。她和蒋琰相处了这几日,知道这孩子是个温顺敏感的,蒋琰不提黎亮，并不代表蒋琰就真的把黎亮给抛到了脑后，反而越是这样藏着掖着，就越容易想岔了。

窦昭和宋墨商量："黎窕娘的事，我看就说是她行止不端，因私情罅隙，一时想不开，自缢好了，也免得把她扯到家里的这些阴私里来。至于黎亮那边，他有妻有儿，贸然处置了，若是有什么风声传到琰妹妹那里，反而不好，不如把他远远地打发了圈禁起来，待事情淡了再说。"

宋墨闻言人就炸了毛。

窦昭脸一沉，道："这件事你得听我的。琰妹妹是个大活人，可不是个物件，你想怎么搬就怎么搬！你再恨他，琰妹妹和他生活了十几年，没有黎亮的维护，只怕早就性命不保了。如果琰妹妹一点也不顾念着黎亮，翻脸无情，这样铁石心肠的人，纵然是你的亲妹妹，我也要敬而远之。正因她只想别人，不去计较别人待她的不好，我才敢这样敞开了胸怀待她。你也别只看到她的不是，也要想想她的好处。"

宋墨气呼呼地去了书房。

窦昭不管他，用了晚膳去了碧水轩。

蒋琰正坐在灯下做针线，莹莹灯光照着她纤细的身影，静花照水般优美。

窦昭不由在心里叹了口气。

怎么越是这样温柔纯善的女孩子，越得不到幸福呢？

蒋琰见窦昭过来，忙扶着她在炕上坐了。

窦昭就问她："在做什么呢？家里针线上有五六人，你有什么活计要得急，交给她们做好了，别伤了眼睛。"

蒋琰微微地笑："不过是闲着无事随便做做，以后不会如此了。"

窦昭就把黎窕娘的事对她说了："……官衙那边，这几日就要结案了，到时候我让素心陪着你去祭拜一番，也算是全了你的孝心。黎亮的手被你哥哥打伤了，最少也要养个一年半载的，货行那边的差事恐怕是保不住了，不过你哥哥看在你的分上，准备把他丢在天津卫那边的田庄上养着，他走的时候，你也去送送他，说上两句话。以后不知道什么时候能再见！"

蒋琰的眼睛就亮了起来。

她很想向窦昭道谢，又怕窦昭不高兴，嘴角翕动了半响，不知道说什么好。

窦昭笑着拍了拍她的手，心里却在感叹，果真是一点心计也没有，自己说什么她就信什么。怎么和宋墨相差那么大？宋墨是不是把蒋琰的心眼也都长在了自己的身上？什么兜兜转转的人和事到他的眼里都藏不住。

她和蒋琰说了会话，眼看着天色不早了，回了正房。

宋墨正歪在炕上看书，见窦昭进来，翻了个身，背对着她。

窦昭只觉得好笑，问武夷："世子用了晚膳没有？"

陈核和素兰成亲后，窦昭虽然在素心的宅子旁边也给素兰买了个陪嫁的宅子，但陈核觉得那边不方便，还是住进了东边的群房，每天寅时过来，戌初回去，做了宋墨的长随。武夷则顶了他的差事，贴身服侍着宋墨。

武夷低眉顺眼地道："世子爷只吃了一碗凉面，喝了半碗鸡汤。"

窦昭就道："灶上今天做了荷叶米糕、玫瑰藕和莲子羹宵夜，你让人端上来。"

自从窦昭怀了身孕，宋墨怕她晚上饿，就吩咐厨房里十二个时辰必须有人。

武夷轻手轻脚地出了正房。

窦昭一个人坐在炕上吃宵夜。

屋里全是荷叶的清香。

宋墨恼怒地丢了书，瞪着窦昭。

窦昭忍不住"扑哧"一声笑了，把自己吃剩下的半勺莲子羹喂到了他的嘴边："尝尝，新鲜的莲子做的，清甜清甜的，和平时吃的莲子羹不一样。"

宋墨看着窦昭那笑盈盈的脸，不解恨似的一口吃了莲子羹，却把调羹给咬在了嘴里。

窦昭想笑又怕臊了他，让他越发别扭，只好扭过头去，无声地笑了片刻，吩咐若朱："还不去给世子也盛一碗来。"

宋墨待人向来彬彬有礼，若朱和武夷早就看得目瞪口呆，愣了片刻，若朱这才应诺，慌慌张张地出了宴息室。

"都是你！"宋墨朝窦昭抱怨道，脸色有些难看。

窦昭就像哄孩子似的，道："都怨我，都怨我。"

宋墨就鸡蛋里面挑骨头："你一点诚意都没有。"

窦昭就目不转睛地望着他："那你说说看，怎样才算有诚意？"

宋墨心里还不舒坦，道："反正你就是敷衍我。"

"没有，没有。"窦昭自然是不承认。

还好莲子羹来了，这话题告一段落。

但宋墨又有了新的嫌弃对象："这莲子羹一点也不好吃，为什么还是咸的？"

不过是放了点盐而已，这样莲子的味道更鲜美。

"我喜欢吃！"窦昭笑道。

"我不喜欢吃！"宋墨一边说，一边吃。

"那我让人给你做碗甜的？"

"又不好吃，做什么甜的！"

总之是各种别扭。

待两人歇下，他又贴着窦昭躺下。

天气这么热，纵然墙角放了冰，窦昭还是不一会儿就满身是汗。

她朝里挪了挪。

宋墨又跟了过来，还把她抱在了怀里，固执地搂着她的腰。

"太热了！"窦昭想从他怀里挣脱出来。

"我怎么没觉得热？"宋墨干巴巴地道。

这倒是。

宋墨的皮肤不仅白皙如玉，而且大热天的，几乎不出汗，身上永远是干干净净，没有一点异味。

窦昭正想笑他两句，他却突然坐了起来，不知道从哪里摸出把扇子，给她打起扇来。

"不用了！"窦昭心疼他明天一早还要进宫当差，道，"让人多搬两块冰进来就是了。"

"不行。"宋墨道，"你怀着孩子，屋里太冷，小心着凉。"非要给她打扇不可。

窦昭实在是没力气和他折腾了，想着他累了，自然会歇了，微风习习中，很快就睡着了。

第二天早上醒来，宋墨已经去了宫里，那把扇子就丢在她的枕边。

她问当值的若彤："世子什么时候歇的！"

"到快天亮的时候才歇下。"宋墨不歇下，当值的是不敢歇的，若彤说这话的时候眼睛都有点睁不开。

窦昭不禁拿起那把团扇，轻轻地摇了两下。

用早膳的时候，武夷进来禀道："世子爷留了话下来，说明天就送黎亮去天津卫的田庄。"

宋世泽投靠宋墨之后，向宋墨举荐了几个曾经服侍过老国公爷，后因蒋夫人掌家而跟着儿子去了田庄上荣养的老仆，这些人多半都在天津卫，黎亮送过去，很安全。

窦昭点头，道："宋世泽推荐的人什么时候到？"

曾经服侍过老国公爷的人年纪都大了，不适合再到颐志堂当差，可他们都是曾经见过世面的，子弟中很有几个出挑的，宋墨决定从中挑选几个为己所用。

武夷笑道："也就这两天会到了。夫人要不要瞧瞧，挑几个顺眼的用用？"

这些事她就不要插手了。蒋夫人当初就是手伸得太长，让宋家的这些世仆感觉到了不安，这才会发生英国公府的继承人被孤立的事。

等她生下孩子，她自然也就融入了宋家。

窦昭觉得今天早上厨房里做的青菜包子不错，吩咐武夷："给琰姑娘送些去。"然后喝了口熬得糯糯的白粥。

如果说京都英国公府颐志堂的早晨是美好的，那远在临清的贺府，则是鸡飞狗跳，一片混乱。

贺清远回到家里，美人不见了踪影，自然有小厮告诉他发生了什么事。

他顿时傻了眼，急急地追到了客栈。

那行商一见蒋琰就知道是好人家的姑娘，听陈嘉说是被人拐了，不疑有他，想着拐卖良家子可是要被流放三百里的，顿时吓得全身是汗，只想快点把这烫手的山芋丢出去，哪里还会留下行踪。

贺清远什么也查不到，只好回家去哄那母老虎。

好话说了一箩筐，小心赔一整天，那母老虎硬是不开口说把人卖给了谁。

贺清远顿时横眉竖目变了脸。

贺太太娘家兄弟五个，其中一个还在县里做典史，哪里怕贺清远。

两人先是口角，后来就抓头发挠脸地打了起来。

家里的丫鬟婆子纷纷避走。

贺大奶奶怎么能看着和自己一边的婆婆吃亏，吵着要贺昊去劝架。

贺昊不过是气父亲占了他的美人，想着母亲把父亲给揪回家，美人岂不又是他的了？听说母亲把人卖了，后悔不已，一心一意地支着耳朵想听个子丑寅卯来，怎么敢去劝架？

贺大奶奶气得胸口抽疼，忙叫人去给贺太太娘家报信。

不就是在外面养个女人吗？他的几个大舅兄谁没有几个相好，怎么到他这里就不行了！

贺清远撸起袖子就和贺太太娘家的人理论起来。

贺昊瞧着这阵势，要是父亲都输了，以后就是找着那美人自己也只能干看着了，忙叫了贴身的小厮去找韦全，让他过来帮忙。

韦全和那粉头厮混了两天就后悔了。

他娶妻原是为了回家有口热汤热水，那粉头从小在勾栏院里长大的，哪里是会过日子的主。他就想着能不能把妻子要回来，对那粉头就有些淡了。

听说贺家出了事，他趿了鞋就往外跑。

那粉头学的就是怎么伺候男人，韦全的心思她怎么看不出来？

可错过了韦全她却难再找到这样好家世的男人了，正使出浑身解数缠着韦全，见韦全往贺家跑，她哪能让他一个人去。也急巴巴地跟着韦全去了贺家。

韦全踏进贺家的大门，就看见贺太太的三弟正挥着拳头追着呼哧哧围着葡萄架跑的贺清远打。

贺昊不知躲到哪里去了，贺少奶奶由贴身妈妈扶着，着急地站在西厢房的台阶上高声地喊着"别打了，别打了"，贺太太却由自己娘家的大嫂陪着坐在正房廊庑下的美人靠上，一面呜呜地哭着，一面骂着贺清远"老不修""老不死的"，贺太太那个做典史的兄弟倒没来，除了其中的一个侄儿不紧不慢地追着贺清远等人喊着"叔叔有话好好说，可别伤着姑父"之外，其他几个兄弟侄儿像没有看见院子里的情景似的，纷纷围在旁边安慰着贺太太。

韦全耸着肩膀就想开溜。

贺清远的目光却利，一下子就看见了韦全，忙高声呼着"百瑞还不过来帮忙"。

韦全不敢得罪贺清远，贺太太的娘家他也不敢轻易得罪。

他上前就朝着贺太太的三弟拱手揖礼，恭敬地称了声"三舅老爷"。

贺太太又不是要跟贺清远和离，贺太太娘家的人怎么可能真的下手打自家的姑爷？

要不是这个韦全，贺远清一把年纪了，怎么还会学着别人养外室？

贺太太的三弟看见他就满肚子气，一声不吭，朝着韦全的脸上就是一拳。

韦全猝不及防，"哎哟"一声捂着脸，趔趄着摔在了地上。

"好好一份家业，就是被你这乱家的种子引诱着给败了的！"贺太太的三弟看见他就怒形于色，气呼呼地骑在了韦全的身上，对着他劈头盖脸就是一顿痛揍。

贺清远好不容易摆脱了这莽夫，自己还惊魂不定，哪里还顾得上韦全，远远地躲在影壁旁，喊着护院："你们都死了么？一个个只知道吃饭不知道做事的废物！"

几个护卫满脸谄媚地跑了出来，身后还跟着一直没有露面的贺昊。

要不是这小兔崽子告密，自己的美人怎么会不翼而飞了还被自己的舅兄打上门来？

贺清远口里骂着"小兔崽子，看见你爹挨打，你高兴了"，扬手就给了贺昊一耳光。

贺少奶奶一声尖叫，贺昊杀猪般地叫了起来。

贺太太也顾不得哭骂了，大喝着"贺清远，你敢打我的儿子，我和你拼了"，提着裙子就冲出了正房的廊庑。

贺清远吓得一哆嗦，正寻思是不是先跑出去避一避，就看见一个妇人妖妖娆娆地从影壁后面走了进来。

他认出那是韦全的相好，不由得一愣，沉声道："你是怎么进来的？"

那妇人原就是院里的人，跟着韦全也不过两三个月，韦全又没有想娶她回家去，她的行事做派还保留着院里的习惯。闻言先冲着贺远清抛了个媚眼，这才道："奴家是来找我们家汉子的！府上的小哥认识奴家，就放了奴家进来。"又讨好地道，"贺老爷这是怎么了？闹得街坊邻居都围在大门口……"

要不是贺家是本地最大的乡绅，有人守着大门，那些人早就把他们家的大门给围住了。

贺清远气得脸色发紫，心里嗔怪起贺太太一点夫妻情面都不讲，让自己成了清苑县的笑柄，朝着大门口就嚷上了："你们都是怎么守的门？不管香的臭的都往里放，你们是不是嫌日子过得太清闲了，想卖到盐场去晒盐啊！"

他正吼着，外面传来一阵喧哗，十几个衙役突然杀气腾腾地闯了进来，将整个院子团团围住。

院子里的人都愣住了。

贺太太张口结舌地站在了院子中央，贺太太三弟的拳头停在了半空中，追在贺太太身后的一众人更是茫然不知所措，偌大一个院子，只听见韦全的呻吟声。

就在这诡异的气氛中，清苑县捕快赔着小心跟着清苑县的主簿走了进来。

来的都是熟人，让院子里的人俱松了口气。

贺太太的四弟更是笑着迎了上去："大人，您还记得我不？我是典史家的老四。出了什么事？还要劳您亲至。这是我们姑爷家……"

他说话间，贺清远已塞了一张五十两的银票过去。

昨天还一起喝花酒的主簿却翻脸就不认人了，将银票扔在了贺清远的脸上不说，还一副大义凛然的样子，沉着脸喝道："天子犯法，与庶民同罪！贺家勾结土匪，为害乡里，不要说你们是典史家的亲戚，就算是县尊的亲戚，也断然没有放过的道理。"说完，朝那些衙役喝道："还不把这些同党给我绑起来！"

院子里的人傻了眼。

那些衙役却如狼似虎地蜂拥而上，不管是贺家的人还是贺太太娘家的人，见人就逮。

院子里顿时响起女眷们惊慌的尖叫声。

贺太太的四弟急了，忙道："这到底是怎么一回事？我们怎么可能勾结土匪……"

就算是他们犯了事，也断然没有把家里的女眷也一起抓起来的道理。

主簿冷笑。

典史管着奸盗狱囚，是捕快的顶头上司，平日里这捕快没有少得贺家的孝敬，见状就指了指天，示意他与其和主簿在这里浪费口舌，不如找父母官大人说话。

贺清远和贺太太的四弟虽然都感激地朝着那捕快点了点头，心里却焦急如焚，隐隐觉得这件事不简单。

院子里就响起了韦全粉头惊慌的叫声："你们抓我做什么？我不过是看热闹的！"

韦全也道："我们不过是来劝架，你们抓错了人！"

抓他们的衙役冷冰冰地道："我们奉命，只要是这院子里的活物，全都抓起来。你有什么冤情，到了县府大牢再说。"

贺太太的娘家世代为吏，清苑县府上上下下哪个他不认识。那衙役说话硬邦邦不说，而且周围竟然没有一个他认识的人。

贺太太四弟的心不由沉了下去。

他担忧地朝贺清远望去，贺清远脸上满是震惊和焦躁。他只得讨好地朝着主簿笑道："大人，您看我们的嫂嫂和姐姐都不过是一介女流……"

主簿却一点情面也不讲，冷着张脸道："刚才不是说了吗？只要是这院子里的活物，全都要带到衙门里去，她们难道不是活物？"

贺太太的四弟顿时眼瞪得如铜铃，想到自己此刻人在屋檐下，好汉不吃眼前亏，还有大哥在外面打点，低着头退了下去。

贺太太的三弟却不这么想，冲着贺清远道："你干了些什么事？竟然连累着我们家也跟着一起倒霉！等会见了大哥，你先吃我一拳。"

可等他进了清苑县的大牢，却一句话也说不出来了——贺太太那个做典史的兄弟，竟然已经先他们一步被关进了县衙的大牢。

"这是怎么一回事？"贺太太哭着扑了过去。

"你问我，我问谁去？"典史脸上像结了一层霜似的盯着贺清远，"你到底得罪了谁？竟然连县尊大人都讳莫如深！"

"我们做生意的讲究和气生财，我怎么会得罪人？"贺清远说着，灵光一闪，道："是不是你得罪了谁？能指使得动县尊大人，我自认可没这本事得罪这样的人！"

两人你一言我一语地吵了起来。

脸被打得青一块紫一块，肿得像猪头的韦全则悄悄地拉着个平时相熟的狱卒塞块碎银子过去，低声道："哥哥行个好，把我放了吧？你也知道，我和这两家不过是认识而已。"

他们进来就被关了起来，还没有过堂。

那狱卒把银子塞到腰间，看了眼吵得正凶的贺清远郎舅，低声道："你还有什么人可托的？我帮你传个话吧，其他的，我却是无能为力！这案子由府里派人来协理，连衙役都是从府里派下来的，县尊大人也要靠边站。"

在家里好好的，来劝个什么架！现在好了，把自己也给折腾进去了。

这要是真被扣上一顶"勾结土匪，为害乡邻"的大帽子，他不被斩首，也要被流放。

韦全肠子都要悔青了。

就听见大牢的门哐当一声，几个面生的衙役押着贺太太的嫂子侄儿侄女走了进来。

"爹爹！"

"老爷！"

"嫂嫂！"

牢房里你哭我叫的，一时间乱糟糟犹如菜市。

韦全忍不住发起抖来。

这是要干什么？抄家灭门诛九族吗？

贺家不过是个乡绅，贺太太的娘家也不过是个世吏，就凭他们，够这资格吗？

"贺家到底得罪了谁？"三伏天，韦全却像坠落到了冰窟窿里，牙齿咯咯地打着颤儿。

远在京都的宋墨正站在大案前练字。

夏琏轻手轻脚地走了进来，躬身给宋墨行礼，慎重地道："清苑县那边的人都抓了起来，刘大人问怎么给刑部和大理寺写呈报。"

宋墨放下了笔，接过武夷递上的帕子擦了擦手，道："男的全都流放到西宁卫，女的全都没籍卖到教坊去。"

夏琏并不意外，低声应是，退了下去。

宋墨想了想，吩咐武夷："去把陆鸣叫过来。"

武夷已经服侍了宋墨一些日子，知道宋墨越是显得风轻云淡，心里就越是烦恼。

他战战兢兢地退出了书房。

不一会儿，陆鸣来了。

宋墨道："你护送清苑县的那些人去西宁卫，千万别让那韦全和贺昊死在了路上。"

陆鸣低头应诺。

宋墨心里犹不解恨，好好的一支笔被他折成了两段掷在地上，转身去了碧水轩。

第一百三十八章　端倪·养猫·鸿雁

　　蒋琰正伏在桌前描红，看见宋墨进来，怯生生地站起来笑了笑。
　　宋墨心里更是冒火。
　　他的妹妹，是母亲十月怀胎辛辛苦苦地生下来的宝贝，却一副寒门小户见不得世面的样子，偏偏作践她的人却是自己的亲生父亲。
　　他的表情就不由得有些阴沉，问道："你嫂嫂呢？"
　　蒋琰心里像打鼓似的，生怕宋墨责怪窦昭没有陪自己，急急地为窦昭辩护道："嫂嫂之前一直在这里陪我，是嫂嫂的账房陈先生说找嫂嫂有急事，嫂嫂才走开的。"还怕宋墨不相信，忙拿了一旁的宣纸，"这是刚才嫂嫂写来给我描红的。"
　　难道我会因此而责怪寿姑不成？
　　宋墨的脸色越发地不好看。
　　他瞥了眼蒋琰写的字，叮嘱了她几句"有什么事就跟你嫂嫂说"，转身回了书房。
　　蒋琰长长地透了口气，整个人都松懈下来。
　　宋墨却是气得不行，吩咐武夷："夫人和陈先生说完了话，你跟我说一声。"
　　武夷应声而去。
　　宋墨抚额，躺在醉翁椅上。
　　而在离这儿不远的小书房里，窦昭正听着陈曲水说着宋翰的事。
　　"这么说来，除了那个李大胜，宋翰身边的人都没有什么异样啰？"她眉头微蹙，显得有些严肃，"我要是没有记错，那个李大胜就是英国公赏给宋翰的贴身护卫吧？"
　　"正是。"陈曲水道，"他是在黎窕娘出事的那天离开京都的。据黄大总管说，他在三个月前就提出了辞工，只是他从小就服侍二爷，二爷舍不得，留了好几次，最后看他去意已决，实在是留不住，才准了他请辞的。杜唯顺着这个线索查下去，却发现那个李大胜根本没有回老家，而是出了京都就失踪了。我看多半是被人灭了口。"
　　宋翰自幼生活在英国公府，身边的人不是宋宜春赏的，就是通过大总管安排的，想查他，比较容易。
　　窦昭也觉得这李大胜必定是凶多吉少。
　　"如果李大胜死了，不管黎窕娘是不是他杀的，他是英国公赏给宋翰的，"她道，"宋翰大可一问三不知，把责任全推到英国公身上。"
　　窦昭和陈曲水想到一块儿去了。
　　他道："您看，这件事要不要提醒世子爷一下？我看世子爷听说李大胜失踪之后，并不十分焦虑，只怕还念着和二爷的手足之情。"
　　这也是他来找窦昭商量的原因之一。照他看来，如果能通过这件事彻底剥夺了宋翰继承英国公府的权利，那就再好不过了。
　　窦昭笑道："不用！世子爷做事，自有分寸。你们只要在一旁看着就行了。"又道，"杜唯那边有什么消息，让他跟我们说一声。"
　　宋墨有什么事从不防着窦昭的人，陈曲水也好，段公义也好，只要有事去问一声，杜唯等人都会据实以告。

陈曲水笑着应是，起身告辞。

窦昭独自坐了片刻，吩咐小丫鬟把若朱喊了过来，道："二爷那边，这些日子可有什么动静？"

因为出了钏儿那件事，宋宜春把樨香院的丫鬟们都教训了一顿，然后随便塞了两个丫鬟到宋翰屋里当差，若朱很快就和那两个丫鬟搭上了话，成了好姐妹。

"和平时一样。"若朱低声道，"每天寅正起床，练一个时辰马步，辰初用早膳，辰初过三刻去给国公爷请安，辰正时分去上课……"

每天吃了什么，喝了什么，见了什么人，说了些什么话，事无巨细，清清楚楚，甚至连昨天下午他在碧水轩外面徘徊了一个多时辰，最后耷拉着脑袋回了上院的事也都一一地向窦昭禀了。

一切都显得很正常，就和平常一样。

窦昭支肘托腮。

如果李大胜是他指使的，不可能一点痕迹都没有，就算是想把李大胜叫进来叮嘱一番，也得有个跑腿的吧？

问题到底出在什么地方呢？她到底忽视了哪里呢？

窦昭越想就越对宋翰感兴趣。

从前是不待见他，还怕打草惊蛇，所以和他保持一定的距离，现在想来，自己有必要常去上院坐坐才是。

反正现在宋翰还小，没有定亲，等过几年，就算宋翰是她的小叔子，她也要避嫌了。

她这么一想，就站了起来，正要吩咐若彤她要去上院，谁知道湘竹帘一晃，宋墨走了进来。

"天气这么热，你怎么也不叫个丫鬟帮你打扇？"他看见窦昭独自一个人在屋里就抱怨起来，"要不让人弄块冰过来也成啊！"

他怕夏天热着窦昭了，今年比去年多起了一倍的冰。

窦昭笑道："不过是因为见陈先生在这里略坐了一会儿，哪里就要弄块冰放在这里。你放心好了，我若是觉得热了，自会叫了丫鬟帮着打扇的。"然后问他，"你怎么过来了？不是说有事要吩咐陆鸣的吗？"

她总算看清楚了，如果说杜唯是"包打听"，那陆鸣就是专给他做"私活的"，凡是涉及这两人的事，她最好别问，没有一件事让人听着舒坦的。

宋墨却也不想她知道这件事，含糊其词地道："我是想问问阿琰见到黎亮之后都说了些什么。"

昨天一大清早，蒋琰送走了黎亮之后，就去祭拜了黎窦娘。

宋墨索性来了个眼不见心不烦，一大清早就去了宫里。

窦昭却不相信。

如果想知道蒋琰和黎亮说了些什么，应该派杜唯才是，怎么会扯上陆鸣？

她也不说穿，笑道："不过是嘱咐了黎亮几句保重身体之类的话。"却把蒋琰悄悄给了黎亮二十两银子的事给瞒了下来。

宋墨听着冷哼了一声，抱怨道："你能不能想个办法让阿琰别总像个受气的小媳妇似的，看见人就畏畏缩缩的，以后怎么好在各家走动？"

"这事有什么好急的？"窦昭笑道，"她现在是孀居，到处走动也不太合适，等适应了英国公府的生活，再慢慢教就是了。"

"反正我一看到她那样子就气不打一处来。"宋墨气呼呼地坐在了窦昭的身边，"她怎么一点也不像母亲？"

黎窕娘为了摆布蒋琰，自然要把她养成个懦弱的性子才成。

这话她怕说出来让宋墨更伤心，就笑道："你也别整天盯着她，你越盯着，她越紧张，说话行事就越没有章法，你也更生气……"

说话间，有小厮在外面探头探脑。

颐志堂的规矩颇严，窦昭和宋墨说话，没有通禀，小厮是不敢偷窥的。

窦昭知道这是出了急事要宋墨定夺。

她打住了话题，叫了那小厮进来。

小厮如释重负地跑了进来，高举着一封信跪在了宋墨和窦昭的面前："世子爷、夫人，辽东的五舅老爷送了封信过来。"

窦昭和宋墨都很意外。

宋墨打开信，一目十行地扫了一遍，松了口气，对窦昭笑道："五舅舅说，他这几年在辽东攒了些好皮子，过两天会托商队带过来，让我到时候派人把东西抬回家来。"

窦昭见那信封上面还盖有兵部的戳，不禁笑道："看来五舅在辽东的日子过得还挺滋润的。"

宋墨笑道："我五舅舅没有别的爱好，就是喜欢交朋友，谁和他说上两句都会喜欢他，可惜你没见着，不然你们肯定谈得来。"然后道，"你是回屋还是在继续在这里坐一会儿？我去跟管事说一声。"

窦昭笑道："我到二爷屋里转转，看看那些小丫鬟媳妇子都在干些什么。"

宋墨迟疑道："你有什么事就吩咐甘露她们去吧？上院离这里还要走一刻钟，太远了。"

他是对宋翰起了疑，本能地不想自己踏进宋翰的地盘吧？

窦昭好说歹说，直到答应带上金桂和银桂姐妹，宋墨这才无奈地答应，亲自送她去了上房。

宋翰下午要学音律，只留了栖霞带着几个小丫鬟守着屋子。

见窦昭过来，栖霞又惊又喜，忙和丫鬟端茶倒水摆弄点心水果。

窦昭来过几次，不过每次都很匆忙，身边跟着一大堆的人，也不曾到过宋翰的内室，此时仔细打量这才发现，宋翰的内室布置得庄重大方，和宋墨在外书房的暖阁非常相似。

栖霞忙笑着解释道："二爷处处都爱学着世子爷，这些小事上也不例外。"

窦昭笑着微微点头，突然有只猫窜了出来。

她吓了一大跳，栖霞更是骤然失色。

夫人要是有个什么闪失，这满院子的人可就都别想活了。

她忙朝个小丫鬟喝道："没看见夫人在这里吗？你也不拦拦，吓着夫人了怎么办？"

小丫鬟面白如纸地"扑通"一声就跪在了窦昭的面前，身子像筛糠似的抖个不停。

那猫却优雅轻盈地跳上了炕，懒洋洋地趴在了炕桌下，黑色的皮毛像缎子似的，一双眼睛碧绿碧绿的，闪烁着神秘莫测的光芒。

窦昭这才发现这猫竟然是只名贵的波斯猫。

可惜她不喜欢这种猫，觉得长相诡异，就不由得退后了几步。

栖霞忙道："夫人，这是二爷养的，平时都关在暖阁里……没想到您今天会来，就没有把暖阁的门给闩死，没，没吓着您吧？"

窦昭觉得就算是宋翰，也没有这个胆子拿只猫来吓唬已经快要临盆的自己，看了那猫几眼，说了声"还好"，和栖霞她们退出了宋翰的内室，刚在厅堂里坐定，宋翰满头大汗地赶了过来。

"你们是怎么看的家？连这点小事也做不好，是不是都不想待了？"宋翰朝着栖霞等人就是一通呵斥，吓得栖霞几个跪在地上瑟瑟发抖。

那猫却喵喵叫着跳到了宋翰的脚背上，还蹭着宋翰的腿，显得非常亲昵。

窦昭不想让宋翰拿了自己做筏子，笑道："好了，好了，你也别发脾气了。我没想到你在内室养了只猫，平时也没听人说起，这才吓了一大跳。"说着，指了那猫道，"怎么挑了个这样的颜色？看着让人瘆得慌，你要是喜欢养猫，我明日让人给你挑几只白色的或是麻灰色的，漂亮些，也免得像今天似的突然窜出来把人吓着了。"

宋翰呵呵地笑，显得有些讪然，却弯腰将猫抱在了怀里，道："嫂嫂找我有什么事？我每天下午会跟着先生学琴，嫂嫂有什么事差人去跟我说一声，耽搁一会儿也不打紧。"

他很自然地转移了话题，对猫的事只字不提，颇有些委婉拒绝的味道。

窦昭就多看了那只猫两眼，笑道："稳婆让我多走动走动，我每天在颐志堂里打转，再好的景致也平常了，就来看看你屋里的丫鬟都在做什么。"然后和他说起学琴的事来，"听说这位先生曾经师从翰林院的杜加年，想必也是个读书人吧？"

"是壬子年的举人，和杜大人是同乡。"宋翰把猫交给了栖霞，和窦昭在临窗的大炕上坐下，笑道，"杜大人无暇收徒，就推荐了这位先生。脾气很好，不仅善音律，还擅书画，我受益良多。"

"那就好！"窦昭和他寒暄着，看见栖霞小心翼翼地将猫交给了之前那个跪在她面前像筛糠的小丫鬟，那小丫鬟像抱着个罕世奇珍似的轻手轻脚地退了下去。

有意思！

她瞥了若朱一眼，低头喝了口茶，嘴角微翘地和宋翰说了会话，就起身告辞："……稳婆让我每天最少走一个时辰，可不敢在你这里多坐了。下次有空再来看你吧！"

宋翰起身，恭敬地送窦昭出了上院。

窦昭站在台阶上看小丫鬟们喂鸟。

若朱急匆匆地走了过来。

"夫人，"她低声道，"你走后，二爷让人把那个看猫的小丫鬟拖下去打了二十大板。栖霞等人，也被扣了一个月的月例。"

那小丫鬟不过十二三岁，二十大板打下去，人就废了。

窦昭的脸色有些不好看。

若朱低眉顺眼垂手而立。

窦昭好半天才道："你去留意一下那小丫鬟，看能不能留她一条命放到田庄里去。"

若朱恭谨地应是。

窦昭就道："二爷很喜欢养猫吗？我怎么不知道？除了养猫，二爷还有些什么爱好？"

若朱不由得诚惶诚恐，道："二爷屋里除了那只猫，还养了四只黄鹂、一对鹦鹉、一对鹩哥和两只乌龟，平日里并没看出特别喜欢哪些，讨厌哪些。"

既然如此，为何单单护着那只猫？

窦昭觉得若朱还懒了点，不由怀念起素心的好处来。

到了晚上，她就和宋墨商量："谁家会养只绿色眼睛的黑猫？想想就觉得心里发慌，若二爷不是特别喜欢，还是送给别人养吧？"

宋墨道："我娘亲在世的时候，就喜欢养波斯猫，而且喜欢养这种绿色眼睛的黑色波斯猫。"他说着，表情微黯，叹道，"可惜家里出事的时候，那些猫都不知道跑到哪里去了，我命人找了好几回也没有找到，后来家里的事多，也就顾不上这些了。"

窦昭就倚在了宋墨的肩膀上："难道那猫是婆婆留下来的？"

"怎么可能？"宋墨帮窦昭打着扇，笑道，"如果那猫是娘亲留下来的，他早跟我说了，不会这样悄悄地留着。"

难道是用来攻心的工具？

一起生活了十几年的兄弟，共同的回忆太多了，看样子自己这招温水煮青蛙的法子用对了。

窦昭抿了嘴笑。

宋墨就道："这件事你别放在心上，我明天会跟宋翰说的，让他把那猫寄养到别处。以后家里有了孩子，这猫啊狗啊的向来没轻没重，偏偏孩子们都喜欢，要是挠着哪里或是咬着哪里就麻烦了。"

是因为这猫啊狗啊的是宋翰养的吧？

窦昭笑盈盈地点头。

宋墨第二天果然找了宋翰说这件事，宋翰非常意外，却温顺地把猫送到了田庄上去，过程顺利得让窦昭有些意外，可更让她意外的是，宋翰听从她的建议，捉了一对麻灰色的家猫回来养在了屋里。

顾玉知道后对窦昭很是鄙视，道："你知不知道那波斯猫值多少银子？宫里的贵人想养还得瞅机会，你倒好，暴殄天物。"

窦昭不以为意，笑道："要不，我让人把那猫送到你们家去？"

顾玉嫌弃地道："我才不养这些小东西呢！娇贵得要命，死了也是条命。"

窦昭顿时生出知己的感觉来，她也是因为这个原因，所以很少养这些猫啊狗啊的。

可她还是忍不住调侃顾玉："没想到我们的小霸王还是个悲天悯人的！"

顾玉的脸霎时涨得通红，道："猫狗可比人忠诚多了。"

窦昭听着不由得心中一软，和他东扯西拉地斗了半天的嘴，心情非常愉悦。

宋墨回来看见他们相处和谐，嘴角忍不住就翘了起来，更衣过后坐了过来，让窦昭吩咐灶上的婆子做几道顾玉喜欢吃的菜，他要留顾玉在家里用晚膳。

顾玉就皱着眉求宋墨："哥哥去跟我姨母说一声吧，皇上前些日子让我去旗手卫里当差，竟然被姨母给驳了，说我年纪还小，不够沉稳，在家里跟着祖父多历练两年再说。哥哥不过比我大月份，已经是正三品的武将了，我还在家里混吃等喝的，就是冯治那厮如今都去了五军营，我都不好意思在外面晃悠了。偏偏舅舅和姨母一样的说辞，我又不好去找祖父说项——那女人知道了肯定会幸灾乐祸地到处宣扬，我想来想去，只能求哥哥帮我在姨母面前说个情了。"

宋墨和窦昭都知道这是顾玉名声在外，万皇后怕他成事不足败事有余，在辽王之事没有尘埃落定之前宁愿把他白养着，不管是找谁去向万皇后求情，万皇后都不会让顾玉出仕的。

实际上不管是万皇后还是辽王，都还是很照顾顾玉的。

前世辽王登基后，刚及弱冠的顾玉就做了五军都督府的掌印都督，而且还兼着旗手卫的都指挥使，风头之健，在朝中一时无二。

这些宋墨当然不知道，他自有办法对付顾玉。

"说来说去，还不是你被那个'京都小霸王'的名声给拖累了。"宋墨笑道，"你也别恼，皇后娘娘不是说你不够'稳重'吗？你做几件稳重的事给她看看，她自然也就不会拦着你了。"

顾玉一听来了兴趣，忙道："那我该怎么办？"

宋墨道："我在天津那边盘了一家船坞，正愁没有理事的人，要不你去帮我管一管？回来之后大家自然会对你刮目相看了！"

"不是吧！"顾玉大失所望，"你让我去给你做管事？"

"难怪皇后娘娘不放心你。"宋墨道，"眼高手低的，能做成什么事？你别看我现在光鲜，我十二岁的时候就和广东十三行的大掌柜们对账，要不是有这点本事，你以为那些个个都能独当一面的大掌柜会服我？"

顾玉扭扭捏捏地坐在那里不说话了。

让他一下子去做管事做的事，这落差是有点大。

窦昭就道："男子汉大丈夫，能伸能屈，你要是连这么点委屈都受不了，怎么能成大事？"

事实是顾玉前世一点苦也没有吃，还是鲜衣怒马地逍遥了一辈子。

要是顾玉知道这全是自己哄他的话，不知道会不会对自己怒目而视，从此不再理睬自己？

窦昭在心里思忖着。

顾玉却腾地一下站了起来，在屋里打了几个转之后，面露毅色地站定，咬牙切齿地道："好，我去天津！我就不信了，这点小事还能难倒我！"

窦昭忙把顾玉赞了一通。

顾玉翻着白眼道："你别以为我不知道你们是哄了我去给你们卖苦力，不过是京里也无聊，我正好去散散心。"

窦昭和宋墨哈哈地笑。

顾玉转头就忘了宋墨算计他的事，笑嘻嘻和宋墨道："听说海外有奇珍，我们不如造个大船，到时候出海去逛一圈？"

宋墨啼笑皆非，道："那种出海的大船建造工艺都由工部掌握着，等闲人看都看不到，更别说私造是违例的了。"

顾玉勉强点头应诺，眉宇间却难掩跃跃欲试。

宋墨望着窦昭叹气。

把这个没心没肺的支到天津去，也不知道是对还是错。

宋墨原想去和云阳伯说说，不承想隔天辽东的商队就进了京。

蒋荪柏除了给宋墨送来了两大箱子皮毛，还送来了一封问候信。

宋墨客气地接待了商队的大掌柜，由廖碧峰陪着，在英国公府用了一顿饭。他自己却待到掌灯时候拿着信回了书房，让武夷等人守在外面，独自待在书房，半晌都没有出来。

窦昭有些担心，去了书房。

书房里灯火通明，宋墨端坐在书案前，正望着书案上的八角宫灯发着呆。

书案上，除了一封摊开的书信，还有一本《千家诗》。

这是个什么情况？

窦昭有片刻的愣怔。

宋墨已将手边的书信递给了她。

窦昭接过信，匆匆看了几句，已是满脸的惊愕，道："五舅舅竟然说自己如今在辽东生计艰难，让你看在从前大舅舅对你照顾有加的分上，给他捎几千两银子过去？"

皇上并没有将蒋家置于死地。

蒋家的产业虽然大部分都充了公，但濠州的祭田和祖宅却没受损。在蒋骊珠出嫁的时候，宋墨怕蒋家在钱财上捉襟见肘，曾让窦昭私下贴襟补给蒋家五千两银子。蒋家四太太不仅谢绝了，还曾委婉地告诉她，蒋家虽然不比从前，但梅夫人去世的时候，把一些事情都已经安排好了，其中就包括蒋家的姑娘出嫁时每人都是一千两银子的陪嫁，蒋家的儿子娶媳妇每人都有两千两银子，比一般的富户人家嫁女儿娶媳妇还要富裕，蒋柏荪怎么会缺银子？还开口找宋墨要？

　　她很是不解。

　　宋墨低声道："我小的时候，大舅曾经告诉我用《千家诗》写家书。字面上是一个意思，字面下又是一个意思。"

　　他细细地告诉窦昭怎样看这封信。

　　窦昭学了半晌才明白一个大概，待看明白一行字已是头昏眼花。她不由得道："还是你直接告诉我五舅舅都在信上写了些什么吧？等我有空的时候再仔细地琢磨琢磨也不迟。"

　　宋墨道："五舅舅说，辽王有野心，让我们小心。"

　　看来自己推测的不错，辽王已经渐露獠牙。

　　窦昭神色凝重。

　　"五舅舅这几年在卫所表现出色，辽王想到时候让五舅舅领兵，答应事成之后，为蒋家沉冤昭雪。五舅舅想了又想，决定投靠辽王。但又怕事情万一败落连累到我，所以写了这封信给我。还说，过些日子他还会派人来向我要银子，并会放出话去：如果当初没有母亲的苦心经营，英国公府哪会有今天的荣华富贵。现在蒋家的人在辽东吃苦受累，宋家却依旧锦衣玉食，哪有这么便宜的事。不拿个十几万两补偿蒋家，这件事没完！还嘱咐我宁愿落得个啬吝薄情之名，也要趁机和他划清界限，万一太子登基，好歹能和他撇清关系……"

　　窦昭听着很不高兴，道："若是辽王事败了，濠州的那些妇孺怎么办？难道还让他们再经历一次抄家灭门的凄惨不成？"

　　宋墨苦笑，道："人在矮檐下，不得不低头。五舅舅在辽王的治下，恐怕由不得五舅舅拒绝。"

　　"能不能想想其他的办法？"窦昭道，"蒋家到了如此境地，却依旧能得到昔日同僚和故旧的尊敬，不过是因为'忠君报国'的忠勇之名而已，投靠了辽王，就算日后辽王登基，那也是乱臣贼子、窃国之君，蒋家跟着他行事，名声可就全完了！以后蒋家再有什么事，恐怕再难有人庇护了！"

　　上一世，辽王利用的是宋墨；这一世，他利用的是蒋柏荪。

　　她不由为蒋家叹气。

　　"我何尝不知道？"宋墨道，"只是辽王的条件太诱人了。大舅舅他们死得那么惨，五舅舅怎么可能心平气和没有一丝的怨恨？而且就算是五舅舅想办法拒绝了辽王，太子会相信五舅舅没有和辽王沆瀣一气吗？"

　　"不能！"窦昭无奈地摇头。

　　难道就这样看着蒋柏荪涉险不成？

　　窦昭觉得心里有点难过。

　　宋墨却在屋子里打着转。

　　窦昭不知道他在想什么，不敢打扰，静静地坐在一旁。

　　好一会儿，宋墨才停下了脚步，在窦昭身边坐下。

窦昭忙给他重新上了盅温茶。

宋墨喝着茶道："看来，只好试探试探太子了！"

窦昭瞪大了眼睛。

宋墨低声地道："太子素来一副无欲无求的模样，我有些摸不清他的想法。如果他知道了辽王的野心，是会慌慌张张地对付辽王还是不动声色地暗中布局……事到如今，辽王把主意打到了蒋家的头上，他也肯定觊觎大舅舅留下来的那些东西，我们就算是想撇清也困难了，不如趁早看清楚太子和辽王到底谁强谁弱，到时候再见机行事也不迟！"

这就是要提前站队了！

窦昭不由暗中腹诽辽王。

蒋家已被皇上弄得家破人亡，你又何苦把他们推到火上烤？难怪上一世用起宋墨来毫不心软。

窦昭只好道："恐怕辽王的胜算大一些！"

谁知道宋墨却笑道："现在说这些都为时尚早，我们先看看情况再说吧！"

这样也好！就算是最终投靠了辽王，也别和辽王走得太近，只要不惹得他猜忌就行了。

可见这计划永远赶不上变化。

原以为凭着英国公府的地位，他们大可隔岸观火，谁知道最终还是要卷入夺嫡之争中去。

窦昭不由长长地叹了口气。

宋墨就安慰她："你放心，这件事我有分寸。不管五舅舅投靠不投靠辽王，只要辽王有反意，我和五舅舅表面上都要反目，毕竟现在鹿死谁手还不知道，我也不会因为愚忠而让你和孩子受苦的。"

"你知道就好！"窦昭只好这样牵绊着宋墨，"自古以来参与了夺嫡之争的人不管成功还是失败都没有什么好下场。"

宋墨笑道："我保证！"

窦昭心中还是很不安，向陈曲水说了这事。

陈曲水笑道："太子殿下身边那么多的人，世子爷又是向来不往太子殿下身边凑，就算是想投靠太子殿下，也要太子殿下能信任世子爷才行啊！我倒赞成世子爷的做法，先观望观望再说，实在不行，也只能丢卒保帅了。"

窦昭心中微安。

到了中午，若朱来回禀她："还好夫人吩咐了我一声，若不是我送了些创伤药给二爷屋里养猫的那个小丫鬟，只怕她早就一命呜呼了。知道我是夫人屋里的人，她哭得稀里哗啦的，说夫人的大恩，只能来世再报了。还说，二爷每天吃饭的时候就喂那猫，二爷吃什么，就给那猫吃什么，弄得那猫总喜欢蹲在炕桌下，栖霞还曾经嘱咐过她，让她小心，别让那猫总往炕上跑，小心打翻了茶盅烫着二爷了，都怪自己没有把栖霞的话放在心上，这才闯了祸。"

窦昭心里有事，哪里耐烦听这个，道："那小丫鬟送到田庄里去了？"

"嗯！"若朱道，"一条腿是保不住了，但好歹保住了一条性命。"

窦昭很快把这件事抛在了脑后，晚上宋墨回来，她吩咐甘露用炖了半日的鸡汤下一碗面条给宋墨宵夜。

宋墨尝了口鸡汤，觉得非常鲜美，用调羹舀了一勺给窦昭："很好喝，你也尝尝。"

窦昭现在是少食多餐，宋墨回来之前她刚刚喝了一碗，但她不想败了宋墨的兴，就着那调羹喝了一口。

宋墨就道:"好喝吧?"

窦昭笑盈盈地点头。

宋墨又舀了一勺,在嘴边吹了吹,递给窦昭:"再喝一口。"

窦昭望着冒着热气的鸡汤,脑海里突然冒出宋翰坐在炕桌上,把自己喜欢吃的菜肴拨到小碟子里喂给猫吃的场景。

她的脑子里"嗡"的一声,脸色大变。

宋墨吓了一大跳,忙道:"怎么了?寿姑?你怎么了?是不是哪里不舒服?"

窦昭却长长地吁了口气,回过神来,却再也吃不下任何东西。

她白着脸问宋墨:"我好像曾听你说过,婆婆去世之前卧病在床,你那时候去了辽东,是宋翰侍的疾?"

窦昭直呼弟弟的名字。

宋墨本能地觉得出了事,表情不由变得严肃起来,点头应了声是。

"我还记得你曾经说过,婆婆在世的时候,喜欢养猫,但你回来的时候,那些猫都不见了踪影?"

宋墨点头。

窦昭轻声道:"宋翰养猫,而且,他吃饭的时候,会把自己喜欢吃的食物先喂给猫吃,然后自己再吃……"

宋墨的眼睛微眯,目光锐利得如刀锋般清寒,表情也变得僵硬起来:"你想说什么?"

窦昭抚上了宋墨的手。

宋墨的手在发抖。

"他不是又养了两只猫吗?"窦昭道,"不知道他现在还有没有这样的习惯?若是猫不见了,他会不会再找条狗来喂?"

宋墨闭上了眼睛,半晌才睁开。

可当他睁开的时候,眼里已没有了一丝的波动,清冷得如一泓井水。

他吩咐武夷:"叫陆鸣立刻来见我!"

武夷战战兢兢地退了下去。

宋墨却再也没有胃口。

甘露看见剩了半碗鸡汤,正想问宋墨要不要再吃点别的,抬头就看见窦昭朝着她使眼色。

她赶紧轻手轻脚地退了下去。

陆鸣走后,宋墨才回屋歇息,但一直辗转反侧睡不着。

窦昭抱住了宋墨的胳膊。

宋墨安静下来,在黑暗中轻声地道:"吵着你了?要不,我去炕上睡吧?"

"没有。"窦昭把宋墨的胳膊抱得更紧了,"我也睡不着!"

两人都没有说话。

内室静谧一片。

宋墨突然"扑哧"一声笑,手温柔地放在了她高挺着的肚子上,道:"你说,孩子还在你肚子里就遇到过这么多的事,生下来会不会是个多思多虑的?"

"有可能!"窦昭笑道,"还好是第一个孩子,不管是长女还是长子,这样的性格都挺好的。"

宋墨叹息，侧身抱住了窦昭。

太热了。

可想到宋墨低落的情绪，窦昭忍了。

不仅如此，这些日子她早睡早起，已经不习惯熬夜，竟然迷迷糊糊地睡着了。

半梦半醒间，她好像听到宋墨说了句"你能嫁给我，真好"。

窦昭不由得心花怒放，想问他一句"真的吗"，但眼皮像灌了铅似的，怎么也睁不开。

她不知所谓地嘟囔了几句，睡着了。

第一百三十九章　追源·交代·真相

宋墨睁着眼睛望着黑漆漆的帐顶，脑子里全是宋翰小时候围着他打转的情景。

他的眼眶渐渐有些湿润起来。

如果时光能够永远停留在这一刻该有多好啊！他纵然怀疑，可没有证据，也就不用去选择。

可时光从来不以人的意志为转移，屋里的光线渐渐地明亮起来。

宋墨轻轻地坐了起来，望着面色红润、睡颜安详的窦昭，不由轻轻抚了抚她的额头。

窦昭嘟着嘴偏了偏头。

宋墨哑然失笑。

他还有这个心爱的人在怀，又何必伤春悲秋？

宋墨起身，在院子里练了会儿剑，听说窦昭起来后，才回了内室。

窦昭正对镜梳妆，见他还在家里，奇道："你今天不用去衙门吗？"

"去啊！"宋墨由着小丫鬟服侍他更衣，笑道，"今天去五城兵马司衙门，不去金吾卫衙门，可以晚一点。"

窦昭道："五城兵马司衙门出了什么事吗？"

"没什么事。"宋墨扶着窦昭在炕上坐下，道，"就是例行地去看看。"

甘露指挥着小丫鬟们上早膳。

宋墨就道："你还有多久生？我想到时候请陆老夫人过来帮着照看你一下。"

如果宋翰和蒋琰当初真的被换了，那就是生产时出的问题，他觉得还是多找几个人来看着点让人安心些。

"这个月底下个月初的样子。"窦昭笑道，"六伯母说到时候会和五伯母一起过来，陆老夫人年纪大了，还是别惊动她老人家了。"

宋墨点头，低下头开始用早膳。

窦昭见他胃口很好，不禁有些担心。

宋墨那么聪明的人，对宋翰的事却从不多想，可见宋墨对宋翰有多信任和疼爱，而现在宋翰却彻底摧毁了他的这种信任和疼爱，宋墨的情绪不可能不受影响，他表现得越是淡定从容，心里的恨意可能就越大。

窦昭亲自帮他换了朝服，送他到了垂花门才回颐志堂。

到酉时宋墨下衙回来，陆鸣求见。

宋墨遣了屋里的丫鬟婆子，就在正房的宴息室见了陆鸣。

陆鸣低着头，喃喃地道："奉世子爷之命，我从昨天晚上就潜伏在了二爷的屋顶上。二爷无论吃什么东西，总是先给那猫尝，待那猫吃过了，二爷才吃。中午的时候，我把两只猫给藏了起来，二爷不见了猫，脸色发白，让屋里的丫鬟婆子找了一个中午，眼见着要去先生那里学琴了，这才让灶上的婆子下了碗清水面。但吃面的时候，二爷说胃口不太好，拨了一小半给栖霞吃。待栖霞吃了，他才开始开始吃面。走的时候还吩咐栖霞他们，他下学之前必须把两只猫给找到。"

宋墨面无表情地垂着眼睑，淡淡地道："给那两只猫喂点砒霜，一只多喂点，一只少喂点，丢在他们能找到的角落里。"

陆鸣恭声应是，退了下去。

窦昭欲言又止。

晚上，上院好一阵喧哗，闹得颐志堂都听见了。

来给窦昭请安的蒋琰有些惶恐，拉了窦昭的衣袖问出了什么事。

府里虽然没有人对她明说，但她心里却明白，如果她和宋墨是一母同胞的，那宋翰不是黎窕娘的儿子就是宋家从哪里抱来的。不管是前者还是后者，宋墨认了她，宋翰的身份地位都会变得很尴尬。不管怎么说，宋翰也做了宋家十几年的儿子，她不想因为自己，宋翰的处境变得很艰难。这也是她好几次都听丫鬟说宋翰在碧水轩外徘徊，她却装作不知道的缘故。

窦昭牵了她的手，道："我也不知道，我让甘露去看看。"

蒋琰点了点头，她有点怕见宋翰，怕宋翰因为她的出现而变得愤世嫉俗。

甘露很快就折了回来，低声道："二爷屋里的两只猫都被人下了毒，一只已经死了，另一只虽然还活着，却不会走路了。二爷被吓着了，又是哭又是闹的，叫嚷着有人要害他，拉着常护卫非要他把英国公府彻查一遍。常护卫哪有这个资格，就报到了国公爷那里。国公爷看着那两只猫也傻了眼，半响才回过神来，急急地吩咐常护卫彻查英国公府。世子爷知道了，也赶了过去，说国公爷和二爷小题大做，为了个玩物就要彻查英国公府，知道的说国公爷这是在心疼儿子，不知道的还道是二爷玩物丧志，然后叫了顺天府的仵作过来查那猫的死因。

"顺天府的仵作说，那猫是吃了耗子药死的。

"世子爷就把二爷给狠狠地教训了一番。说二爷大惊小怪，行事浮躁，胆小懦弱……把二爷说得都哭了。国公爷也板着脸走了。"

蒋琰不由双手合十念了声"阿弥陀佛"，道："这是谁？明知道二爷养了两只猫，还下耗子药？我看这院子里得好好打扫打扫了，要是还有谁养的猫狗吃了这被耗子药毒死的耗子，岂不是又要遭殃了？"

窦昭笑着吩咐甘露："那你就去跟院子里那些扫地的嬷嬷们说一声。"

甘露笑着出了上房。

宋墨却背着手冷着脸进了宋翰的内室。

宋翰哭得稀里哗啦，眼睛肿得像核桃，见宋墨进了内室，抹着眼泪跟着走了进去。

宋墨上了炕，打发了栖霞等人，问耷拉着脑袋站在他身前的宋翰："父亲和母亲吵架的时候都说了些什么，你真的没有听到？"

宋翰抬起头来，表情非常诧异，但已心寒如冰的宋墨还是从他表情中捕捉到了一闪而逝的不安。

"我让人给你屋里的两只猫下点砒霜，一只下得重点，一只下得轻点。你看，顺天府的仵作来了，却说你养的两只猫是吃了被耗子药药死的耗子才死的。"他望着宋翰浅浅地笑，笑容温和而亲切，"宋翰，我再问你一遍，父亲和母亲吵架的时候，都说了些什么？"

"哥哥，你，你怎么会……"宋翰的额头冒出细细的汗来，眼底有了真正的恐慌。

宋墨只是笑望着他，一如往昔那个关心他的哥哥。

"我没有，我没有！"宋翰跳了起来，"我真的没有听见……"

宋墨站了起来，抚了抚有些褶皱的衣襟，淡淡地喊了声"陆鸣"，道："你来告诉二爷，应该怎么和我说话。"又道，"不要留下什么伤痕，免得把人弄死了，还要找诸多的借口。"说完，身姿如松地朝外走去。

陆鸣躬身给宋翰行礼。

摇曳不定的灯光照着宋翰瘦小的身影，让他像个扭曲的怪兽。

"不！"宋翰惨叫一声，朝宋墨扑过去。

陆鸣伸出手臂挡住了宋翰："二爷，您也别让我们这些做下人的为难！"

他目不转睛地盯着宋翰，眼中流露着毫不掩饰的杀气。

宋翰想到宋墨的手段，想到父亲对宋墨的忌惮，还有自蒋琰出现后宋墨对自己的冷淡，他一下子像掉到了冰窟窿里，寒彻入骨。

"哥哥！哥哥！"他冲着宋墨的背影哭喊。

宋墨头也没回。

陆鸣锁住了宋翰的胳膊。

宋翰的肩头传来刺骨的疼痛。

他使劲地挣扎着，却如蚍蜉撼树般。

外面走进来四个人。

其中一个有些犹豫，道："毕竟是英国公府的二爷……"

宋翰心里顿时生出希望来。

谁知道那人却接着道："我看不如呛水——天气热，若是失了手，可以说是泅水溺了。"

陆鸣想了想，道："那就打盆水来！"

宋翰汗毛都竖了起来，他不由恶狠狠地朝着陆鸣吐了口口水，道："你敢动我，小心我哥哥事后后悔，拿你开刀！"

陆鸣咧了嘴笑，笑容里满是讥讽："你还以为你是原来的英国公府的二爷不成？那蒋小姐是从哪里来的？你可别忘了，黎宪娘虽然死了，可黎亮还活得好好的，现在英国公府谁不知道你与宋家没有关系，不过是国公爷抱养的。我们等会用棉絮裹着你打，里面的五脏六腑都坏了，外面却看不出丝毫伤痕，最多不过两三天就会一命呜呼。这种江湖手段，连太医院的御医也看不出端倪来。你就放心好了，就算是国公爷告到了殿前，也是笔糊涂账。何况国公爷有这么大个把柄抓在世子爷手里，会不会为你出头还是两说。"

他说着，咔嚓一声，下了宋翰的胳膊。

宋翰一阵惨叫。

陆鸣道："你也别在我面前摆你国公府二爷的架子了。世子爷不过是念在和你兄弟一场的分上才问你的，有些事，你不说，自然有人说。你既然给脸不要脸，就休怪我们世子爷心狠手辣了。"

宋翰的头被按在了水盆里。

水盆里咕噜咕噜地冒着水泡。

宋翰拼命地摇着头。

水还是从他的鼻子和嘴里灌了进去。

他感受到了窒息的痛苦。

人被提了起来。

他大口地喘着气。

陆鸣问他："世子爷问你话的时候，你还说不知道吗？"

宋翰没有来得及说话，头又被按进了水盆里。

……

他渐渐无力。

死亡阴影，第一次离他这么近。

但他依旧紧闭着嘴巴。

有人迟疑道："万一真的出了事……国公爷那边怎么交代？"

陆鸣冷笑："人已经死了，难道国公爷还能让自己断了后不成？"

宋翰的头再次被按在了水里。

这一次，比任何一次的时间都长。

按着他的手如铁钳，没有丝毫的犹豫和松动。

而且，他被按在水里的时间一次比一次长，拎出来的时间一次比一次短，显得有些急切，仿佛他是个拖累似的，快点解决了好早点交差……

宋翰突然明白过来。

这些人不过是宋墨手中的提线木偶，所以他们不会像宋墨那样，看见他悲惨的样子会心软。

如果他不求饶，他真的会死在这里。

就像他们说的，他如果死了，宋墨成了宋家唯一的继承人，父亲除了打骂宋墨一顿，还能干什么？

所以当宋翰再次被拖出来时，他吃力地抓住了按他头的人。

"我说……"他喃喃地道，人瘫在了地上。

宋翰被扶到了一旁，换了件衣裳，带去隔壁他的书房。

书房里静悄悄的。

武夷正服侍宋墨写大字。

宋翰抬头，眼角的余光瞥过落地穿衣镜。

镜中的他，衣饰整洁，除了脸色略有些苍白，神色中带着几分萎靡之外，和平时没有什么两样。

他这才深刻地体会到了什么是"不要留下痕迹"的意思。

如果他刚才死了，他看上去是不是会和失足溺水一般的模样？

宋翰全身发冷，牙齿咯咯地打颤，但他还是朝宋墨扑了过去："哥哥，哥哥，这不是你的主意,对吗?你只是想吓唬吓唬我,对吗?"他哭了起来,"我不是不想告诉你,可我害怕,我怕你知道之后会更加怨恨父亲……我夹在中间,左右为难……我不是有意的……要不然我也不会跟你说父亲和母亲曾经吵过架了……有好几次我都想告诉你,可你不是和顾玉一起就是去了宫里,我根本没有机会跟你说……只好求你能早日发现……没想到哥哥真的发现了……我又不知道该怎么跟你说了……"

宋墨好像没有听见似的,头都没抬地任他哭诉着,认真地写完了最后一笔,打量了半晌,才放下笔,接过武夷递上来的帕子擦了擦手,抬头笑着对宋翰道:"你过来了!坐下来说话。"

好像刚才的拷打都是一场梦似的。

宋翰止不住地发起抖来。

他见过这样的宋墨,客气疏离地和那些他根本不放在心上的人寒暄,可他没有想到,有一天,自己也会成为那些宋墨根本不放在心上的人中的一员。

或者,他曾经想到过。

蒋琰刚被接回来之时他想到过。

可当他看到宋墨并没有追究这件事的时候,自欺欺人地没有继续朝这方面想而已。

宋翰呆在了书案前。

陆鸣恭敬地把他扶在离宋墨不远的太师椅上坐定,脸上全然没有刚才拷问他时的冷漠和暴戾,如同一个卑微的仆人。

虚伪!真虚假!全都是帮虚伪的东西!

宋翰看着他的脸,胸口仿佛有团火在烧,就要冲了出来。

可他不敢!

窒息的痛苦还清晰地留在他的感觉里。

眼前的这个人,表面上彬彬有礼,温煦谦和,骨子里却冷酷无情,手段狠辣,早已不是那个对他疼爱有加的哥哥了。

他两腿绵软地坐在那里。

武夷奉了杯热茶给他。

他喃喃地说着"谢谢",却换来了宋墨撇着嘴角冷漠不屑的笑容。

想从前,英国公府的二爷是何等尊贵的人物。不要说给个下人道谢了,只要他对服侍他的人露出个满意的笑容来,那些仆妇就会受宠若惊,觉得是无上的荣耀。而宋翰从小就明白这一点,骄傲得像只孔雀,轻易不会对人道谢。

可现在,没有了英国公府二爷的身份,他也不过是个卑微的普通人罢了。

宋墨看他,更是觉得恶心。

自己当初怎么就被油脂蒙了心,看错了父亲,还看错了他的?

宋墨冷笑道:"没想到我们的宋二爷也有低头的一天。早知今日,又何必当初?就算你是黎寔娘的儿子,你那时也不过是个襁褓里的孩子罢了,大人犯下的错,又与你何干?不要说你身上同样流着宋家的血,就算是父亲为了恶心母亲而从外面抱回来的,既然做了我十几年的弟弟,我依旧会把你当成亲弟弟看待。谁知道你却不珍惜这样的缘分,非要等到被打落到尘埃里,才知道从前的日子是何等逍遥自在,尊贵体面。"

他的声音像山涧的泉水,清脆却也透着几分冰冷。

宋翰低着头,脸上红一阵白一阵的。

自己若是当初实话实说,宋墨真的会依旧把自己当亲兄弟一样吗?

他根本不相信,可坚如城墙的心防却不由自主地有了一丝松动。

宋墨却再也不想说起这件事。这只会让他再次看到自己有多愚蠢！

他把从前的种种都抛到了脑后，再一次问宋翰："父亲和母亲吵架的时候，都说了些什么？"

宋翰抬起头来，认真地望着宋墨，真诚地道："我真的不知道。我知道你不相信，可我是真的不知道，我总不能瞎编些话糊弄你吧？

"那些日子母亲身体不好，总是蔫蔫的，你又在辽东，我心里很着急，除了每天服侍母亲用药，就在菩萨面前读一遍《法华经》为母亲祈福。

"母亲很高兴，还当着父亲的面夸奖我孝顺，懂事。

"我心里很得意，就想在父亲面前表现一番，非要亲自给母亲煎药不可。母亲不同意，怕我被烫着。父亲却说我长大了，知道心疼人了，是件好事，让竹君陪着我去煎药。

"可有一天，母亲养的小宝围着我喵喵直叫，害得我打翻了药碗。

"竹君她们笑着安慰我说不要紧，急急地又拿了服药在炉子上煎。

"我气得要死，就把剩下的药灌给小宝喝了，小宝喝了之后就再也爬不起来了。

"我吓了个半死，杏芳说是我给小宝乱灌药。

"我怕母亲责怪我，想着这些日子母亲一直卧病在床，也没时间哄小宝大宝它们，就求杏芳帮我把小宝藏起来，我准备去找五舅舅，让他想办法给我弄只和小宝一模一样的猫咪。

"杏芳答应了。

"我心里却很忐忑，生怕母亲发现小宝不见了。

"就去找杏芳。

"却看见杏芳悄悄地在埋母亲喝过的药渣。

"我当时就奇怪了。就算是埋药渣，也应该是清李和竹君他们去埋才是，怎么是杏芳在埋？

"我就每天悄悄地抓一把母亲喝过的药渣撒在母亲屋里那株墨菊的花盆里。

"没多久，那株墨菊就死了。

"我跑去告诉父亲。

"父亲却陪着娘在廊庑下赏菊。

"我怕母亲伤心，不敢告诉母亲，想等会儿悄悄地告诉父亲。

"可母亲一直拉着我的手问我冷不冷，我又怕自己忍不住说漏了嘴，就跑去帮谢嬷嬷做桂花糕去了。

"后来的事你也知道了。

"等我回来的时候，父亲和母亲板着脸，互相不理睬。母亲让梨白带着我下去换了件衣裳，等我折回去的时候，母亲和父亲正在吵架，我被谢嬷嬷抱到了葡萄架下，根本没来得及听清楚母亲和父亲为什么争执，再后来，我就被梨白拖回了屋，等清李来叫我的时候，母亲已经不行了，正伏在床边大口大口地吐血，父亲上前去，却被母亲一把给推开了……"

宋墨面色平静，握着茶杯发白的指尖却泄露了他的情绪。

他淡淡地看了宋翰一眼，轻轻地道："宋翰，你还扯谎！你是不是认为我很蠢？认为我不敢把你怎样，所以这么肆无忌惮？"

那轻柔却不带一点感情的声音让宋翰的汗毛都竖了起来。

"我就知道，你不会相信我的。"他沮丧地望着宋墨，干巴巴的声音让他显得很紧张。

宋墨冲着他微微一笑，站起身来，手如电掣般地一下子掐住了他的脖子。

"你可能还不知道，"他慢慢地道，手如铁钳，一点点地缩紧，"我一点也不介意亲自动手。"

宋翰的面孔立刻开始泛红。

他紧紧地掰着宋墨的手。

可他怎么是宋墨的对手？

宋翰再次尝到了窒息的痛苦。

他睁大了眼睛瞪着宋墨。

宋墨嘲讽地笑。

门外响起一阵喧哗声。

宋翰呀呀地叫着。

宋墨不紧不慢地收着虎口。

门外传来宋宜春的咆哮："反了天了！这里是英国公府，颐志堂也是英国公府的一部分，你们是颐志堂的护卫，也是我英国公府的护卫，你们竟然敢拦我，到时候别怪我不客气了！"

宋翰精神一振。

上院不可能没有父亲的人，宋墨在上院审他，根本就是自投罗网！他只要活着等到父亲出现，宋墨就对他没有办法。

宋翰眼里闪过一丝得意之色。

宋墨突然笑了。

他望着宋翰的眼睛，温声地吩咐陆鸣："让国公爷进来。我要他亲眼看着我是怎么把他这个儿子给掐死的！"

陆鸣面无表情地应是，出了内室。

宋翰大惊失色。

宋墨的手收得更紧了。

宋翰用尽全力挣扎厮打，宋墨却只是鄙视地望着他，好像他是一只蟑螂，随时就能拍死似的。

宋宜春由常护卫几个护着闯了进来，屋里的场面让他骇然愣住，常护卫几个更是傻了眼。

宋墨贴着宋翰低声道："我问你最后一遍，父亲和母亲吵架的时候，都说了些什么？"

宋翰眼睛通红，脑袋已经不能动弹，可怜兮兮地斜睨着宋宜春，无声地向宋宜春求救。

宋宜春回过神来，大步朝宋墨走去："你要干什么？你想谋杀你弟弟不成？"

"是啊！"宋墨回过头来，冲着宋宜春挑衅地一笑，道，"不过父亲说得不对，你应该问我是不是想谋杀胞弟才是！"

宋宜春脚步一滞。

宋墨的手骤然一紧。

宋翰没办法呼吸，吐出了舌头。

宋宜春大怒："住手！你这逆子，这次就是官司打到殿前，我也要夺了你的世子之位！"

"是吗？"宋墨朝着宋宜春挑眉，松开了手。

宋翰捂着脖子，瘫软在了地上。

宋墨的脚就踩在了宋翰的脑袋上："父亲，我觉得您还是别插手我们两兄弟的事比较好！"随着他的说话声，屋里响起一阵金属的鸣响，屋里屋外影影绰绰地出现了很多的人，把宋宜春等人团团围住。

宋宜春惊怒："你要干什么？"

常护卫和陆鸣等人都拔出了腰间的刀剑，对峙而立。

屋子弥漫着山雨欲来风满楼的紧张与压抑。

"也没什么。"宋墨慢条斯理地道，"我在想，如果我杀了宋翰，对外宣称因为黎家的事曝了光，宋翰心虚，欲将我置于死地，父亲闻讯赶来阻止，却被宋翰误伤，我一怒之下，杀了丧心病狂的宋翰，您说，这个理由行不行得通？"

宋宜春龇牙裂目："你敢！"

"我有什么不敢的？"宋墨笑道，"难道您还准备过继宋钦或是宋铎不成？若是您有这样的心思，我想不管是大伯父还是三叔父、四叔父肯定都会乐见其成的。不过，也许您另有打算。毕竟您还正值盛年，续了弦，自然就又会有嫡子出生，未必要过继宋钦或是宋铎。只可惜，我是个睚眦必报的，就算是死，也必定要拉个垫背，少不得要把当年黎家的事给捅出来，到时候会怎么样，那可就不好说了。"

宋宜春横眉怒目，却不敢接宋墨的话茬。

宋翰望着宋宜春，满脸的骇然。

宋墨说得对。

宋宜春今年还不到四十岁，他若续弦，自然就又会有嫡子。

他之所以现在只有宋墨和自己两个儿子，不过是因为宋墨压着他，让他没有办法续弦而已。一旦没有了宋墨的压制，他眼中哪里还会有自己这个不受待见的儿子。

可怜自己之前却被英国公府二爷的名头迷花了眼，以为没有了宋墨，有些事就非自己莫属。

原来都是痴心妄想！

他突然想起御史弹劾大舅舅定国公的话。

养寇自重！

如果宋墨越强大，和父亲的罅隙越难以调和……父亲对自己，就会越来越依赖吧？

宋翰的眼睛闪闪发亮，仿佛在满天的阴霾中看到了一线光亮。

宋墨却撇了撇嘴，眼底闪过一丝讥讽。

他如果要杀人，哪里用得着和对方说这么多的废话。

现在他说了这么多，如果宋翰还愚笨得没有一丝觉悟，那他也就死不足惜了！

宋墨目光微冷，对宋宜春道："父亲，这毕竟是我们的家务事，又何必闹得尽人皆知？我看，还是让这些护卫都退下去吧。毕竟英国公府短短三四年时间里已经闹了两次贼了，若是再进一次贼，那京都的顺天府和五城兵马司可就都成了摆设了，皇上的脸上也不好看。您说是吧？"

宋宜春气得嘴角一抽一抽的。

英国公府两次进贼是因谁而起？他还有脸说这个！

而且还用这件事威胁自己。

可宋宜春却不能不点头。

他不可能像三四年前那样再来一次大清洗，有些事可一不可再，过了头，就会引起别人的注意。而且今天宋墨是有心算计自己无心，自己再坚持下去也讨不了好去。

他朝着常护卫微微颔首。

常护卫等人和陆鸣等人一前一后地收了刀剑。

宋墨就笑道:"还请父亲和众护卫在外面稍等片刻,我有些话要单独和宋翰说。"

宋宜春一愣,随后大怒,道:"你又想干什么?有话直接问我好了,不必为难你弟弟!"

宋墨嗤笑,道:"那好,我问您,黎寋娘可曾来找过宋翰?"

黎寋娘?他怎么敢当着这么多护卫的面提这个女人?

宋宜春气得直哆嗦,但望着满屋的护卫,他只好脸色铁青地点了点头,目带警告地看了宋翰一眼,背着手领着自己的人出了内室。

宋墨放开宋翰,坐到了旁边的太师椅上。

他居高临下地望着宋翰,目光中却流露出些许嘲讽:"宋翰,你可以选择现在告诉我;当然,你也可以选择等会儿当着父亲的面告诉我。只是当着父亲的面,我可就没有那么好说话了,少不得要把陆鸣喊进来让他先教你些规矩……"

宋翰知道宋墨说得到做得到,并不是在吓唬他,心里顿时凉飕飕的,忍不住打了个寒战。

他慢慢坐了起来,眼眶里满是泪水地低下了头,喃喃地道:"我,我听到母亲对父亲说:'没想到你会真心实意地帮蒋家,从前是我误会你了。既然你心里还牵挂着黎寋娘,和她还生了个女儿,我也不是那小气的人,选个好日子,你把黎寋娘和她的女儿接进府来吧!我要是没有记错,黎寋娘的女儿和天恩是同年的,女孩子家懂事得早,也快到了要说亲的年纪,接进府来,也好说亲。'"

宋墨愕然。

他有过很多的猜测,却万万没有想到,事情竟然是由此而引发。

宋翰并没有注意,他怕宋墨不相信他所说的话,一心一意地斟酌着言辞:"我听了很奇怪,就去问谢嬷嬷。谢嬷嬷叹了口气,什么也不告诉我,只是对我说,到时候我就知道了。

"可我还是从母亲和谢嬷嬷的话里知道原来父亲早年间曾在外面养了个外室。这些年虽然断了来往,却留下了一个女儿。

"我很好奇,想看看这个小姑娘长的什么样子,就想办法打听到了黎寋娘的住处……"他说到这里,戛然而止,头垂得更低了。

宋墨讥笑:"黎寋娘住的地方我都花了大力气才打听得到,你是怎么打听到的?恐怕不是你打听到了黎寋娘的住处,而是黎寋娘找到了你的吧?你是什么时候知道黎寋娘才是你亲生母亲的?八岁,九岁,还是十岁你嚷着要比我强的时候?"

"我没有,我没有!"宋翰神色慌乱地摇着头,"我之前根本不知道,地址是我无意间听到谢嬷嬷和母亲提起的时候记在了心里……我看见遗贵的时候脑子里一片空白,整个人都傻了,跑出来的时候被黎寋娘发现,她去找我,说是我的亲生母亲,还说生计艰难,让我给点银子她使……我根本不愿意有这样一个母亲,水性杨花,朝三暮四……可我不敢不给她……她说,我要是不给她银子,她就去见母亲……"

"因此你杀了她!"宋墨轻描淡写地挑了挑眉。

"不是我!"宋翰惶惶地道,"是她勒索我,我没有办法,就告诉了父亲,父亲说他会处理的,让我装作什么也不知道就行了。"

"是不是你,对于我来说没有什么差别。"宋墨笑道,"不过,我想黎寋娘如果知道她是被自己的亲生儿子杀死的,我想她的表情一定很精彩,内心一定很复杂。"他说着，饶有兴趣地问宋翰，"她死的时候你在现场吗？不过，我想以你的胆小怯懦，她死的时候你肯定不在场。还好有李大胜。她看见李大胜的时候应该就会明白到底是谁想要置她于死地了。可怜她没有逃脱，不然向亲生儿子报复，也是个挺有趣的事。"

宋翰睁大了眼睛瞪着宋墨，好像瞪着只怪兽似的，又害怕又慌张。

宋墨鄙夷地望着他。

就这样一个人，有杀人的胆子却没有承认的胆量，还想和自己较量？

"不要再推卸责任了，也不要再在我面前胡言乱语了。"他戳穿了宋翰的小盘算，道，"谢嬷嬷是什么人，怎么会当着你的面和母亲说这些事？定是那黎寔娘在事发之前就找到了你，你开始不相信，但黎寔娘让你看到了和母亲长得一模一样的阿琰，所以你害怕了，不仅时常接济她些银子，还在母亲面前装可爱，生怕母亲发现你不是她的亲生子，怕她厌恶你……因而你才会嚷着非要娶蒋氏女，特别是要娶撷秀表妹。你不过是盘算着万一东窗事发，到时候你虽然不是蒋家的嫡亲外孙，却是蒋家的女婿，不管是蒋家还是我，总不能眼睁睁地看着撷秀表妹守寡吧……你也不用和我争辩，过去的事，我也不想多说了，你只需要告诉我，母亲死前，父亲都和母亲说了些什么！"

"我真的不知道！"宋翰赌咒发誓，"如果我知道却不告诉哥哥，让我天打五雷轰，不得好死！"

宋墨却没有像宋翰预料的那样继续追问他，而是突然道："那你把汤药奉给母亲的时候，知不知道汤药里有毒呢？"

宋翰有几息语凝。

"我开始是不知道。"他急急地道，"等我知道了想去告诉母亲的时候，父亲和母亲已经吵了起来，母亲也开始吐血……"

宋墨"哈"地一声笑，道："不是一母同胞的果然心很难往一处使！你何须亲口告诉母亲？谢嬷嬷那么精明能干的人，你只要提醒她一声母亲养的墨菊死了，她自然会去查，可你却告诉我你没有机会告诉母亲……真是龙生龙，凤生凤，老鼠生的儿子会打洞。母亲在世的时候待你如珍似宝，你却心安理得地把有毒的汤药奉给母亲！难怪你要在屋里养猫的，还要让猫给你试食，自己作了孽，却怕这孽报应到自己的头上，你和你那亲生母亲一样，自私得很！"

宋翰向来以黎寔娘为耻。他做梦都希望自己是蒋氏生的，做梦都盼着自己是英国公府货真价实的嫡次子，与那个倚门卖笑的贱货没有任何关系。

宋墨的话，正好戳到了他的痛处。

他疼得脸色发白。

宋墨却觉得自己再多看他一眼都会污了自己的眼睛。

他站起身来，大步走出了书房。

外面，宋宜春正焦急地在院子里打着转，而陆鸣和常护卫等则泾渭分明地站在院子的东西两侧。

宋墨在廊庑下站定。

他打量着枝叶繁茂，结满青果的葡萄，目光深邃。

第一百四十章　东西·针线·临盆

廊庑下的大红灯笼在夜风中摇晃着，灯光忽明忽暗地照在宋墨的脸上，让他的表情显得晦涩难明。

宋宜春看着，心里直打鼓，朝宋墨喊道："你把天恩怎样了？"

宋墨没有说话。

院子里静谧一片，只有风吹过树梢的声音。

这么多人看着，宋墨难道还能把自己杀了不成？

宋宜春踌躇片刻，走了过去。

"天恩呢？"他问，语气有点凶狠。

宋墨上前一步。

宋宜春连退三步。

明亮的灯光照在他们的脸上。

宋宜春眼底还残留着几分惊恐。

宋墨哂笑，低声道："带着宋翰，给我滚出上院！"

宋宜春睁大了眼睛："你说什么？"

宋墨笑道："你给我带着宋翰滚出上院！"

他的声音清晰明朗，在寂静的夏夜里，传得很远。

所有的护卫都低下了头，不管是宋宜春的还是宋墨的。

"你竟然敢这么对我说话？！"宋宜春顿时恼羞成怒，"上院是英国公府的上院，我想让谁住谁就可以住，你别以为你在皇上面前直得起腰来就能在家里指手画脚的……"

宋墨笑着打断了宋宜春的话："如果你不怕鬼的话，就尽管和宋翰一起住进上院好了，我没意见！"

宋宜春的话噎在了喉咙里。

"我给你们半个时辰，"宋墨笑容冷峭，目光阴鸷，周身仿佛笼罩着乌云，"半个时辰之后，你们要是还没有从上院给我滚出去，我会让你知道，我在皇上面前的腰杆到底有多直！"

说完，他扬长而去。

宋宜春对着他的背影跳脚："孽障！逆子！我怎么会养出个这样的东西来！"

常护卫垂着眼睛，悄声地劝着宋宜春："国公爷，我们还是快进去看看二爷吧！"

宋宜春这才回过神来，急匆匆进了内室。

宋翰瘫坐在地上，靠着太师椅的椅腿喘着粗气，脖子上的红印子分外醒目。

常护卫忙小心翼翼地将宋翰扶起来坐在太师椅上，向宋宜春禀了声"我去给二爷请个大夫来"，退了下去。

"爹爹！"宋翰委屈地对宋宜春道，"哥哥要杀我！我真的不是母亲的儿子吗？"

宋宜春神色一滞，然后声色俱厉地呵斥着宋翰："你怎么是个软耳朵，听风就是雨？你哥哥自己做出了大逆不道的事，怕我废了他的世子之位，处处和我作对，他的话，你怎么能信？你是不是我的儿子，难道我还不清楚？！"

宋翰听着垂下了脑袋，喃喃道："哥哥说我身边的李大胜没有回乡，是我杀了黎寁娘，我根本不认识黎寁娘……可我怎么申辩哥哥也不相信，还让他的护卫拷打我，我只好承认是我杀了黎寁娘，哥哥又说我撒谎。"他抬头望着宋宜春，满脸的泪水，"我不承认也不是，我承认也不是，我都不知道该怎么办好了……"

宋宜春错愕，道："李大胜不见了？"

宋翰扁着嘴巴点头，道："哥哥说李大胜不见了。"然后他好奇地问道，"父亲，黎寁娘是不是就是蒋琰的生母？我和蒋琰是不是双胞胎？蒋琰和母亲长得一模一样，又怎么会是黎寁娘的女儿？难道那黎寁娘和母亲长得也很像吗？"

宋宜春被宋翰的话问得心浮气躁，他不耐烦地道："你哥哥上了当，你也跟着起哄，我怎么就生了两个这么蠢的儿子？！"

"哦！"宋翰羞愧地耷拉下了脑袋。

宋宜春就问他："刚才你哥哥都问了你些什么？"

宋翰讷讷地道："问我认不认识黎寁娘，认不认识黎亮，李大胜哪里去了，是不是我指使李大胜杀的黎寁娘……"他说着，拉了拉宋宜春的衣襟，"爹爹，哥哥好吓人，我想跟着您住在槲香院，好不好？"

自己在家宋墨都敢对宋翰下毒手，如果自己不在家，他还不得把宋翰往死里整啊！

宋宜春望着屋里一如蒋氏在世时的陈设，心里觉得压抑得很，脑海里不由回荡起刚才宋墨的话，就点了点头，道："那你就搬去和我住也好，至少有常护卫护着你，你哥哥不敢乱来的。"

常护卫要是真的能护着你，宋墨怎么敢对你视若无睹？

宋翰腹诽着，却如释重负般地松了口气，露出喜悦的笑容："太好了！这样我就不怕哥哥欺负我了！"

宋宜春听着就在心里骂了句"蠢货"。

宋墨像他这个年纪已经能独当一面了，他却还什么也不懂，宋墨都要杀他了，他还以为宋墨只是要欺负他，这出身不同，心智就不同，教也教不好！

宋宜春不屑地撇了撇嘴，喊了护卫进来帮宋翰搬东西。

宋墨站在颐志堂正屋的台阶上听着上院的动静。

窦昭劝他："别生气了，进屋去喝杯茶吧！小心蚊子。"

宋墨深深地吸了口气，随窦昭进了内室。

内室点了艾香，若有若无的淡香让屋里充满了温馨的味道。

窦昭亲自给宋墨沏了杯碧螺春。

宋墨接过茶盅叹了口气，道："你也坐下来歇会，家里的这些糟心事把你也吵得不得安生。"

窦昭和宋墨并肩坐了，笑道："哪家没有些不顺心的事呢？相比什么宠妾灭妻，溺庶贬嫡之类的，兄弟阋墙在我眼里，还就真不是个什么事了！"

宋墨忍不住笑了起来，道："你都不知道，我当时恨不得一巴掌将那小杂种给拍死了，后来想想，这样太便宜他了，才硬生生地把那口气给咽了下去。"

他在外人面前向来是不动声色，但这并不代表他心中就没有气，此时他愿意向窦昭抱怨，窦昭自然希望他能畅所欲言，把心里的愤懑都宣泄出来。

心里的愤懑都宣泄出来了，心情也就平静了。

她握着他的手，静静地听着他抱怨。

"别人都说我心狠手辣，可那是对别人。待家里的人，我素来宽厚，只要不是大错，我都睁只眼闭只眼。你看大伯父和三叔父、四叔父他们，父亲要将我从家族里除名，他们默不作声，我想着趋利避害是人的本能，心里纵然不喜，可也没有对他们怎样。

"宋翰害得阿璇变成了这样，我虽然没办法像从前那样把他当成自己的亲兄弟似的疼爱，但我也没有想把他驱逐出英国公府，让他身败名裂，最多也就是不再管他的事，拿笔钱把母亲的陪嫁赎回来给阿璇，等宋翰大些了，再把他分出去单过。说到底，这件事的始作俑者是父亲，是父亲害得他们成了这样。就算是我后来知道可能是他杀了黎窆娘，我也能理解他的担心和害怕……可他竟然明明知道那是碗毒药，还端给母亲喝……我只要一想到母亲喝着毒药还欣慰着他的孝顺乖巧时，我就没办法再忍他了。

"我有意帮他向父亲隐瞒我都问了他些什么，就是想让他尝尝疑神疑鬼，战战兢兢，每天都活在猜疑和惊恐之中是什么味道，就算是他想痛痛快快地死，也得看我答应不答应。"

前一世，宋墨甚至亲手杀了他。

窦昭将宋墨的手举到嘴边，轻轻地亲了一下。

他的表情立刻变得平和起来，道："宋翰以为他死咬着不说，我为了查清是谁给母亲下的毒，就会把目标转向父亲。他也太小瞧我了！

"母亲之所以去世，不外乎是母亲感激父亲在大舅的事上鼎力相助，想回报父亲一二，提出将黎窆娘母女接进府来。父亲怕当年李代桃僵的事被母亲发现，买通了母亲身边的杏芳，给母亲喝的药里下毒，又怕母亲查察药里有毒，就让侍疾的宋翰亲手端给母亲。

"母亲防着谁也不会防着自己的儿子，毫无防备地将药喝了下去。

"后来父亲拒不让黎窆娘母女进府，引起了母亲的怀疑，父亲索性一不做二不休，把事情的真相告诉了母亲。

"大舅的死本就让母亲伤心欲绝，自责不已。知道被自己捧在手心里养大的儿子竟然是外室之子，而自己的亲生女儿却被人当成庶孽不明不白地养在外面，母亲怎么能不怒急攻心，吐血而亡？

"宋翰怕说出真相就暴露他早已知道自己不是母亲亲生子的事，却不知他这样十句话里九句是真一句是假地骗我，让我更是愤恨。"说到这里，他冷冷地一笑，"现在也好，大家撕破了脸，从此以后我走我的阳关道，他们过他们的独木桥，我倒要看看，他们能在我手下走几个回合！"

看样子，宋墨是不准备就这样轻易地放过宋宜春和宋翰了。

上一世他被宋宜春驱逐，无所顾忌，弑父杀弟也不过是换来几声唾骂；今生他却仍是英国公府的世子，为人子，为人兄，就不能像上一世那样肆无忌惮了。

窦昭不禁有些担心："你想收拾这两个人渣，最好还是想个万全的计策，否则万一坏了自己的名声可就得不偿失了。"

"我知道！"宋墨笑道，"大舅曾经说过，想打狼，就要比狼更凶狠；想捉狐狸，就要比狐狸更狡猾。我要是为了这两个人渣把自己给陷进去了，岂不是让人耻笑？他们害死我母亲，害得我妹妹有家不能归，想就这样糊弄过去，门都没有！你就看好了，我定会叫他们有苦也说不出来的。"

窦昭相信宋墨能做到。

她不由为宋宜春和宋翰的未来默哀了片刻。

有小厮进来禀道："世子爷，二爷已经搬到国公爷的榉香院去了。"

宋墨冷笑，让武夷请了廖碧峰过来，自己则去书房拿了本册子。

"你带几个人去上院，"他将单子递给廖碧峰，"照着这本册子给我把上院的东西都清点齐全了，哪怕是缺了一针一线都让宋翰给我交出来。"

上院的事廖碧峰已经听说了，虽然不知道宋墨和宋翰为什么会闹成这样，但他是宋墨的幕僚，当然要为宋墨打算，听了宋墨的吩咐，什么也没说，恭声低头应是，带着几个护卫和二十几个丫鬟婆子浩浩荡荡地去了上院。

这个晚上注定是个不眠夜。

廖碧峰等人清点东西一直清点到了半夜，而樨香院临时得了信，要给二爷收拾房子，烧汤倒茶，人仰马翻地也忙到了半夜。

蒋氏没有妯娌，宋宜春几个旁支的堂兄弟早就分出去单过，英国公府公中的东西就是她的东西，她的陪嫁和英国公府的东西早就不分彼此，她想用什么就用。而蒋氏去世之后，宋翰就一直住在上院，宋墨当初提出和宋翰平分蒋氏的陪嫁，并不是要和宋翰计较，而是不想将亡母的遗物留在英国公府被宋宜春糟蹋，又想到万一日后宋宜春续弦，再生出嫡子来，宋翰在家里的位置尴尬，不如让他成亲后单独开府另过，所以分给宋翰的都是蒋氏的田庄铺子和家具古玩，宋墨只要了蒋氏的首饰和一些惯用小物什，以及手稿、书画之类的。

因宋翰得了大头，当时陆复礼还称赞宋墨宅心仁厚，有手足之情。

所以上院依旧如蒋氏生前，春天的时候会在中堂挂上黄筌的《牡丹图》，夏天的时候会用青花瓷的大缸养了莲花摆在屋里，秋天的时候镶螺钿的鸡翅木屏风就该拿出来使了，到了冬天，钧瓷的花瓶用来插梅花，最雅致不过了。

宋墨给廖碧峰的册子，正是蒋氏生前上院的物品清单。

其中还包括承平四年春，皇后赏给蒋氏用的一对翡翠做的平安扣。

而宋翰既然要搬去樨香院，他惯用的物件自然也要搬过去——总不能让他连喝水的茶盅都没有，半夜三更的，还得央了曾五去开宋宜春的库房吧！

廖碧峰清点东西的时候，丢的可就不是针头线脑了。

粉彩花开锦绣的茶盅一套，紫砂竹节壶一把，琉璃莲花茶盅一个，菊花福桃水晶盘子一对……楠木筷子十双，乌木镶象牙的筷子十双，剔红花鸟纹果盘十个……羊脂玉狮子滚绣球压帘缀脚六个，浅绿玉树根笔洗一个，和田玉蜻蜓点水水盂一个……林林总总，不下两三百件。

跟着一道过来的松萝鼻尖冒汗，问廖碧峰："怎么办？"

"怎么办？"廖碧峰苦笑，"当然是去找二爷要啰！"

"可二爷在樨香院……"松萝喃喃地道。

"不然世子爷怎么会特意嘱咐一声哪怕是一针一线都让二爷交出来。"廖碧峰恨铁不成钢地瞥了松萝一眼，点了几个护卫，拿着单子去了樨香院。

宋翰正躺在床上捂着脖子呻吟，半夜被请来的大夫一面擦着冷汗，一面对站在床头的宋宜春道着"二爷没什么大碍，用两服药就好了"，听说了廖碧峰的来意，宋宜春和宋翰都傻了眼。

宋墨，这是撕破了脸要赶尽杀绝啊！

大夫更是叫苦不迭，缩肩弯腰，恨不得自己变成角落里的尘埃，谁也不会注意到他。

宋宜春的面孔涨得通红，冲着宋翰大喊："你这小畜生，眼皮子怎这样浅？不过是些杯筷碗碟，用过就用过了，你也要往樨香院里搬？你以为府里的东西都是没有数的？你不嫌丢脸，我还嫌丢脸呢！你还不快把这些东西都给我还回去！"

栖霞欲言又止。

宋翰已忍不住委屈地道："都是我平时惯用的，哥哥竟然连这个也要和我计较，难道让我用父亲的东西不成？"

宋宜春一噎。

宋翰垂下眼睑呜呜地哭了起来。

宋宜春只好对送单子进来的松萝道："你去跟世子爷说一声，这些东西都是府里的，让黄总管把它记到樨香院就是了。"

松萝如果不机灵，就不会在颐志堂服侍了。

他笑着给宋宜春行了个礼，道："那我就把单子送到黄总管那里去了。不过，这里面有些东西是蒋夫人的陪嫁，要不要我们再写张单子，让二爷给世子爷打张收条，小人们也好把账给抹平了？"

宋宜春很是意外，不禁狠狠地瞪了一眼给自己惹是生非的宋翰。

宋翰对蒋氏的陪嫁却很清楚，他或许无意间把蒋氏的陪嫁带过来了一两件，但不可能有这么多。

想到如今宋墨视他如仇人，他不由道："你把单子拿给我看看！"

松萝忙将单子递了过去。

宋翰就指了其中"羊脂玉狮子滚绣球压帘缀脚六个"道："母亲陪嫁的单子，我那里也有一份，我怎么没看见？"

松萝笑道："二爷有所不知，这羊脂玉的压帘缀脚，原是个陈设，用个檀香木的盘子供着放在炕桌上把玩的，一共有十二个。不知道二爷还记不记得，那天您去给国公夫人问安，风大，把个帘子吹得东摇西摆的，差点打着了您的脚背，国公夫人就让竹君将这羊脂玉的狮子滚绣球缀了帘角，后来上院就一直用这狮子滚绣球做压帘的缀脚，库房里的人在账面上就把它改成了缀脚，您要是不相信，我这就去把账册找来，我们也是找了好久才找到这东西的出处。还有这个琉璃莲花茶盅，本是一对，那年蒋家大舅爷让人送过来的，一只赏了世子爷，一只赏了您。您的那个打碎了，世子爷就把自己的那个让给了您。蒋家后来补了一份陪嫁单子，这琉璃莲花茶盅就在上面……不过，这件事账上记得，也不是说不清楚。您若是实在是稀罕那个琉璃莲花的茶盅，您就留着好了，只是要麻烦您在账册上记一笔，到时候世子爷问起来，我们也知道怎么回禀！"

宋翰气极而笑，道："什么账册？你给我找出来，我要仔细看看！"

什么帘子差点打着他的脚背了，那十二个狮子滚绣球的缀角分明就是那年他八岁生日时密云卫的都指挥使送给他的生辰礼好不好？

还有那个琉璃茶盅，是那年陆老夫人做寿，母亲托人从广东买回来的，一共是十个，他看着好看，吵着闹着留下来了一个。买琉璃茶盅是公中出的银子，怎么就变成了母亲的陪嫁？

难道他已是落了平阳的老虎不成，连松萝这像鞋底泥似的小厮竟然也敢在他面前一副煞有其事的样子大放厥词！

松萝却笑着应是，转身就往外走，那身影，可是一点也不含糊。

宋翰气得咬牙切齿。

宋宜春却怀疑起来。

不管这个小厮说的是真是假，如果没有十足的把握，他怎么敢回答得这么爽快？

他想到宋墨掐着宋翰的脖子时那气红眼的样子。

宋墨现在正在气头上，没事都要找些事出来，他既然敢来找宋翰，说不定早就挖好了个陷阱等着宋翰往里跳呢！

他又不是没做过这种事。

然后他突然发现，自己让宋翰住进梓香院，绝对是个错误的决定。

宋墨既然连蒋氏的这些小东西都要讨回，从前分给宋翰的那些田产铺子他又怎么会白白送给宋翰？

没有了蒋氏的陪嫁，宋翰身无长物，以后就得靠他养着……他现在自己都缺银子，又来了个白吃白喝的……

宋宜春开始头痛。

宋翰也想到了同样的问题。

他已经委婉地向父亲说了自己没钱，可父亲却像没听见似的，一点动静也没有，由着他和宋墨的小厮扯皮……这也太抠门了！万一宋墨把在他名下的蒋氏陪嫁也讨了回去，他吃什么喝什么？

不行！蒋氏留给他的产业绝对不能交出去！

他正惶恐间，松萝走了进来。

"国公爷，二爷，您请看！"他将手中的一本厚厚的账册摆在了宋宜春的面前，"您看，这是个那羊脂玉狮子滚绣球的摆件吗？您再看，丁巳年九月，变成了缀脚……那个时候，正是夏天的东西入库的时候，您看这样，戊午年的五月，十二个羊脂玉狮子滚绣球，缀脚，上房用，经手人竹君，这是盖的手印……"

松萝哗啦啦地翻着账册，宋宜春只看到一行行黑黑的字，又从哪里辨别得出真假呢。

屋里的光线渐亮，此时天色已泛白，从知道宋翰被宋墨教训到现在宋翰被宋墨讨要东西，惊慌、忐忑、气愤、恼怒、烦躁，这一夜，让他仿佛从山脚爬到了山顶，又从山顶滚落到山脚，全身酸痛难忍，他朝着宋翰就是一番吼："你是怎么把东西从上院搬出来的就把东西怎么给我搬回去！你是英国公府的二爷，不是路边的乞丐，看见什么东西就往自己屋里拖，你能不能争口气？别总像狗肉似的上不了台面！"

他拂袖而去。

松萝眼睛亮晶晶地望着宋翰，心里却在想，廖先生可真厉害，发现东西不见了就把账房的人叫进来连夜抄了一本账册，没想到真的派上用场了。

自己要不要催一催二爷呢？

世子爷可正等着他们回话呢！

他暗自高兴着，宋翰已抓起床边的药碗就朝松萝扔去。

松萝"哎哟"一声捂住了额头。

栖霞吓得脸色发白。

松萝却想，如果出血就好了，等会回去的时候世子爷看见了，肯定会夸他办事用心的……

宋墨看见松萝头上的包，虽然没有夸他，但赏了他二两银子，他喜滋滋地退了下去。

廖碧峰将清点上院的诸多事项一一向宋墨禀告。

宋墨很满意，道："先把上院封起来，派老成的仆妇在那里照应着。你准备准备，过两天我要把宋翰名下的产业要回来，到时候依旧由你带着账房的人帮着查账。"

廖碧峰恭声应"是"。

宋墨回了内室，窦昭先前吩咐灶上给宋墨炖的人参鸡汤已经做好了，她正在往小碗里盛汤。见宋墨眉头紧锁，她温声劝道："这饭要一口一口地吃，事也要一件一件地做，你昨天一宿没睡,除了能把自己的身体熬坏,还能有什么用?喝了汤,你就去衙门里吧!家里的事有廖先生忙着,不会出什么错的。就算他不济,不还有严先生吗?"

廖碧峰昨夜那一手假账做的,不仅宋墨,就是窦昭也对他刮目相看。

宋墨不禁莞尔,他刮了刮窦昭的鼻子,打趣道:"我倒忘了,我们家还有你这位女先生。"

窦昭扬了眉笑,道:"严先生不行了,我再出手也不迟。"

宋墨哈哈大笑,心情好了很多。

喝了鸡汤,他和窦昭商量:"父亲为什么和母亲反目,父亲那里是问不出什么来的,我想,你能不能瞅着机会探探陆老夫人和宁德长公主的口气?如今活着的长辈,又知道我们家里事的,也就只有这两位了。"

"我也是这么想。"窦昭吩咐甘露把宋墨的朝服拿进来,道,"还有大伯母、三婶婶和四婶婶那里,都可以问一问,立场不同,角度不同,看事情就会不同,也许她们那边知道些什么事也不一定。"

"这件事就交给你了。"宋墨叹道,"我就想不明白了,母亲是个明理的人,夫妻之间最亲密不过,父亲有什么事不能跟母亲商量,非要莫名其妙地用嫡长女换了外面的庶孽,还为了掩饰这件事毒杀了母亲……他都长了个什么脑子?!母亲又哪里对不起他了,他要这样害母亲?!"

他说着,火气又上来了。

窦昭忙上前抚了抚他的胸口:"不气,不气!"

宋墨深深地吸了口气,道着"我没事",脸上露出些许的歉意来:"闹得你快生产了,也不得安生。"

窦昭笑道:"等我生了孩子,罚你每天晚上给孩子端尿。"

"一定,一定。"宋墨说着,温柔地摸了摸窦昭的肚子,柔声嘱咐她,"我去衙门了,你小心。我给宫门口值守的留了口信,若是我们家的小厮找我,让他立刻禀了我。你若有哪里不舒服,直接让小厮去叫我。"

他就怕自己在宫里当值的时候窦昭发作了。

"我知道,你就安心去衙门吧!"窦昭送他出门。

等过了两天她发作了,却不声不响地吃了半只乌鸡,这才让甘露去请稳婆。

甘露吓得脸都白了,结结巴巴地道:"我这就让人去给世子爷报信。"

窦昭笑道:"你去给世子爷报信有什么用?他能代我生吗?你去跟严先生和陈先生说一声就行了。"

宋墨在宫里。

颐志堂全是宋墨的人,有严朝卿和陈曲水在外面守着,宋宜春就是亲自来也能挡得住,她有什么好担心的。

甘露慌慌张张地去了。

窦昭发作的事还是很快就传遍了颐志堂。

虽然窦昭说不用请宋墨回来,但严朝卿还是派松萝去给宋墨报了信。

蒋琰白着脸跑了过来。

"嫂嫂,嫂嫂,您怎样了?"她紧紧地握着窦昭的手,见窦昭痛得咬了牙不说话,眼泪扑簌簌地往下落,道,"我去帮您倒盆热水来?还有包侄儿的小被子,我这就去拿了来。"

窦昭身边的稳婆忍不住道:"这些事都有人。表小姐只管在外面等着就行了。"

别人生产的时候都要安抚紧张的产妇，她倒好，要安抚这表小姐。

蒋琰脸红得像煮熟的虾子，阵痛过去的窦昭温声地安慰她："我没事，你哥哥都安排好了，医婆是太子妃介绍过来；稳婆是我娘家的六婶婶帮着找的，曾经给我十一堂嫂接过生；太医院还有两个大夫在外面守着；高兴媳妇生过两个孩子，有经验……你不必担心，听稳婆的话，去外面的厅堂坐了，等会儿我六伯母和十一堂嫂会过来，你帮我招待一下客人。"

蒋琰点头，被甘露请了出去。

六伯母和韩氏急匆匆地赶了过来。

"不是说六月底的吗？这才二十五，怎么提早发作了？"六伯母焦急地问。

"夫人这是头胎，早几天晚几天都是常事。"稳婆和窦昭都非常镇定，反倒是六伯母和韩氏有些紧张。

"人参呢？医婆呢？谁负责灶上的活计？"她肃然地问高兴的媳妇。

人参用来吊命养气的；医婆负责望闻问切，好告诉外面的大夫；灶上要烧热水、准备吃食。

高兴的媳妇忙将准备好的药材和人手一一指给六伯母看。

甘露隔着帘子禀道："槐树胡同的五太太和六少奶奶、十少奶奶过来了。"

六伯母交代了窦昭几句，去了厅堂。

韩氏接过高兴媳妇手中的红糖水，喂了窦昭几口："痛得不行就喊出来，喊出来就好了。这汤汤水水的少用些，等会我让人给你煮几个鸡蛋。"又拿了帕子给她擦着额间的汗。

窦昭朝着她笑了笑。

韩氏道："都不是外人，你少笑些，留着力气等会生孩子。"

窦昭忍俊不禁。

那边五伯母并不只是带了自己的两个儿媳妇，还有高升的媳妇。

她跟在五伯母和郭氏、蔡氏的后面，上前给六伯母行了礼，低声道："我们家老爷先前就吩咐过，若是四姑奶奶这边有动静，就让我过来看看。"

六伯母点了点头。

五伯母向六伯母抱怨道："得了信怎么也不等我一会儿？我急急忙忙的，只带了支三十年的人参过来，也不知道行不行？"

"这边早准备了两支百年的老参，药材倒是够了。"六伯母道，"寿姑内院没有个长辈，我这不是心里发慌吗？"

五伯母的目光就落在了陪在六伯母身边的蒋琰身上。

蒋琰忙道："嫂嫂让我帮着她待客。"请了窦家的女眷坐下。

六伯母见五伯母看蒋琰的目光有些不悦，知道她是觉得蒋琰是孀居之人，在这里不吉利，低声和五伯母解释了蒋琰的身份。

五伯母大吃一惊。

窦昭虽然带蒋琰去过槐树胡同，对蒋琰的身份却没有过多地谈及，此时听说真相，她忍不住上上下下地打量着蒋琰，想到窦昭什么事都对纪氏说，心里又有点泛酸。

蒋琰被五伯母看得不自在，装作去看茶好没有好，出了厅堂，迎面却看见宋墨满头大汗地赶了回来。

"你嫂嫂怎样了？"他远远地问着蒋琰。

"嫂嫂娘家的伯母和嫂子都来了。"蒋琰快步迎了上去，道，"稳婆和医婆也都在产房里。"

宋墨颔首，道："你快回你自己屋里去，这里有我就行了。"

蒋琰听人说过，女人生孩子一只脚踏在棺材里，一只脚踏在棺材外，十分凶险。只是她性子柔顺，从不曾驳过别人的话，听宋墨这么说，虽然担心窦昭，但也不敢作声，抿了嘴，闷头跟着宋墨进了厅堂。

宋墨心里全是窦昭，哪里还顾得上别人，进门就问"寿姑怎样了"，然后才给五伯母和六伯母等人见礼。

六伯母把他给赶了出去："女人家的事，男人不要插手。她这是头胎，一时半会还生不下来。你去书房里好生待着，睡一觉，孩子就生下来了。"

听得宋墨直冒汗，道："那我就在耳房里等吧！"

"让你去书房你就去书房。"六伯母强硬地道，"你别让我们一心挂两头。"

窦昭也在里面道："世子爷去书房看会儿书吧，我这边有伯母和嫂嫂们照顾，不会有什么事的。"

宋墨无奈地去了书房，只是过一会儿就派武夷过来问一声怎样了。

武夷毕竟是个小厮，最多也就站在门口问一声。

屋里的人也就马马虎虎地答一声"挺好"，再多的，他既不合适问，屋里的人也不会告诉他。

宋墨急得团团转，想到了蒋琰，把蒋琰叫了过来："你去看看你嫂嫂怎样了？"

蒋琰是成过亲的，五伯母和六伯母倒也没太避着她。

见哥哥心浮气躁的，她不由柔声道："嫂嫂没事，稳婆说，要到半夜才会生。让厨房煮了糖鸡蛋喂给嫂嫂吃！"

总算知道具体的情况了。

宋墨松了口气，奇道："你嫂嫂还能吃东西吗？"

"能啊！"蒋琰道，"稳婆说，吃了东西才有力气生孩子。"

"哦！"宋墨茫然地应着。

蒋琰看着哥哥的傻相，觉得亲近了很多，道："那我进去了。"

宋墨催着她："快去，快去。你嫂嫂有什么事，立刻就来告诉我。"

蒋琰去了产房，没一刻钟，被武夷叫了出来。

"世子爷问夫人怎样了？"武夷讪讪然地道。

"嫂嫂挺好的啊！"蒋琰道。

武夷就朝着蒋琰作揖："表小姐，我要是这样回世子爷，只怕会被一巴掌给扇出来，还是请您去给世子爷回个话吧——夫人用了几个糖鸡蛋？气色好不好？疼得厉害不厉害？您说得越详细，世子爷就越安心。"

蒋琰去了书房，照着武夷的吩咐细细地告诉了宋墨。

宋墨挺高兴的，让蒋琰快点回产房去："有事就来给我禀一声。"

可稳婆说嫂嫂很好啊！比一般的产妇都好……

蒋琰在心里嘀咕着，却不敢当着宋墨说这样的话，又回了产房。

不一会儿，武夷又来问。

蒋琰这样来来回回，就连窦昭都觉察到了。

她不禁问蒋琰："你这是怎么了？"

蒋琰红了脸，赧然地道："是哥哥啦，他非让我把产房里的情形事无巨细都报给他听不可。"

窦昭很是意外。前世她生葳哥儿的时候，魏廷瑜在外面和人喝酒，好不容易被田氏找回来，他还嫌她生得太慢。生蕤哥儿的时候她索性没告诉他。生茵姐儿的时候他倒是挺关心的，也不过是待在书房里等着孩子生下来。

她以为自己可以很坚强地独自面对这一世，可当她听到蒋琰的话时，还是忍不住泪盈于睫。

"嫂嫂，您这是怎么了？"蒋琰看着慌了起来，"是不是哪里不舒服？"

"我没事。"窦昭擦着眼角，道，"我怕你把我生产时狼狈的样子告诉了你哥哥。"

"不会，不会。"蒋琰连连摇手，保证道，"我肯定不会告诉哥哥的。"又道，"嫂嫂面色红润，很好看啊！我就是想告诉哥哥，也没有什么好说的。"

这两兄妹。

窦昭"扑哧"一声笑了起来。

第二天上午巳初，她生了个六斤七两重的儿子。

第一百四十一章　生子·献计·取名

孩子看起来并不是特别胖，可他四肢修长，精神饱满，生出来没两个时辰就睁开眼睛，把宋墨稀罕将直嚷："快看，快看，他在看我！"

蒋琰立刻凑了过去，望着孩子黑葡萄似的眼睛也不禁喜道："他长得可真漂亮！"

靠在大迎枕上吃醪糟鸡蛋的窦昭忍不住微笑，坐在床边服侍窦昭吃醪糟鸡蛋的纪氏则呵呵地笑出了声，道："世子爷，产室污秽，您昨天也一宿没睡，不如先出去歇会吧？这给各家报喜、送红鸡蛋……还有一堆事等着世子爷拿主意呢！"

那么机灵的宋墨，此时却傻呵呵地笑道："没事，没事，我还不困。我昨天晚上就把要送喜讯的人家拟出来交给了廖碧峰，其他的事，自然有家里的管事，我也没什么好忙的。"接着，他问道，"你们说，这孩子像谁？我瞧着像我！"

五太太和韩氏他们怎么好上前，倒是蒋琰没什么顾忌，打量着孩子道："我觉得像嫂嫂多些。您看他这小嘴，嫣红的；还有头发，乌油油的……"

宋墨颇为不满地道："我的头发也很黑，小时候嘴唇也很红。"

蒋琰还要说什么，机灵的蔡氏却早已听出音来，不待蒋琰开口，已哈哈一声笑，插言道："孩子刚生出来的时候，我瞧着也挺像世子爷的。瞧那手指，又细又长；皮肤红红的，长开了以后定然十分白皙；还有眉毛，我们家四姑奶奶长眉入鬓，世子爷的眉毛却更浓密些。"

宋墨高兴地笑了起来。

孩子打了个哈欠，闭上了眼睛。

宋墨兴奋地道："你们看，你们看，他打了个哈欠！"

他怎么看怎么觉得有趣。

屋里的女眷都笑了起来。

窦昭被折腾了一夜，虽然精神很好，可架不住宋墨这样抱着孩子大惊小怪地叫嚷，道："衙门里你有没有说一声？过两天是孩子的洗三，到时候请了大伯母来帮忙打点就行了；孩子满月酒的时候你恐怕要请一天的假……"

她的话提醒了宋墨，宋墨吩咐甘露："你去跟武夷说一声，让他去衙门给我请个假，这几天我就不去衙门了。"

这样也能行吗？窦昭目露困惑。

宋墨却毫不在意，淡淡地道："我平日里敬高远华是我的上峰，对他礼遇有加。如今我家里有事要请假，他若是不开窍非要挡着，可别怪我没把他放在眼里，少不得要请他换个地方去耍他那都指挥使的威风啦！"

高远华是金吾卫的都指挥使，宋墨的顶头上司，正二品的武将，天子近臣。

纪氏等见惯了宋墨的温和谦逊，听了这话不由得咂舌，这时才有了一点眼前的人不仅是窦家的四姑爷，还是英国公府世子爷的感觉。

蔡氏更是毫不掩饰地道："四姑爷可真是威风！难怪别人都羡慕我们四姑奶奶嫁得好。"

这么浅薄的恭维，因为扯上了窦昭，宋墨的眉宇间竟然露出几分欢喜来。

纪氏和五太太不由交换了一个眼神。

就有小厮隔着帘子高声禀道："世子爷，东宫的庞公公过来了，说是昨天晚上太子妃又诞下了一位皇孙，太子特意让他过来问问我们家夫人生了没有。"

窦家的女眷不由得都倒吸了口冷气。早就听说英国公府圣眷颇隆，却不承想竟然到了这种程度——太子和宋墨一点忌讳都没有，就像自家的兄弟似的。

宋墨没有注意到窦家女眷的神色，他还沉浸在初为人父的愉悦中，得意地道："你去跟那庞公公说一声，就说夫人也生了位公子，有六斤七两，母子平安，让他不必挂心。"

并没有打算见一见那位庞公公。

窦昭却知道这位叫庞立忠的公公也是太子身边的一位大太监，比崔便宜的资历还老，据说曾在元后沈氏身边服侍过的，素来得太子敬重，如今在太子妃身边，负责照顾太子妃所出的两位皇孙。

她忙道："你还是去看看吧！太子既遣了人来问我，太子妃又新诞下麟儿，于情于理你都应该亲自见见庞公公，问问太子妃和小皇孙的情况才是。"

宋墨拍了下额头，道："看我，只顾着自己高兴了，太子妃那边是个什么情况倒忘了问。"

他重新吩咐那小厮一声，这才将孩子小心翼翼地交给了乳娘，和纪氏等打了声招呼，出了产房。

众人不由得都松了口气。

医婆上前给窦昭把脉，稳婆忙着上前道贺讨赏，乳娘抱着孩子轻轻地拍哄着，灶上的婆子烧了热水，丫鬟们冲了红糖水招待窦家的女眷。

整个产室都忙活了起来。

窦昭让乳娘把孩子放在她的枕边，道："还是让他习惯睡床的好，你这样总是抱着他，可别把他给惯坏了。"

乳娘笑着奉承道："公子托生到您这样的人家，就算是不睡床，也有人日夜轮流抱着，有什么打紧的？"依言将孩子放在了窦昭的枕边。

窦昭看着红皮猴似的孩子，一颗心这才定下来。

她吩咐医院："不用给我煎麦芽水了，给我开几服催奶的方子。"

屋里的人俱是一愣，乳娘更是吓得直哆嗦，立刻跪在了窦昭的床前："夫人可是嫌弃奴婢粗鄙？奴婢有什么不对的，夫人直管吩咐，奴婢立马就改……"

"你很好。"窦昭让蒋琰把乳娘扶起来，道，"这是我和世子爷的第一个孩子，我们早商量好了，准备自己哺乳，你不要多心，让你到府上来，也是为了防着我没有奶水或者奶水不够。要不然我也不会事前就让人把你的孩子也接进府来——这样免得断了奶水。"

乳娘都是由奶子府介绍过来的，身世清白，千里挑一，怎么会不好？只是窦昭前世子女缘单薄，这一世她无论如何也不会再放任别人来教养她的孩子了。

纪氏劝她："你别看现在孩子睡得香甜，过几天长开了，一会儿要吃一会儿要拉的，吵得人不得安宁，就怕你身体吃不消。"

"没事！"窦昭笑道，"我早有准备。"然后向纪氏保证，"我若是觉得累，再让她们接手也不迟。"

态度十分坚决。

纪氏还以为窦昭是因为自己从小丧母，不由轻轻地叹了口气，不再劝她，而是嘱咐起她一些坐月子要注意的事项来。

宋家的人得了喜讯，大太太等人过来看望窦昭。

窦家的女眷趁机告辞。

窦昭让蒋琰帮着送客。

宋茂春等人既然依附着英国公府过日子，英国公府有什么风吹草动，自然逃不过他们这些时时盯着英国公府的人。蒋琰的事宋墨并没有大事宣扬，可也没有存心隐瞒，宋大太太虽然听到英国公府的仆妇们传得有鼻子有眼的，说什么宋宜春为了把外室生的儿子当成嫡子养在蒋夫人的名下，把蒋夫人生的女儿悄悄地送到了蒋家抚养，如今蒋家败落了，宋家又把女儿给接了回来……可谁会干这种事？她不免嗤之以鼻，嘲笑那些妇仆吃饱了没事干，造个谣都漏洞百出。可此刻和蒋琰一照面，她顿时就傻了眼。

宋三太太见着满屋窦氏的女眷就一肚子气。

当年蒋夫人再亲近蒋家可也没敢像窦氏这样把宋家的人完全不放在眼里！

她低了头就和宋四太太小声嘀咕着，根本没有注意到蒋琰："侄儿媳妇生孩子，怎么不通知我们这些做伯母做婶婶的，反把娘家的人都请来了，是不是不做洗三礼了？"

谁知道宋四太太听了却拉了拉她的衣袖，然后朝门口努了努嘴。

宋三太太一眼望过去，只看见门帘晃动，早不见了窦家女眷和蒋琰的影子，自然也没有看见蒋琰。

她正困惑着，蒋琰折了回来。

宋三太太吓了一大跳，指着蒋琰说了声"你"，顿觉失态，忙放下了手臂，收回目光，恢复了之前冷傲的面孔。

窦昭看着暗暗好笑，向三位宋太太引见了蒋琰，然后借口让蒋琰去看看灶子上炖的老母鸡好了没有，将她支了出去，直言不讳地对宋三太太笑道："三婶婶看见琰妹妹，不知道想到了什么？"

宋三太太脸上红一阵白一阵的，尴尬地道："只是觉得这蒋家表小姐怎么和二嫂长得那么像啊！"

"仅仅是因为长得像吗？"窦昭一反往日的沉默，咄咄逼人地道，"据说当初我婆婆生二爷的时候,是大伯母推荐的稳婆,如今世子爷却怎么也找不到那稳婆了,你们说奇怪不奇怪?"她说着,目光犀利地落在了宋大太太的身上。

宋大太太差点跳起来。

"我,我也是好心。"她急急地辩道,额头上已冒出了细细的汗珠,"那文婆子在京都也是小有名气的,当初我生宋钦和宋铎的时候都是找她接的生,怎么可能说不见就不见了呢?多半是那婆子赚足了钱,不做这一行了吧?我听说那婆子只有一个女儿,远远地嫁去了济南府,或者她去了济南府也不一定。"

"可能吧。"窦昭似笑非笑地道,吩咐丫鬟们给三位宋太太上茶,又称孩子睡下了,就不抱她们看了,洗三礼那天,请她们早点来。

经过刚才那番闹腾,三位宋太太也无心和她多说,寒暄了几句,见窦昭端了茶,就告辞了。

窦昭也有些累了,交代了几句,就躺下睡了。

宋墨回来听说窦昭歇下了,放轻了脚步走进了产房,站在床边盯着窦昭和孩子看了半响,这才笑吟吟地出了产房,去给朋友写喜帖了。

只是宋墨刚刚在书房里坐定,高升就过来了,还带了很多补品:"我们家老爷很高兴,说请姑爷好好照顾姑奶奶,等满了月,他就会请人接小公子回去暂住几天。"

按礼,这生孩子洗三做满月都是女眷出面应酬,窦世英就算是做父亲的,也要回避。

自己都高兴坏了,老爷子素来重视窦昭,想必也高兴得不行。

宋墨想了想,道:"你跟岳父大人说一声,哪天得了闲,就过来串串门,我把小公子抱出来给他老人家瞧一瞧。"

高升听了喜出望外,给宋墨磕了几个头才告退。

宋墨提笔准备写喜帖,听到消息的顾玉赶了过来。

他喜形于色,道:"听说是个小子,有六斤七两,是真的吗?"

宋墨直点头,也没心情写喜帖了,坐在那里说起孩子来:"……没两个时辰就睁开了眼睛……稳婆说,别人家的孩子不到七天睁不了眼……眉毛长得像我,嘴唇长得像你嫂嫂,漂亮得不得了……我正为给孩子取名字发愁呢,你来了正好,帮我看看哪个合适。"

两个人趴在临窗大炕的炕桌上对着宋墨早先写下来的名字挑挑选选。

听说窦昭生了个儿子,正在练大字的宋宜春却是面色一沉,心烦意乱地丢下了笔。

来报信的小厮站在那里战战兢兢地不敢动弹。宋宜春看看,脸更阴沉了,皱着眉头朝着小厮挥了挥手,小厮如蒙大赦,飞奔而去。

陶器重在自己住的厢房里呆坐了半响,还是决定去看看宋宜春。

宋墨和宋翰的一番折腾,宋宜春虽然什么也没有对他说,但他隐隐也猜到了几分。

他是在宋翰出生之后进的英国公府,那时候老国公爷刚过世没多久,英国公府的很多老人都被打发回乡荣养,之后蒋夫人就接手了英国公府的庶务,他当时以为是寻常的新旧交替,并没有放在心上,现在看来,宋宜春比他想象的胆子更大,可也更无能,更冲动,更没有脑子。

自己再这样跟着宋宜春混下去,只怕要在宋墨手里不得善终了。

他萌生了退意。

只是这个时候宋墨刚刚添了长子,地位更稳了,宋宜春心里肯定很不好受,不是说这个时候,不仅如此,他还要好生安抚宋宜春一番,让他的心情好起来,自己走的时候才能安安逸逸,全了这段宾主之情。

想到这些，他不再犹豫，换了件衣裳就去了樨香院。

宋宜春果然在那里发脾气。

他一打听，原来是丫鬟沏的茶太烫。

陶器重叹了口气，让小厮帮他通禀一声。

丫鬟很快出来撩了帘子。

陶器重面色肃然地进了书房。

宋宜春立刻道："你应该听说了吧？宋墨生了个儿子。"

"听说了。"陶器重道，"我正是为这事而来。"

宋宜春很感兴趣地"哦"了一声，脸上有了一丝笑意，指了身边的太师椅："坐下来说话。"

陶器重请宋宜春屏退了屋里服侍的，道："不如给二爷找门得力的亲事。这内宅的事，还得内宅的妇人自己去计较，我们管内宅的事，犹如那隔靴搔痒，关键的时候总是不得力。"

宋宜春踌躇道："这能行吗？窦氏泼辣精明，不是个好对付的，只怕寻常妇人镇不住她。"

"那就尚公主好了。"陶器重道，"世子夫人再厉害，难道还敢管到公主的头上去不成？"

宋宜春听着两眼发光，道："将来公主生下来的孩子，就是皇亲国戚，可比那窦氏生出的孩子身份地位高，到时候有宋墨头痛的。"说到这里，他不由冷哼一声，"我看宋墨还把不把个窦氏当宝似的捧在手心里！"然后开始琢磨哪位公主和宋翰年纪相当："福圆出了嫁；景宜和景泰、景福，一个比天恩大三岁，一个大两岁，一个大一岁，说起来景福最合适，可景宜却是万皇后亲生的……"

陶器重并不搭腔，喝着茶。

皇家的公主是那么好尚的？有宋墨这个珠玉在前，宋翰又被传出是庶孽，不要说公主了，但凡有点讲究的人家，都不会轻易地将女儿嫁进来。

他不敢得罪宋墨，只好在这里胡诌一通，先把眼前这一关过了再说。

可看见宋宜春这样，他还是忍不住提醒宋宜春："公主不行，郡主或是世家嫡长女也行啊！只要娘家得力，加上长房、三房和四房的，二爷未必就会输了世子爷——世子爷再厉害，总不能连族亲都不要了吧？"

宋宜春连连点头，心情大好。

自己好生地保养着，最少也有三十年好活，有他撑腰，还愁压不住个窦氏？窦家总不能为一点小事都找上门来吧？

何况那窦氏还没有同胞兄弟，现在还好，像窦家这样靠科举出仕的人家，哪房子孙的官做得大，哪房子孙就腰杆子硬，说得起话。十几二十年以后，谁知道窦家是谁当家？

念头闪过，他更高兴了，对陶器重道："这有了自己的儿子，兄弟就靠边站了。也不知道那宋墨发了什么疯，竟然要把蒋氏留给天恩的陪嫁收回去代管，陆家舅爷也被他灌了迷魂汤，说天恩年纪小，什么也不懂，暂时将蒋氏的陪嫁交给宋墨代管也好。如果宋翰要说亲，我看他们还拿什么理由将蒋氏的陪嫁要回去？这可真是一箭双雕的好主意！"

陶器重闻言非常意外。

宋墨要收回蒋氏陪嫁的事，他还不知道。看样子，宋墨是真把宋翰给恨上了，而宋宜春一心要拿宋翰恶心宋墨，自己还是早早脱身为妙。

陶器重回去没多久就"病"了。

当然，这都是后话了。

窦世英当天晚上就来英国公府"串门"了。

宋宜春还得装模作样地接待了窦世英一番，窦世英这才去了颐志堂。

小小的婴儿被包裹在大红色的绎丝襁褓中抱到了小书房里。

窦世英屏息静气地望过去，顿时眼眶就湿润了。

"长得可真好！"他喃喃地道，"瞧这头发眼睛，和寿姑小时候一样漂亮。"

宋墨不由在心里小声嘀咕。

孩子明明就像我，怎么说像寿姑？

顾玉还没有走，看着小脸还没有长开却已经和宋墨有七八分相似的孩子，不禁嘿嘿地笑，恭维着窦世英："长得是挺像嫂嫂的。"

"是吧？"窦世英找到了知音，眉开眼笑地仔细打量了顾玉几眼，解下了腰间的一块玉佩，道，"是云阳伯家的大公子吧？也没什么好东西，这个你拿去玩吧！"

顾玉一看那玉佩，是上好的羊脂玉，油润光洁，细腻无瑕，雕工古朴大方，自然流畅，一看就是有传承的古玉。

他忙笑盈盈地道谢，又趁着窦世英去看孩子的功夫朝着宋墨挤眉弄眼，示意老爷子为人大方，他不过说了几句客套话，就得了这样一个好物件。

宋墨哭笑不得。

窦世英亲眼瞧见了外孙，心里的大石头落了地，怕风吹了孩子，亲手竖了竖孩子襁褓的领子，这才让乳娘抱回去。

宋墨就请了窦世英喝酒。

窦世英也不客气，和宋墨唠叨了大半个时辰，全是窦昭小时候的事。

顾玉这才知道窦家的事。

他的心里就有些别扭起来。

没想到嫂嫂也是个苦命的人，自己当初真不应该那样对待嫂嫂。还好天赐哥是真心喜欢嫂嫂，心志坚定，若是被自己一通胡搅蛮缠给坏了姻缘，自己岂不就是那个罪人！

他殷勤地给窦世英倒酒。

窦世英看他越发顺眼，让顾玉有空去家里玩："……我那里还有几个看得过眼的笔洗，到时候你给自己挑一个，剩下的我留着送给外孙。"

顾玉什么东西没见过，难得的是窦世英的这片心意。

他忙不迭地应是，见窦世英有了几分醉意，更是自告奋勇地要送窦世英回家。

宋墨把他拉到一旁："你不会是看中了我岳父的什么东西吧？你可别给我丢脸丢到我岳父家去了！"

顾玉眼睛一翻，道："我是眼皮子这么浅的人吗？"

宋墨上下打量了他一遍，道："我没看见你哪里深沉。"

顾玉气得直跳脚，扶着窦世英上了轿，自己骑了马跟在轿边。

宋墨笑着摇头，望着两人的身影消失在了胡同口才回了颐志堂，去了窦昭那里。

窦昭睡了大半天，人已经缓过劲来。孩子就睡在她的枕头边，她靠在大迎枕上，正听蒋琰说着话："……您睡着的时候陆家和延安侯世子夫人都派了人过来问候，说让您好好休息，洗三礼那天一早就来道贺。"

蒋琰已经很自然地帮窦昭待人接物了。

窦昭微笑着点头。

有时候，人缺的只是个机会！

她问蒋琰："那你怎么说的？"

蒋琰道："我说您已睡下了，让两家的嬷嬷代问陆老夫人、宁德长公主和延安侯世子夫人好，并赏了两家的嬷嬷各两个上等的封红。"

窦昭赞扬她："做得好！"

蒋琰赧然，道："我跟着素心学的。"

窦昭生产，素心和素兰都过来帮忙。素心在窦昭屋里向来有威望，大家有事还是会请她拿主意。

蒋琰就有些担心地道："我看大伯母她们走的时候很不高兴的样子，不要紧吗？"

窦昭笑道："亲族之间之所以比外人亲近，是因为困难的时候可以相互守望。可你哥哥落难的时候，他们却没有一个人站出来为你哥哥说句好话，这种能够同富贵不能共患难的亲戚，得罪了就得罪了，反正关键的时候他们也帮不上忙。"

蒋琰若有所思。

宋墨却庆幸自己找了个能和自己想到一块去的妻子。

他笑着大步走了进去，道："你们在说什么呢？说得这么高兴！"

蒋琰还是有点怕宋墨，见宋墨进来，不自在地站了起来，喃喃地喊了一声"哥哥"，就退到了一旁，将床头的位置让给了宋墨。

宋墨坐在了床头边的锦杌上，拉着窦昭的手问她："孩子有没有吵着你？你身上好点了没有？"见窦昭的头发有些凌乱，又温柔地帮她将散落在面颊边的一缕头发顺到了耳后。

眼里心里全都是窦昭，看得蒋琰脸上火辣辣的，忙起身告退，回了碧水轩。

和颐志堂正院的热闹温馨相比，碧水轩寂静无声，显得有些冷清。

蒋琰望着屋檐下的大红灯笼，眼睛涩涩的。

她想起了那个吹吹打打把自己迎进家门的人，她以为自己会和他生儿育女，恩恩爱爱地过一辈子，可他却把自己送给了贺昊。

那些让她屈辱的画面再次浮现在她的脑海里，她蹲在地上干呕起来。

映红吓了一大跳，一面蹲下身去扶她，一面焦急地道："表小姐，您这是怎么了？我去给您请个大夫吧？"

蒋琰一把抓住了映红，道："我没事。可能是刚才吹了冷风凉了胃，回去喝杯热茶就好了。家里刚刚添了侄儿，正是喜庆的时候，没道理为了我的事又惊动了哥哥嫂嫂，惹得他们心里不快！"

映红听她说得有道理，不免有些犹豫。

蒋琰已扶着她站了起来，一张脸雪白雪白的，没有半点血色。

映红的心又提了起来。

蒋琰已朝内室去了。

不能再想那个人了！

她本是不洁之人，哥哥却费了这么大的劲把她接回府来，还为她和父亲以及情同手足了十几年的兄弟反了目，哥哥既然嘱咐家里的人称她为"表小姐"，她就应该把从前的那些事都忘了，当自己是死了丈夫的寡妇，高高兴兴地跟着哥哥嫂嫂过日子才是。

蒋琰深深地吸了口气，撩了内室的帘子。

宋翰趴在床上，望着忽明忽暗的烛光，神色狰狞。

他从小就知道自己是次子,不可能继承家业,哥哥的辛苦和努力,是大家有目共睹,他从来没有想过去吃哥哥吃过的苦,也从来没有想过要去争夺英国公府世子的位置。一直以来,他的愿望就是在哥哥的羽翼下混吃混喝,做个闲散安逸的富贵公子。
　　可现在,这却成了奢望。
　　宋墨要把他从母亲那里分来的产业收回去。
　　陆家的人也跟着起哄,帮着宋墨说话。
　　父亲心里虽然不悦,可因他现在跟父亲住在樨香院,父亲生怕别人以为他名下的产业是由父亲托管的,若是和宋墨为了几千两银子的事起争执,会被传出吝啬小气的名声。宋墨却无所顾忌,恨不得一棒子把他打回原形。狭路相逢勇者胜。父亲就是一时咬紧牙关不松口,怕是也经不住宋墨层出不穷的诡计,最终还是会答应把他从母亲那里继承来的产业还给宋墨。
　　没了那些收入,自己依附着父亲,日子该怎么过呢?
　　宋翰觉得自己此刻虽然锦衣玉食,可马上就会像乞丐似的,不,比乞丐还不如。乞丐自己能去乞讨,他是堂堂英国公府的二爷,能去乞讨吗?而且当那些平日来往密切的朋友发现他一文钱也没有的时候,还会捧着他抬着他吗?
　　他狠狠地捶了捶床。
　　窦氏,竟然生了个儿子!
　　如果是个女儿该有多好啊!至少他还能仗着自己是仅次于宋墨的继承人的身份狐假虎威一番,说不定还能弄点钱渡过这个难关。
　　自己该怎么办呢?
　　宋墨是不会放过他的,父亲是靠不住的,他的前路又在哪里呢?
　　宋翰觉得这夜风吹在身上,刺骨的寒冷。

　　窦明心里也很不高兴。
　　她坐在镜台前,望着镜子里那个依旧美貌如花却因为眉宇间平添几分郁色而显得楚楚动人的女子,紧紧地锁住了眉头。
　　窦昭倒是好命。
　　她和自己前后怀孕,自己的孩子没了,她却顺顺利利生下了长子。
　　魏廷珍知道了,恐怕又会在婆婆和丈夫面前对自己指桑骂槐一番吧?
　　可这能怪自己吗?如果她的孩子好生生的,现在她也做了母亲了吧?
　　父亲一生只有两个女儿,虽然他是两榜进士,那些亲戚朋友当着父亲的面什么也不说,可背后谁不说父亲是孤老?现在窦昭生了个儿子,为父亲长了脸,父亲一定很高兴吧?多半又会拿出祖辈们留下来的珍藏去哄外孙。
　　窦明脸色一白,咔嚓一声,就折断了象牙梳的一根梳齿。
　　"夫人!"近身服侍的小丫鬟吓得瑟瑟发抖。
　　窦明厌恶地瞥了那丫鬟一眼。
　　自从窦家和魏家大吵一架之后,窦家的人就不怎么上门了,有事也不过派个嬷嬷来说一声,她去不去,也都不再催促了。魏廷珍暗自高兴,以为这样就拿住了她的把柄,却不知道这人向来爱财帛,她手中有钱,魏廷瑜又赋闲在家,除了一年一千石的俸禄,什么也没有,自有人向她表忠心,为她做事。魏廷珍借口她小产,身边的丫鬟婆子没有好生照顾她,想把她身边的人都换上济宁侯府的世仆,她就立刻买了一部分丫鬟婆子进来,让魏廷珍的算盘落空了。

可这些买进来的人到底没什么教养，用起来很是不顺手，还是得让周妈妈想办法调教几个行事稳当些的丫鬟才好。

想到这里，她问那小丫鬟："来报信的除了说四姑奶奶生了个儿子之外，还说了些什么？"

"其他的，就没有说什么了。"小丫鬟脸色发白，说话细声细气的。

都怨自己和比自己先进府的姐姐打赌赌输了，被派来给夫人禀告。

谁家的姐姐添了外甥不请妹妹去参加洗三礼？夫人明显就是被娘家和姐姐嫌弃了。

如果夫人发起脾气来拿她出气，她可怎么办才好啊？

她急得快哭了，窦明却挥了挥手，让她退了下去。

她如释重负，疾步跑了出去。

内室就传来一阵"哐哐当当"砸东西的声音。

小丫鬟不由缩了缩肩，抬头却看见魏廷瑜走了进来。

她忙屈膝行礼，颤颤巍巍地退到了墙角。

魏廷瑜停在了门前。

窦明又在砸东西。

这已经不知道是第几次了。

第一次是她劝自己拿钱去打点东平伯，让东平伯给自己在五军都督府找个差事，自己拒绝了。

她哗啦啦把炕桌上的茶盅盖碗全都扫到了地上。

第二次是姐姐见他屋里服侍的丫鬟都换了，怕新进来的不懂规矩，把身边的一个大丫鬟送给他，她转手就将人给送回了景国公府。他找她理论，她却阴阳怪气地问他是不是看上了那个丫鬟，想留在屋里暖床，气得他甩袖而去，她也是像现在这样，在屋里砸东西。

第三次……他记不清楚了。

他只知道，母亲知道她把屋里的东西都砸了，心疼那些珍玩，把她叫去教训，她却冷冷地道："我砸的是自己的陪嫁，又不是济宁侯府的东西，我都不心疼，您心疼个什么劲！东西砸了，再买就是。旧的不去，新的不来。"把母亲气得面白如霜，指着她半晌都说不出一句话来。

魏廷瑜不想进去受气，他转身往外走，眼角的余光却看见了躲在墙角发着抖的小丫鬟。

他心里不由得一软。

这小丫鬟畏窦明如虎，自己心里何况不是如此？魏廷瑜生出同病相怜的感觉来。

他停下脚步，温声问小丫鬟："你叫什么名字？"

小丫鬟磕磕巴巴地道道："奴婢，奴婢叫阿萱。"

"阿萱？"魏廷瑜道，"哪个'萱'？"

小丫鬟道："萱草的'萱'。"

魏廷瑜有些意外，道："你识字？"

"我弟弟读书的时候，我在旁边做针线，弟弟告诉我认的。"

魏廷瑜讶然，道："你家既然供得起你弟弟读书，怎么会把你给卖了？"

小丫鬟辩道："我签的是活契，十年后我弟弟就会来赎我了！"

她的眼睛瞪得大大的，黑白分明的眼眸仿佛清澈的泉水，能让人一眼就看到底。

又是个痴的！

魏廷瑜摇头，走了出去，忍不住低声吩咐身边的小厮："你瞅个机会把这个叫阿萱的小丫鬟调到外院的书房里去，她这性子，在夫人身边服侍，只有死路一条。"

小厮悄声应是。

魏廷瑜去了田氏那里。

宋墨趴在床边看着熟睡的儿子，越看越觉得可爱，越看越觉得神奇。

他小声问窦昭："你说，给儿子取个什么名字好呢？明毅？希贤？凤翼？"

窦晤笑道："不用这么早就取名字吧？先取个乳名吧？"

"那怎么能行？"宋墨嘟囔道，"他是我们的长子，乳名要取，名字也要取。"他苦恼道，"我觉得明毅和希贤都不错，可顾玉觉得凤翼好，至于乳名，叫'元哥'如何？"

这孩子是长子，也当得起"元"字。

窦昭笑着点头，道："这乳名取得好！"

宋墨得意起来，道："那大名就叫明毅好了。"

"宋明毅。"窦昭笑道，"读起来也朗朗上口。"

宋墨见窦昭同意了，就"元哥""元哥"地叫着儿子，儿子却很不给面子，皱了皱眉，咧开嘴大哭了起来。

宋墨窘然地笑，窦昭忙安慰他："元哥可能是饿了。"

宋墨"哦"了一声，讪讪地退到一旁。

第一百四十二章　洗三·孩子·满月

孩子的乳名报到宋宜春那里，他对着廖碧峰就是一阵冷哼，道："只有给女孩子取名叫'元姐'的，哪有给男孩子取名叫'元哥'的，你去跟他说一声，就说孩子取名叫'东哥'好了。"

廖碧峰笑着应是，回去跟宋墨禀了，宋墨只当没听见，依旧喊孩子"元哥"。颐志堂的人自然是照着宋墨的意思喊"元哥"，英国公府的人则当着宋宜春的面喊"东哥"，当着宋墨的面喊"元哥"。

陈曲水促狭，笑道："本来孩子小，越是这么喊着越是能够驱邪消灾，可这'元哥''东哥'的，喊漏了嘴可就麻烦了，我看，一律喊'大爷'算了，元哥儿是英国公府的嫡长孙，曾祖父又不在了，这样喊也当得。"

廖碧峰趁机起哄，道："那就喊大爷好了，免去了很多的麻烦。"

有人献谄报到宋墨那里，宋墨虽然面无表情，却赏了那婆子二两银子。

这下子府里的仆妇们明白了风向，冲着元哥儿"大爷""大爷"地叫了起来。

府外的人听了不免奇怪，道："那你们家二爷现在怎么称号啊？"

府里的人笑道:"还是称二爷。"

府外的人不免要笑:"这侄儿倒爬到叔叔的头上去了。"

"二爷这不还没有成亲吗?等成了亲,这称呼再升一等也不迟。"

通常被别人非议的总是最后一个才知道。等宋翰知道的时候,这件事已经传遍了京都,被当成笑话讲了很久。

尽管如此,宋墨给孩子取的大名"明毅",也只被叫了一个晚上——次日的洗三礼,升了乾清宫少监的汪格亲自到英国公府传旨,皇上给元哥赐名为"翮"。

宋墨和宋宜春诧异不已。

只有皇家取名,为了避忌,才会用这么生僻的字。

皇上这完全是按照皇家的规矩在给元哥取名字。而皇上并不是个婆婆妈妈的人,自己的几个孙子还认不全,怎会想到给元哥赐名?何况这取名字向来是家中长辈的事,宋宜春还没有吭声,皇上倒越俎代庖了,虽说这是无上的恩宠,可这恩宠来得也太莫名其妙,让人心中不安。

宋墨接过圣旨,和宋宜春一起请了汪格去小花厅喝茶。

宋宜春就问汪格:"皇上怎么想起给我们家孩子赐名来?"

汪格和宋墨打交道多,宋宜春这两年虽不受皇上待见,可到底是五军都督府的五个掌印都督之一,汪格自认和宋氏父子的交情都不错,也不客气,直言道:"皇上那边还等着咱家回去服侍,咱家也不和国公爷、世子爷绕圈子了。贵府的大公子这也是沾了东宫三皇孙的福气。昨天三皇孙洗三,皇上去了东宫,看着三皇孙白白胖胖,能吃能睡的,心中欢喜,就给三皇孙赐了个名。今天一早起来,皇上突然想起贵府的大公子只比三皇孙小一天,今日要做洗三礼,就吩咐行人司的写了份圣旨,让咱家做了天使来贵府宣旨了。"

真的是这样的吗?

宋宜春很怀疑是宋墨做的手脚,可这个场合却不适合打探。

他忙说了一堆"谢主隆恩"之类的话,塞给了汪格两个大大的红包。

宋墨则悄声地问汪格:"皇上赐了三皇孙一个什么名?"

汪格就蘸着茶水在茶几上写了个"翀"字。

翀,鹄飞举万里,一飞翀昊苍。

翮,羽茎也,取大翮为两翼,振翮高飞。

宋宜春倒吸了口冷气。

皇上这是什么意思?要让元哥辅佐皇孙不成?

宋墨却很是感激。不管皇上是像汪格所说的那样临时起意,还是知道他父亲不慈,有意抬举这个孩子,有了皇上赐的这个名字,就像在孩子身上贴了个护身符似的,谁想为难这孩子都要先掂量掂量了。

他又赏了汪格两个大大的红包,这才送了汪格出门,将圣旨供在了祠堂,和宋宜春去宫里谢恩。

内院已经炸开了锅。

来参加元哥儿洗三礼的人纷纷给窦昭道贺。

窦昭微笑着一个个道着"多谢"。

稳婆也跟着脸上有光,望着盆里大大小小的银锞子金锞子,止不住地笑:"哎哟,老婆子也跟着沾光了,回去以后也能在街坊邻居面前显摆显摆了。"

素心等服侍窦昭的人捂了嘴直笑。

五太太不免感慨："四姑爷在皇上面前可真是有颜面，这孩子落地还没三天，就赐了名字下来。"

六太太点头，却道："更难得的是四姑爷对寿姑一心一意。"心里颇有些后怕，当时自己若是一意孤行阻止了这门亲事，岂不是害了寿姑？看来以后来说话行事还是要慎重些。

蔡氏则有着掩饰不住的艳羡："四姑奶奶这运道就是比五姑奶奶强。小的时候自不必说，大了，就算被五姑奶奶抢了姻缘，可人家照样能嫁到勋贵之家来。不仅嫁了进来，而且嫁得比原来还好。让人不服不行啊！"

郭氏不知道说什么好，没有接腔，韩氏素来瞧不起蔡氏的俗气，笑了笑，也没有作声。倒是窦文昌的妻子文大奶奶很想问问窦明现在怎样了，可看众人提也不提窦明一声，她把到了嘴边的话又咽了下去，心里不免为窦明叹一口气。

宋大太太却心中苦涩。

窦昭生了儿子，在府里的地位就更稳了。

那天她那番关于稳婆的话不过是投石问路，只怕以后还会有话要问自己。可自己真的什么也不知道，怎么回她的话啊？

想到自己先是接手英国公府中馈得罪了窦昭，现在又被窦昭怀疑与宋翰、蒋琰的事有关，她真是跳黄河的心都有了。

若是窦昭根本不相信她是清白的，因此连累了孩子的前程，丈夫和儿子还会敬重她吗？

宋大太太如坐针毡，瞥了宋三太太和宋四太太一眼。

宋三太太对宋家的女眷被排在靠近门口的位置坐着大为不满，正和宋四太太小声嘀咕着，想怂恿着宋四太太抱怨几句。

宋四太太表面上笑盈盈地听着，心里却对此很是不屑。

洗三礼本就是娘家的事，窦家又名声显赫，出手大方，她们不坐上座谁坐上座？

她想到是元哥儿出生那天她们来看望时窦昭说的那几句话。

难道府里的那些流言蜚语竟然是真的不成？

想到这些，她不禁望了西边的宴息室一眼。

宁德长公主和陆老夫人在那边歇息，蒋琰服侍着茶水。

两位老人家看着蒋琰，话里却是另一番内容。

"有了皇上赐的这个名字，元哥儿这嫡长孙的位置就坐稳了。英国公的位置怎么也轮不到那人坐了。"宁德长公主说着，轻轻地呷了口茶。

"我们家这么抬举英国公府，可不是为了给个出身不明的庶孽做嫁衣。"陆老夫人挑了挑眉，神色间没有了往昔的慈爱和善，显得冷峻而严肃，流露出当家主母的威严与气势，"只可惜了琰姐儿，那么漂亮的小姑娘，硬生生被那贱妇害了！那庶孽就是表现得再乖巧懂事，我只要一想到他身上流着那贱妇的血，我就觉得恶心！"

自己的这个嫂嫂性子最是刚烈，眼里向来容不得一粒沙子，不过是年纪大了，有所收敛而已，蒋琰的事，却把她的脾气给引发了。

宁德长公主只得道："事情闹大了，毕竟是件丑闻，于砚堂也无益，只能慢慢地来了。"

陆老夫人颔首，道："旁的不说，先把蕙菽的陪嫁要回来，再帮宋翰说门亲事，让他单独开府，分出房头来，免得我看着他就吃不下饭。"

"只怕国公爷另有想法。"宁德长公主沉吟道，"我看，不如请太后娘娘为宋翰赐门婚事好了。宫中每年都有女官放出来，也有些嫔妃的家眷进宫去给太后娘娘请安，随便指哪个都不会辱没了他。"

宫中的嫔妃多出身寒微，家里的姊妹多是久贫乍富，拿得出手的不多，嫁过来又没有女性的长辈指点，不行差踏错就是好的了，指望着能和窦昭打擂台，只怕有那心也没那个能力。

陆老夫人很是满意宁德长公主的主意，悄声道："那就事不宜迟，趁着三皇孙满月酒你要进宫恭贺，探探太后娘娘的口风。"

宁德长公主笑着应了声"好"，有小厮一路跑了进来："东宫的内侍奉了太子妃之命，送来了赏给大爷洗三的贺礼。"

宋墨和宋宜春都去宫里谢恩了，窦昭又在坐月子，宋大太太出面去道了谢，将东西捧了回来。

不过是对步步高升的金锞子，可这是太子妃赏的，意义不一样，稳婆捧在手里，人都有些飘忽了。

众人少不得又是一阵贺喜。

蒋骊珠出来祝贺元哥儿洗三，她曾帮着蒋琰打掩护，蒋琰看着她就觉得亲切，领了她去给陆老夫人和宁德长公主磕头。

蒋骊珠妙语连珠，逗得两位老人家不时开怀大笑，蒋琰温柔地在一旁给众人斟茶端水。

从英国公府回去的路上，陆老夫人对宁德长公主感慨："荣辱不惊，这才是世家女子的气度，岂是父兄当个官或是家里有几个钱就能做到的？"

蒋骊珠的公公不过是个小小的指挥使，丈夫更是白身，她站在众女眷间，却不卑不亢，淡定从容。

宁德长公主拍了拍陆老夫人的手："砚堂媳妇是个心里有数的，阿琰在她身边，她会好好教导阿琰的。"

"但愿如此。"陆老夫人苦笑。

宋氏父子从宫里赶回来的时候，已是华灯初上，来参加宋翮洗三礼的客人都已经散了。

宋墨朝着宋宜春点了点头，回了颐志堂。

宋宜春却站在英国公府正路的青石甬道上沉默了良久。

从前皇上待他虽称不上亲密，可也没有把他当外人，可这次进宫，他却明显地感觉到皇上对他的冷淡和疏离，甚至还对他说了一番"嫡庶不分是乱家的根源"之类的话。

难道皇上听说了什么不成？或者是宋墨在皇上面前抱怨了些什么？

宋宜春侧身朝颐志堂望去的时候，眼神就像淬了毒的刀子似的。

这种事宋墨还就真干得出来！要不怎么京都的那些武官提起宋墨无论如何都要打起三分精神来呢！

宋宜春想到这里心里就堵得慌。

他甩着衣袖回了樨香院。

宋翰的伤势好了很多，他拄着拐杖在门口迎接宋宜春。

宋宜春看着他苍白的面孔，心中一软，道："怎么不好生歇着？伤好些了没有？"

宋翰笑道："父亲给我请的那位御医医术十分高明，我不过吃了三服药，就觉得好多了。"他虚扶着宋宜春往正房去，"听说今天皇上给东哥赐了名？皇上对爹爹还是恩宠有加的，这样的荣耀，满京都也只有我们一家。"

把功劳全算在了宋宜春的头上。

宋宜春听了十分妥帖，说话的声音越发地温和了："这也是皇上看在我们家世代忠心的分上。所以说，我们家只要看着皇上的眼色行事就行了，至于旁的，与我们都不相干。只有这样，才能把这份恩宠长长久久地延续下去。"

他这是指定国公府吧？看来自己要娶蒋家姑娘的事让父亲记在了心里。

宋翰在心里冷笑着，嘴里却道："父亲教训的是。我如今年纪大了，看了不少事，也知道轻重缓急了，再也不会像从前那样不懂事了。"

宋宜春满意地"嗯"了一声，停下了脚步，道："等过几天我就进宫去给你求门亲事，你这些日子好好在家里读书，不要惹是生非，免得宫里的贵人听说了不喜。知道吗？"

宋翰愕然。

宋宜春想的是，有这样个傻儿子也不错，至少事事都听自己的，不会自作主张地让自己下不了台。

"傻小子！"他笑着进了厅堂，心里却琢磨着应该安排两个丫鬟告诉儿子人事了。

宋翰看宋宜春进了屋，慢慢地回了自己居住的东小院。

栖霞和彩云忙迎了上来。

他挥了挥手，把屋里服侍的都遣了下去，进了内室，悄悄地移开了内室东面供着的观世音，露出一张小小画像。

画像上的人披着件绣帛，秀雅端丽，眉宇间若有若无地透着刚强和傲气。

"母亲！"他喃喃地道着，眼泪霎时就落了下来，"我不是有意的……我真的不知道那药里有毒……我不敢跟您说……您那个时候已经开始怀疑了……我知道您虽然不喜欢父亲，却从来不曾怀疑过他……我怕我说给您听了，会被父亲发现……您身边的杏芳已经被父亲收买了，父亲要是否认，她再一做手脚，找不到证据，我就死无葬身之地了……我趁他们不注意的时候，就会悄悄地把那药泼掉一半，兑上水……我想这样，您就可以挺到哥哥回来了……可没想到父亲却把我的身世告诉了您，把您给活活地气死了……"他脸上一片水渍，"母亲，您最疼爱我了，我做错了什么事您都不会责怪我，这一次，您也一定会原谅我的，是不是？"他说着，抚着画像上的人，表情渐渐变得狰狞起来，"您放心，儿子一定会为您报仇的……"

宋墨却是回到颐志堂就沐浴更衣，去了内室。

窦昭正由甘露服侍着喝鲫鱼汤，见他回来，忙吩咐丫鬟们摆膳："还没有用晚膳吧？我让灶上给你留着晚膳呢！"

宋墨点了点头，趴在床边打量着睡着了的儿子。

见窦昭低头喝汤，他伸出手指头悄悄戳了几下儿子的小脸，吃饱喝足了的元哥儿扁扁小嘴，没理他。

宋墨又戳了戳他，元哥儿皱皱眉，侧过脸去，继续睡觉。

宋墨伸出手指头准备再戳他，却被喝完了鱼汤的窦昭逮个正着。

她不由得又是好气又是好笑，道："你干什么呢？"

宋墨有种做坏事被人当场抓住的窘然，笑道："我看他一直睡，也不睁开眼睛玩一会儿……"

是想让孩子和他玩一会儿吧？

窦昭笑道："刚出生的孩子都是这样，一天十二个时辰要睡十一个时辰，还有一个时辰在吃喝拉撒，偶尔才睁开眼睛。"

"是吗？"宋墨有些失望。

若彤进来禀告晚膳准备好了。

宋墨在外间用了晚膳，窦昭已经收拾好了准备歇息。

因怕孩子睡着了滚落到地上，做母亲的一般都会睡在外侧。元哥儿虽然才刚出生，还被捆在襁褓里，但出于习惯，窦昭还是睡在了外侧，宋墨这几天就歇在临窗的大炕上。

见窦昭躺了下去，他挤到了床上，道："我来帮你带孩子，你睡到内侧去吧？"

想到刚才宋墨的举动，窦昭可不放心，道："我身上还有些不舒服，不想挪地方。等孩子大些了，你再帮我带吧！"

宋墨就睡在了内侧，道："你有什么事，叫我好了。"

窦昭见他兴致勃勃的，笑着应了，让丫鬟们进来熄了灯。

因是自己带孩子，今天又是你来我往地应酬了一天，她闭上眼睛，很快就睡着了。

半夜，她被孩子的哭声惊醒，她忙坐了起来，却发现宋墨和孩子都不见了。

窦昭出了一身冷汗，高声喊着"砚堂"。

宋墨抱着孩子，尴尬地走了进来："我，我看你睡得沉，就把孩子抱去给乳娘喂奶，谁知道他不吃……"

这才是我生的儿子嘛！

窦昭心里一暖，柔声道："我来喂就是了。"

宋墨赧然地把孩子交给了窦昭。

窦昭侧过身去给孩子喂奶，宋墨就坐在床边看着。

孩子吃饱了，又换了尿片，来了精神，张开眼睛玩起来。

窦昭不由得打了个哈欠，宋墨忙道："我来带孩子，你快去睡。"

窦昭哪里睡得着，宋墨却十分坚持："不行还有乳娘，你这样，会把身体熬坏的。"

上一世，她就是这样生生地熬坏了身体的。

窦昭的眼睛有些涩涩的。她依言躺下，睁着眼睛看着宋墨有些笨拙地抱着孩子在屋里走来走去，乱七八糟地和孩子说着话，竟然睡着了。

等她睁开眼睛，元哥儿好端端地睡在她的枕头旁，再看宋墨，贴着儿子的脸睡得十分香甜。

窦昭看着这一大一小两张脸，心里就像被羽毛挠了一下似的，痒痒的，又有种说不出来的情绪把心口堵得满满的。

她不由轻轻地抚上了宋墨的脸……

此时的景国公府，三位太太都坐在厅堂里等婆婆景国公夫人梳洗妥当了好进去给婆婆请安。

张二太太就轻声地问着张三太太冯氏："昨天你怎么回来得那么晚？英国公府的洗三礼很热闹吗？"

她昨天是有意那么晚回来的，就是想错过晚上的请安好把话留着今天早上大家都来问安的时候说。

妯娌的话如同给她递了把梯子，她不禁精神一振，笑着看了一眼魏廷珍，这才道："何止是热闹？简直是声势浩大！皇上还为我那刚出生的侄儿赐了名！"

张二太太一愣，正要说什么，景国公夫人已由贴身的嬷嬷虚扶着走了出来，正好听了个音，不禁道："皇上为谁赐了名？"

"英国公府的嫡长孙啊！"张三太太就将皇上给三皇孙赐了个什么名，又给元哥儿赐了个什么名，太子妃赏了些什么给英国公府，英国公府来了多少客人，窦家送了多少洗三礼等都夸大了几分告诉了景国公夫人。

景国公夫人听着也有些意外，叹道："到底是英国公府有体面！"然后吩咐贴身的嬷嬷，"等元哥儿满月的时候，我也去凑个热闹。"

张三太太大喜，挽了景国公夫人的胳膊，笑道："母亲今天这支点翠凤簪可真漂亮，上面镶的是南珠吧？"

"就你眼尖。"景国公夫人笑着，去了隔壁的宴息室。

魏廷珍神色木然地跟在婆婆和两个弟媳的后面，恨恨地想着：不过是一表三千里的亲戚，就嘚瑟得不知道东南西北，有本事让皇上给自己的儿子赐个名……心里却明白，这是三太太听说了姐妹易嫁的事，在嘲讽自己。

她想到被窦明送回来的丫鬟，手里的帕子拧成了梅干菜。

过了两天，魏廷珍还是忍不住回了赵娘家。

等到孩子满月那天，不仅景国公夫人亲自到了，就是长兴侯夫人和向来不和人应酬的延安侯夫人也都到了。长兴侯夫人更是进门就向窦昭解释："婆婆很想来看看大公子，又怕惊扰了孩子，只得作罢。"

长兴侯太夫人孀居，不适合出席这样喜庆的场面。

窦昭笑着和她寒暄："多谢太夫人，等孩子大了些，我再带着他去给太夫人请安。"因延安侯夫人是汪清淮的母亲，延安侯世子夫人安氏和她交好，她热情地上前和延安侯夫人打招呼，亲自将几位夫人请到了小花厅，和窦家的女眷一起坐了，又有早早就到了的陆老夫人和宁德长公主在小花厅旁的暖阁里坐着说话，大家互相打着招呼，笑语殷殷，十分热闹。

陆老夫人见到长兴侯夫人等众人都笑盈盈地围在窦昭的左右，想起了蒋琰，不由得朝人群中瞥了一眼，却没有看见蒋琰。

她低声问服侍她茶水的若彤："怎么没看见表小姐？"

若彤笑道："表小姐刚才还在这里的，怕是有什么事走开了。"说着，伸长了脖子四下里瞧了瞧，也没有看见蒋琰，因而笑道，"老夫人可要奴婢去找找表小姐？"

人多嘈杂，或许蒋琰是到别处去了。

陆老夫人笑道："不用了，我就是问问。"

她老人家的话音刚落，窦家五太太和六太太笑着走了过来。

陆老夫人把这件事抛在了脑后，和窦家五太太、六太太寒暄起来。

站在陆老夫人身边的蒋骊珠却留了个心。她半晌没有看见蒋琰，也不免有些担心，连问了几个丫鬟，都说没有看见。她想了想，悄悄去了碧水轩。

蒋琰正坐在临窗的大炕上做绣活。见蒋骊珠来访，不免赧然，道："我瞧着嫂嫂那边都打点妥当了，没什么要我帮忙的，我又是个眼皮子浅的，人一多，说话都不利索了，怕给哥哥嫂嫂丢脸，这才躲到这里来的。"

蒋骊珠不由叹了口气。还好宋家子嗣单薄，旁支又早早地分了出去，不然这三姑六舅的，以蒋琰的性子，只怕会被吃得连骨头渣子都不剩。

她劝道："有几个人是生来就不认生的？见的人多了，自然就好了。你都不知道，陆老夫人刚才还问起你呢！"

蒋琰低了头，手上飞针走线，却没有作声。

父浅言深，蒋骊珠不好再劝，起身告辞。

蒋琰很喜欢蒋骊珠，见她面露失望之色，心中着急，拉着蒋骊珠的衣袖道："嫂嫂抬举我，我不是那不识抬举的人，只是她们都喜欢盯着我瞧，我，我……我到底是见不得光的人……哥哥嫂嫂那么好的人，却被我连累了……"

蒋骊珠一愣，突然明白过来。

蒋琰这是怕别人知道她的遭遇被人轻视，给宋墨和窦昭丢脸。

蒋骊珠想到蒋家被抄家之后，面对别人的非议时自己欲辩不能的屈辱与愤懑，再想到蒋琰的遭遇，她顿时心中一软，再看蒋琰的时候，就有了种因同病相怜而产生的亲近感，道："你也别在意，那些人不过是好奇，等京都又出了新鲜事的时候，她们自然就会去议论别的了。"

蒋琰心中甚苦，蒋骊珠真诚的话语触动了她心底的苦楚，她不禁倾吐道："我的事和旁人不一样，她们能说上几十年，我又是个无用之人，苟且偷生……只想找个没人认识我的地方了此残生……"说着，眼角湿润起来。

蒋骊珠家中遭难，比起一般的女子多了些经验，对蒋琰的话更有感触，不由得也跟着落下泪来。

蒋琰看着自责不已，忙掏了帕子给蒋骊珠擦眼泪："看我，好生生的，乱说话，闹得姐姐也跟着不痛快起来。"

蒋骊珠忙握了蒋琰的手，道："快别这么说，我们可是堂姐妹。"

本是搪塞别人的说辞，此刻提起，却又有种淡淡的温馨。

两人不由对视一笑，倒把刚才的悲伤冲淡了几分。

蒋骊珠知道从前的过往在蒋琰心中成了一个死结，想把韦贺两家的遭遇告诉她，但想到蒋琰对害了她的黎窕娘都没有什么恨意，便把话又咽了回去，换了个说法劝着蒋琰："有些事是你自己想多了。表哥既然把你接进府来，自会为你考虑周详。清苑县的韦黎氏早在元宵节的时候就已失踪不见，英国公府的表小姐蒋琰却是国公夫人生前最疼爱的外甥女。你就安心地在宋家住下，别人就算是盯着你看，也是因为你长得和姑母像一个模子里印出来似的，倒不是因为别的。"

蒋琰却比她想象的更敏感，道："这些不过是自己哄自己的话罢了。我和蒋夫人长得一模一样，现在大家都在传，说我是蒋夫人生的，宋翰是从外面抱回来的，天下没有不透风的墙，他们总有一天会知道我是谁的。"

到时候也许会有人怜悯她，可更多的却是嘲讥和不屑吧？

蒋骊珠叹气。

蒋琰就道："今天是元哥儿的好日子，姐姐快去吃酒听戏，免得为了我的事扫兴。只是旁人若问起我来，还要劳烦姐姐帮我打个掩护——我怕嫂嫂看不见我到处找我，给她添麻烦。"

蒋骊珠只得点头，道："等过两天大家都得了闲，我再来看你。"

蒋琰将蒋骊珠送到了碧水轩的门口。

蒋骊珠去了花厅。

蒋琰望着碧水轩美轮美奂的亭台楼阁，突然有种梦幻般的不真实。她不想回碧水轩，分花拂柳，上了碧水轩外的一条用鹅卵石铺成的小径。

映红不敢阻拦，默默地跟在她的身后。

这样胡乱走着，蒋琰也不知道走到了哪里，脚却走得疼了起来。

她朝着四周望了望，见不远处有个无人的凉亭，转身朝凉亭走去。

前面的甬道走来一个十五六岁的少年，穿了件丁香色的细布道袍，一看就不是惯常在内院行走的小厮。

映红吓了一大跳，高声喝道："哪里冒出来的愣头青？这里可是英国公的内院，还不快快回避！"

那少年骇然，转身就朝外跑。

蒋琰眼尖，认出那少年是陈嘉身边的虎子。

她不由开口问道："虎子，你怎么在这里？"

少年转身，见是蒋琰，如释重负，忙上前行礼，道："我和我们家大人来恭贺世子爷添了位公子，我们家大人和神机营、五军营的几位大人在外院的花厅里喝酒，我没什么事，就和武夷哥哥身边的几个人说着闲话。世子爷吩咐彭管事上烧刀子，彭管事吩咐他们去搬酒，我想我闲着也是闲着，就跟着一起去打了个下手。酒还没有搬完，内院的管事妈妈传出话来，说夫人身边的若朱姐姐让再上几坛御赐的梨花白。我自告奋勇地去账房帮彭管事拿钥匙，谁知道却迷了路！"

蒋琰忍不住笑了起来，道："你怎么也不找个人问问账房在哪里？"

陈嘉找到她之后，她就是由虎子一路小心服侍，陪着进的京城，再看到虎子，她觉得很亲切，因而说话也很随意。

虎子傻傻地笑了笑，映红心里却明白，多半是府里的小厮们见不得这个叫虎子的出风头，有意整他，给他指了条错路。

她指了东边的那条甬道，道："你顺着那条路往前，看到个砌着花墙的夹巷拐进去就是账房了。"

虎子恭敬向她道谢，映红忙避到了一旁。

蒋琰就问他："陈大人可好？"

虎子喜滋滋地道："我们家大人刚升了镇抚使。"

蒋琰根本不知道镇抚使是个什么样的职务，但听说陈嘉升迁了，想着这总归是件好事，因而笑着让虎子代她恭喜陈嘉。

虎子连连点头。

蒋琰笑道："那你快去拿钥匙吧，小心耽搁了彭管事的事，马屁拍到了马腿上。"

虎子嘿嘿笑，一溜烟地跑了。

蒋琰遇到了故人，心情好了很多，她笑着和映红回了碧水轩。

被宋墨请到小书房的汪格，心情却十分糟糕。

他原本不过是来凑个热闹的，不承想却被宋墨给逮了个正着，逼着他问宋翰的婚事。是乾清宫里的哪个小兔崽子把他给卖了？

昨天是三皇孙满月礼，皇亲国戚都进宫庆贺，三驸马石崇兰塞了一叠银票给他，说英国公想让次子尚公主，求他帮着探探皇上的口气。

这还不到十二个时辰，宋墨就知道了！要是让他查出是谁给宋墨通风报信的，他不剥了那畜生的皮，他就不姓汪！

他却没想到他自己本来就不姓汪……

可当着宋墨的面，望着毫不掩饰对宋翰敌意的宋墨，汪格颇为窘迫地干笑了两声，把责任全推到了三驸马的身上："咱家也劝三驸马来着，这是宋家的家务事，国公爷既然有这心思，何不自己去探探皇上的口风？可三驸马却说，受人之托，忠人之事。咱家也只好硬着头皮去帮三驸马问问了。"

宋墨似笑非笑地"哦"了一声，道："公公说得对，这个三驸马，也太多事了些。我看，我得找点事给他做做，他可能就没时间总盯着别人的家务事不放了。"

汪格在心里冷笑。

这天下又不是你宋家的，三公主是皇上最宠爱的女儿，连带着三驸马在皇上面前也向来有体面，你小小一个英国公府的世子爷，还能动得了三驸马不成？

他呵呵地笑，并不搭腔。

宋墨早就想收拾汪格了，正好这次一起给他们一个教训。

不然老虎不发威，他们还以为是病猫。

宋墨也笑，但他的笑容却很是矜持，还一面笑，一面端着请汪格喝茶："皇上赏的大红袍，知道公公爱喝，特意让人沏了一壶过来。"

真亏父亲想得出来。

嫡庶混淆，事情暴露，宋翰那就只有一个死字。

父亲装糊涂，想让宋翰尚公主。是不是他觉得这样，一旦东窗事发，皇上念在公主的分上也会对宋翰网开一面？现在看来，宋翰当初嚷着非蒋氏女不娶，恐怕也是一样的打算吧？

他像吞了只苍蝇似的觉得恶心。

汪格目光微闪。

是啊，宋墨不就仗着皇上宠信他吗？

可自己却是在皇上身边服侍的，宋墨以为他能争得过自己吗？

汪格也笑，笑得像只狐狸。

宋墨有钱。

不仅他自己有钱，他老婆更有钱。

到时候不让宋墨荷包大出血，他汪格简直就是对不起自己！

第一百四十三章　做媒·定亲·苗家

宋墨和汪格在小书房里说话的时候，宁德长公主、陆老夫人正和窦昭在花厅后面的暖阁里说话。

"当年，老国公爷的意思原是让你公公主事，你婆婆在一旁辅佐。可出了广恩伯的事之后，你婆婆为你公公在老国爷面前求情，你公公却觉得你婆婆和老国公爷一个唱白脸一个唱红脸，惺惺作态，把他当猴耍，任别人怎么劝，你公公都扭不过这根筋来。老国公爷这才彻底地死了心，把家业交给了你婆婆。"陆老夫人感慨道，"所以说，你公公糊涂，也不是这一天两天的事了，家里的人都知道。你如今有了儿子，万事都要为儿子打算，长辈的事，就睁只眼闭只眼好了，千万不要放在心上。"

可怜之人必有可恨之处。

窦昭自从接触陆老夫人开始,陆老夫人所做的一切都是为了宋墨和她好,她虽没有打算放过宋宜春,却也不想让陆老夫人担心,因而含含糊糊地应道:"您放心好了,我们做晚辈的,纵然长辈有什么不是,也只会忍着让着,不会和他老人家一般计较的。"

陆老夫人笑着点头,叹道:"话虽是这个理,可也不能让你们一味地愚孝。"然后和宁德长公主交换了个眼神,"我倒有件事,要和你商量商量!"

只怕不是件小事!而且还涉及宋宜春。

窦昭心中一紧,面上却不动声色,笑道:"您老人家尽管吩咐。"

陆老夫人就道:"我看宋翰年纪不小了,也到了说亲的年纪。我和长公主就想,宫里的妃嫔众多,哪家没两个待嫁的侄女、外甥女的?不如请了太后娘娘做媒,给宋翰挑个能干的媳妇儿,他成了亲之后分出去单过,也有个主持中馈的人。你的意思如何?"

窦昭很是惊讶,觉得陆老夫人这次管得有些宽了。

宋宜春未必会答应让宋翰成亲之后就分出去单过。

她略一沉思,斟酌道:"我们做哥哥嫂嫂的,唯愿他好——他好了,以后也能帮衬侄儿们一把。只是这一则赐婚的事恐怕由不得我们;二则这要让二爷成亲之后分出去单过……老儿子,大孙子,老两口的眼珠子。怕就怕国公爷不答应,还以为是我们世子爷容不下二爷,撺掇着舅老爷们出面说这样的话。"

宁德长公主笑道:"这件事你就不用担心了。只要你觉得好,我就去请太后娘娘赐婚。既然是娶了宫中贵人的亲眷为妻,总不好一直看着哥嫂的眼色过日子。自有宫中的贵人做主跟国公爷开这个口。"

如果能这样,那就再好不过了。

前世是前世,今生是今生。

宋墨现在对宋翰恨之入骨,她知道宋墨不会放过宋翰,可若是像前世似的,非要杀之泄恨,宋墨的名声也就坏了,倒不如彼此分开,也免得宋翰每天在宋墨的眼前晃悠,像是在时时提醒着宋墨不要忘了杀母之仇似的,宋墨的心情说不定会好一点。

至于宋翰可能会有个强有力的妻族帮扶,窦昭自认为自己的娘家也不差,倒没有放在心上。

她起身恭恭敬敬地给陆老夫人和宁德长公主屈膝行了个礼,道:"若是没有两位老夫人,我们这委屈也就只能打碎牙齿往肚子里咽了。"

陆老夫人和宁德长公主都露出欣慰的笑容来。

宁德长公主索性和窦昭开诚布公地道:"你几个表兄从小被我们拘得紧,是个安生过日子的命,却不是振兴家业的料,以后少不得要砚堂多看顾着些……总不能由着国公爷这么胡闹,把家业给败光了!可你们到底是做子女的,想拦也拦不住。这个恶人,就由我们来做好了。"

尽管是这样,窦昭还是很感激,道:"两位老夫人古道热肠,我们世子爷定会牢牢记在心上的。"

陆老夫人和宁德长公主满意地颔首,去了花厅坐席。

窦昭自己虽然满意这样的安排,却怕宋墨另有打算,寻思着等会散了席就把这件事跟宋墨通个气。有小厮疾步走了进来,一面给窦昭行礼,一面急匆匆地禀道:"太子殿下和太子妃娘娘派了内侍赏下给大爷的满月礼,世子爷让您去前院谢恩。"

太子殿下的内侍过来,有宋墨接待;太子妃派来的人,窦昭就得出面了。

窦昭忙换了件大红色的褙子。

太子妃身边的内侍已由顾玉陪着进了内院。

长兴侯夫人等一律回避，在花厅里没有出来。

窦昭朝着西面皇宫的方向屈膝行礼谢了恩，内侍将太子妃赏给元哥的金银锁、八宝项圈、衣饰鞋袜等用托盘装着，传到了窦昭的手里，窦昭再传给了身后的丫鬟。

一时间，颐志堂正院的小丫鬟们倾巢出动。

来喝元哥儿满月酒的宾客不由都看得目瞪口呆。

长兴侯夫人更是道："元哥儿可真是投了太子妃的缘，以后长大，定是个有福气的。"

窦昭笑着向长兴侯夫人道谢，又塞了个大大的封红给内侍，并吩咐人另整了一桌好酒好菜招待内侍。

那内侍却连连摇手，道："奴婢是跟着崔公公出来办事的，还是跟着崔公公一道好了。"

崔义俊是太子殿下面前的第一红人。那太监把他抬了出来，窦昭也不好勉强，又让人塞了两个上等的封红给那太监。

那太监笑得眼睛都眯成了一道缝，不停地向窦昭道谢。

崔义俊没有多留，把太子殿下赏的东西交给了宋墨之后，和宋墨寒暄了两句，就起身告辞了。

宋墨亲自将崔义俊送到了影壁前，窦昭则依规矩将太子和太子妃赏的东西陈设在大厅里，等到满月礼过完了，再收回库房去。

赤金打造的金麒麟，八宝打造的项圈，大红缂丝的斗篷，在夏日明亮的阳光下，闪烁着刺目的光芒。

在座哪家不是钟鸣鼎食，什么好东西没见过？可这是太子妃赏的，意义又不一样。

众人抬举着宋墨和窦昭，交口称赞了一番，这才重新在小花厅里坐下。

丝竹声中，宴席开始了。

宋宜春见汪格坐在角落里和顾玉说得热闹，不由得皱眉，悄声问石崇兰："那边怎么说？"

石崇兰笑道："你放心好了，他既然敢收我们的银子，就不怕他赖账。"

宋宜春心中微定，这才感觉好了些。

陆老夫人也在和宁德长公主耳语："万一太后娘娘懒得管这闲事怎么办？"

宁德长公主笑道："先帝生前最宠爱苗太妃，要不是苗太妃所生的皇子夭折了，只怕这宫里还有一番折腾。三皇孙满月礼的时候，我把宋家的事悄悄告诉了石太妃，以她的性子，定会告诉太后娘娘的。等宋墨答应了这件事，我就进宫去为宋翰求亲，太后娘娘肯定会为苗太妃家的姑娘赐婚的，你就等着瞧好了。"

陆老夫人对宁德长公主的手段向来很是佩服，闻言笑容就爬上了眼角眉梢。

晚上，窦昭把陆老夫人和宁德长公主的意思告诉了宋墨。

宋墨不免有些唏嘘："我父母缘薄，原本深以为憾，不承想却遇到了岳父和陆老夫人、宁德长公主。"

窦昭忍不住嗔道："父亲的事，你在心里想想就成了，可不能再夸奖他老人家了，免得他老人家越来越劲。"

元哥儿满月，窦世英除送了些笔墨纸砚、金圈银锁之外，还送给元哥儿一个六百亩地的茶园和一座榨油坊，仅这两处产业，每年就有三四千两银子的出息。

宋墨哈哈直笑，道："不过是逗岳父开心，那些产业我早就和岳父商量好了，依旧由窦家的管事打理，等元哥要成亲的时候，再由岳父送给元哥好了。这样岳父既有了体面，元哥将来也能知道了外祖父待他的好。"

"你可别忘了英国公府走水的事。"窦昭很头痛父亲这种大手笔撒钱的做派，道，"可别再出这样的风头了。"

"你也太小瞧岳父了。"宋墨道，"这次给元哥的东西，岳父只跟窦家的人打了招呼，并没有对外嚷嚷。给窦家打招呼，也是怕到时候这件事说不清楚，要不然，连窦家的人岳父都不会说。"

窦昭沉吟道："窦明知道吗？"

"魏家送了礼过来，并没有来人。"宋墨很高兴魏家和他翻脸，压抑着心底的痛快道，"岳父说，他会派人去跟窦明说一声的。"

现在说清楚了，也免得以后窦明胡搅蛮缠。

窦昭面色大霁，宋墨却懒得和窦昭讨论魏家的事，把宋宜春托了石崇兰探皇上的口风，想让宋翰尚公主的事告诉了窦昭，并道："赐婚的事，越早定下来越好。你才刚出月子，车舟劳顿，小心伤了身子骨，明天还是我亲自去趟陆府给两位老夫人道谢吧！"

窦昭亲自照顾孩子，一天十二个时辰都嫌不够，自然不会反对，连夜让人给宋墨准备了礼物，次日用过早膳，就送宋墨出了门。

用过午膳，宁德长公主就递了牌子进宫。

隔天，太后娘娘就召见了宁德长公主，并留宁德长公主在宫里用了午膳。

皇后娘娘听说宁德长公主进了宫，本想去慈宁宫看看的，却被皇上叫去了乾清宫。

"景宜和景福的婚事都还没有着落吗？"皇上放下正在看的奏折问皇后，"砚堂如今都做了父亲，她们的婚事也该定下来了。"

要不是宋宜春，宋砚堂早就是他女婿了。

不过，他也算乖巧，这次主动提出让次子尚公主，不管成不成，总算是服了软，皇上心里还是挺高兴的。

皇后娘娘也正为这件事苦恼，有宋墨珠玉在侧，她看谁都觉得不太满意。

听皇上这么说，她暗暗叹了口气。

看样子只能矮子里面拔将军了。

"我明天就请宗人府和礼部进献名单。"皇后的语气颇为无奈。

皇上就有些得意起来，道："三驸马跟我说，宋宜春有意让次子尚公主。你觉得如何？"

几位公主的婚事，皇后娘娘早就有了主意，特别是景宜公主的。

她闻言不由眉头紧锁，道："之前和砚堂的婚事不成，虽然知道的人不多，但总归是有迹可循。如今又巴拉着宋家的次子……我们家的女儿又不是嫁不出去了，怕是会被人笑话！"

皇上仔细一想，果然觉得有些让人硌硬。

他烦躁地挥了挥手，道："那这件事就作罢了吧！景宜和景福你多操点心，早点定下来。"

皇后笑着应是，和皇上为两位公主的婚事又讨论了一会儿才出了乾清宫。

那时候宁德长公主已经出了宫，皇后娘娘也没有把这件事放在心上。可等到晚上帝后二人一起去给太后娘娘问安的时候，太后娘娘很是高兴地和他们打着招呼，笑眯眯地对皇上道："前几天苗太妃身体不适，我准了她娘家的侄媳妇来探望她，我这才知道原来她的两个侄孙女都已及笄，到了出嫁的年纪。我看其中排行第六的那个小姑娘人长得十分俊俏，活脱脱一个年轻时候的苗太妃，就起了心思给她做媒。你们觉得英国公府宋家的次子如何？"她说着，朝皇后望去。

皇后和皇上俱是一愣。

皇上更是在心里把宋宜春骂了个狗血淋头。

你以为皇家是菜园子门，想进就进，想出就出？前脚托了石崇兰想让次子尚公主，后脚就跑到太后这里来献殷勤。你到底想干什么？当老子是傻瓜，想怎么糊弄就怎么糊弄啊！

皇上想也没想地道："不行！宋宜春家的次子不合适。"

太后娘娘的脸立刻就垮了下来。

就是因为不合适，她才要把苗太妃的侄孙女许配给宋家的次子。要是合适，她还不干呢！

"你这话是什么意思？"在先帝面前忍了几十年，好不容易轮到儿子坐江山了，太后娘娘可不想再忍了，她的脾气也因此而越来越火爆，当场就发作了，"难道我赐个婚都不行？"

皇上这才想起太后娘娘和苗太妃之间的罅隙，发觉自己说错话了。可他一时又拉不下脸皮告诉太后娘娘宋宜春想让次子尚公主，而自己刚才还差点答应这件事，只好拿了皇后娘娘的话搪塞太后娘娘："先前我们想让宋砚堂尚福圆，结果宋宜春一声不响地给儿子下了聘，可见他这个人颇有主张，我看我们还是别管他们家的闲事了。"

如果消息传出去，苗太妃的侄孙女要嫁给宋翰，宋宜春一个不乐意，给次子另订下一户高门的媳妇，那才让人可乐呢！

太后娘娘越想越觉得有意思，要给苗家女和宋翰赐婚的念头更坚定了。

"我把宋宜春叫进宫来亲自跟他说。我就不相信，他连我的话也不听。"太后娘娘很果断地下了决定，"这件事就这样说定了，明天我就让宋宜春进宫。"

皇上气得肝痛。

皇后娘娘却察觉到了不对劲。

她想到早上自己来给太后娘娘请安的时候太后娘娘什么也没有说，怎么宁德长公主进了趟宫，太后娘娘就想起了这么一出？

难道这件事与宁德长公主有关？

她朝皇上使了个眼色，等出了慈宁宫，她小声道："母后向来看苗太妃不顺眼，这次怎么会想到给苗氏女赐婚？"

皇上先前在偏殿被气糊涂了，此时冷静下来，也觉得有些蹊跷。但他懒得理会这种女人间的小伎俩，吩咐皇后娘娘道："你查查到底是怎么一回事就行了。"

皇后娘娘领命，回宫就让人打听宁德长公主觐见太后娘娘的时候都说了些什么。

很快，她就知道了宁德长公主的来意，也知道了关于宋翰的事。

皇后娘娘气得脸涨得通红，"啪嗒"一下，把手里的一把团扇给折断了。

宫女们吓得全都跪在了地上，大殿里悄无声息，落针可闻。

皇后娘娘深深地吸了好几口气才缓过来，吩咐人去宣了宁德长公主进宫。

宁德长公主既然敢在太后娘娘面前保媒，自然早有计较。

听皇后娘娘问起，她心里并不紧张，面上却露出惊骇的表情，道："话怎么传成了这样了？"她把宋墨有个长得和蒋氏一模一样的表妹因孀居而进京投靠宋墨的事告诉了皇后娘娘，"因那蒋琰和宋翰是同一天的生辰，我们就开玩笑，说莫非蒋夫人当年生的是双胞胎，国公爷嫌弃女儿，所以把儿子留下来了，把女儿送给了蒋家抚养？不承想却被传得如此不堪！"她说着，满脸的悔恨，"早知如此，我就不会把这件事当成玩笑话说给石太妃听了。现在却被人传成了这样，该如何是好？"又道，"英国公府子嗣单薄，如果蒋夫人当年真的生下了双胞胎，不要说是让人稀罕的龙凤胎了，就算两个都是女儿，也断然没有送给别家抚养的道理。这么浅显的道理，一想就明白，怎会有人相信？"

皇后娘娘半信半疑，道："那你哪天把那个蒋琰带进宫来给我瞧瞧吧。"

宁德长公主恭声应"是"，然后抱怨起现在的京都人说话都没有个禁忌起来。

皇后娘娘已被宋翰可能是庶孽的消息炸得心神不宁，无心再听宁德长公主唠叨，瞅了个工夫端茶送客。

宁德长公主悠闲地出了坤宁宫。

皇后则去了乾清宫，把事情的经过告诉了皇上。

皇上目瞪口呆，半晌才道："会不会是谣传？宋宜春就是再蠢，也不可能做出这种混淆嫡庶、颠倒黑白的事啊！"

皇后娘娘也觉得这件事太过匪夷所思，道："只是宁德长公主行事向来谨慎稳重，怎会无中生有？"

皇上有些不知所措，责怪起两个当事人来："这个宋宜春，就没有一刻安分的时候！你看他自从承了爵位之后干的那些事，我都替他不好意思……还有宁德长公主，好生生的，和母后说这些做什么？现在好了，母亲还要给宋家的这个次子赐婚。事情若真是如此，岂不是打我们的脸吗？"

他的话音一落，帝后二人的表情俱是一滞。

宋宜春让次子尚公主，难道是为了利用皇家的威严保住次子的性命？

两人突然间对宁德长公主改变了看法。

如果宁德长公主是因为知道了内情，又没办法阻止宋宜春让次子尚公主，只好用这种委婉的办法来让他们知道宋家发生的事呢？

皇上暴跳如雷，道："这个混账东西，良心都让狗给吃了！我就说之前他为什么一直看砚堂不顺眼，敢情是要宠妾灭妻啊！还好我抬举了砚堂，我要是不管，砚堂岂不会被他害死？想老国公爷那么个慈眉善目的人，怎么就生出这么个心肠歹毒的儿子来？他简直是脑袋被驴踢了，把别人都当成了和他一样烂心烂肝的东西……传我的旨意，让他给我把五军都督府的大印交出来，给先帝去守皇陵去！"

这是心里已经相信宋翰是庶孽！

汪格吓得脑门心子全是冷汗，两腿打着颤儿应是，就要退下去。

皇后娘娘却道着"且慢"，劝皇上道："英国公也算得上是功勋里的头一位了，您要让宋宜春把五军都督府的大印交出来去给先帝守皇陵，总得有个说得过去的理由吧？难道还真的说出来是因为宋宜春混淆了嫡庶不成？哪来的证据？难道仅仅就因为那个叫蒋琰的孩子和蒋夫人长得一模一样？我看这件事不如慢慢商议，先把宋宜春次子的婚事定下来再说。好在是没人知道宋宜春想让次子尚公主的事，不如就由着母后给他赐婚好了。这样既可以安抚母后，又可以敲打敲打那宋宜春。"

皇上明白皇后的意思，道："明天你记得让人赏几件奇珍给宁德长公主。这次要不是她，我们就糊里糊涂地把女儿嫁给了宋翰，那时候可就成了真正的笑柄了！"又让皇后立刻去趟慈宁宫，"母后那里，还请梓童替我给她赔个不是，就说只要母后高兴，朕没有不答应的。"

皇后笑着应是，去了慈宁宫。

太后娘娘顿时笑弯了眉眼，道"我知道皇上是个孝顺的"，让慈宁宫的大太监去请皇上过来用晚膳,又拉了皇后娘娘商量着宋翰的婚事:"你觉得哪个合适?"

皇后娘娘既然要为皇上弥补过失,来之前就打听清楚了苗太妃家里的情况,闻言笑道:"母后吃过的盐比儿臣吃过的米还多,儿臣哪有母后考虑得周到。母后的主意定不会有错。"

太后娘娘听着就更高兴了,道:"那就把苗家的那位叫安素的丫头嫁给宋家次子吧!"

苗安素就是苗家的六小姐,是苗太妃嫡亲侄儿的嫡长女。据说此女不仅姿容出色,而且为人惠淑,十分孝顺,曾经为了给生病的祖母祈福,亲手抄写了一百本《法华经》送给路人。

在世人看来,从前不过是个开杂货铺子的苗家能把孙女嫁到英国公府这样显赫的人家,简直是祖坟上冒青烟;可对于苗家来说,要把精心培养出来的女儿嫁给一个勋贵之家里不能够继承家业的次子,却未必是件值得高兴的事。

皇后娘娘笑着应诺,亲自叫了女官进来写懿旨。

欢天喜地恭迎圣旨的宋宜春听到圣旨的内容,犹如晴天霹雳,半晌都没有回过神来。

照他想来,汪格帮着在皇上面前探了口风,皇上也有这意思,就算宋翰不能尚了皇后娘娘亲生的景宜公主,也能尚最漂亮的景福公主,现在却公主变村姑,而且还是个不知道从哪里冒出来的村姑……他一口气堵在胸口,要不是听见宋墨低声地和前来宣读圣旨的内侍打招呼,他恐怕还缓不过气来。

事情怎么会这样?到底谁在这其中做了手脚?

宋宜春望了眼被惊得目瞪口呆不知所措的宋翰,目光就不由落在了和内侍谈笑风生的宋墨身上。

所以等到内侍一走,他就跳了起来,指着宋墨的鼻子质问道:"是不是你?要不然皇后娘娘怎么会突然下懿旨给天恩赐婚?一定是你见天恩得了皇上的青睐,怕天恩以后会压在你的头上,所以从中做了手脚……"

只是没等他说完,宋墨已是一声冷笑,道:"父亲可真是看重我啊!不知道我是三公之一还是三孤之一?竟然能左右皇上的想法!"说着,轻蔑地瞥了他一眼,"别怪我这个做儿子的没有提醒您,您说话还是小心点为好,免得这话传到皇上的耳朵里,皇上还以为您对他老人家的安排不满,到时候让皇上不悦,可别又说是我从中做了什么手脚。我可当不起父亲这样的'夸奖'!"

"你!"宋宜春脸涨得通红。

宋墨扬长而去。

宋翰在他的身后委屈地喊着"哥哥",又连声地道着:"父亲只是一时气愤,并不是有意要责怪你。这赐婚来得太突兀,哥哥在宫中当差,可否为我打听打听这到底是怎么一回事?"

他的语气真挚诚恳,宋墨却好像没有听见似的,脚步丝毫不见停滞地出了正厅。

"这个小畜生,我算是白养了他一场!"宋宜春气得浑身发抖,冲着宋墨远去的背影骂道,"早知道他是这副德行,当初他生下来的时候我就应该把他掐死在血盆里,也免得时至今日还要受这孽障的气!"骂完长子又骂次子,"你这烂泥扶不上墙的,他早就不把你当兄弟了,你还一口一个哥哥地喊着,你还要不要脸?他是你哥哥,又不是你爹,你离了他就不能活了?"

骂得宋翰脸上红一阵白一阵的,低着头,像被霜打了的茄子似的。

宋宜春看着心里更是烦躁，抬腿就踢了曾五一脚，道："还不去请了陶先生过来！怎么一个两个都是呆头鹅，不叫就不会动！"

曾五连滚带爬地出了正厅，去请了陶器重过来。

宋宜春吩咐陶器重去打听宛平苗家的底细，自己则去了三公主府。

此时已是七月底八月头，正是秋桂飘香的时候，石崇兰正陪着三公主在后院摘桂花。

听说宋宜春过来了，他不由笑道："肯定是有好消息告诉我们。"

三公主娇笑道："你又做了些什么？"

俗话说得好，宁拆一座庙，不毁一桩婚。石崇兰自认自己做了件大好事，并不瞒着三公主，笑着将宋宜春有意让宋翰尚公主的事告诉了三公主，并道："我算算时间，这几天圣旨也应该到了。"

三公主不由得皱眉，嗔道："你事前怎么也不跟我说一声？母后有意把景宜嫁到兴国公府去，只是兴国公夫人亲生的世子爷和二爷、三爷早已成了亲，七爷又比景宜小三岁，母后这才迟迟没有提景宜的婚事。你从中掺和个什么劲？"

石崇兰愕然："母后有意让兴国公府三爷尚景宜？"

他怎么听着觉得怪怪的？可他没来得及细想，三公主已催着他去见宋宜春："早去早回，等会儿我们一起去看看那几株绿萼。"

石崇兰喜欢梅花，三公主就想着法子弄了各式各样的梅树栽在自家的花园里。

他笑着点头，去了书房。

可不到一炷香的工夫，石崇兰就神色凝重地折了回来。

三公主奇道："出了什么事？莫非是尚公主的事不顺利？"又道，"这件事你还是别管了，小心让母后心中不快！"

"何止是不顺利！"石崇兰苦笑，他有意请三公主帮忙，因而极其详细地将宋宜春的来意告诉了三公主，"母亲竟然下懿旨将宛平一户苗姓人家的六小姐赐给了宋翰为妻。这个宛平苗家到底是哪家？是和母后有旧还是哪家没落的功臣之后？我怎么从来没有听说过？你可有印象？"

苗太妃当年虽然艳冠六宫，可那毕竟是二十几年前的事了，她如今不过是个被人遗忘在角落里，在太后的威严下苟延残喘的冷宫怨妇而已，有几个人还记得她。

"宛平苗氏？"三公主皱着眉想了半天，迟疑道，"难道是苗太妃的娘家？"

提到苗太妃，石崇兰就有印象了。

他转身就往外走："我去跟宋宜春说一声，让他派个人去查查。"

三公主望着石崇兰的背影直摇头。

宋宜春当场就傻了眼："苗太妃的娘家人？太后娘娘没有把苗太妃做成人彘就是好的了，皇后娘娘怎么会给苗家的女儿赐婚？这、这算是怎么一回事啊？难道让我和个市井人家做亲家不成？"

他想想都觉得像脚上沾了坨屎似的恶心。

石崇兰却看出些端倪来了。

宋宜春的运气也太差了，宋翰尚公主的事早不说晚不说，偏偏这个时候冒了出来，被不知道是心血来潮还是蓄意已久的太后娘娘当了成冤大头。

不过，宋家身世显赫，宋翰虽是次子，配苗氏女却绰绰有余，按理，太后娘娘不应该这么埋汰宋翰才是，难道其中还有什么内情不成？

石崇兰这才深深地后悔起来。

自己真不应该插手这件事，若是坏了太后娘娘的事而因此被太后娘娘记恨上，就算有皇上庇护，以太后娘娘的脾气，也够他喝一壶的了。

他心生退意，委婉地道："既然是有迹可寻，就不愁查不出缘由来。我帮你问问，你自己也派人去探探苗家人的底细，下聘的时候心里也好有个计较。"

懿旨已下，宋宜春难道还真的敢抗旨不成？再不满意，也只能捏着鼻子认了，最多私底下和体己的人抱怨两句罢了。

事到如今，他也没有什么好主意，讪讪地叹气，想到自己塞给了汪格的三千两银子，依旧托了石崇兰帮着打听这件事的内幕。

石崇兰也怕自己无意间闯下了大祸，也想找汪格问个清楚，自然是满口答应。

宋宜春回了英国公府。

苗家因先皇时出了个嫔妃，这些年买田置地，威风起来，在宛平县大小也算得上是个名门。陶器重没有费多少功夫就打听清楚了苗家的事。

他抚着额头，不知道该怎么跟宋宜春说好。

宋墨这边却早已得了消息。

苗家借着苗太妃的势，很是红火了几年，先帝宾天之后，苗家的光景就一年不如一年。常言说得好，由俭入奢易，由奢入俭难。苗家又是尝到了嫁女儿的甜头，男丁因而不寻思着怎么支应门庭，却一门心思地想着怎样找个好女婿帮扶自家一把。

这苗家六小姐是众姐妹中长得最好的一个，又聪明伶俐，原本苗家是想把她送入内廷的，因而花了大力气请了师傅在家里教这个女儿琴棋书画，后来知道苗太妃在宫里早就失了势，就改了心思，一心一意想把这女儿嫁个权贵之家，以后也好时常帮衬娘家。

听说太后娘娘把苗安素赐给了英国公府的次子为妻，苗家立刻就差人来打听宋翰的底细。知道宋翰名下只有蒋夫人留下来的不到五千两银子的产业，宋墨性情暴虐凶残，皇上却对他十分宠信，宋宜春又正值壮年，苗家人的脸色立马就有些难看起来，几兄弟坐在一起商量对策。

"老的肯定会续弦，少的又是个惹不起的，除了个名声，什么实惠也没有。"苗安素的胞兄苗安平非常不满，没等长辈开口，他已迫不及待地道，"还不如嫁给县里的郭大爷——郭大爷虽说是死了老婆的，可人家说了，聘礼是五千两银子，妹子一嫁过去就主持中馈，郭家的铺子我们也能入一股……"

"你给我闭嘴！"苗安素的父亲狠狠地瞪了儿子一眼，道，"这是御赐的婚事，能反悔吗？你给我少说两句，小心祸从口出！"

苗安素的大伯就道："能不能多要些聘礼？我们好歹把安素养了这么大，那些教习师傅的束脩总得收回来吧？"

"那也得看宋家答应不答应啊！"苗安素的父亲郁闷地道，"英国公府的世子爷可是个杀人不眨眼的，踩死我们还不跟踩死个蚂蚁似的？"

大家一听，都泄了气。

后院就传来一阵喧哗声。

苗安素的父亲正烦着，听到动静不由大怒。

苗安平忙叫了丫鬟来问是怎么一回事，丫鬟怯生生地看了眼苗父，这才低声道："是六小姐……说不愿意嫁到宋家去……谁想嫁谁嫁……"

苗父顿时觉得脑门隐隐作痛。

他想靠着这个女儿挣回荣华富贵，对她自然是百般宠爱，时间长了，养成了女儿颐指气使的脾气不说，对他也少了一份尊敬，发起脾气来家里家外就没有一个人能镇得住的。

苗安素的二伯父有些幸灾乐祸地看了苗父一眼，道："她一个未出嫁的姑娘，这要是闹得左邻右舍听到了什么风声，我们这几年辛辛苦苦地给她树立起来的名声岂不是白费了？你还是快去看看吧！现在可不是她说不嫁就能不嫁的。"

苗父狠狠地起身，去了内院。

第一百四十四章　各异·谢恩·冷汗

苗安素身材苗条，乌黑的头发，大大的杏眼，宜嗔宜喜，非常漂亮。可她眼角眉梢间却透着股咄咄逼人的凌厉，这种凌厉破坏了她的柔美，使她的五官都变得颇为分明，让人感觉她很不好相处。

此时她柳眉高挑，杏眼圆瞪，这种感觉就更强烈了。

"什么狗屁公子，不过是个仗着祖上余荫混吃等死的废物罢了！"苗安素被两个丫鬟架着，说话的声音却越发大了起来，"爹爹总说疼我，现在却让我嫁给个不能继承祖产的废物。难道您就忍心看着我以后只能每年靠着几百两银子的出息在大宅门里熬着？到时候我连自己都顾不上了，您和哥哥要靠谁去……"

苗父吓得脸色发白，上前就捂了她的嘴，低声道："我的小祖宗，你轻点声。这桩婚事是御赐的，我们只有欢喜的份，哪有不愿意的道理！你这话要是被有心人听见传了出去，我们苗家可要大祸临头了！不要说爹了，就是宫里的姑奶奶也保不住你！"

苗安素一使劲，扯下了父亲捂在自己嘴上的大手，道："爹爹，您跟我说实话，这门亲事是您自己去求的，还是宫里赐下来的？"

"当然是宫里赐下来的。"苗父说起这个也很郁闷，"你以为我傻了，把你嫁给个次子？"

"不对啊！"苗安素奇道，"太后娘娘不是一向看姑奶奶不顺眼吗？她怎么会突然想到把我嫁给英国公府的二爷？英国公府虽然名声显赫，可我听说过，英国公府的世子爷十分厉害，他们家在我们县里的田庄，连那些高去高来的江洋大盗都不敢偷，您说，我给这样的人做弟媳，敢大口喘气吗？分家的时候，敢和他争家产吗？"她说着，嘤嘤地哭了起来，"爹爹，这哪里是在抬举我，这分明是把我往火炕里推啊！"又拉了苗父的衣袖，"您无论如何也不能把我嫁到宋家去啊！"

"我知道，我知道。"苗父无可奈何地道，"可如今懿旨已下，绝无更改的可能，你不嫁过去，又能怎样？"

苗安素悄声道："家里这么多姐妹，宫里的贵人和宋家的人又没有见过我，您换个人嫁不就成了？"

苗父听着吓了一大跳，忙道："胡说八道！这可是欺君之罪，要灭九族的！你难道想害死我们全家不成？"又怕女儿继续和他胡搅蛮缠，说出更加离经叛道的话来，他甩开女儿的手，板了脸道，"你不要胡思乱想了，安安生生地待在家里准备出嫁就是了。你要是敢乱来，可别怪我翻脸不认人！"然后对服侍苗安素的丫鬟婆子道，"要是六小姐不见了，我定会把你们全家都发卖出去——女的卖去青楼，男的卖去盐场！"

丫鬟婆子吓得脸色发白，战战兢兢地应诺。

苗父又叫了几个粗使的婆子进来，威胁道："你们在六小姐屋前守着，要是有只苍蝇飞进来了，你们就等着人牙子来拉人吧！"

几个粗使的婆子不敢怠慢，连声应是。

苗父这才去了厅堂。

苗安素气得直跳脚，可家里人都知道事关重大，铁了心看着她，她也没有办法，只好等宋家来下聘。

宋墨对这门亲事就极满意，吩咐杜唯："继续盯着苗家，找个机会让苗家的人和我碰个面。"

杜唯不解。

宋墨笑道："我不表个态，苗家又怎么敢狮子大开口地向宋家要聘礼呢？"

虽说苗家贪得无厌，可能够让父亲头痛一下，他不介意成全一下苗家的贪婪。

宋墨笑着，转身去了静安寺胡同——窦昭带着孩子回了娘家小住。

宋翰心里乱糟糟的。

他想娶的是以忠贞刚烈而闻名的蒋氏女，而不是这个默默无闻的苗家六小姐！

皇后娘娘怎么会突然给他赐婚的？

哥哥到底知道不知道这件事呢？

父亲去了三驸马府，不知道事情会不会有转机？

抱着一丝侥幸，宋翰坐在栖香院的厅堂里等宋宜春。

所以当他听说宋宜春回来的时候，急匆匆地迎上前去。

"父亲，"他望着宋宜春的目光充满了期待，"三驸马怎么说？"

"还能怎么说？"宋宜春的眉宇间难掩沮丧，"只能进宫谢恩，和苗家商议婚事了。"

宋翰默然，虚扶着宋宜春进了内室，在丫鬟服侍宋宜春更衣的时候忍不住又问道："父亲可知道那宛平苗家是户怎样的人家？"

提起这个，宋宜春心里就更不舒服了。

"是苗太妃的娘家。"他烦躁地对宋翰道，"原来是开杂货铺的，后来苗太妃在宫里受了宠，就改做营造的生意了。这些年工部官员的变动很大，苗家又没了倚仗，一直在吃老本。"

也就是说，是个落魄户！

宋翰顿觉受辱，一张脸气得通红，双手不由握成了拳。

这样让自己以后怎么出门见人？

特别是宋墨娶的是北楼窦氏窦阁老的侄女，他的岳父本身又是两榜进士、翰林院学士……自己岂不是要在宋墨面前一辈子都抬不起头来？！

自己娶了苗氏女，除了宋墨，其他人都没有得到好处，难怪父亲会怀疑这件事与宋墨有关。

可宋墨是怎么做到的呢？

宋翰突然间觉得自己以前一直很傻很天真。

与其相信别人，不如相信自己。

不管让他娶苗家六小姐是谁的主意，他们都休想如愿以偿！就算是苗家六小姐嫁了进来，他也要让她知道，他宋翰的媳妇不是那么好当的！

宋翰打定了主意，心中稍安，轻声问宋宜春："爹爹，哥哥成亲之前就已出仕，我现在也要成亲了，您能不能帮我在皇上那里讨个差事？也免得我无所事事，被岳家瞧不起。"

宋宜春听着脸一沉，道："读书不是事吗？"

"万般皆下品，唯有读书高。"宋翰忙道，"我怎么会觉得读书不重要呢？只是世人都眼皮子浅，读书却没有个十年二十年的功夫难见成效，我这也是怕别人嗤笑，为了应付外人的眼光，不得已而为之。"

宋宜春很满意他的回答，微微颔首："明天我就会进宫谢恩，到时候在皇上面前说说。你的婚事毕竟是宫里赐下来的，有个说得出口的差事，这桩婚事犹如锦上添花，也体面些。"

宋翰恭敬地低头称是，暗暗松了口气。

宋宜春却有些心虚。

太后娘娘素来对太妃眼睛不是眼睛、鼻子不是鼻子的，非常苛刻，宋翰娶了苗太娘的侄孙女，也不知道太后娘娘会不会因此而看宋翰不顺眼？若要是真被太后娘娘忌恨，那可就麻烦了！

想到这里，他头痛欲裂，高声地喊着陶器重。

进来的却是曾五。

他谄笑着上前给宋宜春行礼，道："陶先生出去了到现在还没有回来呢！"

宋宜春皱眉。

这个陶器重，办事越来越拖拉了。

是不是因为年纪大了？自己要不要换个幕僚了？

宋宜春站在那里思忖着。

自从自己和宋墨反目之后，陶器重针对宋墨的计策都很温和，没有起到很明显的效果，显然他心里还是忌惮宋墨是英国公府的世子，行事不敢放开手脚。从前自己忽略了这一点，所以才会让宋墨日渐坐大。

他走了，换个幕僚，也就没人拖自己的后腿了。

宋宜春暗暗点头，去了书房。

而此时的宋墨，正坐在静安寺窦家上院东厢房的堂屋里，他的岳父抱着他的儿子早已笑得眉眼弯弯，见牙不见眼了。

"你说这孩子怎么就这么听话？"窦世英现在一下衙就赶回家里抱外孙，抱着就舍不得放下来，"我记得寿姑像他这么大的时候，天天哭，时时哭，哭得我脑门都疼，只好跑到外院的书房里去歇息，直到她半岁之后，我才敢近她的身，看清楚了她长什么样。"他最后得出结论，"元哥儿这性子肯定像你！"

宋墨心里别提多高兴了。

可当着岳父的面，他却怕失了稳重而不敢喜形于色，只能矜持地笑道："岳父夸奖了！"

给宋墨收拾好房间的窦昭撩帘而入，把这番话听了个一清二楚，突然间有些感慨。

有的人懂事得早，有的人懂事得晚。父亲和魏廷瑜就都属于那种懂事晚的，成亲的时候年纪虽然也不小了，却还是孩子心性，做了父亲也还得很长一段时间才能适应，因而听到孩子哭闹就只会避而远之，这也与个人的性格有关。宋墨却恰恰相反，遇事从不退缩，总要弄个清楚明白才罢休。孩子半夜里哭了起来，他就会问是不是饿了或是尿了，是不是自己抱孩子的姿势太僵硬，孩子不舒服，几次下来，孩子到了他的怀里就睡得特别香甜，她虽然自己带孩子，因为有了宋墨帮忙，她反而觉得比前世乳娘丫鬟婆子一大堆围着更轻松些。

她就笑着轻轻地咳嗽了一声。

窦世英有些讪讪然。

宋墨忙道："收拾完了？岳父正在讲你小时候的事，没想到你小时候那么顽皮。"

他很积极地为岳父解着围，立刻换来了岳父一个感激的眼神。

窦昭好笑，一面答着"都收拾好了"，一面去抱孩子。

窦世英向旁边一闪，躲开了窦昭的手，道："孩子睡得好好的，你这一接手，把孩子吵醒了怎么办？还是我抱着吧。"

他老人家已经抱了快两个时辰了，也不嫌胳膊酸。

窦昭无奈地朝宋墨投去求助的一瞥。

宋墨却像没有看见似的，移开了目光，低头喝茶。

这家伙，只知道讨好岳父！

窦昭瞪了宋墨一眼。

宋墨不由得在心里嘀咕。

孩子满月，娘家会接外孙认门，女婿把人送到就得回去。

他能留在静安寺胡同过夜，还不是因为讨了岳父的欢心。

这个时候，他也只好装糊涂了。

见女婿向着自己，窦世英暗自得意，越发看女婿顺眼了，道："听说你们家二小子要成亲了？可曾定下了下聘的日子？到时候我们也去凑个热闹。"

窦世英虽然知道宋翰的身世有些曲折，但他总觉得这是老一辈人的恩怨，与宋翰没有关系，宋翰只要一天是宋墨的弟弟，他作为宋墨的岳父，就要给宋墨做做面子。

宋墨把窦世英当父亲看待，自然不愿意让他涉及这些腌臜事，忙笑道："因为赐御的婚事，讲究多，下聘请期都要先请宫中示下，麻烦得很，我到时候让廖碧峰来请您就是了。"

言下之意是让他别管。

窦世英觉得宋墨的话很有道理，他又是个不喜欢应酬的，很满意这样的安排。

窦昭回娘家小住，住在上院的东厢房，宋墨则被安排在东厢房的小书房，窦昭没事，就让丫鬟拿了针线过来，一面做针线，一面听窦世英和宋墨聊天。

窦世枢突然来访。

窦世英非常惊讶，道："这个时候？"

城里已经宵禁了。

他把孩子交给了窦昭，道："我去看看。"

宋墨起身送窦世英，安抚他道："宫里这几天风平浪静的，五伯父也许是为旁的事找您。"

窦世英点头，去了外院的书房。

窦世枢还穿着官服，坐在书房的太师椅上喝茶。见窦世英进来，也不客气，开门见山地道："皇上要为皇长孙启蒙，我想推荐你去讲《千家诗》，你可有把握？"

窦世英却是个不愿意沾染这些的，皱了皱眉道："我性子清冷，五哥还有其他的人选没有？"

"六弟更不成！"窦世枢道，"他看似稳重，却不拘小节，让他进宫，那是害他。"

窦世英觉得这件事来得太突然，不像窦世枢说得那么简单，想到宋墨在自己这里，不禁道："这件事容我仔细想想。"

毕竟是教导皇长孙，未来的储君，窦世枢也没指望窦世英立刻就能答应下来，点了点头，问了问窦世英的学问，起身告辞。

窦世英送他到大门口。

他看见停在了轿厅的马车，恍然抚额，道："砚堂过来了？"

"是啊！"窦世英提起这个女婿就满脸的笑容，"来看寿姑和元哥儿，我留了他在家里住一宿。因不知道你找我有什么事，就没让他跟着。"

窦世枢道："天色不早了，我也不见他了，你跟他说一声吧！"然后匆匆上了轿子。

窦世英留了个心，吩咐个小厮跟着。

小厮回来禀道："五老爷往长安街那边去了。"

六部衙门、都察院、大理寺都在长安街。

窦世英"嗯"了一声，回了东厢房，把窦世枢的来意告诉了宋墨。

宋墨惊出了一身冷汗。

窦世英若是答应给皇长孙启蒙，那就贴上了太子的标签，万一辽王成事，窦世英岂不是要遭殃！

他忙道："还好岳父您光风霁月，不为权势所动，没有立刻答应五伯父。五伯父这样的急，我看多半与内阁的几位大人有关，待我明天去宫里转一圈，岳父再做决定也不迟。"

窦世英听着心里十分舒畅，连连点头，见天色不早，反复叮嘱他们照顾好元哥儿，这才回房歇了。

窦昭抿了嘴笑，打趣宋墨："你岳父光风霁月，不为权势所动？"

宋墨却正色道："我说的是真心话！若是换了个人，知道自己有可能成为帝师，只怕立马就会答应，只有像岳父这样淡泊名利之人，才会犹豫迟疑。"又道，"我看人，不会有错的。"

窦昭只有叹息。

可见这人与人之间也是讲缘分的。

前世魏廷瑜觉得父亲懦弱无能，今生换成了宋墨，却觉得父亲这是淡泊名利。

她不由放下了针线，柔声道："你明天还要进宫，早点歇了吧？这里不比家里离长安街近，你只怕寅时就要起床。"

宋墨就朝着她眨了眨眼睛，低声道："你不陪我吗？"

窦昭在他的腰上轻轻地拧了一下，道："回去再收拾你。"

宋墨哈哈地笑，回了辟成小书房的南间。

窦昭则带着孩子和乳娘歇在了北间。

第二天一大早，窦昭和孩子还都在睡梦中，宋墨和窦世英已联袂离开了静安寺胡同。

窦世英去了翰林院，宋墨去了金吾卫在宫中的值房。

同僚们纷纷恭贺他的弟弟宋翰被赐了婚。宋墨微笑着一一还礼。只有董其，似笑非笑地望了宋墨一眼，不咸不淡地说声"宋大人家可真是双喜临门"，去了自己的值房。

家里有点底蕴的都有自己打探消息的路子，太后娘娘和苗太妃不和也不是什么秘密。宋翰娶了苗太妃的侄孙女，知道内情的人没有一个会觉得这是桩好姻缘。

如果是从前，宋墨绞尽脑汁也要搅黄了这门亲事，可现在……他根本不会放在心上。

换上朝服，在宫里巡视一圈，宋墨正犹豫着是直接向秉笔太监汪渊打听消息还是到行人司里坐坐，迎面看见了太子的轿舆。

宋墨回避。

太子身边一个贴身的内侍却疾步走了过来，恭敬地道："宋大人，太子殿下请您过去说话。"

宋墨上前给太子行礼。

太子笑道："我刚从金銮殿出来，父皇和几位阁老在书房里议事，你跟着我去东宫坐会儿吧。"

三年前太子就已经开始观政，在皇上去东苑避暑时，也会在内阁大臣的辅佐下代皇上处理国事。

宋墨笑着应是，跟着太子去了东宫。

太子问起宋翰的婚事来："听说是皇祖母的意思。皇祖母怎会有这样的心思？砚堂若是闲着，倒可以去给皇祖母问个安。"

两家的身份地位相差太远，这哪里是赐婚，分明是打脸。

太子婉转地提醒他皇太后是不是对宋家有什么误会，让他向皇太后解释一番。

宋墨早就想和宋翰撇清关系了，此时不动更待何时？

他露出个浅浅的苦笑，恭声道："太后娘娘素来对宋家爱护有加，天恩能得她老人家的垂青被赐婚，我是应该去给太后娘娘叩头谢恩才是。多谢殿下提醒！"

太子见他没有一丝欢喜，一时间也不好继续问下去，只好说起元哥儿和三皇孙："……真是有缘！不仅生辰只差一天，就是名字也差不多。"

宋墨陪着他说了会儿话，太子的师父来催功课。宋墨遂告退出了东宫，去了司礼监。

太子就差了人去打听宋翰被赐婚的事。

太后娘娘并没有要隐瞒这件事的意思，石太妃看着宋家闹笑话，也有推波助澜之意，没半个时辰，宋翰的事就传到了太子的耳朵里。

太子骇然。

骇然过后，他又暗自庆幸自己没有自作聪明地抬举宋翰。

太子想到了辽王。

太子的生母去世得早，他早年间曾得到过万皇后的照料，万皇后母仪天下之后，待他一如从前般恭敬中不失慈爱，他对万皇后也当是自己的生母一样。可辽王却……这几年越发地咄咄逼人起来。他有时候不免会想，这其中有没有万皇后的暗中推手呢？

可这念头他只敢埋在心里，谁也不能说。

包括和他最亲近的太子妃，他也不敢说。

太子想到宋墨那略带苦涩的笑容，突然对宋墨生出同病相怜之感来。

宋墨遇到了这样的事，的确也只能苦笑。

他在书房里打着转，寻思着若是有机会能再找宋墨说说话就好了。

宋墨在司礼监喝了一肚子的茶水，就到了午膳的时候。

宫里的饭菜本来就不如家里的可口，他哪里还吃得下。

下了衙，他又去了陆府——宁德长公主为宋翰保了桩这好的婚事，于情于理他都应该亲自登门向陆老夫人和宁德长公主道谢才是。

宁德长公主见到他的时候很高兴，笑道："我这也是为了自个儿，你不必放在心上。"

好生做你的世子，不要被别人拿捏住了把柄就是了。"

"姑舅老表骨肉亲。"宋墨笑道，"我没有兄弟手足，几位表哥就是我的亲哥哥，有什么事，长公主只管让他们吩咐我。"

宁德长公主很是满意宋墨的说辞，问起蒋琰的事来："你是准备把她留在家里，还是想再给她找个女婿？"

想到长公主成功地为宋翰说了门亲事，宋墨直言道："她还年轻，如果能再嫁个合适的人家，最好不过了。"

宁德长公主笑着点头，把这件事记在了心上，留了宋墨晚膳。

宋墨心里惦记着老婆孩子，推说吃过了才来的，方才脱身回了静安寺胡同。

他先去给窦世英请安。

结果窦世英在东厢房。

他又去了东厢房，把在司礼监打听到的事告诉了窦世英："皇上要给皇长孙启蒙，何文道推荐了杜加伦，皇上却觉得杜加伦为人刻板，看中了行人司的陈荣。陈荣的父亲曾和戴建是同年，在翰林院的时候为讲筵的事有了罅隙，陈荣的父亲还因此而辞官回乡。戴建就推荐了您……"

而窦世枢觉得这是个好机会，索性顺水推舟，装作什么也不知道，想让窦世英上。

窦世英听着顿时火冒三丈："这不是把我架在火上烤吗？若是成了，就和陈荣成了仇家；若是不成，落下个趋炎附势的名声，岂不要把同僚给笑掉了大牙？"

站在窦世英的立场，宋墨当然觉得窦世枢这么做不地道；可站在窦氏家族的立场上，他却觉得窦世枢的做法无可厚非。

他劝道窦世英："五伯父也是为了您好。您既然不愿意，推辞了就是了。"

窦世英点头，道："我去趟槐树胡同。"

宋墨怕窦世英和窦世枢置气，道："我陪您一块去吧？"

难得宋墨的这片孝心，窦世英自然不会让宋墨为难，道："我一个人去就行了，你在家里好生歇着。"

他怕窦世枢误会是宋墨怂恿着他去的槐树胡同。

宋墨见窦世英态度坚决，也没有坚持。但等窦世英前脚离开静安寺胡同，他后脚就去了玉桥胡同。

窦启俊和同僚出去应酬了，宋墨一路找到了他喝酒的酒楼。

窦启俊的随从将喝得面色通红的窦启俊找了出来。

宋墨就在马车里将窦世枢推荐窦世英给皇长孙启蒙的事告诉了他。

窦启俊吓得酒全醒了："我明天一早就去找五叔祖。"

他没有想到事情会这么严峻，窦家随时都有可能被归为太子党或是辽王党。

宋墨点头，道："你去喝酒吧！我先回去了。"

窦启俊哪里还有心情喝酒，让宋墨送他回玉桥胡同。

车上，他不无担忧地道："若是五叔祖问起，我就说是这些时日我自己观政所得的心得。就是不知道五伯父听不听得进去？"

"不管听不听得进去，你都要好好和五伯父说道说道。"宋墨叮嘱他，"现在还不是表态的时候。"

窦启俊颔首。

两人在玉桥胡同口分了手。

宋墨赶回了静安寺胡同。

进了东厢房的内室，他看到窦昭正端着碗乳鸽汤喝。

那诱人的香气，引得宋墨肚子咕咕直叫，他这才惊觉自己一整天都没怎么吃东西。

窦昭忙吩咐厨房的给宋墨端桌饭菜进来。

宋墨嫌麻烦，道："弄几块点心我填填肚子就行了。"

"那怎么能行？"窦照上前帮他脱了外衣，喊了小丫鬟打水进来，"看你这样子，多半午膳就没用好。可不能总这样将就，时间长了，小心损了身子。"

说话间，灶上的婆子已端了炕桌过来。

满满的一桌子菜，雪菜肉末炒黄豆、大蒜烧肚条、蒸茄泥、油麻鸡……全是现做的。

宋墨讶然。

甘露笑道："送菜的婆子说，老爷下衙回来没有看见世子爷，说世子爷在宫里肯定吃不好，就吩咐灶上的婆子不准熄了灶火，随时准备上菜。"

宋墨闻言沉默了片刻，抬头对着窦昭笑了笑。

窦昭心里软得一塌糊涂，笑着推宋墨在炕上坐下，亲手给他布箸。

宋墨低下头来，大口地吃饭。

窦世英回来了。

宋墨和窦昭连忙起身。

"你们快坐，吃饭为大。"窦世英见他们一个在吃饭，一个坐在旁边做针线，伸长了脖子朝内室望，道，"元哥儿呢？睡了吗？"

"刚睡下。"窦昭接过丫鬟奉上的茶，放在了窦世英的面前。

"那就好。"窦世英满脸的欣慰，道，"孩子能吃能睡，就能长个。"然后示意宋墨坐下来，"你吃你的饭，别管我。"

宋墨望着丰盛的菜肴，笑着坐了下来，大大方方地吃起饭来。

窦世英看着他微微地笑，等宋墨吃完了饭，两人移座去了宋墨歇息的小书房，窦世英将去槐树胡同的经过告诉了宋墨："……我开门见山地跟五哥说了，五哥虽然有些不悦，但见我非常坚持，没再说什么，只是让我仔细想清楚了，免得以后后悔。"

宋墨就笑道："那岳父您以后会后悔吗？"

"肯定会有点的了。"窦世英笑道，"不过，相比后悔，我更怕自己心难安。"

这也是窦世英这么多年屋里都没有一个人的缘故吧？

宋墨亲自给窦世英泡茶，陪着窦世英议论朝政，笑谈各位大人的轶事。

窦世英觉得这个晚上非常愉快，看过元哥儿，嘱咐他们早点歇息，笑容满面地走了。

宋墨和窦昭洗漱过后，靠在临窗大炕的大迎枕上说话。

"你怎么这么晚才回来？"

"我从宫里出来，去了趟陆府。"宋墨把托了宁德长公主为蒋琰做媒的事告诉了窦昭。

窦昭觉得蒋琰虽然刚逢大难，不必那么早谈婚论嫁，可如果能遇到好人家，早日把婚订下来也挺好，笑道："等我回去就开始给琰妹妹准备嫁妆。"

她这么一说，又挑起了宋墨的心事。

他道："明天我就去找父亲，让宋翰把母亲的陪嫁还回来。"

窦昭道："只怕那边没那么好说话。"

"这可由不得他们。"宋墨冷冷地道，"宫里不知道这件事还好说，如今知道了这件事，就算我逼迫宋翰把母亲的陪嫁还回来，宫里也只会睁一只眼闭一只眼。"

这倒是的。

窦昭颔首，道："我明天就回府吧——元哥儿的洗三和满月，太子和太子妃都有赏赐，我出了月子就应该进宫谢恩才是。没想元哥刚刚满月，父亲就派了人来接。眼看着就要过中秋节了，若是中秋节的时候遇到太子妃才向太子妃致谢，也未免太没有诚意了。"

宋墨却想到窦世英刚才那满足的笑容，笑道："进宫谢恩和带着元哥回娘家认门有什么冲突的？让甘露她们回府拿了你的诰命服饰，你直接从静安寺胡同进宫就是了。"

窦昭不禁失笑，道："人一想拧了，就变得糊涂起来。那我就明天递牌子吧？若是能见到太后娘娘，正好给太后娘娘谢个恩。宋翰的婚事，可是她老人家的主意！"

她们这些超品的外命妇进宫，按礼都会去慈宁宫给太后娘娘请安。太后娘娘会视心情的好坏见或不见，她们并不是每次都能见到太后娘娘的。

宋墨点头。

隔天窦昭去递了牌子，当天下午就有内侍过来让她明天一早就进宫，非常快。

窦世英笑道："看样子英国公府在皇上面前是真有面子。"

窦昭抿了嘴笑。

英国公府就有管事过来请宋墨和窦昭回去，说是这两天就会去苗家下定。

作为宋翰的哥哥和嫂嫂，他们要回去帮忙，特别是窦昭，要招待来家里祝贺的女眷。

窦昭答应三天后回府。

宋墨回来后却派人去给英国公府那边回话："孩子还小，家里又是丝竹又是堂会的，吓着孩子了怎么办？何况夫人明天一早还要进宫。我回去就行了。"

宋宜春气得心里抽痛，对来传话的人道："你去跟世子爷说，他不想回来，可以永远都不要回来。"

传话的人怎么敢把这话说给宋墨听，哭丧着脸去求黄清，黄清也无可奈何，只有硬着头皮去见严朝卿。

严朝卿不以为意地笑了笑，道："那你就去跟国公爷说一声，那天我们世子爷就不回来了。"

弟弟定亲，作为世子的哥哥却不闻不问，苗家会怎么想？

黄清苦笑，又没有其他的好办法，只好暂时把这件事拖着，等到宋宜春问起来的时候再做计较。

而窦昭进宫谢恩，却被太子妃很热情地款待了一番，还让人抱了三皇孙给窦昭瞧。太子听说她来了，也让人赏了几盘点心。等到她提出去给皇后娘娘和太后娘娘请安的时候，太子妃陪着她一起去坤宁宫。

九月初四，宫眷和内臣要换上罗衣，八月十五之前，新做的衣裳就得要分发下去，还有中秋节的宫宴、各府的赏赐，皇后娘娘忙得团团转，只留窦昭喝了杯茶。倒是皇太后听说窦昭来了，立刻宣了她觐见。

窦昭眼观鼻、鼻观心地进了偏殿。

石太妃也在，正陪着太后娘娘在打叶子牌。

太后娘娘没等窦昭行礼，就问她："听说你从前在家里，也陪长辈们玩叶子牌的，来，陪我们打会儿牌！"

窦昭谦逊道："只是不太精通，输的时候多。"

石太妃听了咯咯直笑，道："你打牌都不输点，让我们这些人怎么好想？"

是指她的嫁妆丰厚吧？

或者是因为对长兴侯没有好感，窦昭见石太妃一把年纪了还像个十八年华的少女般地娇声假笑，对她没有一丝好感。

太子妃好像也不太喜欢石太妃似的，笑道："可见这家底富足了也不好，总给人当靶子打！"

石太妃表情微僵。

太后娘娘就朝着窦昭招手："你把惠英替下来，她的眼神比我还不好。"

说话间，有个女官模样的女子笑盈盈地站了起来，将手中的一把牌递给了窦昭。

窦昭接也不是，不接也不是。

太子妃就轻轻地推了推她，道："太后娘娘嫌弃我笨拙，你就陪着太后娘娘玩一会儿吧！"

事已至此，再推辞反而显得有些小家子气。

窦昭笑着朝那女官屈膝行了个礼，道了声"得罪了"，接过牌，坐在了太后娘娘的对面。

一圈打下来，她心里已经有些底了。

太后娘娘把打牌当消遣，不太动脑筋，想到哪里打哪里，没有什么章法。

石太妃的牌艺很高超，哄着太后娘娘玩，四把牌里只赢一把。

另一个牌搭子是宫中的德妃。

她是皇上在潜邸时的良人，和皇上同年，早已断红断绿，常被召唤到慈宁宫来陪伴太后娘娘，牌打得也很好，不敢和坐在她上家的太后娘娘打擂台，却对自己这个坐在她下家的人毫不手软。

窦昭自认为对付这几个人还不是问题。

她学着石太妃，四把牌里只赢一把。

这样一来，太后娘娘就赢得最多。又因为窦昭和石太妃也不时赢上两把，看上去各有输赢，牌面十分漂亮。

太后娘娘直呼窦昭的牌打得好，兴致勃勃的，直到内侍来问午膳摆在什么地方，这牌局才暂时歇下。

窦昭告退，太后娘娘却留了她午膳，并道："我们下午再玩会儿！"

第一百四十五章　小定・讨聘・嫁妆

窦昭是喂了元哥儿才出来的，只是她做梦也没有想到太后娘娘一大早的就会和石太妃打牌，而且还留了她凑角，此时已近正午，她的奶水又足，人不由得有些不舒服起来。

听见太后娘娘留她下午继续打牌，她看了太子妃一眼。

太子妃立刻就意识到了窦昭的为难之处。

她略一沉思，笑着问道："英国公世子夫人，家里的事可都安排好了？"

窦昭忙道:"我自己在奶孩子,但家里也备了乳娘……我这就让人跟她们交代一声,让她们好生照看孩子就是了。"

太后娘娘闻言"咦"了一声,奇道:"你自己奶孩子?小心败了身体。"

窦昭笑道:"家里的事,您最清楚不过了。世子爷把孩子看得重,别人都不放心。"

太后娘娘听着呵呵地笑了两声,抬手放了窦昭回去:"好生照看孩子去吧。等他大一些了,带进宫来给我瞧瞧。我记得他只比翀哥儿小一天来着。"

窦昭恭声谢恩,见太子妃没有走的意思,独自退了下去。

太子妃屈膝给太后娘娘行礼:"皇祖母真是菩萨心肠。"

太后娘娘就虚点了太子妃一记,嗔笑道:"你这张嘴,就会哄我开心。"又道,"我这是给你恩典,关菩萨什么事?"

"是,是,是!"太子妃笑盈盈地上前给太后娘娘捏着肩膀,"孙媳妇都知道,所以才留下来给皇祖母道谢嘛!"

太后娘娘呵呵地笑,看太子妃的目光非常慈爱。

出了宫的窦昭却是松了口气,吩咐甘露:"快点回去!"

甘露还以为出了什么事,吓得脸色发白,急急地吩咐下去。

窦昭赧然,只好让甘露继续误会下去,匆匆赶回了静安寺胡同。

元哥儿正在哭闹,他已习惯了母亲的气味,不肯吃乳娘的奶水。

窦昭忙将孩子接了过去,孩子开始狼吞虎咽地大口吃奶。

窦昭心疼得直哆嗦。

照这样看来,孩子没断奶之前,她最好哪里也不去。

她这才觉察到乳娘的重要性。

可看着孩子吃奶时那安详满足的神态,窦昭心里顿时化成了一摊水,觉得再多的不便和麻烦也让她甘之如饴。

她摸着孩子乌黑亮泽的头发,想起为她解围的太子妃来。

这么玲珑剔透的一个女子,最终却死于非命,这算不算是红颜薄命呢?

她想到只比元哥儿大一天的三皇孙,突然觉得有些难受。

等到宋墨过来,她不禁问他:"太子是个怎样的人?"

宋墨笑道:"怎么?在太子妃那里受了委屈?"

"什么啊!"窦昭横了他一眼,道,"我在宫里受没受委屈,你会不知道?我去东宫,东宫的内侍招待我的可是一杯清水。"

奶孩子的人忌讳茶水。

宋墨哈哈地笑,俯身亲了亲熟睡的元哥儿,笑道:"他是大学士们教出来的,自然是遵守儒学之道。没什么好担心的。"

或者是应了"君子欺之以方"这句话,所以前世太子才会失败的?

这念头在窦昭的脑海里一闪而过。

她问起宋墨回府的情况来:"母亲的陪嫁,国公爷怎么说?"

"自然是不还的。"宋墨冷笑道,"说要和我去大理寺打官司。可我一提出用三个价值共七千两银子的田庄换宋翰名下的产业时,他又立刻改了口,要我再加三个铺面,就把母亲的陪嫁还给我。想必是宋翰要成亲了,他想让宋翰风光些。我懒得和他计较,就答应了。让廖碧峰去街上买三个铺面回来,过两天就去顺天府把契约办了。"

"这样也好。"窦昭道,"横竖不过是多出几两银子,就当是你赏了人的,免得和他们置气，白白伤了身体。"

宋墨颔首。

产业已经分给了宋翰，他担心宋翰狗急乱跳墙，把蒋氏留下来的东西零星地拆卖了，到时候想还原，就更麻烦了，还不如暂时先把蒋氏的产业拿到手再说。

至于给宋翰的田庄铺面，有多少收成还得看是什么人在打理，现在值一万两银子，以后就未必也值一万两银子。

窦昭就说起明天下定的事来："……我不参加合适吗？"

"有什么不合适的？"宋墨笑道，"就不许别人有点急事？再说了，到时候我会去，他们也就没空计较你了。"

窦昭不解。

宋墨笑道："我先卖个关子，你到时候就知道了。"

想必又要出什么损招折腾宋宜春了。

窦昭抿了嘴笑。

宋墨心疼她今天身体不舒服，柔声道："八月十五的中秋节宫宴，我帮你告病吧？"

窦昭有些犹豫。

他们正和宋宜春斗呢，宫里的支持很重要。

宋墨道："没事，这件事我来办！"

窦昭相信宋墨，不再多问。

次日一大早，宋墨去了苑平县，进了离苗家不远处的一家茶楼。

严朝卿和夏珺等人早就在茶楼的大厅里等着，茶楼的老板则提着个茶壶，像店小二似的在一旁殷勤地服侍着。

看见宋墨进来，严朝卿等人立刻站了起来，道："爷，雅间都已经收拾好了，靠着窗，一打开就能看见街面上的行人……"

宋墨笑着朝他点了点头，上了二楼的雅间。

茶楼的老板赶过去服侍，被武夷拦在了门外："我们爷喜欢清静，若是有事，自会叫你。"

茶楼的老板讪讪然地退了下去。

太阳渐渐升了起来，街上的行人也越来越多，透过高丽纸糊的窗扇可以隐约地听到外面嘈杂的人声，武夷快步走了进来。

"爷，人到了。"

宋墨点头，将手中的书卷递给了武夷，道："问老板要多少钱，带回去给夫人瞧瞧。"

那是茶楼雅间内供人消遣的一本游记，刚才宋墨闲着无事，翻开来看了看，觉得颇有意思，就决定顺回去。

武夷笑着把书卷塞进了怀里，陪着宋墨下了楼。

苗家请的是苑平县县令解皖和县丞马豪做媒人，英国公府来下小定，自然少不了两位父母官陪同。

马豪倒是一早就到了，解皖却自恃身份，眼看吉时将至，却还没有出现。

苗父打发了苗安素的胞兄苗安平去请解皖。

苗安平想到轿子里坐着的解皖收了他们家三百两银子的谢媒礼这才同意给他妹子做媒人，他心里就高兴不起来。

婚事还只是刚开始，苗家就已经花了一千两银子了。照这样下去，这场婚礼只怕没有三千两银子是打不住的。他们只准备了两千两银子，另一千两银子的窟窿找谁去补？

苗安平愁得不得了，走路就不免有些心不在焉，迎面就和旁边酒楼里出来的人撞到了一起。

他"哎哟"一声，摔倒在地上，对方却什么事也没有，而且看也没看他一眼，若无其事径直朝前走。

这里可是宛平县，谁不知道他们苗家！

何况县尊大人就在他的身边。

苗安平爬起来就朝那人的衣袖抓去："你撞了人就准备这样走了？连个礼也不赔？你也太不讲道理了吧？"

因为今天英国公府的人要来下定，他穿了件新做的茧绸道袍，花了他快四两银子，这下子全毁了。

只是没等他沾着那人的衣袖，已有人窜出来一把就抓住了他的手，沉声道："哪里来的无赖，也不看看我们爷是谁就敢伸爪子？信不信我这就叫人把你的狗爪子给卸了，顺天府的捕头们还会说我们卸得好！"

苗安平定睛一看，抓他手的人不过十五六岁的年纪，长得眉清目秀，虽是小厮打扮，衣服的料子却是广东产的细葛布，得六两银子一匹，十分的富贵体面。

他知道遇到了豪门世家的仆从。

宛平离京都很近，功勋世家多在宛平置产，常有这样的人出没。

他不由精神一振，高声道："杀人偿命，欠债还钱。你们撞了我，连句道歉的话都没有，就想这样一走了之，哪有这样的道理！别的不说，先赔我身上这件衣裳。六两银子，快点掏钱！不然我们就顺天府见！我们家的亲家老爷可是英国公，到时候你们别说我欺负你们……"

前面的人闻言停下脚步，回头瞥了苗安平一眼。

苗安平心中一悸。

他从来没有看见过这样精致雍容的少年，随意地站在那里，就有种玉树临风的感觉。

苗安平顿时有些势弱。

那少年已道："你是宛平苗家的人？"

苗安平还没有来得及回答，撩着轿帘往外看的解皖已屁颠屁颠下了轿："宋大人，宋大人！下官是宛平县的县令解皖，受了苗家之托，为了令弟和苗家六小姐的婚事当媒人，正准备到苗家商量婚事呢。"

因是御赐的婚事，一切从简。今天下了小定，就会商量聘礼聘金和婚期。

宋墨冷笑一声，扬长而去。

苗安平和谢皖愣在了那里。

武夷忙追了上去，众护卫也匆匆从他们身边擦肩而过。

解皖回过神来，拉着其中一个护卫，低声道："兄弟，这到底是怎么一回事？"说话间，塞了个红包过去。

那护卫看了一眼渐行渐远的同伴，低声道："看在你们是为二爷之事去英国公府的分上，我就告诉你们好了——世子爷本来是陪二爷来苗家下定的，国公爷却为了给二爷做面子，要用二爷名下五千两银子的田产换了世子爷名下七千两银子的田庄和三间价值三千两银子的铺面……世子爷一气之下，不去苗家了……"

解皖和苗安平愕然。

苗安平更是失声道："那，那怎么办？"

护卫叹道："君要臣死，臣不能不死。父要子亡，子不能不亡。我们世子爷在外面再厉害，在国公爷面前，也得恪守子女的本分。最多也就这样发发脾气，还能怎样？"

苗安平一阵狂喜，拉着解皖就往家去。

解皖却有些犹豫。

他之所以会愿意为苗家主婚，是希望通过这件事和身为北楼窦氏女婿的宋墨说上话，英国公府的二爷关他什么事？现在小定还没有开始，宋墨却被气跑了，他还有必要去苗家吗？

可宛平县只有这么大，苗安平又催得急，轿夫想着苗家如今攀上了英国公府，不敢怠慢他，等解皖回过神来时，轿子已停在了苗府的大门口。

他只得下轿。

苗安素的伯父、父亲和叔叔一窝蜂地出来相迎。

解皖趾高气扬地进了大门。

苗安平却把父亲拉到了一旁的石榴树后面。

"爹，我告诉您，我刚才遇到了英国公府的世子爷。"他忙把事情的经过告诉了苗父，"可见这个宋砚堂是个窝里软的，而且他今天还不在场，您说，这聘礼的事，我们能不能再商量个数？"

苗父心里怦怦一阵乱跳，觉得儿子的建议非常可行。

他立刻找了苗安素的大伯来商量。

苗安素的大伯沉思良久，道："马无夜草不肥，人无横财不富。先试一试，不行再说。"

苗父和苗安平不住地点头。

三人去了厅堂，陪着解皖喝了杯茶，英国公府下定的人到了。

宋家的媒人是五军都督府一个叫乔路的主簿和宋宜春考秀才时的一个叫李文的同窗。

提起这件事，宋宜春就满腹愤懑。

他原想请三驸马来做主婚人的，谁知道三驸马却以自己从来不曾做过主婚人为由，怎么也不愿意接手。他只好退而求其次，请安陆侯出面，不承想安陆侯还记恨宋墨给他穿小鞋的事，不仅没把人请来，他还在安陆侯府听了安陆侯的一顿冷嘲热讽。他气得在家里跳脚，把宋墨狠狠地骂了一通，又想到了自己的舅舅陆复礼，陆复礼却推说自己年纪大了，精力不济，受不得喧嚣，让他请个年轻点的人。

这样一来二去的，耽搁了时间，他们只好草草地找了自己的一个属下和一个颇有来往的同科做主婚人。

解皖看着这两个人，眼角直抽。

自己好歹是两榜进士出身，要和衙吏、秀才同桌喝酒？

他扶着额头说吹了风，把事情推给了县丞马豪，自己坐上轿子一溜烟地跑了。

宛平县是京县，县丞也得两榜进士出身。

马豪正暗暗庆幸自己今天只是陪客，没想到转眼间自己就成了主陪，他的脸色一下子就变了，坐在待客的东厢房里喝茶聊天，就是不出来应酬。

苗家的人也没有办法，把宋家的两位媒人请到了西厢房里坐了，由着两边的全福人寒暄契阔，送上文定礼。

镶多宝石的赤金项圈，莲子米大小的红宝石耳环，沉甸甸的赤金纽丝纹手镯，黄澄澄的马蹄戒指。

苗母看到这些首饰，眼睛都笑成了一条缝。

宋家的全福人请的是宋三太太。

她将项圈耳环手镯戒指都给苗安素戴上，苗安素的眼底就有了一丝笑意，由丫鬟扶着，起身给宋三太太磕头行礼。

宋三太太拿了两条销金帕子作为拜礼，然后由随行的小厮抬上了给苗家各房的礼品。

文定礼就算成了。

苗家大姑奶奶和宋三太太去了堂屋，商量聘金、嫁妆和婚期。

苗安素的贴身丫鬟就溜了进来，笑嘻嘻地道："太太，小姐，我已经看清楚了，宋家送的是茶叶和酒。四爷说，茶是上等的西湖龙井，酒是正宗的陕北稠酒。"

苗安素抿了嘴笑。

苗母就横了女儿一眼，嗔道："这下可满意了？"

苗安素拉着母亲的衣袖撒起娇来。

堂屋里，宋三太太的脸色冷成了霜。

她低头喝了口茶，慢慢地放下了茶盅，这才道："常言说得好，男一挑，女一头。三十六抬的大定礼，一万两银子的聘金，对我们英国公府来说，也不算多。当年世子爷娶亲的时候，一百二十四抬的聘礼，足足花了二万两银子。不过，世子夫人的娘家回了一百二十六抬的聘礼，其中两抬，全是十两一张的银票，足足有四万两之多，总价更是超过了十万两。照这个数，贵府最少也要置办……三万两银子的嫁妆才是。"

对方没有作声。

难道是气狠了？

宋三太太抬头，却看见苗家的全福人——苗家大姑奶奶的嘴张得能吞下一只癞蛤蟆似的望着她。

她不禁在心里冷笑数声。

不到三千两银子的嫁妆，就想要一万两银子的聘礼，哪有这么好的事。

她嫁到宋家的时候，也不过二千两银子的聘礼。

要不是宫中的贵人插一手，凭他们苗家，给宋家提鞋都不够资格，还想做她的侄儿媳妇？做梦去吧！

这么一想，她突然觉得窦昭变得十分亲近起来。

窦昭刚过来的时候，打赏给仆妇的封红可都是八分银子一个的，她女儿一个人就独得了八个封红，而且因为她女儿是宋墨的堂妹，窦家还另给了一千两银子的赏银。

他们苗家，拿得出来吗？

难怪大嫂怎么也不肯来，敢情早就知道这苗家是个没脸没皮的破落户。

宋三太太就在心里叹了口气。

英国公府家大业大，不是拿不出这一万两银子，可宋家若是出了一万两银子的聘礼，新娘子进门，却只有三千两银子的陪嫁，宋家可丢不起这个脸！

还是大嫂精明啊！根本不沾这件事。

自己以后，得多个心眼才是。

苗家大姑奶奶真的不知道该说什么好了。

事情已经完全发展到了她不知所措的地步。

有人家会花十万两银子嫁女儿吗？十万两，那得买多少地啊？有这钱不留给儿子孙子，给女儿带到别人家去？

宋家是在讹她吧？

念头闪过，她心神大定，笑道："别人家是怎样的，我们可管不着。太太那句话说得好，男一挑，女一头，若是宋家出一万两银子的聘金，我们就陪送给姑娘五千两银子的陪嫁，这都是有讲究的，不是您说了算，也不是我说了算的。"

"那是。"宋三太太就伸手抚了抚自己的鬓角，道，"贵府的意思我已经明白了，回去后就会转告国公爷的。那婚期？"

苗家大姑奶奶笑道："这聘礼都没有说定，怎么好定婚期？"

宋三太太在心里冷哼了一声。

看样子这婚事今天是谈不拢了，自己以后恐怕还有得磋磨。

她也不是个息事宁人的，想着这婚事是御赐的，苗家难道还敢悔婚不成？

他们既然要搞这些事，就让他们端着好了。

到时候皇上问起来，难道皇上还会偏帮着苗家不成？

退一万步，若是没有谁问起，宋翰是男孩子，就算拖个三五年，照样有暖被窝的人，说不定连庶长子庶长女都有了，要急，也是苗家的人急，说不准还会求着宋家快点把人娶进门。

到时候看谁要看谁的眼色！

宋三太太干脆起身告辞："既然如此，那我就先回府了。等贵府做了决定，我再来探望亲家太太。"

言下之意，宋家只出五千两银子的聘礼，随便你们同意不同意。

苗家大姑奶奶愣在那里。

宋家这是什么意思？难道还想抗旨不成？他们就不怕皇上责怪吗？

她不禁道："这门婚事可是宫中的贵人定下来的。"

宋三太太轻笑，眉眼间有着毫不掩饰的讥讽："我们家国公爷昨天还进宫去见了皇上的，婚事没谈成，跟皇上解释一番就是了。苗家大姑奶奶不用担心。"说着，转身就往外走。

躲在门后听壁角的苗大太太急了。

宋家随时可以进宫，随时可以面圣；苗家不要说皇上，就是太子长什么样也没见过。宋家要是在皇上面前告苗家的阴状，苗家连个申辩的机会都没有，岂不要被冤枉？

她忙笑着从门后走出来，喊着宋三太太："外面的筵席都已经摆好了，就等着您入座了好开席。"说话间，她已三步并作两步上前挽了宋三太太的胳膊，柔声道，"我们家几位老爷已经陪着贵府的两位媒人入了席，我们也该过去了。"

宋家还有陪着宋三太太来下小定的人，宋三太太总不能不顾及这些人，自顾自地走了吧？

苗大太太笑盈盈地望着宋三太太。

宋三太太不置可否地挑了挑眉，由苗大太太陪着去了女眷的席口。

苗母迫不及待地拉了苗家大姑奶奶，低声地道："怎样了？"

苗家大姑奶奶满脸的晦气，道："宋家只肯出五千两银子的聘礼。"然后把宋三太太关于宋墨和窦昭婚礼的话告诉了苗母，并道："你说，这事是真的还是假的？如果是真的，那就麻烦了，我们家哪里拿得出那么多的嫁妆。安素嫁过去，岂不是要被世子夫人给死死地压在头上，动弹不得！"

苗母张口结舌。

"真的假的？"她慌慌张张地要去找苗父，"我得跟她爹商量商量。"

苗家大姑奶奶直摇头，去坐席了。

苗父听了苗母的话，不由得愁肠百结。

来找苗父去陪客的苗安平听了不由"扑哧"一声笑,道:"看把你们愁的,这有何难的?"

苗氏夫妻素来知道自己的这个儿子主意多,闻言顿时两眼发光,齐齐地道:"你有什么办法?"

苗安平狡黠地笑道:"男一挑,女一头。宋家不过是欺负我们家没钱所以不敢开口要聘金罢了。可这聘金向来是在聘礼之前的,我们大可先把聘金骗到手了再说。"

苗父立刻就明白了儿子的意思,他头摇得像拨浪鼓:"这可不行,这婚书上聘金多少、陪嫁多少,可都是写得一清二楚的。到时候我们拿不出来……"话说到这里,他语气一顿,抚掌相击,望着儿子的目光中更是充满了欣慰与赞赏,道,"我怎么没有想到?这是御赐的婚姻,到时候宋家难道还会退婚不成?"

苗母却吓得胆战心惊,忙道:"可使不得,可使不得!要是那宋家告起御状来,我们家岂能顶得住?若是把你们父子俩关到了大牢里,我可怎么活啊!"说着,掩面哭了起来。

"大喜的日子,号什么丧?"苗父不耐烦地呵斥着苗母,可苗母的话还是让他眼底浮现出些许的担忧来。

苗安平听着眼珠子乱转,立刻有了主意,道:"就怕他们不告御状!若是告御状……是他们宋家要面子,拿着他们家世子爷做例子,非要我们家拿出这么多的嫁妆,我们家想着这是御赐婚姻,是无上的荣誉,虽说家底单薄,可还是准备想办法凑齐这笔嫁妆的。没想到亲戚朋友都借遍了,硬是没有凑出这笔银子来。若是他们宋家愿意,我们家愿意打个欠条,以后慢慢地把安素的嫁妆补齐了。您说,要是皇上听了我们这番话,会不会赏个一两万两银子给我们家用?"

苗父欣然颔首,赞道:"还是你的脑子灵光!等会儿我们就这样和你大伯父商量。等到你妹妹嫁过去了,以你妹妹的手段,还怕笼络不住你妹夫?英国公既然给你妹夫置办了这么大一笔家产,日后你妹妹手指缝里漏的一点都够我们嚼用的了,说不定还能把这缺的银子给补上。这真是个好主意!"

苗安平得意地笑。

苗母却觉得很是不妥,战战兢兢地小声道:"可我们家没为安素的婚事借银子啊?"

苗父恨不得一脚把这个煞风景的婆子给踢出去,恶狠狠地道:"我们家之前不是向别人借了很多银子吗?到时候把那些借据拿出来就是了。"

苗母很想说那些借据有的是两三年前的,有的是这些日子,这些日子的还可以糊弄别人说是为安素借的,可两三年前这桩婚事还不知道在哪里,怎么糊弄得过去?

可看着苗父愤懑的样子,话到嘴边,她又咽了下去。

苗父显然也想到这些,叮嘱儿子:"你这就去把那些欠条换过来,就说是要重新计算利息,免得露了马脚。"

苗安平应是,和父亲一前一后地离开了厢房。

苗母只得跟在丈夫儿子身后出了门。

陪宋三太太坐在女眷席口的苗家大姑奶奶得了信,心中暗暗纳闷。

去年弟弟还跑到她家里来向她借了五十两银子,怎么到了他嫁女儿的时候,就有钱了?难道是有意打她的秋风不成?

想到这些,她心里很是不快活,但当着宋三太太的面前,还是勉强露出了个笑容,道:"毕竟是御赐的姻缘,拖久了,难免有怠慢之嫌。我看依宋三太太,男一挑女一头——我们苗家出两万两银子嫁女儿。至于婚期嘛，等会儿散了席，请几位媒人选几个黄道吉日，再拿去请国公爷定一个就是了。"

这定婚期向来是男方选日子，女方定日子。苗家完全颠倒了，也不过是为了早日把婚事定下来，早日拿到英国公府的聘金。

宋三太太气极而笑。

苗家若是出两万两银子的陪嫁，那宋家就得出四万两银子的聘金，照这样算来，苗家还赚了两万两银子。

她忍不住嘲讽道："我们家世子爷成亲的时候也只准备了两万银子的聘金，二爷是弟弟，断然没有越过做世子的哥哥的道理。你们难道就不怕家里的姑奶奶嫁过去就和世子夫人打擂台？论势，世子夫人可是北楼窦氏的嫡女；论财，世子夫人的陪嫁加上那两抬银票，可是带了二十万两银子的嫁妆进门。"

苗家大姑奶奶若不是口齿伶俐，也轮不到她来做这个全福人了。

她淡淡地笑道："宋家三太太的话怎么就像那六月的天似的，说变就变，没有个准头？道理却让你们全占尽了，你让我们家怎么坐下来和你们家谈婚事？你可别忘了，你们家二爷可不是世子爷！若是你们家二爷也像世子爷一样允文允武，年纪轻轻就位高权重，我们家就是卖田卖地，也愿像窦家那样不讲聘金，拿出大笔的银子嫁女儿。既然你们家二爷不是你们家世子爷，你也就别拿我们家六小姐和你们家的世子夫人做比较了。反正是我们苗家已经决定出二万两银子嫁女儿了，至于你们家怎么办，别说你我只是个全福人，就算是孩子的亲爹亲妈，还得和家里的长辈商量呢？我看，成不成，你还是回府跟国公爷回个话了再表这个态、拍这个板也不迟！"

宋三太太气得浑身发抖，却也没话可说。

国公爷行事向来好面子，他为了抬举皇家，说不定真的会同意这件事。自己若是一门心思拒绝，说不定会两面都不是人！

她恨不得扇自己两耳光。

宋大太太都躲着的事，自己凭什么要出这风头！

宋三太太只好咬着牙齿说了声"好"，打道回了英国公府。

宋宜春听了暴跳如雷，额头冒着青筋道："他们这哪里是在嫁女儿？分明是在卖女儿！我怎么摊上了这么一个烂货？"然后把宋翰叫来，道："你以后管好你的媳妇，嫁进来后没什么事不要轻易让她出门，我可不想天天应酬苗家的这些烂泥！"

宋翰又羞又愧，脸涨得通红。

宋宜春对宋三太太道："天恩的婚事不能越过宋墨，宋墨毕竟是英国公府的世子。"他沉思了半晌，道，"但我也不能委屈了天恩，就按照宋墨的婚事，拿两万两银子做聘礼。"

果然答应了！

宋三太太暗暗庆幸自己没有坚持，松了口气。

宋翰就跪在了宋宜春的面前，感激涕零地道："多谢父亲！我以后一定会听您的话，好生管束媳妇，不让她给英国公府丢脸。"

宋宜春心里这才好过了些。

他"嗯"了一声，点头端了茶。

窦昭听了只是微微地笑了笑。

宋墨既然说等苗氏嫁进来就让宋翰开府单过就一定会让宋翰开府单过的。她和苗氏又不用在一个锅里吃饭，她是怎样的人，苗家有什么打算，都与她关系不大。她这些日子就担心元哥儿了，这才刚刚一个半月，小东西睁开眼睛的时候就不愿意躺在床上了，非要人托着他的脑袋竖着抱着才行。

窦世英和宋墨不停地夸着元哥儿聪明，窦昭却觉得这是顽皮的征兆。

日子转眼就到了下旬，宋苗两家把宋翰成亲的日子定在九月初二，婚房则设在了樨香院隔壁的绿竹馆。

这样也好，两姒娌除了去给宋宜春请安，碰个面估计都很困难，也少去了很多的麻烦。

窦昭决定回府。

宋墨却道："家里正在给宋翰粉房子，小心气味熏着孩子了。等宋翰成亲的前几日你再回去也不迟。"

他从小就羡慕蒋家的热闹，静安寺胡同虽然没有定国公府欢腾，可窦世英真诚的关怀却让人备感温馨，他很喜欢这种气氛，想在这里多住几天。

窦昭扑哧一下笑了，隐隐有点猜着他的心思，自然不会坚持，听从了宋墨的安排。

等到宋墨去了衙门，她问甘露："怎么崔姨奶奶那边还没有消息？"

她怕祖母担心，只说自己怀了身孕，却没有告诉祖母月份，等孩子平安顺利地落了地，她这才差了陈晓风去给祖母报喜，并许诺，等孩子满了两周岁，身子骨硬朗了，就会带着孩子去看望她老人家。

祖母很高兴，除了让陈晓风带了个长命锁回来之外，还带了很多小孩子的衣裳鞋袜。从那些衣裳的褶皱可以看得出来，这些东西是祖母早就准备好了的。

她在月子里，不能做针线，就让针线房里给祖母做了几件秋衣让陈晓风带回了真定。

算算日子，陈晓风这个月中旬就应该回来了，可他到现在也没有个影儿，祖母那边也没个信捎过来。

甘露笑着宽慰她："或者崔姨奶奶又给您做了什么好吃的，有些东西还没有到火候，所以陈护卫在家里多等了几天也不一定。"

这倒有可能。

窦昭点头。

她和宋墨刚成亲那会，写了封平安信让陈晓风带给崔姨奶奶。崔姨奶奶就腌了很多她喜欢吃的瓜菜让陈晓风带回来，因要等那些咸菜上坛子，陈晓风在真定多待了半个月。

窦昭转念把这件事给搁下了。

英国公府那边却传来消息。

说宋家去催妆，苗家下聘时许的填漆床换成了架子床，黄梨木的家具换成了松木家具，霁红瓷的茶盅碗碟变成了青花瓷的……宋家去抬嫁妆的人和苗家大吵了一架，围观的人围得里三层外三层。

苗家是死猪不怕开水烫，宁愿去御前打官司也没银子添嫁妆。

跟着同去的宋翰臊得不行，捂着半边脸，拉着宋三太太就出了门，把嫁妆抬回了英国公府。

第一百四十六章　好笑·弟媳·贺红

窦昭暗暗咂舌，不由得庆幸自己听了宋墨的安排没有去插手宋翰的婚事，不然她作为宋翰的嫂子，这催嫁的女眷少不得有她一个。

那可真是丢脸丢到大兴去了！

她对指挥丫鬟婆子收拾东西的甘露道："二爷的吉时是酉正，我们明天回去以后，你们就待在颐志堂里不要出来，若是有人问起，就说要照顾元哥儿。"

明天是宋翰的婚礼，她因孩子太小而不能帮忙这借口勉强糊弄得过去，可若是连宋翰的观礼都没时间参加，那就说不过去了。

她和宋墨商量后，决定明天一早回府。

甘露笑着应是，指挥着拂风把元哥儿的两件小包被装进雕了五福捧寿的香樟木箱子里。

顾玉过来探望元哥儿。

窦昭奇道："他可知道世子不在这边？"

若彤笑道："知道。他说他是来看元哥儿的。"

这倒不好拦着他了。

窦昭让若彤领了顾玉进来。

顾玉给孩子带了架风车，还有拨浪鼓等小玩意儿，个个都做工精美，特别是那架风车，足足有三尺高，雕了十八个罗汉在上面，每个罗汉手里举着个小风车，吹口气，十八个风车都会转起来，满耳都是一片哗啦啦的风声，一看就不是凡品。

窦昭谢了又谢。

顾玉笑道："造办处的手艺，还可以吧？"

窦昭总觉得顾玉像个缺爱的小孩子，特别在乎别人对他的感受，因而笑着赞扬道："何止是可以？简直是巧夺天工！让你费心了。"

"我这不是闲着无事吗？"顾玉不以为意地道，眉宇间却难掩得意，"正巧有天无意间遇到造办处的给姨母送册子去，我就临时起意给元哥儿做了这些东西。粗糙得很，以后我再让人好好给元哥儿做几件更有趣的东西。"

窦昭笑盈盈地点头，准备回避回避，却被顾玉叫住。

他迟疑道："嫂嫂，是不是发生了什么我不知道的事？今天我也在英国公府，冯绍他们都不愿意去给天恩催妆，还是世伯亲自点了宋铎几个，才勉强凑了四个人；哥哥也借口要陪来道贺的诸位世伯世叔，一直待在前院的小厅……还有嫂嫂，一直带着元哥儿住在静安寺胡同……陆老夫人和宁德长公主也没有去……哪像哥哥成亲的时候，来来去去都是穿着大红官服的人，女眷们更是在催妆的前一天就全到齐了，家里张灯结彩，人声鼎沸，丝竹不绝……现在丫鬟小厮就算是面上堆着笑，眼里也没有喜色，六十席的便宴，只来了二十几桌，空着一大半……"

窦昭非常意外。

看样子，宋翰有可能是庶孽的事被传了出去，有些人自恃身份，不愿意来参加宋翰的婚礼。

有些事就是这样，别人都知道了，当事人还不知道。

京都的人都知道顾玉和宋墨私交甚好，也就没谁会当着顾玉的面说宋翰的事了。

可纸包不住火，宋墨对这件事的态度又是如此鲜明，这件事迟早会被传开。与其让顾玉从别人嘴里听说而觉得宋墨不信任他，还不如趁着这个机会由她亲口据实以告。

窦昭故作沉吟："有件事，你天赐哥没脸在你面前说，你听了，也要装作不知道的样子才好。"

宋墨还有不好意思的时候？

顾玉顿时两眼发光，连声央道："好嫂嫂，您快告诉我！我保证把话烂在肚子里，谁也不说！"然后赌咒发誓一番。

窦昭看他还一团孩子气，不由得失笑，低声把蒋琰的事告诉了顾玉。

顾玉听得倒吸了一口凉气，半晌才道："我说我可怜，没想到还有比我更可怜的人……"

这话听着让人心酸。

窦昭长叹了口气。

顾玉却突然跳了起来，横眉怒目地道："那天赐哥还让宋翰那个孽种冒充自己的胞弟？我这就去把那小子揍一顿，先给天赐哥出口气！然后再把这件事告诉宫里，让皇上除了宋翰的籍……"

"你可千万别冲动！"窦昭被他激烈的反应吓了一大跳，急急地道，"这件事你天赐哥早有安排，我们万万不可打乱了他的计划。"又道，"当年我婆婆和黎寔娘生产时的稳婆都早在十五年前就先后病逝了，那些乳娘和身边服侍的人要么是什么都不知道，要么就是不在了或是失踪了，我们根本没有证据，只能徐徐图之。而且你天赐哥毕竟是英国公府的世子，事情闹开了，杀敌一千，自损八百，没脸的最后还是你天赐哥。我们只能找了其他的借口为婆婆雪耻。"

顾玉听着情绪有所收敛，恨恨地道："可恨这样到底不够光明正大，还让那小子顶了个英国公府嫡支的名声。"

"这世上没有十全十美的事。"窦昭劝他，"只能以后再找机会了。"

顾玉点头，很突兀地"嘿嘿"笑了两声，笑得窦昭心中一惊，道："怎么了？"

"宋翰娶亲，发生了这么有趣的事，"他挑着眉，满脸的幸灾乐祸，"宫里的贵人们怎么能不知道呢？我这就进宫去，把这件事告诉我姨母。如果太后娘娘也在，那就更好了，免得我还要找人给慈宁宫吹风。"说完，也不待窦昭有所表示，就兴冲冲地跑了。

真是来一阵风，去一阵风。

窦昭摇着头，想到顾玉刚才的样子，忍不住嘴角微翘。

那天晚上，宋墨很晚才过来。

窦昭还以为他不会过来了，早早就和孩子睡了。

宋墨梳洗了一番，嚼了几片茶叶，祛了口中的酒味，这才去了内室看窦昭和元哥儿。

两人的脸都睡得红扑扑的，窦昭像朵盛开的木棉花，元哥儿的脸蛋儿像苹果。

宋墨心里软绵绵的，坐在床边轻轻抚了抚窦昭的鬓角，又凑过去亲了元哥儿一口。

窦昭被惊醒，笑着坐了起来："你回来了！灶上备着醒酒汤，你要不要喝一点？"

宋墨点头。

窦昭吩咐值夜的丫鬟去端醒酒汤。

夫妻两人就这样一个坐在床边，一个靠在床头说起话来。

"今天顾玉来看了元哥儿，还给元哥儿带了好几件精巧的玩具。"窦昭把和顾玉说过什么一五一十地全告诉了宋墨。

宋墨苦笑，道："这件事的确应该早就告诉他，我确实有些说不出口，你趁着这个机会告诉了他也好。"说完，长透了口气。

窦昭就转移了话题，道："顾玉说，家里很冷清。"

宋墨点头，道："应该是英国公府这么多年来最冷清的一场红白喜事了。父亲不仅请不到体面的主婚人，而且催妆的人品阶都很低，连宋铎都拉了进去凑数，其他的就更不用说了。"

"有些事就是这样的。"窦昭道，"主婚人的品阶低了，那些身份尊贵的客人就会衡量再三才会决定是否参加婚礼。"

她正说着，丫鬟端了醒酒汤进来。

元哥儿醒了过来，小手捏成兰花指摆放在腮边。

宋墨三下两下喝了汤，拍着手逗着元哥儿玩。

窦昭推他："小心把他给闹清醒了，今晚大家都别想沾枕头了。"

"那就陪着他玩呗！"宋墨不以为意，"家里这么多人，不就是陪着他玩的吗？"他竖抱着元哥儿和他说话，"你是不是知道爹爹回来了，所以就醒了？你今天都干了些什么啊？有没有听娘的话？顾世叔来看你了，还给你带了个大风车来……"他让人把风车拿了进来，吹着风车逗着元哥儿，耐心十足。

宋墨，会是个好父亲的！

窦昭望着父子俩，眼角微湿。

翌日，窦昭打着哈欠上了马车，元哥儿却一路好眠地回了英国公府。

在英国公府留宿的客人不多，而且留宿多是宋宜春考秀才时的那帮同窗。

英国公府的管事丫鬟小厮婆子齐齐在大门口迎接。

窦昭笑着对几位大管事、管事嬷嬷颔首，坐着软轿回了颐志堂。

快一个月不在家，屋里的空气都变得清冷起来。

甘露等人敏捷而有条不紊地将窦昭和元哥儿惯用的东西拿出来摆好。

蒋琰带着贴身的丫鬟映红过来，她望着窦昭，眼睛亮晶晶的："嫂嫂，您可总算回来了！"

窦昭原想带蒋琰一起回静安寺胡同的，可蒋琰不愿意，窦昭就将金桂留在了府里。

她见蒋琰面色红润，暗暗点头，笑着让若彤开了箱笼，把给蒋琰买的尺头拿出来，并道："听说是江南那边时新的，虽然比不得宫里赏下来的，可却胜在花色新颖，你拿去做几件秋裳，等到重阳节的时候，我们一起去登山。"

几匹料子都是豆绿、茜红之类的底色缀着樱桃或是小花，比起十样锦之类的显得活泼又清新。

蒋琰知道这是窦昭用心给她挑的，喃喃地不知道说什么好，憋了半天，憋出了句"嫂嫂，我帮您带侄儿吧"。

窦昭忍俊不禁，更觉蒋琰可爱，让甘露带着蒋琰去了元哥儿歇息的小耳房。

素心和素兰领了东跨院的女眷来给窦昭请安，窦昭和她们聊了会儿天。

等屋子里安静下来，已到了用午膳的时候。

椟香院那边却没有什么动静。

留在府里的若朱悄声道："来观礼的客人只来了十几个人，比昨天来得还少，国公爷正在发脾气呢！"

窦昭道："那女眷呢？"

"不过是些秀才娘子和几位五军都督府主簿的太太之类的。"

窦昭想了想,道:"那我们就在颐志堂用午膳!"

甘露笑着吩咐小丫鬟们摆饭。

窦昭和蒋琰一起用过午膳,去了上院。

女眷的酒宴摆在上院的花厅,她们去的时候刚刚散席,宋大太太等人正陪着几位衣饰普通、面孔陌生的太太在花厅的台阶前赏菊。

看见窦昭,众人俱是一愣。

宋大太太忙向众人引荐:"这位是我们府的世子夫人,这位是我们府里的表小姐。"又指了那几位太太:"这是国公爷同窗李秀才的太太,这是国公爷同窗锦绣书院文山长家的太太,这是五军都督府秦主簿家的太太……"

都是些名不见经传的人物。

大家互相见礼。

窦昭歉意地道:"因孩子还小,一时半刻离不了人,怠慢大家了!"又对宋大太太道,"还好有大伯母帮衬,家里这才能顺顺当当的不出什么错。"

宋大太太谦逊了一番。

就有人笑道:"早就听说贵府来了位表小姐,长得和已经去世的蒋夫人一模一样,今日一见,果真没有一点夸张的。"说着,拉了蒋琰的手,"你和蒋夫人长得可真像啊!"

蒋琰有些不自在。

窦昭就笑着转移了话题:"时候不早了,要不大家移座水榭吧?那边搭了戏台子,请了戏班子来唱戏的。"

大家异口同声地应"好",簇拥着窦昭和蒋琰往水榭去。

其中有个圆脸的三旬妇人,她自我介绍是五军都督府左军主簿胡冲的太太黄氏,娘家是登州卫都指挥使,笑吟吟地对窦昭道:"……老国公爷在世的时候,我爹爹曾随着我祖父来给老国公爷问过安。我爹爹回去后念念不忘英国公府的富丽堂皇,我从小听到大,一直想看看英国公府是怎样的,今天可算是开了眼界。不说别的,就门前那两株银杏树,最少也有一百年了吧?"

她的态度不卑不亢,语气欢快活泼,让窦昭很有好感。

窦昭笑道:"没想到我们两家还有这样的缘分!那银杏树据说开府的时候就有了,因老祖宗喜欢,就一直养到了今天,恐怕不止有一百年了。"

胡太太呵呵地笑,目光转向了蒋琰:"表小姐长得可真是漂亮,今年有多大年纪了?"

窦昭眉头微蹙。

蒋琰却是个老实的,有问必答,轻声道:"我今年十五了!"

"哎哟!"李太太满脸的惋惜,"这才刚刚及笄呢!"

想必大家已经听说了蒋琰是"寡妇"了。

蒋琰没有作声。

窦昭不动声色地问迎宾的嬷嬷:"今天请的是哪里的戏班?他们都有些什么拿手好戏?"

迎宾的嬷嬷忙笑道:"今天请的是广联社的曾楚生。不过曾楚生有些日子没唱堂会了,派了他两个嫡传的弟子,一个叫曾莲生、一个叫曾君生的上台,曾楚生只在旁坐镇。那曾莲生是唱旦角的,曾君生则是唱小生的,《绣襦记》《玉簪记》都唱得很好。"

窦昭回头朝着众位太太笑了笑,道:"等会大家想听些什么?"

有人道："听《绣襦记》好了。"

也有人道："还是听《玉簪记》吧！比《绣襦记》有趣些。"

大家热烈地讨论起剧目来。

胡太太眼睛直转，也跟着大家讨论着等会点什么戏好，把这件事给揭了过去。

蒋琰暗暗松了口气，虚扶着窦昭在水榭的廊庑下坐定。

迎宾的嬷嬷拿了戏单过来请客人们点戏。

若朱疾步走了进来，低声在窦昭耳边道："夫人，刚才前院的管事来传话，说宁德长公主和陆老夫人都年事已高，经不起喧闹，只派了陆大奶奶来喝喜酒。"

窦昭讶然，没想到宁德长公主和陆老夫人会这样旗帜鲜明地表明自己的立场。

她微微颔首，就看见迎宾的嬷嬷领着陆大奶奶走了过来。

窦昭迎了上去。

陆大奶奶苦笑，道："你别放在心上，实在是国公爷这次做事太荒唐，大家都觉得来了是自贬身价。"

窦昭笑道："我们元哥儿百日酒的时候长公主和老夫人若是不来，那我可是不依的。"

陆大奶奶笑道："元哥儿的百日酒，谁敢不来？你放心，若是两位老人家还说嫌吵，我架也要把她们架过来！"

这当然是玩笑话。

如果没有这出丑事，陆大奶奶可以肯定，哪怕宋翰是个庶子，宁德长公主和陆老夫人也未必会这样不给宋宜春面子。

窦昭挽着陆大奶奶在水榭坐定。

延安侯府、长兴侯府等平日和英国公府有来往的簪缨之家陆陆续续都有人来，可来的不是次媳，就是少奶奶，世子夫人、大太太这样身份的一个都没来。

连窦昭都觉得脸上无光了。

等到用晚宴时，情况就更尴尬了——整个花厅不过七八桌客人，侯府家的姨奶奶过寿也没有这么冷清的。

窦昭暗中直叹气。

那些秀才娘子和主簿太太也看出些端倪来，一个个都埋头吃饭，没有一个吭声的。

因苗家在大兴，宋家天没亮就发了轿，作为宋翰婚礼全福人的宋三太太和李太太也一早就跟着轿子出发了。

用了晚宴，各府的太太和奶奶们找了各样的借口打道回府，宋宜春朋友的妻子们则和窦昭一起去了新房。

新房是个二进三间的小院子，布置得很是雅致，新娘子的陪嫁一部分堆放在了后面的库房里，一部分已经陈设出来，由苗家的两个陪嫁丫鬟和两个陪嫁的嬷嬷看着。

大家打量着新娘子的陪嫁，见被面虽然是缂丝的，可那颜色和花色却是十年前的款式了；茶盅的样子虽然新颖，却不是官窑出的，很便宜；至于鸡毛掸子，一碰就掉绒；锡盆轻飘飘的拿不上手；玉石盆景的玉看上去都没有什么光泽，像石头似的……

众人不免露出几分鄙夷来。

有那不灵光的"咦"了一声，道："不是御赐的婚姻吗？怎么都陪的是这些东西？"

就有人猛地拉了一下那人的衣袖，那人忙闭了嘴。

苗家的几个丫鬟婆子臊得脸色绯红。

宋家大太太脸上火辣辣的，忙招呼大家到新房旁的东厢房去喝茶。

众人默不作声地去了东厢房。

宋大太太热情地请大家吃瓜果，然后问锦绣书院的山长太太："您家的书院开在哪里？不知道收不收蒙童？"

山长太太优雅地喝着茶，慢条斯理地道："书院开在城外药王庙旁边的孙家胡同，只收七八岁的蒙童……"

大家听她们聊着天，胡太太却凑到了窦昭面前，轻声笑道："夫人，您可别恼我说话不知道轻重，实在是看到表小姐，心里怜惜，又想到家里刚刚做了鳏夫的表弟，今年刚刚弱冠，长得一表人才，家里颇有几亩地，十六岁就考取了秀才功名，前头的娘子没有留下子嗣，只和寡母一起过活，就想给贵府的表小姐牵牵红线，这才冒昧地问了一句。"

她说着，颇有些小心翼翼地打量着窦昭的神色。

窦昭非常意外，觉得这个胡太太交浅言深，太过浮躁，可又怕自己一口气拒绝了，再有合适的人选别人还以为她的要求很高，不敢给蒋琰说亲，因而道："这件事还得和我们家世子爷商量。若是那户人家真的有心，您不妨把那人的姓名年庚、家中的情况等写下来放在我这里，到时候我也好给世子爷看。"

胡太太没想到事情会这么顺利。以她的身份地位，不是宋翰娶亲，她根本就别想踏进英国公府的大门，她这才破釜沉舟，走了这步险棋。

她欢天喜地直点头，由丫鬟陪着去了对面的西厢房。

如果能娶了传言中被调了包的英国公府的嫡长女，不要说她的表弟鲤鱼跃龙门了，就是他们也能跟着沾光。

她仔细把要写下来的事项想了一遍，这才落笔。

窦昭让若彤把纸笺收了，道："到时候我们再联系。"

胡太太看了眼正全神贯注地听戏的蒋琰，忙不迭地点了点头。

酉时差一刻钟，迎亲的花轿进了府。

跨火盆，拜堂，入洞房，掀了盖头。

新娘子的容颜让大家发出一阵赞叹。

苗安素飞快地扫了宋翰一眼，发现新郎官长得还挺英俊的，而且望着她的目光中充满了惊艳，这大大地满足了她的虚荣心，让她满脸娇羞地垂下了眼帘。

宋翰没想到新娘子这么漂亮。他的心顿时有了片刻的动摇，全福人端上交杯酒的时候，他的动作就变得轻柔起来。

苗安素感觉到了宋翰的变化，心中很是得意，胆子也大了起来。等到宋翰一走出新房，她的目光就朝着众女眷扫了一圈。

屋里除了一个穿着银红色比甲的少妇看上去端庄秀丽一副大家闺秀的气派之外，其他都是些年过三旬的妇人。

苗安素不由撇了撇嘴。

不是说那窦氏有国色天香之姿吗？在她看来也很是平常嘛，可见这窦氏的名声也不过是被人抬起来的。

她朝着贴身的大丫鬟季红使了个眼色，示意她打赏帮自己倒茶的小丫鬟。

季红脸上红一阵白一阵的，就是站着没动。

苗安素心中不悦。

小丫鬟却依旧恭敬地退了下去。

宋三太太想到刚才去娶亲时苗家人要红包的嘴脸，想着过了今天就没有自己什么事了，巴不得立刻就交了差，哪有心情和苗安素说什么。李太太倒是有心向苗安素引荐屋里的人，可她自己都没有认全，又怎么向苗安素引见呢？

大家就你一句我一句地打趣着苗安素。

苗安素牢牢记着母亲的话，不管别人说什么都当没有听见，微笑就是了。

胡太太就夸着苗安素沉稳。

有小丫鬟走了进来，笑道："夫人说时候不早了，几位太太和奶奶都要回府了，她先送几位太太和奶奶回去。"

苗安素听了这话暗自惊讶。

夫人？哪位夫人？

听口气是在陪客。

那就应该是英国公府的人才是。

可恨的宋家三太太！

谁家的儿女亲事不为陪嫁聘金讨价还价的？偏生她却把这些记在了心里，像苗家欠了她什么似的，对着自己鼻子不是鼻子、眼睛不是眼睛的，自己在这里枯坐良久，她却连句介绍的话都没有。

苗安素冷笑。

那宋家长房三房四房不过是英国公府的旁支，现在暂时放过她，等自己站稳了脚跟，再收拾她也不迟。

想到这里，她心里终于觉得好受了些。

而那边窦昭正送陆家大奶奶和景国公府三太太出门。

娘亲有舅。别人能走，作为宋宜春外家人的陆大奶奶却不好意思先走。所以新娘子进了门，她只冷淡地坐在厅堂里喝茶。

窦昭自然要陪着。

张三太太本就是看在窦昭的面子上才留下来的，窦昭在厅堂里和陆大奶奶说话，她也在旁边凑趣。

蒋琰则寸步不离地跟着窦昭。

陆大奶奶见自己礼数到了，起身告辞。

窦昭和蒋琰将两人送到了垂花门口。

新房那边见有人离开，也跟着散了。

窦昭和蒋琰就在垂花门前送客。

新房里安静下来，苗安素立刻就发作了。

"季红，我让你给小丫鬟们打赏，你怎么不动？"她面若寒霜，与屋里红火喜庆的气氛极不协调，"你连规矩也不懂了吗？"

季红眼圈一红，低声道："老爷一共才给了我十几个封红，我怕宋家的小姐少爷和那些姻亲家的孩子进来给您端茶……"

不给丫鬟打赏，好歹还说得过去，如果连宋翰的兄弟姐妹和宋家的亲戚来道贺都没有封红，那可就丢脸了。

偏偏宋家长房的两兄弟是做大伯的，要在前面帮着招待客人，不可能来闹洞房；宋家三房的宋钧和四房的宋钥虽然是小叔子，却因三太太不喜苗家，拘着宋钧不让他来后院；四太太无意出风头，循规蹈矩地跟着大太太和三太太的脚步，紧紧地牵着宋钥的手；而宋锦向来在家里骄纵惯了，自上次在英国公府受了教训，视英国公府如狼窝，哭着闹着不愿意来参加宋翰的婚礼，宋三太太只好说她病了。那些姻亲更是眼睛雪亮，谁也不愿意卷入宋家的家事里来，来参加婚宴的都是大人，没有一个孩子，结果宋家的三姑六姨没一个来闹洞房的。

苗安素顿时银牙咬得吱吱响，道："他贪了宋家一万六千两银子的聘金，却连几两碎银子的面子也不给我做，他这是想逼死我不成？"

苗安素的乳娘史氏听了吓了一大跳，忙道："我的好小姐，今天可是您大喜的日子，您可千万不能说丧气话！"说着，朝着西边连连作了几个揖，念了几句经文。

苗安素忍了又忍，才没有说出更难听的话来。

她问季红："刚才在我屋里的那个穿银红色比甲的是不是世子夫人窦氏？"

初来乍到，任谁也会先对周遭打量一番。

苗安素不能动弹，季红却是笑吟吟朝着宋家安排在新房的丫鬟婆子好一通"姐姐妹妹婶婶"地拉关系，好奇地打听谁是谁，倒也认识了几个面孔。

"那位是宋家的大奶奶谭氏。"季红摇头，"世子夫人一直陪着陆家的大奶奶和景国公府的三太太在厅堂里喝茶。"

嫁入宋家之前，苗安素已经把宋家的亲族打听清楚了，虽没有见着人，可苗安素早把这关系背熟了，一听就知道谁是谁。

她不由得一愣，道："世子夫人，没有进新房来吗？"

季红知道自家的小姐最是好强不过的了，怎么好说窦昭没进新房？

她委婉地道："新房里的人太多，世子夫人在门口站了会儿，只好和陆家大奶奶、景国公三太太退了下去。"

苗安素累了一天，精神有些不济，没有认真地思索季红的话，而是道："世子夫人长得怎样？看上去好相处吗？"

季红想到自己见到窦昭的惊艳，低声道："世子夫人长得挺漂亮的，气度雍容，说话不紧不慢的，脾气应该不错。"然后笑道，"反正明天一早就要认亲了，小姐亲眼见了就知道是不是个好相处的了。"

苗安素点头。

宋翰直到三更才回房。

他喝得醉醺醺的，是被贴身的小厮曾全架进新房的。

苗安素忙吩咐人给宋翰端醒酒汤，宋翰却倒在婚床上呼呼大睡。

宋墨和宋翰差不多时间回的屋。

他回去的时候窦昭还依在大迎枕上看着书等着他。

见他回来，窦昭立刻放下了书，道："外院的婚宴怎样？"

"还好。"宋墨懒得多说，道，"总算是把这茬给应付过去了。"

小丫鬟打了水进来服侍宋墨梳洗，窦昭亲自帮他拿了换洗的衣裳，并道："我照了大堂嫂进门时母亲给她的见面礼准备了给苗氏的见面礼，你可还有要添减的？"

凭宋翰干的那些事，窦昭看都不愿意多看他一眼。可苗氏却是无辜的，她这么做，完全是看在苗氏的面子上。

宋墨觉得这样的安排很好，道："等他们回娘家住了对月，我就去请陆家老舅爷做主，将宋翰两口子分出去单过。"一副恨不得宋翰立刻消失的口吻。

窦昭能理解他的心情，轻轻地抚了抚他的手，把胡太太给蒋琰说亲的事告诉了他，并道："你看，这不过是跟着我露了露面，就有人来给琰妹妹说亲了，等过些日子我身体好些了，带着她到处走走，好姻缘很快就会到了。"

宋墨点头，道："好好给阿琰挑户人家，也不求对方大富大贵，只求他能一心一意地和阿琰过日子。"

"嗯！"窦昭笑道，"所以我准备把胡太太来求亲的事宣扬出去。等到九月初九我和阿琰爬了香山，来说亲的人应该就会更多了。"

宋墨呵呵地笑，道："到时候我陪你们一起去爬香山。"

"你肯定得去了！"窦昭嗔道，"你不去，谁帮我抱元哥儿？"

"敢情我就只值五两银子？"宋墨打趣道。

元哥儿的乳娘每个月有五两银子的月例。

窦昭咯咯地笑。

宋墨把窦昭抱在了怀里。

第二天一大早，窦昭和抱着元哥儿的宋墨去了上院的小厅。

宋宜春还没有过来。

宋墨和窦昭逗着孩子。

宋茂春一家最先过来。

宋墨和窦昭笑着站起来迎客。

宋墨两口子的强势早就让宋茂春夫妻悔不当初，每次见到宋墨和窦昭的时候都心虚得很。此时见他们夫妻二人面上带笑，顿生受宠若惊之感，疾步上前，眉宇间难掩谄媚地和两人打着招呼："世子这么早就到了？我还以为我们是最早呢！难怪外面的人都称赞世子爷为人勤勉，可把我们都给比下去了！"

元哥儿的笑脸让宋墨心情很好，他难得地和宋茂春开玩笑："勤勉？大伯父也太抬举我了！"

宋茂春尴尬地笑，宋大太太打着圆场，握着元哥儿的小手对窦昭笑道："这也不过半个月没见，瞧元哥儿这小脸就长开了，越发地漂亮了。"

窦昭盈盈地笑。

宋逢春和宋同春两家人簇拥着宋宜春走了进来。

宋宜春的脸色阴沉沉的，看见元哥儿，表情显得有些复杂。

宋逢春和宋同春交换了一个眼神，宋钧和宋钥则对大人们之间的波诡云谲毫无所知，争先恐后地跑过来拉元哥儿的手。一个道"我是你五叔"，一个道"他的手好小，比我表妹的手还小"。

窦昭微笑着任两个孩子好奇地打量着元哥儿。

宋三太太则忙上前将宋钧拉到了一旁，满脸窘然地向她解释："小孩子不懂事，您别放在心上。"

孩子太小，常常有个风吹草动就会出大事，她怕宋钧靠元哥儿太近，万一元哥儿有个三长两短的要算到了宋钧的头上来。

窦昭并不勉强宋钧、宋钥和元哥儿亲近，笑笑没有说话。

宋四太太见了，略一犹豫，没有动。

宋宜春只觉得这一幕颇为刺眼。

他不耐烦地道："好了，好了，大家都坐下来说话吧！"

众人就男东女西地坐好了。

陆家三兄弟都带了妻子过来，景国公府则来了张续明和冯绍夫妻俩。

陆大奶奶笑道："长公主和我们家老太爷、老夫人年纪大了，就不来凑这个热闹了。让我们夫妻把见面礼带了过来。"

张三太太则笑称:"我父亲和母亲去探望长公主了,让我们兄妹过来给天恩表弟道贺。"

宋宜春知道长子和次子不能相比,可这些人也太过分了,一点情面也不留,难道就瞧死了宋翰是个没本事的?

他心里恨恨的,可又无可奈何——脚长在别人身上,别人不给他这个面子,他难道还能强押着别人来不成?

宋宜春皱着眉头颔首,请了他们坐下,自己则一言不发地喝着茶,小厅的气氛显得有些压抑。

陆大奶奶就一边逗着元哥儿,一边和窦昭说话:"一天吃几顿奶?半夜吵不吵人?再过一个月就要百日了,百日酒的日子可定下来了?"

张三太太在陆大奶奶身后拍着巴掌,吸引着元哥儿的注意。

宋钧和宋钥看着有趣,围着元哥儿跑来跑去。

小厅里顿时热闹起来。

宋宜春的脸色铁青,高声地喊着曾五,道:"这都日上三竿了,天恩和苗氏怎么还没有过来?"